*Pour Xavier et Anne Marie
nos racines !*

François 25/12/88 —

LE HORSAIN

TERRE HUMAINE
CIVILISATIONS ET SOCIÉTÉS
COLLECTION D'ÉTUDES ET DE TÉMOIGNAGES DIRIGÉE PAR JEAN MALAURIE

LE HORSAIN

Vivre et survivre en Pays de Caux

par

Bernard Alexandre

*Avec 39 illustrations hors texte,
17 illustrations in texte,
1 carte et 1 index*

PLON
8, rue Garancière
PARIS

La loi du 11 mars 1957 n'autorisant, aux termes des alinéas 2 et 3 de l'Article 41, d'une part que les « copies ou reproductions strictement réservées à l'usage privé du copiste et non destinées à une utilisation collective » et, d'autre part, que les analyses et les courtes citations dans un but d'exemple et d'illustration, « toute représentation ou reproduction intégrale, ou partielle, faite sans le consentement de l'auteur ou de ses ayants droit ou ayants cause, est illicite » (alinéa 1er de l'Article 40).

Cette représentation ou reproduction, par quelque procédé que ce soit, constituerait donc une contrefaçon sanctionnée par les Articles 425 et suivants du Code Pénal.

© Librairie Plon, 1988

ISBN : 2-259-01880-7

ISSN : 0492-7915

« *Tous ceux qui veulent faire triompher une vérité "avant son heure" risquent de finir hérétiques...* »

Teilhard de Chardin (Genèse d'une pensée...)

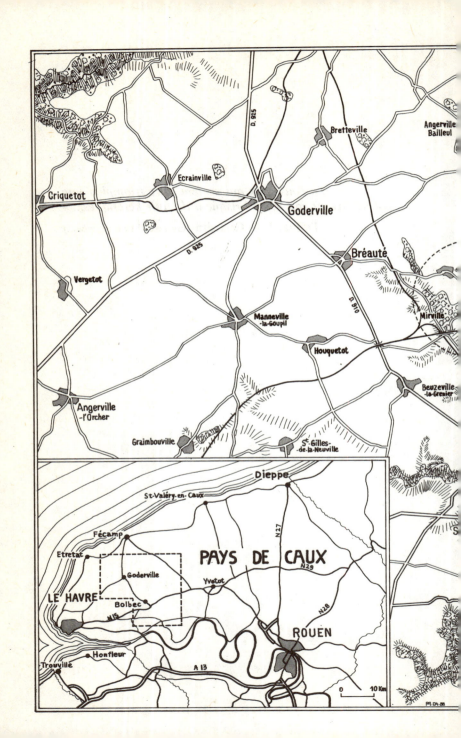

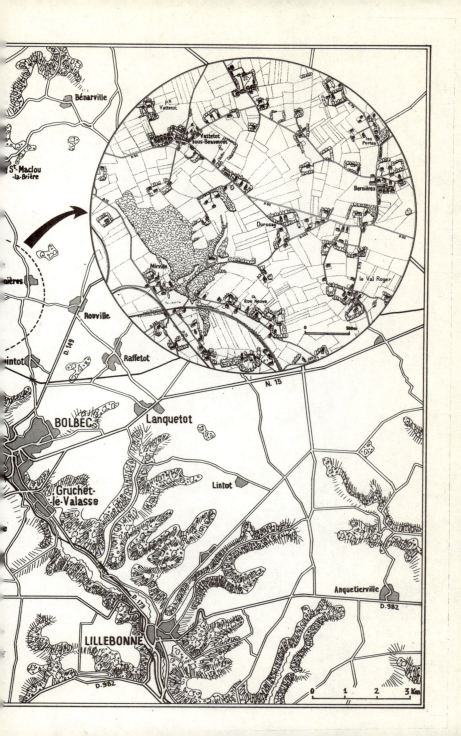

LIVRE PREMIER

Curé-nommé

1945. Ensoutané, grand, efflanqué, le béret tiré sur l'oreille — ça fait jeune —, à la main, pour tout bagage, une simple valise de carton entourée d'une ficelle de papier, je suis descendu à la gare de Grainville-Ymauville. Un quai désert, un bâtiment sans style, oublié là le long d'une ligne secondaire entre Bréauté et Les Ifs. Nous sommes au cœur du pays de Caux.

Un chemin en cavée[1] s'offre à moi ; je m'y enfonce entre les hauts fossés[2] herbeux, couverts de mûriers et d'aubépines. Je relève un peu ma soutane pour éviter les nids-de-poule où croupit une eau douteuse.

L'employé de la gare a bien dit :

— *Tout drai.*

Et même insisté :

— *E tout drai... Pâ possibl' d' s'trompai.* [C'est tout droit... Impossible de se tromper.]

Naïf et confiant, je marche, je marche. Un Cauchois, un vrai, « né natif » du lieu, comme on dit au pays, se serait méfié. Sagesse paysanne. Lui sait, par atavisme, que le chemin le plus court d'un point à un autre n'est pas la ligne droite : il faut « biaiser ». Mais voilà, je ne suis pas cauchois, je n'ai pas vu le jour sur le plateau, comme

---

1. Encaissé.
2. Talus.

ma mère. Je monte de la grande ville que j'ai quittée ce matin. Je suis un horsain : un étranger.

Une barrière d'herbage, un bout de sentier ouvrent une brèche dans l'un des fossés ; se découvre alors une vaste plaine barrée, de place en place, par des rangées d'arbres plantés au carré. Le regard se brise sur ces hautes murailles de verdure qui lui dérobent l'habitat. C'est l'arrière-belle saison de la fin août : un soleil humide baigne ce pays où il semble que l'homme se refuse. L'air est vif, je me sens étrangement libre.

La guerre a pris fin il y a quatre mois à peine. Les villes sont en ruine. La campagne, où les bombardements ont été rares, sort indemne de la tourmente. Le pain blanc n'a jamais fait défaut. L'occupant... Comment l'éviter ? On s'est remis à la tâche, comme si de rien n'était. Neutres, du moins apparemment. La politique n'a pas vraiment pénétré les campagnes où l'on se méfie de ce qui vient d'ailleurs, de toutes ces voix — Pétain ou de Gaulle — qui clament des vérités contraires et dont les dires sont invérifiables. Mais, le Travail, ça oui, on sait, la Famille aussi. Quant à la Patrie, elle peut attendre. Chaque chose en son temps...

Dans la plupart des fermes, la situation est à peu de chose près la même : le « Maît' » prisonnier dans un stalag de l'autre coté du Rhin est absent ; la femme a pris l'affaire en main. Finaude, elle mène sa barque, malgré les écueils. La terre ne lui fait pas peur... Son homme en rentrant sera *cotent*[1]... Certes, cette guerre, il l'a perdue alors qu'en 14, les vieux, eux, l'avaient gagnée... mais c'est son affaire à lui et pas à elle de juger. Sa place, la place du Maît', — not' Maît' — est restée vide au bout de la table, *au tireu*[2], jusqu'à son retour.

Je continue à avancer, un peu inquiet pourtant : depuis combien de temps est-ce que je marche ? A chaque

1. Content.
2. Devant le tiroir.

brèque[1] j'observe l'horizon et ne découvre aucun clocher. Anonymes, toutes les cavées se ressemblent et, sans explication, mènent où elles veulent. Pas le moindre poteau indicateur... D'ailleurs, pourquoi y en aurait-il ? Inutile, a décidé le Cauchois : *Mé, j'avons pouin besoin... L' z'autes, nô plus*[2]... [Moi, je n'en ai point besoin... Les autres non plus...]

La fatigue me gagne. Quatre années de sana, autant de séminaire, cinq années de guerre... Quarante-deux kilos : je fais misère. Une demi-portion de curé !

Mais, depuis deux jours, « curé-nommé », comme le précise le jargon d'Eglise ; ordonné en juin à la chapelle du séminaire (à défaut de la cathédrale, mutilée par les bombes et l'incendie), je me trouvais depuis deux mois à la charge de ma mère, guettant, avec impatience, le passage du facteur. Enfin, avant-hier, il m'a crié du bas de l'escalier :

—Une lettre de votre patron...

Eh oui... C'était bien de mon « patron »... Non sans émotion et quelque nervosité, je déchire l'enveloppe à l'en-tête de l'archevêché de Rouen... Par la grâce de Dieu — et le hasard des conseils épiscopaux — mon destin va se sceller sur ce simple nom de village cauchois que je découvre pour la première fois : Vattetot-sous-Beaumont.

Avec ma mère et le facteur nous fêtons la nouvelle en buvant un reste de vin ; puis je décroche le calendrier pour découvrir « ma paroisse » sur la carte de la Seine-Inférieure... Entre Bolbec et Goderville, sous le deuxième « t » de Vattetot, un point, un petit cercle : c'est là. Ma mère, qui a passé son enfance dans un village

---

1. Brèche, ouverture. Mot d'origine anglaise.
2. On ne s'étonnera pas que, dans cet ouvrage, l'orthographe des citations cauchoises varie d'un texte à l'autre. Les Cauchois, dont le parler du terroir est rapporté, s'exprimant de manières diverses selon les personnes, l'auteur a volontairement choisi de restituer ces nuances en se servant d'orthographes différentes — traduites ou non — et cela sans la moindre prétention scientifique.

voisin, Bernières, a un avis très réservé : elle se souvient de certaines querelles de clocher... Mais je ne veux pas me soucier de ses impressions : ayant été placée en ville aussitôt après sa communion, les nouvelles qu'elle me donne datent de quarante ans ! Vattetot-sous-Beaumont : deux renseignements : 310 habitants, une agence postale.

La route caillouteuse se ravine de plus en plus. Enfin, voilà un « quatre chemins »[1] et... planté au milieu de son troupeau de moutons, un *berquier*[2]. Il a, sur le *coupet*[3] de sa tête, un chapeau de paille comme en portaient les facteurs à la saison chaude. Sur ses épaules, une défroque militaire, bariolée, « apatride ». Un pas de plus et je m'aperçois qu'il tricote, avec de longues aiguilles de buis, une laine grossière d'un gris sale. J'apprendrai plus tard que les *berquiers* sont toujours un peu sorciers et que les bas tricotés par eux possèdent des vertus que même les curés les plus savants ignorent.

L'homme m'a certainement vu, puisque son chien me fait fête, mais ma présence semble le laisser indifférent. Je l'interpelle : « Vattetot-sous-Beaumont, c'est par là ? » Il ne répond pas. Est-il sourd ? L'âge ? J'insiste. Il lève enfin les yeux, deux yeux aigus, à l'affût. Il m'observe sans un mot. Dire, c'est toujours se livrer ! « Moins qu'on en dit, moins qu'on se trompe... », me répétait ma mère... Mais se taire n'empêche pas d'entendre... Enfin, il se décide. Sa réponse tombe sec, comme un juron :

— *Eun' sabotai*[4].

Le village est donc proche ; je le remercie et m'apprête à continuer, quand il se ravise :

1. Croisement de deux chemins ruraux.
2. Berger.
3. Sommet.
4. Une sabotée. Distance parcourue (à l'origine en sabots) de 500 à 800 mètres. Cette distance s'est raccourcie au cours des siècles en fonction de la paresse grandissante... (Une demi-lieue, environ, au XIXe siècle.)

— *Soriai ti pouin l'n'vo cuai d'Vato ?* [Ne seriez-vous point le nouveau curé de Vattetot ?]

— En effet.

Alors, mi-malicieux, mi-amer, il me jette dans un semblant de sourire :

— *Por mé, j'alons vô di : à c'teu, métiai d' cuai, métiai d' berquier : deux métiais foutus...* [Pour moi, je vais vous dire : à cette heure, métier de curé, métier de berger : deux métiers foutus...]

Le chemin, devant moi, se resserre... La cavée est bordée de fossés et de rideaux d'arbres. Des vaches normandes aux mamelles lourdes et traînantes cherchent leur bien sous les pommiers... Mais aucun homme, aucune femme : le désert. Seul l'aboiement d'un chien qui sort de son tonneau et tire sur sa chaîne me salue au passage... Après une brève descente, soudain, dans un virage, voilà mon clocher. Encore quelques pas et c'est le *carreau* : la place du village. Des masures en colombages, quelques toitures de chaume, beaucoup d'ardoises. Au milieu des tombes, l'église, un bâtiment du XVIe siècle avec un rien d'italien... D'épais murs de pierre. L'ensemble a dû être maintes fois modifié depuis, suivant les modes, les liturgies, le goût — plus ou moins heureux — des curés ou des seigneurs du lieu. De grandes baies vitrées en « flamboyant »... peut-être d'époque. Mais la façade est endeuillée par l'ardoise qui descend du toit au fronton, comme un camail. Sur les côtés, à mi-hauteur, des traces de « litres »[1]. Le village a dû avoir « ses » nobles et « son » château... Pourtant, malgré des grandeurs révolues, mon clocher d'ardoise, modeste, a beau tendre le cou, son coq ne parviendra jamais au faîte des arbres qui barrent l'horizon.

Je tourne la clenche, pousse la porte de l'église et

---

1. Bandeaux noirs qu'aux funérailles d'un seigneur ou d'un important personnage on peignait sur le mur extérieur de l'église, à une certaine hauteur. Cette tradition — ainsi que celle des tentures noires — s'est perpétuée fort longtemps. Elle a entièrement disparu depuis quelques années.

13

découvre la nef haute, large, sans bas-côtés ni piliers. La voûte, berceau de bois, a été plâtrée et, pour faire plus beau, on a supprimé les sommiers... Sur chaque dossier des bancs en sapin, je remarque une plaque portant un nom gravé. Avoir son banc est un signe qui ne trompe guère. Grâce à lui, son locataire prouve qu'il a une situation, une position dans le village et ne peut y être considéré comme un « horsain ». Les rives[1] — elles — sont libres, nanties seulement d'un unique banc qui vous met le dos au mur. Pendant les offices, ici comme ailleurs, la chaisière doit passer et faire payer dix centimes par place...

Tel le Publicain, à genoux au dernier rang, près des fonts baptismaux, je tente, mais en vain, de prier : les mots ne viennent pas. Tout me distrait. A gauche, une monstrueuse grotte de Lourdes, en papier d'emballage, monte jusqu'à la voûte. Une Bernadette Soubirous, outrageusement maquillée, fait face à la Vierge de Massabielle vers laquelle elle lève des yeux vides. La poussière assure à l'ensemble son unité esthétique.

Au-dessus de la grille du chœur, tendue à mi-hauteur, une banderole rouge, délavée : « Je suis la vérité, la lumière et la vie ». « La vie », avec le temps, commence à s'effacer... Sur les murs, des guirlandes d'orge et de seigle tressées — vestiges d'une fête de moisson d'antan — pendillent, fixées par de grosses pointes d'artisan qui blessent la pierre.

L'autel est flanqué de deux lampadaires électrifiés appartenant, me dira-t-on, au curé Poret, mon prédécesseur ; (Rome a donné son autorisation : les lampes à huile, exigées jusqu'alors par la liturgie, peuvent être remplacées par des ampoules électriques). Des fils en

---

1. Allées de côté (suppléant au manque de bas-côtés) facilitant le passage des processions. Pour les Cauchois, le mot « rives » désigne aussi le banc qui longe le mur de chaque allée de côté.

14

attente de branchement pendent de la voûte du sanctuaire.

La tâche qui m'attend m'a fait perdre la notion de l'heure.

Soudain, à la lumière qui tombe des vitraux, je m'aperçois que midi est proche. Je dois m'enfuir au plus vite avant l'angélus : on n'apprécierait pas ma visite impromptue, officieuse. Je sors en longeant le mur extérieur, coupe à travers le cimetière — non sans prendre le temps de découvrir, sur les tombes, les mêmes noms que sur les bancs... Ici, la vie et la mort se côtoient.

Face à l'église, l'agence postale, l'épicerie-café. De l'autre côté, la boulangerie. Ma mère sera heureuse, elle aura tout sous la main. Plus loin, entre deux piliers de brique, une haute grille de château rehaussée d'une croix. Un barreau manque : sans doute un réemploi... Par-dessus le fossé qui borde la route, m'apparaît une allée circulaire, avec, au beau milieu, un gros marronnier tout *fouillu*[1]. Sous ses branches basses, j'aperçois une longue bâtisse mansardée, qui semble abandonnée. Sa façade est délabrée, son toit légèrement affaissé... Le presbytère ?

Un couple dans l'allée marche lentement vers cette vieille demeure. La femme, déjà âgée, porte un fichu de couleur et conduit l'homme qui paraît aveugle. Ils passent la porte ensemble... Qui sont-ils ? Que font-ils là, chez « moi » ? Au bas de ma lettre de nomination, je me souviens soudain d'un post-scriptum : « Le presbytère pose un *petit problème*. Votre doyen se fera un plaisir de vous aider à le résoudre... » Je commence à comprendre.

Sur mon passage, un gars un peu ahuri lève le nez. Couché sur la *berme*[2], mordillant un brin d'herbe, il m'observe sans méchanceté. J'apprendrai que c'est

1. Feuillu.
2. Bord herbeux de la route.

Nono, l'idiot du village. Il me fait comprendre aussitôt qu'il sait qui je suis :

— *I'a-ti d'vrepes an'hui ?* [Y a-t-il des vêpres aujourd'hui ?] me lance-t-il, l'œil écarquillé, dans un large sourire édenté...

L'examen

Septembre 1945. Dimanche.

Georges, le forgeron sacristain, a décroché la corde de la cloche et tire. Là-haut, Gabrielle-Andrée-Blandine-Marie s'éveille et fait entendre sa voix grave : un fa naturel. Elle a bien failli, en son temps, avoir un baptême civil, afin de satisfaire la Préfecture. Celle-ci avait en effet stipulé : « La cloche doit être regardée comme un meuble meublant, c'est-à-dire ne faisant qu'un avec l'édifice. Aucune inscription religieuse n'est autorisée. » Une carte postale souvenir avait même été éditée : « Baptême de la cloche, Mairie de Vattetot... »

Mais peu importe, Gabrielle appelle aujourd'hui à toute volée à la fête de mon installation. Georges s'applique à la bercer longuement, comme pour un quatorze juillet. Il tire en douceur. Pour faire chanter les lèvres de bronze, il faut savoir suivre le mouvement et non le commander, en donnant un peu de mou avec grâce... un coup à prendre !

Jusqu'ici, je n'étais qu'un « curé-nommé ». Pour mon installation, l'église sera trop petite. Mes paroissiens vont venir de partout, des hameaux les plus écartés. On n'a pas attelé. Du travail inutile. La marche ne fait peur à personne. Des groupes se forment. Des hommes, surtout. Les femmes, qui sont allées « à commissions », déposent leur sac qu'elles reprendront après la cérémonie. Quelques-unes s'empressent d'occuper leur banc. On ne sait jamais. Pour les fêtes, les gens qui viennent d'ailleurs et ne connaissent pas les usages pourraient bien se mettre à leur place. Les *rives* sont déjà, en grande partie, occupées. Je passe en saluant, mais chacun reste réservé, presque distant.

A la sacristie, quelques hommes ont enfilé la soutane et le surplis qui « chemise » jusqu'aux genoux. Appuyés sur un coin du chasublier, les chantres marquent leur page dans de gros « offices » à la tranche rouge. Au fond, près d'un petit vitrail, un encensoir s'allume. Le thuriféraire bourre sa casserole de charbons chimiques... Les enfants, en soutanelles rouges et cottas[1] de dentelle, m'observent comme leur nouveau maître d'école, le premier jour de la rentrée d'octobre. Les cierges sont allumés. L'heure approche, mais le Doyen n'est pas encore là. On a dû aller le *tracher*[2] au canton, car il ne sait pas conduire. Le Doyen est un notable. Comme il est souvent chapelain, il a droit à un peu de violet à son camail[3]. Ici, ça en impose.

On commence à prendre vraiment du retard, mais personne ne s'en plaint, n'est-ce pas jour de fête ? Les filles de la chorale, voilées de blanc comme pour un quinze août, ont pris place devant l'harmonium, près de l'autel. Elles sont nombreuses (il y a beaucoup de grandes familles dans la région). Toutes ont le visage hâlé par le vent de la plaine, et les mains rudes, presque des mains d'hommes.

Enfin, ça va commencer, ceux qui attendaient sur le carreau rentrent vivement : le Doyen arrive. Sa serviette

---

1. Chemises légères, en fin tissu de lin blanc bordé de dentelles, ne dépassant pas la taille, portées sur les soutanelles par des clergeots âgés de 5 à 12 ans. La soutanelle (petite soutane) et la cotta sont aujourd'hui remplacées par l'aube. (Cotta vient de cotte et désignait jadis une tunique.)
2. Chercher.
3. Vêtement court porté l'hiver sur les épaules au-dessus du surplis ou même de la soutane.

sous le bras, il salue tout le monde, s'excuse. Son visage respire la bonté, il ne parle pas, il chantonne.

Un coup de claquoir. Georges ouvre le grand placard du fond, y choisit une chape-drap d'or[1]. La plus belle. Un don de Napoléon III. Elle est lourde, raide, métallisée et, surtout, taillée pour des épaules de paysan normand : je m'y sens au large...et même beaucoup trop. Afin de faire illusion, j'arrondis mes bras en arceaux, les mains sur les hanches. L'harmonium attaque une toccata, aussitôt couverte par le bruit des pédales. Je fais mon entrée, derrière le Doyen qui marche en tête de la procession. Parvenus face à l'autel, c'est la génuflexion. Je pense à Dieu et, durant ce moment d'inattention, ma chape en profite pour s'échapper, je me sens comme happé à l'intérieur, tandis qu'elle reste *diguée*[2] en l'air. Je me redresse d'un seul coup, évitant de peu le scandale qu'aurait suscité la découverte de mon inquiétante maigreur. Par ici, on aime les gars solides. Le poids, c'est la santé. Il permet de tenir debout, face au vent, et de lutter contre la maladie, ce fléau qui paralyse et, surtout, coûte gros.

Trois notes, j'entonne l'*Asperges me* en latin. Ma voix est faible. J'ai l'impression d'être un sous-marin qui ne parvient pas à remonter en surface... (deux pneumothorax). L'assistance reprend avec force, (ils n'ont pas connu les restrictions). La chorale et les chantres se répondent. Et soudain, ô surprise, ils chantent en français des passages de la *Messe des Paysans,* œuvre d'un de mes confrères voisins. L'air et les paroles leur sont familiers : on y parle des champs, des blés, et même des fleurs des talus. Ces fleurs qui ne sont pour eux que de la mauvaise herbe, ils les chantent cependant à pleine voix, l'air heureux.

Les rites d'installation sont immuables. Ils m'obligent au tour du propriétaire. Précédé par le chœur en proces-

1. Chape dont le tissu est de fil d'or.
2. Droite, dressée.

sion, le Doyen m'entraîne à sa suite, afin de me préciser les détails de ma fonction. Nous descendons la nef. Les mères tiennent à bout de bras leurs plus petits pour qu'ils voient mieux :

— *Guett'bin, m'bésot... Tu n' verras pouin cha eun' aot' fay !* [Regarde bien, mon petit... Tu ne verras point ça une autre fois !]

Au portail, le Doyen prend la corde de la cloche que lui présente Georges. Il tire et tinte un coup. Je dois faire de même... mais je n'ai pas la manière. C'est trop lourd, je sens comme une déchirure dans l'épaule, je grimace, m'essouffle... et lâche. Ai-je tinté ? Nul ne le saura jamais, mais le Doyen, bon apôtre, n'insiste pas.

La foule entoure les fonts et gêne notre approche du confessionnal.

— Pardon... pardon... excusez-nous, chantonne le Doyen, qui parvient enfin à entrer, à s'asseoir à l'intérieur, à tirer la porte, et après en avoir ouvert et refermé le guichet, à ressortir du confessionnal. A mon tour maintenant de répéter les mêmes gestes. L'assistance entière est debout. On veut voir. Curiosité, amusement ? Satisfaction en tout cas pour les anciens de vérifier que les traditions se maintiennent. *Tenete traditiones.*

— *Fô c'qui fô. A toujou été comm' cha !* [Il faut ce qu'il faut. Ça a toujours été comme ça !] doivent-ils se dire.

Pourtant, les apôtres Pierre, Jacques et les autres ne compliquaient pas tant les choses. Serait-ce la raison pour laquelle ils ont conquis le monde romain en quelques années ? Depuis, victime du juridisme de Rome, d'un goût excessif de l'ordre, l'Église s'est « instituée » [1] de plus en plus, elle s'est tassée, assise. Le Saint-Siège est devenu le symbole de son autorité. Quant à moi, le plus humble des curés, assis à mon tour dans ma stalle,

---

1. S'est organisée, a créé ses coutumes, ses règlements, ses lois, s'est hiérarchisée, structurée — comme tout milieu sociologique. Une institution peut, on le sait, soit s'imposer spontanément de l'intérieur, soit être imposée de l'extérieur...

comment faire pour ne pas me transformer peu à peu en petit fonctionnaire qui regarde la vie passer... derrière son guichet ?

Nous remontons maintenant jusqu'à la grille du chœur ; le Doyen gagne la place que la tradition me réserve. La première stalle, côté épître. D'un geste rapide, un peu nerveux, il relève la miséricorde [1] qui résiste. Puis, s'y assoit. Manifestement, tous ces gestes semblent avoir pour lui une profonde signification spirituelle. Je suis sincère, moi aussi, mais je me coule moins aisément dans le nouveau moule qui m'est dévolu. A mon tour, je m'approche de ma stalle et je m'y tiens assis symboliquement quelques secondes. Enfin, me voilà, grâce à mon Doyen, installé dans les règles. Avec lui, rien à redouter : tout est bien validé et parfaitement licite.

Ma mère, dans la nef, au premier rang, est comblée. Ça y est, cette fois, je suis curé. Elle a le sentiment d'avoir gagné, son fils est un « vrai » prêtre avec une terre, une paroisse, une juridiction, un titre. Maître, comme un cultivateur dans sa ferme. De tout son atavisme cauchois, elle sent cela dans sa chair, et s'en réjouit.

Devant l'autel, le Doyen tire de sa serviette quelques feuillets qu'il commence à lire d'un ton plus pompeux que solennel, en articulant bien chaque syllabe. Il s'agit du *Serment anti-moderniste*. Au début du siècle, l'Eglise a connu un temps difficile : les premiers indices d'un changement brutal, dur à accepter, car elle n'y était pas prête. Les exégèses contre les théologiens... ont fait souffrir nos aînés... Pour calmer les esprits, l'Eglise, mêlant l'ivraie au bon grain, exige maintenant ce ser-

---

1. Saillie de bois fixée sous l'abattant d'une stalle pour que le chanoine (ou le moine ou le chantre) puisse s'y appuyer, tout en donnant l'impression de rester debout. (Jadis, il n'y avait ni chaise ni banc dans les églises. C'est par pitié — par miséricorde — qu'on a imaginé ainsi de soulager ceux qui, âgés ou fatigués, devaient rester debout durant les longs offices. Les miséricordes sont souvent sculptées avec humour. Dans la cathédrale de Rouen, chacune d'elles présente une scène quotidienne de la vie populaire du Moyen Age.

ment ; alors, je me soumets, je jure, je condamne... et je signe. Pourtant, cette manière de faire ne me convainc pas. Sans doute ai-je tort, mais je parviens mal à penser que des interdits puissent donner (ou même assurer) la foi...

La fête se poursuit. Fleurs, bougies, illuminations...

Le Cauchois est fier d'être présent à de telles cérémonies. Silencieux, solitaire, il aime et recherche — paradoxalement — la foule. Non pour s'y retrouver, mais pour s'y perdre.

Le Doyen monte en chaire. Sa mission : me présenter à la paroisse. Il m'a vaguement connu à treize ans quand je fréquentais le patronage dans l'église voisine de celle où il était vicaire. Il évoque ce souvenir. J'ai toutes les qualités, toutes les vertus — un vrai panégyrique —, il insiste même lourdement sur mes années de sana, « des souffrances qui ont manqué à celles du Christ » ! Pas moins. Mes ouailles écoutent poliment, certes, mais, de toute évidence, elles attendent de voir, de leurs propres yeux, ce qu'il en est réellement de moi. Je serai jugé sur pièces, à l'usage.

Mon tour est venu : je grimpe dans le *bossai*[1], prenant mon temps pour maîtriser mon souffle et mon trac.

Me voilà là-haut, dominant l'assistance. Les têtes nues des hommes et les visages colorés, auréolés de chapeaux des femmes se lèvent vers moi... Leurs mains sont posées à plat sur le rebord des bancs. Nous nous observons un instant. Je sais parfaitement ce qui m'attend. *Si j'somm' long, je somm' bavacheu*[2]... *Si j'somm' eun p'tieu court, j'somm' parécheu*[3]... *j'me doulaise*[4]... Tant pis, allons-y !

— Mes frères...

Mais tout ce que j'avais préparé se bouscule dans mon esprit... Alors je m'accroche à leur histoire locale. Cela

---

1. Mesure pour le grain qui évoque la chaire.
2. Bavard.
3. Paresseux.
4. Laisse vivre.

devrait leur plaire, les convaincre qu'en évoquant leur passé, je veux être des leurs :

— Mes frères, le Dieu que vos pères ont jadis voulu enterrer, je viens parmi vous lui redonner vie !

Et je leur raconte une sombre affaire du siècle dernier, en pleine Restauration :

— Voilà environ cent ans, mais peut-être l'avez-vous déjà entendu conter ? — Il est arrivé une chose étrange à cette statue aujourd'hui face à moi, statue de la Trinité où le Père assis sur son trône, coiffé de la tiare, tient sur ses genoux son Fils supplicié qui vient d'être descendu de la Croix et porte sur son épaule la colombe, symbole du Saint-Esprit... Le curé d'alors, se référant peut-être au commandement du Sinaï « Tu ne feras pas d'image de ton Dieu », avait remisé la statue dans la sacristie... Mais, voulant mieux faire encore, sept chantres, des hommes du chœur — des pratiquants modèles au demeurant — prennent une bien étrange décision : celle d'enterrer Dieu... Pas moins... Une certaine nuit, ils forcent la porte de la sacristie et, tandis que deux d'entre eux creusent une fosse, les cinq autres, armés de cordes et de rondins, tirent la statue et la basculent dedans. Mais, comme la fosse s'avère trop étroite, ils n'hésitent pas à mutiler la Trinité en la frappant à coups de manche de pioche puis tentent ensuite d'effacer leur forfait sous des pelletées de terre...

« Ai-je besoin de préciser, mes frères que, chez nous, on n'apprécie point de tels procédés. Vos ancêtres cauchois, tout comme vous-mêmes, sont d'église, même si c'est un peu moins par foi que par crainte, et respectueux de tout ce qui touche à la religion... C'est ainsi que le lendemain matin, la honte s'abat sur Vattetot. Les chantres, sous couvert de se référer au commandement du Sinaï, ont-ils voulu rire de ce dont on ne doit pas rire ou, pis encore, braver le Bon Dieu ? Toujours est-il que, dès les semaines qui suivent, les cinq hommes qui ont frappé la statue meurent à quelques jours d'intervalle. Le dernier, nommé Léon, signe même l'acte de décès du

23

premier. Seuls, les deux chantres qui n'ont fait que creuser la fosse sont épargnés.

Pour dire vrai, je n'apprécie pas beaucoup cette histoire qui, à mon goût, sent un peu trop son Ancien Testament : les éclairs et la foudre. Malgré ça, jouant les Bossuet en herbe, je lance à nouveau, en guise de conclusion :

— Eh bien, mes frères, je vous le redis : ce Dieu que des mécréants ont voulu enterrer, je viens parmi vous lui redonner vie...

Tout un programme ! Mes ouailles m'ont écouté avec une curiosité attentive — voire même critique —, cherchant sans doute à vérifier si je n'ai pas trahi quelques détails. Quant à l'impact que mes propos peuvent avoir sur eux, qui le saura jamais ? Toutefois, le Dieu vengeur que je viens d'évoquer est bien pour leur plaire et même pour les rassurer : Un *Maît'*, un vrai, qui sait ce qu'il veut et qui mène rondement son affaire. Voilà de quoi donner confiance !

J'espère par ailleurs un bon point, parce que j'ai parlé sans papier. C'est que je dois être savant, « en avoir dans la tête ». Bien sûr, ma voix est un peu fluette, mais, tout compte fait, je pense être au moins « admissible » à mon premier examen de curé.

Après la messe, c'est au tour de la municipalité de me recevoir. Le femme d'un conseiller a tout organisé. Un instant, j'avais craint que cette réception m'incombe. Sans presbytère et sans argent, comment l'aurais-je pu ? A table, les convives sont souriants. Le Doyen préside, ravi de partager le repas de si bons chrétiens et, le naturel revenant au galop, il prêchotte un peu... Au début, l'ambiance est « réservée », mais bientôt, chacun déniche dans sa généalogie, qui un vieux curé, qui un chanoine, qui même un supérieur de couvent...

Pour ma part, je note pourtant beaucoup d'absents. Mon intuition ne me trompe pas : même si on a quelque peu replâtré pour la fête, « mon » village est certainement très divisé sur la religion.

La Libération plus que la guerre en est la cause. La paix revenue, la traditionnelle prudence oubliée, on a voulu faire comme les autres, se redonner une virginité, redorer le blason. Tout ce qui est arrivé pendant l'Occupation, c'est évidemment la faute de *z'autes*[1]. Alors, on a épuré, distribué des brassards de résistants, sans le moindre risque... l'ennemi étant loin. Chacun a voulu prendre sa bastille. On a occupé la mairie vide, coupé les cheveux de quelques pauvres filles. Des rancunes de tous ordres ont trouvé ainsi une belle occasion de vengeance. Mais la plaine cauchoise porte à ruminer... Combien d'années faudra-t-il pour oublier certains affronts ?

Si la joie m'est indispensable pour essayer de bien faire mon métier, il n'en est pas de même pour eux : la haine et les pratiques religieuses font bon ménage dans leur vie... Les paroles de l'Evangile volent très loin au-dessus du quotidien cauchois...

« Quand donc tu vas présenter ton offrande à l'autel, si tu te souviens que ton frère a quelque chose contre toi, laisse là ton offrande devant l'autel, va d'abord te réconcilier avec ton frère, et ne reviens qu'après pour présenter ton offrande. » (Matt. V. 23.)

Hélas, cette exhortation qu'ils recoivent en latin, ils ne l'entendent pas et, de ce fait, elle ne les engage guère... Et puis, ils ne sont pas les seuls à se comporter ainsi. Pourtant, dorénavant, il y a pour moi une différence — capitale — : ces hommes et ces femmes sont devenus « mes » ouailles et je sens clairement que mon premier devoir est de leur ouvrir les oreilles à de telles paroles...

Trois heures. On se retrouve après le dîner[2] pour chanter les Vêpres. Aujourd'hui, elles sont « festives » et la cérémonie se prolonge. Personne ne s'en plaint. Le Cauchois aime les Vêpres, ça occupe. Georges quitte la table sans même avoir eu le temps de prendre « eun p'tit » (un calva). Monsieur le Doyen est là. L'heure

1. Des autres.
2. Déjeuner cauchois.

exige. On y sera. L'église sera pleine comme pour la messe. On se presse, on se rhabille. Les femmes laissent la vaisselle : les filles la feront au retour. Quand le Doyen et moi arrivons sur le carreau, des petits groupes attendent déjà. On se salue de loin. Nous passons par la sacristie pour revêtir les ornements. Je retrouve ma chape.

Au troisième coup, c'est le *Deus in adjutorium*, l'office démarre, lentement. On a mangé vite et un peu bu. Le rythme des psaumes s'en ressent. On chante *forte*, sans nuances. Le pays de Caux étant bordé d'abbayes, *l'Opus Dei* est célébré à la manière des moines qui, jadis, ont christianisé le plateau. Un vernis chrétien a recouvert habitudes, chants et rites païens[1]. Tout a concouru à rendre le Cauchois « églisier ». Peu disert, il se trouve à l'aise dans la gestuelle des pratiques religieuses.

Nonobstant, aujourd'hui, le Doyen est satisfait : le chœur imposant, l'assistance nombreuse. Pas un mot discordant au cours du sympathique repas. Son rapport à l'archevêché sera enthousiaste. Un bulletin de victoire. Vraiment, une telle paroisse mérite un prêtre résident.

Moi aussi, d'ailleurs, j'ai été sensible à tout ce faste. Cet office m'a redonné confiance et espoir ; le nier serait mentir.

La fête va se clore : c'est le salut du Saint-Sacrement, l'ostensoir est sur l'autel. Le Doyen monte les trois marches de chêne ciré. Comme il est petit, il doit, pour atteindre la porte du tabernacle, se dresser sur la pointe des pieds. Il sort la lunule et la glisse dans l'ostensoir, l'y fixe et pose le tout sur le thabor[2]... Je suis à genoux face à l'hostie. Le Doyen, revenu près de moi, prend la

---

1. Il ne faut pas oublier que le mot « paysan » vient de « païen ».
2. Mini-estrade en cuivre ou en bois. Placée au milieu de l'autel devant le tabernacle, elle sert à surélever de quelques centimètres l'ostensoir, lors des présentations du Très Saint Sacrement.

navette [1] que lui tend un clergeot. Le thuriféraire a tiré les chaînes et ouvert son encensoir. Trois cuillerées d'encens : la fumée monte et son odeur envahit l'église. Le Doyen présente l'encensoir que je bénis. Les clergeots-servants écartent les pans de la chape pour me dégager les bras et me libérer. Je salue d'un mouvement de la tête et j'encense. Trois fois trois coups.

Maintenant, je fixe l'hostie au centre de ce soleil de laiton doré et je focalise (ma vue n'a jamais été bonne). C'est alors que, je ne peux me tromper, je vois soudain, avec une netteté aveuglante, des vers argentés qui grouillent dans la lunule et la strient en tous sens. Pour un croyant, c'est une vision dantesque... L'hostie est *canie*[2], comme une dentelle... Et, derrière moi, il y a cette foule qui clame le *Tantum Ergo* de Boulogne — celui des fêtes —, qui clame sa foi dans le vide, puisque le Christ est absent. Un court instant, j'ai envie de crier : « Assez ! assez ! », de dénoncer ce simulacre... Mais comment le pourrais-je devant le Doyen qui est aux anges, ma mère qui baigne dans la joie (elle me gardera toujours) et mes ouailles qui pensent déjà : « Oh ! quelle belle cérémonie ! » ?

Je renonce à parler, mais je n'oublierai jamais.

Le problème du presbytère, il n'en a pas été question. Le Doyen y a peut-être pensé... mais il a préféré ne pas y faire allusion pour ne pas troubler la fête. Chaque chose en son temps. Le Conseil municipal — je l'appren-

---

1. En métal argenté ou doré. La forme de la navette évoque celle de la lampe romaine ou, mieux encore, d'une caravelle (en latin *navis*). Mais la navette est également portée par un clergeot qui accompagne souvent le thuriféraire et se déplace beaucoup... « fait la navette », justement. L'origine du mot reste à préciser.
2. Moisie.

drai — s'est pourtant inquiété de ma santé. Le climat dans cette région est si dur ; le vent, la bruine qui fait *grémir*[1] et ces hivers qui n'en finissent pas... « Pourra-t-il tenir ? » (« Il », c'est moi). Chacun sait que le presbytère est en mauvais état. L'occupant puis les réfugiés ne l'ont pas ménagé. Voilà bien des problèmes et des ennuis en perspective. S'engager sans réflexion pour reloger les derniers occupants serait un manque de sagesse et, surtout, il ne faut pas *gabillonner*[2], sans raison valable, l'argent de la commune. A l'unanimité, il est donc décidé d'attendre...

Et, en attendant, j'échoue avec ma mère dans les trois pièces d'un pavillon. Les caisses sont vidées, les pots de faïence reprennent leur place sur la cheminée. Farine, sucre, café, thé, épices (du moins, c'est écrit dessus). Important : la boîte d'allumettes doit toujours être posée à gauche de ces pots (à droite, on ne la retrouverait pas). La machine à coudre est déjà où elle doit être, près de la fenêtre. Le tapis de cachemire recouvre la table, comme au temps de mon enfance. La cuisinière blanche qui n'a jamais bien chauffé règne à nouveau sous la cheminée, dans l'âtre. Ma mère vient d'exprimer, une fois encore, son perpétuel regret :

— On a beau dire... les charbons d'avant guerre qui chauffaient si bien : la noisette, le cardif ou le polonais[3]... c'est bien fini !

J'ai retrouvé le cadre de ma jeunesse. Tout y est. Mais peut-être pour cette raison — ou pour quelle autre ? — j'ai l'impression d'un faux départ...

Est-ce dans l'espoir d'oublier cette pénible impression ? Je me prends à évoquer mes plus lointains souvenirs...

1. Frissonner.
2. Dépenser sans compter.
3. Des charbons d'importation.

LIVRE DEUX

Un gamin de la Rampe

« Va jouer dehors... »

Un rayon entre deux averses suffit. Pour nous, notre rue, c'est la vie : un terrain de jeu, une leçon de choses. Le rémouleur avec sa carriole qui *rafile*[1] ciseaux et couteaux. Le raccommodeur de faïences et de porcelaines (la porcelaine est rare), assis sur le seuil d'une porte, un gros tablier de cuir sur les genoux, perce, agrafe, colle. A midi, c'est le chanteur des rues, le « vieux Napoléon » avec sa longue barbe qui fait penser au Victor Hugo des manuels de classe. La rue est le prolongement heureux de notre logis sans confort. L'odeur envahissante du bec Auer[2] nous picote la gorge. Mon frère — mon aîné de treize ans — a « bricolé » une installation électrique. L'ampoule pend du plafond au bout de son fil : une « vingt bougies », comme dit ma mère.

On joue avec ceux du haut et du bas de notre rue. Chaque maison a sa réputation, son histoire ou mieux : ses histoires particulières. Au « 16 », il y a un « pavillon », ce qui est rare dans cette rue populaire. Le garçon qui y habite est fils unique, il n'a pas l'autorisation de jouer avec nous. Sa famille pense que la rue est une école de voyous. Le pauvre reste assis, tout seul derrière sa fenêtre ouverte, sa carabine à air comprimé posée à côté

---

1. Aiguise.
2. Bec de gaz.

de lui. Quand nous passons, il la charge de pâte de pomme de terre et tire... Ça brûle les jambes. Alors on évite de passer par là, sauf quand il faut aller faire les commissions. On choisit son heure et on court vite sur l'autre trottoir, celui de droite.

L'été, tout le monde descend dans la rue. On gagne le plus possible sur la nuit. A la fraîche, on s'installe sur le trottoir. Les hommes sortent une chaise et s'y assoient, les bras appuyés sur le dossier. Les femmes restent debout ou assises sur le seuil de leur porte. La veillée commence. On ne parle jamais politique, ça divise. C'est l'affaire de Paris, les députés sont élus pour ça. Le grand sujet de conversation, c'est la mer. Tous en vivent plus ou moins directement : hommes du port, dockers, navigateurs ou employés de ces bureaux qui traitent des affaires maritimes. Il n'est question que de bateaux, d'escales, d'avaries, d'embarquements ou de mises à terre, d'heures de marée... On calcule le nombre de jours avant un départ et, surtout, avant un retour :

— Il n'arrivera qu'à la marée du soir... ça le mettra pas à la maison avant trois ou quatre heures du matin...

Le Havre d'alors vit au-dessus de ses moyens officiels. Nous, les enfants, on ne sait pas ça, bien sûr, ce n'est pas de notre âge. Mais, parfois, au passage, on saisit un mot qui revient souvent dans la conversation des parents : l'alcool. Le Havre fait de l'alcool comme Saint-Pierre-et-Miquelon. En Amérique, c'est le temps de la prohibition, alors, pour nous, c'est le temps de la contrebande.

On ne peut tout de même pas laisser ces jeunes de New York (pour nous, l'Amérique, c'est seulement New York) boire n'importe quoi. De l'alcool de bois qui rend fou... Bref, leur envoyer notre « bon » alcool est un devoir... C'est du moins ce que pense ma mère, en brave chrétienne qu'elle est.

Pour nous, les *bootleggers* et Al Capone sont presque des héros. Impossible de comprendre pourquoi on fait des ennuis à des gens si honnêtes en affaires !

L'administration du Havre ferme les yeux. Toutefois,

les marins risquent trois mois à terre quand ils sont pris par les autorités américaines qui exigent, de temps à autre, des amendes. Heureusement que deux ou trois voyages suffisent pour se remettre financièrement à flot.

Les femmes discutent en tricotant. Les unes appuyées au chambranle de leur porte, les autres accoudées à une fenêtre du rez-de-chaussée... Entre elles, il n'est question que des enfants, de la santé, de l'école, de recettes de confitures ou, plus souvent encore, de couture. Elles s'habillent elles-mêmes. Un coupon de tissu acheté au marché suffit, surtout au moment des soldes... Chacune se vante des économies qu'elle a pu faire. Parfois, elles parlent encore dans l'ombre, quand la nuit commence à confondre trottoirs et ruisseaux. Le signal de la retraite est donné par l'allumeur de becs de gaz, dès qu'il apparaît au bas de la rue, la perche sur l'épaule, portant haut sa flamme. A la vue de ce point rouge qui danse dans la nuit, tout le monde se lève. Les cris des enfants cessent, les chaises disparaissent, les volets du rez-de-chaussée se ferment, pas à cause des voleurs, mais parce qu'on se sent mieux protégé ainsi des angoisses nocturnes.

Devant l'impasse, presque à notre hauteur, l'allumeur pousse, du bout de sa perche, la barrette ouvrant l'arrivée du gaz. Celui-ci jaillit et envahit la lanterne qui, d'un coup de pompe, s'enflamme avant de se transformer bientôt en un halo vert et jaune se reflétant sur le pavé. Toute la rue s'apaise et s'endort. Demain, on se lève de bonne heure : à quatre ou cinq heures. La nuit sera courte.

Aux grandes marées, aux hautes eaux, la mer envahit les égouts de la ville basse. Les rats s'enfuient alors et se rabattent chez nous, dans le quartier de la Rampe, blotti au pied des falaises et de la Côte [1] où il s'est édifié sur un

---

1. La Côte, au Havre, constitue un quartier résidentiel qui domine la ville basse et borde le plateau cauchois. Le mot désigne aussi les falaises partant du Havre jusqu'au port d'Antifer. Après, les falaises changent de nom, du moins chez les marins...

tout-venant d'éboulis, d'alluvions de la Seine et de galets. Un sol fragile.

Quand on signale le premier rat, l'alerte est donnée. Chez nous, la haine du rat est atavique. On le poursuit âprement jusqu'à ce qu'il se réfugie dans une gargouille de fonte qui barre le trottoir et reçoit l'eau des gouttières. Vite, une planchette de bois est alors solidement fixée qui lui coupe toute retraite. Claustrée, la bête s'affole, le poil hérissé, cherchant en vain une issue. Pendant ce temps, des feux sont allumés pour préparer des bassines d'eau bouillante... Quand elles sont prêtes, on y *puche*[1] avec des culs de seau, des gamelles, des arrosoirs qu'on déverse à la hâte de la lucarne du grenier dans la gouttière. On entend alors les cris aigus du rat emporté par des torrents d'eau bouillante... Quand on aperçoit ses poils hérissés dans la fente de la gargouille, c'est l'heure de la mère Olivier, la matelassière, qui fait le guet, armée de sa longue aiguille. Elle va, posément, toréer, piquant et repiquant sans relâche jusqu'à ce que la bête soit à moitié crevée... La planchette est alors retirée et le rat, entraîné par le reste d'eau, échoue dans le ruisseau où on l'achève à coups de gourdin. La peur vaincue, chacun se sent plus fort. Dès que les grands sont rentrés et arrosent leur victoire, c'est notre tour à nous, les petits : le cadavre du rat nous appartient. On l'attache au bout d'une ficelle et on court le déposer devant la porte de quelqu'un auquel on ne veut pas du bien....

Quartier populaire, la Rampe a toujours été habitée, dès l'époque glaciaire où la Manche n'est encore que la vallée d'un fleuve qui prend sa source au pied du glacier barrant le pas de Calais.

Sur les bords des rives, aujourd'hui fossilisées, de la Seine, il y a déjà des hommes. Des Néandertaliens ? Des Clactoniens ? Qui sait ? C'est là en tout cas que, des siècles plus tard, sur une langue de terre maintenant disparue, va débarquer près d'un petit port de pêche

---

1. Puise.

(Saint-Denis-Chef-de-Caux) Henri V, roi d'Angleterre, avec ses troupes — quelques milliers d'hommes.

Nous sommes en 1415, cent ans avant Marignan. Guerres, déportation, le pays ne sera plus que ruines et misères jusqu'à la défaite d'Azincourt.

Le Havre n'est pas encore sorti de la vase. C'est un décret royal de François Ier qui lui donnera naissance. Plus tard, son port, cerné de murailles et flanqué d'une citadelle, deviendra militaire : le Havre de Grâces. Quant au quartier de la Rampe, il est demeuré à l'écart dans sa zone insalubre balayée par les vents de noroît. Seul, un chemin de terre rehaussé, en forme de digue, permet à ses habitants de rejoindre la ville nouvelle, mais il est souvent recouvert par la marée et impraticable.

La mer exige des hommes qui vivent à la Rampe, marins pour la plupart, tant de vertus que, sur terre, ils se sentent le droit de « compenser ». Les rixes sont fréquentes dans ce quartier mal famé où les étrangers osent rarement se risquer.

Etre un gars de la Rampe n'est pas un titre dont on se vante...

Mais l'histoire a ses lois. Le Havre corseté va grandir, étouffer... se mettre à déborder le long des chemins d'accès dans une étoile de rues et de ruelles... et au XIXe siècle, la ville qui s'est embourgeoisée n'accepte plus « l'abcès » de la Rampe. Alors une souscription est ouverte. Une église est construite en dessous des quatre chemins. Son clocher d'ardoise, le plus haut de la région, servira d'*amer*[1] pour la navigation. Le patron de cette église de miséreux est tout désigné : saint Vincent de Paul. C'est là que je serai baptisé, le 14 juillet 1918.

Est-ce mon père, qui, non sans malice, a choisi cette date ? S'il a la foi, il n'apprécie guère les pratiques religieuses de ma mère. Lui est « de la côte » — de

---

1. En langage maritime : repère utile pour piloter, éviter un passage dangereux, se situer, faire le point...(Mot d'origine nordique.)

33

Saint-Pierre-en-Port — elle, de Bernières, en pays de Caux. *L'iau et le fu*[1], affirme l'oncle Léon...

Le vicaire, un prêtre mutilé, nous attend sur le parvis de l'église où les vêpres s'achèvent. Il y a foule. La grande offensive de Foch vient d'être lancée : l'inquiétude et l'angoisse favorisent la piété, une religion de la peur. Ma mère est pâle : c'est un major belge qui a présidé à ma naissance mais j'ai fait beaucoup de caprices pour venir au monde... Mon frère porte un béret de marin fantaisie. Ma sœur, une jupe bouffante, cousue par ma mère. Mon père, réquisitionné auprès du gouvernement belge, est en uniforme des Postes (Sainte-Adresse, en amont du Havre, est devenue la capitale de la Belgique). Facteur du Roi et de la République, voilà qui n'est pas pour déplaire à l'auteur de mes jours.

— Ce sera un gendarme, dit le major en voyant mes mains...

Mais ce n'est pas l'avis de ma mère :

— Il n'aura pas de santé... comme tous les *ravisés*[2]...

Pour l'instant, le *ravisé* attend dans les bras maternels qu'on l'exorcise, qu'on le débarrasse du diable. « Sors de cet enfant, esprit impur, et cède la place à l'esprit saint ! »

Me voilà enfin libéré. Le prêtre change son étole violette contre une blanche, symbole de pureté. Je peux pénétrer dans le sanctuaire. On processionne alors vers les fonts baptismaux. Le sacristain, en soutane courte et surplis plissé, fait glisser le dôme de cuivre qui les recouvre. Ensuite, une coquille Saint-Jacques à la main — après avoir écarté les moisissures dues à l'huile de consécration — il puise un peu d'eau claire, très froide. Prévenant, il passe le dos de la coquille sur la flamme du cierge, pour la réchauffer. Elle se noircit, mais c'est l'usage de procéder ainsi, même l'été : les églises sont si fraîches et les *bésots* si fragiles... Ma mère est sensible au

1. L'eau et le feu.
2. Le petit dernier — quand il est né au moins dix ans après le plus jeune enfant de la famille.

geste (elle ne l'oubliera pas tout à l'heure en passant à la sacristie). Le prêtre pose les questions d'usage à mes frère et sœur — le parrain et la marraine — qui doivent répondre à ma place. Ma mère les épie, prête à leur souffler les réponses qu'ils pourraient avoir oubliées. Il ne faudrait surtout pas que Monsieur le Vicaire puisse penser qu'il n'a pas affaire à une famille chrétienne.

— *Ego te baptiso in nomine patris, et filii et spiritus sancti.*

C'est fait, je suis enfant de Dieu. Mais, Verdun étant sous les bombes, je n'aurai droit ni aux cloches ni aux dragées. Juste à une demi-livre de cerises que la famille se partagera au dîner, quand je serai endormi.

Ma mère est rassurée. Si un *malhu*[1] m'arrivait, je passerais par l'église, je ne serais pas enterré comme un *quin*[2]. Dans la religion de cette époque, Dieu est, avant tout, justicier, toujours à l'affût, derrière un nuage, prêt à foncer sur le pauvre pécheur comme sur une proie. C'était la religion du curé de ma mère, à Bernières, Monsieur Corroyer, dont elle n'a jamais cessé de suivre scrupuleusement l'enseignement et dont elle garde le plus vivant souvenir, tant de fois évoqué...

Malgré sa soutane courte, ses grosses chaussures de paysan, sa barrette à trois cornes qui ne le quitte pas, on craint fort Monsieur Corroyer. Homme de devoir, il n'est pas méchant mais rien d'important ne se fait sans qu'on le consulte ou que l'on s'inquiète de ce qu'il en pense. C'est toujours lui qui tranche et son avis est sans appel. L'ordre, il est conscient de l'assurer selon la loi de Dieu. L'idée de perdre l'une des brebis qui lui ont été confiées le hante. Certes, ses ouailles bougonnent parfois, mais, le plus souvent, seulement en silence. De la chaire où il prêche, tout ce qu'il dit est vérité ou du moins le devient. Le curé de Bernières en impose à tous... même à l'un des

1. Malheur.
2. Chien.

voisins qui est pourtant résolument *rieniste*[1] mais qui jamais, quand il le croise, ne manque de le saluer. C'est que même ce voisin incroyant ne voudrait risquer de faire son dernier voyage sans sacrement... On dit aussi qu'au château le curé a toujours son couvert mis, même s'il ne s'y rend qu'en cas d'extrême nécessité. C'est le règne de la discipline et de l'obéissance. La voie est implacablement tracée. Un mur de tabous majeurs et mineurs empêche chacun de s'en écarter. Seule compte la morale qui se réfère au passé :

— *Cha toujou étai comm' cha... é bin.* [Il en a toujours été ainsi... c'est bien.]

Combien de fois ai-je entendu ma mère commenter, d'un ton sec, telle ou telle de mes « indulgences » :

— Jamais Monsieur Corroyer n'aurait permis ça. Lui, c'était quelqu'un !

Monsieur Corroyer loge dans le presbytère — la maison la plus imposante après le château. En brique, matériau noble et non en colombages et torchis, elle est dotée d'un large couloir au rez-de-chaussée.

Pour le Cauchois d'alors, le presbytère, comme le cimetière, doit être ostensiblement digne de respect.

Il est également impensable que le catéchisme ne soit pas enseigné dans l'église — et que Monsieur le Curé n'ait pas passé auparavant le surplis et l'étole. Les enfants doivent impérativement s'y rendre chaque soir après l'école — et même le matin en période de communion.

C'est Mademoiselle la gouvernante, Pulchérie, la sœur de Monsieur Corroyer, qui, en plus de l'entretien du presbytère, assure la récitation (par cœur, bien sûr) du catéchisme et la surveillance pendant la messe. Malheur à qui oserait tourner la tête ou *bavacher*[2] avec ses voisins !

Le jour de l'an, exceptionnellement, le presbytère

1. Celui qui ne croit à rien.
2. Bavarder.

s'ouvre aux garçons et aux filles du chœur et du catéchisme. A celui — ou à celle — qui a les meilleures notes
revient l'honneur de dire le compliment que Monsieur le
Curé a rédigé lui-même.

Chaque fois que le *réciteu*[1] s'adresse à Mademoiselle
Pulchérie il fait un petit salut de la tête, un peu comme
Monsieur le Curé devant la Croix de la sacristie.

Après le compliment, Monsieur le Curé dit un mot
(parfois très long) pour souligner le dévouement, l'abné-
gation de sa sœur qui a tout sacrifié pour être près de lui.
Quand tout est fini, Pulchérie ouvre une porte située sous
le four, pour en tirer une boîte en fer où, comme chaque
année, elle a enveloppé dans des *chiquettes*[2] de diverses
couleurs — une pour chacun — un sucre et une dragée.
Qu'importe le peu ! ce qui compte c'est d'être reçu au
presbytère. Il y a là de quoi rêver toute l'année... Et ma
mère a toujours aimé rêver de la sorte...

Autour de moi, le soir, à Vattetot, elle continue à
égrener ses souvenirs de jeunesse...

A douze ans, elle est placée au Havre dans une famille
bourgeoise de la Côte. C'est Léon, son frère, qui lui a
trouvé cette place. Avant de quitter le village, ma mère va
faire ses adieux à Monsieur Corroyer.

On lui a accordé un rendez-vous. Pulchérie, qui l'a
aperçue par la fenêtre de derrière, vient lui ouvrir :

— Monsieur le Curé vous attend.

Le vieux prêtre est assis à son bureau, ses besicles sur
le nez et son bréviaire entre les mains. Ses lèvres marmot-
tent : il psalmodie ses prières, indifférent à la présence de
la jeune fille qui vient d'entrer... Dieu premier servi.

La pièce est haute. Aucun rapport avec la masure de
grand-mère. Sur le mur du fond, des *placets*[3] et des

1. Récitant.
2. Morceaux de chiffons.
3. Nom utilisé en pays cauchois pour désigner une étagère dans un
meuble ou sur un mur.

37

rangées de revues, de livres reliés ou couverts de papier noir. Ici, d'ailleurs, tout est sombre.

— *Fô ti avai lu tout cha por êt' cuai ?* [Faut-il avoir lu tout ça pour devenir curé ?] se demande ma mère.

Après avoir posé son bréviaire et relevé les pans de son camail, Monsieur le Curé époussette, du revers de la main, un brin de tabac sur sa soutane tout en achevant son psaume :

— *Gloria patri et filio et spiritui sancto...*

« Ainsi donc, vous venez me dire adieu, mon enfant ? En quittant votre clocher, j'espère bien que vous n'allez pas abandonner aussi le Bon Dieu... comme ça arrive trop souvent. Pourquoi donc partez-vous ? Pour l'argent ? Eh oui ! toujours l'argent... Et pourtant, on ne peut servir deux maîtres, Dieu et l'argent, comme le dit si bien Notre Seigneur... N'y a-t-il donc point de fermes par ici où vous auriez trouvé une place ? Mais non, on préfère l'aventure, les risques. Vous avez pourtant souvent chanté : « Je n'ai qu'une âme qu'il faut sauver. » Y avez-vous pensé ? Sûrement pas. Hélas, demain, vous allez connaître le monde des libertins et des libertines...

Ma mère se met à trembler en entendant ces mots qui sentent le soufre...

— Enfin, je prierai pour vous, ma pauvre enfant, dit enfin Monsieur le Curé, avant de faire un signe de croix sur le jeune front tendu vers lui...

— Au Havre, dans ma petite chambre sous les toits, me précise ma mère, il m'arrivait souvent, le soir, de regarder sous mon lit, de peur de voir surgir un cortège de « libertins ou de libertines » prêts à danser je ne sais quelle sarabande de Sabbat !

Monsieur Corroyer avait tort de s'inquiéter pour ma mère. Non seulement elle n'abandonnerait pas Dieu, mais elle allait, de son mieux, communiquer la foi de son curé et tout faire pour qu'à leur tour ses enfants soient admis dans le sein du Seigneur.

J'ai cinq ans, guère plus (je me souviens à mon tour), un orage s'achève. Le ciel délavé. La rue ravinée. Les

38

ruisseaux en pente dégorgent d'une eau argileuse, torren-
tielle, quand soudain, au-dessus de la maison d'en face,
un arc-en-ciel apparaît. Emerveillé, je colle mon nez
contre la vitre...

— Le signe de Dieu, intervient ma mère. Rappelle-toi
l'histoire du Déluge, je te l'ai déjà racontée : Dieu a puni
les hommes de lui avoir désobéi... mais comme Il est bon,
quarante jours plus tard, Il a fait la paix avec eux. Et sa
signature sur son traité de paix, c'est l'arc-en-ciel. Seulement, attention, garde-toi bien de montrer du doigt le
signe sacré... Monsieur Corroyer racontait l'histoire d'un
enfant qui avait fait ce geste pour rire. Il avait oublié que
Dieu n'aime pas qu'on se moque de lui. Et d'un coup,
l'enfant a eu le doigt coupé... Montrer du doigt, ça ne se
fait pas.

Et pourtant moi, je vais oser... Bravant ma peur —
tandis que ma mère repasse et ne me voit pas — je *digue*[1]
tout doucement mon index vers l'arc-en-ciel et j'attends...
O miracle... mon doigt n'est pas coupé ! Il est vrai que je
n'ai pas fait cela pour rire... A moins que Dieu ne pense
pas comme Monsieur Corroyer ? C'est une question que
je me pose encore...

A une seule occasion, ma mère faillit perdre la foi,
voici comment :

— Un jour, sur un chemin un peu écarté de mon
village, m'explique-t-elle, j'aperçois Monsieur le Curé à
quelques pas de moi. Je ralentis (on n'aurait pas osé alors
dépasser un curé) et, soudain, je le vois s'écarter et se
diriger vers un petit bosquet... Un coup d'œil d'un côté et
de l'autre, mais il ne me remarque pas... Alors, se croyant
seul, voilà qu'il relève sa soutane et que là, tout bonnement, il se met à... Exactement, vois-tu, comme un
charretier dans son *banneau*...[2] ! J'ai été stupéfaite... je ne
pouvais en croire mes yeux car alors j'étais si naïve, que

1. Tends.
2. Tombereau : voiture de charge montée sur deux hautes roues et que
l'on bascule pour la vider.

j'aurais mis ma main au feu que les prêtres n'étaient pas des hommes comme les autres !...

Je l'ai dit, mon père était d'une tout autre race que ma mère. D'une famille de Terre-Neuvas... il avait de l'eau salée dans les veines en guise de sang. Je le vois encore : apparemment doux et calme, silencieux, il y a autour de lui comme une aura d'aventure (les Vikings sont passés par là). Il n'embarque pas, mais dès que l'occasion se présente, il m'entraîne sur le port. On longe les quais, on hante les hangars sous les palanquées de sacs de jute bourrés de café, les balles de coton, les caisses de tous pays. Je déchiffre des noms qui, très vite, me sont familiers. Rio, les Antilles, Hong Kong, San Francisco, la Guyane, Tahiti, Pékin, Bergen, New York... Sydney... Des noms que, moi, je situe en vrac derrière cette ligne d'horizon où disparaissent les bateaux, où s'enfonce le soleil... Croc en main, les dockers arriment toutes ces marchandises sur des wagons ou des camions aux roues bandées de caoutchouc. Souvent il pleut. L'eau des bassins clapote. Il faut enjamber les amarres. Ma pèlerine s'alourdit, mon visage ruisselle. Si l'averse est trop drue, alors on s'abrite sous les hangars ou même parfois on monte à bord. Mon facteur de père, qui est connu de chacun, a tous les droits. On grimpe à la passerelle, plus ou moins en pente selon la marée, et l'on se perd dans les coursives... Je suis pénétré par les odeurs qui viennent de partout sur ces quais : le café, le jute mouillé, mais surtout les bois exotiques. Je suis trempé, mais heureux : je n'ai pas froid. Parfois même, on descend à fond de cale. Là, maintenue par des étais, assise sur ses berceaux, l'étrave du bateau est à sec. On passe dessous...

Le plaisir de mon père est de me faire vivre « ailleurs »...

Sa ville, il en est fier. Gascon du nord, il souligne ses performances. On a la plus grosse grue, le plus long quai, l'escalier roulant le plus haut et, bientôt, le plus grand paquebot du monde... (le *Normandie*). J'ai vraiment de la chance d'être né là, Le Havre est à la pointe du progrès.

On creuse dans la vase une immense cale de radoub[1]. Sera-t-elle prête pour le lancement du *Normandie* ? Nous allons y voir... et nous pataugeons tellement dans la boue tous les deux que mes chaussures n'ont plus de couleur...

Mais quand nous rentrons à la maison, il faut payer la facture. Ma mère gronde à l'intention de mon père :

— Tu sais bien qu'il est faible... tu veux donc me le tuer, ce pauvre petit !...

Et, s'adressant à moi :

— Toi, file te changer, et vite... j'arrive.

Alors je grimpe à l'étage où je vais être frictionné à l'alcool des pieds à la tête.

— Passe ta flanelle, vite... Noublie pas ce que le docteur a promis : si tu la mets, tu éviteras une complication à tes poumons...

(Hélas, ça n'était pas aussi facile à éviter...)

Pour mon père, si épris de liberté, les jours d'élections ont un avant-goût du paradis... le paradis jacobin.

Il se rend toujours aux urnes après la messe. Dès que ma mère est partie faire les commissions, on file ensemble — coiffés moralement, lui et moi, du bonnet phrygien — jusqu'à ma première école, rue Piedford, une grande bâtisse de deux étages en brique blanche, style nouille des années vingt-cinq : la « laïque ». La salle des prix qui occupe tout le rez-de-chaussée donne sur les marronniers de la cour. J'y ai joué avant que les filles du cours complémentaire nous en chassent. Querelle d'influences locales. Nous nous sommes retrouvés un bon kilomètre plus loin dans une autre école nommée « Henri-Génestal ». Les élections ont lieu dans la grande salle, décorée pour la circonstance de plantes vertes et de drapeaux

1. Expression havraise qui signifie : cale sèche.

41

encadrant le buste de Marianne. Sur une longue table, recouverte du traditionnel tapis vert, et barrant le fond de la pièce, trône l'urne. Derrière elle, des hommes-troncs barbus et porteurs de besicles officient... Un silence profond, presque sacré, nous accueille. On se salue mais on ne se parle point — ce serait contraire à la solennité du moment. Après une poignée de main, un sourire hâtif, mon père prend une enveloppe violette près de l'urne et m'entraîne à l'écart. Quand il entre dans l'isoloir — pour moi une sorte de confessionnal interdit aux enfants — je suis abandonné à mon sort et à mes observations. Mon père porte avec une réelle fierté l'uniforme des Postes. Sous le rideau, un peu court, ses chaussures et le bas de son pantalon de drap dépassent.

— Tu vois, me chuchote-t-il en sortant de l'isoloir, il faut se taire, la campagne électorale est terminée. A chacun d'agir selon sa conscience...

L'enveloppe à la main, il revient vers les hommes-troncs et l'un d'eux, qui a l'air d'être leur président, lance bientôt un retentissant : « A voté. » Mon père semble vraiment heureux : il a rempli son devoir civique.

— J'ai fait mes Pâques républicaines, me dit-il... tu comprendras un jour ce que je ressens quand tu seras appelé à ton tour à voter... La liberté, c'est un grand mot que la vie permet rarement d'apprécier parce que les autres s'en chargent pour toi... Mais quand tu exerces ton droit de vote, tu te sens libre...

On ne traîne pas pour rentrer, ma mère nous attend. La table est mise. On ne parlera pas du vote. C'est une sorte de secret entre nous deux.

Le repas du dimanche est un rite, son menu invariable : la soupe d'abord... mais quelle soupe ! un bouillon gras. Ma mère y excelle : comme on dit, la soupe fait l'homme. Le temps n'est pas loin encore où, maigre et seulement accompagnée d'un reste de pain, dont on aurait eu honte de jeter le moindre morceau, elle était tout le repas. Aujourd'hui, le « dîner » du dimanche est une fête. Le pot-au-feu, jadis réservé pour les grandes occasions, est devenu une « entrée », suivi d'une jardinière de légumes qui précède le rôti, entouré de ses pommes rissolées. Jamais de crudités.

— Tout ce qui est cru est malsain, affirme ma mère.

Et les fruits sont rares. Le père rapporte bien, parfois, de sa tournée, quelques bananes qui sont flambées au rhum. Mais en général, le dimanche, après le camembert — que l'on entame — chacun a droit à sa pâtisserie préférée achetée au retour de la messe, un mille-feuille pour papa, une religieuse pour mon frère, un moka pour ma sœur et, pour moi, une meringue. Quant à ma mère, Mme Aubourg, la pâtissière, ne s'y trompe pas (elle connaît son monde), son dessert sera, comme toujours, un éclair au café.

L'imprévu du dimanche, c'est l'oncle Léon. Il arrive comme ça, sans prévenir, pendant que nous sommes à la messe, par l'omnibus de dix heures zéro trois, qu'il a pris à la station Bolbec-Nointot. Mon père est seul pour le recevoir. Son coupe-chou à la main, il est en train de se raser :

— Tien, c'est *té...* dit-il en le voyant.

— Comme tu vois... C'est *mé...* T'as reçu mon mot ?

Façon de parler, il n'en envoie jamais ! N'est-il pas l'aîné de la famille ? Chez sa sœur, il est comme chez lui.

Mon père ne tarde pas : il passe sa veste, coiffe son képi et les deux hommes filent aussitôt chez Gambrinus, le café du bas de la rue.

— Qui qu' tu prends ? demande le beau-frère.

— Comme *té...*

— *Eun* vin cuit ?

— *Cha,* t'as raison... Leur anis, est d'la chimie ! Va *savouére*[1] qui qu' mettent dedans !

Cet oncle, je l'aime bien.

Avec son visage mangé par le son, barré d'une moustache rouille, son léger duvet sur la tête de la même couleur, Léon serait tout rouge sans ses deux yeux

---

1. Savoir.

franchement myosotis. Une manie : il *maquillonne*[1] indéfiniment les chicots qui lui restent dans la bouche. Ce qui me plaît le plus chez lui, c'est qu'il porte en guise de cravate deux gros pompons de laine grise ; l'un étant noué un peu plus haut que l'autre. Léon n'est pas causant sauf avec mon père qu'il a remplacé dans sa tournée rurale de facteur. Ils ont grand plaisir tous les deux à évoquer leur métier, leurs « clients ».

— Tu t'souviens de la ferme Malandain, sur la route de Saint-Jean à Gommerville ? demande l'oncle, eh bien rien de changé, le *Maît'*[2] me fait toujou asseoir à côté de *li*, le mercredi, à la place d'honneur, à la hauteur du *tireu*... Et, tu t'en souviens, le coup est largement servi : du *gros*[3] qui vous coupe les *gambes* — on ne peut plus *arquer*[4] pour le reste de la tournée !

« Quand j'y remets la lettre de son gars qui est au service, il la prend, la regarde, la tourne mais sans l'ouvrir, et enfin, il la pose à côté de la *politique*[5] en disant seulement : « *E por apré* »[6]...

— Oui, enchaîne mon père, je m'rappelle bien que *Maît'* Malandain ne sait pas lire... Pour *li*, l'travail passe avant tout... mais c'est pas un *nian*[7], il est fier et tient à faire illusion... Pourtant personne n'est dupe, je revois ses ouvriers, assis à la table voisine, qui souriaient en silence...

— Et quand le charretier ferme son couteau et quitte la table, les autres le suivent. C'est le moment pour les femmes de desservir la grande table, celle du *Maît'*... qui devait, toi aussi, te retenir en disant : *Vô avai bin eun' minut' por en prinz eun' p'tite... Aveuc l'âge, l'zieux faibliss'... Impossib' d'avai d'bésiques à m'vue... Vô qu' êt'vé-*

---

1. Mordille du bout des dents.
2. Maître : titre donné à l'homme qui dirige une ferme.
3. Cidre pur, premier tiré.
4. Marcher.
5. Le journal.
6. On verra ça après.
7. Niais, ignorant.

zillant... lizai mé cha... [Vous avez bien une minute pour prendre un petit verre... Avec l'âge, les yeux faiblissent... Impossible d'avoir des lunettes à ma vue... Vous qui voyez bien, lisez-moi ça...]

« Et en même temps il déchire l'enveloppe, tire la lettre où le militaire griffonne toujours les mêmes choses sur sa santé, sa situation, les « permes », la « quille » et... pour finir des *boujous*[1] aux vieilles tantes, aux cousins, sans oublier le curé et l'instituteur... Pendant que tu lis, le Pé Malandain écoute en silence, la lèvre boudeuse mais l'œil rieur, complice : il apprécie que son garçon ne soit pas *kamandeu*[2]. A la ferme, il travaillait sans salaire, avec juste, selon l'habitude, une pièce le dimanche... mais aujourd'hui qu'il est sous les drapeaux, il est le préféré. Faut l'gâter un *p'tieu* ! Alors le Pé Malandain se jette à l'eau : *Fet' mé eun' p'tite réponche. Aveuc mes mains gourges, pi mé rhumatis' — m'pé était d'jà comm'cha. — j'pouvons pu écri' !* [Faites-moi une petite réponse. Avec mes mains gourdes, et puis mes rhumatismes — mon père était déjà comme ça — je ne peux plus écrire !]

« Et pas moyen d'y échapper ! Y a plus qu'à trouver eun' plume sergent-major neuve, à la mouiller avec d' la salive avant de l'embrocher su son manche et à la plonger dans l'encrier... : *E bin... métai comm' por vô !* [Ça ira bien... mettez comme pour vous !]

« Et maintenant, il s'agit d'bien s'appliquer : le *Maît'*, qui vous a à l'œil, apprécie le travail bien fait... ! C'est seulement à la fin, juste au dernier moment, avant de cacheter l'enveloppe lui-même, que le Pé Malandain, avec un sourire gourmand, y glissera un billet violet (500 F anciens)...

Les deux hommes n'en finissent plus de revivre leurs souvenirs communs mais soudain mon père coupe court :

— Faut rentrer dare-dare, on nous attend là-haut...

1. Baisers.
2. Quémandeur, mendiant.

L'oncle règle sa tournée, mon père la sienne (il ne faut jamais devoir à personne : on y perd sa liberté).

Ma mère a deviné. Une assiette en plus. Elle *boujoute*[1] son frère. S'aiment-ils ? Peu importe... elle le craint. A la mort de leur père, c'est lui, l'aîné, qui est devenu chef de famille, responsable de quatre sœurs et un frère. Il n'a pas pris femme avant d'avoir établi et marié « son » monde.

Le déjeuner est prêt. Quand il y en a pour cinq il y en a pour six, mais on m'envoie chercher une pâtisserie supplémentaire — un chou, précisément — ce que notre invité préfère ! Ma mère glisse son mot pour demander des nouvelles de tante Blanche.

— Cha va... elle travaille.

Et c'est tout. Les deux hommes continuent à évoquer leurs histoires du *Plateau*[2]... C'est dimanche, mon père et mon oncle ont tout leur temps mais ma mère, elle, commence à s'impatienter après avoir jeté un coup d'œil à la pendule. Les Vêpres sont à 3 heures. Dehors, du haut de la rue j'entends le marchand de glaces :

« Vanille, glaces à la vanille... »

— Tu n'as pas le temps aujourd'hui, coupe maman qui vient de sortir la bouteille de rhum pour les hommes (ils n'en boiront guère, mais c'est la règle).

J'enlève mon sarrau en vitesse et m'habille : une demi-heure plus tard, je suis au chœur pour le *Deus in adjutorium*. Ma mère est à sa place, derrière son prie-Dieu, dans les premiers rangs du bas-côté, près de la chapelle de la Vierge. Il lui suffit de se retourner pour me surveiller.

Quand on remonte, les hommes sont toujours à la même place en train de parler. Maman se change et dessert rapidement la table. L'oncle m'attire à lui.

— Viens t'en près de mé....

---

1. Embrasse. (Le Cauchois, qui n'aime pas exprimer ses sentiments, *boujoute* facilement... et plutôt trois fois qu'une.)
2. Pays de Caux.

Il a mis un peu de rhum dans le fond de sa tasse et, de ses gros doigts, il y trempe un sucre.

— Prends cha, mon gars, cha va *t'remouquer*[1].

Ma mère s'effraie : « Ce n'est pas de son âge ! »

— Voyons, un « canard » cha ne fait pouin de mal... et cha tue les vers... !

Il rit. Et mon père, complice, sourit.

— Tout cha, c'est très bien, mais l'heure tourne... La *colass*[2] avant d'partir ce s'rait pouin de refus !

Il est 4 heures. Ma mère remet la table — des bols — et allume le gaz. En attendant que le café chauffe, elle reste debout dans son coin — comme du temps où elle était fille, à la campagne — et ne se rapproche que pour servir les hommes.

La gare est loin — une bonne demi-heure de route. Il faut traverser la ville, mais les deux facteurs ne craignent pas la marche. Ils ont l'habitude de faire leurs vingt kilomètres par jour. Ça maintient en forme. Leurs gros souliers martèlent les pavés de granit : ils vont au pas et moi je trottine derrière eux, aussi vite que je peux... Enfin arrivés à la gare, l'oncle, avant de nous quitter, me glisse une piécette dans la main :

— Pour ta *glache*[3].

On se quitte dans le hall. A quoi bon prendre un ticket de quai ? Ça coûte et on va se revoir bientôt.

Demain, c'est l'école. Lundi à 9 heures, dictée. Je n'apprécie guère. La moindre faute compte : la ponctuation et même les accents. On risque chaque fois le zéro... Mais une fois de plus, je vais y couper ; je suis de service pour une inhumation et, comme enfant de chœur, je toucherai entre 0,25 et 5 francs[4] (selon la classe de

1. Remonter.
2. Collation.
3. Glace.
4. Anciens.

47

l'enterrement). J'arrive ainsi, chaque mois, à me faire un petit pécule...

La levée du corps est à domicile. Procession dans tout le quartier. On marche en milieu de rue, sur la chaussée, croix en tête, clergeots et chantres en habits de chœur. A la maison, le dessus de la porte d'entrée est barré d'un bandeau noir à larmes d'argent[1] avec, au centre, un écusson frappé à l'initiale du défunt... Les murs du couloir sont drapés de lourdes tentures, des cierges aux flammes vacillantes entourent le cercueil. Dehors le corbillard et le cheval attendent, garés dans le ruisseau, au bord du trottoir, prêts à partir... Les plus proches parentes sont en grand deuil, crêpées jusqu'aux pieds. Près d'elles, des gerbes et des couronnes de fleurs qui couvriront tout à l'heure le catafalque. Les voisins du quartier sont aux fenêtres. On se tait mais on évalue l'assistance, la classe choisie, l'importance des fleurs. Tout cela précise ce que fut pour les siens — et les autres — celui qui s'en va.

— *Ego sum*, entonne le premier chantre.

Le cheval, qui connaît son latin, démarre. Une roue grince en « ripant » le trottoir...

Pour nous laisser passer, la circulation s'arrête. Les hommes se découvrent, les femmes se signent. Même le conducteur du tram stoppe sa machine et retire sa casquette... Les chantres — tous sont sacristains — marchent lentement en psalmodiant... verset après verset. C'est à peine s'ils échangent un mot entre eux : ils tiennent fort au supplément de salaire — bien maigre pourtant — que les enterrements leur rapportent.

L'église, elle aussi, est tendue de noir. Trois tabourets dans le chœur pour les chantres qui ont revêtu leurs chapes de velours. Nous, les clergeots, on sert la messe. C'est à l'absoute, quand le prêtre entonne le Pater Noster d'une voix grave et qu'il asperge d'eau bénite et encense

---

1. Dans les classes plus modestes, les « larmes » sont en coton blanc.

la dépouille mortelle, que, bien souvent, les crêpes sont secoués de sanglots...

Je n'ai encore que dix ans mais déjà je suis habitué à la mort, comme à un phénomène naturel.

Il arrive parfois qu'un mariage suive de près un enterrement.

Le sacristain s'affaire : il faut enlever les tentures noires, changer le « décor », dérouler le tapis rouge, égayer les fleurs... Je suis seul requis pour accompagner le Père Quesnel, un brave homme, dont le crâne, presque ivoire, ressemble à celui des statues de pierre. Le clergé ne va pas au cimetière à pied : il a droit au « sapin » — un fiacre qui sent l'écurie et dont on baisse les vitres pour changer l'air... Le Père Quesnel, en surplis plissé sur sa soutane, étole en bandoulière, lit scrupuleusement son bréviaire, revenant en arrière de crainte d'avoir sauté quelques lignes. De ses gros doigts de paysan, il tente maladroitement de tourner les pages mais le papier-bible, qui est devenu une vraie dentelle, se dérobe... C'est moi qui suis responsable du seau d'eau bénite calé entre mes genoux mais, au gré des cahots, l'eau bénite clapote et m'asperge les jambes sous ma soutanelle... La famille et les amis suivent le corbillard à pied. La côte de Montivilliers est raide. Des bribes de conversations s'ébauchent : d'abord à voix basse, puis le ton s'élève un peu... Un bon mot marmonné, tombé des lèvres d'un cousin éloigné, fait sourire... on ose enfin échanger quelques nouvelles. La vie, un moment suspendue par respect pour la mort, reprend ses droits et le pauvre défunt est abandonné peu à peu dans l'autre monde...

Au cimetière, Caron, le gardien, nous attend — il faut des papiers, des cachets pour passer la dernière frontière — et nous précède car il y a beaucoup d'allées et nous pourrions nous tromper de chemin. Je suis très chargé : d'une main, je tiens le seau où tinte le goupillon, de l'autre, la petite croix. Il faut recommencer à chanter. Mais encore ignorant du latin — surtout celui du cimetière — je ne puis seconder le Père Quesnel qui chante tous les versets : demandes et réponses... La famille s'approche de la fosse... entre les fossoyeurs indifférents. C'est le moment de la bénédiction : notre rôle s'achève.

Pour moi, le retour est une sorte de récréation... Pour le cheval aussi qui trotte gaiement en martelant les gros pavés de granit et fonce dans la descente. La mer semble monter jusqu'à nous, comme si nous allions y plonger. A Ingouville, l'église du Vieux Havre, on entend sonner l'angélus du clocher de Saint-Michel. Il est midi. J'ai évité l'école et surtout la dictée... et demain après-midi, c'est jour faste : il y a « cinéma scolaire ».

Mon maître de la laïque est un Monsieur, veston soigné, manches de lustrine, pantalon à pli impeccable, col de celluloïd et cravate. Monsieur Breton — c'est son nom — est aussi un savant. Dans le hall de l'école, il y a, sous vitrines, des machines compliquées à grandes roues reliées à une importante tuyauterie de cuivre... dont il connaît le maniement.

Parfois, le maître nous dit :

— Vous avez bien travaillé. Si l'un de vous m'apporte un peu d'essence, je verrai si je peux vous faire tourner les machines.

Hélas pour moi, elles ne tourneront jamais... Monsieur Breton doit avoir ses raisons... que personne n'oserait lui demander car il n'est pas permis de parler en classe sans y être autorisé. Mais c'est un bon maître. Parfois, il sort son violon de son étui et invite notre voisin Monsieur Poisson, qui « fait » la cinquième et porte une blouse de toile « écrémée ». Il arrive dans la classe avec son piston.... C'est le temps d'initiation à la musique...

Nos maîtres sont sévères mais conscients de leur charge qui est de former des citoyens. Comme pour mon père, la République, pour eux, est sacrée.

— Bras croisés !

Mardi après-midi. L'heure du cinéma scolaire a sonné. Sur la grande estrade, il y a un gros tas de bobines de trente-cinq millimètres. Le film est « flam » mais on ne s'en soucie guère. L'enrouleuse trône sur le bureau.

Besicles sur le nez, Monsieur Breton opère. Il prépare le spectacle : il faut couper, gratter, coller. Une odeur d'acétone envahit la classe. Dans un silence religieux le mystère nous pénètre. Pour les jeunes de nos quartiers populaires, le cinéma, il n'y a rien de mieux. C'est la vie. Pas un de nos jeux qui ne s'inspire d'un film. De temps à autre, un bout de pellicule tombe sur un pupitre... A la récréation il y aura des échanges : une Chute du Niagara contre une Chevauchée fantastique...

A 3 heures, toute l'école se retrouve dans la salle des prix : un grand hall rond. Près de l'immense écran épinglé sur le mur, une petite estrade où présidera Monsieur Poisson. C'est lui qui va lire à haute voix les cartons — les sous-titres — car l'opérateur, qui tourne la manivelle, a beau ralentir son mouvement, les plus petits n'ont pas le temps de les déchiffrer des yeux.

Pour terminer la séance, Monsieur Breton prévoit toujours un burlesque : un Beaucitron[1] ou un des premiers Charlot. Les films sont muets, bien sûr, mais leurs images, pleines d'aventures extraordinaires, nous enchantent. On rit, on s'en donne à cœur joie... sans contrainte aucune car, de surcroît, le « cinéma scolaire » est un bonheur... autorisé !

En octobre, je dois quitter la laïque pour entrer à l'école « congréganiste »[2]. Mon frère a suivi la même filière. La discipline y est rude, m'a-t-il dit, et la prière obligatoire au début et à la fin de la classe, mais les maîtres — qui reçoivent un salaire de misère et n'auront pas de retraite — sont sympathiques. Il croient à la liberté de l'enseignement, à leur mission, et ils ont le sens du devoir. Sont-ils meilleurs que ceux de la laïque ? Moi, j'en doute (et mon père aussi probablement...). Mais comme ma mère a son idée (fixe...) et qu'elle semble prête à tous les sacrifices afin de la mener à bien... mon père se tait...

1. Acteur comique de l'époque du cinéma muet.
2. Ainsi disait mon père.

51

Le dimanche, pour chanter au chœur, on se retrouve à la sacristie — ceux de l'école libre et ceux de la laïque — avec le même Dieu pour tous. Dès 6 heures du matin, je suis mobilisé et, parfois, je dois servir trois messes... jusqu'à midi. Le rituel est le même, seules les ouailles varient. La première messe est celle des domestiques (on dirait aujourd'hui : employés de maison). Ceux qui veulent communier vont aux suivantes, à 7 et 8 heures. On ne communie pas à la grand'messe, qui est devenue un repas auquel personne ne prend part excepté l'officiant. On assiste, on regarde, on écoute le grand orgue. C'est un office-spectacle. Comme en campagne, les stalles du chœur sont occupées par des hommes en soutanes et surplis. Ainsi, chaque dimanche on assure le service de Dieu. Aux stalles du haut, en seconde rangée, s'assoient de très sérieux messieurs : les membres du Conseil paroissial que ma mère se fait l'honneur de saluer à leur passage. On les appelle *les gens de la Côte*. Plus bas, sur de longs bancs à dossier, il y a les clergeots (nous sommes une soixantaine) en soutanelles et cottas de dentelles. Pendant les vacances, les places près de la stalle de Monsieur le Chanoine sont réservées aux « apprentis curés » : les séminaristes. Ma mère qui, depuis que je fais partie du chœur, s'est chargée (et avec quel soin !) de l'entretien des habits du chœur se prend, de toute évidence, à rêver... en regardant les séminaristes. Si, un beau jour, son propre fils... qui sait ?

Chaque matin, en semaine, je sers aussi la messe, avant l'école. Une fois à sept heures, une autre à huit. Huit heures, c'est la messe de Monsieur le Chanoine, un homme d'âge à la santé fragile... Je m'« ensoutane », puis, ayant passé la cotta, je rejoins le sacristain à la porte du bureau de Monsieur le Chanoine où personne n'ose entrer. J'attends sur le paillasson tandis que le sacristain présente les ornements au vieux prêtre et l'assiste. Dès que celui-ci coiffe sa barrette à liséré rouge, nous nous avançons, moi en tête, suivi du sacristain portant le calice voilé... Devant la porte capitonnée, qui sépare la sacristie du chœur, je trempe mes doigts dans le bénitier. Le curé les effleure de sa main et se signe.

Mon vrai souci c'est d'éviter les dalles noires du chœur que le sacristain a la fâcheuse habitude de cirer. Je dois marcher exclusivement sur les dalles blanches si je ne veux pas glisser. L'autel de la Vierge est éclairé, les burettes sont prêtes et le sacristain pose le calice au milieu de l'autel, devant le tabernacle. Dans sa chasuble, en forme de boîte à violon [1], le curé se signe. Je sonne les trois coups : la messe va commencer.

— *Introïbo ad altare Dei...*

A moi de répondre. Je déchiffre les psaumes dans mon ordinaire [2] relié de carton noir. Je fais grandement souffrir le latin ! Heureusement que mon curé « tuile » [3] — attaque un autre verset avant que j'aie fini le mien... Est-il sourd ? Je ne sais. De toute façon, cela m'arrange. Ma bouillie verbale et mes nombreuses erreurs de prononciation passent ainsi beaucoup mieux dans l'assistance... Comment saurais-je si mon chanoine est timide ou distant ? Toujours est-il qu'il n'adresse jamais la parole au gamin que je suis. Sans doute son monde est-il trop éloigné du mien. Il m'impressionne fort. Son masque froid, d'abord, presque sans vie. Et surtout son ton, à la consécration, quand il se penche sur le calice et prononce les paroles sacrées :

— *Hoc est enim corpus meum...*

Sa voix qui, lorsqu'il prêche, articule et syllabise, prend soudain une résonance mate, tout à fait étrange... Une voix d'ailleurs...

Est-ce seulement pour assurer la validité du rite ? Je ne

---

1. Il s'agit de l'ornement ancien. (L'ornement moderne s'inspire du manteau grec antique : la chlamyde.)
2. Le missel est divisé en deux parties : le *propre* qui comprend les textes « propres » aux dimanches et fêtes et l'*ordinaire* auquel on se réfère chaque jour, en particulier pour le canon de la messe. Avec la réforme liturgique, des variantes sont possibles dans l'*ordinaire.*
3. Les textes se chevauchent comme les tuiles d'un toit.

me pose pas la question... trop attentif à bien soutenir le bas de sa chasuble pour faciliter ses génuflexions.

Quand je regagne mon banc, au pied de l'autel, mes leçons du jour me reviennent en mémoire... Le mont Blanc ? 4 807 ou 4 820 mètres ? Pourvu que je ne sois pas interrogé !

— *Et cum spiritu tuo.*
— *Ite Missa est.*
— *Deo gratias.*

A la sacristie, vite, je plonge dans mon placard, en sors ma *carte*[1] et, après m'être rapidement *dépiaucé*[2] de mes vêtements de chœur, j'épaule ma pèlerine de drap lourd et, béret en tête, je file. Il est déjà huit heures et demie passées et l'école Henri-Génestal est loin. Je dois descendre toute la rue commerçante pleine de passants qu'il me faut « doubler » en marchant dans le ruisseau. Une chance : un charroi tiré par deux percherons surgit d'une rue : je grimpe *à cul*[3]. Ça bourlingue. J'ai très peur que le charretier me repère... et me donne un coup de fouet pour me renvoyer sur le trottoir. Mon retard s'aggraverait et ma file[4] risquerait d'être déjà entrée en classe... Alors je ne couperais pas à la douloureuse sanction :

— Vous me copierez cent fois : « Je ne dois pas musarder en allant à l'école »...

Parfois, le samedi (jamais le dimanche car c'est le jour du Seigneur), on va à Bolbec chez l'oncle Léon et la tante Blanche. Au moins trente kilomètres en train. Le bout du monde... enfin, du mien. « Plus loin », pour moi, c'est l'étranger... l'inconnu... Je n'arrive même pas à imaginer que des trains puissent rouler sans passer par Le Havre, nombril de mon univers. Il y a bien la mer, les villes lointaines mais, paradoxalement, elles me semblent plus

1. Cartable.
2. Débarrassé.
3. A l'arrière.
4. Avant d'entrer en classe, on se mettait silencieusement en rang, patientant dans l'attente du signal du maître.

proches que Bolbec et je crois bien que mon père conçoit les distances à peu près à ma manière.

Ma mère aussi, d'ailleurs, bien qu'elle ait été placée à Paris. Quitter sa maison c'est toujours pour elle l'Aventure. Alors elle tente de prévoir... l'imprévisible. Aussi est-ce les deux mains chargées de sacs (que diable peut-elle bien y mettre ?) qu'elle grimpe avec nous dans l'omnibus en gare du Havre. Une heure de train avec un arrêt à chaque station. A Bolbec, personne ne nous attend. Puisque l'on doit se rencontrer : un peu plus tôt, un peu plus tard, qu'importe !

Nous arrivons enfin rue Souillard, dans un quartier d'usines qui borde la rivière.

Les hommes se serrent la main. Les femmes se *boujoutent*. Tante Blanche m'embrasse. Ses cheveux gris sont soigneusement tirés en chignon. Elle porte un corsage de soie noire perlée et un tablier blanc. Ma mère l'accompagne aussitôt à la cuisine, non sans avoir enfilé une blouse sur sa robe...

— Je ne suis pas venue pour me faire servir...

La vaisselle des grands jours est sortie du buffet (on ne l'utilise quasiment que pour nous... car l'oncle n'est pas très sociable). Quant au menu, pas de surprise (chaque maison a le sien pour « quand il y a du monde » — toujours le même). Ici c'est d'abord : langouste mayonnaise et œufs durs, puis rôti. Comme boisson, du cidre : celui que l'oncle brasse lui-même en octobre : du *gros*... pas du *besson*[1].

— Surtout fais attention, me dit ma mère. Mets-y de l'eau...

— Et quoi encore ! réplique mon oncle... Mettre de l'*iau* là-dedans, c'est *gabillonner* du bon... Mange une bouchée avec, cha passera mieux ! Pas vrai, Augustin ?

Avec son frère ma mère n'a jamais le dernier mot. Les hommes reprennent bientôt leur conversation au point

---

1. Boisson tirée quand les marcs ont été mouillés (en opposition avec le *gros* : voir note p. 44).

où ils l'ont laissée voilà deux mois à la maison... Toujours le métier. Mon père raconte :

— L'autre jour, au coin de la rue, près du café Gambrinus, la boîte aux lettres était restée ouverte par mégarde. Personne ne savait trop quoi faire... mais après un moment quelqu'un a dit : « Il faut prévenir le facteur-chef qui habite tout près... » J'y suis allé aussitôt non sans avoir coiffé mon képi et attrapé ma sacoche de cuir : démarche officielle. J'ai sorti de la boîte le courrier en perdition, compté les lettres et établi un procès-verbal que j'ai fait signer par deux témoins. A 2 heures, j'ai déposé le tout au bureau principal.

— T'as bien fait, dit l'oncle Léon, le courrier c'est sacré. On ne sait jamais c'qu'y a dans eun' lettre. Elle peut changer toute une vie...

Un silence, et l'oncle se tourne vers moi :

— Et toi, l'*bésot*, tu me regardes du coin de l'œil... Comment cha va à l'école ?

— C'est selon, intervient vivement ma mère, avant que je n'aie ouvert la bouche...

— Bon, mais j'espère que tu fais des progrès en lecture. Les illettrés sont des esclaves. Moi, ça me fait mal quand quelqu'un me demande de lui lire ou de lui écrire une lettre. Un homme libre ne doit pas supporter cette humiliation.

Comme d'habitude, le moment est venu où l'oncle se lève et se dirige vers le fond de la pièce pour ouvrir deux immenses placards. Sur les étagères, empilées, des collections d'illustrés, ficelés par année, apparaissent... Tout est classé pour s'y retrouver. En ordre.

— J'ai lu tout cha, mon gars, et j'y ai appris tout ce que j'sais.

Il sort fièrement un paquet, me le tend après en avoir dénoué la ficelle (de la corde des postes : une récupération, du solide).

— Prends cha, mon gars, mets-toi à l'aise et lis, au lieu de rien fai'.

56

Je m'installe dans un coin et commence à tourner les pages quand ma mère me souffle :

— Tu liras ça plus tard... Pour une fois que tu es à la campagne, commence donc par sortir respirer le bon air...

La campagne, Bolbec ? C'est une façon de parler. La petite ville est envahie par les fumées d'usines, traversée par une rivière qui lui sert d'égout et coule justement derrière la maison.

Ma mère n'est pas dupe en vérité du « bon air » que je pourrais respirer dehors. Son but est autre : elle voudrait éviter que je lise les illustrés de l'oncle, qui ne sont vendus ni à la sacristie ni au patro [1]. Que dirait Monsieur le Vicaire s'il apprenait ça ? Rien, peut-être. Seulement elle n'en est pas certaine. Mieux vaut donc s'abstenir.

Mais c'est compter sans l'oncle Léon qui a tout compris et jette à sa sœur un coup d'œil sec et significatif... Ma mère abandonne la partie, se lève pour rejoindre sa belle-sœur à la cuisine. Assis sur le seuil de la porte, face au potager, je tourne docilement les pages du « livre » (une revue, pour un Cauchois, c'est aussi un livre).

La lecture ne me passionne guère... je préfère les images. Mais soudain, sans même m'en rendre compte, je me lève et, sur la pointe des pieds, je regarde par-dessus le mur de mon « livre »... Quelques pas et c'est la liberté... Je tourne la tête pour savoir si je peux m'éloigner un peu sans qu'on le remarque quand j'entends mon père parler à voix basse tandis que l'oncle hoche la tête et tapote la table du doigt comme s'il jouait « à dominos »...

— Tu connais ta sœur, souffle mon père, quand elle a son idée... Et cette idée grossit un peu plus chaque jour. Elle veut que l'*bésot* entre au séminaire. Prêtre, c'est bien : je suis pas contre. Mais je voudrais que ça vienne de lui... On ne lui demande rien. On le met sur des rails.

L'oncle se tait. Le silence aide à réfléchir. La religion

1. Patronage.

57

ne le tracasse guère. Encore qu'il a quitté l'église depuis son enfance à Bernières, après une affaire qu'on préfère me laisser ignorer : son curé, Monsieur Corroyer, l'aurait giflé et il aurait refusé, ensuite, de continuer à faire partie du chœur...

— Je t'comprends, Augustin... Je t'comprends. Mais dire si ma sœur a raison ou tort, j'en sais rien... Qui peut trancher ? Toi, tu voulais être typographe dans une imprimerie et t'voilà facteur... Moi, je désirais... quoi, au juste ? C'est toujou les autres qui vous mènent... les circonstances qui décident pour vous. On choisit pouin cha vie. Jamais. Ni cha famille, ni chon pays, ni chon parler... pas plus que chon Bon Diou ! Pas même chon école. Laisse fai' le temps, va ! Chez les cuais, i fera au moins de bonnes études. Là, c'est du sérieux. T'aviseras après... Les poules couvent bien des canards ! Tu vois, il aime pas lire..., au moins, il apprendra. Et moi, je te l'dis : quand on a lu, les idées changent et c'est là qu'on est libre.

Tu seras prêtre...

Arrivé depuis peu au presbytère de la rue Joseph-Morlend, au Havre, le « Marocain » — c'est le surnom du nouveau vicaire — est professeur au petit séminaire. Ce sont ses élèves qui l'ont affublé de ce surnom. Il est jeune et basané. Il a fait la guerre du Rif sans l'avoir cherché, comme officier de réserve. Tout homme qui a été mobilisé a « sa » guerre dont il se plaît à assommer les autres avec des histoires qui n'en finissent pas. Lui n'en parle jamais. Un mauvais souvenir qu'il souhaite oublier.

Vite, il devient l'habitué de la maison. Le vrai prétexte, c'est moi. Et quand le presbytère a besoin de mes services, je suis toujours disponible. D'ailleurs ma mère ne tolérerait pas qu'il en soit autrement. A cette époque, la vie en communauté dans un presbytère est encore très rare. Disons plutôt que Monsieur le Curé (au premier), les vicaires, dont le « Marocain », le diacre et le Père Quesnel (au second) font « maison commune ». Tout le monde se retrouve à table mais il y a peu d'échanges. Le chanoine a besoin de calme et mange maigre, à cause de sa santé. De ce fait, Céline, la gouvernante, qui ne sourit jamais, a trouvé commode de mettre tous ses convives au régime. Si bien que les plus jeunes surtout restent sur leur faim...

Ma mère l'a deviné et quand le « Marocain » vient chez nous, quelle que soit l'heure, une bonne omelette

59

paysanne lui est toujours préparée. Mon père apprécie sa présence. C'est un savant. Mais pas fier avec nous qui ne sommes que des ouvriers. Il est vrai qu'il est, lui aussi, d'origine modeste.

Faite pour les salons, la soutane est inadaptée à la vie moderne et particulièrement à la bicyclette. Après un coup de pédale malheureux, voilà celle du « Marocain » prise un jour entre dents et chaîne, déchirée, toute tachée : le noir est fragile et, paradoxalement, salissant. Un raccommodage ne suffit pas et un stoppage serait hors de prix. Alors ma mère achète un coupon de serge, du même grain, qu'elle taille en pointe et remplace tout le panneau abîmé. Elle est heureuse. En servant le « Marocain », a-t-elle déjà l'impression de me servir ?

— Surtout ne m'en laissez point. Ce serait perdu, dit-elle au vicaire tandis qu'il finit son omelette...

Sur un coin de table débarrassé d'un revers de main, il prépare son catéchisme, le mien. Nous redescendons ensemble pour rejoindre mes camarades de l'année de communion.

— Tiens, voilà un apprenti curé ! pensent les voisins.

Un jour, le « Marocain » tente la question (un prêtre doit se soucier de la relève) :

— Ça te plairait d'être prêtre ?

— ...

— Dire la messe, au lieu de la servir ? Faire le catéchisme, le patronage, aider les gens à vivre et à mourir ?

A dix ans, que peut-on répondre à une telle question ? Je reste muet.

— Tu sais, le séminaire n'est pas une prison, c'est un lieu où l'on apprend. Sa porte reste toujours ouverte...

Ma mère écoute, attend, espère, s'impatiente. Je la sens déçue de mon silence, de mon manque d'enthousiasme. Elle répond pour moi :

— Vous savez, il y pense...

Les visites du vicaire se font plus fréquentes pour ne pas dire quotidiennes. Il surveille mes études. Quand le temps des communions arrive, le travail s'accélère. D'un passage à Rouen, il me rapporte une grammaire latine. (L'auteur s'appelle Ragon.) Assis à son bureau, il ouvre le livre neuf qui sent encore l'encre d'imprimerie et, d'un coup sec, brise sa reliure.

— Un ouvrage de travail doit rester bien à plat sur la table, dit-il.

Il tranche dans les déclinaisons, sépare, d'un trait de règle, les racines des suffixes... Les exercices commencent.

Il explique et je comprends. C'est un maître, un vrai. Avec lui tout me semble facile. Le dictionnaire ne quitte pas le coin de la table : je m'habitue à y rechercher aussitôt la définition du mot qui m'échappe et à la noter sur un carnet. Je découvre que je fais des progrès... Mais ces progrès ne vont pas rester secrets, Monsieur le Curé doit en être averti. Le protocole l'exige : une visite s'impose.

Alors ma mère revêt « son dimanche » et inspecte ma tenue... mon cou, mes mains et surtout mes ongles qui en général sont en deuil. Mes chaussures brillent. Un mouchoir propre est glissé dans ma poche. Nous sommes en avance (mais le vicaire nous a bien recommandé d'être à l'heure). On tire la sonnette du 62 de la rue Joseph-Morlend. Un temps... puis le judas nous trahit. La porte du presbytère s'entrouvre sur les pavés de brique d'une cour humide avec quelques arbustes, des lauriers. La gouvernante, Céline, nous introduit. Longue, sèche, les lèvres pincées, elle nous toise avec mépris. Nous passons dans le petit salon, une pièce où je ne suis jamais entré. Dans un coin, un piano droit, fermé. Un grand tapis. Sur un guéridon, une potiche où s'immortalisent des fleurs séchées. Au mur, dans un cadre noir, une litho inspirée de la Cène. Le piano m'intrigue. Dans le quartier, le bruit court que la vocation de notre curé a été tardive. Que jeune, il faisait danser les gens de la Côte...

— Mauvaises langues, dit ma mère... Monsieur le Chanoine chante faux !

Ma tête bouillonne.

61

Va-t-il me poser des questions comme à l'examen de première communion ? Que vais-je lui répondre ?

On marche dans le couloir... Je reconnais le pas feutré, qui traîne un peu à l'église, le dimanche. La porte s'ouvre... voilà Monsieur le Curé. Certes je lui sers la messe durant une semaine tous les quinze jours le matin, mais me connaît-il ? Sait-il seulement mon nom ?

Ma mère garde ses distances. Doit-elle mettre ses gants ou les tenir à la main ? Ce dilemme semble l'énerver. Monsieur le Curé a un gros bouton sous le nez. Il toussote et salue comme à la sacristie : un simple hochement de tête.

— Eh bien voilà... Voilà... C'est très bien... Le séminaire, une grande chose... Madame, je prierai pour lui et pour vous... Permettez-moi de vous féliciter.

Ma mère est aux anges. Donner un fils à l'Eglise : elle a gagné son paradis... enfin, disons qu'il est en bonne voie !

Mais elle s'inquiète tout de même un peu :

— Pourra-t-il tenir ? Pensez donc, sept ans de Petit Séminaire et cinq ans de Grand...

— Monsieur l'abbé..., notre second vicaire, l'initiera au latin. C'est un homme capable.

Ignore-t-il que mon initiation est déjà commencée ?... Monsieur le Curé se retire : c'est l'heure de sa sieste. Pour nous, la visite est terminée.

Ma mère veut savoir mes impressions.

— Tu es content ? Tu as rencontré un homme simple... et pourtant c'est un chanoine ! Voilà un grand jour pour toi. Si tes camarades savaient ça, ils seraient jaloux.

Quand nous rentrons à la maison, le miroir est accroché à l'espagnolette. Mon père se rase. A la « dure », comme d'habitude. Jamais de savon. Une serviette humide appliquée deux ou trois fois sur le visage fait l'affaire. Son coupe-chou à la main, il taille et parfois s'entaille... mais une feuille de papier à cigarette suffit pour arrêter le sang... Le poil crisse... Maman monte directement à l'étage, sans un mot. (Les hommes ne

comprennent rien aux choses de Dieu...) Mon père, qui
a fini de se raser, est prêt à partir travailler. Il ne dit rien,
bien qu'il sache fort bien d'où nous venons. Après avoir
coiffé son képi, il passe sa sacoche de cuir et contrôle si
son ticket de tramway est bien dans sa poche — un
facteur en service ne paie pas son transport, mais sait-on
jamais ? Au moment de sortir, il m'appelle, ouvre son
porte-monnaie et en tire une piécette de 25 centimes en
nickel qu'il me glisse dans la main :

— Va t'acheter une pâtisserie, tu l'as bien méritée...

Le petit séminaire

Septembre, mon enfance s'achève. Je vais entrer au séminaire. Pendant deux mois on a couru les magasins pour m'équiper. Un collégien, ça exige un nécessaire pour les chaussures, un autre pour la toilette. Comme dans tout collège, je dois porter la casquette marquée — dernier vestige de l'uniforme — aux initiales de l'institution (un S et un R entrelacés : Saint-Romain). Le matricule pour mon linge est le 36. Ma mère coud des 36 partout...

Le jour du départ approche : mon père monte au grenier pour en descendre une vieille malle de bois au couvercle bombé, un souvenir du temps où ma mère était placée en maison bourgeoise. Il la rafistole avec quelques tasseaux cloués :

— Bien ficelée, elle tiendra.

Pour me rendre à l'institution Saint-Romain, je dois gagner Yvetot au centre du pays de Caux, dépasser même ce royaume, pénétrer plus loin que Bolbec. Pour moi un vrai voyage. En pleine campagne, au milieu d'un parc touffu, un vieux château plus ou moins abandonné, flanqué de bâtiments scolaires : nous y voilà. Les arbres dorés par l'automne me font oublier le style « colonie de vacances » : ils rendent à l'ensemble un peu de sa splendeur passée.

Ma malle m'a précédé. Elle nous attend : ma mère vérifie aussitôt son contenu, on ne sait jamais... Je me

64

...aint-Vincent, quartier de la Rampe, Le Havre. Bernard Alexandre, enfant de chœur (1929).
Collection de l'auteur.

Ci-dessus : *Hélène Leroux, mère de Bernard Alexandre, au moment de son mariage, à Bernières en avril 1904.*
Collection de l'auteur.

A gauche : *Augustin Alexandre, père de l'auteur, facteur-chef au Havre, photographié au retour de sa tournée (1936).*
D.R.

A droite : *1938. La mère de l'auteur visitant son fils séminariste, en cure au sanatorium du clergé, à Thorenc.*
Collection de l'auteur.

1945. Le grand séminaire de Rouen qui rassemble tous les séminaristes rapatriés et maquisards. Entouré d'un cercle, l'auteur âgé de 28 ans ne rassemble qu'une dizaine de séminaristes, à Issy-les-Moulineaux ;
Collection

département : la promotion de l'année et les séminaristes prisonniers
1988, la promotion de deux diocèses — Rouen et Le Havre —
ments du séminaire de Rouen ont été vendus, il y a environ dix ans.
uteur.

La hêtraie du château

Entrée du village de Vattetot-s…

...clair, près de Vattetot.

...aumont. En arrière-plan, l'église et le presbytère.

Photos Carlos Freire.

L'auteur avec sa mère, au sanatorium du clergé de Thorenc (1938).
Collection de l'auteur.

sens tout petit. Rien ici qui ne semble prévu pour une collectivité, une foule... un lit pour chacun, certes, mais perdu dans un immense dortoir : une vraie salle d'hôpital, complètement anonyme. Seule note aimable mais fade : les dessus de lit en coton rose. Une odeur de savon mou. On a dû laver le parquet à grande eau comme un pont de bateau. Ma mère sort mon linge qu'elle empile sur le lit avant de le ranger. Pour chaque élève, un placard, une penderie et un vase de faïence (nous ne sommes pas des anges). Tenue de nuit obligatoire : la longue chemise blanche à liséré rouge. Rien ne doit nous distraire qui vienne de l'extérieur : les vitres du bas des fenêtres sont peintes en blanc. Soudain, je me sens un peu triste...

En fait, le règlement d'un Petit Séminaire ne diffère guère de celui des autres collèges. Lever, cinq heures et demie... Mais nous, en sixième, nous lambinons jusqu'à six heures : une faveur ! Le lit est rapidement retapé chaque matin, sauf le vendredi où l'on doit retourner le matelas. La toilette est réduite à sa plus simple expression : eau froide, cuvette et broc de métal émaillé. Un coup sur le visage. Bien frotter le cou et les mains jusqu'aux poignets. Les pieds tous les quinze jours. Pour le reste, il faut attendre les vacances et le baquet familial que l'on tire dans la cuisine près du feu où chauffe la bassine d'eau...

Comme maîtres, uniquement des soutanes. Prêtres ou en passe de l'être, auxquels une spécialisation à été imposée sans qu'ils aient eu leur mot à dire : Vous passerez une licence de maths... ou de lettres... Un ordre. La seule réaction admise : obéir.

Tous ont obéi. Ne sont-ils pas entièrement au service de l'Eglise ? Et peu importe s'ils n'avaient pas imaginé le sacerdoce réduit à l'enseignement de la grammaire, de l'histoire ou des mathématiques... Certes, ils forment les prêtres de demain, et c'est une mission comme une autre. Nombre d'entre eux l'acceptent de bon cœur, d'autres ne font que la subir... en espérant bien que l'épreuve ne durera pas trop longtemps. Un jour, ils auront une petite paroisse, peut-être même une grande. Bien sûr, à force de commander, et d'exiger le silence et l'obéissance, de sanctionner, de se référer sans cesse au règlement, ils ne sauront pas toujours écouter. S'ils ont acquis la sagesse des livres, ils ignorent souvent celle des hommes et parfois leurs paroissiens s'étonneront d'être menés à la baguette...

En attendant, les horaires du séminaire sont immuables : huit heures quinze, petit déjeuner... Raymond (une vocation tardive), ancien menuisier, contrôle aujourd'hui une poutre maîtresse du réfectoire un peu affaiblie... Le diocèse vivote. Dans toutes les assiettes creuses, de la soupe comme dans les fermes. L'alimentation est calquée sur celle de la vie rurale. Mais moi — ainsi l'a demandé ma mère — j'ai droit à un régime spécial. Pas de soupe mais du café au lait que le chef de table, la louche à la main, verse dans mon assiette creuse. Pain sec à volonté. Aux parents, s'ils le veulent, de fournir le beurre. Parfois j'ai la permission d'en acheter à la ferme du château. Mais il devient vite rance parce que je le conserve trop longtemps dans mon casier, sous l'une des grandes tables. Chacun de nous range aussi dans le sien sa serviette et son couvert après l'avoir trempé, à la fin du repas, dans une cuvette d'eau chaude qui passe de main en main. Mouiller, c'est laver. Essuyer, c'est propre. Un bon coup de torchon donné par la femme de service suffit ainsi à nettoyer le dessus des tables dont le bois est protégé par une épaisse couche de peinture verte.

Avant le petit déjeuner, la messe dans la chapelle au fond du parc.

L'hiver, la fumée du poêle y est si épaisse, malgré les portes qui font courant d'air, qu'on devine à peine le prêtre devant l'autel. Pour nous mettre en condition et nous réchauffer, on nous fait galocher dans les allées sur le sol gelé en compagnie des professeurs... On a l'impression de se retrouver au patronage... Autrement c'est

66

l'église, le travail, le travail, l'église et ainsi de suite toute la semaine.

— *M'sieu le Cuai, si j'avions pouin d'mèches, eh bin j'détel'rions pouin !* [Monsieur le Curé, s'il n'y avait pas de messes, j'arrêterais jamais !] lance un jour tout haut un de mes petits camarades.

Les fêtes religieuses heureusement ne manquent pas. Avec les beaux jours arrivent celles du Très Saint Sacrement... Alors, ce sont les grandes processions dans les plaines. A chaque entrée de ferme, un reposoir chargé de fleurs, de candélabres d'argent, de belles nappes blanches bordées de dentelles et brodées durant les longues soirées d'hiver. Sur les chemins, des parterres de pétales aux couleurs variées, parfois un grand dessin fait de sciure colorée formant des arabesques et, partout, des roses rouges nommées ici « roses du Très Saint Sacrement »...

La veille, les « vocations tardives » (nos aînés qui ont vingt ans ou plus) sont venues aider à la préparation de la fête et surtout à la décoration des chemins... Les petits séminaristes (quatre-vingts environ) en aubes plissées — élèves de sixième et de septième — forment une partie du cortège. Il y a aussi la fanfare, avec clairons et tambours, qui salue chaque bénédiction d'un air connu : « L'as-tu vue la casquette, la casquette... » *Le Père Bugeaud* est de toutes les fêtes d'alors — religieuses ou pas.

Mais les paroles ont peu d'importance, c'est la musique qui impressionne. Plus elle est sonore, plus elle donne du sérieux et de l'ampleur à la cérémonie. On s'agenouille sur la route même si les cailloux de silex éraflent les genoux... Les vieux chantres en soutanes et surplis suent à grosses gouttes. Ils ne quittent pas des yeux les apprentis curés que nous sommes... l'air de dire : « Regardez bien, prenez de la graine, l'Eglise est une fête ! »

Avec les années, le temps qui passe, je monte de classe en classe, m'éloignant des miens et de mon enfance. Je suis maintenant au Petit Séminaire de Rouen, construit à flanc de coteau sur différents niveaux. Dans la cour des plus jeunes, le mur de soutènement est si haut qu'on se croirait dans une prison. Rien à craindre : nous sommes bien protégés des tentations extérieures. Sauf le mercredi... où les portes s'ouvrent pour la promenade : trois par trois, en rangs et en casquettes. On évite toutefois le centre de Rouen : la ville-musée n'est pas pour nous. Nous n'avons droit qu'à la campagne ou à la verte forêt qui l'entoure. Celle, justement, que Jeanne, prisonnière des Anglais, a traversée pour gagner la ville où elle allait mourir (mais ça, je ne l'apprendrai que plus tard). Une seule exception, le dimanche, quand nous marchons sur les boulevards de la cité normande avant les vêpres, vers cinq heures.

Une religion où la pratique est reine : prières avant et après la classe. *Benedicite* au réfectoire et action de grâces ensuite. Dire merci sans se soucier de la qualité du repas. Tradition oblige. Le règlement ou le coutumier décident de tout... jusqu'à l'infime et toujours avec minutie. Le décorum est partout de rigueur... C'est bien cela que l'on m'inculque en priorité et, si je suis prêtre un jour, ce que je devrai maintenir et protéger d'abord, c'est ce « vernis »...

Mais le Christ, dans tout cela ? Eh bien, il est réduit en chapitres, comme au catéchisme. Un Dieu découpé en tranches. Des leçons à savoir, des réponses à débiter par cœur : du « tout fait ». Quant à l'Evangile — le *Novum Testamentum* — si la récitation en classe en exige deux ou trois versets, il se réduit à un exercice de mémoire, guère plus. Une religion anémiée.

Au réfectoire, dominant le bruit des assiettes et des cuillères, un séminariste, dans le « baquet »[1], nous fait la lecture. Diction monocorde, pas question de nuancer. Du *recto tono*. Le lecteur avance lentement, assurant la ponctuation par des blancs prolongés. Le matin, au menu littéraire, une tranche de vie de saint. A midi, l'indigeste

1. Petite chaire ronde.

Histoire de la Révolution française de Pierre de La Gorce, de l'Académie française, dont on attend avec tellement d'impatience la dernière page. Le dimanche, pas de lecture. On a le droit de parler... *Benedicamus Domino*[1]. L'été, après de longues marches, nous sommes assoiffés... Heureusement notre compagne de chaque instant — la discipline — a tout prévu : un coup de cloche après un léger goûter autorise enfin le chef de table à nous verser à boire : un verre de cidre pour chacun, et de l'eau à volonté.

A dix-huit ans, j'entre en terminale — la philo. Si tout va bien, l'an prochain je traverserai la rue. En face, se dressent les hauts bâtiments du Grand Séminaire, où actuellement les maçons travaillent : il a fallu agrandir, il y a trop d'élèves...

La philo, pour moi, marque une sorte de rupture avec le passé. Notre professeur est prêtre, mais différent des autres. Très digne, il tente de nous apprendre à penser, propose des réflexions, sort des sentiers battus, du « convenu ». Il est tout à la fois distant et — paradoxalement — très proche. Ses cours, polycopiés « à la pierre »[2], sont malheureusement trop souvent illisibles. Quant à notre manuel, il ne sert guère, si ce n'est à exercer l'esprit citrique du professeur :

— Il n'est pas permis de réduire la pensée de Kant à quelques lignes. C'est incorrect pour ne pas dire malhonnête, nous déclare-t-il.

De toute manière, nous ne sommes pas prêts à apporter la moindre contradiction à notre maître philosophe qui, de surcroît, a reçu « l'imprimatur »[3]. Notre troupeau, habitué à une obéissance aveugle, ignore encore ce que peut être la liberté de l'esprit.

Je sens pourtant combien cette nouvelle étude com-

---

1. Ce répons annonce — le directeur en a décidé ainsi — que nous pouvons bavarder.
2. Technique rudimentaire qui s'inspire de la lithographie sans en avoir la qualité.
3. Autorisation de publier donnée par l'autorité religieuse.

mence à me passionner... mais hélas, je vais être obligé de l'abandonner sans délai.

Pâques 1937. A la gare de Rouen, valise à la main, je pars en vacances. Quand soudain, au moment de monter dans le train, j'éprouve une vive douleur à l'épaule qui, gâtant ma joie de rentrer à la maison, devient bientôt lancinante. Une petite toux me prend. Sur le quai, ma mère m'attend, et, dans le tramway, me rassure :

— Une bonne friction à l'eau de Cologne et ça va passer.

Dès mon arrivée, je vais aider à la paroisse pour décharger les vicaires tenus par les confessions qui durent toute la journée. Nous sommes les bienvenus pour encadrer les enfants de chœur et assurer les répétitions. Comme mon mal à l'épaule — malgré les frictions — persiste, rendez-vous est pris avec le médecin (là-dessus, ma mère ne lésine jamais). Son verdict tombe comme un couperet, sans appel !

— Les séminaires ignorent l'homme... Pas assez de nourriture. Je crains la tuberculose : j'entends un râle au sommet du poumon droit... Une radio est indispensable.

Ma mère se révolte. La tuberculose est une maladie honteuse : celle des pauvres et de la misère.

— Vous savez, dans la famille, on n'a jamais connu ça, dit-elle au médecin, comme pour s'excuser...

Celui-ci a beau expliquer les raisons : l'âge, la contagion... ma mère est offusquée et accepte, non sans peine, que je me rende au dispensaire.

Renaissance au sanatorium

Trois mois plus tard, c'est le sana. Naturellement, celui du clergé, qui se cache au fond d'une vallée à quelques kilomètres au nord de la route Napoléon, au-dessus de Grasse. Un coin perdu que les Romains considéraient pourtant jadis comme un grenier pour leur armée mais où ne pousse plus qu'une herbe entre trois cailloux. Au milieu de collines brûlées par les incendies, encore un ancien château qu'on a dû agrandir... Le bacille de Koch est, à sa façon, devenu églisier. Contagion... ou protection, tous les prétextes sont bons pour nous tenir à l'écart du monde...

Paradoxe, c'est là pourtant que je vais découvrir la joie de vivre et, enfin, la liberté. La tuberculose rend peut-être fiévreux mais, plus encore, euphorique. On ne souffre guère. Avant mon départ, le médecin a consolé ma mère :

— Quelques mois de montagne et le voile disparaîtra.

Pendant les premiers jours, on me met en observation : je dois m'adapter au climat et à l'altitude. J'habite dans une ancienne tour du château. Dehors, de la neige à perte de vue. Mais vite, je descends partager la vie de la maison. Ici, où pourtant la mort rôde, on n'a pas le culte de la souffrance mais de la vie. Pour les jeunes que nous sommes, le sana du clergé demeure séminaire. On peut y poursuivre nos études, dans la mesure où le principe : priorité au médical, est rigoureusement respecté.

Naturellement, on m'impose un « directeur spirituel ».

Le terme m'effraie un peu, mais je découvre vite en ce Lyonnais, un tantinet précieux, un homme aimable... Le premier contact est excellent :

— Alors, vous voilà en vacances... votre premier devoir est d'en profiter... ne l'oubliez pas !

Et avec humour, il questionne :

— A combien vous a-t-on condamné ?

— Trois mois au plus.

— Voilà une bonne nouvelle... Ce que vous devez admettre avant tout, c'est que le meilleur remède à votre mal c'est votre volonté de vivre heureux. De toute façon, je crois, pour ma part, que l'optimisme est un devoir... En France, on a tendance à remettre la joie de vivre à... plus tard... jusqu'à la retraite. Mais souvent, la vieillesse venue, rien ne se passe comme prévu... Rappelez-vous : Dieu nous veut heureux et le plus tôt possible... Même au sana. Vous avez lu les *Béatitudes* ?

— Certainement, dis-je, (tout en rendant grâce à mon « directeur spirituel » de ne pas me demander ce que j'en ai retenu... et, surtout, comment je les ai comprises...).

En me parlant, il rejette le pan de son camail sur une épaule et commence à préparer des fiches, armé de son coupe-papier :

— J'ai toujours pris des notes. Ça oblige à préciser sa pensée et c'est une bonne méthode, je crois, pour entretenir la mémoire... enfin c'est la mienne...

Il suggère, mais semble se garder d'imposer.

— Qu'aimez-vous dans la vie ?

Cette question me laisse un peu interdit : on ne me l'a encore jamais posée... Comme je tarde à répondre, il enchaîne :

— Avez-vous lu saint Paul ?

Question polie : il ne se fait certainement aucune illusion.

— En latin, à la messe.

Il ouvre une Bible.

— « Il y a diversité des dons, mais c'est un même esprit » (I Cor. XII,4). Du moins c'est la pensée de saint

Paul. La Vérité est une et chacun n'en possède qu'une parcelle... La parabole des Talents avait déjà, d'une autre façon, abordé ce thème...

Il jongle avec les textes. Il en vit, cela se sent. L'enthousiasme qui passe dans l'expression de son savoir est contagieux...

— Vous verrez, ici, les cures de silence de treize heures trente à quinze heures favorisent la méditation. Laissez-vous aller. Faites l'inventaire de vos souvenirs, de vos désirs, de vos espoirs... Souvenez-vous de ce que vous avez aimé... Vagabondez... Vous élargirez votre univers et du même coup, vous oublierez votre maladie — médicaments, température, insufflations — et jusqu'au rythme de votre pouls... Personne ne parle de ça ici. Il y a tant d'activités culturelles passionnantes qu'on a la sensation que le temps est trop court...

Huit jours plus tard, il revient me voir :

— Vous habituez-vous à la maison ? Commencez-vous à y faire votre « trou » ? A trouver votre place ?

Assis à la petite table qui lui sert de bureau, il pose des questions dont il devine les réponses à demi-mot tant son intuition est vive. Avec lui, on n'a jamais l'impression d'être jugé mais compris. Malgré ma jeunesse je me sens, pour la première fois, traité en homme.

— Avez-vous remarqué dans l'Evangile le respect du Christ pour ses interlocuteurs ? Il écoute avec patience, et la seule chose qu'il condamne, c'est l'hypocrisie.

Pourquoi donc mon « directeur spirituel », dont les paroles sont si convaincantes et me semblent si justes, me fait-il penser à mon père, tellement peu « causant »... et si peu religieux ?

— Quand j'étais professeur, me dit-il un jour, j'avais, bien sûr, des copies à corriger. Or, le rouge de l'encre rouge m'indispose. J'ai toujours préféré le bleu pour souligner ce qui est bon et personnel... Aider un jeune à ce qu'il trouve le meilleur de lui-même et le cultive librement...

« La liberté est le vrai don de Dieu. Même dans cette

73

vallée de Thorenc, même cloué au lit, on peut vivre libre. L'amour vrai implique la liberté. Mais comprenez-moi bien : la liberté, ce n'est pas le droit de faire n'importe quoi mais celui d'être soi-même.

« Quand vous aurez suffisamment réfléchi, ces idées vous deviendront familières.

Une telle vérité est bonne à entendre mais elle exige. Je me sens le dos au mur. Jusqu'ici, je n'ai connu que règlements, devoirs, discipline, tabous... et l'autorité de mes maîtres et supérieurs, celle de mes parents, qui me semblait le reflet même de l'autorité de Dieu.

La roue dans l'ornière... passer où les autres sont passés et marcher dans l'ordre qui rassure sans rien remettre en question...

La porte de la liberté serait-elle donc plus étroite ? Ses chemins plus arides, plus solitaires ?

Le nez sous ma couverture (il fait —15° dehors) je découvre que je ne sais rien, que Dieu, comme la vie, ne s'apprend pas dans les livres.

Chaque jour, je reçois une lettre de ma mère. Ma santé, la paroisse, l'augmentation des prix. Elle économise pour venir me voir : toute la France à traverser... Mon bulletin médical laisse entendre que je vais devoir subir une section de brides [1] — conséquence du pneumothorax. Pour elle, je suis hémophile... La pauvre broie du noir...

L'inactivité me pousse à lire. Jusqu'alors, la lecture n'était pas mon fait. A la maison, bien sûr, les livres (sauf de classe) étaient rares. Juste, dans le fond de l'armoire, quelques « prix » reliés de rouge aux tranches dorées. Parmi eux, le Prix de certificat d'études de ma mère : *le Tour de France de deux enfants*. Celui-là, je l'ai lu et relu.

« La lecture, il faut en avoir le temps... une occupation de paresseux... », c'est ce qu'on pensait au quartier de la Rampe.

---

1. Opération qui consiste à couper les ligaments qui souvent relient les deux plèvres. On libère ainsi le poumon et assure une efficacité plus grande au pneumothorax.

Le cinéma allait s'y faire, très vite, bien plus d'adeptes. Moi, en particulier. J'y ai passé le meilleur de ma jeunesse... Le temple de l'image c'est alors l'Alhambra, une salle de style pseudo-mauresque. Tout le quartier s'y retrouve une fois la semaine comme à la messe, chacun y choisit sa place. Aux promenoirs, les monteurs de sable[1] ; après leur journée de dur labeur, ils s'assoient à même le sol en pente, pour manger et boire. De temps à autre, une tête hirsute surgit au-dessus du muret séparant la salle du promenoir : c'est l'un de ces hommes qui jette un coup d'œil sur l'écran...

Aux premières, à mi-salle, les commerçants et parfois, si le film est sérieux, les gens de la Côte. Aux secondes, dans le fond : les fonctionnaires et les bureaucrates. Aux troisièmes, juste devant l'écran, les gars de la Rampe — le populaire. J'aimerais mieux m'asseoir là : on y est plus près de l'action. Mais c'est ma mère, naturellement, qui décide — et elle a choisi le monde qu'elle préfère, celui des secondes.

De toute façon, nous n'allons au cinéma que si le titre du film lui inspire confiance. La moindre allusion religieuse faisant la différence.

Bien entendu, le cinéma n'est pas au programme du séminaire. Il est même tabou... Le prêtre n'a pas le droit d'y aller. Les statuts synodaux, le règlement diocésain sont formels là-dessus. Le rideau, souvent rouge comme au théâtre, est un relent de l'enfer du Moyen Age, dans les Mystères... Et, forcément, tout cela garde une odeur de soufre...

Mais pour nous, les gamins de la Rampe, le cinéma allait être un grand inspirateur. Même quand nous n'avions pas vu le film, nous le « jouions » à la récréation : après nous être distribué les rôles, l'imagination faisait le reste ! Le scénario nous inspirait durant une

---

1. Métier disparu qui s'exerçait à la plage : il s'agissait de monter du sable en haut des galets. Ce sable servait dans la construction des bâtiments. Un métier méprisé, misérable.

semaine... en attendant la suite... Car les films populaires étaient à épisodes pour maintenir l'intérêt du public... Cette passion pour le cinéma (en marge de l'Eglise, et volontairement ignorée par elle) allait marquer notre génération... bien plus que les études et la discipline... Pour ma part, je l'avoue, l'impact est profond... si profond qu'un jour je décide de m'en ouvrir à mon « directeur spirituel »... qui, avec le même sourire, m'offre le même accueil, la même écoute que d'habitude et me répond ainsi :

— Mais voyons, l'amour du cinéma n'est pas incompatible avec la foi dans le Christ ! Mon frère prépare une étude sur le film *Verts pâturages*. Nous en avons discuté. Cela me semble fort important. D'ailleurs, qui peut être encore absolument certain que vous serez prêtre un jour ? S'agit-il d'une idée *qui* s'impose ou *qu'on* vous impose ? En fait, il devrait s'agir d'un appel... et d'un choix réfléchi et, surtout, totalement libre. De toute manière vous n'avez pas à renoncer au cinéma. Ou bien vous choisirez sa voie et plus vous aurez de connaissances sur le sujet, plus cela vous sera utile dans l'avenir, ou bien vous garderez la soutane et votre savoir donnera à l'Eglise un spécialiste...

Un silence... et, malicieux, il ajoute :

— Bien sûr, je sais, l'expérience prouve que l'Eglise — comme les révolutions — se méfie des compétences. Pour Elle, l'homme qui « sait » est, par définition, un orgueilleux et laisse, de ce fait, moins de place à la Providence. Pour moi, toute haute compétence est un don de Dieu mais, pour l'instant, ce n'est pas encore, je crois, votre « problème ».

J'ai la sensation de renaître... Je plonge, dès le matin suivant, dans la bibliothèque pour y chercher les livres qui concernent le septième art. Le seul que je trouve est l'histoire de Brasillach et Bardèche qui se lit comme un roman : un commencement... Mais j'éprouve le besoin de connaître sur le sujet ce qu'il y a de plus sérieux... de mieux informé. Mon « directeur » me conduit d'ailleurs à approfondir tout ce qui m'intéresse.

— Vos études ne vous ont guère apporté... mais votre enfance et votre éducation en sont certainement la cause : vous n'étiez pas sur la bonne longueur d'ondes... votre violon était mal accordé. Ce n'est pas de votre faute.

Je suis maintenant conseillé... sans être forcé et, naturellement, j'élargis mes lectures...

— Vous savez, les études devraient être conçues pour former l'esprit et non pour y introduire des citations permettant de briller dans les salons...

Il réfléchit avec moi, me suggère des pistes, m'ouvre des angles de recherches...

— Vous êtes-vous déjà posé cette question : comment l'homme primitif communiquait-il avec ses semblables ?

— N'est-ce pas impossible à savoir ?

— Vous avez raison. Mais on peut pourtant, par la réflexion, émettre une hypothèse : chez les gens simples, le geste, le rite, la technique ont plus d'importance que le mot ou le cri, à peine élaboré. Chaque tribu primitive avait sûrement, pour désigner les mêmes objets, des mots différents... Et, pour fixer le geste, il leur a fallu inventer l'image. Avez-vous entendu parler, ces temps derniers, de cette extraordinaire découverte par deux jeunes gens d'une grotte près des Eyzies, à Lascaux ? Un temple de l'art primitif !

« L'écriture viendra plus tard, beaucoup plus tard. Où est-elle née ? Nul ne le sait, au juste. Au début, elle est figurative. C'est l'idéogramme. Les Egyptiens hier, aujourd'hui les Chinois... Je vous dis tout cela parce que ça peut aider votre réflexion. Apprendre ne suffit pas, il faut aussi structurer son savoir... et pour cela, l'écriture-image — l'idéogramme — est lourde à utiliser. Alors, on simplifie et l'homme parvient à l'écriture phonétique : l'ancêtre de notre alphabet.... La voie de l'écrit est ouverte. L'histoire commence... Pratique d'abord, l'écriture sert l'administration. Elle est officielle, réservée, sacrée. Seule une élite y est initiée. La masse demeure analphabète et doit se contenter de l'image... Deux civilisations grandissent parallèlement : celle du mot et celle de l'image... Deux mondes opposés. (L'iconosphère et la phonosphère... pour parler simplement !) C'est ainsi que le cinéma, qui crée la phrase visuelle, devient d'une certaine façon sacrilège. « Un retour à la barbarie », est-on allé jusqu'à dire... L'Eglise qui a pourtant donné tant de place au gestuel et à l'imagerie (une cathédrale n'est-elle pas un livre d'images ?) peut-elle indéfiniment nier ce moyen d'expression qu'est le cinéma ? Rester prisonnière de la civilisation du mot ? Non. Mais si elle est inéluctable, une telle évolution ne peut se faire du jour au lendemain. Il faut le temps de comprendre que le cinéma est plus que l'image et dépasse l'instantané pour donner naissance à la « phrase visuelle ». Enfin, c'est mon point de vue. Mais, que ce point de vue soit aussi celui de vos supérieurs, ça, c'est une autre histoire !

A la suite de ces entretiens, je suis pris d'une véritable boulimie de savoir que les longues heures de cure, d'inactivité favorisent.

J'ai le temps et j'ai envie de rattraper le temps perdu... Je pille la bibliothèque du sana. Ça me fait du bien.

Quand on parle vocation, certains pensent « coup de foudre »... Pour moi, ça vient au contraire lentement, de tâtonnements en tâtonnements... de doutes en doutes... Beaucoup d'ombres mais aussi des éclaircies, des embellies...

Seulement c'est l'évidence — et elle seule — qui doit m'amener à trancher, voilà ce dont je suis intimement convaincu.

Réflexion faite : « mon » Dieu me semble de plus en plus différent de celui qu'on m'a enseigné... Il déteste la monotonie, la série. Il aime la diversité : dans un arbre, jamais deux feuilles identiques.

Chaque évangéliste n'a-t-il pas vu le Christ à sa manière, selon son propre regard ?... SELON.

Les saints s'assemblent dans le calendrier mais ne se

ressemblent pas... Quoi de commun en effet entre Saint Louis et le Curé d'Ars ? Entre saint François de Sales — cet évêque précieux et bourgeois — et le militaire saint Ignace de Loyola, ce soldat de Dieu ?

Et n'en va-t-il pas de même pour chacun de nous ? Je supporte mal qu'il faille entrer dans une case toute faite, un moule... celui du « bon petit prêtre » par exemple, cette image de Saint-Sulpice qui sent le fagot... Certes la soutane unifie mais ce n'est qu'apparemment : l'homme demeure ce qu'il est avec son tempérament, ses dons et ses imperfections. Le sacerdoce doit, coûte que coûte, épouser l'être tel qu'il est.

Chaque jour, ici, en sana, me permet de me « révéler » davantage. Sans m'en rendre compte, je me fixe lentement. Une seule véritable inquiétude, dans ce cheminement : ma santé qui reste fragile. La vie au séminaire me permettra-t-elle de la maintenir, d'éviter une rechute ? Ne dit-on pas parfois que certains diocèses exigent une observance stricte sans aucun souci des conséquences ?

« Si vous n'êtes pas capable de suivre le règlement qui est la volonté de Dieu, c'est un signe : vous n'avez pas la vocation... »

Le séminaire de Rouen, grâce à Dieu, aura d'autres critères...

Mais pour l'instant, une épreuve différente se prépare, et en septembre 1939, c'est la guerre, puis l'offensive de mai 40. On va espérer le miracle jusque sur la Loire... Et c'est la défaite... Dans la nuit, les mulets passent près du sana : on évacue devant les troupes italiennes [1]... Comment nous ravitailler ? La vallée est pauvre, les villes sont loin. Alors, un jour, il est décidé de ne garder ici que les

1. Le sanatorium est dans les Alpes-Maritimes.

79

« malades couchés », les autres sont paradoxalement évacués vers le nord, la Haute-Savoie. Destination : le plateau d'Assy, zone libre.

Les trains sont rares, on s'y entasse. Voyage interminable sur des lignes secondaires. Enfin, un soir, nous arrivons : le plateau d'Assy est au pied du roc des Fiz, face au mont Joly ; à gauche, le mont Blanc, perdu le plus souvent dans la brume. « Un brouillard sec », dit-on, qui ne peut nous nuire...

Notre nouveau sana est une immense bâtisse entourée de chalets qui « poussinent » dans la montagne. Les malades viennent de partout et de tous les milieux. Soudain, nous ne sommes plus au séminaire mais plongés dans le « monde » (et une charge de plus pour le sana).

Face à la maladie, il y a des attitudes diverses. Ceux qui veulent guérir à tout prix et sont prêts à servir de cobayes, à expérimenter les techniques de pointe comme « l'aspiration continue » — une nouvelle mode. Un coup de trocart [1] et un tube plongé dans la caverne pulmonaire. Ensuite, par un jet d'eau, on aspire le mal... En fait, il y a peu de résultats sérieux et on déplore même une mort sur quatre...

Pour beaucoup, la séparation d'avec la famille est très dure, voire tragique. Quand ils se confient à nous, les futures « soutanes », il leur arrive de lancer, comme cet homme, abandonné par sa femme :

— Toi, le « curé », tu peux pas comprendre...

Pour oublier, ils vont noyer leur peine au café du village voisin. Et parfois, il y en a un qui, saisi par le froid, épuisé par sa remontée à pied au sana, expire dans l'escalier... Pourtant, dans toute cette misère, une certaine solidarité se crée. Un autre monde : celui des

---

1. Instrument de chirurgie fait d'une tige d'acier pointue coulissant à l'intérieur d'une canule servant aux ponctions et aussi à insuffler de l'air entre les plèvres... dans le cas d'un « pneumo ».

tubards où les impératifs sociaux ordinaires n'ont plus de sens, où seul nous lie notre mal commun.

La descente au « médical » est toujours une épreuve. Après la radio, si le médecin traîne un peu... le pouls s'acccélère... l'angoisse monte... La pesée est aussi un « mauvais moment » : les restrictions ne facilitent pas les choses.

— Quarante et un kilos sept cents... Il faut vous arrêter maintenant, ordonne le médecin... Pour éviter sa « semonce », certains n'hésitent pas à avaler un litre d'eau avant de monter sur la balance ; mais la semaine d'après, la chute de poids est encore plus forte :

— Bon ! Cette fois, vous êtes trop faible... Au lit !

Et le lit, c'est le retour au « régime hôpital ». Plus de liberté... On s'aperçoit alors que ceux qui aiment lire ont plus de chance que les autres... L'évasion par la lecture prend ici tout son sens... Elle est salvatrice.

Heureusement, un soir tous les quinze jours, il y a « cinéma » au réfectoire. Un « tourneur » monte jusqu'au sana pour passer le film : le prix est abordable et le plaisir est général. Savoir « voir » est plus facile que savoir lire...

Faute d'argent, nos vêtements inchangés s'usent. Beaucoup n'ont plus aux pieds, dans la neige, que des pantoufles.

Je suis au sana depuis bientôt sept mois... Certes, le corps médical apprécierait fort que des places se libèrent... Quelques allusions par-ci, par-là nous le font comprendre... mais tout se traite derrière notre dos, avec la Croix-Rouge internationale et les Allemands qui ont leur mot à dire. Ne faut-il pas que nous passions la ligne de démarcation ? Un jour, on nous parle d'*ausweiss*[1] qui devraient arriver... mais qui, en fait, n'arriveront jamais... La résistance les aura-t-elle « empruntés » en cours de route ?

Pourtant à la mi-septembre, nos papiers sont enfin

---

1. Laissez-passer.

prêts. Tout est en ordre. On embarque au Fayet... Un wagon Croix-Rouge est prévu pour plusieurs d'entre nous dans un convoi normal. Mais il va nous falloir, pour monter vers le nord, nous déplacer d'abord à l'ouest. A Lyon, avant de passer en zone occupée, on s'arrête une heure avec la permission de descendre du train. Des religieux — avertis Dieu sait comment de notre passage — nous contactent :

— Voulez-vous prendre du courrier et des tracts ?

Nous acceptons (assez inconsciemment d'ailleurs, au moins pour la plupart d'entre nous). On cache ce qui nous a été confié dans les bouches d'aération de notre wagon... et après quelques arrêts dans le « black-out » — on craint les bombardements — les bruits de voix françaises se transforment en bruits de bottes allemandes... nous arrivons à la ligne de démarcation. Claquements de portes, visite des wagons, contrôle des papiers. La petite infirmière qui, depuis le début du voyage, nous apporte des verres d'eau de temps à autre déclare que nos compartiments sont occupés par des « contagieux »... Du coup, on ne nous dérange pas et, à Paris, nous remettons tout naturellement les papiers qu'on nous a confiés à Lyon à l'ambulance qui nous attend...

J'ai pourtant un moment de panique en découvrant la sentinelle, devant le portillon de sortie. Son casque d'acier, plus encore que son arme, me confirme que tout ce que je craignais est arrivé. Pour moi, la guerre commence. J'ai hâte de gagner Le Havre. Mais impossible, la ligne a été coupée à la suite d'un bombardement. Je dois prendre le métro — c'est la première fois — afin de trouver un asile pour la nuit. Est-ce la fatigue ? J'ai une légère hémoptysie et l'idée de rechute m'envahit. Mais heureusement pour moi, après avoir bu un verre d'eau froide comme c'est recommandé, pas de récidive et, le lendemain, je suis en forme pour prendre le premier train direction Le Havre.

Dies irae...

A mon arrivée, à midi, ma mère m'accueille à la gare : elle m'y a attendu tous les jours précédents sur le quai des trains venant de Paris...

Le Havre est sinistre : maisons écroulées, casques épars, voitures abandonnées...

Le boulevard de Strasbourg n'est que ruines depuis les bombardements anglais. Les pilotes, venus s'aguerrir en jouant avec la DCA de la plage, ont, chaque jour, multiplié les cadavres...

Je retrouve mon père paralysé dans notre maison. On parle. On parle beaucoup... les années lointaines sont évoquées sous la lampe, derrière les fenêtres tapissées de couvertures... On craint que soudain les vitres se brisent... On craint même beaucoup plus. Et en effet, un soir, un sifflement, un miaulement lugubre, c'est un bombardier qui rase le toit. Instinctivement, je baisse la tête. La lumière s'éteint. Le sol tremble. Je subis mon premier bombardement. Dix-huit incendies sont allumés en ville, certains non loin de la maison. Sous le ciel rouge, une batterie de DCA est là, au milieu de la rue. La peur me glace les os... Je tremble de tous mes membres : manque d'habitude. Ma mère, elle, est restée calme...

Le lendemain, nous allons voir les dégâts... Le quartier Thiers, le centre-ville brûlent encore...

A mon vif étonnement, dans un square public, j'aperçois des jardiniers qui remettent de l'ordre dans les plantations. L'un d'eux, je m'en souviendrai toujours, replante un arbre. L'espérance est tenace.

Mon père est parti à l'hôpital pour y être opéré. Quitter sa maison, son quartier a dû lui être très pénible bien qu'il n'en ait rien dit.

Il n'y reviendra plus. Il meurt quelques jours plus tard.

L'inhumation a lieu dans l'intimité, à la chapelle de l'hôpital. Personne ou presque ne s'est dérangé. Seuls quelques uniformes de la poste... Mon père avait à peine entamé cette retraite dont il parlait si souvent dans mon enfance et durant laquelle il se proposait de faire tant de choses...

Je repense à tout ce qu'il disait, à tout ce qu'il était... A-t-il su, au moins, combien je l'aimais ?

Janvier 1941. Après un temps de réflexion, je décide de reprendre le chemin du séminaire qui domine Rouen. Le Supérieur me reçoit cordialement :

— Vous voilà donc à nouveau le pied à l'étrier ? Certes, le règlement est le même pour tous... mais il faut ménager votre santé. Vous rejoindrez au Carmel deux autres convalescents qui logent dans la porterie : vous y aurez un peu plus chaud.

Le Grand Séminaire ayant été requis, d'abord par l'armée française, puis par les Allemands, nous sommes réfugiés, réduits à camper. Mais les difficultés nous rapprochent les uns des autres. Professeurs comme élèves. Il y a souvent des alertes, parfois une bataille aérienne, un bombardement. De quoi demain sera-t-il fait ? Cependant, on espère. A midi, après être passés à la chapelle où, fidèles à la tradition, on remercie le Seigneur pour les « joies de la table »... *Miserere...*, les nouvelles de Londres nous sont résumées. La plupart d'entre nous ici — y compris notre Supérieur, un ancien condisciple de Léon Blum qui sort de Normale Sup — sentent la nécessité d'un changement.

Notre lecture du quotidien se modifie chaque jour davantage, devient autre. La guerre nous a obligés à sortir, à découvrir un monde qui, jusqu'alors, nous était refusé. Parfois même nous sommes amenés à quitter la soutane pour participer à des travaux de déblaiement.

Des prêtres sont prisonniers, d'autres au STO[1]. Un livre vient de sortir : *France, pays de mission*, qui condamne le triomphalisme et fait le point. On ose s'écarter des parvis, se mêler à la foule.

Les cours, déjà depuis quelques années, ne se font plus en latin mais en français et sont polycopiés. Les traités de théologie, imposés au début du siècle où tout était « ordonné », sont aujourd'hui délaissés. Même si on les garde, on les consulte de moins en moins. Bien sûr, il ne s'agit encore que de détails. La ligne générale demeure et le droit canon tient toujours plus de place que l'Evangile. On continue à former des fonctionnaires de Dieu.

Il y a le permis, le valide, le licite... et l'interdit.

Tout problème de vie soulève une question de droit : « Puis-je ? »

Comme toujours, le progrès se fait « en marge »... Durant nos moments de loisirs, ceux que ne passionnent pas le sport ou les jeux, fidèles à Aristote, *péripatétiquent* autour de la cour, tout en discutant. Là on refait le monde. Les débats sont chauds... De leur côté, nos professeurs, quand ils se retrouvent pour prendre ensemble un café « national », se sentent libres. Eux aussi discutent des ouvertures que laissent entrevoir certaines encycliques comme celle sur l'Ecriture Sainte... de Pie XII.

Une autre question, qui depuis la Séparation, se pose avec plus ou moins d'acuité : le nombre des prêtres. Certes, nous sommes encore beaucoup mais qu'en sera-t-il dans l'avenir ? Officiellement, on se contente tou-

---

1. Service du Travail Obligatoire en Allemagne.

jours des apparences. On se nourrit d'illusions. Un prêtre demeure un notable, ce qui implique une « situation », un comportement, des moyens de vie décente... Notre indépendance est à ce prix. Mendier ne suffit pas. Et pourtant, c'est maintenant la seule solution qui s'impose... Ruinée, l'Eglise ne peut plus faire face dans un monde où tout se paie. Bien sûr, cette raison matérielle ne peut expliquer, à elle seule, les difficultés du recrutement sacerdotal... Il y a aussi cette image du prêtre, imposée par le Concordat et Napoléon... Le prêtre, confiné dans sa sacristie, ne suscite guère l'enthousiasme chez les jeunes. Quant aux évêques, ils sont d'un autre âge... ils espèrent en leurs successeurs... « On verra plus tard. »

Mais, à vingt-cinq ans, on ne peut se satisfaire de répéter que l'Eglise a l'éternité devant elle... Sans paniquer outre mesure, on s'inquiète qu'une fois de plus elle manque le train... ou soit obligée, trop tard, de le prendre en marche.

La prudence, certes, est une vertu, mais elle ne doit pas être une excuse. Au début du siècle, l'Eglise est parvenue à surmonter la crise moderniste. Une brèche ouverte par où tentait de s'échapper le troupeau... Alors, on a pris les grands moyens. La foi de la majorité a permis de tempérer la débâcle menaçante.

On a coupé, taillé, censuré, interdit. La brèche a été comblée, la porte close. Des directives fermes et claires se sont avérées indispensables. Mais certains s'interrogent :

— Est-il préférable de se tromper avec Rome ou d'avoir raison tout seul ?

Le choc a été dur. Il a blessé, et les blessures sont longues à cicatriser. Est-on allé trop loin ? Il est des vérités qui semblent élémentaires : impossibles à nier... On ne peut se contenter d'un Dieu découpé en traités théologiques, autopsié. Dieu est vie, ou Il n'est pas...

Pour être ordonné, je dois adresser une demande écrite à mon Supérieur. La demande sera étudiée par le Conseil des directeurs (nos professeurs). Les refus ne sont pas rares, mais il s'agit souvent aussi d'un simple retard, un report à une prochaine session. Les ordinations se font à dates fixes : aux Quatre-Temps et surtout à la Saint-Pierre et Saint-Paul, fin juin...

Aucune pression n'est faite sur nous, du style : « Si tu veux être heureux, fais-toi curé ! » Non, tout au contraire, la mise en garde est sévère. « Votre vie sera dure. La solitude vous pèsera... »

L'évêque vient parfois nous rendre visite. C'est un « personnage ». Un homme grand, sec, un chêne courbé par les infirmités. Un regard d'aigle. Bon et plein d'humour au demeurant. Un saint François de Sales... Il aime « retourner les tiroirs », remettre de l'ordre. Le Christ n'a-t-il pas agi ainsi ? Il déteste les lieux communs, les idées toutes faites. Un jour, dans notre chapelle provisoire, assis à une petite table, dos au tabernacle, il nous parle :

— On vous a dit qu'un discours architecturé doit comprendre trois parties. Bossuet a réussi dans ce genre d'exercice. Mais son auditoire venait au sermon comme au spectacle. Que cherchait-il ? Un style ou un message ? Ne jugeons pas... Mais, à mon sens, il est une règle unique à observer : Ne vous laissez pas paralyser par les règles. Dites ce que vous avez à dire.

Une autre fois, il n'hésite pas à affirmer :

— On vante la sainteté, et bien sûr, chacun peut y prétendre. Mais comment la définir ? Saint Pierre, nous sommes tous d'accord, était un saint. Or, que je sache, il ne disait pas son bréviaire, ni son chapelet. Quant à la messe, il la célébrait rarement, et quand il réunissait une communauté, pas de visite du Saint Sacrement. Pour devenir un saint, la seule pratique des exercices de piété n'est pas suffisante. Et même parfois, ces exercices peuvent tromper, camoufler la médiocrité d'un individu. Saint Jean a raison lorsqu'il dit : « Celui qui prétend aimer Dieu qu'il ne voit pas et n'aime pas son prochain qu'il voit est un menteur ! »

1943. La guerre continue et même s'amplifie, du moins dans notre secteur. Sur Rouen, les bombardements deviennent quotidiens, des quartiers entiers disparaissent. Des incendies sont allumés partout et le feu gagne par les toits. La vieille ville brûle. Les secours sont dépassés par l'importance des sinistres et des victimes. Est-ce le débarquement qui se prépare ? La guerre des ponts de Seine ? Nous décidons de descendre en ville... Premier contact avec l'horreur : dans l'écrasement de la douane, une jambe broyée apparaît au milieu des éboulis. Au bas de la rue des Carmes, je m'arrête pour soigner un pompier. L'homme est blessé, épuisé.

— J'entends les ardoises qui claquent. Ça va brûler, me dit-il.

En fait, tout brûle... D'un coup, le clocher qui coiffe la tour Saint-Romain s'embrase. La charpente s'affaisse. Le bourdon expire un dernier glas : c'est fini.

Le soir, des hauteurs de Bois-Guillaume, on voit le feu qui gagne toute la ville. La cathédrale va-t-elle disparaître ?

La décision est prise. Le séminaire ferme. C'est la dispersion. Le 5 juin au soir, je retrouve Le Havre... oublié depuis quelque temps par l'aviation alliée...

Au Havre, les batteries allemandes de la Côte ne tirent pas. Puis un brouillard s'élève et tout disparaît. C'est chez le boulanger que la nouvelle s'affirme : « Ils ont débarqué en face...Dites, l'Abbé, vous devez savoir, doit-on aller travailler quand même ? »

Les anciens de 14 commentent : « Qu'est-ce qui va

encore nous arriver ? Cette génération est incapable de faire la guerre correctement ! »

Faux : Paris, Rouen et même le Nord sont bientôt libérés ; seulement, nous, il semble qu'on nous ait oubliés...

La poche du Havre reste occupée. Alors des équipes se créent. J'aide, pour ma part, à creuser des abris. Le sous-sol de sable et de galets ne permet que des tranchées étayées... tout le monde se met à l'ouvrage, craignant le pire.

En septembre 44, c'est le siège. Monty[1], le héros du désert, commence à perdre patience : cette tache sur la carte est un affront. Il faut l'effacer.

Sans se soucier de la population, le 5 septembre à 17 heures, des centaines de forteresses pilonnent notre ville pendant plus d'une heure. Dans mon abri, où l'on s'entasse, on ne voit plus rien... l'air manque.

Dès que le bombardement cesse, on se précipite dehors. Du bas de la ville monte une fumée épaisse, le ciel est noir... Des familles entières, hagardes, apparaissent. Elles viennent chercher refuge chez nous, sur la hauteur.

— Des morts par milliers ! clament des voix, des morts par milliers !

Le haut clocher de Saint-Vincent-de-Paul a tenu mais il domine des hectares de ruines. Et demain, c'est sûr, un autre secteur de la ville sera bombardé.

Amère victoire ! Le siège va durer sept jours avant l'arrivée des chars. Même si les résistants tentent de justifier nos libérateurs... l'accueil sera réservé.

En attendant, ma mère lave et relave ma soutane. Elle sent la mort. Tâche urgente, toutes ces victimes ont besoin de sépultures.

Souvenir entre tant d'autres : rue des Sports, un drap couvre pudiquement une tranchée qui a été atteinte, de

---

1. Le général Montgomery.

plein fouet, par un obus de marine. J'arrache le drap : sept corps gisent là, défigurés.

Parmi eux, un gardien de square, manchot... mes gants de caoutchouc se déchirent tandis que je m'efforce de le sortir de la coulée de boue où il s'est enfoncé. On l'entasse avec les autres sur un camion — une prise de guerre — qui nous conduit au cimetière.

Les convois militaires, tous phares allumés, quittent Le Havre enfin libéré pour monter au front. La guerre n'est pas terminée mais ce n'est plus la nôtre. Elle nous semble presque étrangère. Egoïsme ? Peut-être. Mais ici, on en a trop vu.

Le séminaire a rouvert ses portes : je retrouve Rouen... mais rien ne sera plus comme avant. Nous avons l'impression — et il en est de même pour les séminaristes prisonniers qui commencent à rentrer — de n'être plus des « séparés » du monde. Le mouvement des prêtres ouvriers qui s'ébauche crée un vif enthousiasme et beaucoup se trouvent confirmés dans leurs idées.

Le séminaire s'est subitement rempli mais le grossissement de ses effectifs est quelque peu artificiel. Il s'explique par le retour des séminaristes STO et maquisards.

Avant même d'être ordonnés, certains d'entre nous sont envoyés dans des paroisses pour remplacer les absents, apporter de l'aide.

Ma santé étant toujours précaire — la rechute continue à me hanter —, j'échappe à ces réquisitions pastorales et reprends mes études.

C'est à la Saint-Pierre et Paul que, seul, je reçois le sacerdoce, le 29 juin 1945, dans la chapelle du Grand Séminaire. Pour s'y rendre, on processionne en chantant le *Veni Creator*... Ma mère est venue du Havre. Je la sens bouleversée : ce jour, qu'elle attend depuis si longtemps, est enfin arrivé. Elle marche bien droite, fièrement — pour cacher sa timidité au milieu de tout ce monde en soutanes. Pense-t-elle au vieux curé de son enfance, si vénéré, auquel elle a toujours souhaité que je ressemble ?

Moi, je vis l'instant. De quoi sera fait l'avenir ? Vais-je m'agréger ou resterai-je marginal ? Cela me laisse un peu indifférent. La maladie m'a appris la patience, à marcher à mon rythme, à m'asseoir — souvent — sur le bord de la route afin de reprendre mon souffle.

Une seule crainte cependant : qu'on oublie, pour raison de santé, dans une campagne perdue, le curé que je vais être — que je suis déjà — et qu'il y prenne racine...

LIVRE TROIS

Une vie de curé

Mardi. Jour de marché au canton. Dès huit heures, le carreau s'anime. Les carrioles bâchées de toile lourdement chargées emportent les produits de la semaine vers Goderville, le chef-lieu, distant de six kilomètres. On devine, dans chaque carriole, les mains du Maît' qui serrent les rênes des chevaux. Un vaste *capet*[1] noir coiffe son visage rougi par l'air vif et le vent. Il fait froid.

Pour moi, c'est l'heure de la messe. Ma messe basse, quotidienne, que je dis au presbytère. Une faveur des autorités (l'église est si humide...) A condition que j'officie dans une pièce « digne et convenable », j'ai la permission de rester au chaud.

Ma mère est là. Elle a quitté sa blouse pour enfiler un manteau et, bien sûr, elle porte un chapeau. Tout a été préparé par ses soins ; elle a rehaussé la table et mis trois nappes superposées (ainsi l'exige la liturgie). Le missel est ouvert à la bonne page. Les rubans signent les mémoires[2] du jour. Les burettes sont pleines et ma mère a posé les ornements sur l'autel, tout comme elle le faisait au Havre, avant la guerre, pour Monsieur le Chanoine. Toutefois, au lieu de deux bougies liturgiques, il n'y en a qu'une seule, en cire d'abeille à 30 % seulement (dimi-

---

1. Chapeau de feutre à larges bords.
2. Dans la liturgie de la messe : prières et oraisons où il est fait allusion aux différents saints dont c'est la fête.

nution permise par Rome à cause des restrictions... car, même pour les questions de détail, c'est Rome qui décide...).

Un seul point révolte ma mère : l'interdiction faite aux femmes de servir la messe. Elles sont seulement autorisées à répondre, de leurs places, aux prières, en respectant les distances et en ne franchissant pas la « clôture »...

Mais toutes les occasions sont bonnes pour que ma mère « saute le pas », par exemple moucher une bougie qui risque de baver sur la nappe...

De temps à autre aussi, elle abandonne son prie-Dieu et — non sans s'être excusée dans un souffle auprès de l'assistance — (bien grand mot... aujourd'hui, il y a quatre personnes) — elle gagne la cuisine où je l'entends *tigonnai son fu*[1].

Je ne veux pas de clergeots pour me servir. Je préfère que les enfants ne manquent pas l'école comme je le faisais jadis... D'ailleurs la piété n'y perd rien.

Ma messe, pour moi, c'est tout.

Là, je me sens vraiment prêtre, apprivoisé par la présence de Dieu. Ma foi peut s'exprimer à sa guise.

Une demi-heure *ab amicto ad amictum* — l'amict est le premier linge que tout prêtre, pour dire sa messe, met autour de son cou avant de passer l'aube et c'est, naturellement, le dernier qu'il retire. Il peut servir d'amer pour contrôler le rythme et la durée de l'office.

Au presbytère, pas de sacristie, bien sûr, alors je dépose les ornements sur l'autel improvisé.

— Vous prenez un coup de chaud ?

— Si vous croyez...

Ma mère fait ses invitations, entraînant son « synode » dans la cuisine. Les tasses sont prêtes et chacun s'assoit pendant que le café passe dans l'alambic de mon enfance.

— Comment c'est ti qui va ?

_____

1. Attiser son feu.

Toujours le même sujet, seul et unique : ma santé. Disons — en cauchois — que... *cha m'éluge*[1].

Un bon prétexte : j'ai à lire mon bréviaire. Je m'enfuis dehors. Mon livre s'ouvre à la page marquée d'une image mais ma prière n'est pas favorisée par le texte. Celui d'aujourd'hui n'est pas un chant de miséricorde mais, comme trop souvent, un hymne de guerre, de haine, de vengeance que le latin (hypocrite) ne parvient même pas à masquer :

« Dieu fait justice des nations, remplit tout de cadavres sur de vastes espaces. Dieu fracasse les têtes de mes ennemis et fait un marchepied de leurs corps... »

Je lis en marchant vite, et comme souvent, malgré l'habitude, je me *brèle*[2] dans les pans de ma soutane.

Au passage, quelques paroissiens me saluent, parfois même du haut de la banquette avant de leur carriole. D'autres, indifférents ou trop timides, semblent ne pas me voir. On ne dérange pas un prêtre qui prie. D'ailleurs, ne suis-je pas en train de faire mon travail ? Or, tout travail est sacré.

Je me bats avec les pages collées de mon vieux bréviaire. Une dentelle. L'héritage d'un prêtre disparu. Ma mère voulait m'en offrir un neuf, mais, depuis la guerre, l'édition en est épuisée et l'imprimerie spécialisée a été détruite en 1940 pendant l'exode.

Sur le carreau, je « silhouette » l'image traditionnelle du curé de campagne : soutane trop courte, gros souliers ferrés. Le bréviaire pieusement serré entre les mains, j'avance à grands pas. Si j'excepte ma maigreur et mon inexpérience, je tiens à peu près mon rôle.

Penché sur la haie qui limite le presbytère et la boulangerie, je croise un homme âgé mais la taille encore bien droite — cheveux gris, épaisse moustache — qui cisaille, coupe et recoupe le feuillage à la main. Je m'approche.

1. Ça m'exaspère.
2. Prends les pieds.

Après un temps de réserve, il relève la tête. Je lui lance alors avec une pointe de sympathie :

— Alors, on travaille ?

— Vous veyez bin !

— Beau temps... Cela va-t-il durer ?

— Est l'affai du Bon Dieu... Vous êtes bin plaché pour l' savouére !

Malice ? Refus de tout contact ? Je ne sais. Dois-je m'avouer vaincu ? Non. J'insiste.

— Vous êtes de Bernières ?

— Les cuais d'aot'fay connaichaient leur monde...

Et il ajoute en se retournant :

— I vous reste à appreindre !

Ce n'est pas une haie qui nous sépare : un mur...

Huit jours plus tard, je raconte ma déconvenue à Maurice, un confrère voisin qui est très vite devenu un ami. Il m'écoute et sourit en entendant mon histoire :

— Faut s'y faire. Le bonhomme, j'en suis sûr, ne va jamais à la messe. Mais pourtant, de son point de vue, savoir qui il est fait partie de votre travail... et il ne va pas chercher à vous faciliter la tâche. Et puis, pour un homme de son âge, votre jeunesse est un défaut... pour ne pas dire une faute... Dans nos fermes, l'Ancien, même quand il ne travaille plus, reste le Maît'. Il a toujours son mot à dire et, croyez-moi, c'est un mot qui compte et qui est respecté.

J'aime l'air que je respire chez Maurice, de quinze ans mon aîné. J'aime son visage rond, replet et coloré. Son regard qui exprime la bonté avec une pointe de malice, beaucoup de finesse. Sa soutane l'enveloppe en soulignant un embonpoint dû à une vie sédentaire, aggravée par la voiture et le travail de bureau.

Son vrai plaisir est de parler... Je me dis que dans cette terre cauchoise où le silence est de rigueur, il a dû lui être bien difficile de s'enraciner...

Pourtant, il a l'air heureux de me parler d' « eux » :

— Vous savez, il n'y a qu'un seul secret pour les comprendre : écouter... et même quand ils ne disent rien

— ce qui arrive le plus souvent ! La présence de l'autre
leur suffit. Ils observent... guettent... attendant patiemment
les leçons données par la vie. Terreux, ils ne
vagabondent point et n'imaginent guère... Ils méprisent
les fleurs sauvages de nos fossés — de la mauvaise herbe
—, le bruissement des feuilles dans un peuplier — un
arbre de rien — mais sont en admiration devant un
champ de blé bercé par la brise, houlant sous le vent. Le
beau n'existe pas sans l'utile. Ils se confondent, comme
dans l'architecture cauchoise... La poésie, pour eux, c'est
le réel, le *poiei* des Grecs. Ne cherchez pas à imposer vos
idées. Les sermons les laissent indifférents... Mais est-ce
paresse de leur part ou sagesse ? Se refusent-ils à entendre,
à comprendre, à réfléchir de crainte de perdre la foi
en remettant quoi que ce soit en question ?

— Et l'Evangile, dans tout ça ? Ne sommes-nous pas
là pour le prêcher ?

— Nos études favorisent les citations. Dès que nous
pouvons nous référer à un autre, cela étaye nos dires et
nous croyons être dans le vrai, mais eux ont leur propre
façon d'appréhender le monde. Dans le matin bruineux
de la plaine, au cul des chevaux, les mains serrant les
manchons[1] de la charrue, ils tirent leur sillon avec cette
démarche chaloupée que leur imposent le sol et l'*endos*[2]...
Seuls, ils ruminent leurs pensées, dialoguent avec
eux-mêmes, interpellant de temps à autre leurs chevaux
— des bêtes qui les comprennent, même si elles ne
parlent pas... et peut-être justement à cause de ça.

« Le livre, pour eux, n'est qu'un intermédiaire... mais
n'oublions pas, en passant, que le Christ, Socrate et bien
d'autres ont laissé à leurs disciples le soin d'écrire...

« Ici, on ne lit point et on parle à peine. Tenez, j'ai
moins appris à leur sujet en les confessant qu'en les
visitant... assis en bout de table, près du Maît' (presque

1. Mancherons.
2. Technique de labourage qui oblige à tourner le dos au *boutier* (au
bout du champ).

toujours le dos à la fenêtre : celle qu'on n'ouvre jamais),
à le regarder mener silencieusement sa maison. Là, j'ai
compris l'expression "au doigt et à l'œil"...

« Vous savez, nous, les curés, nous avons "la tentation
de la chaire"... une idée fixe : prêcher. Mais il faut bien
convenir qu'ici — hélas — la méthode donne des résultats médiocres...

« ... Vous partez déjà ? Bon, mais revenez bientôt. Et
puis, surtout, n'hésitez pas, allez "les" voir... Contre toute
apparence, ils vous attendent.

A la découverte de mes ouailles...

Je décide de suivre le conseil de Maurice. Dès que j'ai un moment de libre, je pars, à pied, visiter un foyer ou deux. A Vattetot, il y a près de soixante-dix maisons... Et j'ai tout mon temps...

Chacune a son style propre, sa manière, mais toujours réservée, pour ne pas dire rétive.

Je ne me sens pas moi-même dans cette approche mais je me garde d'insister, de forcer d'aucune façon. Certes, les rencontres perdent en confiance... gagnent-elles en gravité ? Qui pourrait le dire ?

Aujourd'hui, je quitte la route en *cavée* et prends un chemin de terre « herbu », entre deux labours. La plaine est déserte comme au premier jour de mon arrivée. Je devine bien quelqu'un dans le fond du vallon... mais dès qu'il m'aperçoit, il *buzoque*[1] à ses chevaux ou à sa charrue, fait mine de s'occuper. Ne suis-je pas un « horsain » — celui qui vient d'ailleurs et, de ce fait, forcément, dérange ? Ilot perdu au milieu des terres, l'habitat cauchois favorise la solitude et le silence. La règle absolue étant de se « suffire », chacun vit chez soi et pour soi.

Je gagne la *barriai*. Entre deux fossés plantés d'arbres qui, de loin, forment une muraille de verdure, la barrière cauchoise ferme l'entrée et protège la vie privée.

---

1. S'affaire.

Pour l'ouvrir, il faut soulever le clapet en prenant bien garde à ne pas se pincer les doigts. Vous vous acharnez, il résiste. Enfin, après des efforts renouvelés, il cède. La barrière libérée tourne sur ses gonds — *tout guingo, d'travai*[1] et va *diguer*[2] en miaulant (l'huile coûte cher) contre le dos du fossé. Le miaulement réveille le *quin* couché dans son tonneau, sous les pommiers. Il bondit, prêt à vous *maquer*[3] (on le nourrit pour ça...). Afin de l'éviter, vous faites un pas à droite ou à gauche, et, à tous les coups, vous vous mettez les pieds dans le purin (le *routeux...* comme on dit ici).

Vous avez beau regarder, il n'y a toujours personne : juste quelques poules *juquées*[4] sur le fumier et un *vio*[5] à l'abri du fossé. C'est tout.

« Guettez » les fenêtres de la maison. Un rideau bouge : on vous a vu. Vite, vite on a fermé la porte. Et pourtant, si paradoxal que cela paraisse, votre visite est attendue, souhaitée même... mais toujours dans la crainte : la peur de trop en dire, de se dévoiler, de s'engager...

Pour les Cauchois, le mot prononcé est traître. Il échappe quand on voudrait le retenir. Alors, le plus tard sera le mieux.

Je frappe à la porte. Un temps de silence. Rien ne bouge. Je recommence. La clenche hésite, semble réfléchir. L'huis s'entrouvre enfin. A la hauteur de la poignée, je devine une boule blonde, des cheveux de lin, c'est le *ravisé*, le petit dernier, celui qu'on n'attendait plus. Couvés, les ravisés sont *capons*[6] : le monde extérieur les effraie un peu. Celui-ci pousse la porte, sans me regarder, renifle... leur nez est toujours mal mouché.

C'est alors seulement que, pénétrant enfin dans la

---

1. De guingois, de biais.
2. Cogner.
3. Mordre.
4. Juchées, perchées.
5. Veau. (Au pluriel : des *vias.*)
6. Capricieux, trop gâtés.

pièce, je découvre, majestueuse, la maîtresse de maison, le menton autoritaire, le dos à l'âtre. Elle ne me regarde pas, elle paraît absente, presque étrangère. Pas un mot d'accueil. Tout est silence et embarras. Attente. En pays de Caux, c'est toujours celui qui parle le premier qui a tort...

Comme me l'a conseillé Maurice, je m'assois sans attendre qu'on m'y invite — ce qui, loin de vexer, est apprécié et me vaut même une bonne réputation :

— *Cha, por di, é eun homm' pas fiai !* [Ça, il faut le dire, c'est un homme pas fier !]

Mais — chassez le naturel il revient au galop ! — au lieu de continuer à me taire, je ne résiste pas à soulever un problème, à amorcer une discussion, à susciter des propositions. Je vais même jusqu'à suggérer quelque réforme et, inéluctablement, je m'attire la même réplique :

— *E vô qui ch'vai. E vot' affai.* [C'est vous qui savez. C'est votre affaire.]

Je suis le maître de ma paroisse, et on sait fort bien me rappeler les choses qui me concernent et que je dois résoudre seul (au demeurant fort imprécises, au moins de mon point de vue...).

— *Y aurai qu' mé, j'dison pouin... Le monde jase, é du d' l'en empêchai...* [Il n'y aurait que moi, je ne dis pas, mais le monde jase, c'est dur de l'en empêcher...]

En fait, elle est « contre » aussi mais, ça, un Cauchois ne l'avoue jamais : il se cache derrière l'opinion générale qui, bien évidemment, est aussi la sienne.

La « conversation » venant sur le travail des agriculteurs, j'exprime mon souhait d'essayer, moi aussi, de tracer un sillon afin de comprendre ce que l'on ressent aux *manchons* de la charrue, d'en mesurer la difficulté, la peine... mais la réponse à cette suggestion est nette et claire :

— *Lé k'vas sont au charretier. E pouin vot' plache... Au cul des k'vas, aveuc vot' soutane, vô y penchai pouin !* [Les

101

chevaux, c'est l'affaire du charretier. Pas la vôtre. Au cul des chevaux, avec votre soutane, vous n'y pensez pas !]

— Mais le Christ a bien *varlopé*[1] dans l'atelier de Nazareth... Il a travaillé de ses mains...

— *I a pouin dû s'sali biaucoup. Et chi i l'a fé, i a pouin dû s'fé des cloques...* [Il n'a pas dû se salir beaucoup. Et si c'est arrivé, il n'a pas dû se faire des cloques...]

Sans doute ai-je tort de ne pas relever cette affirmation... mais je me sens de plus en plus « mal parti »...

Et cependant, je reprends, non sans courage :

— On m'a pourtant dit que, dans le temps, les curés et les instituteurs se joignaient aux *aoûteux*[2] pour aider à la moisson...

— *Le cuai, i passai. E tout...* [Le curé ne faisait que passer. C'est tout...]

Pour les Cauchois, un curé n'a droit à aucune « évasion », il doit se tenir dans des limites bien déterminées : entre le presbytère et la sacristie. Partout ailleurs, il est de trop...

Remis vertement à ma place, je me sens souvent bien démuni. Pourtant je m'obstine à visiter mes ouailles même si, parfois, on me déconseille d'aller ici ou là...

— *Vô fét' comm' vô volai... A vô d' vai... Je dis cha por vot' bin... E eune femm' qu'a le mauvai s'œil, a c' qu'on dit !* [Vous faites comme vous l'entendez... A vous de voir... C'est pour votre bien que je dis ça... Cette femme a le mauvais œil, d'après ce qu'on dit !]

— Bon, mais pourquoi n'irais-je pas quand même ?

— *Y a dé choses qui nô écapent. Les cuais d'avant en chavaient là-dessus plus qu' nô... Fô êt' passai par là... pou comprend'. On peut l'bien, on peut l'mal...* [Beaucoup de choses nous échappent. Les curés d'avant en savaient plus que nous là-dessus... Pour comprendre, il faut être passé par là... Celui qui peut le bien peut aussi le mal...]

— Croyances du Moyen Age !

1. Raboté.
2. Employés supplémentaires embauchés au mois d'août.

— *A vô d'vai, vô êt' vot' maît' !* [A vous de voir, vous êtes votre maître !]]

Je suis mon maître, en effet... et l'interdit me stimule ! Messe dite, je ne rentre pas au presbytère. Il fait beau. Bien qu'à jeun je pousse jusqu'à la fermette du « Parlement ». Chez la « sorcière ».

Quelques acres de terre, de quoi vivoter non sans beaucoup de travail... Une cour-masure prisonnière de ses quatre fossés. Des pommiers noueux qui se survivent tant bien que mal...

Dans le fond, en contrebas, près de la mare, la masure apparaît : colombages, muret de silex noir, torchis argileux et un toit d'ardoise qui alimente une citerne quand il pleut.

On m'a prévenu : la porte est toujours ouverte. J'entre. Les poules picorent librement à même le sol de terre battue. Sous la table à manger, les pieds ont fini par creuser un large trou où, d'un coup de balai, on a dû pousser les miettes de plusieurs repas...

Elle est là, debout, maigre, grande, la lèvre boudeuse.

— *Vô v'là déjuqué d'bon' heu... Jornai gagnée... Kai-sai-vô.* [Vous voilà levé de bonne heure... Vous avez déjà gagné votre journée... Asseyez-vous.]

Vêtue de noir, un fichu sur la tête, elle me fixe d'un regard dur... Nerveusement, elle *toupine*[1] son doigt dans un coin de son tablier en toile bleue.

— *Vô prindrai bin queu chos' ?* [Vous prendrez bien quelque chose ?]

A l'heure où nous sommes — neuf heures moins le quart — elle va sûrement m'offrir un café — de l'orge grillé — avec du lait de ferme bien crémeux... Du moins, c'est ce que j'imagine.

Mais, si la « sorcière » m'apporte bien un bol cauchois (la demi-soupière : faut ce qu'il faut), de son buffet, elle sort une bouteille de... calva. Oui, du calva.

---

1. Se dit de quelqu'un qui tourne de droite et de gauche sans but précis, qui perd son temps par indécision.

On m'avait prévenu : tant pis pour moi !

— *E du bon !* me dit-elle. *Vô z' êt' pouin miné, cha va vô remouquer !* [C'est du bon, vous n'avez pas bonne mine, ça va vous remonter !]

Et, généreusement, elle remplit mon bol et s'en verse un grand verre.

L'estomac me serre. Je suis à jeun comme tout prêtre qui vient de dire sa messe, mais je n'ose pas refuser. Comment vais-je supporter ça ? Par chance, elle se lève, gagne la chambre voisine, ouvre une armoire dont la porte grince : elle doit chercher entre ses draps une offrande pour la paroisse... Bonne occasion ! Je vide prestement mon bol dans le trou à poussières sous la table... non sans avoir, hypocritement, mouillé mes lèvres pour donner le change.

Elle revient et dépose, devant moi, un de ces billets décorés du drapeau français qui avaient cours après la Libération. C'est alors qu'elle découvre mon bol vide et me regarde, l'œil vif, admirative :

— *Ah, vô aimai cha !* [Ah, vous aimez ça !]

Et, bouteille en main, elle recommence à me servir. Juste une lampée... mais, celle-là, il m'a bien fallu la boire... Le « mauvais œil » n'aura pas, à ma connaissance, autrement sévi...

A la forge

— *Cha va ti ? Pi c'te foutu temps de quin é pa fini...*
[Comment ça va ? Ce foutu temps de chien n'en finit
pas...] gémit-on de tous côtés...

Depuis ces interminables semaines de pluie, chacun
guette le coq du clocher :

— *I a l'ai d'teni, ce coup-ci.* [Il a l'air de tenir cette fois.]
Vent d'est. En effet, le temps vire enfin au sec. Les
labours d'automne vont pouvoir commencer dans la
plaine.

Je longe le cimetière pour aller jusqu'à la forge qui, à
cette époque, devient un lieu de rencontres.

Pour moi, c'est une occasion de dire un mot aux uns
et aux autres. Bien sûr, eux pensent que je viens là
seulement pour me distraire.

— *Qui qui peut fé toute la jornai apré cha mèche ?* [Que
peut-il donc bien faire, toute la journée, sa messe dite ?]

Maître absolu chez lui dans sa cour-masure et sur ses
terres, le Cauchois a l'impression d'être seul au monde.
L'autarcie où il vit et où il se complaît lui évitant, la
plupart du temps, de demander aux autres, il finit par
croire, paradoxalement, qu'il n'a besoin de personne.

Désillusion quand viennent les labours : nombreux
sont ceux qui, ayant attendu le dernier moment pour
amener leurs chevaux à la forge, découvrent qu'ils vont
être obligés d'attendre leur tour. Car c'est souvent le
Maît' — ou son fils — qui est là. Autrefois, seul le

premier charretier s'occupait des chevaux. Seulement aujourd'hui, les charretiers, comme tant d'autres, sont attirés par la ville. Il en reste bien encore quelques-uns dans certaines grandes fermes, trop vieux pour changer de métier, mais ils sont de plus en plus rares...

Sous la loge, Georges, le maréchal-forgeron, a revêtu son grand tablier de toile. Petit, trapu, il est penché sur le pied à ferrer. Le maillet dans une main, le rogne-corne dans l'autre, il taille. La sueur lui perle au front. A l'aide d'une longe, son commis maintient le pied du percheron : une grosse bête gris pommé, un peu nerveuse, l'air inquiet... D'un mot ou d'une tape sur les fesses, il l'apaise... non sans garder ses distances car une ruade mal placée ne pardonne pas...

— *Georg' fé mé cha vit', j'somm'pressai... Pas le temps d'langui !* [Georges, fais-moi ça vite, je suis pressé... Pas le temps d'attendre !]

Mais Georges ne fait de faveur à personne. Le maréchal va à son rythme, prend son temps, en se contentant de grogner entre ses dents :

— *Por l'mieux... por l'mieux !* [Je fais pour le mieux... pour le mieux !]

C'est bref et cauchois.

Le patois d'ici n'est pas une langue mais une « façon de dire », qui, souvent, manque de *r*... (une charrette c'est une « cahette », une charrue, une « cahue »...).

En fait, la phrase cauchoise est un long silence ponctué seulement de quelques mots... quand ce n'est pas d'un seul. Et ce seul mot semble encore trop long à celui qui le prononce. Alors, il l'étête ou l'équeute. C'est selon — et même, il *maquillonne* souvent le peu qu'il en reste... Si bien que, parfois, il est quasi impossible de savoir si, vraiment, le mot a bien été dit...

Non sans humour, Maît'Arness, un conteur fécampois, m'expliquait un jour pourquoi :

— *Cheu nô, le fond de l'ai é frais, douilla... Vô ouvrai l'bouch' é vô buvai d'liau !* [Chez nous le fond de l'air est frais, humide... Si vous ouvrez la bouche, vous buvez de l'eau !]

Pour passer le temps, devant la forge, les anciens, surtout, chiquent... D'autres en roulent une... J'observe le vieux Célestin.

Dans un esprit farouche d'économie, il va faire avec ce qu'il a. Il commence par racler soigneusement le fond de sa poche pour y glaner, une à une, quelques miettes de tabac puis, après avoir bien plié une feuille de papier « goudron » dans sa main, il y dépose sa cueillette, roule la feuille entre le pouce et l'index en la serrant bien dans son milieu pour équilibrer les miettes. Enfin d'un coup de langue, il mouille de salive. Ça tient comme ça peut, mais ça tient.

Pour allumer son « espèce » de cigarette, il va s'abriter du vent. Le briquet à la main, il ouvre le haut de sa veste et y plonge la tête à la manière d'un pélican. Quand il en ressort, la fumée grasse du briquet a marqué sa joue et le bord de son nez... mais la cigarette rougeoie... enfin. Et qu'importe si, dans quelques instants seulement, elle ne sera plus, au coin de ses lèvres, qu'un mégot informe — une tache : l'œil du vieux Célestin, à son tour, s'est allumé...

Pendant ce temps, Georges tire le soufflet, un gros soufflet de cuir rapiécé. La poignée usée qui le rythme brille au frottement de sa main. Le geste est lent, régulier, comme pour sonner une cloche. Le fer chauffe. Pas trop vite ; il y a risque de brûler les fers. Un coup à prendre : c'est en forgeant qu'on devient forgeron. D'une longue pince effilée, il arrache au feu le fer rougeoyant qui se noircit au contact de l'air mais reste brûlant. C'est le moment de la mise en forme. Tout se fait au marteau. J'admire ce martèlement sur le fer. Mat. Un retrait rapide du bras pour freiner le mouvement et c'est l'amorti en trois coups sonnés sur l'enclume.

L'empreinte sur la corne est dessinée au fer chaud : ça fume. Une odeur âcre, qui prend à la gorge...

107

— *Mon pé disait : « E bon por la respi' ! »* [Mon père disait que c'est bon pour les poumons !] déclare Georges. Je toussote. Il sourit :

— *Veyai... cha commanche !* [Vous voyez... ça commence !]

En quittant la forge de Georges, je bavarde avec un des derniers charretiers « en exercice » heureux d'en apprendre à son curé... qui veut tout savoir !

— La terre, en pays de Caux, est lourde, elle exige des bêtes solides au poitrail large : du percheron, du boulonnais ou de l'ardennais.

— Mais comment se fait-il qu'il n'y ait pas de race cauchoise ?

— Il paraît que du temps de l'Empereur, y en avait ben une race cauchoise mais qui donnait que des chevaux de selle pou les « messieurs »... C'est de c'temps-là que la race a baissé et s'est trouvée trop faible au travail. Alors on s'est rabattu sur des races plus fortes qu'avaient fait leurs preuves... Faut savoir aussi qu'chez nous, y a point d' tradition d'élevage... ça pouline[1] bien encore un peu dans les grandes fermes, mais notre vraie spécialité c'est l'entraitement[2]. Les petites fermes préfèrent acheter un laiton — un cheval de treize mois. A c't'âge-là, ça exige peu : un picotin d'avoine, un brin de fourrage. Et quand le printemps pointe, on le sort, on lui pose le collier... et hue !

« Chaque bête a son caractère. Tout comme les gens. Pour obtenir un bon dressage, à chacun sa méthode... mais, bien sûr, y a la bonne et la mauvaise ! J'ai connu des gars qui criaient dessus en affolant leur cheval... Et ça, ça donne des bêtes craintives ou carrément dangereuses. Moi, j'ai toujours préféré la douceur. Beaucoup de patience et lâcher du lest quand i faut, c'est payant...

« A deux ans, le laiton est devenu un cheval "marchant". Il intéresse la grande exploitation qui a pas de

1. Les juments ont des poulains.
2. Le dressage.

temps à perdre. Pour elle, c'est du travail tout fait. Faut dire que la petite ferme y trouve son bien aussi : pendant deux ans la bête a quand même travaillé et, à la vente, ça rapporte assez. Mais, pour un charretier comme moi, c'est dur de voir partir un cheval qu'on a élevé. C'est qu'on s'y attache et plus encore qu'à un chien. Faut savoir que, dans ma jeunesse, on vivait entièrement avec, jour et nuit, puisqu'on dormait à l'écurie...

« Les chevaux vendus restent rarement plus de trois ans à la grande ferme. Après, ils passent entre les mains d'un *maquillon*[1] qui décide de leur avenir. De toute manière, ils sont conduits à la gare de Bréauté-Beuzeville où ils embarquent pour une destination inconnue... Avec un peu de chance, ils évitent les mines du Nord ou de l'Est, ils échoueront dans les pays de vignobles... Mais, y a pas encore longtemps, beaucoup se retrouvaient à tirer de lourds charrois sur les pavés de la ville où leurs fers se dérobaient et glissaient... A ce régime-là, ils étaient vite achevés.

De retour au presbytère, je prends des notes — je sais bien que le maréchal-ferrant et le charretier font partie d'espèces en voie de disparition... et je suis curieux de tout ce qui fait — et a fait — la vie de ceux dont j'ai — comme on dit — « charge d'âme ».

C'est pour ces mêmes raisons que je lie conversation avec le Pé Canipette — comme on le surnomme[2] —, un des maquillons célèbres de la région... Les maquillons, on s'en méfie, non sans raisons mais, hélas, impossible de s'en passer quand il y a des bêtes à vendre...

« Canipette » est rieur, vantard, finaud... c'est un « Gascon du nord » qui pratique un art consommé de la palabre et parvient à rouler son vendeur, si futé soit-il, en moins de deux.

Comme après avoir échangé quelques banalités avec

---

1. Maquignon, revendeur.
2. Surnom venu de l'expression cauchoise : *fé canipette* (faire canipette) : gagner 50 % sur l'achat d'une bête.

109

lui je fais allusion à sa « mauvaise » réputation, son visage prend soudain une expression sérieuse.

— M'sieu le Cuai, vous avez fait d'z'études ?

— J'en sors...

— Tout est là...

— Et je continue quand je peux : on n'en sait jamais assez.

— Pour cha, faut l'temps...

Un silence. Canipette m'observe, devine que je suis intrigué... et en profite :

— Vous chavez compter, M'sieu le Cuai ?

— Naturellement, comme tout le monde.

— Pas mé... Veyez-vous, j'avons quitté l'école après l'*commeunion*[1]... j'avons pouin l' *chertif*[2]... j'somm' guère *chavan !*[3]

— Peut-être, mais votre travail vous apprend beaucoup de choses que, moi, j'ignore...

— Oui mais, j'somm' dans les *z'affai*[4] et dans les z'affai, i faut savouére compter... Pouin savouére est pouin bon... Alors j'prends des marges.

Et en disant ça, il ouvre grands les bras pour me montrer que ses marges sont larges...

— Mais quand même, j'allons pouin au-delà... J'savons bin que l' vol est un péché... est même vous qui l'dites à la *mèche*[5], M'sieu l'Cuai !

Je reste coi. Canipette est ravi : son œil brille.

Demain, au café du marché, en touillant ses dominos, il racontera à la cantonade :

— Est comm' j' vous l'dis : j'l'avons bin eu vot' cuai qu'est si chavan !

Et le pire, c'est que mes ouailles riront avec lui... y compris les nombreuses victimes de ses « marges »...

---

1. Communion.
2. Certificat d'études.
3. Savant.
4. Affaires.
5. Messe.

— Faut le dire : est quand même un drôle d'homme,
ce Canipette... Parler comme cha à un cuai ! C'est qu'i
chait causer, le diable !

Travailler à la ville

La nuit tombe sur un paysage tracé au fusain, rosi par les derniers rayons du soleil... C'est l'heure où les ouvriers d'ici remontent de la ville. Le train les a laissés à la gare de Bréauté. Ils ont encore quatre kilomètres à faire de chemins de cailloux, à bicyclette, avant d'arriver. Ça grimpe, ça grimpe et c'est dur quand on vient de passer une heure dans un wagon de troisième classe sur des banquettes de bois. En face de la gare, le café, mais personne n'a le temps de s'y arrêter. Chacun a hâte de rentrer et saute vivement sur son vieux vélo d'avant guerre rafistolé — certains ont des morceaux de tuyaux d'arrosage en guise de pneus (les neufs sont encore introuvables).

Pour s'éclairer, une lampe à acétylène qui jette un halo de lumière, hélas insuffisant pour éviter les trous et les fondrières.

Les ouvriers pédalent, appuyant de tout leur poids... souvent gênés par leur musette en bandoulière.

Si la chaîne de vélo saute, impossible de réparer dans le noir : il n'y a plus qu'à continuer à pied en traînant la machine.

Au passage, je les salue, mais j'ai seulement droit, en réponse, à un petit mouvement de tête. Je ne suis pas de leur monde (le monde de ceux qui partent au travail le matin et ne rentrent que tard le soir). Eux, maintenant, appartiennent un peu à cette ville que ma mère et moi

avons quittée il y a quelques mois. Certes, leurs enfants
vont au catéchisme et si je passe les voir, ils me reçoivent
avec gentillesse mais la distance entre nous se creuse : je
m'enfonce dans cette terre qu'ils sont en train d'abandonner.

Arrivés enfin chez eux, ils garent leur vélo au cellier, le
réparant aussitôt — si nécessaire — pour qu'il soit prêt
demain à l'aube.

S'ils ont roulé sous la pluie, ils retirent leurs vêtements
et les mettent à sécher à côté de la cuisinière avant de
s'affaler enfin sur une chaise, devant leur assiette de
soupe. Sans un mot, la femme prend la musette, en sort
la gamelle, la nettoie puis la prépare à nouveau. Elle s'est
demandé plusieurs fois ce qu'elle pourrait y mettre pour
changer un peu. Les hommes sont si fatigués qu'ils n'ont
plus d'idée sur rien...

En bout de table, les enfants finissent leurs devoirs.
Dès leur retour de l'école ils ont été « au manger à
lapins » : bien que leur père travaille en ville, ils restent
des petits campagnards.

Quand toute la famille a pris place pour dîner, c'est au
père que revient — les autres ne se serviront qu'après —
le soin de couper le pain. Selon la tradition, il le marque
d'une croix, tracée à la pointe du couteau, avant de
l'entamer.

Les parents mangent face à face, en silence.

Après le repas, la table est aussitôt desservie par la fille
aînée et toute la famille va se coucher. Pas question de
s'attarder ni de parler.

Demain, le père doit se lever aux aurores et, quel que
soit le temps, pédaler jusqu'à la gare pour ne pas rater
son train qui part vers cinq heures.

Ces trains ouvriers suent la misère. Durant l'Occupation on a pris l'habitude — souvent par esprit de résistance — du sabotage... Mais, la guerre finie, l'habitude
est restée.

On démonte ceci ou cela, on dévisse les ampoules, on
casse les vitres, même celles de la gare : la Compagnie

paiera. Ce qu'elle a fait d'ailleurs durant un certain temps, réparant, remplaçant, jusqu'au jour où elle s'est lassée. Alors, maintenant, dans des wagons délabrés, on roule à tous vents, et jeunes et vieux grelottent...

« Si seulement on avait un petit car pour assurer nos aller et retour à la gare, surtout quand il fait mauvais l'hiver ! » grognent certains...

Un jour, je me décide à suggérer cette possibilité à qui de droit.

— Dites, si ça les fatigue, ils n'ont qu'à rester à la campagne — la terre manque de bras — ou alors, habiter au Havre. Quand on veut gagner plus et se croiser les bras le samedi et le dimanche, ça se paie ! Nous, ici, on prend jamais de vacances...

Et, bien sûr, il y a toujours une bonne âme pour trouver que je me mêle de ce qui ne me regarde pas :

— *Mais... é ti à vô de fé cha ?* [Est-ce bien à vous de vous occuper de ça ?]

Bref, je suis renvoyé, une fois de plus, à ma sacristie.

La mort d'un enfant

Il fait nuit. Il pleut à verse. On frappe à ma porte.
J'ouvre : un homme apparaît tête basse, le visage fermé :
— *E m'femm' qui m'a dit d'veni por vô tracher... E por
la p'tite... Fô fé vit'.* [C'est ma femme qui m'a demandé
d'aller vous chercher... C'est pour la petite... Faut faire
vite.]

Je le suis aussitôt et nous arrivons bientôt dans une
cour-masure envahie par la mare qui a débordé. Il faut
patauger pour gagner la porte.

Au fond de la pièce, le dos à l'âtre, debout, une
silhouette silencieuse sans visage : la mère.

L'homme me laisse avec elle. Il fait sombre. Dans le
feu, quelques boisettes rougeoient encore un peu. Le
froid pénètre, les murs sont humides.

Mes yeux s'habituent à la demi-obscurité, je distingue
un berceau dans un coin, contre un mur. Je m'en approche : un enfant y est couché, il halète. Un pauvre petit
visage au nez pincé ! Aucun doute, c'est une congestion.

Je me retourne vers la mère :
— Qu'a dit le médecin ?
— *Pa besoin d'méchin. E por barrai le mal. Vô êt' cuai.
Vô pôvai. Lé vieux cuais d'aot'fay chavaient cha.* [Inutile
de demander un médecin. C'est pour barrer le mal que je
vous ai fait venir. Vous êtes curé. Vous en avez le
pouvoir. Les vieux curés d'autrefois savaient ces cho-
ses-là.]

115

« *Qui c'est ? Vô êt' allai la vouére i a pouin longtemps...*
Mé, pi m'n'homm', on a fé tout c'qu'on a pu. J'avons mis du
sel à baptême autou d'cha maison pi de la cour... Mais
j'avons plus de forche. [Qui c'est ? Vous êtes allé la voir il
n'y a pas très longtemps (la « sorcière »)... Moi et mon
homme, on a fait tout ce qu'on a pu. J'ai mis du sel de
baptême autour de sa maison et aussi de sa cour... Mais
je n'ai plus de force.]

Mon Dieu, qu'attend-on ici de moi ? Un miracle ? Si
seulement... mais je me sens impuissant, les mains vides
malgré ma foi. Je ne sais que prier...

J'insiste sur un ton sévère :

— Il faut appeler le médecin d'urgence : votre enfant
est au plus mal...

— Non, répète durement la femme. Non. Cha ne
servirait à rin.

Je tente alors de convaincre le père... car je ne me sens
pas autorisé à appeler le médecin contre sa volonté.
Mais, réfugié dans le fond de la pièce, il ne semble même
pas m'entendre. Je n'intéresse plus personne ici : on s'en
doutait, je ne suis qu'un de ces jeunes prêtres qui ne
savent rien de ce qui compte, de ce qu'il faut savoir. J'ai
l'impression de ne plus voir clair : mon ignorance en
matière d'envoûtement va-t-elle me rendre coupable, à
leurs yeux, de la mort de leur enfant ? Ma religion
est-elle bien la leur ?

Ils n'ont que faire de mes ferventes prières : je n'ai plus
qu'à m'en aller... et je m'en vais.

Profondément angoissé, je ne ferme pas l'œil de la nuit
et très tôt le matin je me rends à nouveau dans la pauvre
masure. Si, cette fois, ils voulaient m'écouter... qui sait ?

Il y a une voiture devant la porte : celle du médecin.
Auraient-ils changé d'avis ? Je reprends espoir en poussant la porte...

Mais hélas, je devine aussitôt.

Dans un silence lourd, administratif, le médecin, un
homme aux cheveux blancs, est en train de remplir un
imprimé d'une écriture large et soignée. Son visage ne

trahit aucune émotion. Il ne lève pas les yeux à mon arrivée : il fait son travail. Après avoir écrit trois lignes sur une feuille blanche et apposé sa signature, il revisse, d'un geste lent et précis, le capuchon de son stylo.

Près de lui, les parents fixent le sol en silence. Ils ne pleurent pas. La mort ne fait-elle pas partie de la vie ?

Le médecin se lève, met son chapeau, enfile ses gants qu'il avait posés sur une chaise et prend congé. Mais, avant de partir, il se tourne vers moi :

— Avez-vous un moment ?

Je le suis jusqu'à sa voiture.

— Montez, me dit-il, je vous raccompagne.

Et il m'ouvre la porte de derrière (la place de devant, à sa droite, est occupée par sa trousse et des boîtes de médicaments).

Je me cale sur la banquette arrière et c'est à nouveau lui qui prend la parole :

— J'ai entendu parler de vous... Ne pensez pas que ce soit dans mes habitudes de m'immiscer dans vos ministères... Non, non. Mais je vous devine : vous êtes jeune, parachuté en campagne et ça ne doit pas aller tout seul pour vous... D'ailleurs un métier, quel qu'il soit et qu'on ait la vocation ou pas, ça ne s'apprend vraiment que sur le tas. Nous, les médecins, en sortant de la Faculté, on ne sait rien — ou à peu près — sur ceux que nous allons soigner et même sur l'homme en général, d'ailleurs... Bien sûr, vous avez vos secrets comme nous avons les nôtres. Si j'ai voulu vous parler c'est parce que, dans le cas présent, je me doute de ce qui a dû se passer. Corrigez-moi si je me trompe : le père est venu vous chercher hier ou avant-hier ?

— Hier.

— Et je présume que la mère vous a parlé d'un *j'teu d'sorts*[1] qui a travaillé l'enfant... car, bien sûr, ce qu'on

_____
1. Sorcier ou toute autre personne qui envoûte ou « travaille » quelqu'un pour l'envoûter.

117

attendait de vous, ce n'était pas des prières ou autres bénédictions, mais un exorcisme...

— En effet, vous l'ont-ils dit ?

— Non, non : seulement que vous aviez insisté pour qu'on m'appelle et, à ce propos, je vous remercie de votre confiance. Je voulais juste vous expliquer ceci : ne vous faites pas d'illusions : leur logique, les questions qu'ils se posent n'ont rien à voir avec les nôtres — en particulier quand il s'agit de maladie...

— Mais enfin, ils ont bien la foi ?

— Sans doute... seulement, quelle foi ? Croyez-vous qu'elle puisse se comparer à la vôtre ? Pour eux le raisonnement est simple : Dieu est bon, donc il ne peut permettre le mal. Alors la conclusion s'impose : le mal vient d'ailleurs, et forcément de quelqu'un d'autre, autour d'eux.

— C'est exact, et la mère m'a même précisé de « qui ».

— Bien sûr, et pour elle, la culpabilité de cette personne ne fait aucun doute. D'où vient sa certitude ? C'est difficile à savoir. De son milieu ? De son expérience ? D'une nature particulièrement angoissée ? Suspicieuse ?

— Croyez-vous qu'on puisse parvenir à changer quoi que ce soit ?

— Avec le temps, tout est possible... pour les plus jeunes, dans une ou deux générations. En tout cas, en ce qui concerne ce couple, c'est sûrement trop tard.

— Et que vont-ils penser de moi ?

— Que votre impuissance n'est pas de votre faute. On ne vous a rien appris... et puis, surtout, si vous manquez de pouvoir, c'est parce que vous n'avez pas de santé. D'ailleurs, ça saute aux yeux : vous êtes maigre et, dans leur idée, seul un prêtre fort peut affronter et combattre le mal. Ici, le poids physique est un atout majeur et sur tous les plans...

« Enfin... si j'ai voulu vous parler, c'est surtout pour vous convaincre de ne pas vous torturer. La cruauté de la vie, les gens d'ici savent très bien l'affronter, tout comme le vent, la boue, la tempête... Ils vont se faire une raison, je vous l'assure, et très vite...

La voiture du médecin s'arrête : je suis arrivé. Je n'ai plus qu'à le remercier de m'avoir raccompagné... et soutenu :

— J'irai revoir ces pauvres gens...

— Si vous voulez, mais c'est sûrement inutile. Pour eux, la page est tournée... Leur façon d'aimer, elle aussi, est différente de la nôtre. Ce qui ne veut pas dire qu'ils n'ont pas de cœur... seulement, il bat à un autre rythme : le leur. Ne l'oubliez pas. Leur petit défunt ne va pas tarder à n'être qu'une tombe de plus à fleurir au cimetière... « Laissez les morts enterrer les morts... », vous savez bien.

Tandis que je m'éloigne, le vieux médecin me rappelle :

— Juste un mot encore : si vous les aviez convaincus de me prévenir hier et que je sois venu aussitôt : c'était déjà trop tard. A cet âge, une congestion capillaire, ça ne pardonne pas.

Rentré au presbytère, je retrouve peu à peu mon calme, grâce, surtout, à la dernière précision qu'a bien voulu me donner le médecin...

La sorcellerie ? Pendant mes études au séminaire, je n'en ai quasiment jamais entendu parler... ce n'était pas au programme !

Mais je me souviens — il y a de cela deux mois environ — qu'en montant à l'autel j'ai senti, sous le tissu de fil qui le recouvre, comme un froissement de papier... et j'ai découvert une feuille de cahier sur laquelle on avait griffonné une formule empruntée au *Grand Albert*, le livre traditionnel de la sorcellerie normande.

Stupéfait, j'ai fait part de cette découverte à mon ami Maurice qui ne s'en est nullement étonné :

— Voilà qui n'est pas extraordinaire chez nous ! Celui — ou celle — qui a fait ça a sûrement voulu redonner force à sa formule magique : la « recharger » en quelque sorte. Des séquelles du Moyen Age, vous dira-t-on, mais souvent bien vivantes encore quand même ! Grattez un peu le civilisé... le primitif revient au galop ! Vous en verrez d'autres...

Hélas, c'était bien vrai, je venais de voir : la mort d'un enfant... ensorcelé.

Maurice

Besoin d'évasion. Malgré la pluie serrée et cette route du Petit Vattetot inondée, quasi impraticable, j'ai envie de me changer les idées et de voir, ne serait-ce qu'un moment, mon voisin Maurice. Deux kilomètres dans la boue... Je passe ma douillette[1] et m'enfonce à travers la bruine qui masque le paysage. Tête dans le vent, nez baissé, j'y vais.

— Pourvu qu'il soit là !

Une lettre de l'évêque m'a invité à « me faire des amis parmi les prêtres de mon secteur ». Il m'est même proposé une sélection de « bons prêtres capables de me conseiller »... mais Maurice ne se trouve pas sur cette liste... Trop indépendant pour plaire — persona non grata — c'est pourtant près de lui que je me sens le mieux, vers lui que je marche à grands pas...

Sa barrière est ouverte.

Dès qu'il m'aperçoit, il vient à moi. Maurice aime à donner l'illusion qu'il vous attend : capable même de forcer un peu la vérité par amitié :

— Tiens, je pensais justement à vous... Quelle bonne idée vous avez eue de venir malgré le mauvais temps !

A cause du froid, Maurice hiberne dans sa cuisine où il m'entraîne. Sa sœur qui « gouverne » la maison est là

---

1. Manteau ecclésiastique qui se met par-dessus la soutane.

121

aussi. S'il est exubérant, elle se tient dans l'ombre, en retrait. Une visite — surtout la mienne — on sait quand ça commence, jamais quand ça finit... Discrète comme ma mère, elle s'éloigne petit à petit de nous après s'être activée à sa cuisinière dont elle a retiré les cendres et où elle a rajouté une ou deux bûchettes.

Nos grandes maisons, héritages de l'Ancien Régime, ne sont plus à notre mesure. Elles ont été construites en un temps où le plus petit village avait un vicaire souvent accompagné et secondé par des « apprentis curés » (des séminaristes) qu'il initiait au latin. Le service au presbytère était assuré par un personnel nombreux et ses diverses chambres occupées en permanence — l'une d'entre elles demeurant toutefois libre et prête pour recevoir Monseigneur l'évêque, au cas où il s'attarderait dans la campagne proche avec son attelage.

Aujourd'hui, le presbytère est bien trop grand pour le curé qui doit fort souvent y demeurer seul. Le froid gagne d'abord le premier étage, où les chambres vides ne sont plus jamais chauffées, puis une bonne partie du rez-de-chaussée.

Dans ce pays de Caux où les hivers pluvieux semblent sans fin, les curés vivent confinés dans une seule pièce de leur immense maison comme s'ils en étaient progressivement rejetés.

Pas étonnant qu'un peu de « chaleur humaine » leur soit, par moments, indispensable...

— Vous soufflez, cher ami ? me dit Maurice, ça ne m'étonne pas, vos poumons doivent durement « éponger » dans ce brouillard glacé... Asseyez-vous vite, j'ouvre une bouteille de poiré...

Et cet ancien professeur, qui adore la précision, ajoute :

— Du poiré fait avec de la *pé de co*...

— De la poire du pays de Caux ?

— Non, non. Co : c.o., peut en effet signifier Caux, mais dans ce cas précis, il veut dire coq. De la « poire de coq ». La chair de cette poire-là est trop dure pour être mangée au couteau mais elle donne au cidre une de ces petites saveurs *gouleyantes*[1]... Il faut juste se méfier un peu... ça se boit comme du petit-lait et ça monte vite à la tête ! Mais dégustez plutôt mon « champagne cauchois »... Vous m'en direz des nouvelles !

Maurice n'est pas dupe : dans le poiré, on est en train de noyer le poisson... pour repousser les vrais problèmes que je suis venu discuter avec lui.

Seulement, il préfère assurer l'amitié d'abord... d'autant, c'est sûr, qu'en vrai Cauchois, il renâcle un peu à se mêler des affaires des autres... Fût-ce les miennes. Mes difficultés, il les connaît par cœur : il a eu les mêmes à ses débuts. La lune de miel entre un curé et ses ouailles ne dure jamais longtemps. Alors, à moins de se contenter d'« assurer » — c'est-à-dire d'abdiquer — en trahissant la mission qu'on s'est donnée au départ, comment procéder ?

Face à vous, un monde tissé d'habitudes où les traditions locales, toutes-puissantes, laissent loin derrière elles l'Evangile ! Et aussi, comment aider quiconque si l'on doit toujours se tenir en marge — sur la *berme* —, en laissant aller la vie sans intervenir ?

Le séminaire, lui-même en marge du monde, nous a tenus enfermés dans une sorte de serre. Nous ne sommes en aucune manière préparés à affronter le monde tel qu'il est...

Maurice en convient :

— Si vous élevez un lapin de garenne dans une cage et qu'un jour de 14-Juillet, par souci de liberté, vous le lâchez dans les bois, il s'y perd. Incapable de trouver sa nourriture et d'assurer sa défense, il est une proie idéale pour les renards... Certes, c'est un peu ce qui nous arrive à nous... alors il faut tenter d'affronter les périls, de s'adapter à « la vie des bois »...

De toute évidence, Maurice, depuis tant d'années de

1. Agréables au goût — comme celle d'une boisson qui pétille.

123

ministère rural, a été converti par ses paroissiens... au point de préférer aujourd'hui l'image allusive à la vérité pure, le geste au mot : bien à la manière des paysans cauchois.

Un temps de silence. De la main, mon ami caresse la bouteille de poiré... Son regard de chien fidèle exprime la bonté, le besoin d'accepter la vie telle qu'elle est. Pour lui, c'est devenu un devoir vis-à-vis de lui-même et des autres.

Et pourtant...

— Le collège ? Je m'y suis beaucoup ennuyé. Heureusement que j'ai toujours aimé lire. Les seuls amis que j'avais alors furent ces auteurs que je ne connaissais pas mais que je « fréquentais » en pensée.

« C'est grâce à eux que j'ai passé mes examens et décroché mes diplômes... Alors, on m'a nommé professeur et j'ai continué à vivre la vie de collège avec ses servitudes — horaires, règlements... Et, de surcroît, des copies à biffer à l'encre rouge... Donner des notes et encore des notes... Comme si ce jugement "calculé" signifiait en vérité quoi que ce soit ! A tous les niveaux, je me sentais prisonnier. Un jour, j'ai réussi à entraîner ma classe jusqu'à la plage toute proche. C'était marée basse ; sur le sable humide, j'ai demandé à mes élèves de reconstituer, avec leurs pelles, les fortifications d'Alésia... Puis, face à la mer, je leur ai lu Jules César — *la Guerre des Gaules* — tandis que la marée montante, complice des cohortes romaines, détruisait les défenses du pauvre Vercingétorix.

« Mon incartade pédagogique ne fut guère prisée. Bien que le règlement n'ait rien prévu à ce sujet, la proximité de la mer était alors considérée comme présentant de « hauts risques ». Mais, surtout, un prêtre enseignant assis sur des galets, voilà qui semblait incompatible avec l'idée qu'on se faisait de sa dignité.

En fait, toute innovation répugnait alors à la paresse de l'esprit et s'avérait choquante...

Maurice, concentré sur ses souvenirs, a baissé les yeux.

Mais soudain, après avoir poussé un soupir, il les tourne vers moi et « revient » à mes problèmes :

— Si vous *lochez*[1] un pommier, les fruits tombent, mais l'arbre demeure. Eh bien ! il en va de même pour nos Cauchois : quand on ne s'arrête pas aux apparences, aux coups de vent mais qu'on creuse pour atteindre les racines, celles-ci finissent par apparaître et elles ne trompent pas... bref, il faut les aimer malgré eux !

— Mais, dis-je, à ce régime, on ne doit pas progresser bien vite...

— Avant tout, vous devez exclure le mot « vite » de votre vocabulaire. Vite n'est pas cauchois. On ne tire pas les poireaux par la queue pour les faire pousser... comme on dit par ici. Le temps, toujours le temps... « Prendre » son temps... Patience ! Patience ! Nos gens vivent lentement, heure après heure, au rythme des saisons : on ne voit pas grandir un arbre...

« Croyez-moi, ils ont une vraie sagesse et beaucoup à nous apprendre.

— Je veux bien le croire mais alors, à quoi pouvons-nous leur servir ?

— Difficile à dire... Il faut espérer que notre présence — je ne dis pas nos actions — puisse les aider à voir plus loin...

— C'est peu...

— Oui, mais ce peu est peut-être essentiel...

Maurice prend dans sa main la bouteille de poiré et réchauffe son goulot. Puis d'un geste lent, presque religieux, il retire les petits fils de fer qui retiennent le bouchon, le tourne avec précaution tout en le freinant doucement... Enfin, quelques gouttes ayant glissé entre ses doigts, il remplit vivement les trois verres alignés devant lui. La mousse monte en pétillant...

— Buvez-moi ça, cher ami. C'est un bienfait de Dieu !

« Seulement, je vous ai prévenu : c'est menteur comme

---

1. Détachez les pommes à l'aide d'une *rékète* ou *raquet* (une perche). Voir glossaire, p. 513.

un Normand qui se tait... Après ça, une bonne soupe vous remettra sur pied. Vous restez à dîner ?

— Mais Maurice, je n'ai rien à « mettre »[1]... intervient sa sœur.

— Eh bien, ce sera plus aisé à partager... Ne craignez rien, elle fait des miracles !

Et, sans attendre ma réponse, Maurice, écartant sur la table quelques livres et revues, fait place nette pour que sa sœur mette le couvert.

— Bien sûr, le danger, ici, c'est de se laisser aller. Si on n'y prend garde, peu à peu, tout comme eux, on ne parle plus, on ne trouve plus ses mots... Moi, je lis, je lis beaucoup et, chaque matin, j'ouvre ma radio, j'écoute Radio-Sorbonne. C'est pas toujours folichon... mais j'aime le beau langage et la grande musique... Ça m'aide...

La soupe est bientôt servie. Nous nous mettons à table, Maurice et moi. Sa sœur — a-t-elle honte de la frugalité du repas ? — s'est éclipsée.

— Alors, et les travaux de votre presbytère... ils sont bientôt finis ?

— On en parle... Ma mère *rouine*[2] sans cesse... Elle prétend que les curés d'autrefois n'auraient jamais accepté d'être traités comme moi...

— Qu'en dit le Doyen ?

— Il évite le sujet... Quand je le vois, il n'évoque que ma santé.

— Et vos paroissiens ?... Poret, qui vous a précédé, nous en parlait souvent pendant nos conférences ecclésiastiques. Nous étions frappés de voir combien la mentalité des villages diffère... Dans le vôtre, les gens ne savent pas vivre, ils sont repliés sur eux-mêmes... comme dans un cul-de-sac... Malheureux ? Qui sait ? mais avec une seule devise : chacun pour soi. Ils ignorent l'Evangile autant que leurs prochains.

---

1. Sur la table pour faire manger un invité.
2. Ronchonne.

« Les prêtres de votre paroisse ont toujours eu du mal à se faire à leurs ouailles. Vous, vous leur prêchez la joie... alors que pour eux, un religieux qui se respecte se doit d'arborer un visage sombre et une belle église d'avoir toujours moralement l'air d'être drapée de noir. Ils n'admettent qu'une règle qui résume toute leur philosophie : faire son devoir...

— Je sais... mais si notre « devoir » était de tenter de vivre heureux ? Seulement, voilà, à Vattetot, on ne veut surtout pas se poser cette question !

— A votre avis, quelles sont les causes d'un tel état d'esprit ?

— La contre-réforme, le jansénisme. On refuse la vie parce qu'on ne s'y sent pas à l'aise. Seul, en fait, compte pour chacun le salut d'une âme : la sienne. D'un côté, il y a le monde, de l'autre, la religion que la pratique suffit à assurer...

— Oui, on va à la messe, on verse son denier du culte, on invite le curé à déjeuner et le tour est joué : les apparences du bon chrétien sont sauves... Enfin, ne soyons pas trop pessimistes. Gardons confiance : le temps arrange les choses à sa manière. Voyez comme les guerres accélèrent le mouvement...

Maurice change alors de sujet de conversation. A-t-il l'impression de « me » prêcher ? de s'imposer ? Le théâtre est sa passion, comme le cinéma est la mienne. Il monte chercher son manuscrit et commence à me le lire. Il déclame, marche de long en large, joue tous les rôles. Pour lui, je suis à la fois le public, la critique... et surtout un curé « moderne » auprès duquel il se sent libre...

La pendule tourne. Il est temps de se quitter.

— Un dernier coup de café, dit-il, et je vous ramène.

Tandis que nous buvons ce café en silence, Maurice, les yeux baissés, lance soudain d'une voix grave :

— Il ne faut pas se leurrer : nos villages vont mourir, devenir des asiles de vieux. La fin de la guerre a provoqué l'exode et les paroisses se vident. Les confrères sont angoissés, parfois même révoltés. Et pourtant, n'est-ce pas normal que les réfugiés cherchent à avoir de meilleurs salaires, que ceux d'ici les imitent et que tous veuillent se distraire pendant leurs loisirs ?

« Mais les distraire ? Comment ? Les curés n'y parviennent pas, quand, par hasard, ils le tentent... La plupart du temps, nous en sommes réduits à surveiller des dortoirs...

— Mais, grâce au ciel, il y aura toujours des paysans.

— C'est encore à voir... l'Eglise, je sais, croit toujours à la ferme familiale. Seulement, y aura-t-il longtemps des jeunes couples qui accepteront de se sacrifier au travail sans connaître un moment de liberté ? Les vaches ne respectent pas le jour du Seigneur... Qu'ils soient heureux loin de leur village quand ils l'auront quitté, ça, c'est une autre affaire. Quand on a été élevé au grand air, on regrette tôt ou tard l'herbe des champs, mais trop tard, en général, pour retourner en arrière.

Maurice se lève et sort pour aller chercher sa vieille Juva[1]. Dans la voiture, il continue de parler et mord sur la *berme*. Il conduit en poète...

Après avoir insisté pour que je revienne bientôt, mon ami me dépose devant le presbytère et repart sans plus tarder.

J'aperçois de la lumière au premier étage. Ma mère veille. Elle m'attend. Inquiète et sûrement un peu fâchée que je l'aie laissée seule sans prévenir. Je monte lui dire bonsoir :

— Quelle heure est-il ? me répond-elle seulement.

---

1. La Juva 4 d'avant guerre. Jusqu'à la Libération, le curé de campagne se déplaçait comme ses ouailles, à pied. Avec la multiplication des paroisses, d'autres modes de locomotion se sont imposés : la bicyclette d'abord (malgré les réserves de convenance exprimées par l'autorité religieuse), la moto (vite interdite pour des raisons de sécurité), enfin la voiture. Trop onéreuse pour un budget de curé, celui-ci doit profiter d'une occasion et surtout d'une souscription de ses paroissiens pour avoir la chance d'en posséder une.

— Deux heures moins le quart.
— Et ta santé ?
— Bonsoir.
Nous nous retrouvons seuls, l'un et l'autre.

Les « soleils »...

Ils logent dans des taudis non loin du cimetière. Ce sont les derniers réfugiés que la vague a laissés sur le sable et que le reflux n'a pu reprendre. Oubliés... ignorés... ça, ils le sont de tous : des gens à ne pas fréquenter. Ils ne demandent d'ailleurs rien à personne. Et pas plus à moi qu'aux autres.

C'est pourquoi une femme venue de « chez ces gens-là » a attendu le soir, la nuit, pour se glisser jusqu'au presbytère. C'est ma mère qui lui ouvre. Son visage est marqué, sans âge. Assez grande, filiforme, vêtue d'une robe aux couleurs passées, elle sent la misère, la sueur, la fumée de l'âtre... Immobile sur le seuil, elle attend. Pour un Cauchois, une porte ouverte, c'est une invitation à entrer. Mais cette femme n'ose pas :

— Excusez-moi... je sais combien il est indélicat de vous déranger à cette heure indue...

Sa diction est parfaite, comme son français : un langage châtié qui ne laisse pas de m'étonner. Qui est cette femme ? A ce qu'on dit, elle est venue ici juste avant la Libération avec son compagnon. Ils ont d'abord séjourné au presbytère puis, à mon arrivée, ils ont dû trouver asile ailleurs... L'homme joue de l'accordéon sur les foires et les marchés. Elle chante... Mais, au retour, la route est longue. Alors ils boivent ensemble... et se battent...

Des « soleils » ! (C'est ainsi qu'on les nomme ici.) Et pour les Cauchois ce n'est pas un compliment. Tradui-

sez : des inutiles, puisqu'ils ne travaillent pas... A quoi
servent les cigales, en effet... ? De surcroît, l'homme est
aveugle... ou du moins le prétend.

— Aveug', vous creyez cha ? Quand il met eun' *re-
tournai*[1] à cha pôv' femme, il cogne juste où il faut.

Maintenant, la « pôv' femme » s'est assise et me regarde :

— Je suis venue de nuit, comme Nicodème. La faim,
oui, Monsieur le Curé. La faim... Le froid... On n'a plus
rien à manger, rien pour se chauffer dans notre taudis :
plus de pain, plus de bois... On est à bout... Vous seul
pouvez nous aider... Ici, tout le monde se méfie de nous :
si on demandait on nous refuserait. C'est sûr.

Je me retourne pour dire quelques mots à ma mère. Ma
visiteuse comprend aussitôt, devine mon intention et
devance mon geste :

— Mais, je ne mendie pas, vous savez, Monsieur le
Curé. Je demande seulement un service à un prêtre...

De sous la couverture qui lui sert de manteau, elle sort
une bourse, dont elle dénoue avec peine la cordelette,
avant de la retourner sur le buvard de mon bureau : deux
pièces d'or s'en échappent : des « napoléons » qui
brillent sous la lampe... La femme interprète mon étonnement :

— Soyez sans crainte. Ces pièces sont bien à moi. Je
vous demande seulement si vous pourriez me les changer... Ce sont mes dernières...

— J'ignore la valeur de l'or et son cours actuel, alors,
reprenez vos pièces. Vous en aurez peut-être besoin plus
tard...

Les pauvres mains gercées, gourdes, replacent non
sans peine les deux « napoléons » dans leur bourse...
Pendant ce temps, ma mère a tout préparé : dans un broc
à lait, elle a versé une soupe épaisse et chaude. Je suis la
femme jusqu'à sa « voiture » — une misérable carriole
confectionnée avec du bois de caisse — et passe au cellier

1. Raclée.

prendre quelques bûches et des fagots avant de la raccompagner jusqu'à son humble masure. Une glacière. Le chaume, sous le vent et la pluie, a fini par glisser vers le larmier. A travers le faîtage dénudé, on aperçoit le ciel étoilé. La fumée que dégage le bois humide me prend à la gorge. Bientôt, ma lampe de poche éclaire une silhouette d'homme, allongé sur une paillasse à même le sol. L'humidité suinte de partout... Mais soudain une voix fluette se met à chanter :

« Il était un p'tit cordonnier *(bis)*
qui faisait très bien les souliers *(bis)*
Il les faisait si justes... »

A la tiède lueur de quelques boisettes, je découvre une petite Cendrillon, pelotonnée contre l'âtre... Elle chante faux mais son ton est rieur. Elle semble « ailleurs »... un peu drôlette... Je me souviens soudain qu'au village on dit que les « soleils » ont une fille... et même qu'ils l'enferment toute seule quand ils descendent au marché de Bolbec...

La femme se met à crier :

— Tais-toi, veux-tu bien te taire !

Sa voix n'est plus celle — humble et retenue — du presbytère. Elle est soudain devenue dure et même presque cruelle... Puis elle change à nouveau, se fait plus implorante pour s'adresser à moi :

— Que va devenir cette pauvrette quand je ne serai plus là ?

Avant de partir, j'essaie de la réconforter en lui promettant de passer demain afin de voir avec elle ce qu'on pourrait faire pour l'enfant. En rentrant, je dis un mot à l'instituteur et, dès le matin suivant, il me fait signe par-dessus la haie. Il a appelé le médecin et l'homme a été hospitalisé aussitôt pour « misère physiologique »... mais un appel téléphonique de l'hôpital vient de lui annoncer son décès dans la nuit.

Je me rends aussitôt chez la femme :

— Je viens d'apprendre...

Et je dis ce que les convenances exigent de dire à ces moments-là. Des mots nécessaires et... vides de sens. Le regard de la femme est fixe mais sec :

— Cet homme, vous savez, je le détestais. C'est lui qui a fait de moi ce que je suis... Je sais ce qu'on pense et dit de nous au village... Ah, s'ils connaissaient la vérité !

Oui, me dis-je... seulement moi, j'aurais dû la connaître plus tôt cette vérité... et ne pas me tenir éloigné comme les autres habitants. Intervenir le premier...

— Je suis belge, poursuit la femme, mon vrai nom est Van P..., une famille connue : la haute société. J'ai perdu ma mère à seize ans et mon père s'est remarié. Je n'ai jamais pu accepter l'intruse... alors j'ai demandé ma dot — comme le fils prodigue — et je suis partie loin de mon père avec lequel j'ai perdu contact. Tout s'est bien passé jusqu'à la fin de la guerre. Comme je parle couramment anglais et allemand, j'ai pu devenir interprète. Le malheur a commencé pour moi à la Libération : j'ai été mise en prison par erreur et quand j'en suis sortie — diminuée, malade — je n'ai trouvé que lui. Hélas, c'était un ivrogne, un incapable, une épave. Et pourtant, je l'ai suivi... Alors la chute a commencé et, aujourd'hui, je touche le fond... Pourtant voyez-vous, en vous parlant, j'arrive à retrouver une image heureuse au fond de mon cœur : mon enfance, ma mère...

La pauvre femme ne devait pas m'en dire plus. Je parviendrai à trouver, pour la fille, un centre d'accueil et à faire hospitaliser la mère mais, trois mois après, j'apprendrai sa mort. Trop tard, j'étais intervenu trop tard pour sauver les « soleils ».

Gustave, le jardinier

Gustave est arrivé de bonne heure. Dès que le jour se lève, on ne traîne pas au lit. En veste et pantalon de velours, il va directement au cellier, y sort ses outils qu'il prépare soigneusement : ils doivent être impeccables. Il gagne ensuite le jardin potager : ma mère aime avoir ses légumes à portée de main.

— Au moins, on sait ce qu'on mange, dit-elle.

Gustave a son plan, qu'il applique selon l'inspiration du moment. Comme pour lui. Ma mère ne se permettrait pas de le commander... d'ailleurs, il ne l'admettrait pas. Pas de la part d'une femme. Tout juste de moi, peut-être, parce que je suis un *Monsieur-prêtre*. Nous sommes en vrai pays cauchois : l'ordre hiérarchique est respecté.

A neuf heures précises, ma mère ouvre la porte de derrière qui donne sur le potager :

— C'est prêt.

L'homme pique alors son *louchet*[1] dans la terre et, tout voûté, se dirige vers la maison ; sur le seuil, il s'essuie longuement les pieds avant d'entrer dans la salle-cuisine-salle à manger — pour le *dizeu*[2].

Ma mère le fait asseoir au bout de la table — à la place

---

1. Bêche pour « faire le jardin » et retourner la terre.
2. Léger repas pris à dix heures. La journée cauchoise comprend traditionnellement cinq repas ou collations : le petit déjeuner (7 h 45), le *dizeu* (10 h), le dîner (12 h), la collation (16 h), le souper (20 h).

du Maît' — ce dont il se réjouit sûrement. C'est quelqu'un auquel il est difficile de donner un âge... mais, si l'on sait que ses grands enfants sont mariés, on se dit qu'il doit être plus près de soixante-dix ans que de soixante. A peine assis, Gustave tire de sa poche son Pradel[1]. Il a sa façon de manger à lui : il coupe un morceau de pain en pointe, sur lequel il dépose une coquille de beurre, qu'il n'étale pas, et avale le tout après l'avoir fait glisser sur la pointe de sa lame.

Il prend son temps et met tout son soin à bien manger, comme à bien travailler.

Pendant ce temps, le café chauffe. Sa tasse vide l'attend à côté du litre de calva, au centre de la table. Ma mère tient absolument à ce que coutumes et traditions soient respectées. Elle a été au service des autres et veut se conduire comme elle aurait souhaité que ses employeurs se conduisent avec elle.

Je regarde Gustave : il a une belle moustache et des yeux bleus qui semblent à l'affût derrière ses épais sourcils. Il me guette d'un air finaud. Sa casquette est bien vissée sur sa tête. Il ne la retire jamais, même pour manger. Réserve ou prudence ? Un peu des deux sans doute. Bien qu'à son aise, il reste sur ses gardes. Avec les « notables », il juge préférable de tenir ses distances...

Il écoute ma mère qui évoque Bernières, son village natal, son enfance, des visages disparus. Il laisse dire, se contentant d'un mouvement de tête imprécis pour montrer qu'il est intéressé mais ne prend pas parti... Travailler au presbytère est pour lui un réel honneur et tout son comportement en est imprégné... Quand je parle, il ne me contredit jamais, quel que soit le sujet évoqué. Et lorsqu'une de mes questions se fait insistante il se retranche dans une attitude un peu « rentrée », dont l'humour n'est pas absent. Cette « sagesse » paysanne me trouble... j'ai l'impression de marcher sur des œufs :

---

1. Nom propre d'une marque de couteau employé par le Cauchois comme un nom commun.

Il se méfie des livres. A part son journal, il n'ouvre guère d'imprimés.

— Est bon por les *éfans*[1] ! dit-il.

Il se tient au courant des événements mais, dans l'ensemble, il pense que les informations sont des « menteries ». Il parle de l'école qu'il a quittée tout jeune pour aller travailler : chez lui, il y avait trop de bouches à nourrir, pas question de « s'amuser », il fallait très vite gagner sa vie.

— L'soir, j'prends mon vieux Matthieu Lensberg[2], toujou l'mêm' : est plus aisé por s'y r'trouver... Est eun livre de chavan et d'savouére. On y parle de la *leune*[3], des semis, pi du temps qui fait... Est du sérieux !

Et il précise à mon intention :

— Eun' plante, cha vit comm' vous et mé. Son mariage aveuc la terre, cha demande de la connaichance... L'homme qu'est d'ailleurs peut pouin *compreindre*[4] quand cha *pouche*[5] pouin...

Il explique :

– Pi, auchi, est eun' affai d'cœur ! Est l'cuai d'avant vous — eun cuai d'aot'fay — qui disait cha...

Afin de ne pas paraître trop *baja*[6]... ou sans cœur, je tente, usant d'informations toutes fraîches, de parler du cidre et de la manière de le traiter...

Gustave m'écoute puis, après un moment de silence, il avance ses pions :

— Qui qui vous a dit cha ? Est pouin à mé d'vous donner eun conseil... mais est eun *bricoleu*[7] qui vous a parlé comm' cha... Veyez-vous, l'cid' est eun' affai

---

1. Enfants.
2. Almanach très lu en pays de Caux.
3. Lune.
4. Comprendre.
5. Pousse.
6. Niais.
7. Amateur.

d'pommes, d'*baïques*[1] et d'leune... Faut qu' les pommes attendent quequ' temps sous l'pommier et que l'cid soye bin reposai... pi faut mett' en bouteilles quand c'te leune décroît et par eun jour chan vent...

— Mais, si on laisse les pommes au pied des pommiers, elles pourrissent ?

— Est vous qui l'dites ! Non, elles vont *s'fai*[2]. Est comme por la viande : faut jamais manger eun' bête tuée de la veille. L'temps, toujou l'temps ! Aveuc leurs *macheines*[3], leurs *prèches*[4], ils vont plus vite, mais ils feront jamais mieux...

— Que dites-vous de cette année pour la pomme ?

— Est eun' annai à pommes mais la quantité fait pouin la *besson*[5].

— C'est la floraison qui a souffert ?

— P'têt' bin, mais *ichite*[6], la pomme donne toujou eun' annai su deux... Faut savouére qu'aveuc c'te prèche, ils font rien de propre : ils écrasent, cha oui ! mais dans la pomme, y'a qu' le cœur qu'est bon et aveuc la macheine tout y passe : la tête et la *qu*[7]... Est l'défaut !

— Quand j'étais enfant au Havre, mon père louait un pressoir à vis... On travaillait dans l'arrière-cuisine où il y avait deux cuves et les sacs de pommes qui nous étaient livrés. Le gros travail consistait à nettoyer les barriques : il fallait recommencer tous les ans. On descendait chez le droguiste de la grand-rue (rue d'Etretat), pour avoir de bons conseils... D'après lui, les poudres à base de tanin et les mèches de soufre, c'était souverain. Alors on brûlait des mèches : rien que d'y penser, j'en tousse encore... ça prenait à la gorge et mon père avait les yeux qui pleuraient à grosses gouttes... Après, il fallait rouler la barri-

1. Barriques.
2. Se faire.
3. Machines.
4. Presses.
5. Boisson.
6. Ici.
7. Queue.

que pour la gratter à sang à l'intérieur et puis rincer à
fond : l'eau coulait dans la cuve, débordait sur le sol en
terre battue et on pataugeait dans la boue... Peu importe
le mal... seulement voilà, quand on mettait la *champlure*[1],
le cidre — qui avait pourtant reposé le temps nécessaire
— était devenu sur !...

— On voit bien que tu es fils de fonctionnaire et
petit-fils de Terre Neuvas ! lance alors ma mère... qui
sourit à l'évocation de ces souvenirs.

Et Gustave, qui n'ose tout de même pas mettre en
doute tout à la fois la science de mon père — un facteur-
chef — et celle d'un curé — même en herbe — nous
trouve aussitôt une excuse :

— Cha v'nait pouin d'là, dit-il, cha v'nait d'eun
champignon...

(Un accusé commode, le champignon, incapable de se
défendre !)

Gustave a terminé son repas. Il replie son Pradel,
s'essuie la moustache d'un revers de main, se lève et,
lentement, mesurant ses pas, s'en retourne travailler au
potager.

---

1. Ou *chapleure* (pour chante-pleure) : robinet en bois d'une barrique.

Le catesem [1]

16 h 25. Je les attends mais je sais que tous « mes » enfants seront là. D'abord les filles, puisqu'elles sortent les premières de l'école qui jouxte au nord le presbytère. Une volée d'étourneaux s'abat dans la cour. Les rires fusent entre les lauriers... Ça sautille, ça se bouscule, ça éclabousse en sautant à pieds joints dans les flaques d'eau boueuse. Sous le noyer, quelques-unes échertent [2] l'herbe à la recherche de noix dont elles forceront la coquille d'un coup de talon pour en croquer le poulet [3]... Les gars vont arriver un peu plus tard. Non seulement l'école n'est pas mixte mais l'heure de sortie est différente. Les parents y tiennent : décence oblige.

La discipline est encore une habitude. Partout : à la maison, à l'école, au catesem. Inutile de donner des ordres. Blouses et sarraus vont se mettre en file sur deux rangs... les filles d'un côté, les gars de l'autre. Un simple signe de tête de ma part, et tout le monde s'engouffre en galochant, martelant les marches de l'escalier. La salle est au premier étage. C'est une de mes innovations, une décision que j'ai prise contre la volonté de ma mère qui

---

1. Catéchisme.
2. (Ou échartent). Se dit des poules qui grattent la terre avec leurs pattes et l'éparpillent.
3. L'intérieur dont la forme évoque un poulet prêt à cuire.

139

pense que le catéchisme, acte religieux, doit se faire à l'église et que je devrais même passer le surplis et l'étole sur ma soutane.

Pour protéger son parquet, elle a muni l'entrée de la salle du premier d'un paillasson neuf. En vain : tous « mes » enfants l'enjambent de peur de le salir : il n'y en a pas chez eux.

J'ai réaménagé la salle : Durécu, le charron de Saint-Maclou-la-Brière, un village proche, m'a fait cinq bancs de chêne (le chêne, chez nous, est un bois noble, sacré, depuis l'époque des druides). Un petit poêle Godin est là pour tiédir un peu la salle, les jours d'hiver. Pas de bureaux, seulement des tablettes de bois blanc nanties d'une ficelle pour y attacher un crayon. Les enfants les posent sur leurs genoux : ça les amuse.

On commence par la prière qui est récitée debout. Les mots, comme agglutinés entre eux, se bousculent les uns les autres, malgré mes efforts pour ralentir le mouvement. De leur point de vue, la prière est une formule magique dont le sens n'a pas besoin d'être perçu. Disons même que plus elle est dite rapidement, plus elle devient incompréhensible, mystérieuse... plus elle est forte.

Les parents me confient souvent, comme s'il s'agissait d'un exploit :

— *Cha, é j'mais oubliai nos priai.* [Ça, je n'ai jamais oublié nos prières.]

Ils se piquent ainsi de fidélité... mais à quoi ? A qui ? Si, à propos de mes « fidèles », je m'interroge, sur ce plan comme sur beaucoup d'autres, je sens bien qu'ils se posent aussi des questions sur moi.

Assis à l'affût, ils me guettent, m'épient en silence, tentent de deviner ce que je pense vraiment et qui je peux bien être... Il est vrai que je déconcerte les consignes traditionnelles qu'ils ont acquises et ont toujours suivies mot à mot :

— *Au catesem, fô savouére cha l'chon : é tout. La savouère par keu... su l'bout du douai. Nô cuais d'avant étaient des homm' du' et chévai. I vôlaient qu'on chache*

140

tout : lé questions comm' lé réponches. [Au catéchisme, il faut savoir ses leçons : c'est tout. Savoir par cœur et sur le bout du doigt. Nos curés d'avant étaient durs et sévères. Ils voulaient qu'on sache tout : les questions comme les réponses.]

Certes, les enfants sont « en appétit » pour travailler et apprendre (On en chai jamais achai, rabâchent les anciens). Et plus vieux que leur âge, plus mûrs. Comme si la vie les avait déjà marqués. A la maison, à l'école, on leur donne très tôt des tâches précises, des responsabilités. Ils n'attendent pas tout des autres. En famille, si l'on parle, c'est de choses concrètes, utiles... ou alors, on se tait.

En silence, ils observent tout, des riens, mille détails inconnus des enfants des villes : une mouche en train de se débattre dans une toile d'araignée, une vache qui « couche » sa tête pour la faire passer sous un barbelé afin de goûter, d'un coup de langue, quelques brins d'herbe nouvelle... Ils savent aussi, comme les adultes, prévoir le temps — qui décide d'aller ou non travailler dans la plaine — en regardant les nuages, le ciel qui *marmeuille*[1]...

Ils ont dans la tête un album plein d'images, d'instantanés de la vie quotidienne mais le vocabulaire pour les exprimer leur fait défaut. Ça leur serait sûrement plus facile en patois mais celui-ci est banni à l'école... considéré comme « inconvenant », propre à faire sourire — du moins le croient-ils — tous ceux qui, comme moi, usent du parler de la ville. Et mon jargon de séminaire n'arrange pas non plus les choses : notre dialogue est, en quelque sorte, faussé au départ... des mots identiques pouvant ne pas signifier la même chose... ainsi :

« Tu es sot » veut dire, en cauchois : « tu es laid ou tu fais mal ».

Bien sûr, l'attention silencieuse avec laquelle ils

—————
1. Laisse présager un temps indécis, un vrai temps cauchois. On ne sait s'il va pleuvoir ou pas. (Le mot évoque la « marmelade ».)

m'écoutent pourrait me bercer d'illusions, me laisser penser que je suis entendu... Hélas, je sais qu'il n'en est pas ainsi !

A tort ou à raison, j'ai pris la décision que « mon » catéchisme ne serait pas l'école — ni cahiers ni leçons — mais le résultat d'un travail commun.

Les confrères ont eu beau formuler des réserves et me mettre en garde : sans leçons, il ne restera rien de votre enseignement... je leur rétorque que : avec des leçons, il ne resterait que des mots vides, des bulles, c'est-à-dire *moins que rien.*

Je tiens bon maintenant ma méthode et mon programme, coûte que coûte, malgré les échecs qui ne se sont pas fait attendre... Bien sûr, il m'arrive d'avoir envie d'abandonner, de reprendre le catéchisme diocésain de mon enfance : trois cents questions et autant de réponses toutes faites... d'être tenté de préférer le rail aux ornières !

Et puis, je m'accroche à nouveau, ainsi ai-je même tenté de savoir pourquoi les parents envoient leurs enfants au catéchisme...

— E util', répondent-ils... Cha assu la moral' por nô gâ et cha tient nô filles...

Pour eux, le fait que je ne donne pas de leçons à apprendre est un sujet d'inquiétude :

— Comment nô z'éfans vont fé por c'teu commeunion ? [Comment nos enfants vont-ils pouvoir faire pour passer l'examen de communion ?]

— *Si z'étai refusai... que malhu !* [S'ils étaient refusés, quel malheur ! (quelle honte !)]

— *Aveuc eun jeun'cuai, fô toujou s'méfiai !* [Avec un jeune prêtre il faut toujours se méfier !]

Je ne pose pas toutes les questions du livre. Je sélectionne suivant mon idée de Dieu. J'évite ses malédictions, ses colères sur le Sinaï... Je m'applique à ne pas donner à ces jeunes un Dieu qui ne fait que juger et sanctionner, un Dieu qui apporte l'angoisse et la peur — il m'est si difficile de me libérer des tabous de ma propre

enfance où chaque pas était un risque de damnation...
J'aimerais, tout au contraire, que « mes » enfants respirent au grand vent de l'Evangile... Ai-je un peu plus de chances d'y parvenir avec la nouvelle génération qu'avec l'ancienne ?

— Pourquoi voulez-vous communier ?

Silence. L'intuition de mes élèves les avertit que cette question est un piège... alors ils se taisent prudemment... échangeant entre eux des regards inquiets...

Je répète ma question, et cette fois, timides, quelques bras se lèvent. Comme Jean insiste plus que les autres, je lui donne la parole :

— Eh bien, Jean ?

— *E por m'chervi.* [C'est pour me servir.]

— Explique-toi...

Mais Jean ne trouve pas ses mots. Heureusement je crois soudain comprendre. Quand un enfant veut se « servir » seul à table, son père ou sa mère utilise toujours le même argument pour l'en empêcher :

— *Tu f'ras cha quand t'auras commeuniai...* [Tu te serviras quand tu auras communié...]

C'est que la communion constitue pour les jeunes une étape importante de la vie. Une sorte d'initiation.

Dans toutes les civilisations, il existe des fêtes et des rites de passage à l'adolescence. L'acte religieux garde encore ici un impact social. Il signifie : intégration dans le monde des adultes. Après sa communion, Jean pourra se servir à table, comme les grands. Mais il y a aussi une autre raison : celle du savoir. Connaître sa religion, tout comme avoir son certificat d'études, est la preuve que l'on est « savant ».

Les anciens ne manquent pas encore de s'en flatter :

— *A m'n'âge... somm' oco à mêm' d'vô di mon catesem.* [A mon âge, je suis encore capable de vous réciter mon catéchisme.]

Mon voisin, le vieux Dicultot, me débitait l'autre jour, sans l'ombre d'une faute de français et à toute vitesse :

« Dieu est un pur esprit, infiniment parfait, infiniment bon, qui a tout créé et qui gouverne tout... »

Et comme je lui demandais :

— A votre avis, ça veut dire quoi, au juste ?

— Cha... é vot' affai ! m'a-t-il répondu sans hésiter.

La citerne se lézarde

Il y a trois mois, une commission des bâtiments était venue au presbytère à cause de notre citerne qui se lézardait.

Les membres de cette éminente commission s'étaient penchés, de concert, sur la margelle et, d'un air entendu, en connaisseurs, avaient déclaré :

— *Y a queu chose à fé... Fô vai.* [Il y a certainement quelque chose à faire... Il faut voir.]

Là-dessus, ma mère leur avait servi le café avec la goutte et la conversation s'était vite détendue et éloignée du sujet... Mais ma mère, inquiète pour son eau, y était revenue :

— C'est pas tout ça... et la citerne ? Quand les travaux seront-ils finis ?

— Ah cha... Les travaux M'dame... On sait *oyou*[1] qu'cha *commenche*[2], mais pas *oyou* qu'cha mène !

— A moins que..., intervient l'un des membres du conseil, eun' idai, comme cha, qui serait mieux et pi moins coûteuse : si on diminuait l'*voleume*[3] ?

— Bonne idai... Est vrai... renchérit un autre membre, si on y *penche*[4] eun p'tieu, vous êtes que deux, M'sieu

1. Où.
2. Commence.
3. Volume.
4. Pense.

l'Cuai pi vous, M'dame... Il vous faut pouin tant d'iau : eun p'tieu pour la *cuiseine*[1], eun p'tieu pour le linge à laver, pi deux cuvettes pour vous *netteyer*[2]... cha chuffit bin... !

Ce qui fut dit fut fait. Peu de temps après, la citerne était réduite d'un mètre comblé avec du tout-venant.

— Cette fois, cha va aller... avait assuré le maçon.

Mais hélas, ce matin, je trouve ma mère assise dos au *conobois*[3], les yeux ailleurs, les deux mains tendues au-dessus de la cuisinière (elle les réchauffe de cette façon quand elle est très énervée...) et la moue des mauvais jours.

Je sais bien ce qui la tracasse : depuis hier, elle s'est aperçue qu'il y avait de nouvelles infiltrations dans la citerne.

— Tu dois faire quelque chose, me dit-elle. Montre-toi un peu, enfin ! T'es le curé, oui ou non ? Le Père Corroyer, lui, il aurait fait quelque chose...

Quand ma mère fait référence au curé de sa jeunesse, c'est qu'elle est à bout d'arguments. Seulement, voilà : je ne suis pas le Père Corroyer et je déteste mendier... même mon dû.

— Ah, si nous avions une mare, au moins ! gémit ma mère.

Jadis, le presbytère avait en effet la sienne, comme tous les vieux domaines ou les cours-masures, mais, durant la guerre, elle a été transformée en décharge publique et, les jours de pluie, les eaux de ruissellement cherchent en vain leur ancien chemin et il se forme une large flaque sous le marronnier qui rend l'entrée du presbytère quasi impraticable.

— L'eau de mare est bien plus saine que l'eau de citerne, poursuit ma mère, l'esprit tourné vers ses souvenirs, c'est une eau qui respire, elle... De mon temps, à

1. Cuisine.
2. Nettoyer.
3. Le coin au bois, près de l'âtre.

l'école, on nous apprenait à la respecter ; malheur à celui qui se serait avisé de jouer dans la mare ou seulement à côté ! Même les bêtes n'avaient pas le droit de s'en approcher... Quand on voulait y puiser de l'eau, il fallait aller jusqu'à son centre et, pour ça, on marchait sur une planche posée sur des pilotis. Arrivé là, avec un *pucheu*[1] on écartait délicatement les lentilles qui la couvraient pour trouver l'eau profonde et claire. L'été — et même les années de sécheresse — elle ne se vidait jamais. Bien sûr, il fallait quand même l'économiser : chaque famille n'avait droit qu'à un ou deux seaux par jour, pas plus. Jamais personne n'aurait osé enfreindre les règles de la mare et ne pas respecter, comme elle le méritait, une eau si bonne à boire et si fraîche.

Ma mère, en rêvant de la mare de son enfance, a un peu oublié ses griefs contre notre citerne lézardée... et contre moi qui ne me « montre » jamais assez... Un moment de répit qui ne va pas durer !

1. Un long manche auquel était fixé un cul de seau.

Un peu d'histoire cauchoise

La fin de l'ère glaciaire provoque une redistribution des terres vierges. Les raisons des grandes migrations venues de l'est et du nord sont multiples : crainte de la guerre, des épidémies, démographie croissante... La chasse et la cueillette ne suffisent plus pour toutes les bouches à nourrir. Il faut rechercher de nouvelles terres à cultiver et faire de l'élevage, c'est-à-dire se fixer, s'installer.

A quel moment de l'histoire les ancêtres des Cauchois, les Calètes, font-ils leur apparition ? Difficile à préciser, disent les historiens, mais ce qui est probable, c'est qu'ils sont pacifiques et travailleurs. Avec eux, la population augmente, la famine diminue : une ère de paix s'instaure.

Plusieurs faits prouvent que certaines constantes persistent : la culture du lin, par exemple, pratiquée par les Calètes, est toujours en vigueur chez les Cauchois d'aujourd'hui. Le plaisir d'aller au bord de la mer leur est également commun, non pas pour s'y baigner mais pour y chercher de la *rocaille*[1] dans les rochers.

Avant même la venue des Romains, le paysan calète amendait ses terres avec de la marne tirée du sous-sol. Rien de changé aussi dans ce domaine.

---

1. Des fruits de mer.

Face aux invasions, le comportement des Cauchois et de leurs ancêtres ne devait guère varier non plus à travers les âges.

Nous savons de bonne source que des volontaires furent envoyés du pays de Caux pour soutenir Vercingétorix et, un an plus tard, pour renforcer l'armée gauloise de Viridorix : un double échec qui ne fut pas apprécié.

L'année suivante, il suffira à Jules César d'envoyer l'un de ses neveux pour symboliser l'occupation du plateau... déjà pacifié par ses habitants. Et quand plus tard les Vikings débarquent, détruisant et incendiant tout sur leur passage (rien n'est plus facile que de mettre, avec une torche, le feu à un toit de chaume), le Cauchois préfère se replier, se *mucher*[1]...

Les nouveaux venus ont le sens du commandement, de l'ordre, de la hiérarchie... des vertus vivement appréciées par ici. Aussi, quand les occupants s'assagissent et décrètent que la piraterie sera sévèrement condamnée, les Cauchois sortent de leur réserve, entrouvrent leurs barrières et pacifient, à leur manière, les envahisseurs : la nouvelle génération aura des cheveux de lin et des yeux bleus...

C'est qu'avant tout les Cauchois veulent vivre en paix et mener à bien leurs moissons. Ce sera probablement pour des raisons similaires que, pendant la guerre de Cent Ans, ils seront particulièrement sensibles à une trêve qui aura lieu sous le règne de Charles V, bien nommé le Sage. Ils accueilleront ce roi en Normandie avec tant de reconnaissance que celui-ci, profondément touché, voudra que son cœur repose dans la crypte de la cathédrale de Rouen...

Un autre nom, sur une dalle, entre deux piliers de ce sanctuaire, risque d'étonner plus encore : c'est celui du duc de Bedford. Pourquoi fut-il inhumé là ? Certainement pas pour avoir organisé le procès de Jeanne d'Arc

---

1. Se cacher.

— ce que sans doute les Rouennais ont dû oublier —
mais en raison de ses efforts pour rétablir l'ordre dans la
région et pour ranimer les relations commerciales entre
Rouen et Londres...

Mon « premier »

Tandis que ma mère est en train de ranger nos deux assiettes du repas du soir et moi d'allumer le vieux poste de TSF qui est sur le buffet, on frappe à la porte.

— Qui est là ? interroge ma mère toujours inquiète (à une pareille heure... sait-on jamais !).

— « Mé », répond une voix de confessionnal que je reconnais aussitôt.

C'est la « petite », comme tout le village l'appelle, à la manière de ses parents qui refusaient de voir grandir leurs filles.

Quand le père touillait les dominos chez lui après huit heures du soir et que, par hasard, le ton de la conversation montait un peu, il rappelait ses amis à l'ordre :

— *Pa si fort, veyons... les p'tites dorment !*

Car, en effet, les « petites » — qui avaient pourtant alors près de quarante ans — devaient encore aller au lit aussitôt après « souper ».

Quand, un jour, la mort frappa — une grippe pernicieuse qui faucha, en quelques jours, le père, la mère et la sœur aînée — la dernière « petite » resta seule...

Eternellement habillée de noir et timide comme une enfant, elle a toujours peur de « déranger »... mais, ce soir, le devoir l'y oblige :

— *Fô fé vit', M'sieu l' Cuai... L'Pé Malandain ch'en va.*
[Il faut faire vite, le Père Malandain se meurt.]

Je sais bien que le Père Malandain est gravement

151

malade, ça ne m'étonne donc pas qu'on vienne me chercher.

Le temps de passer à l'église prendre le nécessaire, d'enfiler mon étole pastorale directement sur ma soutane, et, pèlerine sur les épaules, je fonce dans la nuit. Tarder serait mal jugé...

Malandain sera donc mon « premier »... J'ai toujours redouté ce moment. Non pas que la mort me fasse peur — la guerre me l'a rendue familière — mais l'idée de me présenter chez un mourant qui sait ce que signifie ma venue me semble insupportable... Exactement comme si je devais lui annoncer : « Mon cher ami, maintenant c'est bien fini, il faut mourir... »

Sans doute les vieux prêtres, forts de leur longue expérience, ont-ils la « manière » : des mots tout faits qui leur viennent automatiquement à la bouche... Moi, non... tout au moins, pas encore.

La femme de Malandain m'attend sur les marches du « perron ».

Je n'y suis encore jamais allé, mais j'ai beaucoup entendu parler du « château » (comme on appelle ici les rares maisons qui ont *queu chos' dessus* : un étage). C'est lui, le *Pé*, qui l'a fait construire. N'ayant pas d'*éfan* il a voulu laisser un souvenir :

— Voilà le château de Malandain ! dirait-on plus tard et, de cette manière, son nom ne serait pas effacé à jamais de toutes les mémoires...

Pour construire son étage, il s'était refusé à faire appel à un architecte : « E pouin en noirchissant du papier qu'on drèche eun' maison ! » et contenté des connaissances d'un petit entrepreneur du coin. Comme ça, personne ne pourrait l'empêcher de commander et de faire les choses à son idée — un couloir par exemple (les châteaux ont tous des couloirs...)

Le Pé Malandain eut donc le sien. Très étroit cependant, car, quand même, il n'était pas question de faire des folies :

— *E pouin util' de gabillonner la plache !* [Ce n'est point utile de dépenser pour faire de la place !]

Sa femme, toute petite mais bien droite, m'accueille en silence — comme c'est l'usage en pareille circonstance. Elle a cependant l'air heureux que j'arrive à temps...

— Votre mari est en haut, au premier étage ?

— *Queu non,* me répond-elle, *veyai-vô, si le malhu arriv', cha s'rait bin difficil' de l'passai pa' c'te coulouère... Aleu on l'a mis au chalon.* [Non... voyez-vous, si le malheur arrive ce serait trop difficile de le passer par ce couloir. Alors on l'a mis au salon...]

De chaque côté du couloir une porte donne sur une pièce. Celle de droite est ouverte : autour d'une table recouverte d'une toile cirée à grandes fleurs sur laquelle trône l'inévitable « bouteille à goutte », la famille, les proches, les amis, les voisins se sont réunis. Ils attendent.

La veillée mortuaire est commencée : le Pé ne va pas gagner le matin : il *rance*[1] trop... Mais, comme la nuit risque d'être longue : fô quand même boi' un p'tieu por s'souteni, se teni éveillé...

La femme m'ouvre tout doucement la porte de gauche, celle du *chalon* afin de ne pas déranger le moribond s'il dort. Une bougie, posée sur la table de nuit, éclaire à peine les trois matelas superposés sur lesquels je devine le Pé Malandain, calé contre des oreillers. Il dort en effet mais sa respiration est courte. Il porte un bonnet de coton dont le pompon marque chacun de ses souffles. En m'approchant, je découvre son visage pâle, fiévreux et brillant de sueur. D'un geste instinctif, il ramène son drap de dessus contre son menton — le menton de quelqu'un de volontaire qui sait ce qu'il veut : un Maît', comme disent les Cauchois des hommes tels que lui. Soudain, il ouvre les yeux, sans paraître trop étonné de me voir à ses côtés :

— *Ah é vô...* (un temps) *Vô êt' bin jeune... Allai-vô*

---

1. Il présente, de toute évidence, les signes d'un agonisant. (Il respire difficilement, tire ses draps sur son visage, etc.)

153

savouére fé cha ? [Ah c'est vous... Vous êtes bien jeune... Allez-vous savoir faire ça ?]

Sur la table de nuit, tout a été soigneusement préparé : le verre pour me purifier les doigts après la communion, la soucoupe avec l'eau bénite où trempe une branchette de buis bénit aux Rameaux. Quand j'ai déposé à côté l'ampoule d'argent contenant l'*oleum infirmorum* (l'huile des malades), je m'approche de la flamme de la bougie pour lire les prières du rituel. Ensuite j'invite le mourant à se confesser, mais sans trop insister : pas question d'épuiser mon « premier ». Enfin, après l'avoir fait communier, je lui donne l'extrême-onction : trois sacrements. Malandain a pris tout ça aussi simplement qu'une tisane. J'en suis stupéfait. Maintenant, il s'est à nouveau assoupi. Je n'ai plus qu'à m'en aller mais je me sens gêné à l'idée de laisser *le Pé moui* seul pendant que les autres boivent tranquillement leur goutte dans la pièce voisine...

Alors je reste là, debout, l'air *baja* — ne sachant trop quoi faire...

C'est alors que Malandain ouvre les yeux, hésite un instant avant de comprendre où il est... et que j'y suis encore. Mon embarras, qu'il devine aussitôt, l'amuse. Devoir accompli, j'aurais dû, doit-il penser, tourner la page et partir... c'est sans doute que je ne connais pas encore bien *m'n'affai.* Alors il décide de venir à mon secours :

— *Kaisez-vô,* me dit-il.

Je m'assois sur une chaise qui se trouve à la tête du lit.

— *Comm' cha vô êt' le n'vô cuai ?* [Comme ça, vous êtes le nouveau curé ?]

— Oui, depuis trois mois...

— ... *E pas mé qui vô userai.* [Ce n'est pas moi qui vous userai.]

Son calme me paraît de plus en plus surprenant. Tout ce qui lui arrive a l'air de lui sembler normal. Est-il fataliste ? Profondément croyant ? Je ne saurais le dire.

Sa voix est grave, presque sérieuse, sans une pointe d'angoisse.

— *Vô avai eun' bonn' tête... J'allons vô confiai queu chos' avant d'moui.* [Vous avez une bonne tête... Je vais vous confier quelque chose avant de mourir.]

Prêt à l'entendre, je m'approche et voyant ses yeux s'embuer, je prends dans la mienne sa vieille main fiévreuse :

— *E du à di*, répète-t-il plusieurs fois... *Ouai, é du à di... !* [C'est dur à dire...]

Mais soudain, comme un coup de théâtre, son ton larmoyant devient triomphant, son œil embué, plein de malice :

— *A côté... I beuvent... i beuvent... I sont p'têt' bin pressés... E bin i n'ont qu'à attendre ! Mé i fô queu j'vô confesse oco queu chos'...* [A côté... ils boivent... Peut-être qu'ils sont pressés... Eh bien, ils n'ont qu'à attendre ! Moi, il faut que je vous confesse quelque chose encore...]

Et là, il hésite, cherche ses mots, réfléchit puis, doucement, d'une voix à peine perceptible, m'avoue :

— *Veyai-vô... veyai-vô... Quand j'étions vivant... je lé ai emmerd'... cha oui, é vrai !* mais *creyai-mé* (et haussant le ton il semble réunir ses dernières forces), *je lé emmerdrai oco bin plus quand j'serons mort !* [Voyez-vous... voyez-vous... quand j'étais vivant... je les ai emmerdés... ça oui, c'est vrai ! mais croyez-moi, je les emmerderai encore bien plus quand je serai mort...]

Cette dernière confession devait être vraie... car j'ai ouï dire ensuite que si le testament du Pé Malandain avait été connu avant sa mort, qui survint le lendemain de mon passage, il y aurait eu sûrement moins de monde à attendre — même en buvant la goutte — son tardif dernier soupir... !

Une réunion de curés

Aujourd'hui, conférence au Bec de Mortagne, dans une vallée à l'autre bout du canton, non loin de Fécamp. A 10 heures précises, « Bréauté »[1] vient me chercher. Assis, les mains crispées sur le volant de sa *B 14* bleue, le béret sur l'oreille, sans un regard ni un appel : il m'attend.

Nous partons aussitôt. Un coup à droite, un coup à gauche pour éviter les nids-de-poule ou les flaques d'eau, « Bréauté » mène son char à vive allure.

Ordonné avant 14, il est revenu du front grand mutilé, avec le corps criblé d'éclats et une jambe en moins. On sait qu'il souffre de séquelles mais on sait aussi que, pour lui, c'est un sujet tabou. Dans les cahots, son visage se crispe, sa diction devient saccadée ; il martèle ses mots, mais en même temps, conduire lui donne une impression de puissance perdue : il retrouve sa jeunesse.

Il doit avoir un peu plus de soixante-dix ans. On le dit sévère. En apparence, peut-être, mais pour moi qui commence à le bien connaître, c'est très différent. Je sais que « Bréauté » se cherche dans le jeune prêtre que je suis, et retrouve ses impatiences d'autrefois à travers les miennes.

— A votre âge, on imagine difficilement que les vieux

---

1. Nous nous appelons souvent entre nous du nom de notre paroisse résidentielle.

156

ont été jeunes. Avant la Grande Guerre, l'autre, celle qu'on a gagnée, j'étais sportif. Au séminaire, je portais souvent une culotte courte sous ma soutane, pour courir après le ballon. A l'époque, il n'était pas encore question de stade, bien sûr. Un simple terrain vague, une cour de récréation, même en pente, faisait l'affaire...

Mon compagnon de route est heureux de parler. En chaire, quand il prêche, ses ouailles ne peuvent répondre, tandis qu'aujourd'hui il m'a sous la main et il en profite :

— Un match, c'est sérieux. On ne fait pas assez de sport.

— Pourtant, il y a foule dans les tribunes...

— Vous voulez rire ! Pratiquer un sport assis... Autant jouer « à dominos » ! Je ne vous dis pas que voir un grand match serait pour me déplaire...

— Alors, pourquoi vous refuser ce plaisir ? Saint Paul s'offrait bien les jeux du stade... Il en parle avec passion... Et cependant, les athlètes étaient nus...

— Enfin, c'est ce qu'on dit. En tout cas, la soutane me l'interdit. Que diraient mes gens ?

— Ça ne les regarde pas. Si j'en avais envie, ce n'est pas la soutane qui m'empêcherait d'aller voir un match... La liberté n'est-elle pas un don de Dieu ?

— C'est votre façon de voir, vous êtes jeune. L'avenir vous donnera peut-être raison mais ma génération à moi ne mêle pas les genres. La soutane, que vous le vouliez ou non, impose une façon de vivre...

— En marge de la vie et des autres... Le Christ a dit « Allez, enseignez toutes les nations... » Allez, c'est-à-dire partez, mais, en fait, pour être un « bon » prêtre, il faut rester, être résident... La séparation de l'Eglise et de l'Etat nous a relégués à la sacristie, et nous avons accepté... Le Pape se replie dans le palais du Vatican et nos presbytères sont devenus des lieux sacrés, des espèces de cimetières...

— Mais le scandale, qu'en faites-vous ?

— Le Christ, je sais, l'a condamné, mais reconnaissez que lui-même a tout fait pour le provoquer... Les hommes

157

ont besoin d'être choqués pour sortir de leurs routines. La conversation du Christ avec la Samaritaine, au puits de Jacob, a sérieusement scandalisé les Apôtres et pourtant, le Christ a passé outre...

— Le Christ a tous les droits.

— Pourtant, on nous conseille sans cesse de l'imiter.

Un virage... « Bréauté » redresse sa voiture et reprend :

— La liberté implique un choix : j'ai choisi d'être prêtre. Cette décision entraîne des contraintes : c'est la règle du jeu. Mais à votre âge, rien ne semble jamais satisfaisant. Vous n'acceptez pas le passé et remettez tout en question comme... les veaux qui tirent indéfiniment sur leur longe pour brouter, plus loin, plus loin encore...

— Qui pourrait affirmer que, justement, l'herbe n'y est pas meilleure ?

Nous amorçons la descente vers le Bec de Mortagne. Nous nous enfonçons dans la vallée couverte de forêts. Du fond, émerge une tour imposante en pierre du XVIe siècle puis un village bordé par une rivière et des plans d'eau (les ballastières [1]). Non loin de l'église, un chemin mène aux cascades et là, enfin, une bâtisse apparaît, construite avec des pierres semblables à celles de l'église : c'est le presbytère. Dans l'impasse qui y conduit, il n'y a qu'une seule voiture en stationnement.

— C'est « Bretteville » qui a dû amener le Doyen... Nous sommes pourtant à l'heure, mais les conférences ne font pas recette. L'Eglise, en les imposant, a espéré qu'elle parviendrait à maintenir un certain niveau intellectuel chez les curés et qu'ainsi ils délaisseraient un peu leurs jardins pour leurs bibliothèques...

Hélas nos paroissiens n'étant pas exigeants sur ce point, il est facile de se laisser aller... comme ces vieilles filles qui ne se préparent plus de repas parce qu'elles n'ont personne à nourrir ! C'est ainsi qu'on s'anémie... Pourtant un curé devrait être un « savant » : quelqu'un

---

1. Sortes de carrières d'où l'on tire le caillou qui sert en particulier « à souffler » les ballasts des chemins de fer, c'est-à-dire à les recharger.

qui « sait ». « Bréauté » est d'accord avec l'autorité diocésaine qui a décidé de noter les conférences — que nous faisons chacun à tour de rôle — comme des devoirs... sur 20... Et que ces notes seraient publiées au complément du bulletin religieux « La vie diocésaine ».

Pour Rouen, nous restons d'éternels séminaristes... Certains d'entre nous, ne se sentant plus « dans le bain » (ou se jugeant dépassés par le sujet de leur conférence), font parfois appel à la bonne volonté et aux lumières d'un élève encore au séminaire.

Personne n'est dupe mais, peu importe, la règle est respectée : il y a autant de conférences que de curés. Ne sont dispensés du pensum — et par conséquent d'être notés — que les prêtres ayant atteint la soixantaine. A cet âge, sont-ils enfin considérés par l'Eglise comme des adultes ?

Notre Doyen semble très nerveux. Il fouille dans sa serviette de cuir, en sort des dossiers, les compulse... Des feuilles s'en échappent que je ramasse.

Il cherche de toute évidence quelque chose qu'il ne trouve pas... tout en jetant un coup d'œil sur les chaises vides et en regardant sa montre. L'heure fixée pour la conférence est largement dépassée : nous attendons déjà depuis vingt bonnes minutes et nous ne sommes encore que six... avec le conférencier !

Aujourd'hui, c'est « Tocqueville » qui doit plancher. Ancien tubard, je l'ai rencontré à Thorenc[1] où il allait subir une thoracoplastie. Le thème de sa conférence : « La naissance de nos paroisses rurales ».

« Bréauté » s'impatiente. Pour lui, l'heure, c'est l'heure et il n'y a aucune raison de favoriser les retardataires.

— Eh bien, dit enfin le Doyen, récitons la prière... *Deus qui corda fidelium Sancti Spiritus illustratione docuisti : da nobis...*

— *Amen.*

---

1. Le sanatorium du Clergé dans les Alpes-Maritimes.

« Tocqueville » peut commencer.

Connaissant bien son sujet, il parle sans regarder ses notes, comme s'il improvisait :

— Le pays de Caux était une terre déchristianisée. La mission n'a vraiment débuté qu'à l'arrivée des Normands. Etaient-ils baptisés ? On peut en douter. Il est seulement possible de dire qu'en imposant l'ordre viking, ils ont favorisé la christianisation du pays. Quand les paysans furent convertis, tout le peuple a suivi.

« En ce temps-là (disons, pour être charitable, qu'il y a très, très longtemps...), les évêques ne se souciaient que de la ville où se trouvaient leur siège, leur palais et leur cathédrale. On cite bien quelques exceptions — mais encore faudrait-il faire la part de la légende — comme saint Melon qui, au IIIe siècle, se serait retiré à Héricourt-en-Caux (pour nous en donner la preuve, on nous montre la grotte où il vivait en anachorète, la source et le bord de la rivière où il baptisait...).

— Et saint Romain ? demande l'un de nous.

— Il a beau être le patron du diocèse, la plupart des historiens sérieux doutent de son existence...

Le Doyen paraît agacé. Ces vérités, nouvelles pour lui, le gênent. Mais il n'oserait pas contredire un prêtre comme « Tocqueville » qui a la réputation d'être « très savant »...

Celui-ci poursuit sans se soucier des réactions de l'assistance qui s'est tardivement agrandie. On sent bien que certains aimeraient intervenir mais comme ils craignent que ce ne soit pas poli vis-à-vis du conférencier, ils s'abstiennent et on entend seulement quelques chuchotements entre voisins, comme au collège.

— L'évangélisation du plateau, précise « Tocqueville », s'est faite d'une part grâce aux moines des abbayes de la basse Seine et des prieurés de Rouen et, d'autre part, à la suite d'un mouvement missionnaire venu d'Irlande au cours d'une invasion par la côte. Des saints comme saint Laurent d'Eu, saint Valéry, saint Lubin sont d'origine irlandaise.

L'auteur lisant son bréviaire, à Vattetot-sous-Beaumont, en novembre 1945.
Collection de l'auteur.

Sacristie de Rouville, en bois de chêne, du début du XIXe siècle. Avant la cérémonie, l'auteur se prépare à mettre sa chasuble « drap d'or » (janvier 1988).

A droite : *Marché de Gonneville-la-Malet. L'auteur est invité, selon la vieille coutume cauchoise, à goûter avant d'acheter (1988).*
Photos Carlos Freire.

Eglise de Rouville. Le catéchisme (janvier 1988). Jacqueline, sœur de Blaise Pascal, se rendait souvent à Rouville (1846-1852) pour s'entretenir avec le Père Guillebert, son directeur de conscience, janséniste converti par l'abbé de Saint-Cyran et dont le rayonnement spirituel attirait les foules. Toute la famille Pascal — et particulièrement Blaise — en fut très marquée.

Presbytère de Vattetot. Le vin d'honneur offert aux hommes par le curé, après la messe (août 1946).
Collection de l'auteur.

A gauche : *Manoir de Sainte-Marie : le presbytère de Vattetot. C'est à l'ombre de ce marronnier (auquel l'auteur a été très lié) que les années ont passé. C'est en 1848 que le curé de la paroisse a planté ce marronnier comme arbre de la liberté (1988).*

Château de Bernières où les grands-parents maternels de l'auteur furent employés de maison. La mère de l'auteur et Bernard Alexandre sont particulièrement attachés à cette paroisse. Bernard Alexandre se sent à Bernières comme si chaque habitant était membre de sa famille.
Photos Carlos Freire.

La barrière cauchoise. Le Curé en visite auprès d'un de ses paroissiens (Rouville, 1988).

L'auteur fait sa visite pastorale annuelle (1988).
Photos Carlos Freire.

« Dire que les évêques n'ont absolument rien fait serait injuste. On cite les visites pastorales d'Eude Rigaud, évêque de Rouen, qui a laissé des notes importantes sur chacune des paroisses du diocèse. Mais quand on lit les textes anciens, il faut bien avouer qu'on reste sur sa faim : il n'y est question que de travaux d'entretien, de réparations de bâtiments, de lectionnaires ou de missels en mauvais état qu'il faut relier ou même remplacer... ainsi que de tabernacles délabrés.

Aucune réflexion — ou question — concernant la situation spirituelle de ces prêtres lâchés dans la nature et les problèmes qu'ils se posent.

« La vérité vient d'en haut, devait-on leur expliquer, contentez-vous d'agir, on pense pour vous... »

Maurice, qui est enfin arrivé et s'est assis près de moi, me souffle à l'oreille :

— En somme, rien de changé ! L'Eglise est éternelle.

— Comment ces prêtres parvenaient-ils à vivre et à faire vivre leur paroisse ? Eh bien, nous dit le conférencier, j'ai pu me procurer le texte d'une lettre d'un ancien curé de Bréauté adressée à son évêque, le 25 mai 1765, je vous la lis :

« "La misère dans laquelle je suis m'engage à recourir à la protection de Votre Grandeur. La paroisse de Bréauté est la plus grande et la plus difficile à desservir du diocèse de Rouen pour ce qui est des paroisses de campagne. Je suis cependant le plus misérable et le plus pauvre de tous, puisque mon revenu est de trois cents livres par an en forme de portion congrue... mais très incongrue. Ma misère est si grande que je suis obligé de vivre sans domestique dans l'impuissance où je suis d'en avoir un. Mais si je souffre, les pauvres de ma paroisse souffrent eux aussi, puisqu'ils sont dépourvus de tout secours. A qui ces pauvres s'adresseront-ils pour demander l'aumône, si ce n'est à leur curé ? Voilà le problème. Les décimateurs sont les chanoines réguliers du prieuré de Saint-Lo-de-Rouen. Ils afferment leurs dîmes à 6 000 livres par an. Pourtant, ils ne me donnent que

161

30 livres pour nos pauvres. Qu'est-ce que cela ? Si je me plains à eux, ils répondent qu'ils seraient charmés que le Roy les obligeât à donner davantage, mais ils ne peuvent le faire sans y être obligés. Cette réponse ne me donne rien."

« Hélas, nous n'avons pas connaissance de ce que l'évêque a répondu à cette lettre et c'est bien dommage...

« ... Il y avait, à l'époque, trois sortes de paroisses : celles fondées par les seigneurs auxquels appartenaient les terres alentour, celles construites par les moines et quelques autres, dues à la générosité de personnalités locales.

« Les premiers curés de ces paroisses étaient rarement libres dans leur apostolat. Ils étaient victimes d'influences diverses, leur formation laissant à désirer... n'oublions pas que les séminaires datent de saint Vincent de Paul. Ces curés se contentaient de maintenir les traditions mais selon la règle du temps, ils s'efforçaient de christianiser les rites païens. La pratique de ces rites n'est toujours pas entièrement disparue aujourd'hui, seulement elle sévit en marge des prêtres, alors qu'à cette époque elle était contrôlée par l'Eglise.

« Notons enfin qu'en pays de Caux, la fréquentation des moines et des monastères a favorisé chez nos ouailles toutes les manifestations extérieures de la religion. Ils sont devenus fortement "églisiers", mais la vie intérieure de l'idéal chrétien leur est quasiment restée étrangère.

L'heure avance... et celle du déjeuner se rapproche... « Tocqueville » sent son auditoire lui échapper : il est temps de conclure. D'ailleurs le Doyen, qui a quelque chose à dire et ne veut rien oublier, a recommencé à feuilleter ses dossiers, dont il souligne les pages, ici et là, d'un gros trait bleu...

La conférence s'achève.

— Avez-vous des questions à poser ? demande le Doyen, j'ai quelques annonces à faire : le 4 janvier, il n'y aura pas de conférence, je vous reçois au presbytère pour tirer les Rois. Vous me rendrez aussi vos comptes du second semestre : faites attention à bien rédiger vos bordereaux... Le secrétariat de l'évêché n'en est pas satisfait !

« Maintenant, nous pouvons passer à table... Voulez-vous prendre vos chaises pour gagner la salle à manger...

Nous sommes près de vingt, et c'est dans un brouhaha de voix — chacun interpellant l'autre qui ne l'entend pas — que nous nous asseyons devant la grande table du presbytère dressée, comme pour un banquet de fête, avec une belle nappe blanche damassée...

Devant chacun de nous plusieurs assiettes superposées et un jeu d'orgue de verres... « Le Bec », qui nous reçoit, a bien fait les choses.

En fait, ce sont les paroissiens qui invitent et ils n'ont pas lésiné, ne voulant pas que les prêtres du doyenné quittent leur village avec l'impression d'avoir été mal reçus. Chacun a apporté son écot. La rivière proche a fourni les truites (je n'en avais encore jamais mangé...).

Le repas commence, à la cauchoise, par un potage bien chaud que l'on prend, comme en Picardie, en buvant l'apéritif. Nos soutanes se couvrent de larges serviettes blanches, damassées comme la nappe.

Les couverts sont en argent. Nous connaissons bien les serveuses et les cuisinières : elles assurent les repas de presbytère en presbytère et de fête de famille en fête de famille, dans toute la région.

Leur menu ne varie guère mais tout est très bon, bien qu'un peu fort en crème et en beurre.

L'ambiance s'échauffe : on ne s'entend plus. Maurice, qui se trouve à côté de moi, me présente à nos voisins. A table, l'ordre hiérarchique est respecté. Il y a même parfois discussion pour établir si c'est l'année de l'ordination, celle de la nomination au dernier poste ou de l'arrivée dans le doyenné qui a priorité... Naturellement, je suis en bout de table. Tout ce faste m'impressionne : je m'inquiète auprès de Maurice de mon tour de réception : nous ne pourrons jamais, ma mère et moi, recevoir aussi bien !

163

— Mangez et ne vous souciez pas de demain... dans la vie, tout s'arrange !

Quand on annonce le « trou normand » — c'est-à-dire le verre de calva servi au milieu du repas qui doit remettre en appétit les convives — notre hôte prend la parole. Un peu asthmatique, il hache ses phrases pour reprendre souffle — je le connais bien car il a été mon professeur au séminaire deux années durant :

— Mes amis, le calva a un avantage sur nous, plus il vieillit, meilleur il est ! Comme vous le savez, son vieillissement est peut-être assuré par le tanin des barriques de chêne. Voilà pourquoi j'ai mis des petits cubes de chêne dans mes bocaux avant de les emplir de calva. Comme ça, en six mois, j'ai obtenu un calva qui, pour un expert, a au moins dix ans d'âge ! Goûtez-le, vous m'en direz des nouvelles...

— En tout cas, la couleur y est, approuve Maurice.

— Je m'étonne toujours qu'on se passionne pour des questions aussi matérielles... marmonne « Angerville » à l'oreille de son voisin.

(Malgré sa gentillesse naturelle, il incarne pour nous la « contre-réforme » : refus de toute joie de vivre et rappel permanent à l'enfer et à la damnation...)

— Mais l'hospitalité est une forme de charité, lui rétorque son voisin, le Christ en a usé et abusé... Rappelez-vous, aux Noces de Cana, c'est même Lui qui a assuré le vin... Plus de trois cents litres ! Le vin fait partie des dons de Dieu.

— Voir les choses de cette manière, c'est ouvrir les portes au laxisme...

— Vous oseriez porter un jugement sur un épisode de la vie de Notre Seigneur ? intervient « Manneville », non sans malice.

— Ne me faites pas dire ce que je n'ai pas dit... mais il me semble qu'il n'est pas nécessaire d'insister sur ce détail des Noces de Cana. Voilà tout.

— Alors, laissons là votre théologie revue et corrigée... et, s'il vous plaît, passez-moi la moutarde...

« Manneville » est l'antidote du Doyen. Sa manière me plaît... Certes on le dit traditionaliste et il mène parfois durement ses ouailles... mais ses sermons sont directs, ses colères célèbres. Il n'hésite jamais à provoquer la tempête.

« Bretteville » regarde sa montre.

— J'ai catéchisme à quatre heures et demie : je vais être en retard...

— Il n'y a pas de catéchisme les jours de conférences, tranche « Manneville » avec autorité. Les instituteurs ne font pas classe aujourd'hui, l'école est fermée...

— Mais enfin, ce ne sont tout de même pas les instituteurs qui vont nous dicter nos lois !

— Ça recommence ! intervient Maurice. Permettez-moi de vous dire que votre hostilité envers les instituteurs non seulement n'a aucun sens mais devient maladive... Ces gens-là aiment leur métier et n'ont qu'un seul désir : faire quelque chose des enfants qui leur sont confiés. Rien de plus respectable. Pour ma part, j'en ai connu beaucoup et je n'ai jamais eu de problème avec eux. Mieux encore, plusieurs sont devenus d'excellents amis...

(Maurice a fait cette intervention sur un ton plutôt sec que je ne lui connaissais pas.)

— Doucement, doucement, répond mon vis-à-vis, si on ne peut échanger des idées, à quoi servent nos réunions ? Nous formons pourtant une équipe unie...

— Oui, mais l'ennui, reprend — non sans humour — « Manneville », c'est que dans notre équipe, si *unie* soit-elle, chacun de nous préfère jouer avec son propre ballon ! Enfin, je vous propose de changer de sujet... Voulez-vous que je vous raconte ma dernière aventure ?

Une « aventure » qui, en effet, a fait jaser tout le canton...

— Voilà, c'est vrai, j'ai installé une salle d'eau dans mon presbytère !

— Malheur à celui par qui le scandale arrive !

— Mais enfin, j'ai quand même le droit d'être propre...

— Certes, mais, dans une salle d'eau, on se baigne nécessairement tout nu...

— Sans doute... à moins de se plonger dans l'eau en soutane...

— Enfin, était-il bien nécessaire d'annoncer cela en chaire ?

— J'ai tenu à rectifier une bonne fois pour toutes le mauvais jugement porté sur l'installation de ma salle d'eau...

— Vous auriez pu me demander mon avis, intervient le Doyen.

— C'était inutile : je savais que vous m'auriez donné tort... Donc, voilà comment les choses se sont passées : l'église est pleine (une réussite... au moins sur ce plan !), je monte en chaire. De là-haut, bien sûr, je domine mon monde, mais j'ai quand même l'impression d'entrer dans l'arène... Je sens qu'il ne me reste plus qu'une solution : foncer !

« Mes frères, vous le savez, je suis votre curé et cela parce qu'un jour, j'ai été nommé prêtre à Rouen. Prêtre, dis-je : eh bien justement, posons la question : qu'est-ce qu'un prêtre ? Un prêtre qui retire la barrette couvrant son chef est-il encore un prêtre ? Oui. Et s'il enlève son étole, et même son aube blanche, est-il toujours un prêtre ? Toujours. Et il en est même ainsi, bien évidemment, s'il quitte sa soutane. De sorte que, moi, un prêtre, nu dans ma baignoire, je reste un prêtre. Que vous le vouliez ou non. Tant que vous n'aurez pas compris cela, qu'un prêtre n'est pas un portemanteau, que l'habit ne fait pas le moine, vous n'aurez rien compris.

« Un prêtre, habillé ou pas, demeure un prêtre, c'est-à-dire un intermédiaire entre Dieu et les hommes.

« Et pour conclure, je vous citerai seulement les mots mêmes de Notre Seigneur, un jour où il lui avait semblé ne pas convaincre son auditoire : "Que ceux qui ont des oreilles pour entendre, entendent..." Amen.

— Je ne vois pas comment vous répondre, dit le

Doyen, mais je maintiens que provoquer ainsi vos ouailles continue à me paraître inutile...

— Au séminaire, on m'a souvent répété que du haut de la chaire d'une église, seule la vérité doit éclater... toute nue. Cette fois, au moins, j'aurai suivi la recommandation au pied de la lettre, vous en conviendrez !

« Manneville » m'étonnera toujours... S'est-il trompé de siècle ? Je le crois, mais est-il en avance ou en retard ? Là est la question. De tels propos, tenus au Moyen Age, auraient certainement enchanté l'auditoire et sans doute l'enchanteront-ils tout autant au XXIᵉ siècle. Mais aujourd'hui, depuis la contre-réforme, tant d'interdits ont marqué l'opinion qu'elle n'est plus — ou pas encore — en mesure de n'être pas choquée par de tels propos...

Le repas se termine. On parle de cinéma et il est même question de m'en confier l'organisation cantonale. Tout le monde est d'accord mais on me met naturellement en garde :

— N'oubliez pas que nous sommes responsables des âmes qui nous sont confiées... Le cinéma doit être moral, ne pas faire de mal...

— Les films seront ceux admis par la Centrale catholique et, forcément, nantis de la « Cote familiale »...

— Bien, bien... on vous fait confiance, m'est-il répondu.

Le temps de se séparer est venu. Chacun regagne sa voiture. De petits groupes se forment, selon les affinités.

« Bréauté » me rejoint. Il a l'air fatigué, mal satisfait :

— Le Doyen est trop bon, sans caractère, il laisse s'installer la confusion.

Nous roulons en silence.

— Enfin, dit soudain « Bréauté », il faut savoir dételer...

— Pourquoi dites-vous cela ?

— Eh bien... je me demande parfois si, en restant, je sers ou je dessers l'Eglise.

— Voyons, vos paroissiens vous aiment...

— Sans doute, mais une certaine réussite humaine

167

n'est pas un critère. Souvenez-vous, après la Cène, les apôtres qui viennent de renouveler leur confiance dans le Christ, de participer à la Pâque et de communier, s'enfuient dès son arrestation au Jardin des Oliviers... Quand aujourd'hui nous regardons Israël et la Jordanie, l'ancienne Palestine, nous constatons que la Terre Sainte est bien loin de l'esprit de l'Evangile. De là à conclure que l'œuvre du Christ a été sans effet...

— Quoi qu'on pense, il me semble qu'il faut se convaincre qu'on est toujours, sinon indispensable, du moins utile.

— Vous avez sûrement raison... et ne pensez surtout pas, cher ami, que j'ai mauvais moral.

« Bréauté » semble regretter de s'être laissé un peu aller à se parler à lui-même devant moi...

Je n'insiste pas... d'ailleurs, nous arrivons.

Une dernière embardée entre les piliers et nous passons sous les basses branches du marronnier de mon presbytère. (Ses feuilles demeurent-elles chaque année aussi vertes si longtemps après la rentrée ? Il faudra que je les observe mieux...)

Ma mère, debout sur le seuil, m'attend, heureuse de me retrouver et que j'arrive à l'heure pour le catéchisme... (Quelle qu'en soit la raison, elle n'apprécie pas que je manque à mes devoirs...)

— Vous prendrez bien quelque chose ? dit-elle à mon compagnon.

Mais, plongé dans ses pensées, « Bréauté » semble ne pas entendre... Il nous salue de la main et repart.

L'autarcie

— Cha... On manque d'iau !... les bêtes vont *souffri*[1]...
Voilà une remarque qui étonnera toujours les horsains.
Comment, dans ce pays maritime où il bruine ou *plouve*[2]
deux jours sur trois (quand ce n'est pas trois jours sur
deux !), est-il possible de manquer d'eau ? Et pourtant,
paradoxalement, c'est vrai : on manque d'iau !

Surgi des fonds marins à l'ère secondaire, il y a des
millions et des millions d'années, notre plateau calcaire
du pays de Caux, dressé au-dessus du niveau de la mer
qu'il domine d'une centaine de mètres crayeux, pointe
son groin entre la Manche et l'embouchure, généreusement ouverte, de la Seine.

Lors de la dernière époque glaciaire, le calcaire qui en
constitue la masse a subi, en surface, l'effet de la glace
dont il a été recouvert pendant près de 80 000 ans : une
couche imperméable d'argile, de deux ou trois mètres
selon les lieux, s'est alors formée.

Quand le climat est devenu tempéré, la glace a fondu
et les hausses de température ont provoqué des cyclones
et anticyclones d'une violence inouïe qui ont balayé et
érodé la surface du plateau.

La poussière soulevée a provoqué un vent de sable,
lequel, en retombant, a donné naissance au lœss : cette

1. Souffrir.
2. Pleut.

169

terre noire et fertile qui, si elle est moins épaisse qu'en Chine, allait quand même assurer la richesse du pays de Caux.

Mais un jour vint où la couche d'argile qui retenait l'eau à quelques mètres de la surface, et permettait aux rivières du plateau de se maintenir, se craquela sous l'effet de tremblements de terre. Devenue poreuse, elle cessa de retenir l'eau qui, en s'enfonçant, forma une couche phréatique profonde de soixante à cent mètres selon sa proximité du rivage.

C'est ainsi que les rivières de surface disparurent... semant la nostalgie dans la tradition locale qui a gardé le souvenir de leurs noms : la rivière de Daubeuf, la rivière d'Hantot Saint-Sulpice et, la plus connue, la rivière d'Etretat qui prenait sa source auprès de notre colline de Beaumont et se jetait dans la mer, non loin des célèbres falaises...

Dès lors, privé de toutes ces rivières, que va faire le Cauchois pour trouver de l'eau ? Deux solutions : un puits profond de soixante à cent mètres ou une mare. Les châteaux ou les grands domaines ayant seuls les moyens de creuser leur puits, la mare fit son apparition.

Mais comme une mare, pour se remplir, a besoin des eaux de ruissellement et que la présence de ces eaux pouvait, aussi, prêter à discussion, son emplacement fut choisi de préférence dans la cour-masure, non loin de la maison, ou encore au milieu des terres, dans la plaine.

C'est alors que le Cauchois possédant ainsi — en propre — tout ce qui lui était nécessaire, sans avoir besoin de recourir *à z'autes*, veut être vraiment chez lui et creuse la terre pour dresser un fossé[1] en forme de trapèze afin d'entourer sa cour-masure. De surcroît, le vent de mer soufflant très fort en pays de Caux, il plante un rideau d'arbres le long de son fossé.

Cette délimitation de sa propriété — et par conséquent sa solitude — l'amène à pratiquer l'autarcie : ses bâti-

1. Talus.

ments comme sa nourriture sortant de son propre sol, il va se suffire à lui-même sur tous les plans.

La pierre à bâtir est rare par ici. Il faut l'importer et ça coûte très cher. Certes, il y a la marne. Avec elle, on construit des granges et des étables mais, trop friable et se fendant au froid, elle doit être bientôt abandonnée.

Alors on utilise l'argile que l'on a sous la main, dont on va faire le torchis (mélange de paille hachée et de terre rouge) ; on le gâche nu-pieds, comme au temps de la lointaine Egypte, dans un trou creusé à même le sol ou dans un baquet. On se sert beaucoup du torchis pour boucher l'entre-colombages sur les façades des maisons et, répandu sur le sol dans le *solié*[1], il devient le terril.

La brique, bien sûr, va être très employée ainsi que le silex noir, que l'on trouve facilement. Ce dernier joue un grand rôle dans la construction des soubassements et aussi dans la décoration des façades en damiers.

Pour faire des colombages, le bois ne manque pas dans les forêts environnantes et, pour la toiture, on utilise le *feurre*[2] que les valets de ferme préparent dans la grange, les jours de mauvais temps, quand le travail à la plaine est impraticable. C'est seulement lorsqu'on ne parvient pas à *fé cha sai-même* qu'on fait appel à un chaumier.

A part un peu de viande achetée — de temps à autre — chez le boucher, on mange, en général, les volailles et les porcs élevés à la ferme tout comme on boit le cidre de ses pommes : du *gros* ou de la *besson*, suivant la générosité du Maît'.

De cette manière, l'argent « rentré » ne sort pour ainsi dire plus (le bénéfice, c'est ce qui reste quand on n'a rien dépensé...).

Même pour s'habiller, on a très longtemps tissé tout ce qui était indispensable à la maison (dans les registres de la première moitié du siècle dernier, il est souvent question de « paysan fabricant »).

---

1. Grenier.
2. Paille longue préparée pour couvrir en chaume une toiture.

Le sens de « l'avoir » et du « chacun pour soi » est essentiel si l'on veut comprendre la mentalité cauchoise et les exemples ne manquent pas...

Un jour, ma mère commande une douzaine d'œufs — des œufs de ferme — à Maître François, un gros bonhomme jovial et bon vivant, qui les lui apporte le lendemain en allant au marché :

— Ça fait combien ? demande ma mère.

— 26 francs pièce (des anciens francs). En tout : 312 francs.

Ma mère ouvre son porte-monnaie, compte et recompte pour trouver la somme exacte. Mais comme elle n'a pas assez de petite monnaie, elle finit par mettre 350 francs sur la table.

Maître François devrait donc lui rendre 38 francs. Seulement voilà, ici, rendre la monnaie, c'est-à-dire « sortir de l'argent » — même quelques pièces — fait si mal au cœur que notre homme préfère encore — quitte à y perdre un peu — donner deux œufs de plus mais garder son argent.

Autre exemple : jadis, un marnier qui habitait tout près de là se mit à creuser un puits sur le carreau de Vattetot, à ses frais, pendant ses heures de loisir... Le puits creusé, l'homme fut, à juste titre, très fier de son travail. Il ne restait plus que la corde à fixer pour pouvoir puiser de l'eau. C'est alors que le marnier se dit : si je laisse les gens user de mon puits, il serait bien normal qu'ils se cotisent pour payer la corde. A priori, la proposition semble honnête. Mais, avant de donner son écot, chacun se met à réfléchir : Tout cha, est très bin quand il *plouve*... mais aveuc la *sekress*[1], on voudra tous de l'iau... Et alors, qui me dit que mé, j'en aurons ?

Problème insoluble. La corde ne sera jamais achetée... Quant au puits — qui est toujours là —, il ne servira jamais...

Le « chacun pour soi » cauchois est un adage bien

1. Sécheresse.

difficile à concilier avec l'Evangile : une forteresse qu'inlassablement je tente d'assiéger... mais quasiment sans succès.

Un dimanche comme les autres

Le clergeot, qui n'a pas fini de boutonner sa soutanelle rouge, ouvre un tiroir du chasublier[1], le troisième à droite. Il en tire une boîte en carton, une simple boîte à chaussures, où sont déposés les bouts de bougie qui restent. Après en avoir sorti quelques-uns, il m'interroge :

— M'sieu l'Cuai, cha ira ?

Je peux sans difficulté jouer les experts en la matière : pendant un an, au petit séminaire, j'ai été « chefcier » — c'est-à-dire qu'il me fallait assurer l'allumage du luminaire de chaque autel.

Ne pas gaspiller, mais bien calculer afin que les cierges « tiennent » jusqu'à la fin de l'office...

— Ça ira.

Mon petit clergeot est satisfait, il peut achever son travail : mettre les bouts de bougie dans les canons[2],

---

1. Meuble de sacristie : sorte de commode aux nombreux tiroirs où l'on range les ornements pour la messe, en particulier les chasubles. Le dessus du meuble sert au sacristain pour préparer les vêtements liturgiques destinés au prêtre qui doit célébrer.
2. Parties cylindriques que l'on glisse dans les cierges factices piqués sur les chandeliers d'autel.
Le mot canon peut avoir trois autres sens :
   a) Le « droit canon » : code qui régit l'institution-Eglise.
   b) La partie commune et principale de la messe nommée l'Ordinaire.
   c) Les trois cadres aide-mémoire (que l'on adosse aux gradins de l'autel) où sont inscrites les parties essentielles du canon de la messe.

libérer les ressorts qui poussent les mèches afin qu'elles se présentent à bonne hauteur pour être allumées. Parfois je me dis : que de temps perdu ! Mais je n'ai pas la certitude qu'il faille me désintéresser de tous ces détails... Qui pourrait affirmer, en effet, que le respect du détail ne facilite pas — à sa manière — l'approche du sacré ?

Tandis que le clergeot allume les cierges des acolytes [1], le thuriféraire [2] — un grand gars en soutane noire (qui, en raison de sa voix discutable, ne peut être admis parmi les chantres) — sort son encensoir du placard. En jouant des chaînes, il découvre la casserolette [3] puis la pose, ouverte, sur un coin du chasublier, aussi loin que possible des ornements, pour ne point risquer de les salir. Dans une boîte, il prend trois charbons chimiques (de la poussière de charbon pressée à laquelle est mêlée de la poudre de magnésium) afin d'activer l'allumage et de maintenir la combustion. Il approche l'un après l'autre les charbons de la flamme d'une bougie et, quand leur bord rougeoie, il souffle dessus. Grâce au magnésium, des étincelles jaillissent comme des étoiles « magiques » de Noël... faisant reculer les enfants, un peu inquiets, de quelques pas...

Quand les charbons sont à moitié allumés, le jeune thuriféraire les dépose dans la casserolette dont il réduit peu à peu la longueur des chaînes pour la faire tourner « en soleil »... Enfin, sous prétexte de s'assurer que les charbons sont bien « pris », dès que je m'éloigne un peu — car cette vérification n'est pas prévue : il ne faut pas *gabillonner* — il attrape la navette et emprunte, à la sauvette, une ou deux cuillers d'encens qu'il dépose sur les charbons ardents... Un court instant, la fumée monte, en volutes. Pour éviter que je m'en aperçoive, il bloque aussitôt l'encensoir avec l'anneau... L'odeur le trahit,

---

1. Les deux servants qui portent les cierges à la procession, de chaque côté de la croix, par exemple.
2. Officiant chargé de tenir l'encensoir durant les cérémonies.
3. Partie de l'encensoir qui contient les charbons allumés.

175

bien sûr, mais je fais semblant de ne rien sentir... N'ai-je pas *gabillonné* un peu jadis moi aussi ?

Aujourd'hui, c'est dimanche... et il en sera ainsi cinquante-deux fois par an... Dès sept heures et demie, le boulanger, en tirant de l'eau de sa citerne, sous la fenêtre de ma chambre, m'a réveillé... Il travaille depuis deux heures du matin (il lui arrive même, du samedi au dimanche, de passer une nuit entièrement blanche).

Je prends mon missel sur ma table de chevet, et relis l'Evangile du jour. Quelques idées viennent... dont je ne vais retenir qu'une seule ligne directrice.

Etre bref est un bon principe... parfois je fais un petit plan sur un bout de papier mais sans conviction car je sais que je ne le suivrai pas. Je préfère improviser : faire comme si je m'entretenais simplement avec des amis. Réciter un texte écrit me rend toujours un peu guindé... alors que j'ai besoin de me sentir tout à fait naturel pour tenter de convaincre.

L'heure étant venue de me lever, je ne traîne pas : une habitude de dortoir et, surtout, j'ai eu trop largement mon compte de lit au sana... Rester couché le matin me donne l'impression d'être encore malade...

Un gant mouillé à l'eau froide sur le visage pour m'éclaircir les idées. Un coup de rasoir. Je n'ai pas de « salle d'eau » comme « Manneville » et, le souhaiterais-je, les problèmes de citerne non encore résolus ici me l'interdiraient... Dire que je ne souffre pas de cette eau perpétuellement rare serait mentir : dans de telles conditions, je n'ose pas, aussi souvent que je le voudrais, inviter des confrères.

Ma soutane est prête : ma mère l'a vérifiée, soigneusement détachée avec un mélange d'eau et de vinaigre chaud. Elle pourrait presque — de loin — passer pour neuve ! Je l'enfile et boutonne ses trente-trois boutons (un pour chaque année de la vie du Christ...). La ceinture doit être serrée à la taille — c'est un long ruban de tissu sans frange, noué à la française : un gros nœud et deux pans. Le plus délicat est de bien fixer le col en celluloïd, indispensable pour ne pas paraître négligé, sinon, dès qu'on penche la tête en avant, il bouge en se dégageant des pattes qui le retiennent à l'encolure de la soutane et il faut sans cesse le remettre en place.

Je suis passé par la sacristie pour me rendre à l'église. Il va me falloir rester à jeun jusqu'à la fin de l'office, soit toute la matinée.

Ma mère s'en offusque souvent :

— Tu as fait cinq ans de sana et on t'oblige à célébrer sans rien dans le ventre et dans une église glacée... De quoi attraper du mal... Les apôtres, eux, ont bien communié après avoir célébré la Cène juive — c'est-à-dire mangé l'agneau pascal ! Toutes ces règles ont été établies par des hommes en parfaite santé, sans penser le moins du monde à leurs semblables malades...

J'aime beaucoup ma mère ainsi, quand elle « fronde »... tout en préparant, avec tant de soin, l'autel pour ma messe. Je ressens alors la réalité de nos liens affectifs.

Il est 9 h 45, Georges ouvre la petite porte du grand portail et trempe ses doigts dans le bénitier à sec pour faire son signe de croix traditionnel avant de libérer la corde de la cloche et d'appeler mes ouailles à l'office...

Les jeunes clergeots sont arrivés les premiers, avant les grands. Tous sont habillés « en dimanche » — comme l'on dit — et se changent à la sacristie. Chacun ouvre son placard où est rangé le vêtement de chœur qui lui appartient et dont il assure l'entretien. Quand la famille est nombreuse (ce qui est souvent le cas), la soutane se passe d'un fils à l'autre... jusqu'au « ravisé », et, naturellement, elle est toujours ou trop courte ou trop longue — jamais exactement à la taille de celui qui la porte...

Mais l'important pour une famille, c'est d'avoir un gars au chœur : signe manifeste de bonne éducation.

Les chantres font maintenant leur entrée... très à l'aise. Depuis tant d'années que, pour la plupart, ils chantent les messes des dimanches et des fêtes, n'ont-ils pas acquis, en effet, le droit de se sentir un peu comme chez

177

eux dans l'église ? De surcroît, ils sont parfaitement conscients d'être là pour assurer la tradition :

— *Ichite*, est toujou comm' cha qu'on fait.

Le dernier à apparaître est l'organiste : lui n'a pas à s'habiller. Il arrive à pas lents, juste à l'heure, par le côté nord du cimetière. Parfois, les chantres ont déjà pris place dans le chœur et, moi, j'attends à la sacristie avec mes servants.

Il entre, enlève son chapeau et va l'accrocher sans un mot au portemanteau près de la fenêtre, au fond de la sacristie, puis, revenant sur ses pas pour pénétrer dans l'église, il se tourne légèrement vers moi en soufflant :

— C'est bien le dix-neuvième après la Pentecôte — rites simples ?

J'acquiesce de la tête et le suis...

L'office commence. Rome a unifié le rituel à travers tout l'Occident mais nous gardons quand même quelques-unes des coutumes du diocèse de Rouen qui avait sa propre liturgie. La règle est facile : on suit le missel grégorien. Le plain-chant, dont beaucoup pourtant gardent encore la nostalgie, a été abandonné depuis longtemps.

Aujourd'hui, l'organiste et mes chantres ont établi, sans moi, le programme musical. L'harmonium m'offre une tonalité imprévue... qui m'oblige à improviser tandis que mes paroissiens n'émettent qu'un vague bourdonnement... Seuls mes chantres, ravis de semer quelque perturbation, reprennent avec ferveur, en forçant leur voix de plus belle...

Le moment du sermon est venu ; je monte en chaire et commence par les annonces : intentions de prières, horaires des offices de la semaine et, surtout, le plus attendu, la publication des bans... Il est de règle d'annoncer trois dimanches de suite une promesse de mariage... Les commentaires iront bon train après l'office... Nombre de ces annonces font en effet le bonheur des mauvaises langues :

— *Enco*[1] eun' qui va s'marier un p'tieu vite !...
— Dans cha famille, elle *chera*[2] pouin la première !
Les uns additionnent les hectares de la promise...
D'autres sont secrètement déçus : ils avaient pensé à c'te
fille-là por leur gars (trop tard !) mais la plupart n'expriment rien d'autre qu'une réserve appuyée :
— Est pouin not' affai...
Pour que la future épousée ne soit pas gênée par
l'ambiance suscitée à l'annonce de son mariage, elle est
autorisée à manquer la messe trois dimanches de suite ou
à aller dans une paroisse voisine... ce que, d'ailleurs, elle
se gardera bien de faire : On a biau di... E pouin le mêm'
Bon Diou ! La religion cauchoise pratique le « chacun
chez soi » : on ne fréquente point, par ici, les « paroisses
étrangères » — fût-ce celles des villages alentour...
Après le sermon arrive le moment que je redoute le
plus : celui de la quête.
En dehors de ce qui sera déposé sur ce plateau qui
passe de main en main, je ne recevrai rigoureusement
rien d'autre de toute la semaine. Ni du diocèse qui, lui
aussi, n'a aucune ressource et attend même bien souvent
de ses curés le droit de survivre, ni, bien sûr, de l'Etat.
— E nô qu' vô nourrichons ! ne perdent jamais une
occasion de nous rappeler nos paroissiens, d'ailleurs plus
par taquinerie que par méchanceté... mais c'est quand
même dur à entendre !
J'ai sûrement tort... toutefois, je continue à ressentir
une profonde humiliation à faire ainsi, chaque dimanche, la mendicité.
Et pourtant, je devrais bien y être habitué : j'ai
poursuivi mes études grâce à la charité des bienfaiteurs
du diocèse ; gravement malade, j'ai dû attendre, pour
être soigné, le secours de l'assistance médicale gratuite,
et prêtre, je me retrouve, en grande partie, à la charge de
ma vieille mère. (Non seulement la pauvre me sert de

1. Encore.
2. Sera.

179

« gouvernante » — un bien grand mot pour un travail non rémunéré — mais, sans le supplément financier qu'elle m'apporte, je ne sais comment je survivrais...)

A la quête, personne — sauf par miracle — ne donne plus qu'une piécette et même parfois certains n'hésitent pas à « touiller » dans le plat pour y faire de la monnaie... On comprendra que, durant un certain temps, les prêtres ouvriers — qui gagnent leur vie sans être obligés de mendier — aient été pour nous des héros...

Certes, il existe d'autres fonctions, qui sans nul doute pourraient être exercées par des prêtres. Pour ma part, j'aurais aimé travailler la terre, poser mes mains sur les mancherons d'une charrue et creuser des sillons...

Or, toutes les fois que j'ai proposé à un agriculteur de l'aider, j'ai reçu la même réponse :

— Est pouin à vous d'fai cha !

Et si j'insistais en évoquant l'exemple du Christ, charpentier à Nazareth, la réplique ne variait pas non plus :

— P'têt' bin... mais Jésus, li, était pouin cuai !

Je me suis donc habitué peu à peu à être un *cuai* « comme il faut »... J'ai d'ailleurs la chance d'avoir dans ma paroisse un chœur plein de jeunes voix chaleureuses et un organiste exceptionnel qui ne connaît pas seulement la note... mais la musique. De ce fait, mes offices gagnent en hauteur et en « épaisseur »...

Malgré cela, à la communion, personne ne s'approche de l'autel. J'ai beau, dans mes sermons, insister sur le fait que la messe est un repas voulu par le Christ et que ne pas participer à ce repas est une sorte de non-sens... je ne suis pas entendu.

Le grand coupable, c'est du moins ma conviction, est ce mouvement de la contre-réforme qui a fait du peuple de Dieu une « masse peccamineuse » indigne de s'approcher de la Table Sainte. (Le Christ se montra pourtant moins difficile, au soir de la Cène, en permettant à ses apôtres qui allaient le renier ou s'enfuir de communier avec lui...)

C'est également la contre-réforme qui a transformé la messe en un spectacle auquel on se contente d'assister. Si le Christ est présent c'est comme dans une vitrine... On le voit, on le prie sans doute mais il est rarement question de le recevoir... comme il l'a pourtant demandé expressément.

Cette communion avec Dieu, dans l'esprit de mes ouailles, doit demeurer un événement — une exception annuelle ou au mieux semestrielle.

Il faut dire aussi que, chez nous, la loi du jeûne n'a pas non plus arrangé les choses et ce n'est pas le verre d'eau autorisé avant de communier qui pouvait en modifier les conséquences. Sauter un repas, pour les Cauchois qui travaillent dur, dès l'aurore, est une affaire d'importance qui ne doit pas se répéter fréquemment.

Si étonnant que cela puisse paraître, ma pressante invitation ne fut longtemps acceptée que par les deux instituteurs du village, et cela à la grande stupéfaction de mes paroissiens les plus chrétiens :

— Des instituteu... d'la laïque qui vont à la mèche et qui commeunient... cha, cha s'était enco jamais vu !

A peine sortis de l'église, les hommes filent au café pour y « touiller » les dominos, et les femmes vont « à commissions », avant de regagner au plus vite la maison afin d'y préparer — ainsi l'exige la tradition — le repas du Maît'...

Moi, après ma messe, je rentre au presbytère. Chaque dimanche ressemble au précédent... et au suivant. Il est sombre : nous ne sommes que deux à table, ma mère et moi... et pour combien de temps encore ne serai-je pas seul ? L'après-midi, je compte ma « paye » de la semaine... les piécettes de la quête dont je fais, soigneusement, quelques précieux rouleaux...

Pathé Baby au presbytère

Jeudi, deux heures d'*arlevai*[1]. Les enfants sont libres : ils ont envahi la cour du presbytère qui, peu à peu, devient un véritable « jardin public ». Ils courent sous les marronniers, ramassent des feuilles mortes, se lancent des marrons... Les anciens du village n'apprécient pas que les jeunes s'ébattent ainsi devant mes fenêtres :

— Eun presbytai, est comme eun chimetiai... cha s'respecte... grognait l'autre jour une vieille toute maigre, un vrai cierge noir, en passant sur le carreau.

Moi qui adore le « bruit » des enfants, j'ai plaisir à les voir jouer ici comme à la récréation. Ils apportent un peu de vie dans ce décor austère, figé.

En campagne, l'enseignement du matin assuré, la plupart des curés vont visiter leurs paroissiens ou demeurent dans leur bureau.

En ce qui me concerne — est-ce parce que je ne suis pas encore vieux ? — je m'aperçois que, peu à peu, en devenant le vicaire de ma paroisse, je reprends le chemin de ma jeunesse.

Une nouvelle fois, aujourd'hui, les enfants grimpent l'escalier du presbytère et s'entassent dans la petite salle du premier. Les grands ont amené leurs petits frères ou sœurs. La salle de catéchisme est devenue, tout à la fois, salle de cinéma et garderie d'enfants...

---

1. De l'après-midi.

— Poussez-vous encore un peu, il y a de la place.

Miracle ! Tout mon petit monde trouve à s'asseoir. L'unique fenêtre qui donne sur la cour est fermée, occultée par un rideau noir que ma mère a ourlé.

L'air confiné — l'eau manque toujours et ça se sent — s'emplit soudain de l'odeur mêlée des étables, des bêtes... et de la plaine... Le village est entré au presbytère.

Le projecteur n'est pas un Pathé Lux, non, seulement un vieux Pathé Baby 9/5, presque une pièce de musée qui, heureusement, accepte les bobines de cent mètres, m'évitant ainsi des changements de films trop fréquents. Posé sur une sellette, il est surveillé par le plus grand, un garçon de treize ans. Quant à l'écran, il se dresse au fond de la petite scène, derrière le rideau qu'un responsable ouvrira dès le début de la projection : magie du spectacle oblige... (Je la subis encore presque autant que mon jeune public...)

Les films m'arrivent par la poste. Leur choix, comme au temps des pionniers, avant 14, est laissé aux loueurs qui en garantissent la moralité (une moralité souvent due à un coup de ciseaux bien placé !).

Ces films, je les connais tous, le répertoire n'a guère changé depuis mes jeudis d'enfance au Havre, dans mon quartier de la Rampe. Le public non plus : ces images qui bougent déclenchent toujours le même enthousiasme, et dans ces jeunes yeux écarquillés je retrouve la même curiosité, le même plaisir.

Bien entendu, je me heurte, pour cette initiative, à un problème financier que j'avais pensé résoudre en demandant une petite cotisation aux familles, mais ma suggestion n'a pas eu d'écho... Je surveille, avec anxiété, la lampe du Pathé Baby : si elle claque, c'est le plongeon du déficit assuré... mais pour l'instant — pourvu que ça dure — tout va bien.

L'étonnement de la nouveauté passé, les enfants, très observateurs, se mettent à commenter ce qu'ils voient. Exception faite pour les films burlesques où évolue un personnage central — Buster Keaton ou Chaplin — ils focalisent sur quelques détails précis sans saisir l'histoire dans son ensemble.

Les réponses aux questions que je pose, en changeant les bobines, me le prouvent.

Inconsciemment, pour situer ce qu'ils découvrent, ces jeunes villageois se réfèrent à leur univers, le microcosme où ils vivent, limité au rideau d'arbres qui barre l'horizon.

J'entends ainsi un petit gars de six ans, qui, après avoir vu galoper un cheval, secoue le bras de son frère :

— L'*kva*, il a *maqué* l'bras à papa...

Comme je ne comprends pas ce qu'il veut dire, j'interroge le frère : la veille, leur père — charretier — a été agressé par un cheval qui lui a déchiré une manche de sa veste...

Ainsi chaque enfant fait son « cinéma » : il ramène le monde qu'il ne connaît pas à son propre monde.

Pour les faire sortir un peu du quotidien, l'idée me vient de leur demander d'identifier les personnages, de situer l'action du film, de la décrire... Que s'est-il passé ? Qu'avez-vous vu ?

C'est alors que je réalise combien le cinéma peut m'aider, sinon à comprendre les jeunes de ce pays cauchois, du moins à les connaître mieux, et à travers eux, leurs pères, dans la fleur de l'âge...

Un pèlerinage :
Dieu reconnaîtra les siens

Un matin — comme les autres — nous prenons le petit déjeuner, ma mère et moi...

— Que fais-tu aujourd'hui ? des visites à tes paroissiens ?

— Si je pouvais être sûr qu'elles servent à quelque chose... Oui, oui, je sais, beaucoup d'entre eux souhaitent que j'aille les voir... Mais voilà, je n'arrive pas à savoir pourquoi...

— Tu te poses trop de questions... Tu es curé, tu as une paroisse, tu n'es jamais content... Tu as toujours l'air d'attendre je ne sais quoi de plus !

— C'est que, malgré beaucoup de bonne volonté, je ne me sens pas vivre ma vie de prêtre comme je voudrais...

— Mais enfin... les enfants t'écoutent, les familles t'accueillent... Essaie d'être un peu heureux... Rappelle-toi la guerre, les restrictions... au moins maintenant, nous avons du beurre !

— Parce que tu voudrais me faire croire que le beurre fait tout oublier ? Quand le dimanche, à la fin de la messe, je me retourne pour le *Dominus vobiscum* et que je vois chacune de mes familles, bien séparée des autres dans son banc, j'ai l'impression de ne servir à rien... J'ai des paroissiens, c'est vrai, mais pas de vie paroissiale. Je ne réussis pas à créer une vraie communauté. A l'église,

185

ils sont comme dans leur cour-masure, éloignés les uns des autres, avec, entre eux, ces mêmes fossés qui séparent autant leurs âmes que leurs corps...

— Mais que peux-tu faire à ça ?

— Il faut que je m'évertue à les rapprocher, à les réunir... Tiens, par exemple, les mettre tous ensemble dans un car pour un pèlerinage...

— Un pèlerinage ?

— Mais oui ! Ce serait une très bonne idée... Si j'organisais un pèlerinage à Lisieux ?

— Tu imagines ce que ça coûterait ?

— Je me débrouillerai... L'important c'est de faire quelque chose « ensemble », ça, j'en suis sûr.

— Réfléchis bien quand même...

— C'est tout réfléchi : nous irons à Lisieux.

Et l'idée a fait son chemin, elle se réalise !

Aujourd'hui, Vattetot va « pèleriner » — comme je l'ai voulu — à Lisieux.

Le bec du coq du clocher est au beau. Une journée ensoleillée s'annonce. Le car stationne près du fossé du presbytère et le carreau est noir de monde. Aucun risque que quelqu'un soit en retard : les premiers étaient déjà là avant que mon réveil ne sonne ! Le chauffeur, grimpé sur l'échelle du car, attrape un par un les paniers et les range sur le toit avant de les recouvrir d'une bâche.

Un pèlerinage ! Quelle aventure ! Nous n'allons qu'à Lisieux, mais c'est loin puisqu'il va falloir *passai l'iau.* (Et en pays de Caux, cela signifie passer sur l'autre rive de la Seine, la rive gauche.) L'expression viendrait-elle de ce que, jadis, la Seine marquait la frontière entre la Gaule et la Belgique romaine ?

La guerre est finie depuis plus d'un an mais il y a toujours des tickets d'alimentation et, allez savoir pourquoi, dans les villes, les restrictions s'aggravent... Si en campagne — et cauchoise tout particulièrement — le ravitaillement n'a jamais posé de problèmes, on y pense quand même aujourd'hui : nous partons en « expédition » (lointaine) et il ne faut pas prendre le risque de manquer de nourriture ! Il est donc indispensable de prévoir... et, en effet, tout a été bien prévu : beurre, volaille, rôtis de lard, pain blanc... sans oublier la *besson*.

Les pèlerinages bien sûr, on connaît, mais autrefois — avant la guerre — il n'était pas question de prendre un car, on « pèlerinait » à pied.

Pas de problème pour choisir son pèlerinage quand on était malade car la « spécialité » de chaque saint était connue de tous, on savait à qui s'adresser...

Pour les maux d'yeux : à sainte Claire ; pour les rhumatismes, à saint Côme et saint Damien ; pour les maladies de peau (nommées aussi « maux de saints »), à saint Marcouf, etc.

Mais quand il s'agissait d'obtenir une grâce particulière, on allait consulter une vieille femme, souvent guérisseuse, qu'on nommait alors : « celle qui sait ».

Après avoir demandé au candidat pèlerin la grâce qu'il espérait, elle posait devant elle trois verres d'eau bénite avec, pour chacun d'eux, un petit papier sur lequel était inscrit le nom d'un pèlerinage différent. Puis elle jetait ensuite une feuille de lierre dans chaque verre. La première feuille de lierre qui se piquait de points blancs indiquait le lieu du pèlerinage, et le saint qu'il fallait prier.

Pour nous, aujourd'hui, pas de liturgie préparatoire. Le but avoué est de remercier Dieu d'avoir épargné au village les bombardements et les restrictions — mon but à moi (non avoué), étant, je l'ai dit plus haut, d'obliger mes ouailles à vivre une journée « ensemble »... et si possible dans une certaine spiritualité...

Mais, à ce propos, les confrères auxquels je me suis confié ne m'ont pas laissé beaucoup d'espoir...

— Un pèlerinage ? Très bien... mais surtout, sur le plan religieux, ne vous faites pas trop d'illusions...

Nous sommes en route pour Lisieux. Après avoir frôlé Bernières, le car descend dans la « Vallée d'or » — de Bolbec à Lillebonne — une zone de textile industriel. Nous roulons en silence et je crois même qu'il règne un certain recueillement. Les quelques mots que j'ai prononcés au départ y seraient-ils pour quelque chose ? Je me sens heureux... mes confrères ont dû se tromper. Nous traversons Lillebonne et nous approchons maintenant des raffineries en reconstruction... La Seine n'est plus très loin. Le calme demeure...

Soudain, de la brume, on voit surgir la cale du bac. Arrêt. Tout le monde descend.

Il fait encore frais car mes paroissiens ont voulu partir de très bonne heure. Devant le bac, comme des enfants inquiets, ils s'agglutinent autour de moi :

— E solid' cé batiau-là ?

Une voix timide répond :

— Y en a qu'ont coulé en 40.

Plusieurs manifestent leur crainte en hochant la tête mais un plaisantin trouve un encouragement qui fait revenir la bonne humeur :

— Mais, chi y arrive queu chose... aveuc not' cuai, on pachera mieux là-haut !

Le car embarqué sur le bac, beaucoup me suivent à l'avant du bateau :

— Comme cha, on ch'ra plus vite de l'aut' côté de l'iau...

Tandis que quelques-uns restent prudemment à tribord ou à bâbord, le plus près possible des deux ou trois bouées posées là pour rassurer les plus peureux ou même seulement pour décorer... j'entends souffler une femme :

188

— Autant mé que z'autes... (sous-entendu : qui soit sauvée si le bateau coule !).

On heurte la cale : nous sommes arrivés sains et saufs. Le car redémarre et se dirige doucement vers la place de Quillebeuf. Tout le monde le suit à pied, je ferme la marche avec ma mère. La brume, qui me rend la respiration difficile, m'oblige à aller moins vite que les autres. Quand j'arrive sur la place, il n'y a plus que le car avec notre chauffeur en blouse blanche, casquette relevée sur le devant de la tête.

Je lui demande où sont passés « mes » voyageurs. Il sourit en m'indiquant du doigt l'hôtel de la Marine. Quand j'y entre, je découvre aussitôt que l'ambiance a changé... Se sentent-ils libérés d'être passés *de l'aut' côté de l'iau* ? Ils ont récupéré leurs paniers sur le toit du car et chacun a posé le sien ouvert entre ses pieds. On ne s'entend plus...

— Passe mé l'pâté.

— *Bai*[1] eun p'tieu... Est du bon, du *gros* de c't'année...

Dès qu'on me voit entrer, on m'interpelle :

— Venez-vous-en par là, M'sieu l'Cuai, pou manger aveuc nous eun' bouchée...

— Merci, un coup de chaud me suffira.

Alors, ils me sermonnent :

— Queu raisonnement ! Est pas étonnant queu vous seyez efflanqué ! Faut *maquer*[2] pou *teni*[3] !

Pas de doute : ils sont *cotents* d'être ailleurs les uns avec les autres...

La Seine toute proche, les bateaux, le paysage qui, pourtant, diffère beaucoup du leur, ne les intéressent guère. Leur plaisir c'est d'être comme en famille, autour de la même table et de piquer joyeusement dans le même plat — bien gagné — après « l'aventure » de la traversée

---

1. Bois.
2. Manger.
3. Tenir.

de la Seine... Certes, je sens bien que le côté spirituel du pèlerinage est en train de filer en quenouille... mais le seul fait qu'ils se retrouvent ainsi — alors que je n'y suis pas parvenu sur les bancs de l'église — débarrassés pour un temps de leur solitude et de leurs divisions et apparemment heureux, me met du baume au cœur. Un peu comme si je réussissais à introduire le Royaume de Dieu dans ma modeste paroisse.

La remontée dans le car se fait lentement. Les paniers reprennent leur place sur le toit et chacun se cale dans son fauteuil. Malgré l'hiver qui approche, l'habitude de vivre au grand air leur fait baisser les vitres :

— Eun p'tieu d'air, cha fait du bin...

Il est huit heures. Dans la plaine on croise encore des femmes qui traînent la *godeine*[1] :

— A c't'heu-là... est-ti pouin eun' honte ? déclare quelqu'un.

Dans l'esprit cauchois, la France est coupée en deux : le nord et le sud de la Seine. Au nord, jusqu'à la Belgique, les Français travaillent mais au sud, jusqu'à Marseille, ils ne font rien...

— Chi nous étions comme eux, y a longtemps qu'il aurait fallu prendre eun' musette pour aller à l'useine !

Tout le monde approuve.

C'est à ce moment précis qu'on voit arriver face à nous, en sens inverse, un *bannet*[2] conduit par un gars assis les jambes pendantes, la casquette sur l'oreille, en train d'en rouler *eun' p'tite*. Tandis qu'il croise notre car, les regards sont méchamment braqués sur lui. Manifestement, le pauvre gars incarne le « Sud des feignants ». Je sens

---

1. Container en aluminium pouvant contenir entre 80 et 100 litres de lait. Monté sur roues, il peut être tracté par un cheval ou un âne. Il existe aussi pour transporter le lait des pots en aluminium également — plus tard en plastique — nommés « cannes » contenant 20 litres.
2. Attelage sur deux grosses roues, tiré par un cheval.

confusément que quelque chose se prépare tandis qu'il passe devant la première, la seconde, la troisième vitre ouverte, jusqu'à la dernière... Et, en effet, c'est alors qu'une voix de stentor lui clame son mépris :

— *Paisan !*

Tout le car éclate de rire.

— T'as vu, j'y avons bin dit ! jette mon pèlerin bigrement fier de lui, à son voisin.

Nous arrivons à Cormeille, un bourg normand propret, riche en maisons à colombages qui, dit-on, attire le touriste. Notre car s'arrête comme de lui-même et se gare... En un clin d'œil tout le monde est descendu... et entre au café :

— Juste eun' petite rincette !

Assis près du chauffeur qui ne s'étonne de rien (il a l'habitude), j'essaie de me faire une raison. Non sans peine, car je me souviens soudain qu'à Lisieux, les cafés sont légion...

S'il venait à mes pèlerins l'envie d'entreprendre un chemin de croix un peu spécial : quatorze stations... cafés ? Je dois intervenir d'urgence. Une seule solution — et je donne le mot d'ordre au chauffeur : dès qu'ils seront remontés, filer directement sur le Carmel où je dois célébrer une messe, en ne s'arrêtant sous aucun prétexte.

C'est ainsi que, d'une seule traite, nous arrivons à destination, face au Carmel qui s'élève seul au milieu d'un champ de ruines. (La guerre est durement passée par là.) Mes ouailles parlent de « miracle » mais, si je ne me permets pas de les contredire, je ne peux m'empêcher de penser moins au Carmel épargné qu'aux centaines de morts ensevelis sous ces ruines... Rien n'est simple.

Sur le trottoir, comme au village sur le carreau, chacun attend l'autre qui, lui-même, attend que « ça commence »... Des hommes roulent une cigarette, une dernière avant d'entrer. Quelques femmes se décident enfin

191

à allai *vai*[1] la p'tite dans s'n'*aquarium*[2]... comme on dit chez nous...

Le saint lieu, la Châsse, les dorures, les roses impressionnent vivement mes pèlerins (ça a dû coûter...). Quant à sainte Thérèse, allongée dans un nid de lumière, elle étonne :

— Elle est plus p'tite que nous creyons !

— Pi surtout, elle est pouin *minée*[3].

— On vai bin qu'elle est partie en *langueu*[4].

Puisque l'Eglise le dit, Thérèse est forcément sainte mais ce qu'ils voient les dérange : pour eux, la sainteté implique la santé, la force... pas la langueur !

Seulement, ils ont trop de respect vis-à-vis du sacré pour oser exprimer — même entre eux — ce que manifestement ils ressentent.

Tous se dirigent maintenant vers le petit autel latéral que l'on m'a réservé. Je me prépare à dire ma messe. Thérèse était, en vérité, bien différente de ce qu'une piété mal comprise s'est employée à faire d'elle : une petite sainte à l'eau de rose.

Perpétuellement trahie. D'abord par les siens, ensuite par les bons soins de cette légende qui occulte sa vraie personnalité et accable son image. Thérèse avait une tout autre dimension : elle cherchait justement à s'évader loin des sentiers battus, loin, spirituellement, de cette « clôture » où tout s'employait, autour d'elle, à la maintenir. J'essaie d'évoquer de mon mieux la haute valeur de sainteté de cette petite « tubarde » (avec laquelle je me sens — au moins — quelques « bacilles crochus »). Suis-je parvenu, à travers mon homélie et mes prières, à faire saisir à mes ouailles un peu de l'admirative compréhension que je porte à Thérèse de Lisieux ?

1. Voir.
2. Cercueil de verre.
3. Elle a mauvaise mine.
4. Langueur. (Morte de consomption.)

Quand nous sortons du Carmel, l'un de mes pèlerins me lance (en manière de compliment) :

— Aveuc vous, est bin, est pouin trop long !

— Ce n'est pas la longueur qui compte, mais la foi qu'on y met..., ne puis-je m'empêcher de rétorquer.

— A cha, est bin vrai !

(Pas question de me contredire... au moins en paroles...)

Face au Carmel, sur une place, il y a, naturellement, un café — inévitable cette fois. Nous nous retrouvons, assis par quatre ou six, à des petites tables. Une serveuse — à la mode des villes : tablier blanc garni de dentelles sur une robe fantaisie — vient prendre nos commandes :

— Vous désirez ?

— Dominos...

— Des dominos ? Mais nous n'en avons pas...

Consternation des hommes : une messe qui n'est pas suivie d'une partie de dominos, est-ce vraiment une messe ? Le dimanche leur semble quasi gâché...

— Serait-ti qu'on n'serait plus en *Franche*[1] ?

— Faut l'*crai* !

Par politesse, chacun prend quand même un petit verre avant de se rendre dans une grande salle qui, depuis la guerre, sert à accueillir les pèlerins, et que la paroisse a mise à ma disposition. On peut évidemment y « apporter son manger ». Une chance... car maintenant les estomacs crient famine : ce ne sont pas les quelques bouchées avalées à Quillebeuf qui peuvent suffire à tenir le corps bien longtemps...

— Surtout qu'aveuc tout cha, on a sauté le *dizeu*...

A peine posés, les paniers sont déballés et les bouteilles de « gros » apparaissent. On les débouche avec précaution. Parfois le cidre gicle quand même... au milieu des exclamations et des rires...

---

1. France.

— Faut di que c't'annai, est plutôt eun' annai à pommes, mais moins *chucrées*[1]...

— Mé, j'disons rin... mais goûtez-mé un p'tieu cha... Vous m'en direz des nouvelles !

Et ça discute ferme du poids des pommes, de la mise en bouteille, de l'influence de la lune et du vent... Personne n'est d'accord. Chacun défend sa méthode avec un argument qui en impose toujours :

— Mon pé, li, i disait toujou...

Les bouches pleines, le calme revient un peu. On attaque au couteau plus qu'à la fourchette, à la façon des *aoûteux* dans la plaine quand ils mangent le contenu des paniers apportés par la *fidou*[2]. Très vite les feuilles de papier journal qui ont servi à envelopper les victuailles se vident. Comme elles sont un peu bouchonnées, on les lisse du revers de la main avant de les replier bien proprement au fond des paniers :

— Quand on voyage... qui chait ? cha peut toujou servi... (Rires entendus.)

Ma mère et moi sommes assis à une table avec une famille étrangère à la paroisse.

Pour éviter de nous charger, nous n'avons pas apporté notre repas, pensant nous contenter du modeste menu de l'endroit... presque un menu de séminaire !

Comme le service n'est guère rapide, nous avons patienté tandis que nos compagnons mangeaient leurs provisions. Ils finissent de ranger leurs paniers quand on nous sert, enfin, les hors-d'œuvre (des carottes râpées et un peu de betterave) puis le plat du jour (l'inévitable steak-frites) et, bien sûr, pour finir, le camembert du cru. Paniers fermés, les autres nous observent. Le rapport qualité-prix de notre menu se fait en silence avec quelques commentaires discrets de bouche à oreille :

— Cha a l'air bon ?

— Pouin mauvais...

1. Sucrées.
2. La « fille d'août »... qui sert à la ferme.

Personne ne bouge quand, soudain, quelqu'un interroge :

— Va-t-on rester comme cha à rin faire ?

— Vouère l'z'autes *maquer*... cha vous creuse !

L'idée fait son chemin et c'est Maître Jean qui, le premier, va oser l'exprimer, non sans avoir interrogé du regard la « patronne » (sa femme, qui n'a pas la réputation d'être large [1])...

— Qui qu't'en penche ? lui souffle-t-il... Si qu'on y allait ?

— Si c'est té qui paie... t'es l'Maît' !

Alors, décidé, Maître Jean appelle la serveuse et d'une voix autoritaire lui commande deux menus.

Tous les regards se tournent vers lui, admiratifs... et la contagion fait le reste. Il n'est plus question de manquer ce second repas (il y a ceux qui en ont vraiment envie et ceux qui ont peur d'avoir l'air avare...). Toutes les assiettes sont remplies, apparemment à la satisfaction générale.

— Est eun p'tieu sec... déclare un conseiller municipal, j'offre la tournai...

D'autres l'imitent...

— Pour eun biau pèlerinage, est eun biau pèlerinage ! lance un convive, hilare, en levant son verre...

Heureusement que je suis là pour rappeler que nous avons rendez-vous à quatre heures et demie pour une prière d'action de grâces. Je demande qu'on se presse un peu... en me félicitant que le car soit devant la porte et nous amène directement à la Basilique, sur l'esplanade qui domine la ville...

Je gagne la sacristie de la crypte et, dès que j'ai revêtu les ornements, je pénètre dans le sanctuaire.

Le sacristain, qui espère une bonne pièce, a illuminé l'autel et la nef... l'orgue retentit.

Installés dans les premiers rangs, mes paroissiens ne sont pas peu fiers de l'honneur qui leur est réservé : ils

---

1. Généreuse.

entonnent le *Tantum Ergo* de Boulogne à pleins poumons. La puissance du solennel vient compléter l'euphorie qui est à son comble.

— Eh bien, notre pèlerinage arrive à sa fin, dis-je, quand la cérémonie est achevée. Nous allons bientôt rentrer.

Mais je m'aperçois que cette idée déplaît à tout le monde :

— Est-ti à c't'heure qu'on va rentrer ? A *chinq*[1] heures ? Pour eun' *fouai*[2] qu'on sort, on peut bin fai eun tour ! suggère l'un.

— Eun' petite *virai*[3]... précise l'autre.

Approuvé. Le chauffeur ayant accepté un supplément, une heure plus tard, nous sommes sur la plage de Deauville, à marée basse.

— Mais, est la sekress !

Tout le monde rit.

— Y a quand même de l'iau... Si on s'trempait eun p'tieu les pieds ?

Je ne reconnais plus mes pèlerins, ils sont tous retombés en enfance : des gamins en quête de farces.

Avec leurs visages rouges — parfois congestionnés — les voilà qui s'élancent sur la plage : c'est à qui relève le plus haut son pantalon ou sa jupe pour courir au-devant de la mer... Un peu pantois, je reste seul avec ma mère sur les planches, à surveiller les rangées de chaussures et de chaussettes.

Enfin, après un temps qui me semble long, je vois réapparaître les plus âgés... bientôt suivis par les plus jeunes.

En réenfilant tant bien que mal leurs chaussettes car le sable humide leur colle aux pieds, quelques-uns jurent un peu :

— Sacré nom ! Aidez-mé, veyons !

1. Cinq.
2. Fois.
3. Virée.

196

D'autres se lancent des plaisanteries gaillardes, en pouffant de rire... Une fois de plus nous remontons dans le car.

Le chauffeur braque pour nous faire faire un tour d'honneur et nous passons bientôt le pont de Trouville afin de gagner la route de corniche.

Soudain, je sens qu'on me frappe sur l'épaule :

— Cha, M'sieu l'Cuai, pour mé, est d'la r'ligion !

— Je suis heureux que vous soyez content...

— Dites, Honfleur, est bin à côté ?

— Oui, Honfleur, nous allons y passer...

Et j'évoque l'église Sainte-Catherine, construite en bois par les charpentiers marins du XVIᵉ siècle, qui ressemble à un bateau à l'envers et qui a deux nefs... Je cite aussi quelques peintres célèbres de la région... C'est alors que quelqu'un lance du fond du car :

— Honfleur, est d'abord la *rocaille* !

— C'est bien possible, Honfleur est un petit port où, avant guerre, il y avait encore beaucoup de pêcheurs... Aujourd'hui je ne sais pas si...

— On va bin *vouère*[1]... décide quelqu'un.

Et c'est ainsi que nous nous retrouvons dans une auberge normande où l'on nous sert de superbes plateaux de fruits de mer : praires, couteaux, moules, tourteaux, bulots... sans oublier les vignots.

— Le vignot, cha *lambeine*[2], mais aveuc eun' *doai*[3], est bin bon !

— Le cid', par *ichite*, dans l'Calvados, il a bon *moral*[4] !

Bien sûr, on ne va pas manquer de le vérifier.

J'ai renoncé depuis longtemps à terminer mon pèlerinage dans une ambiance dévote, voire même seulement recueillie. Une seule chose m'inquiète : le temps. A dix

---

1. Voir.
2. Ça prend du temps (à manger).
3. Tartine (de beurre).
4. Réputation.

heures, ce sera le dernier bac et on ne pourra pas traverser la Seine ailleurs qu'à Rouen... ce qui nous obligerait à un grand détour et, par conséquent, à des frais supplémentaires importants.

Avec le chauffeur, je m'emploie à presser le mouvement mais les assiettes ne sont pas encore tout à fait vides et quand on a payé, pas question de laisser des restes...

Enfin chacun retrouve sa place dans le car. Il fait nuit. Les uns après les autres, mes pèlerins, épuisés, s'endorment. Mais, à la lumière des phares, j'entrevois quelques visages qui ont l'air heureux, apaisés.

Je m'entends en moi-même répéter l'exclamation lancée tout à l'heure par l'un d'entre eux comme un cri du cœur :

— M'sieu l'Cuai, cha est d' la r'ligion !

Et s'ils savaient mieux que moi ce que doit être, pour eux, la religion ?

En tout cas, ma principale prière a été exaucée : incontestablement, mes paroissiens, durant toute cette journée de pèlerinage, ont été heureux ENSEMBLE, et avec moi...

Dieu reconnaîtra les siens.

Relevailles

Je descends la marche derrière le maître-autel qui mène à la sacristie pour y déposer les ornements. En tournant la tête, tandis que je les dépose, je l'aperçois derrière la porte qui ouvre sur le cimetière.

Elle est encore très jeune, maigre, le visage pâle, défait. Debout dans l'ombre, intimidée, presque honteuse, elle m'attend en silence.

A mes pieds j'aperçois l'inévitable panier couvert d'une serviette à carreaux rouges et blancs. Ce qu'elle veut ? Je le sais. Et aussi ce qu'elle va me taire : elle relève de couches mais son enfant est mort-né. Tout le village en a parlé, je ne peux l'ignorer. Les vieilles ont même précisé :

— La brucellose est eun' sale maladie... faut s'en méfiai... Pas *bouère*[1] du lait d'eun' *vaque*[2] qui l'a attrapai...

Les « relevailles » ? Un rite ancien qui se maintient encore dans nos campagnes, mais que des années de jansénisme et de contre-réforme ont rendu « pénitenciel ». On remercie Dieu d'une naissance mais en regret-

1. Boire.
2. Vache.

tant les « désordres » dont cette naissance est issue et qui, même dans le mariage, sont *peccamineux*[1]...

Cette jeune femme, pourtant déjà tragiquement pénalisée par la mort de son enfant, ressent le besoin d'un rite de purification pour regagner la grâce, non de Dieu, mais de l'Eglise — seule manière de se retrouver en paix avec elle-même.

Le fait que le texte du rituel des relevailles n'évoque en rien l'idée de pénitence, mais affirme, tout au contraire, la joie de l'Eglise et de la communauté chrétienne à l'annonce d'une naissance, ne change rien à l'affaire... au moins pour elle puisqu'elle ne comprend pas le latin...

Mais en ce qui me concerne, comment remercier le ciel pour la naissance d'un enfant mort ? N'est-ce pas me moquer tout à la fois de Dieu et de cette pauvre femme ?

Seulement voilà, je sais parfaitement que si je refuse d'accéder à sa demande, je vais devoir défendre un point de vue auquel elle ne donnera certainement pas son adhésion puisqu'il va à l'encontre de l'ordre établi dans la communauté dont elle est entièrement dépendante.

Il me faut donc choisir — et je choisis (convaincu que Dieu comprendra, Lui, pourquoi je vais « voyager », une fois de plus, sur une voie parallèle...). .

Nous entrons dans l'église et gagnons la chapelle de la Vierge — celle de Notre-Dame de Lourdes. Je découvre l'autel, allume les cierges et en remets un à la jeune femme qui s'agenouille derrière la grille.

Après avoir passé l'étole drap d'or — celle des fêtes — je lui en tends l'une des extrémités afin de l'introduire dans la chapelle et je commence, en latin, la lecture du rituel, prière qui est, en l'occurrence, une invitation pour elle :

— « Entrez dans le Temple du Seigneur et adorez le Fils de la Vierge Marie qui vous a donné un enfant... »

Puis je poursuis, en m'adressant à Dieu :

— « Accueillez votre servante, pleine de joie, qui vient

1. Marqués du péché.

dans votre Temple afin de vous rendre grâces et de vous dire merci... »

Le latin me sauve... car je sens qu'en la circonstance je n'aurais pas pu prononcer ces mots en français.

Le moment est venu pour ma nouvelle « graciée » de découvrir son panier et d'en sortir les deux brioches — geste qui rappelle celui de la Vierge au Temple, le jour de la Purification.

Je bénis les brioches : l'une est pour elle et sa famille, l'autre pour moi.

Elle a pris soin de les commander à la boulangerie du village. De cette façon, tout le monde saura qu'elle est bien allée à l'église pour ses relevailles et personne, à la messe dimanche prochain, ne s'étonnera de la voir revenue dans son banc.

En ordre avec l'Eglise.

Mais s'agit-il aussi de l'ordre de Dieu ? Je ne me permettrais pas de l'affirmer.

Cinéma au village

Ne me contentant plus de passer des films pour les enfants au presbytère avec mon vieux Pathé Baby, je tente d'exaucer un vœu très ancien : introduire le cinéma pour tous, à la campagne. Bien avant que la télévision ne fasse son apparition, j'aurai donc été « pionnier »...

Encouragé par l'évêché et mes confrères, je vais organiser des tournées dans le canton et même hors du canton...

Pour cela, il m'a fallu trouver des professionnels afin d'assurer la technique et le côté pratique de l'affaire. Comme le souhaitaient mes supérieurs, j'ai pris en charge la programmation, c'est-à-dire le « bon choix » des films, tout comme jadis au Havre dans mon quartier populaire de la Rampe.

Les séances ont lieu au hasard des possibilités de chaque commune. Un drap blanc — notre écran — est tendu ici dans l'arrière-salle d'un café, là, dans une grange... ailleurs dans un hangar désaffecté ou encore dans un « vestige » de l'armée américaine : une demi-lune de taule qu'il faut monter et démonter...

Au canton, j'ai même obtenu, par contrat, la salle municipale : un vrai luxe !

Partout, le cinéma attire la foule villageoise : inutile de faire la moindre publicité. Trois mots suffisent sur la porte de la boulangerie ou de l'épicerie-café : Cinéma ce soir — sans plus de détails.

Malgré l'interdiction de fumer — non par souci d'hygiène ou de sécurité mais pour protéger la luminosité de l'image sur notre écran de fortune — tout le monde accourt à notre invitation : les agriculteurs et les ouvriers agricoles (enfin, le peu qu'il en reste encore...), les hommes qui travaillent le jour à la ville (très nombreux aujourd'hui) et, bien sûr, les familles au grand complet — sans oublier les petits derniers qui perturbent souvent un peu le début de la séance avant de s'endormir dans les bras de leur mère.

Ce soir à 21 heures, je présente enfin (et j'en suis fier, c'est pour moi une grande « première ») un film dans ma paroisse, à Vattetot.

Le spectacle se prépare là-bas, derrière un « fossé », au beau milieu de la plaine... dans une vieille « charreterie » drapée sur deux de ses côtés, pour en clore les issues, de bâches vertes.

Hélas, le temps n'est guère favorable : le noroît souffle fort de la mer et des bouffées de poussières s'engouffrent dans la salle. Je crains que la lampe du projecteur, surchauffée — et donc fragile — ne claque ou que l'image soit brouillée car de plus en plus de buée colle à l'objectif... Qu'à cela ne tienne, en attendant le début de la séance, je vais le « chambrer » subrepticement dans ma poche ! Je ne veux prendre aucun risque : cette soirée doit être réussie.

La salle se remplit vite... elle sera bientôt bondée. Chacun s'installe tant bien que mal sur les bancs — de simples planches posées sur de vulgaires tréteaux. Qu'importe, personne ne vient pour le confort mais pour le spectacle et le plaisir d'être ensemble...

On va pouvoir commencer.

Un documentaire, d'abord, sur le ski en montagne. Le silence se fait — ou presque — sans que j'aie à le demander.

Seuls les enfants se font entendre — quelques bébés bien sûr qui ont peur du noir — mais surtout les

203

« grands » qui s'esclaffent chaque fois qu'un skieur s'étale de tout son long sur la neige.

— Chut ! Chut ! Allez-vous vous taire ! grondent les parents.

Voilà longtemps que je souhaitais cette réunion « chez moi »... Me retrouver ainsi à une « veillée » parmi tout mon petit monde.

Mais eux, que ressentent-ils ? Je crois les cultivateurs contents de pouvoir s'offrir — eux aussi — l'un de ces « plaisirs de la ville » qui leur sont généralement interdits. La ville est trop loin, il faut trop de temps pour s'y rendre et en revenir, et puis se préparer, changer de vêtements... faire enfin coïncider — c'est quasi impossible — les heures de séances avec les heures où les bêtes n'ont pas besoin de soins — un vrai casse-tête : ni les unes ni les autres ne peuvent attendre !

Quant aux ouvriers, il n'est évidemment pas question qu'ils repartent à la ville le soir, quand ils sont enfin rentrés de leur travail, pour aller voir un film.

Je n'ai pas prévu de friandises à l'entracte. Ce serait du temps perdu : le Cauchois n'aime pas veiller trop tard. Demain, il faut se lever à l'aube pour la traite ou pour attraper le train ouvrier.

On change rapidement les bobines et dès que le « tourneur » a précisé la date de la prochaine soirée-cinéma (un samedi soir cette fois, pour que tout le monde puisse se reposer un peu le matin) le « grand » film commence... « Cœur de gosse » — comme on dit : « un mélo » mais je crois qu'il peut satisfaire la majorité de mon public.

Certains détails font rire ou émeuvent à des moments que je n'aurais pas pu prévoir. J'entrevois, dans la pénombre, des yeux rêveurs, étonnés, voire même interrogateurs.

Le langage de cinéma — même le plus simple — qui est souvent elliptique, déroute parfois.

J'entends un jeune expliquer à son voisin (plus vieux que lui mais plus novice en la matière) un « play-back » dont il n'a pas saisi la signification... Les « retours en arrière », tout comme la technique du champ et du contre-champ, bouleversent les notions acquises de temps et d'espace...

Quand les lumières se rallument (c'est beaucoup dire pour une seule ampoule qui pend au bout d'un fil... !) et après un moment de silence — le temps de reprendre conscience du monde réel — mes spectateurs se lèvent l'un après l'autre.

A la sortie, je serre des mains et j'interroge :

— Ça vous a plu ?

— Est bin mais cha *mouve*[1] eun p'tieu trop vite...

Une vieille renchérit :

— On a pouin toujou l'temps d'vouère !

Un fermier s'exclame :

— J'préfère l'premier... Est biau la neige su les montagnes !

L'avenir va me confirmer le goût des ruraux pour les documentaires. Est-ce parce qu'ils sont plus faciles à suivre que les films « à histoires » ou parce que mon public se sent soudain heureux de voyager, de découvrir ? Le vieil instinct hérité de leurs ancêtres vikings, ces aventuriers partis à la conquête de nouveaux mondes, se réveillerait-il ?

J'en viens à me demander si le sombre tempérament cauchois ne serait pas dû — pour une part au moins — à une dualité intérieure insoluble... Un goût du nomadisme contrarié par le sédentarisme profond du Normand enraciné corps et âme à sa terre ?

Explication simpliste — je ne me fais pas d'illusion — qui s'inscrit dans le besoin présomptueux et opiniâtre de comprendre, de percer un peu plus le mystère humain de cette société à laquelle chaque jour me lie davantage...

1. Passe (les images défilent).

Jour de marché

Jour de marché à Goderville. Ma mère manque de provisions. Je dois y aller faire des courses. Six kilomètres : heureusement on s'entraide et, en ma qualité de curé, les propositions de transport ne manquent pas. Seulement, pour ne déplaire à personne, je dois accepter une fois l'une, une fois l'autre.

Aujourd'hui, j'accompagne « ceux du château » — le château qui, en fait, n'est qu'une maison bourgeoise, longtemps habitée par l'ancien maire, un commerçant du Havre.

Dans le haut de l'allée des tilleuls, Coquette, la jument, est déjà attelée. « Monsieur » aide à charger les paniers : œufs, beurre, couples de volailles... Il s'est mis à jouer les paysans depuis la guerre (et ses restrictions) mais il aime ce travail, comme d'ailleurs tout ce qu'il fait. C'est un homme cultivé, ancien courtier d'assurances maritimes qui a voyagé sur tous les continents et qu'on vient encore consulter depuis qu'il est à la retraite.

Parfois il étouffe un peu ici : la mer lui manque et il a du mal à se faire à l'esprit cauchois.

Il a insisté auprès de l'évêque pour avoir un curé à Vattetot et de ce fait, il se sent un peu engagé à mon égard mais, s'il intervient pour m'aider, c'est toujours avec finesse et beaucoup de discrétion. Il parle rarement de la pluie et du beau temps. Même au milieu des paniers de volailles et des mottes de beurre, il aime philosopher... ce qui n'est pas sans charme !

— Hue ! Hue ! Coquette...

Et Coquette, robe noire luisante, fonce dans la bruine. Est-elle heureuse de ce semblant d'évasion ? Les arbres gouttent sur la toile de la carriole et le vent rabat des gerbes de pluie sur nos visages qui ruissellent.

Mes verres de lunettes s'embuent puis se brouillent... Remontant jusqu'au cou la couverture destinée à me réchauffer pieds et jambes, je renonce pour un temps au plaisir d'admirer le paysage.

Arrêt devant l'usine à lin (la linerie) pour y déposer des *pouques*[1] afin qu'on nous les remplisse d'*arèches*[2] pendant que sous sommes au marché. Nous les reprendrons au retour.

Nous arrivons bientôt au champ de foire où règne une grande effervescence. Bêtes, gens, carrioles se frôlent et s'entrecroisent. Les cris des marchands aux étals se mêlent à ceux des charretiers qui cherchent à se frayer un passage dans la foule. Coquette ne se trouble pas : elle sait où elle va et parvient, sans changer son petit train tranquille, à braver la cohue où chacun, se croyant chez soi, se maintient sans bouger à la place qu'il a choisie.

Enfin nous parvenons à entrer dans la cour de l'hôtel de l'Europe. J'aperçois quelques *blaudes* bleues — grandes blouses au col brodé ou marqué d'un liséré. Ceux qui les portent sont des marchands de bestiaux — car tout le monde est endimanché : on va au marché comme on va à la messe, pour voir les autres et se faire voir.

Notre carriole trouve une place parmi ses semblables, rangées sur trois rangs. La jument est dételée. Pour éviter qu'elle s'enfuie, on passe sa longe dans un anneau scellé

---

1. Sacs en jute.
2. Déchets du lin. Au presbytère, nous nous chauffons avec des poêles à arèches. Très économique mais salissant — comme les poêles à sciure.

dans le mur et, pour la faire patienter, on lui plonge la tête dans son sac de provende.

Le marché — ventes et achats — est l'affaire des femmes. Ce sont elles qui portent les paniers et cherchent les chalands.

Elles ont leurs habitués. Certaines gagnent la halle au blé, un grand bâtiment de brique situé au centre de la place principale où sont installés, bien à l'abri, des marchands en gros ou demi-gros, montés du Havre, qu'on connaît depuis longtemps ici : certains sont venus pendant toute la guerre. L'avantage avec eux, c'est qu'ils peuvent acheter toutes les marchandises d'une vendeuse d'un seul coup... Bien sûr, ils volent un *p'tieu* mais on n'a pas à attendre et puis :

— Si faut s'fai voler, qu'ce soit par l'eun ou par z'autes... est du pareil au même, comme toujou !

D'autres femmes préfèrent aller au banc[1] où elles paient un droit pour présenter leurs marchandises aux clients qui passent. Là, on n'est guère abrité et il faut être patient mais on rencontre beaucoup de monde à qui causer : ça passe un moment et ça change les idées...

Les hommes, pendant ce temps, vaquent à leurs propres affaires : chez le quincaillier, le bourrelier, le marchand d'engrais... Dès qu'ils ont fini, ils gagnent l'agora (ce sont les curés qui ont appelé ainsi le carrefour des routes qui mènent au Havre, à Fécamp et à Bolbec).

Là, bien alignés le long du trottoir, comme des oiseaux sur un fil, les compères se retrouvent en n'échangeant que rarement quelques mots :

— Y a guère de monde *an'hui*...

---

1. Lieu du marché où un « banc » est laissé à la disposition des vendeurs particuliers qui, en général, y présentent des produits de la ferme à une clientèle connue et suivie... Pour bénéficier de ce droit ces vendeurs règlent une taxe au « placier » (employé du concessionnaire, régisseur du marché qui assure, d'autre part, la location des places aux commerçants ambulants).

— Est plutôt creux [1] !

Parfois, l'un d'entre eux tape sur l'épaule d'un autre — c'est la manière habituelle de se faire signe. Sans mot dire, ils quittent alors le groupe ensemble : ils savent où ils vont. Toujours au même café où, souvent, deux autres partenaires les attendent déjà.

La fille de salle pose sur « leur » table « leur » boîte à dominos avant de prendre la commande — pour le principe, car elle connaît d'avance la réponse :

— Comme toujou !

Je me suis souvent demandé comment ces petits groupes de joueurs se formaient : par affinités d'abord, bien sûr, mais ce sont souvent des membres plus ou moins éloignés de la même famille, des camarades de régiment, des enfants d'anciens combattants, ou des fils dont les pères jouaient déjà ensemble...

Le marché du mardi est une occasion de prendre des nouvelles, de resserrer des liens, de revoir des voisins ou des amis que la vie a éloignés, de revivre un peu le temps passé... Si vous entrez dans un de ces cafés enfumés proches de la halle au blé et vous tenez au comptoir (ce qui n'est pas dans les coutumes du pays), vous pourrez observer qu'ils ne parlent — et à peine — qu'en « touillant » les dominos, jamais en jouant.

Seuls alors les regards et les traits de leurs visages s'expriment. Avec quelque habitude, on peut arriver à saisir « qui a du jeu » (celui-ci tapote la table avec un domino, le sourcil relevé, ce qui agace manifestement les autres...) et « qui n'en a pas » (celui-là a l'air pincé ou faussement détendu...).

On pourrait passer des heures à observer les mille et une mimiques des joueurs pour tenter de « cacher leur jeu » tout en fixant leurs partenaires qui font de même, et comment ils se trahissent parfois par un rien qu'un plus malin qu'eux perçoit...

S'il arrive que certains trichent — en se penchant pour

1. Vide.

209

jeter un œil du côté adverse ou pour glisser un domino gênant dans leur chaussure — c'est plutôt rare : le candidat tricheur, surtout quand il joue en famille ou avec des amis, sait que l'exclusion le guette.

En fait, tricher ne leur sert quasiment à rien : ils se connaissent si bien entre eux qu'ils sont, la plupart du temps, capables de prévoir le genre de coup qu'on leur prépare. Dans ce domaine, on n'innove pas beaucoup.

C'est pourquoi, au deuxième ou au troisième tour, il n'est pas rare d'entendre un joueur lancer à un autre :

— *Claque*[1] ton *chis*[2]... Est ton dernier !

Le jeu de dominos — fait d'observation et de silence — semble bien avoir été inventé pour les Cauchois, à leur ressemblance...

Rares pourtant sont les « bons perdants ». Certes on n'élève jamais la voix et on s'applique même à ne pas montrer ce que l'on ressent... mais le ton de celui qui a perdu et jette avec une (fausse) générosité... ostentatoire : « Comme cha... est à mé d'payer ! » en dit bien plus long sur sa pénible déconvenue qu'un commentaire rageur...

Dès que mes courses sont faites, je me rends au presbytère du Doyen, un pavillon assez éloigné de l'église.

C'est « Mademoiselle » qui me reçoit :

— Vous savez bien que Monsieur le Doyen est à l'église, au confessionnal, comme tous les mardis...

— Je vais y passer. Mais pourriez-vous me fournir en hosties ? Un paquet de grosses et deux de petites...

— Justement, nous en avons de toutes fraîches :

1. Joue.
2. Six.

Monsieur le Doyen en a rapporté hier du Carmel de Rouen.

Tandis que Mademoiselle monte les chercher au premier étage, j'attends dans le couloir où trônent de vieux meubles normands qui sentent la bonne conscience — l'ordre et l'encaustique.

Je repars avec mes hosties et gagne, à pied, l'église Sainte-Marie-Madeleine. De nombreuses femmes sont agenouillées dans le bas de la nef, leurs paniers chargés de provisions posés derrière elles sur leurs chaises.

Le Doyen confesse.

J'essaie de l'avertir de ma présence en passant plusieurs fois devant son confessionnal. Et, en effet, dès qu'il m'aperçoit, il bondit de sa cage, s'excuse d'un mot auprès d'un groupe de paroissiennes qui attendent ses bons offices et me rejoint à la sacristie.

— Comment va Madame votre mère ? me demande-t-il en ouvrant le tiroir du meuble-bureau dont il sort une enveloppe pleine de formulaires administratifs à régulariser. Surtout, ne tardez pas à les réexpédier dûment remplis à l'Archevêché... vous savez combien l'Eglise a besoin que ses dossiers soient régulièrement mis à jour...

Le Doyen est un brave homme. Tout ce qui vient d'en haut est pour lui d'extrême et d'égale importance. Il fait ce qu'il doit, exactement comme du temps où il usait ses culottes sur les bancs de l'école, dans l'espoir permanent d'avoir une bonne note.

Les difficultés que j'ai à pratiquer l'esprit de soumission forcent mon admiration pour ce fervent du devoir accompli.

Mais soudain, Monsieur le Doyen prend un air gêné, se fait aimable — confraternel (un mot qu'il aime employer)... Je saisis aussitôt qu'il va me parler de « quelque chose qui cloche » et qu'il sait d'avance que ça va me déplaire...

— A propos, pour le cinéma, où en êtes-vous ? me demande-t-il.

— Dans l'ensemble, les choses vont bien, les villages

répondent. On touche déjà plus de mille personnes chaque semaine et, à mon sens, ce n'est qu'un début...

— Le public est satisfait ?

— Sans doute, puisqu'il revient.

— Pourtant, je dois vous dire que j'ai reçu des lettres de braves gens qui se disent choqués par certaines images... Ainsi, dans le dernier film que vous avez passé, on me signale des danseuses en tutu...

— Et alors ?

— Vous savez que notre responsabilité de prêtres est engagée dans votre choix...

— Mais enfin, vous admettez le costume de bain sur les plages ?

— Ce n'est pas la même chose...

— De toute manière, les films choisis sont toujours préalablement sélectionnés par le Comité de contrôle de la Centrale catholique de Paris. Ce film où il y a des danseuses en tutu a été coté « Pour tous »... Si vous alliez à l'Opéra, vous verriez que les danseuses n'y sont pas habillées en scaphandriers !

— Ne prenez pas ce que je vous dis en mauvaise part mais, vous le savez, on ne peut se moquer de la rumeur... Le bruit court aussi que l'un de vos projectionnistes vit « maritalement ».

— C'est possible mais, pour moi, ce qui compte c'est qu'il fasse bien le travail que je lui confie... un point c'est tout. Il y aurait intérêt, je crois, à ne pas oublier les mots mêmes de Notre Seigneur : « Que l'on serait étonné de trouver au Royaume de son Père, des voleurs, des publicains et des prostituées... » Vous savez bien que faire la morale aux autres est trop souvent un moyen de « redorer sa vertu » !

Je me suis un peu échauffé : nous allons en rester là et pourtant, j'aurais aimé parler à mon Doyen de mille autres choses... plus sérieuses que ces misérables ragots qui — hélas ! et partout — circulent en empoisonnant les rapports entre les hommes et tentent de saper l'enseignement du Christ...

Ce sera pour une autre fois... car, aujourd'hui, je n'en ai plus le goût.

Je passe au journal, celui du canton qui ne paraît qu'une fois par semaine. Il est entièrement rédigé, composé et imprimé par M. Duveault dont c'est toute la vie. La grosse machine est là qui ne date pas d'aujourd'hui mais évoque le commencement du siècle où l'automatisme était à ses débuts. Il faut encore mouiller son pouce, d'un geste machinal, pour tirer, une par une, chaque feuille imprimée. M. Duveault connaît le pays et sait fort bien en parler :

— Dommage que vous n'ayez pas vu les marchés d'autrefois... par exemple, la halle au blé à la Saint-Michel, au moment des baux... Les *pouques* de blé, de seigle, d'avoine qui arrivaient de partout sur de grands chariots. C'est qu'en ce temps-là, les cultivateurs avaient besoin d'argent frais pour régler leurs propriétaires. Durant le reste de l'année, ils vivaient du travail de la semaine pendant sept jours, et ainsi de suite, mais à la Saint-Michel, trouver du « liquide » devenait absolument indispensable...

Il fallait entendre comment ça palabrait, ça discutait et comme, parfois, le ton montait, montait...

Pour les expertises, le meunier enfonçait sa main dans les sacs ouverts : si le grain était serré c'est qu'il était sec et bon... Parfois, il y en avait un qui, se croyant malin, avait versé *un p'tieu d'huile de cossard*[1] sur son grain... Mais à malin, malin et demi. La supercherie était presque toujours découverte puis dénoncée et notre finaud ridiculisé et déconsidéré... D'autres, qui ne pouvaient se résoudre à accepter le prix de misère qu'on leur propo-

---

1. Colza.

sait, laissaient leurs *pouques* en « réflexion »[1].

— Tu m'diras cha eun' prochaine fouai...

— Pi qu' c'est ton idée...

Mais le vendeur, pris au piège, ne reculait que pour mieux céder un peu plus tard... et, parfois, à un prix encore plus bas.

Je ne manque jamais une occasion d'interroger M. Duveault. En l'écoutant, j'ai l'impression de remonter un fleuve, de découvrir la vie qui, de génération en génération, a fait des hommes de ce pays ce qu'ils sont aujourd'hui.

Je repasse maintenant devant les étals du marché, notant de temps à autre quelques murmures sur mon passage :

— Est ti pouin l'cuai d'Vato ?

— Il est bin jeune...

— Et queu mine !

— Enfin, *ichite*, i va s'remplumer...

De mon côté, je tente d'identifier certains visages, j'interroge des connaissances, toutes fières de me renseigner :

— Celle-là, M'sieu l'Cuai, est eun' fille à Decultot... Pas l'Decultot de Boulbai[2]... Même qui z'ont eun cuai dans la famille... eun homme dans vos âges. C'te fille à Decultot, elle s'est alliée à eun cousin d'cheu vous, d'Vato... Vous veyez bin qui j'voulons dire : sa sœur, qu' habitait au Havre, a été tuée à la Libération... Eun' famille qu'était d'pé en fils dans la boucherie...

---

1. En attente pendant que leur propriétaire réfléchissait. Les meuniers pour payer moins cher le blé faisaient preuve de patience. Ils attendaient le moment où le paysan — soit pour régler un fermage ou un achat, soit en raison d'un mariage — avait besoin d'argent, afin de lui imposer des conditions plus dures... Ce temps de réflexion ne faisait, qu'aggraver la situation du vendeur car les meuniers en profitaient pour augmenter leurs exigences. Ces injustices allaient disparaître — du moins en partie — grâce à l'intervention de l'Office du Blé.
2. Bolbec.

Ça pourrait continuer ainsi des heures : par ici, chacun est apparenté aux autres. Tous cousins. C'est pourquoi il est toujours préférable, quand on évoque tel ou telle, de modérer son opinion... car elle est assurée de faire son chemin jusqu'à... tel ou telle, justement.

Le marché s'achève. Il est temps pour moi de revenir dans la cour de l'auberge de l'Europe, pour retrouver « ceux du château ». Les commissions de la semaine sont déjà « remisées » quand j'arrive. Je grimpe dans la carriole et nous partons. A la linerie, nous reprenons, comme prévu, nos *pouques* d'*arèches*, tandis que « Monsieur » donne la pièce. Midi approche. Coquette, qui sent l'écurie, presse le trot. On me dépose enfin devant le presbytère, ma *pouque* sur le dos.

— Alors, ce marché ? me demande ma mère.

— Il y avait du monde...

Naturellement, je me garde bien de parler du Doyen et de notre petit différend... Ma mère n'apprécie guère que je m'écarte de la « ligne ».

Un peu d'air...

Il pleut — pour ne pas changer : les pièces humides, fenêtres étroites et plafonds bas, sont plongées dans l'ombre. Pour « égayer » un peu, je décide de faire du feu.

— Mais, c'est beaucoup trop tôt ! s'exclame ma mère, on va brûler la chandelle par les deux bouts !

C'est possible, mais je me refuse à vivre dans un tombeau et, par un temps pareil, il ne faut pas attendre de visites... Or, je dois bien m'avouer que j'ai grand mal à trouver Dieu dans la solitude... glacée, de surcroît. Une existence de chartreux mais, sans communauté. Enfermé tout le jour dans mon bureau, je lis et prends des notes. Mais si je dois m'interdire de tiédir l'ambiance en brûlant dans mon poêle des *arèches* de lin, je crains de perdre courage...

Je travaille à mon fichier : *liber animarum*[1]. Peu physionomiste, je tente de mettre un visage sur chaque nom. L'ancien instituteur — un ami qui, malheureusement, a été nommé ailleurs — m'avait apporté un plan du village inspiré du cadastre ainsi qu'une liste des habitants avec leurs âges, métiers et nombre d'enfants. Mais ce travail, qui semble indispensable, n'est pas apprécié à Vattetot. Les familles l'ont en effet appris par leurs enfants auxquels il m'arrive de demander, après le

---

1. Le livre des âmes.

catéchisme, quelque complément d'information. De façon générale, mes ouailles ont peur de perdre leur liberté en étant ainsi enfermées dans un fichier : elles se méfient de tout ce qui est écrit (les écrits restent). Impossible de leur expliquer l'intérêt pratique de cette opération qui me permettrait de les mieux connaître... Le mur, toujours le mur...

Seule ma mère est heureuse que je travaille ainsi tout au long du jour à deux pas d'elle... elle a ciré mon bureau, ce qui est un signe évident de contentement de sa part.

Mais moi, je me sens prisonnier. J'ai besoin d'air.

C'est décidé, demain, je « monte » à Paris.

Un simple aller et retour pour prendre contact avec la Centrale catholique du cinéma.

J'y vais pour la première fois : 129, rue du Faubourg-Saint-Honoré.

Une bonne marche depuis la gare Saint-Lazare.

Je me sens fort impressionné, moi un simple curé de campagne, de me présenter à la « direction nationale ». N'ayant pas, de surcroît, pris de rendez-vous, comment vais-je être reçu ?

Le 129 est un portail, à côté d'un commissariat de police. J'entre et aperçois au pied de l'escalier, entre quelques plaques annonçant des raisons sociales, un modeste carton sur lequel je lis : « Centrale catholique du cinéma »... je tombe de haut !

Un ascenseur hydraulique poussif qui hésite à démarrer et ne semble pas très sûr de ses arrêts parvient cependant à me déposer au troisième étage où je découvre, enfin, une plaque de cuivre « Radio catholique » (un souvenir d'avant-guerre). Entrez sans frapper : je pousse la porte.

Des dossiers ficelés bordent, de chaque côté, un long couloir. Personne pour assurer l'accueil (je pense aux fermes cauchoises...). Enfin, une dame d'âge apparaît :

— Vous cherchez ?

— Le responsable de la Centrale du cinéma.

— Vous avez rendez-vous ?

217

— Non, j'arrive de province.
— Vous auriez dû téléphoner... enfin, je vais voir...
Donnez-moi toujours votre nom.

Je n'ai pas osé dire que je ne suis pas abonné au téléphone et que, même si je l'étais, les communications seraient trop onéreuses pour mon budget...

Le dame revient après un court moment :
— Monsieur le Directeur veut bien vous recevoir.

Je suis aimablement reçu mais « Monsieur le Directeur » m'explique aussitôt qu'il n'est que remplaçant pour une très courte période. Il vient de Lyon et doit y retourner incessamment.

Dommage, j'apprends très vite qu'il considère — c'est rare en milieu catholique — le cinéma comme un art et a même entrepris une action culturelle pour le promouvoir dans sa région. Nous avons les mêmes aspirations et nous sympathisons aussitôt.

Il n'hésite pas à formuler des réserves sur l'encyclique *Vigilanti Cura* de Pie XI en ce qui concerne l'importance de l'offre et de la demande dans l'action cinématographique, la cote morale y prenant une importance discutable...

Pour lui, comme pour moi, le problème est mal posé.
— Quand je pense, me dit-il, que *Fanny* de Pagnol a été coté : « A déconseiller » parce que le film évoque le cas d'une fille-mère... C'est un véritable refus de la vie.
— C'est tout à fait mon avis : nous sommes victimes du jansénisme et de la contre-réforme...

Je lui explique ensuite ce que j'ai entrepris, évoquant mes notations lors des séances de cinéma que j'ai organisées avec les enfants de mon village...
— Poursuivez dans cette voie, elle me semble bonne. Malheureusement je n'ai pas le pouvoir de vous soutenir car je vais probablement être repris par mon diocèse mais, surtout, ne renoncez pas...

Je ne lui ai pas parlé du différend que j'ai eu avec mon Doyen sur le film aux « danseuses en tutu »... A quoi bon ?

En le quittant, si je n'ai pas rencontré le Directeur « en titre » de la Centrale catholique du cinéma, j'ai l'impression d'être moins seul et c'est revigoré que je reprends mon train du soir à la gare Saint-Lazare.

Rendez-vous à Rouen

On voit à peine devant soi : la brume de Seine a envahi Rouen, la ville-cuvette, où je viens d'arriver par le train de Bréauté.

J'ai rendez-vous à dix heures au dispensaire de la préfecture, boulevard des Belges.

Chaque fois que j'y vais, je retrouve l'ambiance trop connue des sanas : murs ripolinés, longue attente, malades maigres, fiévreux à la respiration poussive, qui se tâtent discrètement le pouls. Assis les uns contre les autres, nous nous parlons peu... Que nous dirions-nous que nous ne sachions déjà ?

Mon voisin de droite élève pourtant la voix :

— Il paraît que les Ricains nous ont trouvé un remède miracle ?

— Oui, la pénicilline... mais c'est pas les Ricains, ce sont les Anglais.

— Anglais ou Ricains, peu importe... pour nous, ça sert à rien.

— Qui sait ?

Personne ne répond. Le fantôme de la rechute, que chacun de nous s'efforce d'oublier, vient soudain de réapparaître.

La soutane favorisant les confidences, mon voisin de gauche se tourne vers moi et me souffle :

— Cette nuit, j'ai toussé et j'ai eu une petite hémo [1]...
mais ça n'a pas duré, s'empresse-t-il d'ajouter comme
pour se rassurer, en modérant à l'avance mon diagnostic...

— Ça ne doit pas être bien grave. Juste un avertissement pour vous rendre plus prudent... Parlez-en quand
même au toubib. Vous allez voir, il est brave.

— C'est pas ça, mais il risque de me mettre encore en
observation à l'hosto et ça, je veux pas. Ça dure depuis
trop longtemps, ma femme en a marre et j'ai peur que,
cette fois-ci, elle tienne plus le coup... Faut comprendre,
elle est jeune, elle a le droit de vivre : les marmots, la
misère... A part ça, jusqu'ici, je lui ai pas donné grand-
chose.

— Au suivant ! clame l'infirmière en chef, assise
derrière la table qui lui sert de bureau.

C'est mon tour et je dois abandonner à son angoisse
solitaire mon malheureux voisin.

Juste le temps d'enlever ma soutane et je monte sur le
billard — une fois de plus : la routine.

Pour moi, le médecin est une vieille connaissance,
presque un ami.

Il arbore une barbe en pointe qui me fait penser au
Pasteur de mon livre d'école.

Avant d'arriver ici, en fin de carrière, il a été médecin
du bagne à Cayenne. Un sujet qu'il aborde rarement
mais sur lequel il a écrit un livre important. Si important
qu'après l'avoir lu le gouvernement a décidé la fermeture
du bagne... Seulement ça, ce n'est pas lui qui me l'a dit,
je l'ai appris tout à fait par hasard.

Allongé sur le côté, le bras relevé au-dessus de la tête,
je dégage mon aisselle pour qu'il puisse plus facilement
chercher du doigt entre mes côtes et tendre ma peau :

— Soufflez fort.

Je vide mes poumons et lui, d'un coup sec, enfonce le
trocart. Un clac... comme lorsqu'on crève une peau de

1. Hémoptysie.

tambour : l'aiguille pénètre juste ce qu'il faut... je suis branché !

— Combien je vous mets ?

— Mon carnet d'insufflations est sur la table, à côté de ma soutane...

Après y avoir jeté un coup d'œil, il décide de « faire le plein », règle le Guss, le distributeur d'air qui va être propulsé entre les deux plèvres — la gauche est poreuse — afin de bloquer les poumons et de leur imposer le repos. Comme je ne « tiens » pas suffisamment l'air et que ma respiration se fait souvent difficile, parfois même impossible, il me faut des insufflations plus fréquentes :

— Revenez dans huit jours.

C'est fini pour cette fois. Assis sur le bord du billard, les pieds ballants, je tente d'abord de retrouver mon rythme respiratoire normal... surtout, pas d'affolement : je vais prendre tout mon temps pour me rhabiller bien sagement, comme un petit vieux !

L'infirmière a noté mon prochain rendez-vous. Je peux m'en aller. Dehors l'air frais faisant illusion, je me sens mieux (le moral, sûrement). Sur le trottoir humide, les gens pressés me bousculent : « Tous des fainéants, ces jeunes de maintenant ! ont-ils l'air de penser... Qui plus est, celui-là est un curé... »

Et comme chacun sait, les curés n'ont rien à faire !

Les vitrines m'offrent une bien agréable excuse. Celles des librairies, surtout. Devant l'une d'elles, je cède à la tentation : j'entre. On ne me pose aucune question ; je déambule, à ma guise, entre les rayons, dévorant chaque titre des yeux. Et dire qu'enfant je n'aimais pas les études... qu'il a fallu le sana pour m'en donner le goût ! Maintenant, je n'ai plus qu'une idée, rattraper le temps perdu. Connaître... tout connaître. Lire, pour moi, est devenu synonyme de vivre et me fait oublier ma semi-activité.

J'ai remarqué que, dans les librairies, les ouvrages sérieux ne se trouvent pas à portée de la main : il faut les mériter... aller les chercher sur les rayons les plus hauts qu'on ne peut atteindre qu'en grimpant sur une échelle.

Les clients habituels ne demandent, la plupart du temps, que les « derniers parus ». Nouveauté, actualité : voilà ce qui plaît le plus aujourd'hui.

Qui s'intéresse encore, dans le grand public, à la philosophie ? L'histoire, paraît-il, a plus de chance — celle de la dernière guerre, surtout — et même 14-18, qui revient à la mode...

On m'a appris que, pour juger un ouvrage, il est indispensable d'en parcourir la table des matières, mais cela n'est pas aisé avec les livres français qui ne sont pas encore « coupés »...

Aujourd'hui, pour justifier ma longue présence furtive dans la librairie, j'ai acheté une brochure consacrée à un ancien monument de Rouen : la crypte de l'église Saint-Gervais qui date du IIe et du IIIe siècle après Jésus-Christ.

Quatre-vingts pages que je lirai dans le train, ce soir, en rentrant. Ma mère ne me reprochera pas cet achat... elle pense qu'un prêtre doit être « savant ». En vérité, la pauvre aurait sûrement aimé lire ; mais de son temps et dans son milieu, ça ne se faisait pas. Et moi, au fond de l'armoire de mes parents, à part des missels et des catéchismes, je n'ai trouvé que quelques prix rouges à tranche dorée. L'idée d'en acheter d'autres ne nous serait pas venue à l'esprit et d'ailleurs on n'en avait pas les moyens...

Pour sortir de Rouen il faut toujours « monter », ce que je fais en me rendant, à midi, au Grand Séminaire situé, ainsi qu'il se doit, en dehors de la ville.

Je suis sûr d'y trouver l'accueil et le couvert : l'hospitalité y étant de règle, comme dans les monastères.

Quand j'arrive, le Supérieur me reçoit et nous descendons ensemble au réfectoire où l'on mange en silence, selon la tradition.

Avant de s'asseoir, bien sûr, le *Benedicite* — le grand — en latin, avec psaume auquel répondent tous ceux qui sont présents puis, lecture *recto tono* de deux versets du Nouveau Testament, par un séminariste assis un peu à l'écart dans une petite chaire. En tant qu'invité, je suis convié à la table des professeurs. Les plats passent de main en main... Les bruits de fourchettes et d'assiettes faisant un fond sonore qui ne favorise guère l'écoute du lecteur de service, j'observe l'assistance assise aux grandes tables qui m'étaient familières. Une autre génération a remplacé la mienne, les visages me sont inconnus... déjà, je me suis éloigné.

Après le repas, nous nous dirigeons, en procession, à la chapelle tout en récitant un *miserere*... afin de demander pardon à Dieu de la nourriture que nous avons prise. Un court moment de recueillement puis quelques professeurs du Grand Séminaire (on les appelle « directeurs ») m'entraînent avec eux pour prendre le café dans leur salle de lecture. Sur une grande table, des hebdomadaires et quelques rares journaux. On échange les dernières nouvelles, mais surtout des idées... Loin des élèves, les maîtres sont plus libres, moins « agrégés ». Les positions de chacun, sans être tranchées, sont diverses. La foi est peut-être la même mais les approches diffèrent. Si tous sont d'accord sur l'inévitable nécessité de changement, il y a ceux qui le souhaitent rapide, radical, et ceux, plus nombreux, qui préfèrent qu'on avance lentement, prudemment :

— Personne n'est encore assez prêt... ni les prêtres, ni les séminaristes, ni même les fidèles...

La tentation est forte de laisser les réformes indispensables aux générations futures...

Je n'ose pas le dire, mais le pas que l'on ne nous a pas aidés à faire durant notre séjour au séminaire, nous sommes obligés de le faire seuls, comme des autodidactes... A travers la vie de nos ministères, nous nous confrontons à une expérience et à des problèmes entièrement nouveaux auxquels on ne nous a nullement préparés.

Après le café, je rejoins les séminaristes qui passent

leur temps de détente à tourner trois par trois autour du cloître... alors que rien ne les y oblige (ce cloître en brique, malgré son massif fleuri, est d'une grande laideur). Comme je me mêle à eux, je suis bientôt interrogé :

— Vous êtes curé de campagne ?

— Oui, dans un petit village du pays de Caux : Vattetot.

— Un coin perdu ! Et vous avez accepté de vous laisser enterrer ainsi, à votre âge ? Pour un jeune, il y a quand même autre chose à faire, non ? Moi, à votre place, j'aurais refusé.

— Racontez-nous ce que vous faites toute la journée, me demande un autre.

Je tente d'expliquer comment j'emploie mon temps en m'efforçant de faire la difficile découverte de mes paroissiens et que je les trouve parfois trop « églisiers »...

— Églisiers ? Qu'entendez-vous par là ?

— Qu'ils pratiquent un peu trop... par habitude. Mais nous-mêmes, sommes-nous parfaits ?

— Certes pas... Mais, de toute manière, être prêtre pour trois cents habitants, ça ne vous donne pas l'impression d'être inutile ?

— Ça m'arrive de temps à autre, alors je m'efforce de réagir...

— La réaction la plus saine ne serait-elle pas, comme le conseille le Christ, de « secouer la poussière de vos sandales et d'aller plus loin » ?

— Peut-être... mais ce n'est pas le Christ qui mène le diocèse...

Sur ces mots, la conversation tombe.

Elle reprend bientôt sur un autre sujet : celui d'auteurs à la mode... (que j'ignore). Pour éviter de passer pour un croulant, j'évoque un ouvrage biblique d'initiation que des amis dominicains m'ont indiqué.

— Ah oui, on connaît, bien sûr...

Le ton est moqueur... sans nul doute je suis en retard de quelques lunes. L'ennui, c'est qu'au doyenné je suis traité de « moderniste » par mes aînés et qu'ici, au séminaire, mes cadets me trouvent déjà dépassé... La porte, décidément, est étroite. Je m'écarte :

— Au revoir, à bientôt...

Mais hélas, je ne crois pas que nous ayons grand-chose à nous dire de plus...

Préparatifs de Noël

— *L'vent tourn'... L'tuyau é ko... Cha ira.* [Le vent tourne... Le tuyau du poêle est chaud... Ça va aller], dit Georges.

Sans doute. Seulement, pour l'instant, l'église est complètement enfumée... Du portail, on ne distingue plus le maître-autel. Quant à moi, je tousse, comme on dit, « à rendre l'âme ».

Mais Georges est optimiste. Il connaît son affaire, ouvre le foyer pour y jeter des morceaux de bois du pommier :

— *Fét' mé confianc'... L'fu va preind'... La fumée s'éccape... Un p'tieu de chalu rest'.* [Faites-moi confiance... Le feu va prendre... La fumée s'échappe... Une petite chaleur va rester partout.]

Tant mieux car, ce soir, c'est Noël...

J'ai réussi à faire une belle crèche avec du bois de caisse, du papier d'emballage, du *feurre* pour le toit de chaume, de la boue séchée pour le faîtage, de la paille... dans laquelle j'ai ménagé des « nids » afin d'y placer mes statuettes. Pour la plupart, hélas, elles sont un peu mutilées. Remisées toute l'année dans les placards humides de la sacristie, leur plâtre s'écaille et les enfants qui les transportent les cognent un peu ici et là, Noël après Noël... J'ai camouflé de mon mieux ces petits dégâts avec un peu de peinture dont il reste des traces sur ma soutane poussiéreuse (ma mère ne sera pas contente...). Heureusement, une faible lumière rouge va tamiser l'ensemble et les imperfections s'estomperont.

Et puis, me dis-je, oublions les détails, l'important c'est qu'une fois de plus Jésus renaisse.

Tandis que transformé en sacristain, comme du temps où j'étais séminariste, je lave, peins, décore, mesure les bougies et achève l'agencement de la crèche, les fillettes du catéchisme font le ménage.

Bientôt, l'église sera pleine. Noël, c'est la grande fête de l'hiver en pays de Caux et, qui plus est, la fête des jeunes gens [1]. Et justement quelques-uns d'entre eux, non loin de moi, sont en train de décorer les civières que l'on portera aux processions. Très important : les civières font partie d'une tradition fort ancienne. Elles ont été nettoyées à grande eau car elles servent souvent dans les fermes au transport du fumier. Celle où sera placé le pain bénit reçoit des soins particuliers : ses plateaux superposés, qui évoquent un peu la Tour de Babel, sont recouverts de papier brillant et leurs bords sont garnis de lierre et de houx. Du houx à boules rouges qui se fait rare : il faut aller jusque dans le bois de Bréauté pour le chercher.

La tige de bois verticale qui perce les plateaux est ornée à son extrémité d'une touffe de gui trouvée sur un pommier. Pas de sapins. Ils évoquent de mauvais souvenirs : les Allemands les utilisaient pour décorer l'église pendant l'Occupation.

De toute façon, ce sont mes paroissiens qui décident seuls de presque tout. Bien que le curé soit *Maît' cheu li* — comme on dit ici— ils considèrent que cette fête de Noël est la leur. Quoi que je fasse d'ailleurs, je resterai toujours pour eux quelqu'un de la ville, un étranger : un horsain...

Ces jours derniers, les jeunes gens sont allés de maison en maison (sans en manquer une) encaisser la cotisation

1. Chacun a sa fête au cours de l'année... Les femmes mariées le 2 février, les hommes le 19 mars, à la Saint-Joseph, les jeunes filles le 15 août, à l'Assomption.

d'usage et inscrire le — ou les — garçons de chaque famille... Refuser l'inscription est impensable pour des parents qui se respectent : ce serait mettre son — ou ses — fils en marge de la communauté des jeunes du village. Les sommes recueillies servent à payer le boulanger qui va pétrir les *nourolles* et les *mains*[1] à bénir — une par inscrit.

Le boulanger réglé, s'il reste de l'argent, celui-ci servira, selon la coutume, à arroser une petite fête privée entre les garçons.

Au presbytère, ma mère s'active : elle a veillé encore très tard hier soir et repassé aujourd'hui depuis l'aube : devant elle, sur la table, les nappes et le linge d'autel s'empilent. Les cottas sont prêtes depuis deux jours. Le blanc sera vraiment blanc et pas un accroc n'aura échappé au raccommodage.

Bien sûr, dès que j'arrive, les sourcils maternels dessinent deux accents circonflexes :

— Dans quel état t'es-tu encore mis ? Que vont penser tes paroissiens ?

— Ne t'inquiète pas... avec les ornements sacerdotaux, il ne verront rien...

Mais un tel camouflage n'est pas du goût de ma mère. Ce soir, ma soutane brossée et détachée sera digne de l'office de Noël et de « son » curé.

Tout en finissant de repasser, elle évoque ses Noëls d'enfance à Bernières où l'église n'était pas chauffée :

— Je vois encore arriver ma grand-mère à la messe de minuit... Droite, fière et fort imposante dans ses chauds lainages et ses jupes superposées, sa lanterne d'une main et sa chaufferette de l'autre... En ce temps-là, on ne craignait pas de souffrir un peu du froid à l'église... tout au contraire, c'était sanctifiant ! Les paroissiens d'aujourd'hui ne pensent qu'à leur confort et, surtout, ils exigent trop de leur curé : ça ne devrait pas être à toi de faire la crèche, encore moins de surveiller le feu... Depuis

1. Morceaux de pain de formes spéciales.

ce matin, tu n'arrêtes pas de travailler comme un ouvrier dans ton église glacée...

Je préfère ne pas répondre... la sollicitude des mères ne se discute pas.

D'ailleurs, si j'avais quelque chose à reprocher à mes paroissiens, ce serait de n'avoir pas réagi, comme je l'espérais, au « télégramme » que j'ai adressé naïvement à chaque famille du village, dans le but d'actualiser ce nouveau Noël :

Arrivés hier soir à Bethléem juste pour les fêtes où Marie et moi espérions trouver une HLM — Stop — Hélas, on a dû coucher n'importe où — Stop — Marie a eu son enfant c'est un garçon — Stop — La mère et l'enfant se portent bien. Le voisinage est sympathique — Stop — Maintenant que je suis recensé j'espère trouver du travail.

Signé : JOSEPH (charpentier).

Hélas, mon « humour » n'a pas été fort goûté. On a évalué aussitôt le coût de l'opération et le verdict est tombé, sévère : *On avait jamais vu cha !* (Je devrais pourtant savoir que ce qui « ne s'est encore jamais vu » n'est pas bon.)

Mon ami Maurice s'en est amusé :

— Une fois de plus, vous n'étiez pas sur leur longueur d'ondes !

Heureusement, le « château » vient d'envoyer des roses de Noël dans quatre douilles de cuivre évidées — vestiges de la guerre de 14-18 — transformées en vases qui décorent bien joliment le maître-autel.

J'espère aussi que ma « mise en scène » de la messe de Minuit sera bien accueillie... Les trois lustres de la nef vont d'abord s'allumer ensemble et des couronnes de bougies éclaireront la procession jusqu'à la crèche...

Enfin, à minuit, aux premières notes du *Minuit, Chrétiens...*, j'attends le plus bel effet de surprise d'un cordon de coton, imbibé d'essence, qui soudainement s'enflammera...

Lux oculorum laetificat cor hominum[1]...

Plaise au ciel qu'avec cette débauche de lumière, je trouve, cette fois, la bonne longueur d'ondes pour toucher mes paroissiens !

20 heures. Je viens de passer, sur ma soutane, le surplis et l'étole violette : j'entre au confessionnal.

Déjà, les jeunes gens, qui m'attendent sur les « rives » de l'église en bavardant, commencent à s'impatienter un peu. J'avais demandé, comme à chaque grande fête, que l'on vienne de préférence pendant la semaine précédente, pour ne pas trop me charger au dernier moment, mais chacun a pensé que mon souhait serait exaucé... par les autres...

Une confession, c'est sérieux et nullement du « temps perdu »... C'est, en tout cas, mon point de vue, mais malheureusement pas celui de mes paroissiens. S'ils sont presque tous là, c'est surtout pour qu'on ne puisse pas dire qu'ils n'y étaient pas. Bonne réputation oblige. Seulement moi qui ai toujours voulu croire qu'une confession est une occasion de dialogue, comment me résoudre à ce que ce ne soit qu'une simple obligation, ou guère plus ?

— Faut bin y passer ! m'avouait un jour, avec un sourire se voulant complice, l'un de mes « patients ».

Le défilé commence... au bout d'un moment — est-ce nerveux ? — j'ai l'impression d'étouffer dans mon placard. Je relève le rideau de la porte pour donner de l'air. Une fois de plus, je tire l'un des deux guichets et je n'entrevois qu'un buste orné d'une cravate... Agenouillé sur son petit banc, mon Cauchois tient sa tête aussi haut que possible et son corps droit... C'est quelqu'un de bien décidé à protéger son incognito... Une voix se met alors à marmonner une « espèce » de confession... Je tends l'oreille, espérant démêler quelque aveu dans cette bouillie verbale mais, malgré mes efforts, je ne perçois que des

---

1. La clarté des yeux réjouit le cœur des hommes. La Bible. Livre des Proverbes. Pi XV-30.

mots estropiés, entrecoupés de vagues onomatopées, suivis d'indications numériques aussi imprécises que possible : « Rarement... P'têt'... Queuqu'fois... »

De temps à autre, un *mea culpa* naufragé fait surface comme un œil dans un bouillon... Et soudain, mon pénitent se met à réciter, à toute vitesse, ce qui, avec un peu d'imagination, pourrait passer pour un acte de contrition débouchant, dans un souffle, sur un *amen* libérateur... Le point d'orgue. Ouf. On n'attend plus de moi qu'une absolution rapide. Le passage à confesse s'achève — enfin — dans un bredouillement inintelligible qu'il me faut bien considérer comme une prière...

Quoique j'essaie de me convaincre que je ne suis qu'un intermédiaire et que Dieu, à travers moi, entend tout et sait tout, j'ai la sensation que je cautionne une véritable mascarade, que je suis complice d'une sorte de sacrilège.

Alors, devant l'évidente satisfaction de mes « confessés », la révolte me saisit soudain avec l'envie d'en finir en clamant tout haut ce que je pense tout bas : Assez ! Assez !

Le conseil donné par Maurice me revient juste à temps en mémoire : « Soyez modeste, suivez le mouvement... dérangez le moins possible... », et je repense aussi à une réflexion qui m'avait frappé à mon arrivée ici :

— Noël... est eun' affai de Dieu aveuc mé...

J'imagine surtout le scandale que ma révolte ouverte susciterait. On me prendrait à coup sûr pour un fou et, pis encore, pour un original, un rigolo...

Je parviens donc, une fois de plus, à me taire et à demeurer — non sans peine — dans mon déguisement de fonctionnaire indifférent qui ne souhaite qu'une chose : en terminer au plus vite avant de fermer son guichet...

Absolution... allez, vous êtes en règle : circulez ! Au suivant, et pressons s'il vous plaît !... si l'office de Noël est en retard, ce sera encore de la faute du « fonctionnaire »... !

Minuit, Chrétiens...

A l'entrée du chœur, trois chantres en chapes-drap d'or, juchés sur des hauts tabourets de chêne, barrent la vue sur le maître-autel.

L'odeur des brioches chaudes empilées sur la civière fait heureusement oublier les dernières fumées du poêle qui ouatent la voûte et emplissent l'église d'une brume légère et bleutée.

J'ai pris le risque d'avancer l'office : 21 h au lieu de 22 h 30, un risque apprécié (...pour une fois !) :

— Pour eun' bonne idai, en est eun' : on s'ra au lit d' bonne heu' !

Dès que je prends place dans le sanctuaire, les chantres, bien calés dans leurs stalles, appuyés de tout leur poids sur la miséricorde, penchent la tête sur le livre tourné vers la lumière, afin de mieux déchiffrer le latin de Matines et Laudes de Noël : textes et psaumes qu'ils ne connaissent pas bien car ils sont différents de ceux des dimanches ordinaires de l'année.

Souhaitant sûrement d'en *vouère* bientôt l'bout..., les chantres tirent du cou comme des *k'vas*[1] qui *chentent*[2] l'écurie...

Dans la nef, on patiente aussi. Personne ne suit l'office sur son missel : Matines et Laudes ne s'y trouvent pas.

1. Chevaux.
2. Sentent.

Les enfants commencent déjà à s'endormir. Un clergeot pique un peu du nez mais, d'un coup de son livre, le grand qui se tient derrière lui dans une stalle le ramène aux réalités spirituelles... Dieu est-il sensible à cet effort commun, à toutes ces bonnes volontés qui s'emploient à maintenir les traditions ? Je suis probablement le seul à me poser la question... Pour mes paroissiens, tout est simple. Noël est une fête. Il y a du monde à l'église et ils doivent en être. Un point c'est tout.

Enfin, voilà le moment attendu. Un coup de claquoir. La procession, sous les trois lustres de la nef chargés de bougies à la flamme vacillante, va s'ordonner... L'assistance se lève.

Les acolytes qui portent des cierges ouvrent la marche. Un adolescent, brandissant la bannière grenat, celle des hommes, les rejoint.

Les jeunes clergeots en soutanelles rouges, puis les moins jeunes en soutanes noires viennent ensuite, devant le thuriféraire avec son encensoir, flanqué de deux servants qui me précèdent.

Derrière moi, les civières. La première, où est couché l'Enfant Jésus, est portée par les plus grands des clergeots... La seconde, celle du pain bénit, est tenue haut par quatre garçons endimanchés.

A la fin de la procession, les jeunes filles de la chorale, voilées de blanc, portent la bannière de la Vierge.

Après être sortis du chœur, nous nous regroupons tous en « chapelle », c'est-à-dire en demi-cercle, autour de la crèche.

C'est là que je vais chantonner — de mon mieux — la Généalogie, l'acte de naissance du Christ, quand le livre dans lequel je dois lire aura été encensé. Les assistants, restés debout, s'efforcent de tout voir, les enfants assoupis se sont réveillés. Comme prévu, les trois lustres s'allument ensemble. Je dépose alors l'Enfant Jésus dans la crèche entre la Vierge Marie et saint Joseph et, tandis que le cordon de coton s'enflamme en produisant,

234

comme je l'espérais, un bel effet de surprise, les chantres entonnent à pleine voix le *Minuit, Chrétiens*...

Georges, notre soliste, après avoir sucé un cachou et s'être raclé la gorge, chante les couplets. L'assistance reprend au refrain.

C'est l'heure solennelle, c'est Noël.

La procession se remet en marche, longe le bas-côté de l'église puis stationne près des fonts baptismaux avant de remonter dans la nef.

La station des *berquiers*. Bien qu'ils aient disparu les uns après les autres puisqu'il n'y a plus de moutons — ou presque — dans nos campagnes, la tradition n'est pas abandonnée.

Trois chantres, cachés derrière le maître-autel, chantent le cantique d'autrefois :

« Venez, bergers, accourez tous,
Laissez vos pâturages... »

Les anciens se souviennent : ils sont heureux que soit encore évoqué ce qui n'est plus.

La messe de Minuit va commencer. Certains regardent furtivement leur montre : il est à peine 11 heures... Je sens une petite gêne ici et là :

— Onze heu' est pouin minuit...

Je quitte la chape pour la chasuble. Chacun a repris sa place dans le chœur, on a accroché les bannières, déposé les civières au pied du sanctuaire.

L'office reprend, toute la nef résonne, toute la nef chante...

Mais peu à peu le poêle faiblit... Les flammes des cierges vacillent... La fraîcheur et la pénombre gagnent, la fatigue aussi... La première messe de Noël s'achève.

Georges a décroché la corde et sonne les cloches : le portail s'ouvre en grand sur le ciel plein d'étoiles...

— Cha va *rimer*[1] c'te nuit...

— Est *sû*[2]...

Les enfants se bousculent pour recevoir un morceau de brioche de la main des jeunes gens.

Chacun rentre chez soi sans s'attarder, et même en pressant le pas.

— Demain, i faut *déjuquer*[3] d'bonne heu' !

Pas de réveillon, juste une petite *foutinette* : un verre d'eau avec une goutte d'alcool pour les parents, et l'invariable « surprise » pour les petits : une orange et un sucre de pomme :

— Est toujou pareil ! me confiait l'un d'eux avec un rien d'amertume.

Georges a raccroché la corde des cloches, il enfourne maintenant quelques pelletées de charbon et quelques boisettes dans le poêle : il faut que le feu tienne toute la nuit.

Demain, la « fête » continue : la messe encore et les vêpres...

1. Geler.
2. Sûr.
3. Se lever.

Un confrère

Son journal grand ouvert sur la table, à la page des mots croisés — sa passion — il compte les cases de la grille. Un philosophe grec en six lettres ? Platon. De son gros crayon, il écrit, non sans satisfaction, sa réponse. Mon confrère de Nointot est un homme solide, toujours vert malgré l'âge, le visage haut en couleur.

Quand je lui rends visite, je suis sûr de le trouver dans sa bibliothèque ou dans son jardin.

Jeune prêtre, il a été professeur de physique-chimie.

Il me fait signe de m'asseoir et de patienter, juste un instant, pour trouver un mot difficile...

— Qu'est-ce qui t'amène ?

— Je suis en train de vérifier mes vieux registres pour constituer un fichier paroissial et, par la même occasion, je complète les actes restés en blanc...

Il sourit. Sa maison, bien briquée, sent l'encaustique, le bonheur de vivre. La table Henri II est recouverte d'une toile cirée à grandes fleurs — seule tache de couleur dans cette pièce aux murs blancs.

Il aime à parler de son « dada » : le nucléaire.

— C'est l'avenir, crois-moi, m'explique-t-il. Nous vivons la fin du paléolithique... nous ne sommes que des primitifs... des Cro-Magnon ! On vide les océans, on pille le sous-sol... De quoi vivront les hommes de demain ? La vraie charité serait de s'inquiéter de leur avenir à eux, plus encore que de notre présent...

— Pour moi, lui dis-je, le nucléaire, c'est Hiroshima et Nagasaki.

— Des bavures... au départ l'homme dérape toujours. Ce n'est pas une raison pour condamner en bloc toutes ses découvertes...

L'optimisme de mon confrère est à toute épreuve !

Sportif, malgré son âge avancé, il fait la tournée de ses paroissiens à bicyclette. Pendant quelques années, lors du *sede vacante*[1], il a desservi aussi Vattetot, dont il connaît bien les habitants. Même l'hiver, il préfère pédaler. Certes, les jours de grand vent ou quand la campagne est couverte de neige, il accepte de se laisser transporter, mais à regret :

— Dans ces maudites carrioles, et sous une couverture, j'ai toujours bien plus froid que sur mon vélo. L'immobilité, ça ne me vaut rien : je grelotte. Il ne faut jamais s'arrêter. Si tu t'arrêtes, c'est comme le cœur, tu meurs...

Il me tutoie — il est vrai que j'aurais pu être son élève.

Au hasard de la conversation on en vient à parler du catéchisme... qui n'est pas son fort : il y a longtemps qu'à mon grand étonnement il y a renoncé :

— Je préfère m'en remettre à Dieu : *ex opere operato*[2].

Pour les premiers communiants, il simplifie aussi : une seule journée de retraite (alors que la tradition en exige trois) et pendant cette journée, il répète les moments de la cérémonie, les chants et le reste... Quant à la confession, il l'a tout bonnement supprimée : absolution générale !

---

1. Expression normalement réservée au Saint-Siège. Le pape mort, on déclare le siège *sede vacante*. Dans le cas d'une paroisse sans curé résident, on déclare — par extension et plus par humour que par souci canonique — la stalle *sede vacante*.

2. Expression théologique insistant sur l'auto-efficacité des sacrements qui ne dépendent pas, dans leurs effets, de l'état de celui qui les administre ni de celui du fidèle... si toutes les règles canoniques dans l'administration sont respectées.

— Pour moi, Dieu est bon : c'est mon principe de base, m'explique-t-il.

— D'accord mais, tout de même...

Il préfère changer de sujet.

— Bien... Si on parlait de ce que tu es venu me demander ?

— Un acte d'ondoiement.

— Ah... de qui ?

(Tout en me répondant, il a repris subrepticement son journal et corrige un mot...)

— Pardonne-moi... aimes-tu aussi les mots croisés ?

— J'en ai fait au sana... mais surtout pour tuer le temps.

— C'est la meilleure façon de garder son vocabulaire... la mémoire a besoin de phosphorer... mais revenons à ta question : comment s'appelle ton ondoyé ?

— Pierre Domain... fils de réfugié, né pendant la guerre.

Il se lève et s'approche de la fenêtre où sont empilées des séries d'agendas (il a toujours tout écrit sur des agendas avec l'intention de les recopier, un jour, sur les registres officiels de la paroisse... mais ce jour-là n'est pas encore venu...).

Après avoir satisfait à ma demande, il appelle Marguerite, sa gouvernante, pour qu'elle nous apporte deux verres et la bouteille de goutte... Un calva dont il est fier car il le fait lui-même, sans se soucier du fisc :

— L'Etat nous prend assez comme ça... goûte-moi un peu ça... un calva doit « s'éduquer » avec patience. Il n'est vraiment bon qu'à onze ans... à sa communion ! Tu souris ! N'oublie jamais que le premier miracle du Christ a été d'offrir un bon vin à de braves gens au grand étonnement d'ailleurs du chef de table : *l'architriclino*[1]...

« Bon, tout ça, c'est bien, mais dis-moi un peu comment se porte Vattetot ? (Il prononce *Vato*, comme mes

---

1. Titre du chef de table qui, dans certaines fêtes anciennes, était élu au début du repas et devait en assurer le déroulement et l'animation.

ouailles). Comment ont-ils pu nommer un jeune curé comme toi dans un trou pareil ?

— Raisons de santé...

— Disons plutôt qu'ils voulaient t'enterrer avant que tu meures...

— Pardon ?

— Depuis des années, rien ne réussit dans cette paroisse... Les curés n'ont jamais fait que passer et tu sais bien que ton prédécesseur, Poret, a déserté...

Comme il voit sur mon visage que ses propos me peinent, il s'empresse de les corriger :

— Bah ! Tout compte fait, tes paroissiens ne sont pas pires qu'ailleurs, surtout pris séparément... C'est plutôt ensemble qu'ils deviennent difficiles... chicaniers. La vérité c'est qu'ils se marient trop entre eux et l'endogamie... ça fait manquer d'air... Mais ce qui est bien, c'est que tu as un chœur fourni, sérieux... et ça, il n'y a rien de mieux pour une paroisse : c'est si rare de trouver de bons chantres en campagne. Et puis enfin, tu as le château... des gens du Havre, comme toi, des horsains... j'ai ouï dire que c'est eux qui ont demandé un curé résident ?

— En effet.

— Seulement ça ne doit pas faciliter ton action paroissiale : à l'évêché, on pense sûrement que tu as ce qu'il te faut, inutile de se soucier de toi... Etre un « prêtre du château », ça peut paralyser un ministère... enfin, ce n'est pas mon affaire.

Un temps de silence observateur, puis soudain, mon vieux confrère change de ton et se met à me vouvoyer :

— Vous me jugez ?

— Que non !

— Mais si... et c'est bien normal : le regard d'une génération sur une autre... vous avez vos enthousiasmes... et vos illusions. J'étais comme vous, il y a quarante ans... Même tempérament avec juste un peu plus de santé. Vous êtes impatient et l'Eglise n'aime pas l'impatience. Un prêtre qui court, ce n'est pas convenable. (Pensez donc, courir en soutane !) Non, on attend de lui qu'avec

240

componction il ne fasse jamais un pas plus long que l'autre, et toujours dans la ligne qui lui a été précisément tracée.

« J'ai vécu tout ça : mon ordination coïncide avec l'époque troublée de la séparation de l'Eglise et de l'Etat. Ma seconde nomination allait faire de moi un aumônier auxiliaire à l'Hôtel-Dieu à Rouen. Mon supérieur hiérarchique était l'aumônier général — en vérité plus général qu'aumônier.

« Son principe absolu : l'ordre et, et surtout, jamais d'histoires avec l'administration qui justement vient d'émettre alors un nouveau règlement précisant notre fonction. Pour éviter tout prosélytisme : défense d'évangéliser, défense aussi de visiter les malades, d'assister les mourants et de leur porter le Saint Sacrement. Seule exception : si le malade (ou le mourant) fait une demande écrite de visite ou d'assistance d'un prêtre. Or, bien évidemment, à cette époque, la majorité des hospitalisés ne sait pas écrire ou... n'est pas en état de le faire.

« C'est alors que je prends ma décision. Feignant d'ignorer ces ordres sectaires, je passe de salle en salle dans cet immense mouroir qu'est en ce temps-là l'Hôtel-Dieu... en donnant juste, aux uns et aux autres, un peu d'amitié : rien de plus.

« L'autorité religieuse ne tarde pas à réagir. En bon fonctionnaire, craignant de perdre son poste — et son salaire — à cause de mon zèle intempestif, mon général aumônier a fait son rapport : insoumission à un supérieur direct. J'en subis les effets quelques semaines plus tard : expédition en Sibérie... je veux dire en pays de Bray où, à mon arrivée, les églises sont quasiment vides. Réduit à une inertie presque totale, j'entreprends de faire de la photo mais, là aussi, je me heurte à un barrage : celui des photographes professionnels qui me font un procès : concurrence déloyale. Je mets alors cette activité en sourdine et, cela, durant vingt ans...

« Voilà comment un homme peut être vidé de ses forces vitales... Heureusement, j'étais prêtre et, par

241

miracle, ma foi est demeurée intacte. Dieu ne m'a jamais abandonné.

« Maintenant, vous savez tout. Vous pouvez juger en connaissance de cause.

— Comment vous jugerais-je si ce n'est en considérant votre force de caractère comme un exemple à suivre... d'autant qu'aujourd'hui les choses vont changer, ont déjà changé...

— Puisque vous le croyez, je ne veux pas vous décevoir... Mais si les choses changent en effet, croyez-vous que nos supérieurs, eux, changent jamais ? Ils persistent à ignorer tranquillement la galère sur laquelle nous nous embarquons, nous les curés de campagne. Chacun de nous continue de n'être qu'un nom dans leur *ordo*[1]... quelqu'un auquel on adresse un petit salut entre deux portes un jour de confirmation...

« Notre seule chance — mais c'est bien triste qu'elle doive passer par là — ce sont les difficultés de recrutement. La hiérarchie va bien être obligée de modifier sa politique à notre égard, tant la pénurie de prêtres va lui poser de problèmes. Bien sûr, on fera d'abord des concertations, des livres, des lettres pastorales... Que ne va-t-on pas inventer pour ne pas regarder la vérité en face ?

« Prenez votre nomination par exemple : quand votre prédécesseur a démissionné, s'est-on, avant de le remplacer, demandé vraiment pourquoi il était parti ? Pas du tout. On ne s'est même pas préoccupé de l'entendre car, bien évidemment, il avait tort. Pour eux, aucun doute là-dessus.

« ... Ah ! tu sais, ça me fait du bien de m'être laissé aller à parler ainsi, c'est si rare que j'évoque le passé... sans doute ai-je beaucoup de sympathie pour toi. Tiens, fais donc ton café[2]...

---

1. Annuaire diocésain du clergé.
2. Mets donc du calva dans ton café. (Rite cauchois.)

J'ai l'honneur d'être à nouveau tutoyé par mon vieux confrère qui me tend sa bouteille de calva — son « meilleur », celui qui a onze ans et vient juste de « faire sa communion »...

Désespéré

Avant même qu'il pénètre dans mon bureau, je comprends que l'homme qui vient d'arriver au presbytère a un grave problème : il hésite, revient sur ses pas, avant de se résoudre à frapper à ma porte. Après s'être assis sans dire un mot, de biais, sur une chaise, il pose sa casquette, pousse un profond soupir et se décide quand même à lever la tête vers moi. Son regard est luisant, fiévreux et il ne s'est sûrement pas rasé depuis plusieurs jours. Comme il n'a toujours pas ouvert la bouche, je lui demande :

— Quelque chose qui ne va pas ?

— J'viens pour les sacrements.

— Quels sacrements ?

— Vous chavez bin, j'y ai *drai*[1]...

— Je ne comprends toujours pas, expliquez-moi.

— Est à vous d'savouére... Vous m'veyez à la mèche... j'donne au denier du culte... Queu vous faut-ti de plus ?

Il se relève alors, le regard sombre, saisit nerveusement sa casquette, la *toupine* entre les doigts et me lance, agressif :

— Allez-vous m'refusai ?

— Je ne vous refuse rien mais je voudrais comprendre vos raisons et quels sont les sacrements que vous exigez...

---

1. Droit.

— J'va *moui*[1].

— Comment ça ? Vous avez vu le docteur ?

— Pour mé, est fini... Vous pouvez pouin comprendre... P'têt' que vous êtes chavan mais les vieux cuais, eux, chavaient nous aider...

— Expliquez-moi au moins votre problème...

— Est pas utile... eun homme a bin le droit de moui quand il veut...

— Mais voyons, ce n'est pas chrétien de parler comme ça, Dieu nous donne la vie et...

— Non, ma vie est à mé, j'pouvons en faire c'que j'voulons.

— Qu'est-ce qui vous arrive ? Pourquoi voulez-vous mourir ?

— Le « malfait », cha vous dit rin ? Mes bêtes crèvent, mes récoltes donnent plus rin... elles remboursent même pas l'grain et l'engrais... Vous connaîchez les notes de toutes ces *chaletés*[2] qui coûtent plus cher chaque année ? Je vous l'dis : est fini pour mé, j'chavons ce qui me reste à faire...

D'autres désespérés sont déjà venus me voir : ils récitent toujours la litanie des malheurs qui les frappent, d'abord financiers bien sûr, mais parfois complètement imprévisibles :

— Et pi, j'avons les pieds plats... Est eun' preuve, non ? Vous veyez bin que somm' pris... Vous, l'cuai moderne, vous êtes là quand cha va bin, pour parader, mais quand cha va mal, y a plus perchonne !

Je laisse parler le pauvre homme, tout en me demandant comment l'aider. Tenter de le raisonner ne servirait à rien, il a sa logique à lui qui n'est pas la mienne... Soudain, je l'entends dire sur un ton plus bas :

— Pi que ch'est comme cha, j'porterai plus de beurre au marché... ils crèveront d'faim !

Je reprends espoir : si mon bonhomme veut encore se

1. Mourir.
2. Saletés.

venger... c'est bon signe ! Mais ça ne dure pas, il s'effondre à nouveau :

— J'avons plus rin... Rin de rin : est la *rouène*[1] !

Je sais qu'il est en principe « aidé » par sa famille... mais, forcément, il s'agit d'une aide « cauchoise » — c'est-à-dire calculée au plus juste... Chaque année ses terres sont un peu plus hypothéquées et je me doute bien — tout comme lui — de ce qui l'attend : dans un an ou deux, sa maison ne lui appartiendra plus, il en sera chassé et sans un sou... Direction l'hospice.

Avec son instinct paysan, il a flairé la catastrophe...

La tête dans ses mains, il se met maintenant à marmonner des mots entrecoupés qui me sont plus ou moins destinés, mais que je ne parviens pas à comprendre.

Comment savoir s'il a vraiment décidé d'en finir ? On dit bien que ceux qui réussissent leur suicide ne préviennent jamais avant... mais j'ai connu des exceptions à cette règle. J'ai peur pour ce pauvre homme : si on m'appelait ce soir pour le détacher d'une poutre de sa grange ou de son grenier ?[2]

Il relève enfin la tête, les yeux embués :

— Qu'est-ce que j'ai fait au Bon Dieu ? Dites-mé-le, vous qui chavez tout !

— Dieu est bon, n'en doutez pas...

— Si cha vient pas de Dieu, cha vient de qui ?

— Pourquoi voulez-vous qu'on vous veuille du mal ?

— Vous creyez que tout cha est normal... que ce souait mé qui prenne toujou les coups ?

Je me sens soudain démuni et me mets à regretter, dans mon for intérieur, que le temps des *berquiers* soit révolu... Eux au moins, pour un poulet ou une oie — comme en Afrique noire — auraient déjà trouvé le moyen de remettre mon bonhomme sur pied...

---

1. Ruine.
2. La Normandie est célèbre par ses nombreux cas de suicide. En général, les hommes choisissent de se pendre et les femmes de se jeter dans la citerne.

Je dois tenter quelque chose, et sans plus tarder :

— Vous devez me faire confiance, je vais arranger tout ça pour vous. Venez me voir ici, demain matin à onze heures.

(Mon expérience m'a appris qu'il faut donner des précisions bien inscrites dans l'espace et dans le temps. Raccrocher le désespéré à sa parole donnée...)

— Je peux compter sur vous ? Demain sans faute à onze heures, promis ? Je sais comment vous aider. D'ailleurs, dès que vous allez me quitter, vous vous sentirez déjà en partie libéré. Beaucoup de choses vont changer, n'en doutez pas...

Je m'étonne de me sentir si « sincère » en prononçant ces derniers mots d'un ton convaincu... Est-ce parce que, en lui parlant, je supplie Dieu d'entendre ma prière ?

L'homme m'observe, encore méfiant, mais ébranlé — ses yeux ont retrouvé une lueur d'espoir bien qu'il doute encore :

— Mais quand la p'tite de la voiseine est *pachée*[1], vous n'avez rin pu fai ?

— C'est vrai, seulement, depuis, j'ai appris...

— Vous chavez que pour eun homme, il faut plus de forche que pour eun enfant ?

— Je sais, faites-moi confiance.

Il est sur le seuil, prêt à partir.

C'est alors que je manque de commettre une grave erreur :

— Votre femme, que pense-t-elle de tout ça ?

Je le vois sombrer à nouveau dans l'abattement.

— Quand l'malhu vous tient, comme mé, vous creyez qu'on en parle à z'autes ?

Je devrais pourtant savoir que, pour ces solitaires invétérés que sont les Cauchois, une épouse n'est pas différente des « autres »... de n'importe quels autres...

Je reprends derechef la situation en main...

---

1. Passée (morte).

— Surtout, ne pensez plus à rien et comptez sur moi. Je vous aide de toutes mes forces : à demain, onze heures.

Je n'oublierai jamais son regard saisi par la confiance retrouvée.

Le lendemain, avec l'aide de Dieu, je réussirai à le convaincre de reprendre courageusement le chemin de sa pauvre vie.

Les chemins de la liberté

Ça y est, j'ai enfin un vélo. Une occasion. Bien sûr, ma mère craint fort pour le bas de ma soutane aux prises avec la chaîne et dont il faudra forcément réparer les déchirures et nettoyer les taches de cambouis... alors que mes confrères ont des voitures...

Seulement, contrairement à eux, je n'ai qu'une seule paroisse et, de ce fait, une voiture ne se justifie pas. Même si pédaler dans les côtes est fortement contre-indiqué dans mon état de santé, un tel achat serait considéré comme une fantaisie (et la fantaisie, par chez nous, est toujours un luxe inutile, tout à fait hors de question).

La publicité et surtout le bagout du vendeur m'ont décidé à me rabattre sur un VAP (un moteur auxiliaire) qui se fixe sur la fourche arrière du vélo, et cela, malgré la mise en garde du mécanicien de Vattetot.

C'est que je suis bien déterminé à ne plus dépendre de la bonne volonté et de l'attelage ou de la voiture de tel ou tel pour me déplacer à mon gré.

Bien sûr, on ne refuse jamais de me véhiculer quand je le demande, mais il y a toujours dans le ton sur lequel on me répond — et surtout s'il s'efforce d'être aussi aimable que possible — un petit rien qui me gêne et même m'humilie.

Bref, j'ai le plus vif désir de n'avoir plus besoin de

z'autes... et c'est le cœur en fête que je me lance avec mon vélo-moteur sur les chemins de la liberté.

Première évasion, ce matin vers Manneville Le Goupil... mais, aussitôt hélas, je constate la justesse des arguments du mécanicien de Vattetot : il m'a fallu appuyer fortement sur les pédales durant une bonne vingtaine de mètres avant que le moteur ne se décide à démarrer. Cet effort m'a essoufflé et j'ai du mal à retrouver mon rythme normal de respiration...

Dans les côtes, je dois pédaler également pour soutenir le moteur afin d'éviter qu'il ne s'essouffle, lui aussi... mais en terrain plat, tout va très bien : je roule à 20 à l'heure ce qui, du fait de la hauteur de ma selle, me donne l'agréable illusion de filer à une vitesse folle...

Illusion brève : à un kilomètre de Manneville, je sens soudain s'écraser mon pneu arrière. Le poids de ma monture et de ma personne, augmenté de celui du moteur, sans parler de l'état des routes abandonnées, depuis la guerre, aux cailloux et aux nids-de-poule, ont précipité la crevaison fatale...

Et, bien sûr, inutile d'essayer de réparer moi-même la chambre à air : il est indispensable auparavant de décrocher le moteur, opération impossible à mener à bien sur le bord de la route.

Je n'ai plus qu'à aller à pied jusqu'au garage de Manneville et, pour limiter les dégâts, à faire rouler mon vélo sur l'herbe de la *berme* en le maintenant soulevé par la selle...

D'un seul coup d'œil, le garagiste a saisi la corvée qui s'impose. Il appelle son petit commis :

— Fais-mé cha vite, mon gars...

Je reviens au garage trois quarts d'heure plus tard après une petite visite au presbytère :

— Combien vous dois-je ?

— Rien, M'sieu le Cuai, est pour mon denier du culte.

— Mais, je ne suis pas votre curé...

— Veyons... est-ti pas l'même Bon Dieu ?

L'argument — qui ne se discute pas — est plein de

délicatesse. Je donne une pièce au petit commis et je repars : pourvu que je ne crève pas à nouveau !

Je hume avec bonheur le vent de mer et un sentiment d'indépendance trop rarement goûté... Interdit, durant mon enfance, de m'éloigner du domicile familial... puis interdit de m'évader du séminaire de Rouen, séparé de la route de Neufchâtel — et du monde — par un haut mur de quatre mètres bordant l'étroite cour de récréation où ne poussait pas un arbre, pas une fleur (la spiritualité par la tristesse...). Interdit ensuite de quitter le sana de Thorenc perdu dans une vallée isolée, cernée de hautes collines couvertes de sapins noirs...

Et tous ces interdits se sont succédé pour moi durant une guerre elle-même pleine d'interdits : black-out, couvre-feu, *verboten... verboten...*

Enfin, aujourd'hui, à nouveau l'enfermement dans un village où je suis condamné à résidence puisque mes paroissiens considèrent que mon devoir est de rester le plus longtemps possible claustré au presbytère... comme un frelon dans une bouteille !

Encore quelques kilomètres de liberté retrouvée avec ce modeste mais si précieux vélo... Même pour de courts instants semés d'embûches, je réalise combien cette sensation d'indépendance — si imaginaire soit-elle — m'est impérieusement nécessaire pour poursuivre ma mission...

A dominos

— Eun' partie... cha vous va, M'sieu l'Cuai ?

A la sortie de la messe, je suis demandé pour faire « le quatrième » de trois abandonnés. Leur partenaire habituel aux dominos a dû s'absenter pour un baptême.

— Il est grand-pé...

L'invitation à le remplacer est tentante bien qu'en pays de Caux un curé ne doive pas — en principe — aller au café à moins de neuf kilomètres de sa paroisse (exception faite cependant — on se demande pourquoi ! — si c'est un ancien combattant qui l'invite...).

Foin de scrupules, je décide d'accepter la proposition. N'est-ce pas une excellente occasion de me mêler à mes ouailles ?

Je devine bien que leur désir secret est de gagner la partie contre leur curé : une victoire qu'ils se plairont à évoquer au prochain marché de Goderville... mais qu'importe ! Je prends le risque et j'entre au café où toutes les tables sont prises sauf une, celle de mes partenaires.

Je tire le tabouret et m'assois de biais — à leur manière.

— Qui qu'vous prenez ? me demande mon vis-à-vis.

— Comme vous.

— Quat'anis ! Vous chavez, eun cuai d'aot'fay aurait pouin accepté d'veni.

— Oui, mais on n'aurait pas non plus osé l'inviter comme vous avez fait...

— Cha non ! Est pouin eün reproche... Vous êtes juge : à vous de savouére !

Les dominos « touillés » et distribués, je tiens les miens, comme je peux, dans ma main grande ouverte... sans parvenir encore à « crocher » mes doigts en étau, comme eux...

— Vous n'avez pouin l'coup... Est affai d'habitude !

— Eh oui ! et surtout, je n'ai pas joué aux dominos depuis mon enfance, le dimanche après vêpres avec ma famille...

— Vous faites cha à la manière d'la ville... Vous alignez vos dominos...

— Je sais, j'ai beaucoup à apprendre...

(D'autant que, si je peux les battre, ce sera selon leurs règles... ou pas du tout !)

On ne joue pas aux dominos pour parler, mais pour être ensemble. Toutefois, la présence d'un curé change un peu les données habituelles : entre les « coups », quelques mots sont prononcés... sur la paroisse, bien sûr.

— Pour dire, les éfans vous aiment bin... (Un silence.) Mais an'hui, la discipleine compte pas autant qu'avant... Mé, j'somm' entré au chœur à chinq ans... Si j'comptons bin, cha fera chinquante ans c't'année et j'avons jamais manqué... Toujou là... Et mon pé, avant mé, était pareil... Ah ! cha, des cuais on en a vu et il a fallu les *drecher*[1] ! On rit.

L'seminaire, cha donne des idées, est sû : des bonnes pi, *auchi*[2] des moins bonnes ! Eun métier cha *ch'apprend*[3] su l'tas... au cul des *k'vas* !

Muettes et mine de rien, les tables voisines ne perdent pas un mot de ce qui se dit à la nôtre...

Un curé au café, c'est quand même un événement...

1. Dresser.
2. Aussi.
3. S'apprend.

Je sens que de me voir là ne déplaît pas, au contraire, mais, avant de se prononcer, chacun juge préférable de connaître l'avis général sur la question...

— Eun' soutane, cheu nous, faisait toute la famille... du plus grand au *ravisé*. Les femmes lavaient et ravaudaient pour chaque fête. Le *nouère*[1] brunissait et l'rouge s'orangeait bin eun p'tieu... mais cha allait quand même...

En posant son domino, mon voisin reprend :

— Mé, j'avons commenché à répondre à la mèche pour l'cuai Auber, eun' sorte de chanoine... Eun homme qu'a même écrit eun livre sur Vato... Eun homme qui parlai bin... mais eun p'tieu long... Pa comme vous, M'sieu l'Cuai, vous êtes « vite dit »...

Je suis peut-être « vite dit » mais je viens de perdre la deuxième manche... la « belle » est inévitable.

Avant de s'y mettre, on en vient à parler des bancs de l'église : payés et réservés chaque année, depuis des générations... Je donne clairement mon avis qui ne date pas d'aujourd'hui :

— Je dois vous avouer que je suis gêné de voir, du haut de la chaire, des gens qui ont l'air en pénitence sur les rives parce qu'ils n'osent pas s'asseoir... alors qu'il y a des bancs à moitié vides — ou même souvent entièrement vides — du fait de l'absence de leurs locataires...

— Ils ont payé... Est leur *drai*[2] de s'y mettre ou d'pouin s'y mettre !

— Je ne pense pas comme vous. A mon sens, pour éviter ce genre de problèmes, les bancs devraient être gratuits, libres pour les premiers arrivants. L'église à tous.

— *Fachon d'vai*[3]... Cha, si vous avez l'moyen d'fai cadeau des bancs... Est vous l'Maît'.

1. Noir.
2. Droit.
3. Façon de voir.

254

— Les paroissiens pourraient donner un peu plus à la quête...

— Est pouin sû... et pi perchonne serait cheu sé... Mé, j'dis que cha n'plaira pouin...

La question étant d'importance, les autres tables ont soudain cessé de faire comme si elles n'entendaient pas nos propos et les joueurs, l'un après l'autre, donnent leur avis...

Tout le monde est contre ma proposition. Pour me convaincre, chacun me répète que la location des bancs est un bon revenu pour l'église et qu'y renoncer serait du *gabillonnage...* et puis, surtout : *Cha s'est toujou fait comm' cha...*

Je vais gagner la belle aux dominos mais... perdre la bataille des bancs... Une fois de plus, j'ai lancé une idée nouvelle qui n'est pas encore mûre dans les esprits... les traditions ont la vie dure...

Pour le meilleur et pour le pire

Ce soir, j'ai un mariage à 17 heures... Ce qui n'est pas une heure « chrétienne » (les mariages se célèbrent d'habitude le matin entre 10 heures et midi).

Mais mes mariés d'aujourd'hui constituent un cas à part. A eux deux, ils ont largement dépassé cent ans d'âge, ce qui oblige à la discrétion.

Maître B..., qui épouse sa vieille servante, est propriétaire d'une petite ferme au bout de la sente de *la Piau de loup*[1] (l'ancien chemin menait jadis à un moulin, abandonné depuis un siècle, et envahi de ronces).

Quand il est venu me voir pour organiser la « cérémonie », Maître B... m'a dit, laconiquement :

— *Mariai é ti pouin mieux ?* [Se marier, n'est-ce point mieux ?]

J'ai d'abord pensé à un honorable réflexe moral, mais en fait la raison bien cauchoise de ce mariage tardif a dû être largement méditée : une servante — même si elle n'est guère payée en campagne — coûte quand même plus cher qu'une épouse légitime... Au pair c'est, en effet, bin mieux!

Mais qu'importe le mobile de ce mariage, il doit être fêté : Georges sonne les cloches... Le tapis a été déroulé jusqu'au portail et j'ai décoré l'autel.

Le vieux couple doit se sentir bien accueilli, faute

1. La Peau de loup.

d'être entouré : pas de famille, juste un neveu et une cousine. Personne d'autre n'ayant été invité.

A l'heure précise, Maître B... et sa promise montent, côte à côte, le long de l'allée centrale.

Engoncés dans leurs vêtements du dimanche, l'air un tantinet mal à l'aise dans leur nouveau rôle, le sourire figé, ils traînent un peu la jambe.

— Voulez-vous prendre, comme légitime époux, Monsieur B... ici présent ?

— Voulez-vous prendre, comme légitime épouse, Mademoiselle P... ici présente ?

Unis pour le meilleur et pour le pire, les conjoints ont retrouvé le calme. Leurs visages expriment maintenant une réelle satisfaction.

Chacun d'eux croit-il avoir fait « une bonne affaire » avec... ou contre l'autre ? C'est leur secret que, sans doute, nul ne saura jamais...

Quelques mois plus tard, la boulangère me prévient que l'on me demande à *la Piau de loup*.

L'un de mes « nouveaux » mariés serait-il gravement malade ? Pour arriver au bout de la sente, j'enfonce dans la terre épaisse et grasse, et ma soutane « croche » aux ronces. Enfin, je me trouve face à la petite *barriai* qui ripe le sol quand on l'ouvre...

Couverte d'un mauvais chaume, la masure de Maître B... est là, allongée le long du talus.

Seul un maigre feu de bois, qui éclaire à peine la pièce en faisant rougeoyer ses murs, me reçoit.

J'aperçois deux ombres sans visage : celle de l'homme filiforme, courbée sur elle-même, et celle de la femme, toute ronde, appuyée, les bras croisés, contre la table (le « meilleur » sera pour elle, ne puis-je m'empêcher de penser...).

Sans attendre — comme il se doit — d'y être invité, je m'assois sur un banc :

— Alors, comment ça va ?

— Vô veyai... me dit la femme.

— Le médecin est venu ?

257

— *Por qui fé ? E pas an'hui qu'on va l'tracher... E plus la peine.* (La respiration sifflante de Maît' B... ne trompe pas en effet.) *Cé là d'dans qu' cha l'tient : la poitreine. E pas pi queu z'autes annai... Li dit qu'i passera pas c't hivai...* [Pour quoi faire ? Ce n'est tout de même pas aujourd'hui qu'on va aller le chercher... Ce n'est plus la peine. C'est là-dedans que ça le tient : la poitrine... Ce n'est pas pire que les autres années mais lui, il dit qu'il ne passera pas l'hiver.]

Le malade intervient d'une voix caverneuse :

— *Por mé é la fin... J'ai pu por ell'... Ell' é eun p'tieu nian. Pas de tête... Auchi por lé papiers, les choses qui fô fé:.. et pi le rest'... é por tout cha qu'on vô a fé veni...* [Pour moi, c'est la fin... mais j'ai peur pour elle... Elle est un peu simplette... Pas de tête... Aussi pour les papiers, les démarches qu'il faut faire et puis tout le reste... c'est pour ça qu'on vous a demandé de venir.]

— Mais, c'est l'affaire d'un notaire...

— *J'préfer' vô. E vô qui n'zavai mariés.* [Je préfère vous. C'est vous qui nous avez mariés.]

— Voyons, voyons, il ne faut pas désespérer... Avec le printemps qui arrive vous allez reprendre des forces...

Tout en faisant « non » de la tête, Maître B... poursuit son idée :

— *Por la fosse, au chimetiai, qui qui creuse ?* [Pour la fosse, au cimetière, qui est-ce qui creuse ?]

— En général, c'est Gilbert, le garde champêtre...

— *Et por le chercueil, l' cierg' et pi le rest'... é qui ?* [Et pour le cercueil, les cierges et puis le reste... c'est qui ?]

— Les pompes funèbres se chargent de tout... ne vous inquiétez pas...

Mais je réalise soudain l'insolite de la situation où l'on m'entraîne : je suis en effet bel et bien en train d'organiser son enterrement avec le futur défunt lui-même.

La maîtresse qui, elle, semble très à l'aise et considère le décès de son époux comme chose faite, m'offre de boire une goutte... que je refuse, contrairement d'ailleurs au malade qui tend sa tasse en tremblant :

— *Comm' il é an'hui... cha peut pouin i fé de mal.* [Dans l'état où il est aujourd'hui, ça ne peut point lui faire de mal !] déclare l'ancienne servante en lui versant une rasade suffisante pour réveiller un mort !

Tandis que le vieillard savoure doucement sa goutte... je le regarde.

A quoi donc a-t-il pensé durant toute cette vie plantée sur ce même coin de terre... abandonné trois ans seulement en 14-18 pour une tranchée. Où, exactement ?

— *E loin, j' savons plus, mais cha plouvait comm' ichite...* [C'est bien loin, je ne sais plus, mais il y pleuvait, comme ici...]

Quels secrets — qu'on ne trouve pas dans les livres — va-t-il emporter dans sa tombe ?

A-t-il au moins été un peu heureux parfois ?

Certains matins d'été en *buzoquant* au soleil dans le fond de son jardin, le long de la haie de lauriers ? Certains soirs, en mangeant sa soupe au lait, son travail accompli ?

— *I va moui oyou qui é nai.* [Il va mourir où il est né.] me déclare sereinement sa future veuve quand je me lève pour partir...

Une vie et une mort cauchoises ordinaires.

Pâques fleuries

De bon matin, Maître Jules a descendu sa « tonne » et l'a garée devant la petite grille du cimetière. Une tonne pleine d'eau, ça n'est pas trop pour assurer le grand nettoyage de printemps. Demain c'est, en effet, le dimanche des Rameaux. On va célébrer, une fois encore, la marche triomphale de Jésus vers Jérusalem.

Comme les « Pâques fleuries », dont parlaient les anciens, sont devenues aujourd'hui, dans l'esprit de tous, une autre fête des morts — « la Toussaint de printemps » — le cimetière se doit de faire toilette...

Et pour laver les tombes, il faut de *l'iau*... Les femmes, *cravates* sur le *coupet* de la tête [1], manches retroussées et mains armées de brosses à pavés ou de serpillières, lavent et épongent vigoureusement...

L'église aussi fait peau neuve : ses dalles sont frottées comme un pont de bateau, l'eau coule en cascade du portail grand ouvert et, de marche en marche, va se perdre dans les allées du cimetière, entre les tombes. L'air et le vent se chargent de tout sécher.

Comme chaque année, une hirondelle trop pieuse se risque à piquer jusqu'au maître-autel... mais, arrivée là, elle se sent prisonnière et, pour rejoindre la lumière, fonce sur les vitraux contre lesquels elle manque de justesse de se briser...

---

1. Foulards sur le haut de la tête.

Les femmes se répandent en cris et en gesticulations pour la chasser, ce qui ne réussit qu'à l'affoler plus encore... et l'hirondelle poursuit sa ronde infernale...

Je dois intervenir pour demander qu'on la laisse en paix. Je vais mettre un peu de grain devant le portail, elle retrouvera mieux ainsi le chemin de la liberté, même si, comme cela arrive souvent, elle le cherche jusqu'à ce soir, au soleil couchant...

Tout sent le propre. La sacristie est nettoyée aussi de fond en comble. Les ornements aérés, les tiroirs vidés. Foin d'économie ! Aujourd'hui, l'encaustique (celle des moines, la meilleure) est répandue généreusement pour expulser l'odeur insidieuse de *mucreux* — d'humidité — qui a pénétré, durant l'hiver, jusque dans les plus infimes recoins.

Pour y parvenir, l'huile de bras ne fait pas défaut. Tout le monde récure, frotte, astique dans un bourdonnement de ruche.

Pendant ce temps, à l'entrée de l'église, sur les fonts baptismaux, Georges entasse des brassées de buis qu'il a coupées derrière les tombes pour la décoration du maître-autel.

Sur les gradins, de chaque côté du tabernacle, je vais dresser une haie de trente centimètres de haut dans laquelle, la veille de Pâques, seront piqués des œillets rouges et des jonquilles.

Pas de fleurs encore cette semaine. C'est temps de pénitence. Si, de nos jours, la vie quotidienne n'est plus modifiée par le jeûne ou l'abstinence, on a hâte pourtant que les croix en deuil perdent leurs voiles violets, que l'autel dépouillé retrouve ses nappes brodées.

Demain, aux Rameaux, les églises seront pleines... puis, après la messe, la foule se pressera au cimetière. Le cantonnier aura soigneusement désherbé les allées pour faire valoir les plants de *promeroles* — ces jolies petites fleurs de printemps qu'à la ville on appelle primevères.

Chaque famille honorera les siens. Si nécessaire, on se rendra même dans plusieurs paroisses — un bout de messe ici, un autre ailleurs — pour « visiter » des parents défunts éloignés.

Mais à chacun ses tombes... Tant pis pour celles des abandonnés, des « sans famille » dont les noms se sont effacés et qui commencent à se fendre, à s'effriter pour finir, un jour, par se mêler à la poussière de leurs défunts oubliés...

Pas question non plus de « toiletter » la tombe, même voisine, d'une autre famille... sauf si cela vous a été demandé comme un service (rémunéré d'une manière ou d'une autre)...

Il y a même un certain orgueil à présenter aux regards admiratifs des autres une pierre tombale familiale (qui souvent a coûté fort cher...) bien briquée, fleurie, pimpante...

La réputation d'une famille passe un peu par le respect qu'elle porte à la mémoire de ses disparus, c'est-à-dire à la tenue de leur dernière demeure.

Je pense au mot du Christ : « Laissez les morts enterrer les morts »... et comment le concilier avec ce culte irréductible que les vivants portent chez nous à leurs défunts ?

Il est vrai qu'en campagne la mort fait, bien plus qu'en ville, partie de la vie : le cimetière s'étend tout autour de l'église, entre le café où l'on *touille* les dominos et la boulangerie où l'on va chercher le pain.

— *Fô êt' à l'heu por queu le buis souai bénit !* [Il faut être à l'heure si l'on veut que le buis soit bénit !]

La bénédiction du buis a lieu au début de l'office des Rameaux. La cérémonie dure deux bonnes heures. Le buis, c'est sacré. Tous veulent en avoir pour en disposer un peu partout : sur les tombes, bien sûr, et dans les maisons, contre le crucifix, mais aussi dans les bâtiments, les étables et même les écuries. Le buis est censé protéger du malheur.

— *Procedamus in pace...*

Croix en tête, la procession s'organise, les bancs se vident. Chacun porte ostensiblement sa branche de buis bien vert. Au chant de l'*Hosannah*, nous entrons au cimetière et passons devant les tombes. Il s'agit, comme le propose la liturgie, de revivre le triomphe du Christ entrant à Jérusalem. Quand le chant cesse un moment, on en profite pour se chuchoter les dernières nouvelles, pour évoquer ses morts avec ceux qui les ont connus. Des petits groupes de traînards s'agglutinent ici et là.

Bientôt, seuls les chantres vont continuer à chanter, aussi fort que possible pour parvenir à se faire entendre. Des voitures démarrent, emmenant des familles vers d'autres cimetières : le jour des Rameaux, on roule pour les morts.

Entouré, à une courte distance, de mes clergeots, je m'arrête devant le calvaire de pierre, édifié en même temps que l'église, qui domine les croix des sépultures.

Quand mes ouailles sont enfin rassemblées, nous entonnons le chant de l'*O Crux ave*, et aussitôt après, je gravis les trois marches du calvaire. C'est pour moi le moment de fixer une branchette de buis, tirée du bouquet que je tiens à la main, au fil entourant la colonne qui supporte la croix. En se bousculant un peu, mes clergeots s'empressent d'en faire autant.

Je sais qu'à ce moment précis beaucoup vont lever les yeux vers le coq du clocher pour savoir quel temps il annonce. Un dicton affirme en effet que ce temps-là — beau ou mauvais — durera quarante jours.

— *Queu vô en penchai ?* [Qu'est-ce que vous en pensez ?] se demande-t-on, à voix basse.

— *Cha marmeuille... Por eun temps de quin é eun temps de quin... Eun vrai temps de cheu nô !* [Ça mouille. Pour un temps de chien c'est un temps de chien... Un vrai temps de chez nous !]

La foule se disperse maintenant. Une silhouette se

courbe sur chaque tombe pour la fleurir puis se redresse aussitôt, sans prendre le temps d'une prière : juste une esquisse rapide de signe de croix, ce qu'on nomme par ici un « gratte-nombril »...

La procession se reforme lentement, on se faufile pour la rejoindre entre les tombes, évitant l'une, enjambant l'autre.

Georges, le maître chantre, vient d'entrer dans l'église en prenant soin de refermer le portail derrière lui. Le porte-croix, les deux acolytes, moi, dans la chape-drap d'or, et la longue file de mes paroissiens, demeurons à l'extérieur du sanctuaire.

Un dialogue chanté s'établit entre le maître chantre et nous autres, de chaque côté du portail clos.

C'est le *Gloria laus et honor tibi sit.* Un air entraînant qui vient tout naturellement aux lèvres quand on parle des Rameaux.

Chaque fête a en effet « son » air symbolique. Ainsi dit-on : « le temps du *Rorate* » ou « de l'*Adeste* » pour évoquer les dimanches de l'Avent ou de Noël. A la fin du dernier couplet du *Gloria,* le porte-croix s'avance et, de sa hampe, frappe trois coups contre le bas du portail... les enfants se sont avancés pour mieux voir. Au troisième coup, l'église s'ouvre enfin pour nous accueillir : une image liturgique symbolisant l'ouverture de la Jérusalem céleste et annonçant la Résurrection.

Cette liturgie — dont personne ici ne souhaite connaître l'explication — plaît précisément parce qu'elle demeure mystérieuse, insolite et il en va de même pour beaucoup d'autres — par exemple celle du vendredi saint.

Si, bien sûr, on comprend pourquoi, durant la cérémonie dite « des ténèbres », on éteint les cierges l'un après l'autre (le Christ est mort), nul ne se demande la raison pour laquelle on provoque ensuite un bruyant charivari (stalles claquées, miséricordes relevées brutalement, etc.) [1].

Durant cette semaine sainte où chaque jour apporte un peu plus de merveilleux, on ne cherche pas le pourquoi des gestes et des coutumes, on préfère s'étonner et respecter les traditions, à la manière des anciens.

Moi, je m'évade un moment en pensée. Ce *Gloria laus* me ramène soudain au temps du Petit Séminaire, dans la cour d'honneur où, en aube, je participais avec mes jeunes camarades à cette même cérémonie.

Certes notre joie était en partie religieuse et liée au grand mystère de la Résurrection mais décuplée, dans nos cœurs d'enfants, par la perspective des vacances prochaines...

A quoi peuvent bien penser mes paroissiens ? Qu'évoque donc pour eux l'air du *Gloria laus* ? Je ne le saurai jamais. Chaque être humain, si agrégé soit-il à un troupeau, est différent de tous les autres, unique dans son incomparable vérité.

De retour dans l'église, mes clergeots retrouvent leurs champignons de bois tourné et mes paroissiens leurs bancs, leurs stalles. On se serre un peu pour faire place à des parents éloignés venus pour honorer leurs anciens ou parfois pour jeter un œil sur leur propre concession — le lieu où ils ont décidé de prendre leur dernier repos. En y enlevant quelques mauvaises herbes, peut-être se font-ils une petite prière pour eux-mêmes... qui sait ?

L'office continue. Tous les chants prévus sont chantés en latin ou en français, sans en manquer un. Du travail bien fait. Bâcler serait sacrilège.

On en arrive maintenant à la lecture de la Passion selon saint Matthieu. Les enfants font une couronne de buis autour de moi qui ai revêtu la chape violette en signe de pénitence, de demi-deuil. En ville ce long texte est dit par trois prêtres qui se partagent les trois rôles : du

---

1. Il s'agit d'évoquer le tremblement de terre dont il est question dans l'Evangile.

récitant, du Christ, de la foule. Je lis seul, soutenu seulement, de temps à autre, par un couplet de cantique qui me permet de reprendre mon souffle.

Debout, les membres du chœur, les chantres et les jeunes gens en soutanes noires s'appuient sur les miséricordes relevées. Dans la nef, l'assistance, elle aussi, est debout. Elle sait qu'elle doit patienter : l'Evangile des Rameaux est long... Les mères calment comme elles peuvent leurs enfants énervés... les plus jeunes sont pris dans les bras, les moins jeunes menacés à mots couverts de représailles après l'office... Aucun d'eux n'a le droit de jouer avec le buis :

— *Touch' pouin à cha : é bénit.* [Touche point à ça : c'est bénit.]

Mes clergeots, fatigués de rester immobiles, sautent d'un pied sur l'autre en poussant de temps en temps un soupir.

Levant, de biais, le nez du lectionnaire, je les calme de mes sourcils froncés...

Heureusement pour tous, quelques mots latins reconnus au passage font prendre patience...

Petrus, petro... ? On en serait bien au reniement de saint Pierre... *Judas Iscariote* ? Le traître va se pendre... *Pontius Pilatus* ? Tout va bien... voilà le procès : on approche de la Crucifixion... *Maria mater ejus*, on arrive au pied du Calvaire... *Emisit spiritum* : le dernier soupir... Cette fois c'est fini... Les visages se détendent, les parents encouragent leurs marmots :

— *E la fin... bouch' plus, mon bésot !* [C'est bientôt la fin... bouge plus, mon petit !]

Avec le *Credo*, entonné à pleine voix, on est en terrain connu. Tout le monde chante. C'est le moment que choisissent, pour quitter l'église, en catimini, ceux qui doivent visiter des tombes ailleurs — pas avant la quête toutefois, ce serait mal jugé...

La messe achevée, les membres des familles qui ne se retrouvent que deux ou trois fois l'an, ou même moins encore, se sentent *amitieux*[1] : on se *boujoute* à qui mieux mieux :

— *Cha fé toujou queu chos' de s'revai...* [Ça fait toujours quelque chose de se revoir...]

— *A eun' aut' fay... p'têt' à la Touchain... Je s'rions bin cotent...* [A une autre fois... peut-être à la Toussaint... je serais bien content...]

---

1. En état d'exprimer leur amitié.

La grande semaine

Lundi saint, mardi saint, mercredi... et ainsi, toute la « grande semaine », on revit le mystère de la mort et de la résurrection du Christ.

— *E vot' moichon à vô l'cuai !* [C'est votre moisson à vous le curé !] plaisante-t-on.

Et c'est vrai : le plein travail, mais plus un travail de sacristain que de prêtre.

Je fais répéter mouvements et chants, j'organise tous les détails des cérémonies car, à partir de jeudi, il y en a une chaque matin et chaque soir (salut avec cantiques et sermon à vingt heures trente).

Dans la nef, aux aurores, guère plus des quelques personnes habituelles que je retrouve à ma messe basse quotidienne mais, cette semaine, tous mes clergeots sont au chœur avec deux ou trois chantres fidèles qui viennent pour me soutenir et, bien sûr, les filles du catéchisme.

Au fur et à mesure qu'on approche de Pâques, l'église se repeuple, en particulier le soir du jeudi saint quand j'évoque la fuite des Apôtres et le vendredi où, dans chacune de ses phases, on revit le sacrifice du Christ... mais l'histoire de la Passion intéresse beaucoup plus que sa signification. Le succès des faits divers de l'Evangile dépasse — et de loin — celui des éditoriaux !

Durant toutes ces cérémonies, que deviendrais-je sans le concours efficace des jeunes filles ? Je retrouve chez elles le courage et la force de leurs mères. Les linges, les ornements d'église... l'ordre en général leur incombent et elles sont fières de leurs responsabilités. Inutile de les commander, elles savent. Rien ne leur échappe. Après leur passage, plus l'ombre d'une toile d'araignée ni le moindre déchet de buis... L'odeur de propre règne partout.

Pendant ce temps, les gars, eux, sont allés aux jonquilles qu'ils déposent en vrac sur le chasublier, sans prendre garde de salir. Les filles grognent un peu mais reprennent leur chiffon pour réparer les dégâts. Elles assument, sans rechigner, le perpétuel rôle — mineur — qui leur est dévolu, à l'église comme à la maison.

Ainsi, à la table familiale le père est à la place du Maît'[1], et les fils, héritiers du nom, à sa droite (l'aîné) et à sa gauche (le cadet puis les autres). La mère n'étant assise qu' « après » le plus jeune des garçons ; quant aux filles, elles occupent les dernières places, en bout de table. Pourtant, ce sont elles qui servent les repas qu'elles ont préparés et cela tout en travaillant, comme les hommes, durant les beaux jours, à la plaine où aucun des plus rudes travaux ne leur est épargné.

Les choses sont ainsi depuis toujours et personne — surtout pas elles — ne songerait à les contester. L'homme règne en maître indiscutable au sommet de la hiérarchie familiale et religieuse... mais, jusqu'à quand ?

Pour le samedi saint, je ne dois pas oublier, entre autres, le cierge pascal, les clous d'encens, le trident (symbole de la Trinité) fait de trois cierges, en cire liturgique, tressés ensemble. Enfin, il faut « dresser » le feu car une *calbote*[2] doit avoir lieu au « chœur » même de l'église. Les gars brisent de vieilles caisses pour préparer du petit bois finement coupé qui sera monté en pyramide sur une tôle. Cette pyramide — à large base, haute de quarante à cinquante centimètres — devra être

---

1. On l'a dit plus haut : devant le *tireu* (tiroir).
2. Flambée.

parfaitement équilibrée pour ne pas s'écrouler quand jailliront les flammes.

Comme chaque année, les jeunes vont observer, avec de grands yeux stupéfaits, faits étranges et gestes symboliques. Je dois, selon la tradition, tremper le cierge pascal, en un mouvement phallique pour féconder l'eau baptismale, *pucher*[1] et jeter cette eau aux quatre points cardinaux, y verser de l'huile..., faire des étincelles... et autres agissements insolites.

J'essaie d'expliquer les raisons de mes actes mais je sens bien que mes explications sont superflues, voire malvenues. Nimbé de son halo de mystère, mon « numéro » a incontestablement plus de succès...

Le samedi saint, à midi, les cloches « reviennent de Rome »... Les plus jeunes — souvent des *ravisés* — se cachent derrière les murs pour tenter de les surprendre quand elles regagnent leurs berceaux dans le clocher !

A vrai dire, je n'apprécie pas beaucoup qu'on abuse ainsi de la naïveté des enfants et de leur goût pour le merveilleux. Je me souviens encore de ma vive déception le jour où je devais apprendre qu'on s'était moqué de moi à ce sujet... La foi dans le Christ n'a rien à gagner avec de tels enfantillages...

Les enfants ont aussi du mal à admettre — quand ils savent compter — que le Christ soit mort le vendredi à trois heures et qu'on célèbre sa Résurrection le matin du lendemain et non trois jours après, comme il est dit dans l'Evangile.

Remettra-t-on un jour les pendules à l'heure ?

Pour l'instant en tout cas, on continue à chanter : *O beata Nox !* (O bienheureuse nuit !)... à 10 heures du matin le samedi et les enfants, devançant la joie de Pâques, vont, ce même jour déjà, de ferme en ferme et de

1. Puiser.

maison en maison quêter des œufs[1] en chantant de
vieilles comptines :

> « Aguignette, miette, miette,
> J'ai des miettes dans ma pouquette...
> Pour qu'elles pondent de gros œufs
> Maîtresse, donne-m'en deux... »

Les enfants s'amusent... reflétant l'évolution des
croyances. Dans la confusion la plus totale, on fait de
moins en moins la différence entre le mystère de Pâques
et les fêtes populaires ordinaires du Carnaval, du mardi
gras ou de la mi-carême... Les anciens s'en offusquent
bien encore un peu mais le « progrès » n'est-il pas
toujours le plus fort ?

Pâques : dès l'angélus, l'unique cloche sonne si allègrement qu'elle donne l'illusion de carillonner... C'est
jour de fête. On arrive de partout pour « faire ses
Pâques ».

Même si le temps est encore très frais, les manteaux
d'hiver sont remisés dans les armoires, les poches bour-
rées de boules de naphtaline : comme le veut la tradition,
on arbore les tenues légères, sombres pour les femmes,
souvent neuves pour les filles...

Dès sept heures et demie, j'entre au confessionnal (je
sais que des montres sont tirées de leur gousset pour
vérifier que je n'ai pas *eun p'tieu* de retard, ne serait-ce
que quelques minutes). Beaucoup attendent déjà : ils

---

1. Pourtant, il n'y a pas longtemps encore, les œufs qui symbolisent la
vie (et, dans la tradition cauchoise, le Christ dans son tombeau) ne
devaient pas être mangés s'ils avaient été pondus le vendredi saint. Ces
œufs-là, souvent gardés dans les buffets, étaient censés se dessécher
sans pourrir et posséder des vertus cachées.

n'ont pas eu le temps de venir avant ; surtout des hommes — qui bougonnent à voix basse dans leur banc car ils sont à jeun, selon la règle... Ils repartiront aussitôt après avoir communié. *Devouère* accompli.

A dix heures, ils seront de retour pour la grand-messe. Autant celle des Rameaux se prolonge, autant celle de Pâques, pleine de chants joyeux, est courte, malgré l'importance spirituelle du mystère pascal.

Les plus petits sont tous là aujourd'hui pour recevoir la traditionnelle bénédiction qui clôture l'office... Peu de mères oseraient manquer cette cérémonie surtout qu'elles sont très fières de présenter leurs derniers nés à la communauté réunie. Dans les bras de leurs grand-mères, ils porteront les beaux vêtements neufs que leurs mamans leur ont préparés — tricotés, taillés, brodés — elles-mêmes pour la circonstance. (Malgré leurs mains durcies aux plus rudes travaux, les Cauchoises savent faire aussi les ouvrages les plus délicats...) Il est extrêmement important pour elles que leurs *bésots* n'aient pas l'air *manant* (misérable)... et surtout moins bien parés que *z'autes.*

Mon très jeune auditoire n'appréciant pas les sermons trop longs, je ne m'y hasarderai pas car ma voix serait vite couverte par des cris vengeurs...

Quand vient le moment de la bénédiction, les jeunes enfants — ceux qui marchent tout seuls — se regroupent les premiers autour de l'autel, puis viennent les bébés dans les bras de leurs mères, emmaillotés dans des langes, roulés dans des châles. Les uns *tétottent*[1], d'autres dorment... Si les chants les réveillent, on les berce de peur qu'ils ne pleurent (les mères n'aiment pas ça).

Pendant ce temps, je bénis, m'employant à demander à Dieu de protéger cette nouvelle génération du mal, de lui donner santé, force... et sagesse.

Sur la tête de chacun d'entre eux, en particulier, j'impose l'étole... beaucoup s'effraient mais certains, déjà

1. Sucent des tétines en caoutchouc.

téméraires, cherchent à l'agripper de leurs petites mains...

Tout en les grondant un peu : *Fô pas fé cha,* leurs mères se croient obligées de les excuser auprès de moi. *M'sieu l'Cuai, fô pouin li en voulouére... i sait pouin oco...* [Monsieur le Curé, il faut pas lui en vouloir... il ne sait pas encore...]

Enfin c'est la sortie : si jamais un timide rayon de soleil éclaire le porche, je suis récompensé :

— Por eun' bell' fête... était eun' bell' fête !

Pourtant personne n'est encore quitte avec Dieu aujourd'hui. Cet après-midi on se retrouvera aux vêpres.

Autrefois, chaque diocèse avait sa liturgie mais Rome a voulu unifier... Heureusement Rouen a réussi à garder quelques-uns de ses rites particuliers. On continue à aller processionner aux fonts baptismaux pour se ressourcer à cette eau vivante et se souvenir que c'est à travers elle qu'on a reçu le baptême. Tous les chants et antiennes que nous entonnons parlent de l'eau vive... en latin.

La cérémonie s'achèvera par une seconde procession, celle du Saint Sacrement.

Les Cauchois préfèrent, et de loin, évoquer le mystère du Christ et se rapprocher de Lui en processionnant ou en « pèlerinant » qu'en écoutant de grandes dissertations théologiques...

A chacun sa voie...

Le saint est *muché*[1] : la fête est finie.

Si, en effet, la majorité de mes paroissiens ont repris, aujourd'hui lundi, leurs occupations, six ou sept d'entre eux attendent là, ce matin, dans les derniers bancs de l'église.

---

1. Caché (remisé à la sacristie).

Jamais de femmes (elles ont horreur de la marginalité).
Des hommes seulement, et toujours les mêmes.

Hier dimanche, ils ont — comme de coutume —
manqué l'office. Ils sont restés chez eux. Malgré la
solennité du jour de Pâques, ils n'ont pas quitté leurs
vêtements de travail. Sans descendre au carreau faire une
partie de dominos, sans même se raser, ils ont attendu le
retour des femmes en *buzoquant* ici et là...

En revanche, aujourd'hui lundi, endimanchés, ils
viennent accomplir un devoir auquel ils ne manqueraient
pour rien au monde. N'ont-ils pas promis solennellement
à un père — ou à une mère — de maintenir la tradition ?
Ils vont donc passer au confessionnal et communier.

« Tous tes péchés confesseras
A tout le moins, une fois l'an
Ton créateur tu recevras
Au moins à Pâques, humblement. »

Mais leur confession ne sera rien d'autre que le
« duplicata » de celle de l'année précédente. Ils com-
menceront par avouer ce que nul n'ignore, qu'ils ont
manqué la messe du dimanche et ils y ajouteront quelques peccadilles, un peu de gourmandise ou autres
péchés véniels. Enfin ils préciseront, pour se sentir tout
à fait en règle... qu'ils ont menti.

Confession sans contrition... puisqu'ils sont bien déci-
dés à recommencer à manquer la messe jusqu'au lundi de
Pâques de l'année prochaine où, à 7 heures 30, ils se
retrouveront sur ce même banc pour faire ce qu'ils jugent
leur devoir. Certes, il me serait facile d'évoquer l'autre
commandement qui concerne l'obligation d'assister à la
messe :

« Les dimanches, messe ouïras
et les fêtes pareillement... »

et de m'employer, pour me donner bonne conscience à moi, à leur donner mauvaise conscience à eux... !

Mon ami Maurice, à qui je demandais conseil à ce sujet, m'a simplement répondu en souriant :

— Relisez saint Matthieu, chapitre XXIII, verset 4 : « Ils mettent de pesants fardeaux sur les épaules des hommes alors qu'eux-mêmes (les Pharisiens) se refusent à remuer ces fardeaux du bout du doigt... »

A bon entendeur, salut !

Un vagabond

Quelques jours après Quasimodo, je trouve sa bicyclette devant le presbytère. Guidon relevé en moustache de gendarme, sans garde-boue à l'avant et, sur le porte-bagages, ficelée avec une corde de chanvre, la petite valise en carton que je reconnais aussitôt.

Mon « vagabond » est là. Il sort de l'Hospice du Havre à chaque printemps pour gagner le plateau. Il va de grange en grange et visite les curés qui lui font l'aumône en échangeant avec eux les dernières nouvelles.

Respectant son désir d'anonymat, je ne lui ai jamais demandé son nom ni les raisons pour lesquelles, alors qu'il est encore assez jeune, il a choisi de vivre en marginal, et misérablement.

Quand j'ouvre la porte de la cuisine, ma mère lui a déjà servi un grand bol de café au lait et préparé quelques casse-croûte à emporter.

Il se lève pour m'accueillir. Malgré sa situation précaire, il a gardé de « bonnes manières » : il parle avec des mots choisis, et il n'est pas devenu amer.

Découvrant, une fois de plus, que les branches de ses lunettes tiennent mal, je les lui rafistole avec un fil de fer.

Sinon, « il se tient bien... » comme dit ma mère : il a coupé aux ciseaux, pour faire plus propre, les fils qui dépassaient de sa veste élimée...

Il me donne des nouvelles de mes confrères auxquels il a rendu visite et dont il est très fier du bon accueil.

Cette fois, il part travailler comme *aoûteux* dans une ferme où il va donner un coup de main. On le connaît de longue date, aussi trouve-t-il toujours, ici ou là, un trou dans la paille pour dormir.

L'averse a cessé, il décide de reprendre la route — ce nomade ne s'attarde jamais longtemps — sans oublier les casse-croûte de ma mère.

En lui disant au revoir, je lui glisse une pièce dans la main :

— Pour faire passer les casse-croûte...

— Mais je ne bois jamais, Monsieur le Curé, vous savez bien.

— Je sais, juste un petit verre, comme tout le monde !

Ses yeux disent merci : il est tout content. Il enfourche sa bicyclette, non sans avoir mis des pinces au bas de chaque jambe de son pantalon pour les protéger de la chaîne et de la boue.

Je regrette son départ : ils se font rares aujourd'hui ces marginaux aux « semelles de vent » qui aiment la liberté au point d'accepter, pour la garder, les affres de la misère et de la mendicité...

J'ai toujours l'impression, quand je les quitte, d'avoir respiré une bouffée d'air « du large », comme si je venais de passer un moment au bord de la mer.

Et pourtant, j'ai réussi, moi aussi, depuis quelque temps, à trouver un peu de liberté. Mon ghetto s'est ouvert, je peux enfin sortir de ma sacristie.

Mon activité « cinéma » me permet en effet de m'aérer et de me faire quelques relations et amis en dehors de Vattetot, jusqu'en Basse-Normandie. Chaque nouveau village que je découvre me semble avoir une personnalité différente de son voisin. Le tempérament et, souvent même, l'accent varient.

De surcroît, à Paris, où je monte maintenant plus fréquemment, on m'a demandé de coordonner l'action cinématographique, de favoriser les ciné-clubs... Comme je fais ce que j'aime, je commence à me sentir bien mieux et je ne reviens jamais les mains vides.

Ainsi, des dominicains, que la télévision naissante m'a fait rencontrer, me poussent à approfondir mes connaissances bibliques et me guident dans ce travail : leur appétit de culture est stimulant.

Ce contact vrai avec le monde enrichit, sans nul doute, mes rapports avec mes paroissiens.

J'ai l'impression de me rapprocher un peu de cette unité dont chacun de nous ressent le besoin. Un bilan aussi bénéfique pour moi que pour ceux qui m'entourent.

Le denier du culte

Aujourd'hui, je vais faire une visite à la maison qui, lorsque je suis arrivé à Vattetot, m'a servi de presbytère provisoire et qu'habitent maintenant un vieux cultivateur retiré avec sa femme. Le type même du Cauchois finaud, content de vivre, un tantinet « farceur ».

Il m'accueille, assis dans une petite voiture d'invalide devant la table de sa salle. Est-il vraiment handicapé ? Rien n'est moins sûr tant il doit préférer faire pitié qu'envie...

Sa femme, comme toujours, est à ses côtés, tout à la fois protectrice et complice.

J'aime bien les voir ensemble car ils ont gardé l'un et l'autre leur propre personnalité.

— Comme cha, on s'promène ? attaque mon hôte en manière d'accueil.

Mais je sais qu'il ne cherche pas à être désagréable : c'est sa manière à lui, plaisante, d'exprimer son plaisir de me voir.

Pour lui, les journées sont longues, il ne voit presque plus personne et je lui apporte une bonne occasion d'apprendre quelques nouvelles du pays. Quand il cherche à trop en savoir sur quelqu'un ou quelqu'une, sa femme le réprimande :

— T'en demande eun p'tieu trop à not' cuai. Il peut pouin te dire ses secrets...

Changeant la conversation, il s'adresse alors à moi

avec bonhomie, certes, mais franchement nuancée d'un brin de persiflage :

— Comme cha, on mendie ?

Et sans attendre ma réponse, il poursuit :

— Vous avez bin raison ! Chacun a le drai d'vivre à cha manière...

Il n'ignore pas, bien sûr, que la première raison de ma visite aujourd'hui c'est le denier du culte, mais ce qu'il ne peut savoir, c'est combien cette « tournée d'aumônes » me gêne — presque autant, sinon parfois plus, que la quête du dimanche...

— Dites, vot' évêque, il doit pouin vous retourner grand-chose ?

Ayant travaillé autrefois pour la paroisse, il connaît fort bien la réponse à cette question mais ça lui fait plaisir que je la lui répète (on ne sait jamais d'ailleurs : s'il y avait quelque chose de changé...).

— Non, non, l'évêché ne retourne jamais rien aux curés.

Un silence.

— C'est pas tout cha, mais combien est-ce qu'on vous donne, nous, par l'denier ?

Nouvelle question pour rien... mais celle-là fait partie de son « cinéma » habituel... car il a noté, j'en suis persuadé, combien il m'a donné l'an passé (seulement, au cas où j'aurais oublié, moi, il pourrait peut-être tricher un peu aujourd'hui... !).

D'un regard et d'un mouvement de tête, il fait mine d'interroger sa femme :

— C'est pouin à mé de décider, lui répond-elle.

— C'est pouin non plus c'que j'demande, j'veux juste qu'on soutienne ma *souvenanche*[1]...

— J'croyons que c'est mille francs[2].

— Mille francs... c'est pouin gras ! Quoi que vous

---

1. Souvenance. Qu'on m'aide à me souvenir.
2. Anciens, bien sûr.

pouvez faire avec cha ? Donne li mille chinq chents, ordonne-t-il à sa femme sur un ton grand seigneur.

Puis, se tournant vers moi, tout sourire :

— M'sieu l'Cuai, vous prendrez bien eun p'tieu queu chos' ?

Sa femme essuie aussitôt la toile cirée et met le couvert... (Eun p'tieu queu chos', à l'heure qu'il est, c'est la collation soupante [1].) Pour l'ouverture, le Maît' saisit la bouteille de calva et la penche au-dessus de mon verre :

— Eun' goutte ?

— Oui, mais une seulement, je suis prudent.

— C'est comme mé, rien qu'eun' goutte... j'somm' au régime... Mais, quand j'invitons...j'laissons c'te régime à la barriai !

— Ne l'croyez pouin, M'sieu l'Cuai... chaque jour que Dieu fait... la goutte grochit !

— Faut bin vivre, rétorque le vieux, même que l'Bon Dieu l'dit dans s'n'Evangile.

— L'Evangile, tu l'sais, té ?

— Qué qu' tu dis ? J'somm' pouin sourd à la mèche... et puis j'avons chanté au chœur, j'savons des choses...

— En latin, p'têt' bin ?

— C'est cha... méprise-mé auprès d'not'cuai... Il va croire que j'savons rien d'not' religion... Pour mé, les *Noches de Cana* [2], c'est un biau geste !

— Forchément ! Dès qu'il s'agit de boire... tu sais tout ! ricane sa femme.

— Sers-nous donc, cha vaudra mieux que d'causer !

Nous buvons un moment sans parler quand mon regard se pose sur la main droite de mon hôte à laquelle manquent deux doigts. (En campagne, les amputations dues au maniement dangereux du matériel agricole sont fréquentes.)

— Ah ! vous guettez ma main... Faut pas croire que

---

1. Petit repas qui peut remplacer le souper ou, parfois, durer jusqu'au souper.
2. Noces de Cana.

c'est au travail que j'avons laissé mes deux douais... c'est eun' bêtise de jeunesse. Eun jour que j'fouinais dans eun' grange, j'y ai déniché eun vieux fusil de 70, du temps des *Zullans*[1]... Des machines qui s'chargent par la gueule aveuc eun' tige de métal. J'ai dû faire queu chos' qui fallait pas et cha m'a explosé dans les douais. J'avons vite couru à la forge avec la main en sang. Deux, trois coups de soufflet, le charbon a rougi, la flamme a jailli et j'y ai mis mes douais pour cautériser la plaie... Dire que cha fait du bin, non, mais c'était l'moyen en c'temps-là. Après, ma mère m'a *toupiné* la main avec un torchon propre qu'elle avait tiré de l'armoire et j'somm' descendu seul vai eun docteur à Doudeville : quatre kilomètres à pied, j'm'en souviens comme d'hier, c'était eun diman-che, à trois heures...

— A c't'heure-là, t'aurais dû être aux vêpres... c'est le Bon Dieu qui t'aura puni !

— Tais-té. Quand j'arrivons chez le docteur, sa gou-vernante m'ouvre. Aussi sèche qu'une bonne de cuai ! « Que voulez-vous ? »

« C't'année-là, j'avons p'têt' dix-sept ans... Je lui montre ma main, enfin le torchon taché de sang. Elle guette... et me dit : « Le médecin reçoit que demain, revenez... » et hop ! elle me claque la porte au nez. Croyez-mé, l'retour m'a paru long. Je suais à grosses gouttes. De nos jours, por eun rien, on dérange les pompiers — un vrai charivari ! Bon. Seulement mé, j'titubais, de pis en pis... et la plaine, je n'la voyons pouin nette. A mon arrivée, ma mère m'a donné eun' tisane, mais j'avons pouin fermé l'œil de la nuit. A l'angélus, debout ! J'avons repris cette route de Doudeville por être reçu le premier. Por commencer, l'docteur m'a passé eun savon à cause de m'n'imprudenche et pis, il a retiré le panchement qu'avait collé et le sang s'est mis à nouveau

---

1. Uhlans : lanciers des anciennes armées allemande, russe et autri-chienne.

à pisser. Alors, il a sorti ses outils : « Si t'es un homme, c'est le moment de l'montrer ! » qu'il m'a dit.

« Je m'suis mordu les lèvres, por pas crier mais j'ai qu'même lâché un « ouille ! ouille ! », une fois ou deux... « Allez, pas d'enfantillages ! » a commandé l'docteur.

« J'avions ma fierté, j'ai tenu. Lui, il coupait et recoupait, cousait et recousait... sans alcool et sans m'endormir. Tout cha, comme au temps de Napoléon, quand on jouait du tambour por étouffer les cris des blessés... Sauf que, por mé, y avait même pouin d'tambour ! « Reviens la semaine prochaine et, d'ici là, touche pas à la terre... »

« Dire cha à un gars d'la campagne ! Bien sûr que si que j'y ai touché, à la terre... et vous voyez, j'en somm' pouin mort !

— Tu l'as pas déjà racontée à M'sieu l'Cuai, cette histouére ?

— P'têt' bin... mais cha y plaît à not' cuai !

— C'est vrai... et j'arrive à peine à vous croire... Grâce à Dieu, la médecine a fait des progrès depuis votre jeunesse !

Mon hôte me verse un peu de café et rapproche la bouteille de calva.

— Pardonnez-moi, dis-je, mais je ne fais pas de mélange...

— C'est pourtant la règle par *ichite*... Vous restez un homme de la ville, M'sieu l'Cuai... mais c'est pas eun reproche : on est d'où c'est'i qu'on est...

— Allons, dis-je, pour vous faire plaisir, je vais essayer.

Et je lui tends mon verre.

L'air madré, avec cette pointe de mépris souriant qu'on porte aux débutants, il me « larmoie » alors une goutte de calva et tandis que je goûte mon café si chichement « consolé » (comme disent aussi les Cauchois), je vois son œil à l'affût qui clignote derrière sa paupière, comme derrière un volet...

Alors, jouant le jeu, je lui dis :

283

— Entre nous, c'est la première fois que je bois si peu de calva dans un si grand verre !

Et lui de me répondre, du tac au tac :

— C'est vous qui dites cha... mais vous serait-i jamais arrivé de dire eun' mèche basse dans eun'... cathédrale ?

Nous rions de bon cœur tous les trois.

Voilà plus d'une heure que je suis là et ma « tournée d'aumônes » ne fait que commencer... Je me lève pour prendre congé et quand je mets la main sur la clenche de la porte, le Maître se décide :

— Comme cha, vous êtes cotent ?

— Toujours, quand je vous ai rencontrés...

— Oui, mais j'disons cha par l'denier du culte...

— Ah oui... eh bien, merci pour votre geste.

— Bin, puisque vous êtes si cotent... p'têt' que cha pourrait fai pou nos bancs en même temps : eun' pierre, deux coups !

Ainsi, mon hôte, en me donnant « royalement » cinq cents francs de plus, vient habilement de les reprendre...

Que faire d'autre que de sourire ?... Surtout que, par personne interposée, ma défense est assurée : ça ne va pas se passer aussi bien avec la « patronne » qu'avec moi.

Le dimanche suivant, sur le plateau de la quête, il y aura une enveloppe avec un billet de cinq cents francs et une petite carte griffonnée : « En supplément pour le banc ».

Le froid tombe sur le presbytère

Les années ont passé... Sans que je m'en sois vraiment rendu compte. Ma mère a vieilli, un petit peu plus chaque jour...

Il m'arrivait parfois de faire un mauvais rêve ; un cauchemar : j'étais soudain abandonné dans mon grand presbytère humide sans autre âme qui vive que la mienne...

Et voilà que ma mère, justement, est gravement malade...

Un jour, en rentrant du jardin, elle a soudain des difficultés à marcher : elle me reconnaît à peine. C'est avec beaucoup de mal que je parviens à la faire monter à l'étage en la soutenant pour qu'elle s'allonge sur son lit.

Le médecin, arrivé peu de temps après, l'ausculte et prend sa tension.

— Son pouls est faible, me dit-il, il doit y avoir une histoire interne. Je préfère la faire hospitaliser, vous ne pourriez pas la soigner comme il faut ici...

L'ambulance l'emporte. Je l'accompagne dans la 2 CV que je possède depuis trois mois grâce à l'intervention du « château ».

A l'hôpital de Fécamp, les religieuses s'affairent. Dans la grande salle, il y a plus de trente lits, dos aux fenêtres. L'odeur d'éther réveille aussitôt en moi le souvenir du sana... et une angoisse latente.

L'hôpital... c'est cela que ma mère craignait le plus :

285

être chassée de sa maison, devenir soudain anonyme, un numéro dans une immense pièce aux murs blancs — le symbole de l'échec, de la misère.

Et puis surtout, maintenant qu'elle a retrouvé ses esprits, elle s'inquiète pour moi.

— Que vas-tu devenir tout seul ?

Je tente de la réconforter : « Le médecin est formel... tu rentreras bientôt... » mais elle n'est pas dupe : l'hôpital, c'est là où l'on meurt... Pendant la guerre mon père n'en est jamais revenu. Comment l'aurait-elle oublié ?

— Dans le buffet, sur l'étagère du haut, dans la soupière bleue, il y a des œufs enveloppés dans du papier journal. Ne tarde pas à les manger.

Toujours son même souci du détail, de l'économie, quelles que soient les circonstances...

— Demain, dès 10 heures, je serai là, lui dis-je, dors, ne t'en fais pas...

Mais si, elle s'en fait...

Très vite, en quelques jours, elle va s'affaiblir. Je sens qu'elle commence à se laisser glisser. Une sorte d'acceptation : comme si la partie était déjà perdue.

Chaque matin, je descends à Fécamp pour essayer de l'aider à remonter la pente, mais en vain : le mal progresse.

Et un soir, vers minuit le téléphone sonne.

— Madame Alexandre est décédée il y a un quart d'heure. Nous vous attendons au bureau demain matin.

Le froid s'est abattu sur le presbytère. Ma mère s'éloigne de moi pour la première fois.

A l'hôpital, je la trouve dans une petite chambre isolée. Toilettée, coiffée. Contre sa poitrine, un crucifix et dans ses mains usées, les grains de son chapelet.

Son visage, dont les rides se sont retirées, est lisse et paisible.

Sur un meuble, un bouquet de fleurs et sur la table de nuit, un napperon brodé avec une soucoupe, du buis, de l'eau bénite...

Les religieuses ont fait de leur mieux... N'était-elle pas la mère d'un prêtre ?

Un instant, je revois la joie dans ses yeux le jour où j'ai été ordonné...

Une Sœur me rappelle qu'on m'attend au bureau pour prendre les dispositions nécessaires.

— Je souhaite que l'inhumation ait lieu à la chapelle de l'hôpital.

Ma décision étonne un peu... mais je n'ai pas les moyens de faire ramener ma mère à Vattetot. Elle reposera donc au cimetière de Fécamp, face à cette mer qu'elle a pourtant toujours détestée.

Aurais-je dû refuser qu'elle soit conduite à l'hôpital malgré les bonnes raisons qu'on me donnait ? Une question que je continuerai longtemps à me poser...

Normalement, étant donné la classe de l'enterrement, il ne doit pas y avoir de messe, mais mes confrères présents ne l'entendent pas ainsi. L'un deux s'assoit d'autorité à l'harmonium de la chapelle et donne le ton du *Requiem* que l'assistance se met à chanter. Un chanoine qui m'a connu à mes débuts prononce l'homélie. Je célèbre.

Dire la messe devant le cercueil de sa mère est une épreuve mais je ne pleure pas... je n'ai jamais pu.

Pas de famille. Juste quelques-uns de mes paroissiens. Les autres ont trouvé une excuse : n'ai-je pas annoncé qu'il y aurait une messe pour la défunte, sur place, dimanche prochain ?

Je rentre au presbytère où personne, désormais, ne m'attendra plus...

J'y trouve un mot de l'évêque, très « senti » : « Soyez courageux. » Mais il ne me demande pas comment, pratiquement, je vais pouvoir seul, sans l'aide permanente et irremplaçable de ma mère, mener à bien ma tâche. Apparemment, ce n'est pas son problème.

A la boulangerie de Vattetot : l'auteur rencontre le nouveau boulanger qui a succédé à Max, son ami des mauvaises heures (1988).
Photo Carlos Freire.

On touille les dominos. L'auteur, au centre, avec deux paroissiens.
« *A la sortie de la messe,
je suis demandé pour faire le quatrième aux dominos.
Le partenaire habituel a dû s'absenter.* »
Photo Ouest-France.

*La paix scolaire. L'auteur en conversation avec son ami l'instituteur,
directeur de l'école de Vattetot (1988).*
Photo Carlos Freire.

Le curé Alexandre chez Rémi Guérin. Il discute avec Mauricette Guérin qui assure le catéchisme de la paroisse (1988).
Photo Carlos Freire.

*Messe de la moisson où se retrouvent les cinq paroisses.
Folklore ou foi, folklore et foi ? Ou peut-être les deux.
Vattetot-sous-Beaumont (septembre 1986).
Chaque ville avait, jadis, sa « coiffe ».*
Collection de l'auteur.

La cour-masure cauchoise. Les pommiers, les rideaux d'arbres, le « fossé », la maison dans ses transformations successives : soubassement en silex noir, colombages, briques (industrielles), toit ardoisé.

Le lieu. Force d'enracinement du Cauchois, droit comme un hêtre, lié à son sol et à son histoire (1988).

Le catéchisme à Bernières. « Où se trouve ce pays qu'on appelait la Palestine et où vivait le Christ ? » (1988).

Rouville. La confession, hier. Le sacrement de la pénitence est en rapide évolution dans l'Eglise, depuis la dernière guerre (1988).

Photos Carlos Freire.

Sortie du catéchisme, à Rouville (1988).
Photo Carlos Freire.

LIVRE QUATRE

Seul...

Inutile d'essayer « d'animer » seul les douze pièces du presbytère. Je n'y parviendrais pas. Il faut me réduire, me replier dans une seule : la « salle », comme on dit ici. Une peau de chagrin.

Mes enfants du catéchisme viennent m'aider — non sans mal, mais dans les rires — à y descendre mon lit, à installer près de la fenêtre une petite table couverte d'un grand buvard rose, bien punaisé : mon bureau.

Le long du mur, une sorte de comptoir me suffira pour manger : une assiette exige si peu de place...

L'école est finie, les jeunes affluent au presbytère. Ma mère n'étant plus là pour combattre le désordre et les salissures, ils se sentent chez eux. La maison devient ruche et bourdonne de vie. Pour moi, c'est la chance. Les marches de l'escalier sont sautées à pieds joints ou remontées quatre à quatre... Ça galoche partout et même — ô merveille — ça balaie, lave, range, brique et fleurit... La bonne volonté suppléant à la maladresse.

Une réconfortante odeur d'encaustique qui envahit la maison achève d'effacer, pour un temps au moins, les idées noires.

Jeudi, après le catéchisme du matin et les réunions qui le suivent, je garde quatre ou cinq élèves pour partager mon repas. Quelle joie de pouvoir inviter à ma table leur gaieté communicative ! Et, de surcroît, ce sont des convives idéaux qui apprécient joyeusement mes expériences

289

culinaires les moins réussies. Mes pâtes cuites à l'eau froide, par exemple : un vrai festin ! Tout ce qui change de la routine — nouveauté et imprévu — est une fête pour les enfants.

Hélas, le soir, ils ne sont plus là, la salle-bureau-chambre, déserte, sombre dans le silence. J'essaie pourtant de mettre « le couvert », une serviette... de ne pas trop bâcler mon repas — comme le voulait ma mère — et, enfin, j'ouvre la radio : toutes les voix du monde réussiront-elles à m'en faire oublier une seule ?

Malgré mes efforts, jour après jour, je simplifie un peu plus mon « standing ». J'approche du dépouillement évangélique ! Une assiette, pourquoi ? Je pique directement dans le plat et, bientôt, dans la casserole. Je ne m'impose plus qu'une seule règle : ne pas abuser des conserves. Un curé de campagne qui vivait solitaire, comme moi, n'est-il pas, récemment, mort du scorbut ?

Contre la porte du placard à vaisselle, je m'oblige à afficher les menus de mes repas de la semaine où, bien sûr, les œufs et les patates reviennent plus souvent que la viande, réservée au déjeuner du dimanche.

L'avenir dira si, malgré l'avis contraire de certains amis — mon confrère Maurice, en particulier — j'ai raison de tenter de réaliser l'idéal cauchois : me passer *d' z'autes*, me suffire à moi-même...

L'amitié

En vérité, il va bientôt me falloir convenir que la solitude ne m'est pas bénéfique et que je n'ai pas une vocation d'anachorète.

Je passe de plus en plus souvent à la boulangerie-épicerie tenue par mes voisins Max et Yvonne. Ils ne sont pas cauchois, ils viennent du nord du département — au-dessus de Dieppe — de *Ch'nord* où le parler et l'esprit sont très influencés par la Picardie, une région proche qui a le goût des fêtes et des kermesses hérité sans doute de la lointaine influence hispano-flamande.

On ignore souvent que le patois cauchois est mâtiné du *ch'timi* picard mais il a fallu beaucoup de temps pour que ce dernier atteigne les rives de la Seine et que certains sons soient modifiés (comme par exemple le *mi* devenu *mé*).

On retrouve encore aujourd'hui au Canada, dans la région du Saint-Laurent — en particulier dans l'Ile aux Couldres — ce parler picard-cauchois des premiers colons qui s'embarquèrent au XVIe siècle à Dieppe pour le Nouveau Monde.

— Tu prends quelque chose ? me propose Max (Max ne parle pas patois).

Inutile de répondre, mon verre est déjà rempli. « Zouzou », le facteur, son képi relevé, sa sacoche de courrier en cuir posée au plus près de lui, est aussi un habitué de la boulangerie. Il passe tous les matins et reste à déjeuner une fois par semaine (son repas de midi étant assuré chaque jour dans une maison différente, tout comme du temps de mon père et de l'oncle Léon).

Le facteur garde une petite notoriété en campagne. N'est-il pas un lien entre le monde et le village et aussi entre les habitants mêmes du village ?

C'est lui qui collecte et colporte les nouvelles du jour. Quelqu'un souhaite-t-il savoir comment va cette vieille femme qui vit seule au bout du pays ?

— J' l'ai vue, c'matin, trotter à ses *cabits*[1] à lapins.

Car, même si le Cauchois ne s'inquiète pas beaucoup des autres, il aime *savouére*... et le facteur sait toujours tout. De surcroît, il rend de menus services, il accepte de porter ou de communiquer une « urgence » — un médicament, l'annonce d'une naissance...

Les verres s'entrechoquent : on trinque, en silence, sans préciser à qui ou à quoi. Chacun peut ainsi souhaiter, à part lui, ce qui lui plaît.

Et puis on parle un peu... mais un peu seulement (le boulanger est lié par sa discrétion vis-à-vis de ses clients, le facteur par ses responsabilités... et le curé par le secret...) Le temps est un sujet idéal qui ne compromet personne et permet, en parlant... pour ne rien dire, de goûter le plaisir de se sentir « ensemble »...

Aujourd'hui, le facteur déjeune ici. Sur le ton d'une affirmation, Max me lance :

— Tu restes avec nous.

Il n'y a pas à feindre une hésitation... Yvonne a déjà mis mon couvert. Comment résister d'ailleurs ? Je sais qu'on m'invite avec tant de cœur.

Le repas est rapide : le facteur doit finir sa tournée et Max a du sommeil à rattraper...

Quand je me lève pour rentrer au presbytère, Yvonne coupe court à mes remerciements et enchaîne :

— Max t'attend ce soir à sept heures et demie.

1. Clapiers.

292

En clair, ça veut dire que je deviens le convive permanent de la boulangerie.

Une nouvelle page se tourne pour moi. L'amitié me sauve de la solitude qui me mine.

Dans l'après-midi, je visite des familles, règle un problème concernant un enfant, passe à l'église changer les nappes. Quand la nuit tombe, je reprends le chemin de la boulangerie. Deux fenêtres éclairées qui semblent me faire signe : un bonheur retrouvé.

Max est au fournil, en train de peser. Un jet de farine sur le plat du coffre pour que la pâte ne colle pas avant de la rouler, de la couper et de la jeter sur le plateau de la balance. Il en ajoute ou en retire un peu si nécessaire mais, la plupart du temps, le poids est juste : Max a le bon œil.

Comme je regarde sans rien faire, il me lance en souriant :

— Si tu veux m'aider, faut pas te gêner !

Je m'y mets aussitôt mais le résultat n'est guère concluant : la pâte me colle aux doigts et je dois m'y reprendre plusieurs fois pour arriver au poids fixé.

— Te voilà bien *emberniqué*[1], ironise Max : preuve que t'es mieux fait pour être curé que boulanger.

Un tutoiement *amitieux* qui me fait bien plaisir car, depuis la mort de ma mère, je n'ai plus droit qu'au vouvoiement respectueusement dû aux curés.

Maintenant Max attrape, l'une après l'autre, les boules de farine, les allonge, les moule avec le plat des mains pour leur donner la forme des pains, jusqu'à ce que la planche qui va être glissée dans l'armoire à levain en soit couverte.

Ensuite il allume le four. Pour cela, il faut l'ouvrir, présenter les tuyères[2], mettre la pompe en marche, attendre que le mazout monte avant de l'enflammer. (Le « boum » qui accompagne cette opération est si fort que

1. Embarrassé.
2. Brûleurs à mazout.

293

souvent, quand je suis endormi dans ma chambre voisine au presbytère, il me réveille en sursaut...)

Max sort maintenant ses pelles pour enfourner les pains, non sans avoir passé auparavant un coup de serpillière sur les pavés brûlants du four pour les dépoussiérer et les humidifier.

Le travail du boulanger, qui assure le pain quotidien d'une soixantaine de familles pendant leur sommeil, s'achève.

L'heure tardive du dîner à la boulangerie est venue. Je brosse ma soutane enfarinée et je me lave les mains avant de passer à table avec mes hôtes.

Je ne regrette pas d'avoir mis — et pour une fois au sens propre — la main à la pâte.

J'ai l'impression de mieux connaître mon ami boulanger.

De la soupe fumante !... je n'en avais pas mangé depuis la mort de ma mère. Et à une table familiale, de surcroît : une vraie cure de jouvence !

— Il était grand temps que tu sortes de ton trou, commente Max à la vue de mon visage réjoui, sinon, tu aurais fini par parler à tes chaises !

Je sais qu'il n'a pas tort mais aussi que je ne peux accepter de devenir en permanence le pique-assiette de la boulangerie, et je le dis. Alors Max se met à bougonner :

— Tu sais très bien prêcher la charité chrétienne mais dès qu'on essaie de mettre un peu de tes principes en pratique... te voilà qui rechignes ! Et puis d'ailleurs pour te dire la vérité, si je t'invite, c'est que j'ai une autre raison...

— Laquelle ?

— Tu veux savoir ? Eh bien, j'aime pas qu'on exploite les gens ! Ça m'écœure de voir ce que tu fais pour tous au village et que personne ne fait rien pour toi...

— Mais c'est normal...

— Bien sûr que non... et nos Cauchois, je t'en donne mon billet, si on les secoue pas, ils te laisseront crever la bouche ouverte...

— N'exagérons rien...

— Mais je n'exagère pas. Y en a-t-il un qui s'est soucié de toi depuis que tu es tout seul ? Qui t'ait proposé de s'occuper de ton linge ou de ta nourriture ?

— Oui, le « château » !

— Je parle de ceux d'ici, pas des horsains... Parce que enfin, un curé, ils en voulaient un... même qu'ils sont allés pleurnicher pour ça auprès de l'évêque, non ? Et quand ils l'ont eu, leur curé, où est-ce qu'ils l'ont mis, tu veux me le dire ? Dans un taudis de presbytère pourri avec un toit percé pour que la pluie entre mieux... Et même s'ils te logeaient décemment, je trouverais pas encore ça suffisant. La vérité c'est qu'ils devraient te payer pour ce que tu leur donnes, comme ils me paient mon pain.

« Tant pour une confession, tant pour un mariage, une inhumation... Puisqu'ils ont besoin de ton travail, puisqu'ils ne peuvent ni vivre ni mourir sans toi, qu'ils passent à la caisse, sapristi ! Monsieur le Curé, avec le respect que je vous dois, je vous le dis : tu es méchamment exploité !

— Cela m'aide peut-être à faire mon salut !

— Comme tu voudras... mais si Dieu est juste, il ne devrait pas tolérer ça... C'est que moi, je les vois faire, tes ouailles, avant la messe : elles passent à la boulangerie, déposent leurs cabas, papotent un peu et, à la fin, me demandent de leur faire de la petite monnaie en m'expliquant avec un bon sourire : *E por la quête !* Moins elles donnent, plus elles sont contentes... ! Si elles pouvaient te refiler une seule piécette à plusieurs ce serait le rêve ! Je ne peux pas te dire, ça me révolte de voir ça !

« J'use pas les dalles de ton église mais Yvonne et moi, on a quand même des principes : quand on peut, on rechigne pas à donner un coup de main : prêter notre four pour faire cuire des poulets ou des rôtis, rapporter des bricoles du marché à ceux qui peuvent pas y aller... Tout ça, c'est normal, entre connaissances, non ? Et recevoir le curé à sa table quand il est tout seul et commence à avoir une mine de déterré... ça serait pas normal ? Et pas normal non plus que ça fasse plaisir de l'inviter ?

— Bravo ! Tu peux faire « la quête »... Tu as fini ton sermon... Pas de doute, tu serais bien mieux curé que moi boulanger !

Max éclate de rire... ses yeux pétillent. Il a réussi ce qu'il voulait — et ce que tant de chrétiens pratiquants pourraient lui envier : donner à l'autre en le convainquant que c'est naturel et donc qu'il n'a pas à dire merci. Et mieux encore : que c'est celui qui donne qui devrait dire merci.

Le poumon

La campagne hiberne.

Un coup de froid, température — comme chaque année à la même époque, je dois me mettre au lit. Max a prévenu le médecin et Yvonne m'a apporté un bol de café chaud, entre deux clients. Que deviendrais-je sans mes amis ?

Il s'est mis à neiger : je me souviens de mes premiers hivers quand Maître Jules descendait de bon matin avec le « triangle » (des grosses planches de chêne montées en proue de bateau) tiré par deux chevaux pour écarter la neige poudreuse et la rejeter sur les *bermes*, au pied des fossés.

Aujourd'hui, Maître Jules n'est plus et le triangle, abandonné, achève de pourrir dans quelque décharge. Nous sommes donc prisonniers de la neige, obligés d'attendre patiemment le retour du soleil pour que *cha remeuille*[1].

L'instituteur, un autre ami, arrive aux nouvelles.

— Alors, tu t'offres des vacances ?

— Comme tous les ans, en février...

— Mais sérieusement, qu'est-ce qui ne va pas ?

— Eh bien, ça souffle : toujours le poumon, j'éponge difficilement...

— Je vais t'envoyer deux grands dissipés pour s'occu-

1. Que la neige fonde.

per de ton feu. Moi j'aurai un peu de calme et toi un peu plus chaud. D'ailleurs, aujourd'hui, j'occupe ta cour : méthode active pour *récauffer* les élèves : on construit un igloo. Le peu d'élèves qui ont eu le courage de venir, je veux les amuser un peu... la plupart ne se sont pas dérangés : la neige est une bonne excuse. De notre temps, il fallait se débrouiller pour aller en classe par n'importe quel temps et coûte que coûte. Cette nouvelle génération se *doulaise*... Bon, je m'en vais te chercher de l'aide, tu es tout pâle. Un bon feu va te faire du bien.

Les deux « dissipés » arrivent quelques minutes plus tard. Blouses noires, cache-nez (ce qui ne les empêche pas de renifler à qui mieux mieux : eux aussi ont le *riame*[1]), bérets enfoncés jusqu'aux oreilles, gros bas et galoches, ils courent aussitôt au cellier chercher des fagots qu'ils *boisettent*[2] avant d'en gaver le fourneau sur du journal chiffonné. Ils font ça très bien et, en un rien de temps, le feu ronronne et ramène la vie autour de moi.

C'est un plaisir de regarder les visages épanouis de mes « chargés de mission ». Ils sont tellement radieux de sécher la classe, tout en se rendant utiles, qu'ils n'ont qu'une idée : prolonger le service.

Je n'arrive plus à les faire partir : ils ont décidé de laver les pavés à grands coups de serpillière... et de fous rires !

Chez eux, à midi, ils seront tout fiers de raconter leur B.A. Ainsi tout le village saura que le curé est malade.

L'instituteur « repasse » après la classe :

— Ah mais dis donc, on ne reconnaît plus ta maison ! Mes grands se sont très bien débrouillés. C'est propre et il fait chaud. Dès que le médecin sera venu, j'irai « à médicaments »...

Le maître aime son parler cauchois et regrette qu'il soit interdit à l'école :

— C'est pourtant du vieux français... On oublie trop que Corneille lui-même parlait patois : quand on le lit

1. Rhume.
2. Cassent pour en faire du petit bois.

avec l'accent d'ici on s'en aperçoit tout de suite. Mais, pour faire comprendre ça à ces Messieurs de l'Académie... c'est sans espoir ! A bientôt, je reviens tout à l'heure.

Un moment après, le médecin entre sans frapper. C'est un brave homme qui accourt dès qu'on l'appelle, soigne de son mieux et oublie de parler de ses honoraires. Il m'ausculte.

— Trente-trois, dites trente-trois... c'est toujours la base du poumon droit qui est prise. Je vais vous donner un bon sirop pour dégager ça et, si ça ne s'arrange pas dans quelques jours, on fera de la pénicilline. Mais, dites-moi, où sont vos commodités ?

— Dans une guérite allemande au fond du jardin...

— Le confort moderne !... Au moins, faites gaffe à bien vous couvrir...

Après avoir plaisanté sur mon « confort moderne » il se met à critiquer sérieusement l'Etat :

— Vous les curés, il vous a carrément spoliés ! Quand on pense qu'il vous loue le presbytère qu'il vous a volé, c'est un comble ! Ah ! On peut parler des droits de l'homme et du citoyen, après ça !

— Pourquoi revenir là-dessus, c'est du passé...

— Peut-être, mais votre misère est une mauvaise enseigne dans notre nouveau monde qui ne croit qu'à l'argent...

— La pauvreté est une vertu évangélique.

— La pauvreté, le désintéressement, peut-être, mais sûrement pas la misère. La misère, c'est l'injustice. Pour vivre dignement, il faut un minimum et si votre minimum devait encore se réduire, il n'y aurait sûrement plus personne pour vous remplacer !

Tout en mâchouillant son cigare, il signe mon ordonnance, sort son carnet de consultations, barre mon nom, tourne les pages...

— Bon courage, je repasserai vous voir après-demain. Si vous aviez droit à la Sécurité sociale, je vous aurais arrêté deux bonnes semaines, je vous trouve fatigué...

299

mais voilà, vous êtes un marginal... une sorte de hors-la-loi !

Il rit de bon cœur !

Le rire du médecin est le meilleur médicament des malades.

Je me sens déjà mieux.

Une nouvelle paroisse

Mon confrère « Manneville » n'est plus. Crise cardiaque au volant de sa voiture. Il a juste eu le temps de la bloquer contre un fossé avant de mourir.

Comme il faut « assurer » — selon l'expression consacrée — ses paroisses, j'accepte la proposition du Doyen de me charger de l'une d'entre elles : Houquetot. Un petit village d'une centaine d'habitants... qui semblent avoir hâte de connaître leur nouveau curé.

— *Qui qu'on va avai ?* [Qui va-t-on avoir ?]

Avec cette paroisse va commencer ma « collection de clochers »...

L'accueil est sympathique. N'étant pas nommé, c'est la lune de miel, j'ai encore toutes les qualités. Je trouve un chœur bien fourni — car le village compte beaucoup de familles nombreuses — mais qui chante toujours, selon l'ancienne formule, le plain-chant.

Comme les plus jeunes me soufflent qu'ils aimeraient bien passer au grégorien — ainsi le veut la dernière réforme — je promets d'en dire un mot au vieux chantre qui dirige le chœur. Non seulement il n'en fait pas une affaire mais il demande à venir aux répétitions pour se recycler : un brave homme de chantre, plein de jeunesse d'esprit.

En même temps mes nouvelles ouailles profitent de ma venue pour simplifier la décoration de leur église, supprimer les dentelles désuètes, dépoussiérer, moderniser...

301

Afin d'arriver à temps à ma messe de Houquetot, j'ai harmonisé mes horaires (non sans noter une certaine mauvaise humeur à Vattetot qui n'aime pas partager — et pas plus son curé qu'autre chose... !) mais je n'ai pas de chance, il fait un temps épouvantable le matin même du premier dimanche où je me rends dans ma seconde paroisse.

Et, comme il se doit, ma voiture qui passe toutes ses nuits dehors est en panne. J'en trouve une autre non sans peine, et enfin, me voilà parti. Fouettée par un vent violent, la tempête de neige redouble. Je roule dans un désert blanc où je ne vois rien à deux mètres devant moi.

Pourvu que je ne crève pas ! Les essuie-glace ahanent, l'air glacé pénètre par les portières mal jointes mais je dois continuer coûte que coûte.

La neige ne serait pas une bonne excuse pour manquer ce premier rendez-vous avec mes nouveaux paroissiens.

Pourvu qu'eux-mêmes n'aient pas renoncé à venir !

Dès mon arrivée à Houquetot, je reprends espoir : deux voitures stationnent devant la grille du cimetière (ils seront au moins deux !).

Mais ô miracle, quand j'entre dans l'église, je découvre avec bonheur qu'elle est pleine : tout le monde est là. Les familles au complet dans la nef, les jeunes dans le chœur, prêts à chanter...

Il n'y a pas de chauffage mais, à défaut, je trouverai une brique chaude enveloppée de papier journal sur l'autel... pour que je puisse me dégourdir les doigts. Bref, je suis attendu... comme le Messie !

— Queu temps ! me marmonne, dans un grand sourire, une vieille dévote, tandis que je passe les ornements. Vô savai, on é venu por vô !

Qui dira jamais le bienheureux pouvoir de quelques mots chaleureux...

En rentrant à Vattetot, non seulement je roule allègrement dans la neige et je n'ai plus froid mais je me sens tout ragaillardi... fin prêt pour continuer ma collection de clochers.

Le rideau rouge

Pour une fois j'ai réussi à trouver le temps de monter à Paris — un confrère ayant accepté d'assurer les messes dans mes deux paroisses. Je passe d'abord à l'église Saint-Sulpice... mais on s'étonne : un prêtre de campagne venu passer un dimanche à Paris ? Voilà qui est suspect !

On me demande mon celebret[1] et je dois noter sur un registre où je suis descendu... Je ne comprends pas bien pourquoi tant de précautions sont prises à mon endroit puisqu'une erreur concernant mon identité ne nuirait, de toute manière, à personne.

Les choses s'arrangent quand j'accepte de célébrer une messe à un petit autel de l'immense église — bien sûr « gracieusement ». Ma messe dite, je me retrouve dans ce vieux quartier, rue Bonaparte, où l'histoire est partout présente... il est encore tôt et je vais pouvoir flâner à ma guise. J'ai pris des notes en lisant Lenotre et j'aime situer les événements du passé dans leur cadre. A travers les ruelles, derrière le quai des Augustins, je suis à peu près seul en ce début de matinée dominicale. Je me sens privilégié de pouvoir ainsi découvrir Paris à son réveil... et, soudain, comme libéré d'être plongé dans l'anonymat de la capitale, et de marcher au hasard de ma fantaisie. Heureux.

---

1. Pièce d'identité, délivrée par l'évêché et certifiant l'authenticité du titre de prêtre.

Mais, bien sûr, je ne suis pas venu pour « rien »... Je me rends aujourd'hui à Levallois-Perret pour le Congrès catholique du cinéma où je vais rencontrer des confrères.

Dans le clan des « petits curés de campagne » où je suis happé dès mon arrivée, nous avons tous à peu près les mêmes problèmes qui, bien entendu, ne sont pas ceux de nos dirigeants.

Les technocrates, par définition, savent toujours mieux : c'est même la raison pour laquelle ils ont été choisis et la province doit s'incliner devant leur science éminente, reconnue par la hiérarchie. A nous, les obscurs, de concilier les consignes officielles et nos pauvres réalités quotidiennes...

Les prêtres qui s'intéressent de près ou de loin au cinéma demeurent toujours quelque peu inquiétants — pire même : marginaux et, de ce fait, leur cote laisse sérieusement à désirer. D'ailleurs, plusieurs d'entre nous n'ont-ils pas abandonné la soutane ? Tout nous accable !

L'Eglise a eu des problèmes avec le cinéma peu de temps après son apparition comme, jadis, avec le théâtre auquel, pourtant, elle avait donné naissance. Très vite celui-ci allait lui échapper avec son « rideau rouge » qui, dans les Mystères, fermait symboliquement la « gueule de l'Enfer »... (On sait qu'au XVIIᵉ siècle l'Eglise admettait en son sein les auteurs dramatiques mais qu'elle refusait toujours son pardon aux acteurs.)

Si la première affiche des frères Lumière présentait un imposant ecclésiastique, son bréviaire sous le bras, semblant se réjouir du spectacle qu'il contemplait, cette bonne ambiance allait être de courte durée. Le septième art qui donne tant d'importance à l'image et annonce, de toute évidence, une nouvelle civilisation, est d'abord considéré comme un « retour à la barbarie ». Seule une poignée d'originaux va s'acharner à penser le contraire... Bien que la première revue de cinéma (*le Fascinateur*) soit une revue catholique — éditée par la Bonne Presse — les condamnations vont se mettre à pleuvoir en haut lieu et, dans les paroisses, « aller voir un film » ne va pas tarder à devenir « péché mortel »...

Bien sûr, c'était « avant-hier »... aujourd'hui, à ce Congrès du cinéma, le passé est officiellement oublié... Voire ! Il y sera plus question de « protection morale » du bon peuple que de sa formation au septième art...

Certes, le Cardinal s'est déplacé jusqu'au Congrès et nous exprime quelques vagues encouragements, mais il ne fait que passer sans écouter ce que déclarent les représentants des deux courants de pensée qui ont fait école : les traditionalistes, pour lesquels la finalité de toute action cinématographique est de respecter et d'imposer la cote morale, et les autres, de plus en plus nombreux, qui mettent justement en question cette cote morale trop simpliste car, pour eux, l'Evangile est d'abord une façon de vivre, d'écouter, d'accueillir... et le cinéma un moyen de communiquer avec les autres.

Pour ma part, je me refuse, même au nom de la morale, à favoriser les films médiocres. Il existe un « autre » cinéma : viril, sans niaiseries, vrai, et à tous points de vue, de haute qualité, dont l'esprit élève l'âme sans bêtifier. J'essaie de m'expliquer mais on me rétorque aussitôt :

— Tout ça, c'est des idées de jeunes... vraiment pas dans la ligne de l'encyclique *Vigilante cura*...

— Eh bien, changeons de ligne !

J'ai osé le dire !... au grand dam de certains confrères, transis devant mon audace... Heureusement, d'autres au contraire m'encouragent du regard et du sourire...

Au moins ne serai-je pas venu tout à fait pour rien à ce Congrès.

Le soir, désireux de me changer les idées, je vais au cirque Medrano où je croise le grand Albert Fratellini.

Je me suis toujours senti des affinités avec les gens du voyage, ces aventuriers qui risquent leur vie pour un cachet de misère.

Malgré ce divertissement, quand je reprends le métro qui, toujours, me rend claustrophobe, je respire mal... et le moral s'en ressent aussitôt.

Je me mets à confondre couloirs de métro et... couloirs de séminaire. Où mènent en vérité ces couloirs ?

Mes pensées rejoignent, une fois de plus, ces prêtres ouvriers dont j'aurais aimé partager la vie, et ses réalités, si dures soient-elles. J'entends à nouveau les objections qui m'ont été faites par mes supérieurs lorsque j'ai envisagé de les rejoindre :

— Dans votre état de santé, c'est impossible !

Je me souviens aussi de la réponse de « mes » Cauchois quand je leur proposais de les aider dans leur travail à la terre :

— Vô allai vô sali !

Que n'ai-je donc le droit de me salir un peu !

Ce soir, au bord d'un quai où l'arrivée d'une rame se fait attendre, le vide m'attire — au propre et au figuré.

Je me répète machinalement la remontrance d'usage :

Un prêtre ne doit pas douter de l'existence de Dieu. Grâce au Ciel il ne s'agit pas de ce doute-là... juste une violente sensation de tâtonner pour trouver mon chemin, et faire le point... Et l'Eglise lointaine, administrative, glacée... se référant toujours plus au code canonique qu'à l'Evangile, ne m'est d'aucun secours...

Seul, sans famille, j'avance dans le noir, comme si Dieu, ce soir, s'était absenté...

Il est temps que je quitte Paris... que j'aille me réchauffer à la chaleur du four à pain de Max, le boulanger...

Demain, à Vattetot, je sais qu'à nouveau il fera jour.

Visite de Monseigneur

Au télé-club du presbytère, il y a un western : la salle est pleine. Les cris me permettent de deviner ce qui se passe dans le film... je reste à travailler dans mon bureau. C'est alors qu'une voiture noire fait irruption sous le marronnier.

Un coup d'œil me suffit pour reconnaître le chauffeur, Charles, qui depuis longtemps est un ami.

Monseigneur descend de la voiture, accompagné du vicaire général (pas le mien : un administratif). Après avoir contemplé un instant la façade lépreuse dont les traces humides soulignent la misère, ils entrent dans mon bureau où je les accueille.

— Ah vous voilà debout, me dit l'évêque, tant mieux ! J'avais appris que vous étiez souffrant. Rien de grave à ce que je vois ?

— Non, je vous remercie : je suis sur pied depuis bientôt quinze jours.

— Fort bien, je suis passé prendre de vos nouvelles en revenant d'une bénédiction de vitraux. Il y a longtemps que nous ne nous sommes vus... mais, dites-moi, il ne fait pas très chaud chez vous...

— Quand le fourneau veut bien faire un gros effort : 15° environ.

— Vous avez de la compagnie, il me semble ?

— Ce sont les membres de mon télé-club qui ont une réunion !

307

— Toujours aussi passionné du septième art, je vois. J'ai connu, au Puy, un homme comme vous, le chanoine Reymond...

— Oui... mais son titre de chanoine ne l'a pas empêché d'être renvoyé dans son diocèse... Gênant ? Trop compétent ?

Mon ton mi-figue, mi-raisin fait sourire l'évêque qui me rétorque :

— Vous avez connu ce chanoine ?

— Non hélas, j'étais trop jeune, seulement, au sana, j'ai lu et suivi son action, avec Pierre l'Ermite. Il voyait le cinéma « autrement ». Ah si seulement l'Eglise l'avait écouté et suivi !...

— Il avait eu des ennuis avec son évêque d'alors, il me semble ?

— Peut-être... mais on a probablement essayé de lui chercher noise. C'est ainsi que l'Eglise a raté le train du cinéma...

— Pas vous, en tout cas ! Votre télé-club prouve, on ne peut mieux, que vous avez réussi à prendre ce train-là en marche !

L'évêque a le sens de l'humour. Avec lui l'amertume fond comme neige au soleil. Tout avec le sourire...

Il n'en va pas de même, semble-t-il, avec le vicaire général administratif... qui, pendant notre dialogue en demi-teintes, n'a pas ouvert la bouche... Sans doute en a-t-il même été quelque peu choqué. Il s'est mis à inspecter avec circonspection la manière dont je suis installé et tout spécialement mon lit qui trône dans la salle de séjour.

Soudain il se décide à poser la question qu'il a sur le bout de la langue, d'un ton affable qui sonne faux :

— Vous n'avez pas une pièce au premier qui puisse vous servir de chambre ?

— Bien sûr... et je m'y installerais même volontiers sur-le-champ si vous aviez l'extrême obligeance de la chauffer...

Ma réplique a fusé un peu sec, mais l'évêque n'a pas apprécié la question déplacée du vicaire.

Il tapote nerveusement son anneau contre la table et intervient :

— Quel chauffage utilisez-vous ?

— Le bois.

— Cela exige un entretien permanent... comment faites-vous la nuit ?

— Quand le froid me réveille, je remets quelques bûches.

— De toute manière, ce presbytère est impossible à chauffer. Enfin, le principal c'est que vous alliez mieux.

Manifestement, Monseigneur aurait aimé que notre rencontre soit plus chaleureuse. La remarque déplacée du vicaire a ravivé une plaie que sa visite, justement, avait pour but de panser...

— Nous allons devoir nous quitter... je dois être à Rouen avant dîner...

Dans la pièce à côté, le western continue à battre son plein... Mes jeunes *galochent* la *Chevauchée fantastique* de John Ford...

— Une consolation pour vous et pour moi, me dit l'évêque avec un sourire complice : vous n'êtes pas seul...

Maître Charles

Un moment de libre : je passe voir Maître Charles dans sa vieille maison mi-briques, mi-colombages. Je le trouve en train de relire, une fois de plus, l'un des numéros de son Almanach, le Matthieu Lensberg. De quelle année est-il ? Peu importe. Le vieil homme préfère réviser ce qu'il sait déjà. Il passe ainsi, paisiblement, sa retraite auprès de sa femme.

Les meubles de famille qui l'entourent ont chacun leur histoire.

L'armoire cauchoise en chêne, toute simple, mais dont le médaillon fut joliment sculpté — par un gars du pays — de deux colombes bec à bec, lui vient de sa tante Adeline qui l'avait reçue en cadeau de mariage. Le vaisselier en pin verni présente fièrement les dernières assiettes du service de ses parents.

Mais ce qui compte le plus ici, c'est incontestablement l'horloge, en merisier, ventrue, transmise au fils aîné de la famille depuis quelques générations. Maître Charles la remonte et la remet à l'heure précise chaque samedi avant d'aller sonner l'angélus de midi. Son cœur battant fait d'elle plus qu'un meuble ordinaire, presque un être vivant. Selon la coutume, quand il y a un deuil dans la maison, son balancier est bloqué jusqu'au jour de l'enterrement du défunt. C'est elle qui marque le temps, quand elle marche, et l'éternité quand elle s'arrête...

Tout près de Maître Charles, sa « bibliothèque » : une

collection de vieux bulletins paroissiaux et quelques recueils de cantiques anciens.

Au-dessus de la cheminée, contre la hotte, un crucifix — cadeau de ses parrain et marraine pour sa communion — avec sa branche de buis bénit, glissée entre les bras du Christ...

La *mé* — la mère —, sa femme, se tient face à la fenêtre devant sa machine à coudre (une surprise qu'il lui a faite, il y a déjà longtemps, un soir de *vendue*[1]). L'occasion était excellente, en parfait état de marche (*eun' marque* : du matériel d'avant guerre, du solide !).

Auprès de la *mé*, sa boîte à ouvrage — dont elle ne s'éloigne jamais longtemps — où s'entassent bobines, restes de pelotes de laine, boutons dépareillés, aiguilles à coudre et à tricoter... A mon arrivée, elle lève les yeux de son travail. Un regard heureux et plein de bonté. Ses cheveux sont soigneusement tirés en arrière pour former un chignon piqué d'épingles (toute une époque).

Elle est en train de raccommoder le talon d'un bas dans lequel, selon l'usage, elle a glissé un œuf en buis.

Elle pique son aiguillée dans son bas et pose son ouvrage pour m'accueillir. Je la sens toute fière de me voir dans sa maison. Elle sait que j'y viens par amitié, mais aussi pour mendier quelques miettes de la sagesse du *Maît'* et l'idée que celui-ci soit à même d'apprendre *queu chos'* à un « *Monsieur* » *prêtre* lui fait honneur... Elle va aussitôt vers son fourneau, soulève un rond de fonte, jette quelques boisettes pour ranimer la flamme afin de faire chauffer l'eau du café dans une casserole d'aluminium.

Pendant que l'eau chauffe, elle se rassoit, serrant entre ses genoux le moulin à café qu'elle a rempli de grains. Elle va les moudre, aussi discrètement que possible pour ne pas déranger... Quand l'eau frémit, elle y jette le marc de café précédent (rien ne doit se perdre) avant de la verser sur le café nouveau. Pour qu'il passe un peu plus

1. Vente aux enchères.

vite, elle donne des petits coups *du cul d'la cuyai à pot*[1]
sur le bord du filtre... Le café prêt, elle va chercher deux
tasses à soucoupes (les belles, celles des invités). Je me
garde bien de faire comprendre que « ce n'est pas la
peine... » mes hôtes s'honorant eux-mêmes en m'honorant. La *mé* nous sert enfin le café, non sans avoir posé
devant nous le sucre et la bouteille de goutte. (Le rite du
café exige la présence effective du calva sur la table —
même si l'on sait que l'invité n'en boit pas.)

Pendant ce temps, Maître Charles a posé ses lunettes
à bonne distance sur son nez et est allé chercher son
magnétophone (cadeau de ses enfants pour Noël). Après
mon départ il contrôlera ce qu'il m'a raconté. Aujour-
d'hui, il se met à parler de culture :

— *Aot'fay*, on s'contentait de quarante quintaux à
l'hectare, mais *an'hui*, on exige le double, sinon plus.
Aveuc leurs engrais, ils forcent c'te terre... ils la tuent...
On n'trouve plus de pain blanc... on mange de l'amidon
qui vous pache à travers l'corps... Allez donc nourrir eun'
famille, des éfans aveuc cha ! De not'temps, des *doais*
suffisaient : nos *bésots* étaient jamais malades !

— Tout change... C'est le progrès, comme on dit...

— C'est pouin cha l'progrès... Guettez l'Eglise, on a
tout chambardé. Résultat : la *fouai*[2], y en a plus. A Noël,
dans l'église, y a des plaches vides... D'quoi réfléchir,
non ?

— C'est vrai, le passé s'améliore en vieillissant,
comme le vin. On le regrette... mais en oubliant que tout,
dans le temps, n'était pas rose. Bien sûr, le pain était
peut-être meilleur, seulement beaucoup n'avaient rien
d'autre pour se nourrir. Sans compter ceux qui en
manquaient.

« Et puis souvenez-vous de la ferme familiale, elle
avait quand même quelques défauts ! Les jeunes y étaient

1. Du fond de la louche.
2. Foi.

prisonniers et, la plupart d'entre eux, esclaves de leurs parents, non ?

Mes propos ne sont pas du goût de Maître Charles. Il a parfaitement conscience des anciens abus (pour en avoir lui-même souffert) mais il n'apprécie pas qu'on dénigre ce qui a été sa vie... Alors il part en guerre pour la défendre :

— Mais être cheu sai, être son Maît', c'est quand même bin cha la liberté ! C'est quand même mieux que l'useine, vous n'croyez pouin ?

— L'automatisme finira bien par gommer ce qui ne va pas et un jour, l'homme retrouvera sa liberté face à la machine.

— Puisque que vous le dites, M'sieu l'Cuai... Mais d' l'avenir nous ne sommes pouin maît'... En *trente-chice*[1] les gars chantaient : « Tout va très bin, Madame la Marquise »... Et puis *quouai*[2], trois ans après, on partait pour l'front ! Les p'tits merdailleux qui sont au pouvoir *anh'ui*, c'est eux qui tranchent : des gens qui ont jamais tenu eun' fourche à deux *douais*[3], qui savent pouin trier eun *béton* d'eun' *amouillante*[4] ! Vous qui êtes un gars d'la ville, vous essayez d'compreindre... Eux, pouin ! Ils croient tout savouére parce qu'ils ont fait des études, qu'ils ont lu dans les livres... Seulement, leurs ancêtres n'avaient pouin d'*rachines*[5]... nous on est né *ichite*, la terre nous colle à la *piau*... Et même si on en part, faut qu'on y retourne un jour ou l'autre...

Un temps de réflexion et Maître Charles se tourne soudain vers sa femme :

— Dis, la mé, tu t'sentais-ti esclave, té ?

— L'travail tue pas..., répond celle-ci prudemment.

— Voyez, elle s'en porte pas plus mal... Les jeunes

---

1. Trente-six (1936).
2. Quoi.
3. Pointes (il existe des fourches à quatre ou huit *douais* pour des usages différents).
4. Distinguer un jeune bœuf d'une vache qui attend un veau.
5. Racines.

313

d'*an'hui* sont sans *vézouille*[1]. Ils veulent du rapide, pas du mijoté... Leur programme est fini avant de commencher... Toujours plus vite ! Mais pour aller où ? Dans les fêtes, ils chantent pouin. C'est triste ! triste ! *Aot'fay*, le charretier, aux *manchons* de sa charrue, il chantait même pour lui tout seul à la plaine, pour son plaisir... Maintenant, c'est le vide partout, même les *zozos*[2] ne chantent plus...

Sa femme jette un regard inquiet à Maître Charles : elle n'aime pas quand il grimpe dans son *pézier de co*[3], et, de surcroît en présence du curé... Elle est devenue toute rouge mais n'ose pas intervenir...

— Vous avez sûrement un peu raison, dis-je, pour ramener le calme...

Mais mon hôte reprend de plus belle :

— Tenez, l'autre jour, au Conseil[4], on a débattu eun' heure pour décider si on mettait des ardoises sur l'*touai*[5] de l'église ! Eun' heure de parlote ! J'leur ai dit : « De la salive perdue por rin ! Après la guerre de Chent Ans, si ils avaient fait comme nous, eh bin, y'aurait pouin d'*touai an'hui*... parce qu'y'aurait pouin d'église ! »

— Tout ça est vrai... seulement n'oubliez pas quand même la grande misère de cette époque que vous admirez tant...

— C'qui compte, c'est c'qu'on *laiche*[6]... Nous qui c'est qu'on *laichera* à ceux de demain ? Qui ? Dites-le-mé, M'sieu le Cuai, vous qu'êtes si chavan. Rin de rin... Pour dire vrai ! Vous êtes jeune... pouin de la même couvée que les anchiens cuais... Avec eux, l'catesem, c'était d'abord l'histouére sainte et la vie du Bon Dieu, puis l'histouére du village... *An'hui* c'est plus pareil... on r'connaît plus rin...

1. Force.
2. Oiseaux.
3. Littéralement : poirier de coq (monter dans son *pézier de co* signifie : s'échauffer).
4. Municipal.
5. Toit.
6. Laisse.

— C'est que nous cherchons une autre méthode. La religion, ce n'est pas seulement le culte du passé...

— Sans ce qui a été, y aurait rin ! Les croisades, c'était tout de même eun' belle affaire...

— Enfin, il y a ce qu'on dit et ce qui a été vraiment...

— Eh bin, y a eu l'grand *chaint* [1] Bernard, vot' patron...

— Oui, mais toutes ces aventures guerrières ne sont devenues des aventures spirituelles qu'avec l'aide du temps... L'Evangile ne prêche pas la guerre, même la guerre sainte...

— Les Cauchois y sont allés...

— Croyez-vous que c'était de bon cœur ?

— Et la *fouai*, alors ?

— Bien sûr, beaucoup avaient la foi. Mais la route était longue pour les Croisés et les intentions de départ ne se retrouvaient pas toujours à l'arrivée.

— Et puis, toutes ces reliques ?

— Parmi elles, on ne sait pas combien sont vraiment authentiques. Une seule chose est sûre : les Croisés ont rapporté la lèpre qui a décimé nos villes et nos campagnes...

Maître Charles préfère « bifurquer » un peu...

— Cheu nous, y avait bin des léproseries ? Même eun' par clocher, d'après ce qu'on dit ?

— Une pour trois villages, exactement.

— A Vato, vous en aviez eun' ?

— Oui. Elle était même dédiée à sainte Véronique et administrée par le prieuré de Saint-Lô, à Rouen. Un prieuré destiné, jadis, à racheter la conscience chargée de la seconde génération de Vikings : celle qui succédait aux conquérants : pillards, tueurs, incendiaires... C'est ainsi qu'après la destruction de son évêché, l'évêque de Saint-Lô s'est trouvé doté d'un riche prieuré rouennais ! Dommages de guerre. Une habile façon, en quelque

---

1. Saint.

315

sorte, de se repentir en donnant aux uns ce qui avait été pris aux autres...

Maître Charles éclate de rire :

— Ah, cha, c'est encore bon *an'hui* ! L'Etat nous aide toujours aveuc c'qu'il nô *prind* [1] !

1. Prend.

Catéchisme très spécial

J'ai décidé de passer des diapositives à mes enfants. Le but est de susciter, de forcer leur attention, de les faire réagir, de les obliger à analyser les détails, à se poser des questions. Je voudrais qu'ils parviennent à cultiver leur don d'observation. Un don qui est très vif chez eux.

J'ai choisi aujourd'hui deux diapos (en noir et blanc bien sûr : les filmologues prétendent que la couleur « distrait »... alors je suis la consigne).

L'une montre une chaîne de travail chez Renault, l'autre une femme qui fait la vaisselle chez elle.

J'aurais souhaité un temps d'observation mais, très vite, des mains se lèvent :

— M'sieu, M'sieu, M'sieu !

L'habitude de l'école ne se perd pas parce qu'on passe la grille du presbytère... Parfois même un distrait s'écrie « M'zelle ».

Je pose ma première question :

— A votre avis, y a-t-il des différences entre ces deux images ? Et si oui, lesquelles ?

— La première, c'est des gars à l'useine, dit Pierrette (10 ans).

— L'autre, c'est eun' femme à cha vaisselle, dit Jean (11 ans).

J'interviens :

— Y a-t-il des hommes qui font aussi la vaisselle ?

317

— Oui, mon *frai*[1] quand j'étais malade, c'te printemps, répond Gisèle (10 ans).

— Mais, rétorque Pierre (12 ans), c'est pouin toujours comme cha : les pés vont à l'useine et ils font des *vétus*[2]...

— Vous ne connaissez pas des femmes qui travaillent aussi à fabriquer des voitures ?

Silence. Je dois relancer le débat :

— Pourquoi les hommes travaillent-ils à la chaîne chez Renault ?

— Pour avoir des sous.

— Parce que, chez Renault, on est payé ? dis-je avec une fausse naïveté.

— Bin, forchément ! (Un forcément un peu méprisant à mon égard.)

— Et pour la vaisselle, on est payé ?

Un temps d'étonnement.

— Bin non ! (en chœur).

— Est-ce normal à votre avis que dans un cas on soit payé et dans l'autre, non ?

— Non, est pas juste... Il faudrait payer auchi pour la vaisselle, déclare Jocelyne.

— Connaissez-vous d'autres travaux qui ne sont pas payés, comme la vaisselle ?

Pas de réponse, alors j'énumère :

— A l'école, vous êtes payés ?

— Non.

— Le Conseil municipal, les gars de la fanfare, les pompiers, en campagne... ils sont payés ?

— Non, non.

— Vous trouvez ça normal ?

Ma question provoque un brouhaha où se mêlent des oui et des non...

Je ramène le silence.

— Reprenons : chez Renault, les ouvriers sont payés pour faire quoi ?

1. Frère.
2. Voitures.

— Pour faire des *vétus*.

— Ça sert à quoi, les voitures ?

— Pour sortir le dimanche...

— Une voiture ne sert pas à autre chose, à des choses utiles ? Celles des pompiers, du médecin, du boulanger, par exemple ?

— Si.

— Vous voyez : en construisant des autos les ouvriers de chez Renault rendent aussi service et, grâce à eux, d'autres vont pouvoir rendre service à leur tour...

Une question — un peu hors sujet — me vient aux lèvres :

— Et, supposez que, demain, comme pendant la guerre, on manque d'essence et que les voitures deviennent inutilisables... Les ouvriers de la chaîne de Renault n'auraient plus rien à faire... alors, à votre avis, devrait-on encore les payer ?

— Non, ils ont qu'à rentrer chez eux !

— Mais alors, ils vont être au chômage et leurs familles dans la misère...

Cette fois, pas de réponse.

A priori, la logique de l'enfant — et du petit Cauchois en particulier — est dure, mais s'il prend conscience des conséquences terribles de cette logique, il en vient à se poser des questions...

Je le vois bien à tous ces yeux écarquillés qui me fixent...

En tâtonnant, j'arrive peu à peu à mon but : la notion de solidarité, mais, pour l'instant, ma petite cellule de recherche a fourni un effort suffisant... Je fais mine de regarder par la fenêtre et je lance :

— Regardez ça : le ballon a l'air de s'ennuyer tout seul dans la cour...

Il ne va pas s'ennuyer longtemps... mon catéchisme (très spécial) est terminé pour aujourd'hui.

Je reprendrai le dialogue la prochaine fois. Les exemples de la vie du Christ ne me manqueront pas pour poursuivre dans le « droit-fil » de la solidarité...

Le crapaud géant

Le tracteur de la grande ferme du domaine de Bailleul — encore unique au village — dévale la cavée. Plein d'orgueil, il s'annonce de loin en pétaradant et en crachant haut sa fumée par son tuyau d'échappement dressé droit vers le ciel, comme un défi...

Le voilà qui apparaît, enfin, sur le carreau dans sa livrée verte et jaune, puissant, quoiqu'un peu grotesque à mon avis, avec ses deux phares rapprochés comme des binocles et ses deux roues avant... trop grêles pour son énorme carrosserie... Bref, je lui trouve l'air d'un crapaud géant !

Je ne peux m'empêcher de ressentir quelque nostalgie au souvenir du magnifique attelage de quatre chevaux qu'il a définitivement évincé...

Mais les jeunes ne sont pas de cet avis, ils l'ont choisi, lui, le symbole des nouveaux temps, pour tirer leur char.

Car, aujourd'hui, c'est la fête de la jeunesse catholique du canton qui va se tenir dans le parc du château voisin à Bernières.

Comme ceux des autres villages, notre char est fin prêt et nous avons choisi un thème — qui, certes, ne sera pas le moins original : la *sekress'*.

Depuis des semaines, on se donne le plus grand mal dans chaque ferme, dans chaque masure, pour réussir l'œuvre commune.

L'émulation a fait veiller les yeux et travailler vieux et

jeunes doigts, souvent jusqu'à une heure avancée de la nuit. Pourquoi ce thème ? mais parce qu'il est d'une actualité qui commence à fort inquiéter les esprits... Depuis des semaines en effet, le temps est au beau fixe. Pas une goutte *d'iau.* Malgré les prières, le soleil épanoui et brûlant ne se laisse pas émouvoir... Le ciel est bleu, d'un bleu insolite pour la région et chacun s'est mis à geindre quoique, depuis l'adduction d'eau, les bêtes souffrent moins que par le passé (elles supportent mieux la *chalu*[1]...).

Nous sommes loin de la catastrophe : la terre, en profondeur, reste humide et, la nuit, une brume ouatée couvre la plaine et la rafraîchit.

Mieux vaut prendre gaiement les choses... et le char de la *sekress'* est là pour ça. Tout drapé de bleu, il supporte un gros rocher et un puits dont surgissent des fillettes vêtues de jaune et de vert (pour rappeler les *guernouilles*[2]) qui tiennent des ombrelles de toutes les couleurs et des bouquets de fleurs.

Le symbole n'est pas absolument clair... mais l'effet est superbe !

Tout le village est sorti pour assister au départ.

Le tracteur se rapproche maintenant du char pour s'y accrocher :

— Cramponnez-vous bien ! nous crie le tractoriste qui a revêtu la *blaude*[3] et porte une casquette à pont.

Le coup est rude en effet et comme toutes les *guernouilles* n'ont pas écouté l'avertissement, plusieurs manquent de peu d'être éjectées...

Je suis de la promenade pour veiller à ce que le bon ordre soit respecté jusqu'à l'arrivée — redresser la

1. Chaleur.
2. Grenouilles.
3. (Ou *plaude.*) Blouse paysanne, souvent en toile bleue avec un col brodé ou bordé d'un liséré blanc.

321

margelle de carton du puits, repiquer quelques fleurs *écapées*[1], etc.

Sur la route qui mène à Bernières, le tracteur prend sa vitesse de croisière ; du char fusent des rires et des cris de joie... La fête sera réussie. Comme nous avançons lentement, j'ai eu le temps d'écouter les commentaires que nous ne manquons pas de susciter sur notre passage...

Le « crapeau géant », surtout, a fait beaucoup jaser :

— *Aveuc quat' k'vas, cha aurait plus d'allu !* [Avec quatre chevaux, ça aurait plus d'allure !] lance un vieux paysan.

— *Eun' macheine comm' cha, é trop lou por nô terr'... la terr', cha respi !* [Une machine comme ça, c'est trop lourd pour nos terres... La terre, ça respire.]

— *E pi, cha gabillonne, cha coûte chai ! D' l'argent, pi d' l'argent, toujou d' l'argent... E qui en fô por achetai, pi oco por changeai !* [Et puis, quel gaspillage, ça coûte cher ! De l'argent, et puis de l'argent, toujours de l'argent... C'est qu'il en faut pour acheter, et puis aussi pour changer !]

— *Mais, la banque, é pouin fé por lé quins !* [Mais la banque c'est point fait pour les chiens !] rétorque un gars d'une vingtaine d'années.

— *V'là bin eun' idai d' jeun' ! Maquer s'n'avoine avant d'la coupai, vend' avant d'engrangeai... Eun' vraie rouène !* [Voilà bien une idée de jeune ! Manger son avoine avant de la couper, vendre avant d'engranger... Une vraie ruine !] lui répond un ancien.

Georges, le forgeron, comme pour se rassurer, ricane :

— *Des k'vas, il en fôdra toujou por la bricol'...* [Des chevaux, il en faudra toujours pour bricoler...]

Sans les chevaux, en effet, comment estimer la terre ? Le nombre d'hectares ou d'acres n'a jamais tout dit d'une exploitation... le nombre de charretiers qui y sont employés a autant d'importance...

1. Echappées.

322

Plus pour longtemps en vérité — et cette fois le changement sera de taille. Une véritable révolution et qu'on le veuille ou non : la fin de l'autarcie. Inéluctable.

Au début, on achètera le tracteur avec de l'argent sonnant, durement amassé, et puis, on sera bien obligé de faire appel aux banques en donnant des terres comme garantie... Et la menace des dettes commencera... car un tracteur n'arrive pas tout seul mais avec sa suite hors de prix : tout un nouveau matériel agricole.

Certes, pendant un temps, Georges le forgeron et tous ses semblables travailleront encore un peu à forger des crochets, à allonger des barres mais ça ne durera pas. Le neuf s'imposera coûte que coûte et il faudra payer, payer encore. Sans parler du gas-oil qu'une exploitation ne peut produire — contrairement à l'avoine des chevaux. Alors, pour éviter la faillite, le fermier cauchois devra nécessairement devenir éleveur, augmenter ses surfaces herbagères afin de nourrir ses bêtes, augmenter son cheptel de vaches afin de faire du lait et de le vendre...

A l'aurore, les *cannes*[1] feront leur apparition devant les fermes — d'abord en aluminium puis en plastique noir — prêtes pour le passage du ramasseur de la laiterie.

— *Cha, fô l'di, on é plu cheu sé... An'hui, on a toujou besoin de z'autes... Eun vrai malhu !* [Ça, il faut le dire, on n'est plus chez soi... Aujourd'hui, on a toujours besoin des autres... Un vrai malheur !] grommelleront les vieux, déjà hors du temps, complètement dépassés par l'apparition brutale d'un nouveau monde...

---

1. Grands pots à lait. (A l'origine : cruches à cidre.)

Le vieux charretier

Lucien, le vieux charretier, est passé au presbytère me voir. Je sais bien pourquoi : il ne trouve plus personne disposé à écouter, une fois de plus, ses histoires du passé... car lorsqu'il commence, on ne peut plus l'arrêter...

Il s'est assis, en silence, sans oser prendre la parole : il attend que je le questionne... pour la lui donner.

— Justement, Lucien, je voulais vous demander... Je ne me souviens plus combien vous aviez de chevaux dans votre ferme... ?

— J'étions *plaché*[1], mé pi mon frai dans eun' grande ferme de quatre *k'vas* (le quatrième on l'appelait « le plus »... parce qu'en principe, eun charretier devait avouére que trois *k'vas* à soigner...). J'aurions pu finir comme cha, mais v'là ti pas qu'un lundi, le jou du marché d'Bolbec, l' Maît' qui en remontait me remet eun' réclame en couleurs sous l'nez, devant mé, sur la table...

« — C'est pour té, qu'il me dit comme cha...

« — Qu'est-ce que vous voulez que j'*fache*[2] de cha ?

« — C'est eun' surprise...

« — Quelle surprise ?

« — Eun tracteur, pour té...

« Mon sang ne fait qu'un tour :

1. Placé.
2. Fasse.

324

« — Faites-mé mon compte...

« — Bin quoi, t'es pa bin chez mé ?

« — Que si...

« — Alors ?

« — Eun tracteur, j'en veux pouin. J'savons ce qu'est eun *k'va*, j'vivons avec de jour comme de nuit... mais pas avec eun tracteur !

« — Faut être de son temps, mon gars... T'es finaud, t'arriveras à faire marcher ton tracteur tout comme tes *k'vas...*

« Je n'écoutais plus rien, je continuais mon *duplicata*[1] :

« — J'savons ce qu'est eun *k'va*... pas eun tracteur ! Et puis qu'est-ce que deviendront mes *k'vas* sans mé ? Où est-ce qu'ils vont aller si vous les vendez à des *maquillons*[2] ? Des gars qui les battront ou qui les porteront à la ville pour qu'ils tombent sous les jurons des *rienistes*... Ou encore pire : au fond d'eun' mine, perdus dans le *nouère* et la poussière, à tirer des wagons... Non de non ! j'veux pouin voir cha... j'partirai plutôt avec z'eux !

« C'est que j'y avons dit cha au Maît', comme j'vous l'dis, malgré l'respect que j'lui devais ! Oui, c'est vrai, j'avons fait cha...

A ces mots, mon vieux charretier essuie furtivement une larme qui coule sur sa joue...

— Allons, allons, vous ne devriez plus reparler de tout ce passé qui vous fait de la peine !

— C'est pouin du passé... puisque j'y pense toujours... Mais bon, si vous voulez, parlons d'autre chose... Tenez : eun cuai sait-il ce qu'il faut faire à eun *k'va* qui a un coup de sang ? Un vrai charretier le sait, lui ! Comme le vétérinaire arrive toujours trop tard, il faut savouére soigner le *k'va* sans rin demander à perchonne. Faut seulement percer c'te veine du cou... Le sang gicle ? Pas

---

1. A me répéter.
2. Maquignons.

325

de panique ! Pour arrêter *l'moragie*[1], eun' épingle de nourrice ou un crin d'*k'va* suffit... Et pour finir, un p'tieu de repos et le *k'va* est sauvé...

Lucien, le vieux charretier, s'est soudain arrêté de parler. Il se lève lentement et s'en va sans me dire au revoir, le regard perdu au loin. Que voit-il ? Quatre chevaux qui s'avancent vers lui en tirant un grand chariot bleu ?

1. L'hémorragie.

Un mort pour rien

— Allô, ici la gendarmerie de Goderville... je suis l'adjudant X. Je m'excuse, mais votre mairie n'a pas le téléphone et il me faut un correspondant...

— Un accident ?

— Un télégramme d'Algérie...

En un éclair, je revois chacun des jeunes du village partis là-bas. La gendarmerie, je le sais, ne téléphone jamais pour un blessé... Lequel d'entre eux ?

Au bout du fil, je sens l'adjudant mal à l'aise.

Il se doute de ce qui m'attend : annoncer à un père et à une mère : « Le petit ne reviendra pas... »

— Ça s'est passé pendant une patrouille à la frontière tunisienne. Une embuscade. Le char a reçu un coup de plein fouet au bazooka. Plusieurs des gars ont été plus ou moins brûlés, mais lui... il est mort.

L'adjudant n'a pas encore prononcé « le » nom. Un instant encore, pour moi, le mort n'a pas de visage... et puis le couperet tombe :

— Jacques T., brigadier. Vous le connaissiez ?

Question pour rien, il sait bien que je connais tout le monde. Il enchaîne alors, très vite :

— Merci de prévenir le maire et d'aller voir la famille. On arrive. Avec votre permission, on mettra notre voiture sous votre marronnier...

Il a raccroché sans attendre ma réponse.

Je cours chez le maire qui habite le hameau du

327

Petit-Vattetot. C'est un homme âgé, la nouvelle le boule-verse :

— J'ai honte d'annoncer ça aux parents !

Honte pour nous tous ? Parce que nous sommes de la « génération des dirigeants » qui avons « conduit » le petit là où il est ? Honte, parce que, en tant que « maire », il représente le gouvernement dans son village ? Je n'insiste pas.

— Ne vous inquiétez pas, lui dis-je, je vais y aller avec l'instituteur.

Ce dernier me conseille de prévenir d'abord la sœur aînée du garçon. Nous nous y rendons ensemble.

Dès qu'elle voit nos visages défaits, elle comprend :
— C'est pour Jacques ? s'écrie-t-elle.

Nous lui répondons d'un signe de tête et lui proposons d'aller prévenir, seuls, ses parents mais, en Cauchoise digne de ce nom, elle ne recule pas devant les responsabilités :

— C'est moi, l'aînée, qui dois faire ça.

— On vous accompagne.

Les gendarmes qui viennent d'arriver se tiennent discrètement à distance.

La maison est en face du presbytère. On pousse la barrière. L'entrée ouvre sur un couloir. Une porte à gauche : celle de la chambre où, il y a quelques années, j'ai tenu la main du petit Jacques, au plus mal... sauvé in extremis d'une diphtérie.

Au fond du couloir, la salle. Les parents sont devant la table familiale, sous la lampe, près de la cheminée où trône la cuisinière. Elle tricote. Lui feuillette une vieille revue. Pour une fraction de seconde, ils sont encore heureux.

Leurs yeux se lèvent vers nous... un sourire étonné et puis, eux aussi, sans que personne n'ait rien dit, ont compris.

L'homme se tourne vers sa femme et d'une voix neutre, une voix de constat, il dit lentement :

— La mé, on n' r'verra plus not' Jacques...

328

Jacques, l'espoir, le fils unique, le continuateur qui allait reprendre la ferme.

Juste avant de partir en Algérie, il avait dit : « Ah ! Si seulement j'avais un tracteur ! » Le tracteur est là dans la cour, flambant neuf, qui l'attend. Une surprise dorénavant sans objet.

La mère n'a pas bougé, elle ne pleure pas. Elle respire difficilement mais ni plus ni moins que d'habitude : elle est asthmatique.

Je crois bien que j'aurais préféré qu'ils se révoltent.

— Bernard, un « Notre Père », me suggère l'instituteur. Mais le « Notre Père », à un tel moment, n'est guère plus facile à dire qu'à entendre.

— « ... Pardonnez-nous nos offenses comme nous pardonnons à ceux qui... »

Mais à qui, justement, faudrait-il pardonner ? Au meurtrier en service commandé ? A ceux qui ont décidé et font faire cette guerre (qui n'en est même pas une) à des innocents ?

Les malheureux parents ne se posent pas ces questions. Leur fils est mort, le reste n'a plus d'importance, ils marmonnent machinalement leur prière.

Quant à nous, les habitants du village de Vattetot, nous savons maintenant que cette lointaine guerre d'Algérie existe « réellement ».

Désormais, elle a un visage : celui de Jacques, ce petit qui a grandi à l'ombre de notre clocher et qu'elle nous a tué.

Drapeau en tête, les anciens combattants des deux guerres se sont réunis sur la petite place du village, non loin de la mairie, pour accueillir la dépouille de Jacques qui a été ramenée d'Algérie.

Autour d'eux, les enfants de l'école et la famille, en grand deuil, silencieuse.

A la mairie, on a dégagé la petite salle du conseil pour y dresser deux tréteaux devant lesquels on a posé une gerbe de fleurs.

Sur une table, un drapeau plié destiné à recouvrir le cercueil.

Contrairement au fourgon attendu, c'est un gros camion qui apparaît. (Pour réduire les frais, l'armée organise des « envois groupés ».) Le chauffeur saute de sa cabine, bordereau en main, comme n'importe quel livreur mais il demande le maire en personne :

— Pour la signature...

Trois signatures même, en trois exemplaires et le tampon de la mairie au-dessus des mots « Bien reçu ». Le règlement, rien que le règlement.

Le cercueil, tiré du camion par des gars sans uniforme — qui reviennent d'outre-mer ou qui vont y partir —, est porté jusqu'à la mairie au milieu des habitants du village. Chacun se signe à son passage.

Mission accomplie. Le chauffeur reprend sa place au volant. Quand il ferme les portes de son camion on a le temps d'entrevoir quelques « livraisons » en attente — des deuils prochains pour d'autres villages. Comment ceux-là sont-ils morts ?

« Notre » Jacques, lui, a été carbonisé aux commandes de son char.

Sur son cercueil, une plaque de cuivre où n'ont été inscrits que son nom et son grade : brigadier. Pas de mention « mort pour la France ». Ce serait trop beau : cette guerre n'ose même pas dire son nom. « Mort pour rien », pensent sûrement nombre d'entre nous.

Quelques mains, un peu gauches, à cause de l'émotion, ont déplié le drapeau. Dehors, celui de la mairie a été mis en berne.

La France se trouvera ainsi bien obligée de reconnaître Jacques T. pour l'un des siens.

Le glas tinte sombrement.

Toute la journée et la nuit prochaine, les jeunes de sa génération, restés au village, veilleront leur camarade dans son cercueil recouvert des trois couleurs.

Le lendemain matin, l'église — pour la dernière fois sans doute car ce décorum est maintenant révolu — a été tendue de noir avec des larmes d'argent. A l'heure prévue, elle est pleine de monde.

Au premier rang, la famille et les autorités : un représentant de la préfecture et, bien sûr, quelques politiques qui font flèche de tout bois — même celui des cercueils.

Aujourd'hui, cependant, pas un des assistants qui n'ait la gorge serrée en pensant à tous ces jeunes qui meurent sans savoir pourquoi. L'injustice absolue.

Je ne peux m'empêcher de l'évoquer, un peu durement, au cours des quelques mots que je prononce, face aux pauvres parents de Jacques dont le regard absent semble ne pouvoir se détacher d'un seul visage, à jamais perdu.

Le Concile

A la sortie de la messe, je rencontre Maître Jean, l'œil farceur, qui sort de la boulangerie. Manifestement, il a envie de me parler :

— Vous avez écouté c'te radio ?

— Un nouveau gouvernement ?

L'homme semble ravi que je ne sois pas au courant :

— Mais non, c'est vot' pape qui fait eun *conchile*[1]. C'est même li qui l'a dit.

— Vous êtes sûr ?

— C'est des choses qui ne s'inventent pouin...

— La date en a été fixée ?

— Dans *queuques moais*[2]...

— De toute manière, Jean XXIII est un pape très sympathique...

— C'est même eun fils de paysan... j'l'avons lu dans *l'Pèlerin*[3]... eun homme qu'a les *pés*[4] sur la terre... Eun homme bin...

— Ce qu'on dit est vrai : je l'ai rencontré à une remise de décorations. Il était ambassadeur du pape à Paris, le nonce, comme on dit. Sous son grand chapeau un peu théâtral, il donnait l'impression d'être là plus par obliga-

1. Concile.
2. Quelques mois.
3. Journal catholique.
4. Pieds.

332

tion que par goût. Son regard pétillant de malice semblait dire : « Je me passerais bien de distribuer tous ces hochets ! » Il n'appréciait sûrement pas beaucoup le snobisme salonnard qui l'entourait. Un milieu trop loin de l'Evangile. Quoi qu'il en soit, l'indulgence de son sourire devant le visage radieux des décorés m'a conquis. Même tout en haut de la hiérarchie, un homme de la trempe de Jean XXIII ne change pas.

— Vous dites que vous l'connaichez... Alors, vous risqueriez p'têt' d'avai de l'avanchement ?

— ...

— C'te *conchile*, cha s'ra ti long ?

— Difficile à dire... peut-être des mois. Certains conciles ont même duré des années. En général, il y a plusieurs sessions.

— Qu'est-ce qu'ils vont faire ? De quoi vont-ils parler tout ce temps ?

— De religion, je suppose... mais je ne suis pas dans le secret des grands...

— Vont-ils refaire le *catesem* ? E pi toute not' religion ?

— Ah, vous savez, un bon coup de chiffon ne ferait pas de mal dans l'Eglise...

— Pour mé, eun' religion qui change, c'est mauvais...

— Mais l'Eglise a des problèmes...

— Pour ce qui est du manque de *cuais*, j'avons eun' idai — enfin c'est ma fachon de vouère : il suffirait p'têt' de les marier... c'est là que cha bloque !

— C'est vous qui le dites... En ce qui me concerne, de toute façon, vu mon âge, ce serait trop tard !

Maître Jean rit de bon cœur : il est *cotent* de ma plaisanterie.

— En fait, vous n'avez peut-être pas tout à fait tort... En Orient, il existe bien des prêtres catholiques mariés... Seulement il ne faut pas oublier que chez nous, ça poserait de sérieux problèmes... Marié, le curé devrait faire vivre sa femme et... ses enfants. Alors cette charge, à qui incomberait-elle ? Vous croyez qu'avec la quête du dimanche... ?

Maître Jean s'est assombri : il s'aperçoit soudain qu'il s'est lancé sur un terrain miné...

— J'avions pouin pensé à cha. C'est bin vrai : cha demande réflexion...

Et il saute prudemment à une question moins dangereuse :

— Alors, comme cha, c'est nos évêques qui iront à Rome vouére le pape ?

— Oui. On peut se passer un certain temps des évêques. Des curés, c'est moins facile...

— Entre nous, vous seriez-ti pouin *cotent* d'y aller à c'te *conchile* ?

— Sûrement, j'aime toujours mieux choisir la sauce à laquelle je risque d'être mangé. Enfin, il ne faut jamais oublier que, si les hommes discutent et s'agitent, c'est quand même Dieu — du moins je le crois — qui a le dernier mot...

Le siècle du Diable

Nous sommes au milieu du XIXe siècle, quelques années avant qu'il ne bascule dans sa seconde moitié... A Jersey, Victor Hugo s'intéresse à l'au-delà, fait tourner et interroge les tables. A Ars, dans un petit village près de Lyon, Jean-Marie Vianney lutte avec le Grappin[1]. Le XIXe est-il donc le « siècle du Diable », ainsi que l'écrit le docteur Bataille ? Sans doute les civilisations, comme les graminées, ont-elles leurs cycles. Cérumnos, dieu gaulois, dieu des druides, cornu et queuté, resurgit au Moyen Age pour incarner le Diable.

Le romantisme prône un retour au gothique : Victor Hugo écrit *Notre-Dame de Paris*, Chateaubriand le *Génie du christianisme*.

Le fantastique, l'imaginaire s'imposent...

« La sorcellerie exige un climat, un terrain favorable pour se développer », affirme Tonquedec, un exorciste parisien. De toute évidence le XIXe siècle offre ce terrain... jusque dans les villages français les plus reculés.

Ainsi à Cideville, pays de Caux.

Sur la carte, ce n'est qu'un point infime à quelques kilomètres de Barentin et de son viaduc SNCF, au-dessous de la route nationale Rouen-Le Havre.

Cideville se perd dans la tache de verdure d'une région

---

1. Le diable (surnom familier donné par le curé d'Ars, Jean-Marie Vianney).

boisée dominant une profonde vallée où les fermes, comme partout dans la région, sont *muchées* derrière leurs « fossés » et leurs rangées de hêtres, d'ormes, de chênes ou de peupliers.

Un jour, le curé de Cideville, l'abbé Pinel, est appelé auprès d'un mourant. Il s'y rend aussitôt avec son clergeot en soutanelle noire et surplis portant lanterne et tintinnabulant, clochette en main, pour prévenir les passants.

On se signe sur leur passage. Certains rentrent précipitamment chez eux mais d'autres guettent derrière leur haie pour savoir de quoi il retourne : où va le curé ? Chez qui ? Quand la mort frappe en un lieu, n'exige-t-elle pas — dit-on — trois victimes dans les parages ?

Le curé ayant trouvé, au chevet du mourant, un *berquier* nommé Girard[1], refuse d'administrer, en sa présence, les derniers sacrements.

La famille obtient alors du *berquier* qu'il se retire. Pense-t-il dès cet instant à se venger du prêtre ? On ne sait. De toute manière il va être obligé de différer sa vengeance car la semaine suivante, convoqué par la gendarmerie pour une sale affaire à laquelle il semble être mêlé, il est jeté en prison.

Que va-t-il se passer alors ? Les avis sont évidemment nombreux et contradictoires mais il faut avant tout savoir qu'à l'époque, en pays de Caux, la sorcellerie est « institutionnelle »... Un peu comme aujourd'hui encore dans le Berry ou... en Afrique. Les *berquiers* se réunissent en collège — on dit aussi en sabbat — pour s'initier et travailler ensemble.

Etant condamné à un long temps de prison, Girard ne peut ni préparer ni organiser sa vengeance en réparation de l'humiliation qu'il croit avoir subie.

Le collège des *berquiers* de la vallée de Sainte-Austre-

---

1. Les documents de l'époque se contentaient de l'initiale de ce nom : G. Après enquête personnelle en Suisse, je devais le retrouver, en entier, dans des archives.

berthe va-t-il donc s'en charger pour lui ? C'est ce qui se dira. Bien sûr, on ne « travaille » pas un curé comme un vulgaire mortel. Par prudence, au lieu de s'en prendre directement à sa personne, on se contente d'agir sur son habitat : le presbytère (le prêtre étant jugé trop « fort », il y a risque de boomerang, et qu'ainsi le *j'teux*[1] de sorts soit frappé en retour), afin de lui donner une leçon, de lui faire peur et, surtout, de le déconsidérer dans sa paroisse.

Quoi qu'il en soit, voilà le récit de l'affaire :

La Saint-Michel approche. C'est le temps des *vendues*[2]. Deux apprentis curés qui ont une quinzaine d'années — séminaristes en herbe en pension chez l'abbé Pinel — assistent à l'une d'entre elles. Distraits par le spectacle du crieur, provoquant la foule au milieu de la cour, n'ont-ils pas pris garde à un *berquier* qui, après s'être glissé subrepticement dans la foule, s'est approché d'eux pour leur toucher le dos ?

La *vendue* terminée, les deux séminaristes rentrent au presbytère et c'est alors que tout commence.

Soudain, dans un fracas de tonnerre, les volets se mettent à claquer, les fenêtres s'ouvrent toutes seules... Parmi les éclairs, comme pris dans un orage, les livres qui tapissent les murs s'arrachent de leurs *placets*, processionnent dans l'air, sortent par une fenêtre, rentrent par une autre... De tous côtés les objets volent et dans ce fantastique charivari, on voit même le chien du presbytère soulevé de terre et cloué au plafond...

Il faut bien savoir qu'à l'époque de tels récits ne sont

---

1. Jeteur.
2. Ventes aux enchères. Quand un ancien meurt ou se retire, tout son bien — matériel, récoltes, fourrages — est fréquemment mis en vente. Aller à une vendue est une fête qui attire du monde à des kilomètres à la ronde. Le crieur *juqué* sur une hauteur (butte de terre ou petite estrade) pousse les mises, force les mains à se lever. Rien que pour ennuyer son voisin, il est plaisant de briguer la même chose que lui... ne serait-ce que pour faire monter les enchères !

pas rares [1] mais à Cideville, ce qui est exceptionnel, c'est que ces faits vont se reproduire maintes fois, et des mois durant, en présence de témoins de plus en plus nombreux.

Bien que les médias n'existent pas alors, l'affaire va faire un tel bruit, attirer tant de monde que, de Paris, des sommités accourent... Allan Kardec, le « pape du spiritisme », est là, ainsi que des professeurs de la Salpêtrière, des curieux, des journalistes... même Conan Doyle, le créateur de Sherlock Holmes, s'inspire du fait pour écrire des nouvelles fantastiques et spirites... Chacun a son opinion : tandis que les uns parlent de « diabolisme », d'autres pensent charlatanisme ou se contentent d'émettre des hypothèses qui ne satisfont personne...

Des articles paraissent sur ces événements dans tous les journaux de l'époque et il n'y aura aucun livre consacré à l'étude des pouvoirs étranges qui ne se réfère à l'affaire du presbytère de Cideville — et cela, dans le monde entier.

Au début, l'abbé Pinel, non sans mérite, ne se départ pas de son calme.

Pourtant devant le renouvellement incessant des manifestations extra-ordinaires dont il est témoin, il décide un jour d'exorciser son presbytère. Et afin de décourager le collège des *berquiers*, au cas où le mal viendrait de là, il convoque plusieurs confrères de manière à agir « en force ».

Toutefois, il néglige les recommandations données avec précision dans *les Clavicules de Salomon*[2] et invite

---

1. Camille Flammarion qui se penchera sur des phénomènes semblables remarque que toujours, comme à Cideville, est signalée la présence d'un ou de plusieurs adolescents.
2. Petit livre ésotérique (son origine remonte-t-elle aux Templiers ?), où il est recommandé de n'agir en ce domaine qu'après avoir fait pénitence et respecté les lois élémentaires de l'ascèse. On y trouve aussi des explications pour faire des pentacles — ou pentacules — (amulettes) censés protéger de tous les maux.

auparavant ses confrères des environs à un bon dîner cauchois...

Ce n'est qu'après le café (et, bien sûr, la rincette) que nos curés passent à l'action en surplis et étoles violettes.

Rituels en mains, ouverts au *De exorcisandis a daemonio*[1], ils psalmodient les longues prières adéquates... mais, hélas, sans obtenir le moindre succès !

En désespoir de cause, l'un des curés, inspiré sans doute par quelques récits de missionnaires revenus de la lointaine Afrique, parvient à convaincre ses confrères d'utiliser des barres de cuivre et des tisonniers et, ainsi armés, voilà nos saints hommes qui se mettent à brasser l'air en tous sens pour rejeter les esprits de l'ennemi invisible hors du presbytère...

C'est alors qu'enfin une voix douloureuse s'écrie :

— Assez ! Assez !

— Je t'ordonne de venir demain, lui répond le curé Pinel avec fermeté.

Et le calme se rétablit... comme par miracle.

Au petit matin, tout le clergé du canton se réunit — non sans curiosité — mais surtout dans l'espoir de vivre pleinement sa victoire contre le Malin...

Et, en effet, l'on frappe à la porte...

Sur le seuil, drappé dans sa houppelande, la tête bandée, Thorel, un *berquier* bien connu dans la région, fait son apparition.

— Je viens, dit-il, pour réparer l'harmonium...

— A genoux ! lui intime le curé Pinel, et le *berquier* obéit.

Les prêtres savourent un moment leur succès et absolvent le coupable... sans remarquer qu'il a réussi à toucher, subrepticement, l'un des jeunes séminaristes, toujours au presbytère...

A l'instant même, le charivari recommence ! Fou de

---

1. Ces textes se trouvent dans le Rituel Romain mais ne peuvent être utilisés que par un prêtre délégué par l'évêque.

colère cette fois, le curé Pinel saisit au col le *berquier* et, suivi de tout le clergé, l'entraîne jusqu'à la mairie.

Là, en présence du premier magistrat de la commune, on commence par discuter ferme puis on en vient aux coups.

Bientôt, à demi assommé, Thorel finit par s'enfuir et gagne Yerville, le chef-lieu de canton, où il porte plainte contre le curé Pinel.

Une enquête de gendarmerie s'ensuit et l'affaire passe en justice de paix : le *berquier* est condamné. Mais le finaud n'avait-il pas calculé habilement son coup ? Tout fait — et bien fait — dans le but de se créer la meilleure des publicités ?

Sa condamnation pour avoir « troublé l'ordre public » ne lui vaut qu'une amende dérisoire et quelques jours de prison... alors que le jugement, authentifiant sa participation à l'Affaire, le rend immédiatement célèbre à cent lieues à la ronde...

— Est tout de même li qui a fait cha ! chuchote-t-on partout sur son passage.

Dorénavant le *berquier* Thorel inspire la crainte et son pouvoir — par conséquent sa clientèle — va s'étendre chaque jour davantage.

Le vieux pharmacien de Duclair, M. Bailly, devait me raconter un jour ce que les livres et brochures sur l'affaire de Cideville ne disent pas.

Après sa mort, le cimetière où repose Thorel devient, pour les « envoûtés », un lieu de pèlerinage si fréquenté que l'archevêque de Rouen doit, pour mettre fin au scandale, faire disparaître, en accord avec le maire de la commune, la tombe et la dépouille du *berquier.*

L'affaire de Cideville est un exemple notoire de ce qu'était, au XIXe siècle, la sorcellerie rurale.

Et même quand l'élevage des moutons disparaît, entraînant inexorablement la fin des *berquiers,* les pratiques de sorcellerie ne s'achèvent pas pour autant, elles deviennent seulement plus secrètes. Traditions, formules, recettes se transmettent dorénavant à mots couverts par compagnonnage ou héritage.

— Est ma sœur qui aura ma *forche*[1] après mé, confiait, paraît-il, en grand secret, un célèbre guérisseur de Montivilliers...

Le Grand Albert[2] demeure, en Normandie, le livre des livres de ces « pouvoirs » — dont les formules magiques étaient jadis calligraphiées, recopiées et transmises de génération en génération. En posséder un exemplaire est un signe qui ne trompe pas. (Un vieux Cauchois m'affirmait même qu'il y avait obligation, dans sa jeunesse, de déclarer cette « possession » à la mairie — mais le fait ne m'a pas été confirmé.)

Réédité, en partie, il y a quelques années, *le Grand Albert* allait connaître, malgré son prix élevé, une diffusion exceptionnelle quoique cette réédition ne récolte pas tous les suffrages des « connaisseurs ». Pour distinguer un « vrai » *Grand Albert* d'un « faux », il suffit, prétend-t-on, de jeter le livre dans le feu : s'il vous revient dans les mains, c'est un « vrai »... (inutile de dire que je n'ai jamais essayé !).

D'où vient donc cet ouvrage et depuis quand est-il consulté ?

On sait qu'au XVIIIe siècle, date de son édition définitive, il était vendu sous le manteau par les colporteurs avec les almanachs, mais, depuis son origine, au Moyen Age, de nombreuses éditions, de plus en plus « enrichies », allaient se succéder — dont certaines d'ailleurs, soi-disant imprimées à Amsterdam, l'étaient en secret à Rouen, rue du Gros-Horloge....

Ses premières ébauches furent — dit-on — « mancho-

---

1. Force (pouvoir).
2. A ne pas confondre avec *le Petit Albert*, ouvrage qui lui fut très vite ajouté, mais qui ne comporte que des recettes pratiques et des remèdes « de bonne femme ».

tes » (originaires du département de la Manche) et sa rédaction faussement attribuée à saint Albert le Grand [1].

Toujours est-il que la France entière allait être secrètement marquée par *le Grand Albert* puisque, même si l'on était analphabète, il suffisait, selon la croyance populaire, de posséder ce livre pour détenir un « pouvoir ».

En revanche, sa force étant censée s'user avec le temps, il était recommandé, de temps à autre, de le « recharger ».

Et comment cela ?

Le moyen réputé le plus efficace était la « bénédiction d'un curé ». Mais bien évidemment, cette bénédiction devant être obtenue à l'insu du prêtre, les feuillets du *Grand Albert* « à recharger » étaient subrepticement glissés sous le corporal [2] de l'autel.

Cette ruse se mit bientôt à être si fréquemment employée qu'un concile dut imposer aux officiants de passer la main sous le corporal avant de célébrer la messe afin de s'assurer que des textes « malins » n'y étaient pas cachés... c'est dire l'importance qu'avait prise cet étrange « péril en la demeure ».

---

1. Celui-ci cherchait en effet — en suivant la politique de l'Eglise d'alors — à christianiser les rites païens locaux. Opération qui se révéla dangereuse car elle favorisa une tradition dont il faudra des siècles pour se libérer : au lieu de supprimer le paganisme on ne parvint souvent qu'à le transformer ou seulement même à le « camoufler »... sous un « vernis » chrétien.
2. Linge sacré, en fil, utilisé, en particulier, à la messe, sur lequel on pose le calice et l'hostie (le corps du Christ) — d'où son nom « corporal ».

La main à la pâte

Ce matin la boulangerie est sombre.

Debout derrière son modeste comptoir, Yvonne a le visage défait et semble à bout de nerfs, ce qui ne lui arrive quasiment jamais.

— Max est vraiment très malade, m'annonce-t-elle, il ne tient plus sur ses jambes. Le docteur a ordonné qu'il arrête. Mais alors, qu'est-ce qu'on va devenir ? La clientèle partira ailleurs, c'est sûr, et personne n'est capable de remplacer Max, ici...

— Si, moi.

Yvonne me regarde mi-stupéfaite, mi-sceptique :

— Toi ? Mais, comment ?

Cette fois, je ne réponds pas car, à vrai dire, je n'en sais rien encore...

Certes, je me suis essayé une fois à la boulange mais les résultats obtenus ont plutôt prouvé mon incapacité... Peu importe, il faut résoudre le problème de mes amis, essayer en tout cas.

— A Rouville (un village voisin), je connais très bien le boulanger... si je lui demande, je suis sûr qu'il acceptera de nous aider...

Et, de fil en aiguille, les décisions se prennent...

C'est ainsi que le lendemain aux aurores, je me retrouve au fournil. Malgré l'enfarinement, mes mains inhabiles collent à la pâte. J'ai beau m'appliquer, je suis au propre (si l'on peut dire !) et au figuré... dans le pétrin ! Chaque étape de mon nouveau travail s'accomplit dans la douleur ! Quand vient le moment de couper la pâte, j'ai beau m'évertuer à la jeter sur le plateau de la balance, à la manière de Max, c'est toujours trop court ou trop long... impossible de parvenir, comme lui, au poids exact. Enfin, médiocres d'apparence soient-ils, mes pains « existent » et ce n'est pas sans contentement que je les vois s'aligner, prêts à cuire.

Yvonne a retrouvé un semblant de sourire et j'ai droit, comme Max, à un verre de rouge et à un morceau de pâté sur un quignon de pain... (je n'en suis pas peu fier).

J'embarque ensuite promptement mes pains dans la camionnette 2 CV et en route pour le four du boulanger de Rouville.

Quand tout est enfin cuit, je repars à Vattetot accompagné de la bienheureuse odeur du pain chaud et c'est tout juste si je ne me mets pas à chanter... Le jour est levé : je n'ai plus une seconde à perdre.

Après avoir déchargé avec Yvonne les pains qui vont rester à la boutique, je reprends derechef le volant pour aller faire la tournée, non sans avoir soigneusement vérifié les commandes : croissants, pains au chocolat et quelques dépannages d'épicerie.

Il y a deux types de tournée, la longue et la courte. Heureusement, c'est la courte aujourd'hui : demain ça ira mieux, j'aurai déjà découvert beaucoup d'erreurs à ne pas faire. Mon itinéraire est précisément indiqué sur un plan mais, pour un novice, toutes les *cavées* cauchoises se ressemblent...

Comme je m'éloigne largement de mes limites paroissiales, je me sens devenir soudain un autre homme. Si je croise des yeux interrogateurs, ce n'est pas parce que je suis boulanger, mais un « nouveau » boulanger.

Chaque client à servir a ses habitudes particulières qu'Yvonne m'a expliquées dans le détail. Personne ne se dérange pour le boulanger, à lui de se débrouiller... et, surtout, de bien refermer la *barriai* à cause des *vias* (des veaux)...

344

Ici c'est une baguette qui doit être glissée dans la boîte aux lettres, là, un pain à poser, juste à l'entrée du jardin potager. Plus loin, c'est contre le volet d'une fenêtre (et pas n'importe laquelle : la deuxième à gauche) qu'il me faut laisser trois croissants... Ah, là là ! J'allais oublier le pot de confiture qui va avec ! Parfois je trouve un papier demandant un supplément de pain que je dois revenir prendre dans la voiture, restée au bord de la route.

Dans une autre ferme, où je suis parvenu à grand-peine à pied, chargé jusqu'au cou de trois pains de quatre livres, une femme m'attend sans la moindre excuse pour m'annoncer que :

— *N'en fô pouin an'hui... Nô avons d'rest' !* [Il n'en faut point aujourd'hui... Nous en avons qui reste !]

Je repars en bougonnant intérieurement mais sans perdre ce sourire... qui ne quitte jamais les lèvres de Max.

Au début, le nouveau boulanger que je suis alimente les conversations : on me trouve généralement « bien gentil ». Juste un seul écho moins flatteur :

— I é pouin causant, mais é qu' même mieux que rin !

La nouvelle de ma véritable identité ne se répand qu'au bout de quelques jours :

— E l'cuai de Vato !

— Pas pochible !

— Mai chi, mai chi !

— E tout d'même pouin à li d'fé cha !

Je suis devenu l'attraction, un brin scandaleuse, du jour. On m'attend aux *barriais*... Un coup de klaxon et tout le monde dévale les sentiers à ma rencontre.

— Pas de danger qu'on en fasse autant pour moi..., grommelle Max (qui fait semblant, du fond de son lit, d'être un peu jaloux...), je vais devenir anticlérical !

Encore une semaine et il sera sur pied. J'en suis heureux pour lui, étrangement moins pour moi : je commençais à bien m'habituer à porter le « pain quotidien » au lieu de le réclamer à Dieu... et aussi à me sentir comme un peu débarrassé de ma défroque de « horsain ».

Surtout, à la lumière de cette expérience, je découvre qu'un boulanger est vraiment un homme comme les autres — un « semblable » — alors qu'un curé, quoi qu'il fasse (et dise), n'est jamais tout à fait un frère... pour ses « frères »...

L'échec

Un matin, le docteur X., médecin d'un bourg voisin, me fait parvenir ce message :

« Deux patientes me rendent visite chaque semaine : la mère et la fille. L'une comme l'autre sont dans une grande misère physique et morale mais leur cas n'est pas de mon ressort. Ce serait plutôt, me semble-t-il, du vôtre... Elles me parlent d'envoûtement... Je vous en prie, allez les voir ! Quel qu'en soit le résultat, ce sera une bonne action de votre part. Merci d'avance... »

Dès le lendemain je me rends à l'adresse indiquée.

Un cul-de-sac dans le fond d'une impasse, un vrai boyau serré entre deux hauts murs de briques noircies où le soleil ne pénètre jamais. Tout ici paraît sinistre, sans espoir. Un chien famélique aboie en tirant sur sa chaîne, les babines relevées, prêt à dévorer quiconque se risquerait à l'approcher.

C'est là.

Le rideau de la fenêtre du rez-de-chaussée se relève précautionneusement, juste le temps de laisser voir, collé à la vitre, un œil écarquillé, interrogateur...

La porte s'ouvre bientôt, comme d'elle-même, sur l'ombre silencieuse, apparemment vide. Tandis que j'avance, pas à pas, deux silhouettes immobiles, blotties dans le fond de la pièce, comme fondues dans le noir de la cheminée, apparaissent... l'une est debout, l'autre assise.

J'ai la sensation qu'un geste trop brusque, ou un mot maladroit, pourrait faire disparaître d'un coup tout ce que je découvre ici comme dans un cauchemar.

Les deux femmes sont maintenant là, bien réelles : une vieille, repliée dans son coin, qui porte sur moi ce regard fixe, comme éloigné, des êtres qui en ont « trop vu »... une plus jeune, tout en os, grande, maigre, plate comme une photographie sur un poster.

Toutes deux ont les cheveux tirés en arrière dans un chignon piqué d'épingles... Elles sont vêtues de noir.

Faute d'être « accueilli », je me présente à la cantonade :

— Le docteur X. vous a sans doute annoncé ma venue... je suis son ami le curé... Voyons, qu'est-ce qui ne va pas ? Qu'éprouvez-vous ? Racontez-moi sans crainte ce que vous éprouvez...

Je souris, j'essaie d'être jovial, de « ramer contre le courant », de rassurer pour changer le climat...

Après un silence qui me semble interminable, la plus jeune des femmes — la fille — se décide à parler.

Peu à peu, j'apprends qu'elle a travaillé quelques années chez un notaire de la région. Une bonne place. Jusqu'au jour où la maladie a fait son apparition : la polio.

Ce mot, elle le prononce à mi-voix. Elle en a honte. En l'empêchant de travailler, de gagner honnêtement sa vie, la polio l'a réduite à vivre à la charge de la société, à croupir avec sa mère dans ce cul-de-sac humide et sombre où le soleil ne pénètre jamais...

— Mais, surtout, on nous « travaille »... coupe soudain la mère d'une voix sèche et atone. Même nos chiens deviennent enragés : on doit les piquer l'un après l'autre. Quelqu'un nous a « prises » et nous fait du mal... On nous étouffe... Vous ne sentez pas l'odeur du soufre qui monte ?

Un mal diffus, c'est vrai, me semble écraser ce misérable logement.

Soudain la respiration des deux femmes devient hale-

tante, leur souffle oppressé. Elles *técotent*[1] nerveusement...

S'agit-il d'un épiphénomène, d'une hallucination ?

Je vois tout à coup le nez de la mère se pincer, sa tête
se mettre à branler d'un côté sur l'autre et la voilà qui se
cramponne à la table devant elle, comme si elle luttait
contre un ennemi invisible...

Une « crise » semble vouloir la terrasser... et au même
instant sa fille à son tour change de visage, devient
livide... Est-ce contagieux ? j'éprouve moi-même une
violente angoisse et je dois faire un sérieux effort pour
dominer la situation...

Je m'entends presque crier, intimer des ordres avec
force et autorité :

— Assez ! Assez ! Calmez-vous ! C'est fini maintenant, je suis là...

L'effet de mes paroles est tellement immédiat que j'ai
l'impression étrange qu'« on » a parlé à travers moi... Les
deux femmes se reprennent, reviennent à elles, le calme
se rétablit... mais je sais maintenant qu'il sera très difficile de les convaincre, de les faire renoncer à ce qu'elles
croient. Pour elles, le mal existe, elles en ont l'absolue
certitude.

Dans la poche de ma gabardine, je prends mon
Nouveau Testament que je pose lentement au milieu de
la table, au centre de la toile cirée...

Pour les interroger, j'ai besoin de ne pas être seul.

— A votre avis, leur dis-je, d'où vient le mal ?

Le pire serait qu'elles l'ignorent. Ma question reste un
moment sans réponse. Le silence se fait lourd. Enfin la
fille se décide à me faire un signe de tête et du regard en
direction du... logement voisin puis, d'une voix à peine
audible, elle me confesse, par bribes, « sa » vérité :

— ... Des légumes de leur jardin qui est à Lanquetot,
ils nous en rapportent presque tous les jours... Et d'autres
choses aussi... Sans jamais rien nous demander en

---

1. Toussent en se raclant la gorge.

échange. Chaque fois qu'on veut payer, ils refusent... ils nous « tiennent ».

Comment, en effet, ces pauvres femmes, habituées à vivre dans un monde implacable, pourraient-elles croire à une générosité gratuite ? A leurs yeux, un tel comportement masque forcément des desseins diaboliques...

— Personne ne sait comment ils font, conclut la fille, mais ils « le » font, ça, c'est sûr...

Que faire ? Ma foi est mon seul espoir, ma seule force pour sortir ces femmes de l'enlisement où elles se trouvent.

Tout en priant, je leur demande :

— Etes-vous croyantes, pratiquantes ? Allez-vous parfois à la messe ?

Question abrupte qui, je m'en rends compte aussitôt, est ressentie comme une accusation. La réaction est sèche :

— On est dans le malheur. Ça ne veut pas dire qu'on n'a pas la foi. On n'a rien fait au Bon Dieu. On a le droit d'aller à la messe et de communier. Bien sûr, on se tient un peu à l'écart, dans la chapelle de la Vierge. On ne se mêle point. Parce que, qu'on le veuille ou non, on n'est pas comme les autres...

Je feuillette mon Nouveau Testament et Matthieu m'offre ce que je cherche : Je lis tout haut :

« Quand tu vas présenter ton offrande à l'autel et que là, tu te souviens que ton frère a quelque chose contre toi, laisse là ton offrande et va te réconcilier avec ton frère » (Matthieu V [v. 21]).

Les deux femmes qui m'écoutent comme à l'église me semblent soudain soumises, prêtes à recevoir mon appel à la charité... Encouragé par leurs regards posés intensément sur moi, je brusque, hélas trop rapidement, les choses :

— La solution de tous vos problèmes, la voilà. Dimanche, vous irez, comme de coutume, à la messe... vous communierez et vous ferez votre prière, votre action de grâces à Dieu... à l'intention de vos voisins...

350

Je n'ai pas le temps de finir ma phrase, ni de préciser mes intentions : la colère que j'ai déclenchée est terrible, le refus qui m'est opposé, sans appel.

Il ne me reste plus qu'à partir.

Je n'ai pas réussi à libérer ces deux malheureuses de la prison où, jour après jour, elles s'enferment davantage...

Mais ont-elles jamais, vraiment, désiré en sortir ? je me le demande encore...

Dois-je l'avouer ? cet échec m'a longtemps laissé malheureux et profondément démuni.

Mai 68 aux champs

Mai 68 bat son plein à Paris. Vus d'ici, les étudiants n'ont pas la cote :

— Des gars qu'ont rin a fé !

— Brûler des *vétus*, mett' bas des arbres... Qu'veulent ti por fini ? Et l'chavent ti eux-mêmes? Tout cha, cha *r'timbe*[1] sur nous. Qui c'est qui va payer ? *Oco*[2] nous !

Le paysan cauchois n'aime ni les fauteurs de troubles ni la gabegie... et surtout pas les rêveurs et autres idéalistes. Même s'il ne l'avoue pas, il le pense. Une pensée implacable, irréversible.

Le mouvement s'étend, et la province commence à remuer. On défile jusque dans nos villes les plus proches. Les usines ferment l'une après l'autre.

La stupéfaction fait place aux décisions :

— Pi qu'on peut plus travailler, y a qu'à rester cheu sé.

Un matin, sur le carreau, à la sortie de la messe dominicale, des groupes se forment... On échange des nouvelles, vraies ou fausses... On parle de blessés graves. A Sandouville, il y aurait même eu un mort... Un mort aussitôt « critiqué » :

— Il avait qu'à rester cheu li... E bin triste mais é d'cha faute !

Le fait, quoique vite démenti, va frapper les esprits.

1. Retombe.
2. Encore.

Peu à peu l'angoisse gagne : jusqu'où ira-t-on ? Certains commencent à acheter des conserves à l'épicerie. Le dimanche, on se presse aux offices pour se sécuriser en priant et en allumant des cierges. Heureusement, l'Eglise ne cherche plus à donner de directives de pensée et j'apprécie grandement cette évolution. Les ouvriers commencent à pâtir : ceux qui n'assurent pas les piquets de grève et ne s'associent à aucune manifestation ne touchent plus un sou...

Certains se font embaucher pour des corvées de saison, comme le sarclage des *bettes*[1], dans les fermes. Ils n'ont pas perdu le coup de main de leur jeunesse mais, le soir, ils ont « mal à reins ». Beaucoup de jeunes, partis travailler en ville, retrouvent le chemin de la campagne et la table familiale, comme si les vacances étaient déjà commencées. La majorité en profite pour bricoler à la maison et faire tous les petits travaux en retard.

Au presbytère, que je partage maintenant avec une famille, le père — Christian — est lui aussi sans travail, alors il se met à décaper les poutres de la cheminée ainsi que les plâtres qui *muchent* les pierres et les briques roses anciennes cuites au bois.

Le presbytère est un petit manoir du XVIe siècle rafistolé et... défiguré au XIXe par un mauvais crépi.

L'occasion est venue, grâce à ce révolutionnaire mois de mai, de tout mettre à nu : besoin de vrai, d'authentique... Au diable le camouflage, l'hypocrisie !... Je participe : martelant et brisant, à petits coups secs, les couches épaisses et pâteuses de peinture accumulée. Le travail calme les nerfs et fait oublier l'inquiétante actualité. Je sens l'histoire au bout de mes doigts, le passé qui renaît.

Soudain, entre la poutre frontale de la cheminée et son pilier de gauche, une fente... dans un *racoin*[2] naturel...

Ça résiste... j'attrape un tournevis et un fil de fer avec lesquels je sonde, *tigonne*, crochète...

1. Betteraves.
2. Recoin.

353

Christian s'est mis à fouiller avec moi... Un trésor est-il caché au fond ? Non. Mais, après beaucoup d'efforts, apparaissent enfin, mêlés à la poussière humide du plâtre et du terril, des vieux papiers enfumés, bouchonnés, tassés que nous nous mettons aussitôt à défroisser, précautionneusement... Bien qu'en dentelles, trois d'entre eux sont pourtant encore lisibles : il s'agit de reçus de la gabelle datés de 1785, donc d'avant la Révolution... (l'autre !).

Nous parvenons à déchiffrer un nom : Grenet, qui ne m'est pas inconnu. Je me souviens d'avoir lu dans des documents anciens du diocèse qu'un certain curé de ce nom se trouvait, à cette époque, au presbytère et qu'il était même secondé par un vicaire logé à l'entrée du village, dans un bâtiment transformé en garage, mais toujours debout.

« L'imagination au pouvoir » ? Ne nous privons pas ! Je revis, comme si j'y étais, au temps de la gabelle, les faits et gestes de mon lointain prédécesseur :

Nous sommes un beau matin de 1785, Grenet attelle sa carriole pour se rendre à Fécamp (dix-huit kilomètres), au grenier à sel...

Dès qu'il est de retour, il respecte les consignes avec lesquelles il ne faut surtout pas plaisanter. Le sel, qui doit servir exclusivement à la cuisine — et pas aux salaisons —, est placé dans un pot au-dessus de l'âtre, au creux d'une niche dans la hotte même de la cheminée.

Les acquits du sel devant être présentés à la moindre réquisition des gabelous [1], il est préférable de les garder à portée de main. Je « vois » Grenet les glisser dans cette fente où je viens, deux cents ans plus tard, de les retrouver... avec une petite clef forgée — sans doute celle d'une cassette qui (hélas) a disparu.

C'est près de cette cheminée du XIIe siècle (intégrée dans l'ancien manoir du XVIe au moment de sa construc-

---

1. Douaniers. (Le mot, toujours employé en pays de Caux, vient de « gabelle ».)

tion, juste après la guerre de Cent Ans) que le curé Grenet va attendre — comme moi aujourd'hui — les dernières nouvelles de Paris. Un matin, il apprend au château que ce qui n'était encore la veille qu'une manifestation a donné naissance à une vraie révolution.

En vérité, cela n'est pas pour lui déplaire... ni non plus à son vicaire. Ils sont plutôt — comme à cette époque tout le bas-clergé — pour le changement.

Le vicaire va bientôt commencer à rédiger des « cahiers de doléances » ou, du moins, participer à leur rédaction, non sans se demander, comme le curé Grenet, où est précisément son devoir... Bien sûr tous deux demeurent attachés au roi. Qui ne l'est pas d'ailleurs, quand éclate la Révolution de 1789 et qui se douterait qu'elle va dépasser, et de loin, tout ce qu'on pouvait imaginer ? Après quelque temps, le curé et le vicaire se marieront, le vicaire d'abord, le curé ensuite.

Le paysan cauchois, lui, comme toujours, refuse de s'engager. Il observe, guette en silence et tâte le terrain, en se méfiant des *bavacheux* afin de deviner où se trouve — précisément — son intérêt. S'il sent qu'il fait fausse route, il change prudemment de cap pour en prendre un autre, plus propice.

Royaliste, tant qu'il y trouve son avantage, il adoptera — sans hésiter — l'Empereur dont rêveront bientôt tous les Français. Mais il le regrettera déjà du temps des « Marie-Louise », et boycottera alors la conscription, n'hésitant pas à déserter malgré les risques que cela comporte. Enfin, quand l'aigle lui paraîtra dangereusement déplumé, il se réfugiera derrière sa *barriai*, décidé à ne pas être la victime d'une frénésie désespérée.

La révolution de 1968, elle, avorte, comme on sait, dès les premiers jours de juin. L'essence réapparaît. On ressort les voitures des garages. Il ne s'agissait que d'un gros orage. Le travail reprend. Les légumes nouveaux font — comme si de rien n'était — leur apparition au jardin. Ils vont assurer la soudure et alimenter les repas

355

du jour de communion que j'ai, prudemment, retardé de deux semaines.

Les étudiants abandonnent la rue pour les salles d'examen — mais la cote du cru 68 sera à jamais mauvaise, et sa trace mal vue sur les *curriculum vitae*...

Vigile

En ce début de juin, je prépare en hâte mes futurs communiants. Aujourd'hui, à 14 heures, réunion avec les parents. Ils sont tous là. J'aimerais parler de l'esprit dans lequel je souhaite que se déroule la cérémonie car j'ai besoin de leur appui, mais, quoique la « dimension spirituelle » ne soit pas absente de leur pensée, ils préfèrent s'en remettre entièrement au curé. Leur premier souci, c'est le partage des « honneurs » :

— Qui c'est qui va di les « vœux »[1] ?

— Qui va fé la quête ?

— Et pi, qui dira le compliment à M'sieu l' Cuai ?

Chacun est prêt à accepter une tâche plus lourde si son éfan est en tête de classe...

Je reste évasif : on tirera au sort.

Mais d'autres questions fusent :

— Queu cantique on va ti chanter ? *L'Agneau si doux* ? *Le Ciel a visité la terre* ?

— Est ti *obligatouére*[2] de mettre eun' aube ? Pour les gars, c'est bin, mais pour les filles, les *touélettes*[3] *d'aôt'fay*, cha serait quand même mieux...

Je me contente seulement d'exprimer mes préféren-

---

1. Vœux est synonyme de promesses. Aujourd'hui on dirait profession de foi.
2. Obligatoire.
3. Robes.

357

ces... je n'impose rien, sauf pour les cierges : chaque communiant devra porter le même.

Je parviens quand même à expliquer que mon premier souci, bien avant ces détails secondaires, c'est la sincérité des enfants : je voudrais de toutes mes forces qu'ils ne défilent pas mains jointes, yeux au ciel, sans penser à rien, comme au théâtre.

La fête de communion est fixée au samedi : messe à 10 heures, vêpres à 16 heures (il faut bien compter quatre heures pour le repas).

La retraite va durer trois jours pleins. Trois jours sans école : les enfants sont radieux, ils ont l'impression d'être en vacances et surtout de vivre ensemble... « autrement », ce qui n'arrive quasiment jamais.

Au fil des heures de la retraite, l'idée d'une fête « incomparable » fait son chemin dans les esprits : le Christ cesse, peu à peu, d'être seulement une leçon à apprendre, le sentiment d'une présence envahit notre petite communauté. La vie atteint soudain une autre dimension dont certains d'ailleurs ne prendront conscience que beaucoup plus tard.

Le besoin de tout embellir s'impose : l'église, les cahiers... Les phrases choisies dans l'Evangile sont encadrées, coloriées, écrites avec une application particulière, débarrassées des habituelles « pattes de mouche »...

Les enfants s'inquiètent : le temps passe trop vite !

Arrivera-t-on jamais à faire tout ce qui est prévu ?

Le silence est de rigueur et bien que cela exige, de la part de si jeunes enfants, un véritable effort, ils y parviennent presque en accomplissant avec une extrême bonne volonté toutes les tâches qui leur incombent.

La discipline, souci primordial des parents, ne laisse aucunement à désirer : ils devraient être comblés !

Trois par trois, les gars ont couru la campagne en quête de fleurs et de verdure et maintenant les filles, assises dans l'allée centrale, en détachent pétales et feuilles qu'elles disposent sur les dalles pour former un tapis aux dessins géométriques parfumés...

L'œuvre, qui ravit ses auteurs, apparaît bientôt. Superbe.

— Cha va ti t'ni ? (sous-entendu jusqu'à la fête) s'inquiètent certaines...

Il est sûr qu'il va falloir y veiller en vaporisant un peu d'eau de temps à autre sur le tapis de fête...

Je claque dans mes mains : pour aujourd'hui le travail manuel est terminé. De sacristain, je redeviens prêtre pour regrouper mes petites ouailles en bas des marches de l'autel : c'est l'heure de la prière.

Je dois freiner leur « débit »... toujours trop rapide. J'aimerais tant qu'ils écoutent ce qu'ils disent et prennent le temps de bien le comprendre. Mais leur application me touche : ils se tiennent droits comme des peupliers, les bras croisés, cherchant à épouser, du mieux qu'ils peuvent, le rythme de ma voix.

Bien que je sache combien l'édifice que je m'efforce de construire est fragile, je me prendrais presque, en les regardant, à espérer réussir.

Vendredi est arrivé. Le soir, c'est le moment des confessions. Les enfants se dispersent dans les bancs où ils préparent leur examen de conscience. Je les aide, simplifie, rétablis la hiérarchie : les fautes contre la « charité » au premier plan... Ils écoutent certes, mais me suivent-ils vraiment ?

Les parents arrivent, une personne par famille. Parfois la mère aide l'enfant à présenter une liste de péchés « convenable »... Chacun griffonne ce qu'il va dire sur un bout de papier... Il le lit et le relit de peur d'oublier.

Un vrai casse-tête ! Une bonne liste ne doit être ni trop courte ni trop longue. Le principal, selon les adultes au moins, est de passer aussi inaperçu que possible... Ni ange ni bête... Et surtout que M'sieu l' Cuai soit *cotent.*

— Perds pouin ton papier, surtout... Aveuc M'sieu l' Cuai, il faut bin tout di... et oublie pouin les « gros mots » ! (Les gros mots ont très bonne réputation, ils meublent bien les listes et ne compromettent pas trop.)

Mes jeunes « patients » entrent maintenant, l'un après l'autre, au confessionnal.

A une tête blonde succède une autre tête blonde. Je ne distingue pas grand-chose d'autre car, bien sûr, les yeux, généralement bleus, sont toujours baissés.

J'essaie de ne pas me borner à la fameuse liste et tente de rendre la démarche de chaque enfant un peu plus personnelle. Mais je sais bien qu'il y a ce qu'on dit et ce qu'on tait. Il en sera ainsi tant qu'il y aura des confessés... de tous âges... Qu'importe ! Je n'ai pas la moindre inquiétude que le chemin de Dieu soit barré pour le plus dissipé de ces petits... Même si l'adulte qu'il est en puissance a déjà pris un autre chemin...

Pour l'heure, chaque enfant rentre chez lui, chaperonné par un parent — le plus souvent sa mère ou sa marraine — qui est venu spécialement le chercher à la sortie de l'église.

Fin prêt, « retraité », confessé, le futur communiant doit vivre jusqu'à l'heure de l'office en dehors de la vie ordinaire des autres, un peu comme si ce Dieu qu'il va recevoir demain pour la première fois se trouvait, ce soir, exceptionnellement avec lui, dans un autre monde...

Une belle communion

Enfin, le grand jour est arrivé. Dès l'angélus, l'église carillonne. Un coup d'œil au coq du clocher : il fera beau. Tant mieux. Le vent et la pluie décoiffent les filles, ce qui est très mauvais pour les photos-souvenirs et... pour les serveuses de repas qui doivent traverser sans cesse les cours afin de se rendre de la cuisine à la grange où a lieu le repas. Beaucoup pensent que c'est grâce à plusieurs grands-mères, qui ont dit chacune neuf *magnificat*, que le Bon Dieu a daigné ensoleiller le village aujourd'hui.

— Faut cha pour réussi eun' belle commeunion !

Les familles sont au complet, les places retenues d'avance, toutes occupées. On se compte un peu, par curiosité :

— Combien qui chont cheu les « Tocqueville » ?

— Chinq éfans, mais tous mariés : aveuc les *bésots*, cha fait du monde !

En attendant la cérémonie, je suis resté au presbytère pour m'y détendre un peu. Pourvu que tout se passe bien ! En pays cauchois, il suffit d'un rien pour qu'une fête soit gâchée.

L'église a été préparée. J'ai vérifié chaque détail. Afin d'éviter que les enfants, dans le chœur, ne se tournent pas sans cesse vers la nef pour s'assurer de la présence de « leurs » invités... — d'un parrain, toujours en retard, par exemple — les chaises ont été placées de biais, vers l'autel...

Marchant de long en large, je repense à ce que je vais dire dans mes interventions qui, selon la coutume, seront nombreuses. Chaque rite essentiel doit en effet être précédé d'un « petit mot » de ma part.

Un, avant la communion, un autre après, en guise d'action de grâces. Mais c'est surtout cet après-midi qu'il me faudra intervenir souvent : avant les promesses (pour l'engagement des communiants), avant la consécration (pour la Vierge) et, enfin, pour remercier le jeune qui aura dit le *compliment à M'sieu l' Cuai*, sans, bien sûr, oublier les parents...

Je dois surtout veiller à ne pas transformer mes « mots » en longs discours, à me garder de la « concupiscence de la chaire » (quoique, me tenant la plupart du temps à la *barriai*[1], j'y monte rarement). Tout ce que je dirai, évidemment, mes ouailles le savent déjà dans les grandes lignes mais je dois faire mon travail. Pas question de m'en dispenser... on ne me le pardonnerait pas. En pays de Caux, « s'il ne faut pas trop, il faut ce qu'il faut... ». A moi de bien peser mes paroles afin de ne pas lasser mon auditoire.

La cérémonie commence et se déroule normalement.

Comme d'habitude, des chantres, venus d'autres paroisses pour des raisons familiales, signalent leur présence en couvrant la voix de mes choristes... Une impolitesse classiquement mal ressentie qui se solde, comme chaque fois, par des coups d'œil sévères : un rappel à l'ordre à tous ces « horsains » qui chavent pouin s'teni...

Pendant les vêpres, une seule inquiétude : il arrive souvent que malgré mes recommandations aux parents, quelques enfants aient trop mangé et que le repas passe mal... La chaleur et l'odeur d'encens aidant, des malaises passagers peuvent se produire, aussi ai-je posé — au cas

---

1. Grille en fonte ou en fer forgé qui, dans une église, sépare la nef du chœur, à la hauteur du transept.

où — des sucres et de l'alcool de menthe sur le chasublier de la sacristie.

Enfin, les cérémonies s'achèvent : tout le monde est bien *cotent* : c'est ma récompense.

Qu'importe si la voix de mon « complimenteur »; chevrotante d'émotion, était quasi inaudible, et si les mots déboulaient les uns sur les autres avec la précipitation d'un cheval galopant vers son écurie. Bref, si personne n'a rien saisi des délicates amabilités qui m'étaient adressées !

Dans le deuxième banc — côté épître[1] — la mère du récitant a l'air parfaitement comblée. Tout à l'heure, en me remettant mon traditionnel pot d'hortensias, elle félicitera son petit gars de sa bonne diction : « Etait bin... T'as tout bin dit. »

Georges sonne à toute volée. Lentement, l'église se vide. Les femmes et les enfants rentrent à la maison. Les hommes font la « pause-café » habituelle sur la place :

— Pour sûr, la religion, cha aide le commerche !

Quant à moi qui reste seul dans l'église, je dois ranger, balayer et réparer le tapis de fleurs piétiné, préparer l'autel pour demain, car il y a une messe d'action de grâces à 10 h 30.

Les communiants auront à nouveau revêtu leurs aubes mais la « vraie » fête sera finie, les invités étant rentrés chez eux.

L'église remise en ordre — et bien que je n'aie rien promis — je me décide à accepter l'invitation à dîner d'une famille à laquelle ma mère prétendait que nous sommes apparentés.

On semble heureux, et surtout honoré, que je sois venu :

— M'sieu l' Cuai, on vous attendait !

Dans la grange où a lieu le repas, le sol en terre battue a été refait, les nids-de-poule bouchés. Contre les murs

---

1. L'Evangile est toujours lu à gauche de l'autel. Il s'agit donc, pour ce banc, du côté droit.

363

chaulés, on a tendu des draps sur lesquels on a piqué des roses et des brins de bruyère. Les tables qui forment un grand U sont recouvertes de nappes blanches damassées qui traînent jusqu'à terre. Les adultes ont droit à des chaises mais les jeunes doivent se contenter des bancs.

Devant chaque convive, deux assiettes : une plate et une creuse (le bouillon est de rigueur pour le soir) et un jeu d'orgue de verres de diverses contenances.

Un peu partout sur les tables, des carafes ventrues pleines de *gros* d'un jaune d'or superbe. Du pur cidre.

Quand je m'assois tout le monde m'imite. Les femmes gardent leurs chapeaux (elles n'auraient pas l'air honnête si elles se découvraient en public).

Je suis placé en face du communiant, entre son père et sa mère, lui-même étant encadré par ses parrain et marraine.

Nous sommes sûrement plus d'une centaine... parents, alliés, amis...

Le début du repas est un peu guindé : chacun, sans doute en raison de ma présence, surveille son attitude, son comportement et ce qu'il dit... La conversation se cantonne d'abord, prudemment, sur la cérémonie mais une grande tante se permet d'exprimer son regret qu'on n'ait chanté ni *l'Agneau si doux* ni *J'engageai ma promesse au baptême*... Le père, qui écoute tout et me sent quelque peu visé par cette remarque qu'il juge incongrue, rétorque d'un ton sec :

— Pour mé... était eun' belle fête... y a rin à di d'autre !

Ce jugement étant approuvé sans restriction par nos plus proches voisins, la grande tante se garde bien d'insister et on se met à parler d'autre chose.

Quelqu'un dit du bien de son curé... d'autres font un panégyrique du leur... qui vient de mourir. (Les Cauchois canonisent plus vite que Rome.)

Mais bientôt, il n'est plus question que de récoltes et du temps qu'il fait : un bon sujet en campagne, sur lequel il y a une infinité de généralités à lancer et qui peut être étiré à volonté :

364

— Not' terre est pouin faite pou l'soleil... Eun p'tieu est bin... mais eun p'tieu d'eau est cor mieux !

Les jeunes, bien surveillés au début du repas par leurs parents respectifs, se sont mis à jacasser gaiement au bout de la table.

L'ambiance s'est peu à peu détendue sous l'effet des plats et des plats qui se succèdent — après le bouillon, une entrée, deux poissons, une volaille, deux viandes — et des vins variés qui remplacent le cidre...

Chacun, forcément, se sent de plus en plus conciliant, porté à l'indulgence. Beaucoup de visages se colorent, certains même, hilares, se congestionnent... Les rires et les plaisanteries fusent de tous côtés.

On continue toutefois, autour de moi, à observer une certaine réserve, en particulier le Maît' qui garde un œil sur tout et sur tous... Mais soudain, je vois ses gros doigts noueux tambouriner nerveusement, puis violemment, la table au point de faire vibrer les verres... Son regard, cerclé de rouge, s'est durci : il fixe un point précis à l'autre extrémité de la grange.

Et le coup s'abat alors, brutalement : un grondement de tonnerre dans un ciel bleu...

La voix du Maît' retentit à travers le silence ; elle saisit, en un éclair, chacun des convives.

— Est eun' commeunion... pouin eun mariage !

Les accusés, deux jeunes tourtereaux qui se *boujou- taient* bec à bec, font face maintenant, le rouge de la honte aux joues, à la centaine de paires d'yeux qui les toisent...

Mauvaise affaire pour eux, et, qui plus est, devant le *cuai* ! Un vrai scandale que leurs parents vont sûrement leur faire payer cher...

Ils font pitié... et je me dois de voler à leur secours :

— Vous savez, dis-je assez fort pour que toute l'as- semblée entende, l'amour, c'est le Bon Dieu qui y a pensé le premier...

Le Maît' me regarde de biais, un peu calmé, mais toujours sévère... et comme il ne peut être question pour

365

lui de capituler, il me lance, à la cantonade, histoire
d'avoir le dernier mot :

— *Pochible*[1]... pi qu'vous l'dites, M'sieu l' Cuai, mais
est toujou pouin, por mé, la meilleu' chose qu'il a faite !

1. Possible.

Dernière visite au chanoine

Les mains jointes, comme un gisant, la tête affaissée, le chanoine fait *mézienne*[1].

Les traits tirés, il paraît très fatigué.

Quand il entend la porte s'ouvrir, ses paupières se lèvent. Il m'aperçoit et se redresse aussitôt. De lui-même, avant que j'ouvre la bouche, il répond à la question que je vais lui poser :

— Ça va, je vous remercie.

Puis il ajoute, pour évacuer au plus vite le sujet de sa santé :

— On parle de quoi aujourd'hui ?

— Je ne veux pas abuser...

— Vous n'abusez pas, bien au contraire.

Mais comme j'hésite, il engage lui-même la conversation :

— Savez-vous ce que les Cauchois disent d'un mourant ?

— Non.

— Qu'il va enfin connaître la vérité.

— Qu'entendent-ils au juste par là ?

— Probablement que l'au-delà est différent de tout ce qu'on peut imaginer ici-bas...

---

1. La sieste. Dans la pratique, *mézienne* indique aussi le temps libre après le repas de midi (le « dîner ») et avant la reprise du travail.

367

— Ne serait-ce pas plutôt l'aveu que, toute leur vie, ils font, à leur manière, le « pari » de Pascal [1] ?

— Peut-être, mais le Christ a bien laissé entendre que chacun d'entre nous sera étonné de ce qu'il trouvera au Paradis. Ne l'oublions pas : « Nul ne connaît Dieu si ce n'est le Fils », a dit aussi le Christ...

— Je sais bien... et, à ce propos, je dois vous avouer que cette mystérieuse puissance de Dieu me fait peur. Je crains que les misérables créatures que nous sommes ne soient rien de plus que des gouttes d'eau perdues, dans l'Océan.

« Or, renoncer entièrement à être ce que je suis — bien que je sois profondément convaincu de n'être pas grand-chose — continue à m'angoisser.

— Dieu est bon.

— Vous avez raison... mais comme j'aimerais avoir la certitude que je ne vais pas tout à fait disparaître !

— Peut-être est-il possible de trouver cette assurance dans le principe de la Résurrection dont la signification pourrait bien être de sauver notre personnalité face à Dieu... Notez que je ne fais qu'avancer une idée...

Tandis que je réfléchis à ce que le chanoine vient de me dire pour m'apaiser, je m'aperçois qu'épuisé par la maladie qui le ronge il s'est endormi. Je me retire sur la pointe des pieds pour ne pas le réveiller.

L'idée qu'il vient d'« avancer » à mon intention sera la dernière de toutes celles qu'il m'a, tant d'années durant, si souvent et gracieusement données...

Sans qu'hélas je l'aie revu, il va rejoindre, quelques jours plus tard, sa chère église du Havre où il repose.

---

1. Pascal (Gonzague Truc p. 140) :

« Cette vie, vous n'en savez ni le sens ni la fin puisqu'elle s'arrête à la mort qui n'en résout pas le mystère. A ce terme vous êtes devant l'alternative : ou le néant ou Dieu qui vous promet une autre vie éternelle. Il vous faut opter de toute manière puisque ne pas opter c'est opter quand même. Optez pour le néant, vous perdez tout, optez pour Dieu, vous risquez de tout gagner, et si vous perdez vous ne perdez rien puisque tout est déjà perdu. »

J'atteins l'âge où les plus vieux amis s'éloignent, l'un après l'autre, à jamais.

Portes ouvertes

Chaque vendredi après-midi, je reçois de 14 à 18 heures tous ceux qui souhaitent me voir.

Maintenant que je suis responsable de plusieurs paroisses et que le nombre de mes ouailles s'est élevé à deux mille cinq cents, je ne puis plus visiter chaque maison comme par le passé, même s'il m'arrive de regretter le temps où, le dos à la fenêtre, je conversais avec les uns et les autres en mangeant un morceau...

Mes paroissiens aussi s'habituent mal à ce que ce soit à mon tour de « recevoir » et d'ailleurs quand ils ont vraiment besoin de moi, ils me convoquent. En fait ils ne se décident à se déranger que pour régler une question administrative, fixer une date de baptême, de mariage...

Aujourd'hui, la salle d'attente est pleine mais je ne distingue qu'un ou deux visages connus...

— Au suivant !

Cette fois, il s'agit d'une « suivante » qui envahit soudain mon petit bureau de toute sa masse noire, derrière laquelle j'entr'aperçois une jeune femme qui doit avoir une vingtaine d'années.

La « masse noire », avant même que je ne lui pose une question, attaque la première :

— Des *malhus*, des *malhus*... On a que cha... toujou des *malhus* ! Même not' cuai dit qu'on a jamais vu cha !

Puis elle ajoute, après un instant de silence :

— C'est pour not' fille que somm' venus...

— Pour cette jeune femme qui vous accompagne ?

— Oui, c'est à la fête de la Toussaint que cha l'a prise. elle a juste vingt ans...

Puis, se penchant vers mon oreille, elle ajoute à voix basse :

— Elle sort d'eun hôpital « sychiatrique »... Est grave !

La jeune femme ouvre enfin la bouche :

— Le pire, c'est que j'dors plus...

Sa mère lui coupe la parole :

— Et puis elle *grochit*[1], elle *grochit*... Elle arrête pouin d'*grochir*... Elle est découragée...

— Au travail, cha va encore, murmure la jeune femme, mais quand je rentre à la maison, j'suis « prise » de plus belle...

— C'est pouin nous, pour sûr, qui voulons cha, non..., se met à pleurnicher la mère en reniflant dans son mouchoir.

Je l'observe : sous le chapeau noir à larges bords, un gros visage violacé percé d'un regard autoritaire, implacable.

Manifestement, c'est elle qui explique, décide... c'est elle qui « sait » et personne d'autre : il ne lui viendrait pas à l'idée qu'elle puisse se tromper.

Elle continue à expliquer, intarissable :

— C'est son anchien mari qui la travaille, la pauv' fille... J'va vous di : c'est eun gars qu'est fort. Dès que nous sommes pouin là, il *commenche*[2] à agir... Not' cuai nous a prévenues : « Méfiez-vous de li » !

— Votre curé vous a vraiment dit ça ?

— Est sûr... parce que le *drôle*[3], il réclame ses meubles : ceux du mariage que, nous, on a *muchés* chez eun' voisine. Et depuis c'te pauvre femme, tous les *malhus* lui sont aussi tombés dessus : la maladie a pris son *éfan* qui

1. Grossit.
2. Commence.
3. Vaurien.

371

s'est mis à se jeter en arrière... et ses bêtes à crever comme des mouches. Eun jour, elle a couru cheu mé pour me dire : « A c'heure, c'est mon homme qui marche à quatre pattes ! »... Mais pour ma fille, c'était pire, elle marchait su les mains, d'chaise en chaise... par-dessus l'dossier... C'est depuis cha qu'elle est plus normale...

La jeune femme semble ne pas entendre le récit de sa mère... qui continue à répondre pour elle quand je la questionne... elle s'est « absentée », le regard fixé au loin sur le paysage derrière la fenêtre.

— Mais enfin, vous avez vu le médecin... que pense-t-il ?

— Le jour où il est venu, ma fille dormait... mais y a aussi des grands docteurs d'Paris qui l'ont vue...

— Et alors ?

— Ils disent seulement : « Est bizarre... bizarre votre histouère... bizarre, votre maladie... » A mon idée, ils veulent pouin s'expliquer... et cha, est parce qu'ils « savent », tout comme mé, je sais...

— Et que savez-vous donc ?

— Bin, que ma fille a le « mal »... Et pour cha, les docteurs, ils peuvent rien...

A ce moment précis, j'aperçois un homme, sûrement le père, qui vient de descendre de voiture et se dirige vers le presbytère. Petit, maigre, il va s'asseoir en face de moi sans rien dire, en se contentant de me regarder d'un air finaud — l'air qu'il doit avoir quand il joue « à dominos »...

— Eh bien, monsieur, comment ça va ?

— Mé ? Très bien !

Sa femme intervient aussitôt, l'air pincé :

— Tu di cha... mais t'as quand même souffert !

— Que non !

— Que si ! Tu peux qu'même pouin oublier ta prostate...

— Vous avez été opéré ? dis-je.

— Bin sûr que oui, rétorque sa femme, et c'est encore l'anchien mari de not' fille qu'a tout manigancé...

— Mais enfin, une inflammation de la prostate ça peut arriver à tous les hommes !

— J'savons ce que j'savons ! déclare la mère en se levant pour partir. (Elle a compris que je ne serai pas son allié, que je ne cautionnerai pas « sa » vérité.)

Personne, je le crains, ne parviendra à détruire le cercle infernal qu'elle a dressé autour de sa pauvre fille, victime consentante d'une mère obsédée, abusive et bornée.

Le Malfait

... Au suivant !

La porte s'ouvre une fois de plus... Cette fois c'est un homme tout voûté, la soixantaine, l'air excité, qui vient d'entrer... Il bougonne, rumine en s'asseyant.

Sans avoir même levé les yeux sur moi, ni retiré sa casquette, il entre dans le vif du sujet et débite son affaire sur un ton monocorde :

— C'est pour le « Malfait »... Il me « travaille ».

— Vous venez de l'autre côté de l'eau, vous êtes de l'Eure ?

— Ça, vous êtes savant, vous êtes fort. On me l'avait dit !

(En fait, il n'y a aucune magie de ma part... Les gens de l'Eure nomment habituellement le Diable le « Malfait ». Ajoutons l'absence d'accent cauchois et il m'est facile de deviner avec sûreté l'origine de mon visiteur.)

Celui-ci se met soudain à parler vite, très vite... Son regard devient brillant et fiévreux.

— Voilà, j'avais un tracteur, un neuf que j'avais acheté et payé cher... Du bon matériel. Tout était normal. Quand, un matin, la « chose » est arrivée. J'étais à la plaine, sur mes terres et d'un coup, j'ai vu, de mes yeux vu, mes roues avant, les petites, qui se sont détachées et ont continué à rouler toutes seules, en s'écartant jusqu'au bout du champ, presque chez nos voisins... Et puis

374

lentement, oh ça très lentement, elles sont revenues...
c'est comme je vous le dis, vous me croyez, hein ?

— Je vous entends... et alors, qu'avez-vous fait ?

— Eh bien, j'ai vendu mon tracteur.

— Bonne idée... sauf pour celui qui vous l'a acheté !

— Le Malfait c'était pour moi, pas pour lui ! Il n'a pas
été ennuyé.

— Si je vous suis bien, débarrassé de votre tracteur,
vous n'avez plus de problème ?

— Ce serait trop beau, j'ai acheté un 1200 kg Citroën.
Et voilà que l'autre jour sur la route, tout a recommencé.
Mes roues avant se sont détachées et elles sont parties
toutes seules jusqu'à la berme et puis, comme l'autre fois,
elles sont revenues lentement... Je ne vous mens pas, non,
je n'ai pas la berlue...

— J'en suis persuadé.

Mon bonhomme semble un peu rassuré : je le prends
au sérieux, même s'il s'agit d'hallucinations, il a vraiment
vu ce qu'il raconte. C'est un fait. Pour l'aider, je dois
partir de là...

— Vous sentez-vous parfois fatigué en ce moment ?
Y a-t-il longtemps que vous avez consulté un médecin ?

— Non, non, j'en ai même vu plusieurs...

— ... Et chacun d'eux vous a fait et signé une ordonnance ?

— C'est normal.

— Des médicaments pour les nerfs, sans doute ?

— Oui, oui.

Il énumère alors, en vrac, une liste de neuroleptiques
et de somnifères, puis il ajoute, confiant, comme pour me
rassurer :

— Vous savez, je prends tout ce qu'ils m'ont donné, et
trois fois par jour, matin, midi et soir, sans jamais
manquer...

Le cas est simple... Le brave homme est complètement
drogué.

— Ecoutez, je crois que je peux arranger votre affaire.

375

Une question toutefois, comment avez-vous eu mon nom et mon adresse ?

Il m'avait entendu à Beuzeville, dans l'Eure, où mon vieil ami l'abbé Prieur m'avait demandé une conférence sur la sorcellerie.

— Vous y avez dit des choses qu'on n'a pas le droit de dire...

— Quoi, par exemple ?

— Des formules secrètes que si on les répète, on risque de mourir. Vous êtes vraiment fort...

— Bon... alors vous avez confiance en moi. Vous allez donc m'écouter, me donner le téléphone de votre médecin habituel et courir chez lui en sortant d'ici... Promis ? Pendant ce temps-là, moi je m'occupe du reste... Soyez sans crainte.

Mon « client » me quitte tout ragaillardi... Déjà à moitié « libéré »...

Malheureusement, les voies du « Malfait » sont souvent plus impénétrables...

L'homme qui sait...

Je vais retrouver ce soir un homme à part — un sourcier et, qui plus est, un ami. Il habite sur la hauteur, dans un village proche, à quatre kilomètres, au milieu des bois... La nuit tombe tôt en janvier, les ombres s'étirent sur la route. Après avoir traversé un petit bois et pris deux virages en tête d'épingle, j'arrive à la maison de briques de mon ami qui vit là avec sa sœur. Les murs du couloir qui ouvre sur la cuisine sont tapissés de livres aux reliures noires rangées sur des *placets*.

Ces livres, on le voit — on le sent surtout —, ont été lus et relus. Il n'est rien comme un livre pour retenir, dans son apparence, la nature des liens que son propriétaire a tissés avec lui. Mon ami a une silhouette carrée, solide. Un visage volontaire que nuance un regard d'un bleu intense et changeant.

Vêtu d'un costume gris, il fait penser à un instituteur en retraite mais ses mains sont fines et longues — des « mains d'intellectuel », comme on dit. Pour nos gens, c'est un savant : un sage que l'on consulte sans crainte car sa bonté est notoire. Un homme de foi aussi mais pas seulement églisier, un vrai chrétien et Dieu sait (Il est d'ailleurs le seul à le savoir vraiment !) si c'est rare...

A ma grande joie... la conversation s'engage sans peine : une chance — j'ai tant à apprendre de cet homme.

Nous évoquons l'affaire de Cideville.

— Oui, à cette époque, me dit-il, chaque ferme avait son troupeau et son *berquier*.

On embauchait des *horsains*, des gars venus d'ailleurs, inquiétants par définition puisqu'ils n'étaient point de chez nous... et qu'ils avaient la réputation bien établie d'avoir des pouvoirs de sorcellerie.

— Vous y croyez vraiment ?

— Vous savez, derrière le « connu », il y a l'inconnu qui est toujours infini...

— A quoi pensez-vous précisément ?

— Enfant, je me souviens par exemple du curé Patenotre dont on disait qu'il *voultait*[1] les gens et *empêchait les k'vas*[2]... Eh bien, je crois vraiment qu'on ne se trompait pas.

— C'est ce curé Patenotre qui a baptisé ma mère et je me souviens en effet de ce qu'on disait : un ouvrier d'Houquetot avait été bloqué aux mancherons de sa charrue parce qu'il lui avait manqué de respect au passage...

— Oui, oui, en effet : ses chevaux refusaient de passer la barrière !

— Pour en revenir à Cideville, croyez-vous que les *berquiers* ont vraiment agi à travers les jeunes séminaristes ?

— Je le crois. Ces adolescents ont dû servir de « médiums ».

— Mais enfin, comment ?

— Par concentration. Les *berquiers* sont des solitaires, silencieux par conséquent la plupart du temps. De ce fait, leurs forces sont « concentrées », pourrait-on dire, et quand ils se réunissent en collège, décuplées. Ils les orientent alors sur des actions ponctuelles et, pour les prolonger, ils se relaient, d'où la nécessité de s'accorder entre eux parfaitement...

— J'aimerais saisir le détail de ces pratiques.

---

1. Faisait faire aux gens ce qu'il voulait.
2. Empêchait les chevaux d'avancer.

— Je m'en doute bien mais, dois-je vous l'avouer, je n'aime pas beaucoup parler de tout cela. En fait la sorcellerie, je voudrais l'ignorer.

— Mais enfin, celui qui connaît le bien connaît aussi le mal...

— Sans doute, mais il y a tant de bien à faire que je préfère oublier le mal !

— Oublier n'est pas ignorer...

— Certes. Je puis dire surtout combien la méchanceté, la haine, la bêtise, le besoin de dominer tiennent de place dans l'esprit des hommes qui sont marginaux, rejetés. Sans nul doute se sentir fort, détenteur de pouvoirs sur les autres et craint, aide à vivre...

Mon ami, avant de reprendre la parole, observe un long silence... puis se décide à me dire :

— Dans le temps, les vieux crochetaient un cœur de bœuf sous le manteau de la cheminée, le « travaillaient » en le piquant, à coups d'épingle ou de couteau, le nombre de fois qu'ils le jugeaient nécessaire, selon la gravité du mal qu'ils voulaient transmettre à quelqu'un. Le *berquier* nommait alors la personne à atteindre afin de la désigner au sort.

— Et vous pensez que c'était vraiment efficace ?

— Je peux vous dire que ce que je sais... rien de plus.

— Et les formules ?

— Je les ignore. Mais si j'en crois ce que j'ai pu apprendre, elles demeurent secrètes, marmottées bouche cousue. En fait, elles ne doivent pas être clairement entendues, sinon, elles perdent leur pouvoir. C'est la tradition.

— Et les livres ?

— Je n'ai jamais, de mes yeux, vu *le Grand Albert*, seulement des extraits copiés sur de vieux cahiers. C'est tout.

— N'avez-vous pas l'impression qu'actuellement les pratiques de sorcellerie reprennent très fort ?

379

— En effet, à lire la presse, les revues, la publicité, je le croirais aisément.

Avant de nous mettre à table, mon hôte est allé prendre dans la bibliothèque du couloir un assez gros livre :

— Là-dedans, vous trouverez ce que vous cherchez, c'est *le Petit Plat corse...*

— Comment dites-vous : *le Petit Plat corse* ? Ce livre est un ouvrage de sorcellerie ?

— Pas vraiment. Il contient surtout des conseils, des recettes pour guérir les maladies — et, parmi les maladies : l'envoûtement...

— L'envoûtement est donc considéré comme une maladie ?

— Vous le voyez... mais, pour moi, c'est un mal d'un autre ordre.

— Avez-vous eu l'occasion d'assister à un rite de désenvoûtement décrit dans *le Petit Plat corse* ?

— Oui, une fois, je devais avoir dix-sept ans, chez une voisine au village où je suis né : une jeune femme qui se croyait envoûtée.

— L'était-elle à votre avis ?

— On le pensait et le *berquier* du coin en était persuadé. Je vous décris la scène dont je me souviens comme si elle avait eu lieu hier :

« Les quelques témoins présents se tenaient debout, dos au mur, à l'écart de la table sur laquelle on avait posé une assiette pleine d'eau (peut-être de l'eau bénite). Dans cette eau, un cœur d'agneau.

« Le *berquier* — à la manière dont ceux de son espèce procédaient dans les plaines pour limiter leurs pacages — se mit à marcher à petits pas, les pieds bien serrés l'un devant l'autre, en décrivant un cercle imaginaire autour de la table.

« Nous pouvions voir remuer ses lèvres — d'entre lesquelles s'échappait un marmottement inintelligible. Soudain l'air ambiant sembla s'alourdir mais pas sous l'effet d'une angoisse quelconque, non, plutôt sous le poids de l'extrême tension qui s'était emparée des esprits présents dans la pièce.

« Pendant ce temps la femme « envoûtée » était demeurée en dehors du cercle tracé et, brusquement, elle commença à s'agiter.

« Le *berquier* vint alors se placer en face d'elle, de l'autre côté de la table, puis ordonna :

« — Passe, passe, passe... !

« La femme fit un effort pour s'approcher de la table mais le cercle semblait l'en empêcher. Le *berquier* renouvela alors ses appels, de plus en plus fort :

« — Passe, passe !

« L'impression qui m'est restée est celle de sa satisfaction devant la difficulté que la jeune femme semblait éprouver pour s'avancer. Sa respiration était haletante, comme si elle faisait un très grand effort...

« — Passe, passe, passe ! continuait à ordonner le *berquier*.

« Alors, d'un coup, elle se jeta en avant et tomba presque sur la table.

« L'invisible s'étant apparemment rompu comme une corde... le *berquier* tendit un couteau à la jeune femme et lui ordonna avec force :

« — Pique, pique, donne le nom...

« Le cœur d'agneau fut frappé violemment et la table éclaboussée de sang. La main qui frappait était toute rouge.

« Un nom fut alors littéralement craché entre les lèvres de l'envoûtée. Le nom d'un voisin.

« La jeune femme épuisée s'effondra sur une chaise et ne reprit que lentement ses esprits.

« Après avoir reçu un poulet des mains de la famille, le *berquier* se retira aussitôt. Le rite de désenvoûtement était achevé.

— D'où vient donc le nom du livre que vous m'avez montré, *le Petit Plat corse* ?

— Je l'ignore. Je ne sais pas s'il est originaire de l'île. Mais emportez donc l'ouvrage, il vous intéressera.

381

— Et derrière tout cela, « qui » pressentez-vous ?

— Ah ça, c'est à vous, le prêtre, de répondre. Moi, je pense au Diable...

— Le Diable ? En ce qui me concerne vous savez combien je suis perplexe. Mais il faut quand même admettre que les hommes ont, de tout temps, imaginé des esprits maléfiques. Aucune religion — même révélée — qui ne connaisse ce problème sous une forme ou une autre. Partout la sorcellerie devance le culte de Dieu ou des dieux.

— Vous savez bien qu'on parle du Diable au catéchisme...

— Certes... seulement il n'apparaît pas dans le Credo. Le schéma selon lequel il y aurait un maître du Bien et un maître du Mal me semble un peu trop simpliste. A vous, je peux avouer mes scrupules à ce sujet. La doctrine selon laquelle le monde serait manichéen est condamnée par les conciles, et pourtant il y a des gens qui n'hésitent pas à penser que le Diable serait plus fort que Dieu : Dieu ferait et le Diable déferait...

— N'en est-il pas ainsi ? Et sinon, quelle est la vérité ?

— Le Christ a précisé nos limites dans l'Evangile « Nul ne connaît le Père si ce n'est le Fils ». L'esprit humain ne peut — et ne doit — se laisser aller à imaginer à sa guise : « Tu ne feras pas d'image de ton Dieu », dit Moïse. Mais, malgré cette interdiction, l'homme s'acharne à n'en faire qu'à sa tête.

— Le Christ a pourtant lui même parlé du Diable...

— Comme ses compatriotes en parlaient de son temps... La météo indique bien encore aujourd'hui l'heure du *lever* et du *coucher* du soleil sans se soucier des idées de Galilée... Le christianisme doit être « libérateur » et non une religion d'angoisse qui paralyse : l'opium du peuple...

« L'Evangile invite à refuser le repli et doit amener à s'ouvrir aux autres. C'est par eux qu'on atteint Dieu. Jean l'Evangéliste, l'apôtre de la douceur et de la tendresse, ira jusqu'à affirmer : « Si quelqu'un dit : j'aime

Dieu et qu'il haïsse son frère, c'est un menteur. Il ne peut aimer Dieu qu'il ne voit pas, s'il n'aime pas son frère qu'il a vu » (Jean IV [v. 20]).

— Bien... mais vous admettez que le mal existe ?

— Certes, seulement le mal, pour moi, n'est qu'une absence de Dieu. Votre idée du Diable donne vie au néant. Peut-être ai-je tort mais, en toute simplicité, Dieu me suffit !

— Et que faites-vous des anges... et des démons ?

— Il en est question, je le reconnais. Il y avait même, au séminaire, un traité d'une trentaine de pages pleines de citations : le *De angelis*... Seulement, son intérêt était si mince qu'on ne l'étudiait pas... !

« Je sais bien que dans l'esprit populaire — et la pratique — les anges et les démons ont une place privilégiée...

— Et pourtant vous n'y croyez pas ?

— Je me contente — pour l'instant — d'admettre des « possibles »... des êtres entre Dieu et les hommes et cela dans la hiérarchie de la création du monde. Mais notre vision de l'univers s'est modifiée... La cosmogonie babylonienne : terre plate couverte d'une voûte étoilée (le firmament) au-dessus de laquelle Dieu, ou les dieux nommés pour cette raison « Très-Hauts », étaient censés résider, a été entièrement remise en question depuis qu'on ne discute plus le fait que la terre est ronde...

— Galilée a d'ailleurs été condamné pour ça ! rétorque mon ami en souriant.

— La vérité n'est pas facile à appréhender. Mon impression est que chacun de nous en possède, je dirais : un petit éclat. Reconstituer cet immense puzzle, c'est trouver cette vérité... et Dieu. L'erreur, que beaucoup d'entre nous commettent, est, me semble-t-il, de croire qu'un seul petit « éclat » peut tout éclairer. D'où l'intolérance dont nous faisons trop souvent preuve. Le Christ n'impose rien, nous devons nous en souvenir, il respecte la liberté de chacun. Sa manière d'enseigner ? Proposer son message et laisser au Saint-Esprit (et au temps) le

383

soin de compléter et de transmettre. Croyez-vous que, dans dix mille ans, on concevra l'approche de Dieu de la même façon qu'aujourd'hui ? L'histoire du passé suffit à nous convaincre d'une évolution absolument normale... Au Moyen Age, par exemple, le culte des reliques, vraies ou fausses, tenait, dans la pratique populaire, plus de place que la connaissance réfléchie de la Bible... Certes, en ce temps-là, le Credo était le même mais la manière de vivre les croyances bien différente de la nôtre aujourd'hui...

— Si vos paroissiens vous entendaient, ils seraient choqués ! Quoi que vous disiez, le culte des saints, les pèlerinages, les rites et tous les gestes qui protègent n'ont pas perdu leurs droits... « *Tenete traditiones* » !

— Ah, les traditions... un beau mot galvaudé qui sécurise tellement qu'en quelque sorte... les gens s'assoient dessus !

— Non... ils s'y appuient, ce n'est pas la même chose.

— C'est vous qui le dites !

— De toute manière, si vous les faites lever... ils iront s'asseoir ailleurs et, croyez mon expérience, certainement pas dans les fauteuils de velours que vous leur proposez...

— Je ne peux tout de même pas laisser dans une demi-vérité ceux qui me font confiance et m'écoutent... Quand on enseigne, on a le devoir d'éclairer, de proposer aux autres ces bribes de vérité auxquelles les réflexions d'une vie entière vous ont amené...

— Et si ces bribes de vérité dépassent ceux auxquels vous les donnez... pire encore, si elles les scandalisent ? (Le ton de notre discussion monte un peu...) Il ne faut jamais oublier que le Christ s'est adressé aux « simples en esprit » — je vous l'ai d'ailleurs souvent entendu rappeler... Ne craignez-vous pas que votre religion devienne une religion d'élites ? Que de saints ne risquez-vous pas ainsi de rejeter du calendrier !

— Vraiment, croyez-moi, je ne veux surtout rejeter personne... J'essaie, tout au contraire, d'employer pour

Prône du dimanche du haut de la chaire : c'était hier. Depuis que l'autel est dressé face aux fidèles (1960), la chaire est délaissée.
Photo Carlos Freire.

*La communion solennelle à Houquetot. L'auteur est en haut, au centre.
De nos jours, dans un souci d'égalité, les communiants sont en aubes.*
Collection de l'auteur.

*Le catéchisme : méditation au cimetière où reposent les grands-parents.
Et après, c'est le plus grand des mystères qui hantent l'homme (1988).*
Photo Carlos Freire.

*Le mariage : après la cérémonie, signature à l'église, sur la table de l'autel,
du registre paroissial (1975).*
Collection de l'auteur.

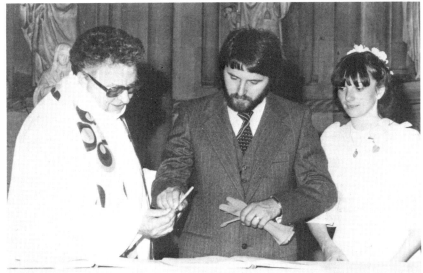

Mairie de Vattetot. Réunion du conseil municipal, sous la présidence du maire André Audouard (1970). *Collection de l'auteur.*

Bernières : Le « boujou » cauchois (1988). *Photo Carlos Freire.*

Bernières. Le curé Alexandre demande une précision qui lui est nécessaire au cours de la rédaction de son livre.
Photo Carlos Freire.

Vattetot-sous-Beaumont. La visite aux paroissiens de l'archevêque de Rouen, le cardinal Martin (1970).
Collection de l'auteur.

Le curé Bernard Alexandre est-il en train d'enregistrer ses dernières volontés (1988) qui seront — peut-être, qui sait ? — écoutées par toute la paroisse, lors de son enterrement.
Photo Carlos Freire.

Bourvil, Cauchois (de Bourvil, près de Fontaine-le-Dun), rencontre l'auteur (1956).
D.R.

La mare cauchoise est au cœur de la vie de chaque jour (1988).
Photo Carlos Freire.

chacune de mes ouailles le langage qui lui convient et je puis vous assurer que — voulant pourtant rester fidèle à mes propres convictions — cela n'est pas toujours facile...

— Vous m'avez parlé de plusieurs cas de personnes qui viennent vous consulter en tant qu'exorciste...

— C'est vrai... mais ils viennent moins pour obtenir un « exorcisme » que parce qu'ils se savent accueillis et surtout écoutés... Entre nous, je crains qu'on ne confonde trop souvent exorcisme et magie.

— Reconnaissez tout de même qu'il existe des formules — magiques ou non — qui se révèlent très efficaces à l'usage, par exemple pour éteindre le feu ou guérir une entorse...

— J'en conviens... c'est un guérisseur, un *toucheu* qui me les a apprises... on les pratique toujours, à la campagne comme d'ailleurs à la ville... J'ai été plusieurs fois témoin de résultats pour le moins étonnants... Disons que souvent, en effet, ça marche. Mais comment ? Ça, c'est une autre histoire... Précisons bien qu'aucune de ces formules n'est empruntée au rituel romain quoiqu'on le prétende souvent... sans doute parce que cette attribution leur donne des lettres de noblesse qui leur font défaut... A leur origine : les angoisses et les souffrances des hommes, et cela depuis la nuit des temps... Transmises de bouche à oreille, usées par les siècles, adaptées à chaque culture (plus ou moins naïvement christianisées chez nous, païennes dans d'autres pays), elles gardent leur force...

— Peut-on penser que la source de leur efficacité vienne d'ailleurs ?

— Vous parlez, vous parlez, intervient la sœur de mon hôte, et vous en oubliez de manger...

— Feignant d'être courroucée, elle me sert d'autorité un morceau de blanquette tandis que son frère remplit mon verre de cidre...

Après le café, il sort du buffet familial fleurant bon la cire fraîche un coffret d'acajou qu'il ouvre précautionneusement avec une précieuse petite clef qui ne le quitte pas. Le couvercle relevé, j'aperçois trois rangées d'éprouvettes bouchonnées. Sur chacune d'elles, une étiquette calligraphiée où je déchiffre des mots latins : Nux vomica, Podophyllium, Chamomilla, Arnica...

Après avoir tiré de la poche de sa veste une ficelle de trente à quarante centimètres portant, à une extrémité, un témoin... il commence à « opérer » en posant l'index de sa main gauche sur une éprouvette. De sa main droite, il maintient le pendule au-dessus de la table. Comme il ne produit pas la moindre oscillation, il m'explique :

— Je cherche l'équilibre entre l'homme et la nature... Le pendule indique le « manque » et, en même temps, l'origine du mal dont quelqu'un souffre.

— Selon vous, le diagnostic suit l'ordonnance, le remède se trouve contenu dans l'éprouvette ?

— Si vous voulez... Quelle explication pourriez-vous donner à cela ?

— Je n'y vois rien de diabolique en tout cas...

— Alors, qu'y voyez-vous ?

— Une hypothèse... rien de plus. Ce que nous nommons d'un grand mot : civilisation — en l'occurrence, la nôtre — nous a peut-être fait perdre une grande partie des dons « primitifs » que nous partagions jadis avec le monde animal et que l'on décèle encore chez certaines espèces... N'est-ce pas grâce à ces dons mystérieux que nos ancêtres, si démunis fussent-ils, réussissaient à trouver un point d'eau, à éviter les terribles dangers qui les menaçaient... bref à survivre ?

Il se fait tard... mon « sourcier », son pendule toujours à la main, m'accompagne jusqu'à la porte. Sur le seuil, juste avant de nous séparer, des questions s'échappent encore de ses lèvres... comme s'il se les posait à lui-même :

— Est-ce le bras qui impose son mouvement au témoin ? Est-ce le pendule qui, magnétiquement, indique et traduit les forces en présence ?

J'aimerais continuer à l'entendre... mais je dois le

386

quitter, foncer à travers bois pour regagner, dans la nuit humide, mon presbytère solitaire...

J'aurai du mal à m'endormir... je *toupine*, je ressasse en pensée nos « sujets » de conversation... Ç'aurait été passionnant de parler aussi des migrants : portugais, turcs, yougoslaves, algériens, antillais, africains... de tout ce que leurs sociétés apportent à la nôtre.

Les civilisations se heurtent mais aussi se fondent et se confondent. Notre monde, telle une peau de chagrin, est-il en train de se rétrécir ? Assistons-nous à une sorte d'œcuménisme de l'insolite ?

Les idées se bousculent... Je m'endors enfin... en quête de vérité...

Vraiment, il est bien des maisons au royaume du Père...

LIVRE CINQ

Ma part de vérité

Voilà plus de trente années que je suis curé. J'ai tenu. Comment ? D'abord parce que je n'ai jamais perdu la foi. Certes, cette foi a évolué : il ne s'agit plus pour moi de la « foi du charbonnier » et du Dieu des manuels, soigneusement découpé en tranches ainsi qu'Il me fut enseigné jadis.

De ce fait, comme je refuse le « pari » de Pascal, il me faut aller plus loin sans, surtout, renoncer à mes exigences et en particulier à celles que j'ai envers Dieu. Cela me paraît même être mon devoir le plus strict. Pas de « carte blanche » à la manière de mes ouailles.

— Cheu nous, on a toujou cru pareil : est comme cha et pouin autrement...

Tout simplement comme on a, par ici, les yeux bleus et les cheveux de lin... Sans se poser de questions... Inutile d'interroger les Cauchois sur ce sujet : c'est ainsi. Un ordre, une tradition.

Mais cette foi-là ressemble trop aux masures normandes qui se maintiennent des siècles comme par enchantement et auxquelles il est dangereux de toucher car elles risquent de *timber* et de ne plus se relever...

Tout le problème est bien de savoir s'il faut se voiler la face et refuser la bataille parce qu'on craint fortement de la perdre.

Selon Teilhard de Chardin : « ... Ceux qui veulent faire triompher une vérité avant son heure risquent de devenir hérétiques [1]. » J'entends bien... mais faut-il attendre un signal d'en-haut pour connaître l'heure ? Voilà qui ne peut me satisfaire... D'ailleurs Teilhard lui-même n'a pas attendu. Je ne suis qu'un curé de campagne, mais qui a quand même bien le droit de chercher sa part de vérité.

A chacune de mes visites, le chanoine insistait pour que je relise les Evangiles et surtout pour que je les médite.

— Tout est là, me disait-il, croyez-moi, vous y trouverez plus que vous n'y cherchez.

Son conseil, je le suis un peu plus chaque jour. Des questions, je m'en pose et même elles m'envahissent, l'une appelant l'autre... Je me sens « en appétit » (et de plus en plus, l'âge venant...). Je constate que certaines questions prennent, certains jours, je ne sais pourquoi, plus d'importance. Je les rabâche, je les rumine...

C'est ainsi, qu'en particulier, j'en suis venu à noter de sérieuses différences entre les premiers chapitres de l'Evangile de Luc et le reste de son œuvre.

Dans ces premiers chapitres, les anges, comme des *Deus ex machina*, apparaissent sans cesse et, d'un coup de pouce céleste, permettent de surmonter tous les obstacles.

En vérité cela me gêne... non que je ne puisse admettre que Dieu fasse des miracles, mais comment oublier que le Christ, dans sa vie publique, n'aime pas le merveilleux — ce merveilleux dont, justement, les foules raffolent ?

« Quel signe fais-tu donc pour que nous voyions et croyions ? » répète-t-on à Jésus (Jean VI [v. 30]).

Il y a un autre point contre lequel je me heurte et sur lequel je reviens souvent : l'attitude de Marie et son évolution au cours de sa vie.

Rappelons-nous certains faits : à douze ans, Jésus part en pèlerinage à Jérusalem où se trouve le temple. Là, il échappe à la surveillance de ses parents qui, après l'avoir cherché pendant trois jours parmi les pèlerins de la Cité

---

1. In « Genèse d'une pensée », *Lettres*, p. 145.

sainte, lui font de sévères reproches... comme à un enfant ordinaire. Or, il s'agit du Christ...

Quelque vingt ans après, Jésus abandonne l'atelier de menuiserie de Nazareth en laissant sa mère à la charge des autres, ce que celle-ci n'apprécie guère et c'est alors la double « expédition » à Capharnaüm dont les péripéties nous sont rapportées par saint Marc. Une première fois, une partie de sa famille ne parvient pas à ramener le Christ et n'hésite pas à Le considérer comme « fou » (le mot est rapporté tel quel : Marc III [v. 21]).

Aussi entreprend-elle une seconde démarche et, cette fois, pour avoir plus de chances de réussite, Marie fait partie du voyage :

« Ta mère et tes parents sont dehors, ils te demandent », annonce-t-on à Jésus qui est en train de prêcher...

La réplique ne se fait pas attendre :

« Ma mère et mes parents, ce sont vous autres ! » déclare-t-il à ceux qui l'écoutent.

Et le Christ s'obstinera, malgré l'insistance des siens, à poursuivre sa mission, refusant une nouvelle fois de les rejoindre.

L'opposition de Jésus à sa famille s'exprimera d'ailleurs à d'autres occasions.

Ainsi, aux Noces de Cana, quand la Vierge intervient :

— Ils n'ont plus de vin...

— Que me veux-tu, femme... ? (une réplique sans suite qui s'explique dans le contexte).

Jésus enfin n'hésitera pas à déclarer aussi le célèbre : « Nul n'est prophète dans son pays... Un prophète n'est méconnu que dans sa patrie [1], par ses parents et dans sa maison » (Marc VI [v. 4]).

Il est vrai que lors d'un passage à Nazareth quelques-uns de ses amis d'enfance n'avaient pas hésité à tenter de le tuer :

« Remplis de fureur dans la synagogue, ils se levèrent, l'entraînèrent hors de la ville et l'emmenèrent jusqu'à

---

1. Son village.

une corniche du mont sur lequel la ville est bâtie, pour le précipiter en bas... » (Luc IV [v. 28]).

Certes les « problèmes familiaux » du Christ vont peu à peu s'apaiser. On retrouvera dans le Collège apostolique deux cousins de Jésus : Jude et Jacques.

Quant à Marie, si elle continue à s'alarmer des attaques fréquentes de son fils contre l'intelligentsia de l'époque — les pharisiens et même les prêtres du temple — craignant, comme n'importe quelle mère, qu'il lui arrive malheur, elle ne cessera de le suivre de loin...

Toutefois, ce sera seulement après la Résurrection, quand la Vierge, qui vit alors recluse chez Jean, voit la prodigieuse expansion de l'Eglise naissante, que, dans la méditation, elle commencera à retourner la tapisserie de sa vie et à en découvrir la seconde dimension...

A cette époque, Luc, qui n'a pas connu le Christ, a l'idée d'écrire, lui aussi, un Evangile.

Luc est grec, il est né à Antioche où il a sans doute été baptisé et où il a rencontré Pierre, dont il est devenu le secrétaire mais qu'il a quitté pour suivre la route aventureuse de Paul.

Pour écrire son Evangile, Luc veut « enquêter » sur la vie du Christ avant sa trentième année. Qui pourrait le renseigner ? Les apôtres, plus jeunes que Jésus, ne l'ont pas connu dans sa jeunesse... Jacques est mort... Il ne trouve plus que Marie, vieillissante... qu'il va rencontrer et interroger...

Et par deux fois, l'évangéliste notera :

« ... Quant à Marie, elle retenait tous ces événements dans son cœur... » (Luc II [v. 19]), « ...Sa mère gardait et méditait (ses souvenirs) » (Luc II [v. 51]).

Tout se passe donc comme si, avec le temps, les années, la Vierge faisait un retour sur elle-même, sur sa vie et que tout prenne alors pour elle un autre sens... Combien l'on comprend alors son cantique d'action de grâces :

« Le Seigneur fit pour moi des merveilles, saint est son nom... » !

Il me faut dire à quel point je suis touché par cette évolution de Marie — évolution « humaine » — qui me donne d'elle, même si son mystère reste entier, une image plus incarnée, plus proche...

Or il se trouve que j'allais entendre un conférencier qui, dans le même esprit, soutenait la thèse que le Christ pouvait, lui aussi, avoir « évolué »...

Certes, Jésus fut lui-même dès sa naissance... mais s'étant « fait homme » n'aurait-il pas pu ne découvrir que progressivement, entre sa petite enfance et — justement — son « âge d'homme », sa vocation et sa mission ? Ne prendre que peu à peu conscience de son destin d'exception ?

Souvenons-nous que Jean-Baptiste, de sa prison de Macheronte, dans le fond du désert, envoie au Christ une délégation pour le presser sévèrement d'agir :

« Es-tu le Messie ou faut-il en attendre un autre ? »

Ne pourrait-on voir là une confirmation des hésitations de Jésus à s'affirmer Dieu au début de son ministère public ?

Dans ce bureau qui n'a guère changé depuis ma lointaine arrivée à Vattetot, j'ai ainsi découvert peu à peu en Jésus un être bien vivant, un Dieu plus proche...

Et comment cacher mon amour pour ce Christ qui ne porte pas seulement la robe immaculée de l'iconographie chrétienne mais qui va sur les chemins de son temps comme le plus humble de ses contemporains ?

Quand il m'arrive de ressentir le bonheur d'avoir, parfois, trouvé des réponses aux questions que je me pose et me repose, j'ai envie de crier ce que je crois — d'autant que j'ai toujours été incapable de prêcher autre chose que ce que reflètent mes pensées...

Toutefois, n'ayant aucun goût pour le scandale, je me demande sans cesse si j'en ai le droit...

Heureusement, de plus en plus souvent, une conversation avec mes confrères ou même avec mes ouailles, me rassure... D'autres osent marcher sur la voie épineuse, mais combien exaltante, de la recherche...

393

Beaucoup, parmi la nouvelle génération surtout, éprouvent le besoin de s'interroger sur leur religion et se réjouissent de savoir qu'il existe des prêtres qui s'interrogent eux aussi et ne se satisfont pas d'une foi de routine et d'un merveilleux figé.

A la fin de sa vie, le prêtre que je suis a la joie de se sentir bien moins seul qu'à ses débuts...

La distribution des Prix

Le carreau s'est animé, depuis environ une heure et demie. A *c'teu relevai,* 15 heures précises, c'est la distribution des Prix dans la salle paroissiale.

Les enfants arrivent très en avance afin de se préparer, car beaucoup jouent dans quelques saynettes. Mais de nombreux adultes, parents et amis, les accompagnent.

De toute manière pour les fêtes — quelles qu'elles soient, laïques ou religieuses — on aime attendre, participer, suivre le mouvement de foule qui, lent au départ, va s'accélérer peu à peu dans la direction du lieu où se passe l'événement du jour.

La distribution des Prix a, dans le village, le même prestige que l'office un jour de fête. Malgré la *chalu,* chacun a revêtu ses habits du dimanche : les vieilles, *leurs affutias et leurs capets*[1]. Les enfants sont tirés à quatre épingles dans leurs vêtements neufs. Quant aux hommes, en veston, cravate et, souvent, col de celluloïd, ils suent sang et eau... tout en gardant stoïquement un sourire de circonstance. Les adolescents sont habillés comme leurs parents, en costumes et en robes, ils n'ont pas encore adopté la mode désinvolte qui va unifier, dans leur tenue, les jeunes des villes et des campagnes du monde entier.

La salle paroissiale où l'on se rend aujourd'hui, c'est moi qui, il y a quelques années, l'ai voulue et construite,

---

1. Leurs fanfreluches et leurs chapeaux.

en partie de mes mains... et à mes frais (un don personnel et anonyme !). C'est, je me souviens encore, ma défunte mère qui, en son temps, a acheté, coupé et cousu les rideaux de scène (j'étais obsédé alors par l'idée de réunir mes ouailles qui, au moins apparemment, n'en avaient cure). La souscription rapporta de quoi ajouter quelques planches... Chaque fois que discrètement j'ai tenté d'obtenir plus, la réponse donnée fut unanime :

— I faudra qu'on en r'cause !

Mais on n'en r'causait jamais ! Enfin aujourd'hui, tout ça, c'est du passé : j'ai oublié (ou au moins, je fais semblant !). Bref dans « ma » salle, maintenant bondée, la chaleur devient intolérable. Un homme, sur le bord de l'apoplexie, donne le signal : il retire sa veste...

— *Pi que tout le mond' l'fé !* [Puisque tout le monde le fait !]

Pourquoi se gêner ? Il est bientôt largement imité.

La lampe s'allume enfin, les rideaux s'ouvrent... mais comme ceux qui *bavachent* encore entre eux ne s'arrêtent pas pour autant, quelques mères les rappellent à l'ordre :

— Chut ! Chut !

Elles ne veulent pas manquer d'entendre leurs chers petits ânonner leurs répliques dans la saynette qu'ils répètent depuis plus d'un mois.

Quand l'un d'eux monte sur la scène, on entend sa mère souffler, admiratrice, à sa voisine :

— *I a pu eun p'tieu mais qu'il é gentil !* [Il a un petit peu peur, mais comme il est gentil !]

Dans notre village — et d'ailleurs dans beaucoup d'autres — les saynettes de distribution des Prix ou de patronage racontent toujours des histoires de château...

Il s'agit en général de quelque conflit entre Madame et sa servante — sur le modèle des bévues de la célèbre Bécassine au château de la marquise de Grand Air.

La servante est, comme il se doit, un peu *baja* et ses maladresses ont toujours le même succès. Tous les élèves — même ceux qui ne jouent pas — ayant participé aux répétitions depuis plusieurs semaines savent le texte par cœur et se transforment, si nécessaire, en souffleurs...

Le patois (maudit, bien avant la Révolution, par les rois de France parce qu'il était considéré comme nuisible à l'unité nationale) est mal vu. Parlé dans l'intimité familiale, il est de plus en plus évité en public car il est censé ridiculiser automatiquement ceux qui l'emploient. Dans une des saynettes d'aujourd'hui, une jeune servante fait la vaisselle et, bien sûr, elle va casser une assiette à laquelle « Madame tenait » car elle a « de la valeur »... Et, justement, Madame surgit, découvre l'assiette cassée et réprimande vertement la pauvre fille qui tente d'arranger les choses :

— *M'dame, aveuc de la chécoteine...* [Madame, avec de la sécotine...]

Tout le monde éclate de rire... car la jeune actrice, prise par son rôle, a « oublié » son français et parle patois ! S'en étant aperçue, le rouge lui monte au visage... (Cha lui a *écapé* ! commente sa famille qui rit un peu jaune...)

La séance de théâtre s'achève. L'instituteur se lève pour inviter Monsieur le Maire et son Conseil à prendre place en demi-cercle sur la scène où des chaises sont placées en hâte.

La maîtresse d'école est debout près de la table adossée au mur où s'entassent les prix aux reliures rouge vif et aux tranches dorées. Quelques couronnes de laurier attendent de coiffer les lauréats du certificat d'études.

Chaque enfant aura un prix. Plus le livre est gros, plus le prix a de la valeur (le titre n'a aucune importance).

— Por eun biau prix, é eun biau prix ! s'exclameront les parents quand leur enfant leur rapportera un livre bien lourd...

Et souvent une piécette donnée par un oncle ou un voisin admiratif viendra s'ajouter à cette récompense.

Puis, le beau prix rouge ira rejoindre ses frères dans le bas de la grande armoire du grenier où reposent ceux des anciens. Durant les hivers qui se prolongent il sera peut-être feuilleté... mais rarement car...

397

— Vous croyez qu'on a que cha à fé ?

Les uns après les autres, les enfants appelés par l'institutrice montent les trois marches qui mènent à la scène avant de revenir à leur place.

Le rite en vigueur exige que les livres soient remis par l'un des conseillers présents. Seuls les premiers ont l'honneur de recevoir leur prix des mains de Monsieur le Maire.

L'instituteur qui — heureusement — est aussi secrétaire de mairie, et connaît donc tous les « secrets » du pays, veille à éviter les impairs en tenant compte, dans le choix des conseillers qui remettent les prix, des querelles de famille ou de voisinage (des brouilles qui, souvent, datent des grands ou des arrière-grands-parents). Il ne faut pas qu'un conseiller en froid avec la famille d'un lauréat lui donne sa récompense : l'erreur serait automatiquement considérée comme voulue.

Vient maintenant la remise des « certificats ».

L'année a été bonne : quatre enfants sur cinq vont le recevoir et le cinquième se consolera avec un brevet sportif qui, lui aussi, sera encadré et accroché au mur de la salle entre la médaille des Anciens Combattants du grand-père et le prix rapporté d'un concours agricole par un taureau d'exception...

Enfin voilà l'heure des discours. Le meilleur élève de l'école — une fille, cette année — lit dans le brouhaha et le bruit des bancs (on ne peut plus « tenir » les enfants récompensés...) le compliment à l'instituteur dont j'essaie d'écouter l'effet produit... pour la bonne raison que c'est moi qui l'ai écrit (!)... comme le veut la tradition. (Le jour de la communion solennelle, l'instituteur — dans un échange de bons procédés — me rend la pareille...).

C'est maintenant à Monsieur le Maire de conclure la cérémonie.

Il commence par évoquer quelques souvenirs (« De mon temps... etc.), distraitement écoutés par l'assistance dont la majorité — enfantine — se sent déjà en vacances. Le maire parvient pourtant à se faire entendre quand il déclare que l'école du village est en péril parce qu'il y a de moins en moins d'enfants.

Une classe qu'on vient d'ouvrir risque d'être fermée. Ce qui signifie le retour à la classe unique et à un enseignement défectueux.

Il faut inverser d'urgence le mouvement vers la ville en construisant un lotissement susceptible d'attirer de nouvelles familles. Ce projet qui seul, affirme le maire, peut sauver la bonne marche de l'école, ne récolte visiblement pas tous les suffrages.

La prochaine venue de *horsains* au village réjouit fort peu les cœurs cauchois. Manifestement, on aimerait mieux rester *entre sai.*

Dernier rite de la distribution des Prix, un « grand », qui entraîne l'assistance à sa suite, porte une gerbe de fleurs au monument aux morts.

Comme le 11 Novembre, la « minute de silence », expédiée, ne dépassera pas trente secondes.

On se disperse rapidement : le travail attend. La moisson — à l'origine des grandes vacances scolaires — approche.

Chaque famille s'éloigne avec son écolier qui porte ostensiblement entre ses mains le fruit d'une année scolaire : un petit ou, mieux encore, un gros livre rouge.

Le temps a passé

Beaucoup, beaucoup de temps a passé depuis que je suis arrivé au presbytère de Vattetot.

Beaucoup de printemps...

Une fois de plus, par la fenêtre de mon bureau, je contemple les branches du marronnier qui refleurit. Planté par l'un de mes prédécesseurs, le curé Cuquemelle, l'arbre aussi a pris de l'âge : il a quarante ans. Ses bras sont mutilés et l'hiver, lorsqu'il dresse ses moignons vers le ciel en deuil, il a l'air sinistre. Par mesure de prudence, il y a quelques années, juste avant de fermer la forge pour toujours, Georges, le forgeron, l'a corseté de tiges de fer. On ne sait jamais, avec les « anciens » de toutes espèces... le marronnier aurait pu *timber* du jour au lendemain, et le toit de l'école ne l'aurait pas supporté.

Mais au printemps, son feuillage neuf, en cachant ses misères, le rajeunit et lui rend sa majesté.

Je suis heureux qu'il soit toujours là car les lauriers que ma mère avait plantés à notre arrivée sont morts cet hiver, fauchés par le vent du nord et les gelées. Le cantonnier, le Pé David, m'a pourtant laissé quelque espoir :

— *M'sieu l'Cuai, guettai : i r' chip', é sû !* [Monsieur le Curé, regardez : ils reprennent racine, c'est sûr !]

J'aperçois en effet, non sans émotion, trois ou quatre pousses de laurier vert tendre qui s'évertuent à sortir de terre...

Pour la nouvelle classe annoncée par le maire, voilà quelques années, on a grignoté un peu sur la cour du presbytère sans vraiment observer les exigences de l'archevêché... Celui-ci voulait en effet qu'aucune fenêtre du nouveau bâtiment de l'école ne donne sur ma cour — une demeure de curé se devant de rester à l'écart... (Comment oublier la remarque qui me fut faite à mon arrivée dans ma paroisse : « un presbytère, c'est comme un cimetière » ?)

Pour ma part, je suis très heureux de cette légère intrusion dans ma vie privée. J'ai toujours aimé les voix et les rires des enfants : ils ont le don d'élaguer en moi les affres de la solitude et son cortège de marasmes.

De surcroît, pour me remercier de mon « accueil », le conseil municipal (à l'unanimité, m'a-t-on dit) a décidé de m'installer des « commodités » modernes... Du coup, j'ai enfin pu brûler la vieille guérite allemande, au fond du jardin...

Grâce à la petite barrière ménagée dans le mur de ciment qui me sépare de l'école, la jeune institutrice peut amener ses petits de la classe maternelle jouer sous mon marronnier, ce qui me ravit le cœur car le carreau, jadis animé en permanence, est aujourd'hui quasiment désert.

Les grands chariots bleus, tirés par quatre chevaux flanqués de leur charretier trottinant auprès d'eux le fouet à la main, ont disparu.

Le café est fermé et avec lui, bien sûr, la vieille « épicerie » si typique de nos campagnes, où l'on trouvait un peu de tout : conserves, boissons, épices, mercerie, pelotes de laine, galoches, bottes, semences..., des bonbons et des petits jouets pour récompenser ou consoler les jeunes enfants... Et aussi de vieilles cartes postales un peu pâlies de l'église ou du monument aux morts, le journal du canton et même deux ou trois hebdos illustrés (que l'on appelle toujours chez nous des « livres »). Sur le comptoir, il y avait souvent quelques œufs frais pondus apportés par une fermière et, à la saison, des petits paniers de fraises ou de haricots verts juste cueillis. De tout cela — et de mille autres choses encore que l'on ne pouvait découvrir qu'en prenant son temps — se dégageait cette odeur subtile, incomparable, immédiatement reconnaissable même les yeux fermés, quand on ouvrait, dans le tintement cristallin de sa clochette, la porte de l'épicerie-café.

« On ne trouve plus rien au village », entend-on bougonner, mais comment pourrait-il en être autrement ? Tous les habitants fascinés par le modernisme des supermarchés, et bien sûr aussi par les prix « de gros », descendent faire leurs commissions une fois par semaine ou par mois à Goderville ou Bolbec, quand ce n'est pas au Havre. Et tout est conservé dans les frigidaires et les congélateurs que possèdent aujourd'hui les plus humbles ménages.

L'épicerie de village, qui ne servait plus qu'exceptionnellement pour réparer un oubli, s'est étiolée peu à peu avant de disparaître. Seule la boulangerie tient encore bon... mais jusqu'à quand ?

A mon arrivée à Vattetot-sous-Beaumont, nous étions environ trois cents habitants qui y vivions à plein temps.

Avec le départ des réfugiés, l'exode vers les usines et, plus tard, les cars de ramassage scolaire emmenant les jeunes au collège où ils doivent obligatoirement poursuivre leurs études, le village a commencé à faire voie d'eau.

Dans la journée, la population n'atteint plus maintenant que quelques dizaines de personnes, en partie des cultivateurs mais, surtout, des retraités et des vieillards.

La nuit et les jours de fêtes, avec les travailleurs à l'extérieur, les collégiens et les « résidents secondaires » (qui ne sont là qu'aux week-ends et parfois même qu'un seul mois d'été), nous ne dépassons pas trois cent soixante « têtes »...

Certes les nouveaux venus des lotissements (construits par la municipalité pour amener du « sang neuf » dans son école...) ont fait reculer la dépopulation.

S'il ne s'agissait pas, pour ces nouveaux villageois, de faire un « retour à la terre », au moins pouvait-on parler d'un « retour à la campagne » dont la raison majeure tenait au prix du terrain, bien moins cher qu'en ville.

Avoir sa maison à soi devenait un rêve réalisable, avec, en prime, le bon air pour les enfants et le calme pour toute la famille.

Comme de surcroît — à en croire sur parole les agents immobiliers — il y a toujours, en campagne, une gare ou un car « à deux pas »... pourquoi hésiter ? Et beaucoup n'hésitent pas en effet à se lancer dans l'aventure en s'endettant pour de nombreuses années. Hélas, ils n'avaient pas mesuré l'importance quotidienne de certaines règles communes aux lotissements — en particulier l'interdiction de cultiver des jardins potagers et de faire des petits élevages. Juste, à la rigueur, un coin de gazon et quelques rosiers. Et d'autres déceptions vont suivre, plus graves encore : la surface du terrain qui, vue de la ville, semble immense, se révèle, à l'expérience, exiguë (pour se sentir chez soi — c'est-à-dire ne pas plonger chez le voisin chaque fois qu'on ouvre sa fenêtre, et réciproquement — il faut compter 1 500 m², minimum). Sans parler, surtout pour les femmes au foyer, du soudain dépaysement : plus d'animation, de vitrines, de cinéma... mais de nouveaux bruits inhabituels : meuglements de bêtes, vrombissements de tracteurs — et pis encore : le poids du silence qui, pour les *horsains,* évoque souvent la mort. Bref, le manque des fameuses « lumières » et des avantages chers aux gens de la ville fait bientôt oublier à beaucoup les charmes de la campagne. Alors les caractères s'aigrissent. La municipalité est assaillie d'exigences de tous ordres — éclairage des chemins, parking, piscine, etc. — et, bien sûr, celle-ci se fait tirer l'oreille quand elle n'oppose pas de refus catégorique.

Les choses ne tardent pas à s'envenimer. Pour obtenir satisfaction, les nouveaux (venus) décident de s'unir — voire même de former une liste aux élections — et, forcément, une petite guerre, d'abord latente, éclate bientôt, ouvertement, avec les anciens.

Ces derniers, il faut bien l'avouer, s'ils étaient prêts à bénéficier des avantages procurés par le sang neuf inoculé au village, sont bien rares à faire preuve de compréhension ou même seulement à réserver un accueil aimable à « ceux du lotissement » — comme ils continuent à les nommer, non sans un certain mépris.

— On est plus cheu nous ! se mettent-ils à gémir en se recroquevillant sur eux-mêmes et leurs vieilles habitudes de vie, contribuant ainsi à creuser encore le fossé entre les deux communautés.

En fait, le seul espoir de voir ce fossé se combler, c'est le temps qui passe... Les jeunes qui en se côtoyant à l'école, en se préparant des souvenirs d'enfance communs, effaceront les différences et ramèneront peut-être la concorde au village.

Mais, à ce propos, qu'en est-il aujourd'hui de ces jeunes ? Depuis que le certificat d'études, qui sanctionnait, en campagne, la fin de la scolarité, a été supprimé et que la classe est obligatoire jusqu'à seize ans, on quitte Vattetot vers douze ans pour le C.E.S. de Goderville dont, malheureusement, un bon tiers des élèves sortira en en sachant beaucoup moins que jadis... trois ans plus tôt.

Le « progrès » — pourtant prôné par les statisticiens — n'est, à regarder de près, et pour beaucoup hélas, qu'une lamentable préparation au chômage.

Sur le carreau, je croise souvent un petit groupe de jeunes qui doivent avoir entre quatorze et dix-huit ans.

Assis sur leurs « mobs » dont le moteur tourne à vide, ils ne se parlent pas, pareils à mes paysans cauchois sur le trottoir de Goderville, les jours de marché. De toute évidence, au C.E.S., ils n'apprennent pas l'art de communiquer... ils semblent de plus en plus repliés sur eux-mêmes. De temps en temps, pour mettre un peu d'ambiance ou rappeler sa présence, l'un d'entre eux donne un coup d'accélérateur sans embrayer. Du surplace. Souhaitent-ils décoller... s'échapper ? Comment savoir ?

Un jour, me mêlant un instant à eux en passant, je les questionne :

— Mais pourquoi, au lieu d'aller faire une virée, restez-vous là à brûler de l'essence pour rien ? Vous pourriez découvrir la région... elle est belle. Il y a beaucoup à voir et à connaître...

Personne ne me répond et j'aperçois même quelques moues dédaigneuses... Proposition de croulant ! pensent-ils sans doute. D'ailleurs, où iraient-ils ? On ne leur a appris ni à regarder, ni à admirer, ni à essayer de comprendre quoi que ce soit. Tout se passe comme s'ils s'enfonçaient dans le vide. Organiserait-on des loisirs qu'ils ne voudraient pas y participer. Contrairement à leurs aînés habitués à travailler dur et à fournir un effort discipliné, ils ne veulent plus se fatiguer. Mais que veulent-ils donc ? Apparemment rien. Comme figés devant une rue sans issue, ils n'essaient pas de trouver un autre chemin — convaincus probablement que cet autre chemin n'existe pas. Et comment les critiquer en vérité ? Je m'alarmerais plutôt de l'attitude des parents qui ne s'insurgent pas devant cet état de choses... Il est vrai qu'ils abdiquent tout pouvoir en laissant leurs enfants, dès l'âge le plus tendre, imposer et commander... Ils ont aussi une responsabilité dans ce gâchis... En fait, ils croient — ou s'efforcent de croire — que les méthodes nouvelles d'instruction et d'éducation sont plus qualifiées que celles de leur temps pour affronter la vie. L'Etat « sait mieux », pensent-ils.

Le plus triste, au demeurant, c'est que ces jeunes possèdent plein de dons inexploités... Je vais le découvrir peu à peu en les rencontrant en tête à tête...

Une touchante sincérité, d'abord.

A un accueil compréhensif, une présence attentive, ils réagissent presque toujours, heureux d'être écoutés, posant des questions, même si elles sont souvent très naïves. On peut saisir alors tout le mal qu'ils ont à se situer, à faire leur tri dans le bric-à-brac qui s'est déposé dans leur esprit, où se trouvent mêlés, sans être assimilés,

405

les propos qu'ils ont entendus à l'école, à la télé, au C.E.S., dans le car de ramassage, au gré de quelques rapports d'amitié d'enfance... car le cadre anonyme du collège ne facilite pas les rapports.

Mais ce qui m'angoisse beaucoup, c'est de trouver, derrière la couche protectrice d'apathie apparente qu'ils opposent, tant de déception, tant de rancœur et, chez les plus âgés, une telle inquiétude justifiée face à l'avenir.

A quoi auront servi ces années de catéchisme où j'ai eu avec eux de si fréquents contacts ? Certes, j'ai tenté de leur transmettre le meilleur de ce que mes croyances et mon expérience m'ont appris, de leur parler de la liberté des enfants de Dieu...

Y trouveront-ils un recours, au moins, dans les choix difficiles que l'existence leur réserve ? J'aimerais tellement m'en convaincre... mais souvent, j'ai l'impression qu'ils n'attendaient alors de ma part que des vérités toutes faites qu'il suffisait seulement de savoir et de répéter : la foi sans peine, sans comprendre, sans effort personnel... Avec tous ceux qui viennent ou reviennent à moi aujourd'hui, je tente d'ouvrir le dialogue, de les aider à voir plus clair en eux-mêmes.

Ils devraient en avoir besoin, pour réussir leur entrée dans la vie active avec le bagage dérisoire, mal ficelé, mal adapté (et surtout, la plupart du temps, inefficace) que notre société, gravement irresponsable, leur a préparé...

De quoi demain sera-t-il fait ?

Pour moi aussi, la vie a profondément changé. Je marche vers le « septua » mais, surtout, j'ai maintenant la charge de cinq paroisses qui s'étendent sur seize kilomètres. De trois cents habitants, je suis passé à près de deux mille... sans compter les « résidents secondaires » et les paroissiens « sans frontières » qu'un prêtre parvient parfois à s'attacher... La vie crée, heureusement, des amitiés et des liens... certes, on vient pour Dieu d'abord mais un peu aussi *por l'cuai*.

C'est aujourd'hui dimanche. Je saute du lit à 7 h 30 : une habitude du séminaire (j'en ai perdu beaucoup, mais celle-là demeure !).

Je me rase et bien sûr, comme toujours, je me coupe en bougonnant. Puis, je commence à méditer et à faire, en pensée, le plan de mon sermon. Ses grandes lignes. Parfois je prends quelques notes sur un bout de papier — que je perdrai à coup sûr ! — tout en avalant mon café.

Comme je ne vais pas à Houquetot cette semaine, je m'assois pour enregistrer l'homélie que l'on passera, en mon absence, durant la célébration.

Tout est prêt... enfin, je l'espère.

J'enfile l'aube que je garderai sur moi en conduisant, ce qui me permettra de gagner quelques précieuses minutes. Mon temps est très court entre chaque messe : la première est à 9 h 30, la deuxième à 10 h 30 et la dernière — dans ma vieille église de Vattetot — à 11 h 30.

Sur la route, je double des bandes de cyclistes qui pédalent dur, quel que soit le temps, pour garder la forme. Comme je les connais à peu près tous, on se salue de la main.

Je fais en sorte de pouvoir dire ma messe au moins tous les quinze jours dans chacune de mes cinq paroisses. Elles peuvent ainsi se considérer comme « gâtées »... En effet beaucoup de villages sont réduits aujourd'hui à la portion congrue : une messe par mois seulement et même souvent plus rarement encore, quand ce n'est pas jamais.

Pour combler l'absence de curés, des bonnes volontés se manifestent spontanément dans de nombreuses paroisses quasi abandonnées. Et pas seulement pour jouer les sacristains. Non. De vraies petites communautés se forment au sein desquelles chacun prend conscience de son baptême et des responsabilités qui en découlent... J'ai l'impression parfois d'assister à un véritable miracle paroissial...

Pourtant je n'oublie pas que l'Eglise primitive fonctionnait ainsi, sans prêtres, avec seulement des évêques, des diacres... et des laïcs (un mot mal vu en pays cauchois car il est associé à ceux qui « bouffent du curé » !). Le fait que saint Pierre parlait déjà du « sacerdoce des laïcs » m'est d'autant plus présent à l'esprit qu'il fut le thème que l'on m'avait imposé au séminaire pour mon premier sermon.

Durant des siècles la hiérarchie allait faire du curé, siégeant dans sa stalle, le maître unique et tout-puissant de sa paroisse.

Les fidèles devaient si bien s'en convaincre qu'ils ne se seraient permis, pour rien au monde, l'ombre d'une décision ou d'une manifestation personnelle.

— Est au cuai de di et de fé comme il veut.

En effet, le *cuai* pouvait gaver à volonté ses ouailles de « ses » vérités sans que personne ait jamais le droit — ni d'ailleurs l'idée — d'exprimer la moindre réserve. Tout ce qui venait du haut de la chaire était sacré et ne se discutait pas.

Seulement, si le sermon était « écouté » sagement, il était « entendu »... rarement.

Or, lorsqu'on remonte dans l'histoire, on y découvre, au Moyen Age, une période où des volontaires laïques surent se manifester, précisément au temps des grandes épidémies qui ravagèrent l'Europe...

Pour ensevelir les morts, chaque paroisse avait alors sa confrérie avec sa charte et ses règlements approuvés par l'évêque. Et ces confréries — nommées « charités » — ne disparurent pas toutes à la fin des épidémies ; certaines décidèrent d'assumer non seulement les inhumations mais aussi le service au chœur, puis l'entière direction pratique des paroisses, au point que curés et évêques durent mettre le holà pour éviter qu'en fin de compte elles ne contrôlent tout [1].

Mais, à y bien réfléchir, comment une communauté de base pourrait-elle parvenir à exister réellement quand on lui refuse, en permanence, de prendre des initiatives ?

Aujourd'hui, si, bien évidemment, aucun laïc n'est autorisé à dire la messe, on commence à permettre des célébrations sans prêtre — en communion avec une messe dite ailleurs —, ce qui donne une dimension religieuse aux gestes et aux prières des membres de la communauté qui y participent.

Bien sûr, il ne s'agit nullement là — comme certains rétrogrades peuvent le prétendre — de « jouer au curé » mais de trouver, en son absence, une autre manière de s'unir à Dieu.

Pour ma part, je suis émerveillé de voir combien les chrétiens des nouvelles générations sont exigeants. Ils veulent comprendre, questionnent, discutent ce qui est dit pendant les sermons.

Enfin, mes ouailles me font d'autres remarques que celles d'autrefois qui portaient exclusivement sur des

---

1. Ces confréries ont toutes ou presque disparu dans les diocèses actuels de Rouen et du Havre. En revanche, elles subsistent dans l'Eure, nombreuses et bien vivantes.

sujets pratiques — fuite d'une gouttière, fonctionnement défectueux du poêle de l'église, etc.

Considérant sans doute aussi que j'ai mieux à faire, on me propose maintenant de décorer, à ma place, les autels et l'on me dispense de bon nombre d'autres tâches annexes... ce qui me permet de gagner du temps pour exercer mon métier de prêtre sur le plan exclusivement religieux.

L'état d'esprit — en vigueur depuis la séparation de l'Eglise et de l'Etat — qui allait réduire le curé du village, particulièrement en milieu cauchois, à une sorte de valet de la communauté est bel et bien en train de disparaître.

Tout se passe un peu comme s'il y avait un véritable retour aux sources, à l'Eglise primitive.

Certes, si la voie est ouverte, il serait présomptueux de dire précisément où elle va mener, mais on constate déjà que le « troupeau » qui ne faisait que bêler derrière son pasteur quand il s'agissait de foi et de religion (tout en exigeant de lui qu'il soit — par ailleurs — entièrement à son service) se transforme de façon significative.

La plupart des paroisses, se sentant menacées de disparaître, se mobilisent dans un sursaut, souvent imprévisible, pour prendre en main leur avenir afin de continuer à vivre spirituellement.

Afin de remplacer les nouveaux prêtres qui, pour de multiples raisons (dont celle de se refuser à subir certaines humiliations matérielles imposées à leurs aînés), n'assurent plus la relève, les fidèles se lèvent. Ils se chargent de nombreuses célébrations et parfois portent même déjà la communion aux malades. Rien n'empêche qu'un jour les laïcs président les mariages à l'église, ainsi que les inhumations : il suffirait, pour leur en donner le droit, d'autorisations accordées en haut lieu.

Bien sûr le problème de la messe ne serait pas pour autant résolu puisque le prêtre a, seul, le pouvoir de la célébrer... ,

Mais rien n'empêche d'imaginer qu'un jour les paroissiens puissent assister, comme représentants de leur village, à une messe unique qui serait dite au chef-lieu de canton ou ailleurs. De là, ils rapporteraient des hosties consacrées dans leur église où la communauté locale se retrouverait pour une célébration et communierait. Est-ce ce qui se prépare ?

En tout cas, il y a là un unique espoir de voir l'Eglise perdurer dans chaque campagne en ces temps de pénurie de prêtres... Voilà qui, croyez-moi, est réconfortant pour un curé vieillissant dans la certitude quasi absolue de n'être pas remplacé...

La tête la première...

J'officie seul, ce matin d'un jour de semaine comme les autres... Les bancs sont vides.

Il est vrai que je n'ai prévenu personne de cet office... improvisé... De ce fait, je puis garder quelques illusions. J'ai apporté une aube et trouvé, dans le tiroir du haut du chasublier, une étole encore très convenable (on ne porte presque plus jamais de chasuble aujourd'hui pour officier : l'aube et l'étole, à la couleur du jour, suffisent).

— Le Seigneur soit avec vous...

La messe est commencée. Bien sûr, je n'attends pas de réponse. Les visages, présents jadis, se sont effacés. Je jetterai un coup d'œil amical à leurs noms, gravés sur la pierre, en longeant comme chaque jour l'allée du cimetière.

— Evangile selon saint...

Une phrase que j'y lis ravive mon angoisse latente :

— « Quand le Maître de la maison aura fermé la porte... »

Oui, que deviendra donc mon église quand je vais devoir, définitivement, la quitter ?

D'abord, on oubliera de remplacer ici et là quelques ardoises... puis de réparer quelques gouttières...

Il y pleuvra bientôt et le vent y soufflera l'hiver. Rares se feront alors ceux qui s'aviseront d'y entrer.

Et puis viendra le temps où l'on ne poussera même

412

plus la porte que pour sonner les 14 Juillet ou les 11 Novembre...

L'une des tempêtes, qui balaient parfois le plateau à plus de cent kilomètres à l'heure, achèvera un soir l'un — ou plusieurs — des vitraux affaiblis par les bombardements de la dernière guerre et jamais réparés. La tornade pénétrera dans le chœur et — une église commençant toujours à mourir par en haut, la tête la première — le toit s'affaissera et le clocher s'effondrera. Enfin, dernière victime, la charpente cédera.

Alors, sans doute, quelques « Amis du vieux Pays de Caux » sonneront l'alarme à la préfecture qui, après un long délai administratif de rigueur, rappellera à l'ordre le conseil municipal.

Mais, hélas, il sera trop tard : les dégâts étant trop importants, les finances du village ne seront plus en mesure d'assumer une telle dépense. Peut-être, longtemps après, comme les murs tiendront encore contre vents et marées (du travail solide du XVIᵉ siècle), des bénévoles, amateurs d'art éclairés, dégageront les ruines et un paysagiste s'emploiera à les rendre romantiques avec des pans de lierre et, ici et là, un gazon à l'anglaise...

Au mieux, des touristes sensibles admireront et photographieront ce bel ensemble décoratif...

Décidément, la hantise du triste destin de mon église s'aggrave au point de me distraire de ma messe...

— « Ceci est mon corps,
« Ceci est mon sang... »

Cette consécration me ramène à la Cène durant laquelle le Christ, lui, était entouré de ses apôtres et de quelques amis...

Je prie ardemment en me laissant pénétrer du grand silence qui m'entoure. Alors, peu à peu, je reprends conscience de la présence de mon Dieu et il me semble soudain, à la fin de la messe, que mon église, tout comme mes fidèles, pourrait disparaître autour de moi sans que j'en sois affecté...

Je ne suis plus seul qu'en apparence.

L'espérance

Noël 86... La messe de Minuit, depuis quelques années, commence à 21 heures. Plus tôt et moins longtemps.

A mes débuts, un grand office de trois heures était jugé indispensable pour célébrer dignement une solennité religieuse : la longueur étant la marque de l'exception. Aujourd'hui, la profondeur compte davantage. Du moins, c'est mon impression.

Plus responsables, les fidèles — qui, de simples assistants, sont devenus participants — ont senti la nécessité de se regrouper.

Un seul office, ce soir, pour mes cinq clochers. Tout le monde y est invité. La paroisse d'accueil a été désignée au moment où l'on a établi la répartition des fêtes de l'année : Mirville, le village où vécut Pierre de Coubertin [1]. Ce sont les paroissiens de son église qui ont choisi le thème de cette fête de Noël dont le mystère dépasse la seule nuit de Bethléem : l'Espérance.

Après avoir noté mes conseils, chacun a cherché des textes bibliques... puis quelqu'un a parlé de Péguy. Pourquoi pas ? La Bible a été faite — aussi — avec des textes pas toujours destinés à la prière. Le choix des cantiques demande également réflexion. On a beaucoup

---

1. Le rénovateur des Jeux Olympiques passait régulièrement quelques mois, chaque année, au château de Mirville où son souvenir demeure vivant dans les esprits.

innové depuis quelques années, mais les vieux Noëls de notre jeunesse gardent leurs adeptes... et a-t-on le droit de décevoir les plus âgés ? Beaucoup, en cette nuit du 24 décembre, pousseront la porte d'une église qui n'est pas la leur, en quête d'une bouffée d'enfance, à la recherche de souvenirs perdus...

La question la plus difficile à résoudre, c'est celle du *Minuit, Chrétiens*... Une querelle renouvelée des anciens et des modernes ! Les premiers soutiennent les « traditions », les seconds accusent le célèbre chant d'être né dans les « cafés-concerts du paganisme » !

De surcroît, cinq clochers, cinq paroisses, cinq communautés c'est... cinq façons de vivre Noël !

Heureusement que la « paroisse d'accueil » a droit de veto... Je lui laisse donc ses responsabilités.

La décision est prise : on chantera *Minuit, Chrétiens*... tout à fait à la fin de l'office, comme un peu en marge. Oui... et non : solution normande !

La chorale regroupe plus de trente adultes. Peu d'enfants : ce n'est pas une fête de l'enfance, il s'agit du mystère de Dieu parmi nous. La crèche elle-même demeure discrète, dans un bas-côté de l'église, devant l'autel de la Vierge.

Tout est au point maintenant. Par esprit de cohésion, chaque paroisse s'est vu confier la responsabilité d'un moment d'office.

20 h 30. La lampe extérieure de la petite église-chapelle est allumée. Le chemin de silex noir qui mène au portail, à travers le cimetière, la reflète.

L'église est chauffée : une légère odeur de fuel plane... mais il fait bon.

Les voitures commencent à arriver à la grande joie des organisateurs... et du curé.

On ne sera pas seuls.

Très vite, au contraire, l'église est pleine. Les bancs supplémentaires sont même déjà occupés.

A 21 heures précises, l'office commence avec le premier chant :

415

« Dieu d'Israël, quand viendras-tu, comme un printemps de liberté ? »

Puis c'est la lecture d'un texte d'Isaïe annonçant au peuple un « héritier royal » :

« Un fils nous est né. » Voilà l'espérance.

Les chants reprennent, coupés par la lecture d'un texte de saint Paul adressé à Timothée, un jeune évêque :

« Grâce pour tous les hommes... » (Enfin, une religion sans frontières !)

L'*Alléluia* qui suit est chanté sur un air plus ou moins inspiré des cantiques de la synagogue. Avec cette bouffée d'œcuménisme, on s'éloigne heureusement du trop fameux « Hors de l'Eglise, point de salut ».

Sollicité pour le choix de l'Evangile, j'ai proposé non pas un texte sur la naissance du Christ mais sur sa présentation au temple, quelques semaines plus tard, quand le vieux Siméon, un sage, prend un instant l'Enfant Divin des bras de Marie et exprime sa joie :

« Quand vas-tu rétablir ton royaume, ô Maître ?

« ... Maintenant, tu peux laisser mourir ton serviteur, car mes yeux ont vu ton Salut... »

C'est moi qui, bien sûr, dois faire l'homélie mais sur un thème que l'équipe de Mirville a choisi :

Dieu est éternel, donc, par définition, sans passé ni futur, sans commencement ni fin. De ce fait, Il ne connaît pas l'espérance... L'espérance est une vertu spécifiquement humaine. S'il la perd, l'homme rencontre l'angoisse, le vertige du vide. Il se heurte contre un mur. Il devient *rieniste* — pour parler comme nos anciens Cauchois. Toutes les religions, à leur manière, proposent l'espérance.

Plus l'idéal est grand, plus cette vertu humaine trouve une dimension immortelle. Longtemps les apôtres ont vu, dans le Christ, ce que les Hébreux voyaient : le « leader » capable, comme notre Jeanne d'Arc, de bouter l'ennemi hors du pays — en l'occurrence, les Romains de Palestine — et d'instaurer la suprématie du Peuple d'Israël. Mais le Christ, vainqueur de la mort, a élargi

notre espérance en lui donnant une ouverture sur l'au-
delà.

Pendant mon homélie, je constate avec bonheur que
l'église, jusqu'au fond, est comble... nombreux même
sont ceux qui ont dû rester debout.

Cette foule recueillie me réchauffe le cœur.

Une jeune fille lit maintenant un texte de Charles
Péguy, sans le déclamer, tout simplement, comme une
prière :

— « La vertu que j'aime, dit Dieu, c'est l'espérance... »

— Le Seigneur soit avec vous...

D'une seule voix, dont la force me bouleverse, le
chœur et la nef me répondent :

— Et avec votre esprit.

Dans la prise de conscience religieuse de cette nouvelle communauté, je me trouve enfin prêtre comme je
l'ai toujours souhaité.

Nous voici maintenant à la Consécration :

« La nuit venue où Il fut livré, Il prit le pain... »

La chorale chante : le Christ est né, il est mort, il est
ressuscité. Le Christ est vivant. Le Christ est là.

L'espérance devient réalité. Je suis si heureux que je
m'entends, soudain, avoir de la voix quand j'entonne le
Notre Père...

Presque toute l'assistance communie. J'ai l'impression
qu'une vraie chrétienté se lève.

L'Eglise deviendrait-elle adulte ?

Enfin retentit le Minuit, Chrétiens...

Pour moi, c'est le premier, depuis tant d'années, qui
me fasse ressentir si fortement « l'heure solennelle »...

Est-ce parce qu'il me semble atteindre, ce soir de Noël,
le but de ma vie ?

De profundis

J'imagine...

La nouvelle s'est répandue comme ça, de bouche à oreille, et le conseil municipal s'est réuni d'urgence : une affaire qui ne peut attendre.

Après quelques serrements de main, les conseillers s'assoient à la longue table rectangulaire, devant la cheminée où Marianne semble les toiser d'un œil narquois...

— C'était à *prévouère*[1]... Depuis eun mois, cha allait pouin fort...

— Qu' voulez-vous ? cuai ou pas cuai, tout l'monde y *pache*[2].

— Et aveuc cha santé, on peu di qu'i s'est même bin défendu : il a fait plus qu' son temps... L'air d'la campagne li a réussi...

— Est pas tout cha... Qui qu'on fé por li ?

— Comme pour un anchien combattant : eun' belle gerbe de fleu'... li qu'aimait tant les fleu'...

— Ah mais non, veyons, cha n'se fé pouin pour eun cuai ! Eun cuai c'est pas comme z'autes...

— Et puis, *oyou* qu'il est, cha li serait guère utile !

— Bon... est toujou cha d'économie !

1. Prévoir.
2. Passe.

Long moment de silence : tous les conseillers réfléchissent.

— Alors, qui qu'on fé ?

— Pour commencher, si on *chonnait*[1] l'glas ?

— Que non ! Pas pour eun cuai ! Pour eun cuai, on chonne à toute volée : est pas eun' peine, est eun' joie d'moui !

— Le mieux serait ti pas d'voir aveuc le Doyen de Goderville ?

— Ou bin, *pourqui*[2] pouin donner eun coup d'fil au cuai d'Bréauté ? Li, i doit savouére...

— D'abord, faut décider *oyou* qu'on va l'mettre au cimetiai...

— L'conseil pourrait p'têt' bin offri eun' conchession ?

— Cha, non, coupe le maire, est à l'évêque, chon patron, ou à cha famille de fé cha !

— Eun' famille ? Il en a plus... Même *aot'fay*, on la voyait pouin... Etait eun *horsain* !

— *Horsain* ou pas, y a qu'même chinquante ans qu'il était là, cheu nous... Faut fé queu chose... Y aura qu'à vendre le presbytai, puisqu'on y mettra plus d'cuai après li...

— Parce que, faut qu'même di : il a pas coûté bin cher à la *commeune*[3] d'son vivant...

— P'têt'... mais est pouin mé qui l'ai usé, lance un conseiller « rieniste »...

— J'y pense, au cimetiai, près de la *crouai*[4] d'pierre... y aurait bin la tombe de Messire Cuquemelle, eun anchien cuai qu'est là depuis plus d'soichante ans... Il doit pouin en rester *pièche*[5]... Pi, des cuais ensemble, vivants ou morts, cha s'entend forchément ! (Rires discrets.)

1. Sonnait.
2. Pourquoi.
3. Commune.
4. Croix.
5. Beaucoup, lourd.

— Est vrai... et cha coûterait presque rin... Eun'
matinée d'travail guère plus... l'fossoyeu aurait qu'un
trou à fé...

A l'unanimité, le conseil municipal se rallie à cette
proposition.

Séance levée.

Autre son de cloche à l'Evêché :

— Vous dites que l'enterrement du curé de Vattetot est
fixé à 10 heures, jeudi ? Mais alors, moi, je ne pourrai pas
y être, c'est impossible, dit l'évêque, je suis pris par une
réunion prévue de longue date à Paris où mon absence
serait très mal interprétée...

— Ne vous inquiétez pas... pour une fois, il ne pourra
rien dire !

— Mon cher abbé, n'a-t-il pas été votre condisciple au
temps lointain du séminaire ? C'est donc à vous qu'il
revient de me remplacer lors de la cérémonie d'inhumation... Naturellement vous direz le mot... Je vous demande d'insister sur les raisons involontaires de mon
absence... J'y tiens beaucoup. Maintenant qu'il n'est
plus, je peux vous avouer que je l'appréciais malgré tout.

— J'ai appris qu'il a décidé de se faire entendre
encore, le jour de son enterrement : il a enregistré un
message : des adieux à ses ouailles, paraît-il...

— Il ne manquait plus que ça ! Vraiment, jusqu'à la
fin, il...

— Ah, pour une fois, on peut quand même essayer de
l'écouter avant de le juger...

— Reconnaissez néanmoins qu'il a toujours été « à
part »...

— Plutôt : tenu à part... ce qui n'est pas exactement la
même chose... et c'est, en tout cas, ce qu'il vous aurait
répondu !

Grâce au ciel, cette fois-ci, je n'ai pas à répondre... ni
à prendre la moindre décision pour l'Eglise.

420

Tous ces détails — laïques et religieux — ne me concernent plus.

Je suis libre, délivré.

Car, moi, enfin, je VIS...

Vergetot 1987.

ANNEXES

1. Comment ce livre est né 425
2. Biographie du curé Alexandre 427
3. Solitude : le curé dans sa paroisse 429
4. Témoignages et interviews 435
5. De quoi vivent les curés de campagne ? 446
6. Chronique religieuse en pays de Caux. L'agenda du curé 450
7. Chronique agricole en pays de Caux. L'agenda du fermier 467
8. Réflexions sur le parler cauchois........................... 474
9. L'habitat cauchois 480
10. Sacristie d'hier 492
11. Glossaire 501

1

Comment ce livre est né

De ma cure normande, Paris est loin. Je ne connaissais pas Jean Malaurie. C'est lui qui m'a rencontré sur le petit écran dans la célèbre émission des « Conteurs » d'André Voisin, à laquelle j'avais été invité à participer.

Tout comme Pierre-Jakez Hélias, Jean Malaurie, en m'écoutant, avec la rare vertu d'attention « créatrice » qui le caractérise, a pensé que je pourrais devenir un auteur de Terre Humaine. Après avoir publié *le Cheval d'orgueil*, ce chef-d'œuvre que l'on sait, il s'est tourné vers moi et c'est ainsi que nous avons fait connaissance et amitié il y a douze ans déjà...

Certes, j'ai accueilli cette proposition avec honneur, car j'avais lu plusieurs des auteurs de la collection, mais aussi avec une certaine angoisse... Parviendrais-je à passer de l'oral à l'écrit ? A transmettre à ma plume mon rythme de conteur ? Ce n'allait pas être sans peine, en effet, sans périodes de découragement, sans « sur le métier, cent fois, remettre mon ouvrage »... Et ce, tout en assumant, bien sûr, ma fonction de curé, de plus en plus lourde puisque j'étais devenu responsable, non plus d'une seule, Vattetot-sous-Beaumont, mais de cinq paroisses...

Le succès de mes « Histoires cauchoises », à travers tout le pays normand, un certain pouvoir de conteur, mes disques, mes passages à des émissions de télévision allaient bien sûr m'encourager dans mon nouveau travail d'écrivain. Mais l'amitié de mes ouailles, dorénavant très nombreuses, allait m'être surtout d'un réel soutien. Les Cauchois sont devenus peu à peu mes complices, car ils ont bien compris

425

que ce qu'il peut y avoir d'un peu aigu, voire de caustique, dans mon regard sur eux, cache une affection qui n'a fait que croître depuis quarante ans... et je sais qu'eux aussi attendent avec impatience mon livre.

Mais, la feuille blanche, je l'ai appris, est un instrument de communication redoutable ; les mots qui passent par la plume n'ont plus le même « son », le même impact que ceux qui passent directement par les lèvres. Les verbes « entendre » et « lire » changent parfois entièrement de sens...

Dans la solitude de mon presbytère, j'en ai souvent avec bonheur, mais aussi avec douleur, fait l'apprentissage devant ma machine à écrire... Heureusement, j'ai toujours bénéficié, dans les moments difficiles, du chaleureux soutien de Jean Malaurie qui n'a jamais cessé de croire — et profondément — à l'intérêt et au succès de ce livre. Il me l'a répété inlassablement à chacune des visites que je lui ai faites, dans sa maison de famille, sur la zone frontière entre le pays de Caux et le pays de Bray, cachée au milieu d'une paisible cour cauchoise plantée d'arbres, pour ce nomade du Nord qu'est Jean Malaurie, un heureux port d'attache où il vient se ressourcer certains étés.

Que ce livre soit achevé, « existe » est d'autant plus heureux pour moi qui n'avais jamais écrit auparavant, qu'il va entrer dans cette collection Terre Humaine, que j'admire profondément, en particulier parce qu'elle a choisi de donner la parole — écrite — aussi bien à un modeste curé cauchois comme moi ou à un simple capitaine de pêche comme mon vieil ami et voisin, Jean Recher[1], qu'aux plus prestigieux écrivains français, tels le grand Zola, le Vaudois Charles-Ferdinand Ramuz ou l'incomparable Roupnel, l'auteur de cette merveilleuse *Histoire de la campagne française*, qui a accompagné, comme un ami très cher, tant de mes promenades... et de mes veillées solitaires en pays de Caux.

---

1. Jean Recher, *Le grand métier*, Terre Humaine-Plon, Paris 1977.

2

Biographie du curé Alexandre

Né au Havre le 26 juin 1918, Bernard Alexandre passe son enfance dans le quartier populaire de la Rampe où il va à l'école primaire jusqu'à treize ans. Très pieuse, sa mère s'emploie à le faire entrer au petit séminaire de Rouen où il poursuit ses études secondaires jusqu'en philo.

Atteint de tuberculose, il doit alors les abandonner pour un séjour au sanatorium du clergé, à Thorenc, dans les Alpes-Maritimes. Paradoxalement, les conséquences de cette terrible maladie vont être, sur un certain plan, bénéfiques à Bernard Alexandre, puisqu'il va prendre alors, avec un repos forcé, conscience de sa personnalité et de la réalité de sa foi religieuse.

Après les horreurs de la guerre qu'il vit sous les bombardements de Rouen et du Havre où il construit des abris, soigne des blessés et enterre des morts, c'est l'armistice de 1945.

Cliniquement guéri, il est ordonné prêtre en 1945. Nommé, à la fin de cette même année, à Vattetot, en pays de Caux, c'est un jeune curé amaigri et de santé fragile qui marche vers sa nouvelle paroisse.

Débordant d'une foi généreuse qui se voudrait communicative et rénovatrice, il découvre bientôt le mur qui le sépare de ces Cauchois repliés sur eux-mêmes et accrochés aux anciennes traditions qu'ils ne veulent à aucun prix — et à aucun niveau — remettre en question.

Un horsain — un étranger — il se ressentira toujours comme tel dans ce village où, pourtant, il va demeurer toute sa vie et avec lequel des liens tacites vont peu à peu se tisser.

427

C'est avec une ferveur opiniâtre et parfois même avec l'énergie du désespoir qu'il va s'efforcer de transmettre sa conception vivante et heureuse de l'Évangile — aux enfants surtout dont la gaieté de cœur l'encourage à poursuivre sa tâche. Pour lutter contre la solitude, la pauvreté voire le découragement qui l'assaillent dans son presbytère trop vaste, humide et délabré... et pour que « le ciel l'aide », il va, de toute la force de ses dons et de ses passions, entreprendre courageusement de « s'aider lui-même »...

Des dons exceptionnels qui vont révéler un observateur aigu du microcosme où il pénètre de plus en plus profondément, un conteur à l'humour tout à la fois caustique et tendre...

Des passions, pour l'audiovisuel en particulier, le cinéma auquel il a même pensé, dans sa jeunesse, se consacrer entièrement et dont il est devenu un spécialiste réputé.

Il va, sa vie durant, multiplier créations et activités — un centre de recherche filmologique, des circuits de cinéma ruraux, puis des téléclubs... Il va travailler pour la télévision avec André Voisin, Claude Santelli et bien d'autres. Ses activités de conférencier et de conteur vont, à juste titre, le rendre célèbre bien au-delà de la Haute-Normandie. C'est avec une verve qui fait — comme on dit — « rire aux larmes » qu'il nous transmet sans jamais trahir le mystérieux secret — sa connaissance intime de la société et de l'âme cauchoises.

Dans ce livre — tout comme dans la *Chronique de la France* que vient de lui demander Claude Santelli — l'abbé Alexandre témoigne de son amour du terroir, de son indéfectible confiance en l'homme et de sa foi en Dieu.

Terre Humaine.

3

Solitude : le curé dans sa paroisse

Un curé de campagne est par définition un « séparé ». Aujourd'hui il vit seul, à l'écart, dans une grande bâtisse souvent inadaptée aux exigences d'un vrai ministère.

A quoi pensent les curés de campagne ? Ont-ils encore une place dans la société ? Un curé n'a pas à penser, dit-on, mais à obéir, il en a fait promesse entre les mains de son évêque. On sait le lui rappeler s'il manifeste quelque velléité d'indépendance. Quant à son avenir, l'autorité et les laïcs qui approchent l'évêque le fixeront en temps utile.

Cependant, les curés parfois pensent. N'ayant personne pour les entendre, ils écrivent en cachette leurs idées, les publient anonymement...

Voici deux documents. Deux confessions. L'une retrouvée dans un registre de catholicité du début du siècle, témoignage d'un administrateur, parfait dispensateur de fêtes. Il a vécu comme le souhaiterait l'autorité religieuse d'alors. Un bon serviteur qui part « les comptes bien en règle ». Ce brave homme timide me fait de la peine bien qu'il ne soit pas conforme à l'image que la plupart se font du prêtre. Et l'Évangile dans tout cela, la vie ? Il me fait pitié, je le plains, car il m'est arrivé de connaître, dans mes débuts, un climat moral assez semblable. Je sais ce qu'il en coûte pour oser en sortir. Longtemps, moi aussi, j'ai dû accepter de jouer « le sacristain de première classe ».

Le second document m'a été adressé, imprimé, par son auteur, du moins je le suppose, il s'agit d'un curé en recherche...

429

1. LE CURÉ SACRISTAIN

Je n'ai pas eu à souffrir des paroissiens quoiqu'il leur fût désagréable de me voir faire des inhumations en voiture attelée. La paroisse se vide. Les bancs d'église restent à louer. Le déficit menace. Je laisse à l'intermédiaire et à son successeur, outre six francs pour deux messes, un titre de cinquante francs de rente annuelle dont quatorze francs seront versés à la quête pour que cette recette ne soit pas mentionnée dans les comptes. C'est une ressource hors budget... Je pars sans laisser de dettes, mais si l'intérim se prolonge, le déficit menacera...

J'emporte mes deux reliquaires dont on voulait que je signe la donation. Ils n'ont pas plu. On m'a blâmé de les avoir achetés et de les avoir placés à un endroit qui ne leur convenait pas. Le petit œil-de-bœuf qui n'a pas été souscrit par le Conseil de Fabrique ne doit pas rester dans l'église après mon départ. Quant à la statue de Saint Jean-Baptiste de La Salle, je la donne malgré les blâmes dont j'ai été l'objet. Elle est mobile sur son socle : on pourra l'enlever si elle continue de déplaire. Une main généreuse devait me faire une offrande, mais si cette offrande m'est accordée, ce sont les vieillards de l'Hospice où je vais qui en seront les bénéficiaires. Je n'oublie pas mes ouailles si on ne profère pas de plaintes contre ma gestion de quatre années, ni aucun blâme sur ma mémoire.

2. LE CURÉ EN RECHERCHE

Ce que je cherche dans la vie depuis le commencement, je le cherche toujours avec la même intensité. Ce pour quoi j'ai misé mon existence demeure, je continuerai à la miser quel qu'en soit le prix.

Ce matin, dans mon église paroissiale, trois vitraux : le Bon Pasteur avec sa brebis sur l'épaule, Marie et son Fils, Joseph avec son Fils et un lys à la main... Trois images du même goût douteux : images de l'infantilisme des élus et des croyants, monde asexué où ne compte que la maternité et la paternité pour des enfants immatures ou des moutons mignons.

Cela dit, je veux rester dans l'Église car elle est le cadre de ma recherche. Dans ce bazard idéologique, culturel, pseudo-théologique, elle véhicule un Évangile qui est pour moi la meilleure interrogation posée à l'homme sur sa vie.

Peu importe le cadre, car il m'en faut un et celui-là tout compte fait est tellement le mien depuis plus de cinquante ans que je n'imagine pas d'en sortir malgré les sollicitations diverses qui m'y pousseraient.

Je participe à tout signe où l'Église se reconnaît une communauté de cherchants. L'effort de la vie spirituelle est dès lors moins de trier entre le bon et le mauvais grain que de discerner dans ce qui se dit excellent, le médiocre et la destruction, comme dans ce qui est jugé mal. Il y a pierre de construction pour le royaume !

J'aimerais parler des choses de Dieu, de la Foi de l'Église. Mais les lieux où je prends la parole ne supporteraient pas que je pose les questions que je sens monter en moi. On me demande d'assurer le navire immobile sur son fond de sable et de l'immobiliser un peu plus avec des ancres solides. On ne me demande pas la pleine mer.

Je pense à une époque où le fait ecclésiastique était socialement important et reconnu : cette insularisation était compréhensible. De nos jours où il faut rencontrer le monde séculier, il y a une étanchéité critique. On ne peut vivre l'Évangile et en parler que de l'intérieur. A l'extérieur, on est seulement vestige d'une organisation périmée, coupée de la vie, pesant pour freiner les dynamismes de libération de l'homme. Il faudra que l'Église perde encore beaucoup de forces pour qu'elle renaisse vivace de l'autre côté des remparts. Je crois que je crois, mais je ne crois plus comme avant.

J'ai lu et relu ces deux textes, d'hier et d'aujourd'hui. En les publiant en partie, je n'ai nullement l'intention de choquer, de manifester ce qu'au séminaire, on appelait « du mauvais esprit ». Je souligne seulement les étapes d'autres prêtres, étapes que j'ai connues au cours de mon long cheminement. Une occasion, après des années, d'un retour sur soi-même :

Ornements :

N° 1. — *Chasuble traditionnelle (on dit familièrement à cause de sa coupe sur le devant « en boîte à violon »).*
Ornement que le prêtre portait à la messe.

N°ˢ 2-3-4. — *La chape — la couleur varie suivant la liturgie et la fête du jour (blanc, vert, rouge, violet, noir). Le drap d'or peut dans les solennités remplacer toutes les couleurs sauf le violet et le noir. A l'origine ce vêtement fut inspiré par le vêtement de pluie. Le chaperon du haut rappelle la capuche.*

En 1945, il fallait parcourir sept étapes pour devenir prêtre : plusieurs ordinations, quatre « mineures » et trois « majeures ». On était portier, lecteur, exorciste, acolyte... Puis on faisait le pas, c'était le « sous-diaconat » suivi du « diaconat ». Enfin la « prêtrise ».

Pour moi ce fut en juin, à la fête de saint Pierre et saint Paul, que je devins prêtre... par l'ordination. Restait à le devenir en pratique dans la vie.

La vie d'Église de campagne, les exigences des paroissiens vous empêchaient de dépasser votre premier ordre mineur. Pour eux, vous étiez là pour organiser les fêtes ; assurer la vie de la paroisse en demandant peu et en maintenant l'équilibre budgétaire. Dieu sans frais... Tout le monde était d'accord sur le comment : il suffisait de faire « comme avant », de « maintenir » : *Tenete traditiones.*

Lorsque le découragement et la solitude me rongeaient je gagnais mon petit bureau face au marronnier et là, je ruminais au milieu de mes livres. J'y ai connu des moments d'enthousiasme et d'amertume, dès le début. L'annonce de la découverte des Manuscrits de la mer Morte, la publication de la Bible de Jérusalem... Des grands moments ! Cinéma et télévision me firent connaître Jean-François Noël. Je partageais nombre de ses idées sur l'œcuménisme. Comme lui j'aurais aimé pouvoir appeler Dieu Allah, Vichnou, Yahvé, Manitou... Ces étiquettes que les hommes posent en croyant connaître, alors qu'ils ne font que nommer... L'Unique devient l'occasion de divisions, de frontières. « Nul ne connaît le Père si ce n'est le Fils », disait le Christ... Paul tenta de révéler aux Athéniens : « le Dieu inconnu »... Ce souci d'unir, de se retrouver chez les autres, d'accueillir au lieu de rejeter... « Hors de l'Église... ».

Les idées de Monseigneur Lefebvre ne sont pas les miennes ; pourtant je n'ai jamais compris l'acharnement à le condamner, lui ainsi que ceux qui le suivent. « Il existe bien des maisons dans le royaume de mon Père », a dit le Christ. (Jean XIV.2).

Mon père m'a laissé pour tout héritage l'amour de la liberté, le sens et le besoin de la tolérance. Aujourd'hui je les retrouve chez tous. Il suffit d'ouvrir les yeux pour s'en rendre compte, pour apercevoir des reflets de Dieu, d'un Dieu sans étiquette, « le Tout-Puissant sans Nom ». L'An-

Étole ou manipule - Élément de l'ornement du prêtre.
Le manipule est porté au bras : un souvenir de la serviette que portaient les orateurs romains pour s'éponger au cours de leurs discours.
L'étole est signe du pouvoir. La manière de la mettre à droite ou croisée marque la hiérarchie des officiants et leur fonction.

cien Testament avait raison, le nom du Très-Haut ne se dit pas, il est simplement « Celui qui est ».

Alors, pour moi, initier les enfants au catéchisme, c'est faire tomber les frontières, leur révéler que toutes les religions cherchent, respectent, aiment Dieu et demandent à leur façon d'aimer les autres dans un esprit de solidarité, d'hospitalité, d'accueil... Les deux premiers commandements exaltés par le Christ.

Aujourd'hui, l'approche de l'Évangile, du Christ dans la messe, l'accueil de tous les autres sans préjugés m'ont permis de me sentir bien dans ma peau et même de ne pas regretter mes tâtonnements passés et mes errances...

4

Témoignages et interviews

J'ai cru devoir ajouter ici quelques témoignages et interviews. Je n'ai pas eu recours au magnétophone, mais à des notes prises sur-le-champ et surtout à ma mémoire. Dans leur vérité, leur retenue, ils me paraissent dignes de figurer ici sans retouche.

GENS DE « CHEU NO »

Le boulanger

D'antan, manquer de pain c'était manquer de tout, surtout chez les petites gens. Si bien que le passage chaque semaine du boulanger constituait un moment important dans la monotonie de la vie. C'était l'occasion de connaître les nouvelles, de « tailler une bavette », d'échanger des riens, de se sentir moins seul, dans sa maison souvent perdue en bout de chemin ou dans la cour de ferme plantée « au *mitan*[1] » de la plaine... Puis avoir du pain, ça sécurise. On a l'impression d'avoir de quoi, pour le reste, on se suffit. Ainsi avec le boulanger on est sûr du lendemain.

Avant guerre, le boulanger attelait le cheval à la carriole pour assurer la tournée. Quinze kilomètres de chemins et de

1. Milieu.

435

cavées pierreuses. Les fers s'y usaient vite, tous les quinze jours le cheval passait à la forge pour y être à nouveau chaussé... Les chevaux de labour passant dans les terres meubles étaient ferrés moins souvent.

Nos gens de la campagne étaient dans la plupart des cas analphabètes, ne sachant ni lire, ni écrire et, chose plus grave pour un Cauchois, ni compter. Or le pain se payait rarement comptant. Dans ce cas, pas question de tenir une comptabilité écrite... C'est alors que, pratique, le Cauchois a inventé ou simplement usé d'un moyen simple : la *taille*.

Fabriqué par un artisan local, souvent le menuisier, la *taille* se présentait comme une règle en bois de chêne, d'une longueur de 50 cm et d'une épaisseur-diamètre de 3 cm... Fendue en deux parties égales et identiques, l'une était remise au client, l'autre gardée par le boulanger...

En tournée, le pain commandé étant livré, on sortait les deux *tailles* et on les mariait en les mettant côte à côte, bien ajustées. Le boulanger, les tenant dans sa main bien rapprochées, de son couteau traçait à l'horizontale une encoche profonde qui mordait les deux. Alors d'un geste rapide, il marquait un X pour un pain de six livres et un V pour un de trois livres... Méfiant, le client, pour éviter toute tentative abusive du boulanger, repassait l'encoche à l'encre. On ne sait jamais !

Chaque maison avait ainsi sa *taille* personnalisée grâce au nom écrit au haut... Ainsi on pouvait contrôler, savoir ce que l'on devait. Suivant les moyens on payait comme on pouvait : rarement au mois, certains chaque trimestre mais la majorité en fin d'année au moment où l'homme touchait son dû...

La farine était autre que de nos jours. Les champs de blé donnaient alors 20 à 35 quintaux à l'hectare. Le pain était meilleur. Complet il se tenait et restait appétissant. Il se gardait jusqu'au bout de la semaine... Il y avait un choix de « pain sur » et du « pain doux ». Le « sur » légèrement salé, à la pâte moins levée et à la croûte brune, était préféré pour tenir la soupe de légumes. Le « pain doux » convenait mieux pour la soupe au lait.

Inspiré par Camille-Desert.

Ouvrière, puis fermière...

Mon père est *ramasseu* de galets sur les plages. L'industrie en a besoin. Alors, il fallait des *ramasseu.* C'était notre métier. Un métier de misère, dur et peu payé.

Les galets qu'on remontait étaient destinés à l'Angleterre... C'est ce qu'on nous disait. Chaque mois un bateau entrait à Saint-Valéry-en-Caux pour les charger et les emmener.

En plus des galets, on ramassait, du 15 octobre au 15 mars, le varech pour fumer les jardins, ensuite, à la belle saison, les plages étaient réservées au beau monde et le ramassage des galets interdit. Alors, mon père descendait au port et achetait du poisson qu'il revendait dans les villages, « aux Parisiens ».

A huit ans, j'ai cinq petits derrière moi... Ça mouche, ça crie, ça pleure ; j'en ai la charge. Je ne complique pas : dès qu'un biberon est vide, je le remplis, le gosse boit quand il en a envie, que ce soit chaud ou devenu froid.

La nourriture est chiche. La viande deux fois l'an.

Une vieille, notre voisine la plus proche, va aux moules à marée basse, le matin ; elle les vend pour vivre mais quand elle nous voit trop manquer, elle nous abandonne une mesure ou deux, un régal !

Un jour, sur la plage, se traînant sur les galets, un vanneau blessé... Il y mourut. Pendant plusieurs jours, tout en travaillant, on jouait au ballon avec cette boule de plumes... à coups de pied... Puis, l'estomac criant famine, nous nous décidâmes à le plumer et à le cuire sur le feu du Lorrain... Le Lorrain, c'était le braconnier qui vivait dans un *gobe* (trou dans la falaise). Il s'amuse de notre jeu et nous laisse faire. La bête à peine cuite, nous en arrachons des morceaux... pour les manger à moitié crus...

Je me suis mariée. J'ai épousé un homme courageux. Il s'est mis à la suite sur une petite ferme. Il se plaçait en plus dans des exploitations importantes pour y faire des corvées... Ainsi nous avions de quoi manger. Nos deux enfants n'ont pas connu cette vie. Maintenant ils sont placés, dans l'administration, la fille comme le gars... Au fond je suis un peu fière... Partis de rien, nous avons des enfants heureux.

Mme P. de Gerponville.

Les ouvrières du textile industriel

Nous on était dans le textile, l'usine quoi. Chaque matin, sauf le dimanche, on descendait à l'usine. Cinq kilomètres à pied. Le soleil n'était pas levé, la nuit n'était pas sûre, on descendait en bande et on chantait pour se donner du courage. Les gars aimaient nous faire peur, cachés derrière les arbres des fossés.

Les jours de verglas nous n'arrivions pas à avancer. Impossible de perdre une journée... On enlevait les sabots glissants et sur la glace, les pieds froids et trempés, nous gagnions l'usine... Les pieds nous brûlaient toute la journée et le soir il fallait revenir... Pas de congés... Nous étions aux pièces... A la maison beaucoup de bouches à nourrir... On n'avait pas le temps d'être malade, on ne s'écoutait pas : ni sécurité sociale ni vacances payées.

Le dimanche on lavait son linge. Nous ne connaissions pas les rechanges. On restait là, en combinaison... La viande ? Pour ainsi dire jamais. Le braconnier ou le garde-chasse ramenait parfois un chat sauvage tué au bois... Oui, j'ai mangé du chat. C'était la fête à la maison quand, en rentrant de l'école, je « sentais le civet ». Ma mère me donnait la tête à jeter au fumier, on ne la mange pas, ça porte malheur... La viande du chat est plus fine que celle du lapin. Un vrai Noël !

A l'usine, le bruit des métiers à tisser nous empêchait de nous entendre. On faisait des gestes avec les mains, on lisait sur les lèvres pour transmettre les ordres, demander de l'aide au mécanicien ou parfois signaler la présence d'un contremaître : un langage muet.

L'épicerie-café

Au village où j'étais, il y avait encore cinq cafés pour 300 habitants. Les recettes ne permettaient pas de vivre, le crédit nous tuait. Deux mois par an j'ai tondu les moutons... Tout le petit commerce était ainsi en campagne, sauf le boulanger... Pour lui, tout a changé quand les fermes n'ont plus fait leur pain; il a trouvé une clientèle suffisante, surtout qu'il faisait en plus le grainetier.

L'autre cafetier chez nous était sacristain. Le curé ne pouvait le payer mais de temps en temps il avait une pièce et son pain bénit de Pâques... J'oublie la sonnerie des cloches que lui payait la mairie.

On travaillait dans le simple : une table de bois, quatre chaises, un banc ou deux. Au mur, un *placet* avec quelques verres et deux bouteilles de fil en six et de fil en quatre [1]. Les gars aimaient ça. L'après-midi certains *touillaient* les dominos mais le plus souvent ils venaient en passant entre deux charrois.

A l'épicerie les pauvres et les enfants venaient acheter un quart de beurre. On détaillait. Et encore, ils payaient tard ! Ça, les ardoises, nous en avions ! Surtout pour les baptêmes, les communions, les mariages... Certaines familles mettaient plusieurs années pour éponger... Les gens étaient honnêtes.

On vendait du tabac à priser, surtout pour les femmes *siamoisières* [2]... La balance à tabac est toujours là, elle décore... Quant aux fumeurs, ils demandaient un paquet de gros, du gris, et roulaient leurs cigarettes. Les « toutes cousues » n'avaient pas encore fait leur apparition.

Comme un supermarché, nos petits commerces avaient de tout, depuis les pointes « semences » pour ressemeler les chaussures, jusqu'aux chandelles ou aux rubans pour coiffer les filles... On vivait sur soi...

Un charretier

Le dimanche je quitte la ferme et mes chevaux pour descendre à la maison. En ce temps, pas marié, je couche au lit d'écurie. Chez les parents je retrouve mes frères et sœurs : à l'époque nous étions treize ou quatorze ; d'autres petits arriveront plus tard.

C'est le jour du bain. L'eau chauffe au *bouillot* dans la cour. Ma mère charriait l'eau et la versait dans des petits baquets de bois. Ça commence par un débarbouillage à la main passée dans une serviette. On se nettoie rapidement avant de prendre son linge propre que ma mère a posé sur

1 Voir glossaire p. 507.
2 Tisserandes.

439

le lit de chaque gars... Tout doit être prêt... Les hommes ne sont pas patients, c'est la règle.

Habillés on reçoit « notre dimanche ». Trois ou quatre sous. Si l'un des plus jeunes se plaint et réclame « un plus » le père dit :

— T'es point *cotent* ? T'auras rin !

A la messe, tous les gars de la famille sont au chœur pour chanter... A chacun sa stalle... Les plus jeunes sur les « champignons de chêne »... Quelques familles comme la nôtre suffisent pour faire un chœur !

A la sortie de la messe, je remonte à la ferme, histoire de voir où en sont mes chevaux. C'est le moment de leur donner à manger.

En 1914, mes frères aînés sont partis, il m'a fallu assurer le quotidien des plus jeunes.

L'après-midi on rejoint les autres au village pour une partie de quilles, de butte ou de tonneau, à moins que le père nous envoie retourner le jardin ou le nettoyer... Grande importance du jardin pour une famille qui vivait de soupe... Indispensable... On achète le moins possible. Nous n'avions pas de moyens. A notre façon, on vivait comme les fermes, sur nous-mêmes. A six heures je rejoins, même le dimanche, la ferme et mon Maître. Les chevaux l'exigent. J'avoue que je vivais mal sans eux : des bêtes d'amitié. Le soir je dors encore au lit d'écurie, au-dessus du coffre à grain... A ce travail, je gagne alors trois francs quand le litre de lait est à un franc. Debout à quatre heures et demie et pour congé : uniquement le jour des Rois. Que voulez-vous, les chevaux ignorent le dimanche.

Un marnier

Le patron, d'un coup d'œil, me juge : « Vitan, l'mardi à huit heu ! » Je suis embauché !

Ma première marnière en exploitation était creusée. Je descends dans le puits, le pied serré dans le crochet du treuil... Trente mètres... Cinquante... De ma jambe libre, je me maintiens à distance de la paroi.

Les galeries, face à face, partent des joues du puits. Le patron m'attend. Mon premier travail : brouetter la marne du fond vers l'ouverture... Avec moi deux piqueurs, des gars d'expérience, et un commis de mon âge qui lui aussi brouette... Les piqueurs, de temps en temps, s'arrêtent pour écouter : une marnière, ça vit. Un coup de piolet dans la couche de silex noir du plafond... La vibration, le son clair ou mat révèle le danger ou rassure... Parfois il est préférable d'attaquer la plaque douteuse plutôt que de lui laisser l'initiative... Je n'ai pas eu d'accident en trente-huit ans de métier.

C'est le patron qui traite avec chaque cultivateur. Le premier travail après contrat est de monter le « gabarit » avec des blocs de marne. Son importance dépend de la commande. On mesure en présence du Maître du lieu.

De la marne, on en trouve partout. Plus on s'éloigne de la mer, des falaises, meilleure elle est. Je me souviens de la première que j'ai creusée. Le patron a choisi dans la plaine un petit dôme, une hauteur, pour éviter que la marnière se trouve noyée les jours de pluie. A la pelle j'ai enlevé la couche de limon... Pas plus de quinze centimètres d'épaisseur... Ma pioche rencontre alors l'argile et le silex rouge... Je mouille ma chemise... Du terrassement... A trois ou quatre mètres une couche dure. Là, j'attaque au pic et je trouve les *ramoneu*, des cailloux mal ajustés où l'air s'infiltre. Il vient de loin, cet air, s'il ne passe pas, la marnière est « poussive », la respiration y sera difficile, ça vous prend aux poumons... Les lampes à acétylène s'éteignent, de même que les bougies. Nous, on préfère les bougies mais si ça souffle fort on en use davantage, une ruine !

Là-haut, au treuil, deux gars surveillent la marne ; toujours deux pour la sécurité. La journée continue. Casse-croûte à midi. Pour le faire glisser, un coup de cidre fourni par le fermier...

Les jours de grandes pluies on ne descendait pas. Ceux du fond ne craignaient rien, mais il n'en était pas de même de ceux du treuil...

La patronne

Une femme doit être solide, avoir de la santé, négliger les rhumes... Ne pas s'écouter... Collaborer avec l'homme à la

441

plaine... Certes, les choses ont bien changé entre ce que ma mère faisait et ce qu'on nous demande...

Levée à cinq heures et demie, dimanche comme semaine, surtout à cause des enfants, j'en ai quatre. Je prépare les biberons puis je passe à la traite des vaches sans déjeuner. La traite à la main exige au moins une heure et demie, le plus souvent à l'étable.

La traite terminée, je dépose les *cannes* (les pots) à la barrière où le camion laitier vient les prendre.

Petit déjeuner avec pain et beurre, et aussitôt après je prends la voiture pour mener les enfants à l'école au *carreau* du village. Ma matinée, je la passe à la maison où je prépare la nourriture pour neuf personnes (famille et personnel).

Naturellement je fais la vaisselle le repas fini.

L'après-midi je rejoins la plaine en tenant compte du travail et de la saison. En mai je sarcle les *bettes*, je vais aux foins, (je tasse les charrettes), j'engrange.

Puis vient le temps de ramasser les patates. Chez nous les patates, c'est la spécialité. Un travail est à peine fini qu'un autre appelle... On n'arrête pas... J'oublie les vaches à remuer, et ce trois fois par jour.

Ne pas oublier de faire boire les veaux à la plaine, quatre fois par jour.

Le repas du soir est à 19 h l'hiver, et 19 h 30 l'été.

Dimanche on sort, on reçoit en famille après la messe paroissiale. On va aussi faire le jardin potager.

Quatre enfants. Ma première ferme à R., près du Havre : 60 ha. Aujourd'hui, à V., nous avons 40 ha mais de meilleure qualité.

Lever à cinq heures et demie en hiver. Cinq heures en été. On déjeune toujours après la traite. Les enfants se préparent, on les conduit au *carreau* à l'école. Dès mon retour je gagne la plaine (sarclage des *bettes*, ramassage des cailloux). A la moisson, je n'ai jamais tassé. On embauche des ouvriers. Près de la grande ville la main-d'œuvre est plus aisée à trouver. Je donne des coups de main à la plaine sauf l'hiver. J'assure la nourriture de neuf personnes chaque jour. A *dizeu*, je porte, comme l'après-midi, la collation. Un point me chagrine, j'ai noté que les hommes refusent de s'en charger, même s'ils passent à la maison. Ils croiraient déchoir. C'est vexant.

Aujourd'hui, dans ma nouvelle ferme, je me lève à 7 heures. La traite est maintenant mécanique mais il reste tout de même à nettoyer la stabulation, la salle de traite. Ça demande beaucoup de soin. Je ramasse les œufs (poules en batterie).

Plus de *dizeu*.

A midi, repas à la maison.

L'après-midi : calibrage des œufs. Jardinage pour moi.

Le bureau : papier, courrier, comptabilité.

Repas du soir à 19 h 30.

Ensuite, une heure de télévision.

Parfois, on discute, mari et femme. On fait le point sur les papiers et les décisions à prendre.

La livraison des « bettes » à la « suque »

La sucrerie se trouve à Nointot, à quatre kilomètres. Charretier, j'attelle le *bannai* de bonne heure : 7 heures au plus tard... Je le charge de *bettes* pour les livrer... On évite d'y joindre trop de terre... Puis je roule... Enfin, moi, je marche à côté de mon cheval.

Arrivé, j'attends mon tour dans la file. On *bavache un p'tieu* avec les autres commis... Puis c'est mon tour.

La pesée... Palabres pour le prix, la qualité, la propreté, le poids de terre à déduire qui enlève un pourcentage... On a toujours l'impression d'être roulé, d'être « à retour ».

Une journée de perdue car on s'en revient tard. Je rentre, le *bannai* fumant : à la *suque*, ils l'ont chargé de pulpe, un déchet après raffinage... Plein d'eau qui goutte sur la route.

Parfois, je me souviens, je rentrais debout dans la pulpe chaude, elle envahissait mes braies et grimpait par le bas du pantalon...

Comment on va « à cailloux »...

A seize ans, je me souviens, le Pé, assis en bout de table, lit et relit sa *politique* (son journal). Parfois, il la replie : c'est pour donner un ordre. Car il sait commander, il est le

443

Maître. Nous les filles, les grandes, corbeilles sous le bras, on gagne les terres qu'il *plouve* ou qu'il vente.

— A c't matin, vô irai à cailloux.

Pas question d'objecter, de discuter un ordre. Chez nous les cailloux montent du sol... J'ai l'impression : plus qu'on en enlève, plus qu'ils viennent... Des silex argileux, gluants, qui collent aux mains. Les corbeilles pleines, lourdes, boueuses, sont traînées jusqu'au chemin en cavée le plus proche. Vidé en tas, ça servira au printemps pour boucher et aplanir les nids-de-poule et consolider le chemin. L'an prochain, il en sera de même à la morte-saison. Un jeu où l'on attrape la mort... Malgré les réserves de notre mère, le Pé maintient :

— *E rin... J'avons fé 14 et n'en somm' pouin mort !* [Ce n'est rien... J'ai fait la guerre de 14 et n'en suis pas mort !]

Int. D. et B. Vattetot.

Une ancienne « siamoisière »

J'entre dans l'*ouvreu,* l'atelier où l'on a dressé le métier. Il est à peine six heures du matin. L'*ouvreu* se trouve en bout de la masure... Pour l'éclairage, quelques *verrines,* glissées dans le torchis entre les colombages de chêne.

Je monte dans le métier, m'assois sur la banquette, et « je marche » : c'est ainsi que l'on dit pour annoncer que l'on travaille. Pour mettre le métier en route, je dois appuyer sur la *marche,* une pédale, tout en tirant de la main gauche la sonnette qui lance la navette.

Huit heures. Temps d'arrêt. Je descends du métier... Je prends dans la cendre chaude mon pot en terre où mijote une soupe de légumes du jardin... Je passe mon doigt dans l'anse et je vais rejoindre les autres dehors.

Tout ça pour nous *dégambiller,* nous dégourdir les *gambes...* Une occasion, en mangeant la soupe, de bavarder un *p'tieu* entre femmes. Le petit journal... Des riens du village... On échange les dernières nouvelles... Au plus loin celles du canton qu'on a ramenées du marché le mardi.

Vite le travail reprend. La récréation est finie... Le tic-tac caractéristique des métiers rythme la journée... Le *carreau* s'est vidé.

Tout cela va durer tard dans la nuit. A l'heure du repas, pour éviter de perdre un temps utile, mon homme prend ma suite et *marche* à ma place... à la lueur, souvent, d'une lampe à huile qui fume... Avec le temps on usera d'une lampe à pétrole... On n'y voit goutte, mais les gestes sont habituels, alors...

5

De quoi vivent
les curés de campagne ?

Sujet tabou, s'il en fut, qu'il faut bien aborder cependant, ne serait-ce que pour informer. Un récent sondage ne révélait-il pas que 21 % des Français sont encore persuadés que le clergé est payé par l'État ?

En réalité (excepté le clergé d'Alsace-Lorraine qui vit depuis le traité de Versailles sous le régime concordataire), chaque diocèse de France a son autonomie de gestion, ses revenus et sa totale indépendance. De ce fait, les situations sont diverses et il est impossible de généraliser.

Certains diocèses ont choisi de mettre en commun les différentes ressources pastorales et de partager entre les prêtres, leur assurant, suivant le cas, un semblant de salaire plus ou moins proche du SMIG.

En pays de Caux c'est chose impossible. La méfiance traditionnelle s'exerce là aussi, comme dans beaucoup d'autres domaines, et les paroissiens entendent soutenir directement leur curé :

— C'est bien pour vous et pour personne d'autre ? précisent-ils.

Si bien qu'en pratique, un prêtre cauchois ne peut rien attendre de l'évêché ni de son évêque sur le plan matériel... « A moins que l'on ne découvre un puits de pétrole dans le jardin de l'évêché », disait avec humour Mgr Martin. D'ailleurs, même dans ce cas, le puits serait propriété de l'État. Or, bien des Français l'oublient, l'Église a été spoliée lors de sa séparation d'avec l'État. Elle ne possède presque

446

plus rien désormais et parvient avec peine à remplir sa mission et à assurer les services indispensables. Le curé paie une location pour une maison qui lui a été volée. Tout cela explique les difficultés chaque jour plus grandes de l'Église de France. Si la pauvreté est une noble vertu, elle ne doit pas être exploitée comme un dû ni confiner à l'injustice.

Le fait est que chez nous, un curé de campagne dépend totalement de ses paroissiens, de ce qu'ils acceptent de lui donner. Le résultat donne les chiffres suivants :

REVENUS ANNUELS

Revenus paroissiaux

Les quêtes du dimanche. Pour trois messes, une moyenne annuelle de 235 F par dimanche. Soit, par an : 12 220 F

Le casuel qui, par souci que tous soient égaux devant Dieu et devant l'autel, représente les offrandes à l'occasion des baptêmes, mariages, inhumations, soit, pour un an :
14 420 F

Notons que dans un même souci de charité on a supprimé la location des bancs et des chaises qui permettait alors de couvrir à peu près les frais généraux des paroisses.

Honoraires de messe

Encore une question délicate. Dans le passé les gens assuraient à cette occasion au curé une offrande pour sa journée. Les vieux Cauchois me disaient alors en me voyant sortir de l'église au petit matin : « Ah, votre journée est gagnée. » Il fut un temps où l'ouvrier agricole recevait 28 sous par jour alors que le prêtre touchait 40 sous d'honoraires.

Aujourd'hui la messe est fixée à 60 F et il n'y a pas de demandes quotidiennes. Cette année, j'ai reçu 67 messes, soit : 4 020 F

DÉPENSES ANNUELLES

Par l'évêché

Dont un remboursement	2 160 F
Mutuelle maladie	7 470 F
Loyer presbytère	805 F
Assurance incendie	1 100 F
Registres catholiques	250 F
Abonnement *Vie Diocésaine*	125 F
Versement pour églises nouvelles	125 F
Secours catholique	1 200 F

Dépenses pastorales

Voiture uniquement pour le service	13 500 F
Assurance tous risques	3 375 F
Catéchisme	3 500 F
Frais bureau et téléphone	2 180 F
Impôts locaux	1 293 F
Assainissement des eaux	448 F
Électricité	880 F

Denier du culte

La dîme d'autrefois a été abrogée par la Révolution. Fixée en principe à 10 % des revenus, elle variait suivant les régions ou les religieux entre 7 % et 12 %.

Tel qu'il existe actuellement, le denier du culte a été institué lors de la Séparation pour permettre au clergé de subsister. Il est laissé à l'appréciation du donneur.

En pays de Caux, si le denier du culte est sollicité par lettre, un tiers à peine des paroissiens répondent. Si l'on visite chaque foyer l'accueil est bien sympathique... Il est dur pourtant d'avoir l'air de mendier son salaire.

Avec une lettre circulaire, j'ai reçu l'an dernier pour plus de 2 000 habitants   18 240 F
On peut y joindre
des dons d'amis   3 580 F

TOTAL   52 480 F   TOTAL   38 411 F
Reste pour le prêtre : 14 069 F

Retraite des vieux prêtres

Depuis quelques années, une retraite est versée aux prêtres ayant atteint soixante-cinq ans. Elle est de 17 648 F par an.

Ce qui ne veut nullement dire qu'il s'agisse d'une somme acquise comme on pourrait logiquement le penser ; en effet, s'il est resté en service, malgré son âge, le prêtre doit reverser cette retraite à la caisse diocésaine. Voilà bien un cas unique : il n'y a aucune situation analogue dans laquelle ce genre de revirement soit exigé !

A soixante-quinze ans, le prêtre est invité à « décrocher », même s'il est encore actif et aimé de ses ouailles. Que peut-il faire alors ? Trouver une famille amie qui l'accueille ou alors s'adresser à « Bonsecours », la terreur des vieux prêtres qui y retrouvent l'ambiance du séminaire, le règlement et une atmosphère difficile à admettre si tard... C'est du moins ce qu'ils craignent tous, bien que l'on dise que le lieu vaut mieux que sa réputation. Mais pourquoi traiter de la sorte ces vieux ouvriers alors que les prêtres font défaut ?

Il faut cependant signaler le gros effort — tardif — accompli par la Mutuelle du Clergé et la CAMAC pour la retraite des vieux prêtres : autrefois, il fallait attendre du médecin la charité, les médicaments restaient à la charge du malade, désormais nous sommes partiellement remboursés, comme tout le monde, mais un prêtre malade ou hospitalisé doit payer son remplaçant et ne bénéficie d'aucune indemnité journalière... Certes, les confrères, conscients du problème, refusent souvent de réclamer leur dû. A charge de revanche.

Le travail des prêtres. Un problème difficile

Si l'on additionne ses revenus, on découvre que le prêtre de campagne n'atteint jamais le SMIG. Alors, doit-il travailler pour vivre ? Les paroissiens ne le souhaitent pas. Autrefois, le curé avait son jardin, ses ruches, mais désormais les jeunes devront trouver un emploi... A une période où le chômage sévit partout dans le pays... Un problème supplémentaire et assez angoissant.

Cette éventualité d'un travail, aucun prêtre n'ose réellement la poser. Est-ce une honte ? Pour moi, ce qui me paraît navrant, c'est de n'avoir pu le faire à cause de règlements désuets... à moins que les chrétiens de France soient si désireux de conserver des prêtres qu'ils proposent une solution. Autrement, la pénurie ira augmentant. Or, qu'on me comprenne, il ne s'agit pas seulement d'avoir de quoi subsister mais surtout de pouvoir remplir la mission qui nous est confiée... Les curés, il est vrai, processionnent mais ne défilent pas. Ils ne sont pas syndiqués, on leur a fait comprendre, comme à d'autres autrefois, que leur devoir est d'être soumis... L'obéissance est une vertu ; le demeure-t-elle quand elle instaure l'injustice et favorise le mépris ? Question aujourd'hui sans réponse...

6

Chronique religieuse en pays de Caux

L'agenda du curé

Septembre

HIER

Le 8 Nativité de la Vierge, patronne de l'église de Vattetot-sous-Beaumont. Ce devrait être jour d'assemblée (église). Fête religieuse et fête païenne réunissent le village car c'est aussi la fête de la Moisson : procession des offrandes et des fruits de la terre, église décorée de gerbes de blé et de lin. A la messe comme aux vêpres, les jeunes filles sont voilées de blanc.

Au cours du mois je vais aller de maison en maison inscrire les enfants au catéchisme et mendier le denier du culte :

— *Ah cha ! si vô v'nez point le tracher...* [Ah ça ! si vous ne venez pas le chercher...] sous entendu, on ne vous le donnera pas !

Le 18 On fête saint Michel mais c'est surtout le jour du renouvellement des baux et le moment où les anciens placent leurs enfants... Une fois qu'on a la ferme, on peut parler mariage. La majorité des noces de

AUJOURD'HUI

Le 8 On a établi un calendrier des activités des cinq paroisses pour que chacune ait une messe au moins une fois par quinzaine. Vattetot, la paroisse mère, demeure favorisée avec une messe chaque dimanche à 11 h 30.

On fixe trois fêtes communes où les cinq paroisses se retrouvent pour une seule messe :

La Moisson,
La messe de Minuit,
La vigile de Pâques.

La paroisse qui reçoit décide du programme : parfois il y a « pain bénit », la procession des offrandes où l'on chante en entier ou partiellement la messe des paysans.

L'église est toujours décorée de gerbes de blé. Il arrive encore que les jeunes enfants portent ce jour-là les costumes normands traditionnels.

Le 18 Saint-Michel : les baux n'influencent plus vraiment les mariages, ils ont lieu tout au long de l'année... même en Carême ! Les dispenses sont plus rares car on va

450

l'année se feront dans ces quelques semaines.

C'est à la Saint-Michel que je reçois les parents, à moins qu'ils se contentent de me dire sur le parvis de l'église :

— *Les jeun' vont v'ni vô vai.* [Les jeunes vont venir vous voir.]

Je les reçois séparément pour l'enquête canonique. L'Eglise fait opposition aux mariages entre cousins germains et « issus de germains ». Si elle est nécessaire, la dispense est toujours accordée et le dernier argument pour obtenir la dispense est : « parce qu'ils s'aiment fortement ».

Dialogue sympathique avec les promis, mais limité à la cérémonie, à la classe de l'office, aux fleurs, aux tapis, aux chants. Les promesses de mariage étant traditionnellement annoncées en chaire, certaines jeunes filles plus timides demandent une dispense de bans alors que d'autres en tirent fierté.

chercher plus loin sa promise. L'endogamie disparaît peu à peu. Il n'y a plus de « classe » pour les cérémonies, ni de tarifs imposés.

Les jeunes viennent ensemble préparer la cérémonie. Le dialogue s'établit plus facilement. Beaucoup sont en ménage depuis plusieurs années et personne ne s'étonne plus si le jour ou le lendemain de la noce, on vous demande « le baptême du petit ». Ce qui n'empêche pas la mariée d'être en blanc...

Octobre

HIER

Mois marial, mois du Rosaire, au cours duquel on ajoute, à Vêpres, un simple cantique depuis longtemps familier et cher à tous. Les fidèles en reprennent le refrain avec enthousiasme.

Ce qui compte plus encore pour les Cauchois, ce sont les fêtes *« des saints de cheu nô »*. Chaque diocèse a les siens : saint Ouen, saint Philibert et saint Romain auquel la légende attribue tant d'exploits...

Pour les Cauchois, l'essentiel sera alors l'hymne que l'on chante à Vêpres pour la circonstance. La

AUJOURD'HUI

451

musique en est ancienne, rythmée, empruntée semble-t-il aux danses du Moyen Age. Ces hymnes sont si connus, si populaires, qu'il suffit aux chantres d'annoncer : « aujourd'hui c'est *primaevos* ou *christe pastorum* » pour que tout le monde suive, y compris les illettrés, l'air stimulant la mémoire d'un latin familier même si on ne le comprend pas.

Un curé gallican me dit un jour, alors que je n'étais qu'un jeune séminariste :

— Plus tard, mon gars, tenez à ces hymnes, défendez-les, c'est la seule chose qui nous reste. Là on est *cheu nô* !

La Saint-Romain est aussi la fête des vocations... Déjà les statistiques ne sont guère encourageantes... Être prêtre relève de l'aventure.

Novembre

HIER

Le 1er, pour le Cauchois, malgré les homélies et les prédications, la Toussaint est considérée comme « la fête des morts ». Depuis les derniers jours d'octobre, on a nettoyé les tombes que l'on visitera le 1er et le 2. C'est aussi ce jour-là que l'on entre traditionnellement en hiver. On allume le poêle, même si le proche été de la Saint-Martin provoque un temps et un ciel acceptables. Les paroissiens sont à la messe en tenues de laine fleurant la naphtaline !

A 15 h, Vêpres dominicales : chapes d'or comme à la messe du jour. Vêpres des morts en ornements noirs.

AUJOURD'HUI

Le 1er, le culte des morts demeure. On a nettoyé les tombes à grande eau. L'assistance est assez fournie. Les familles se retrouvent et je revois mes anciens paroissiens qui pour une raison ou une autre ont quitté la commune.

A 18 h, l'autel est dépouillé de ses fleurs et tout le chœur tendu de deuil.

On revient à l'église pour y chanter le nocturne des matines mais là, l'assistance est réduite : c'est l'heure de la traite des vaches.

Le 2, messe de requiem. Le chœur est au complet, sauf ceux qui travaillent au Havre ou en usine.

Le 11, fête de la Victoire : une messe à 10 h. L'autel est pavoisé aux couleurs nationales. L'instituteur conduit en rangs les enfants qui portent chacun un bouquet destiné aux tombes des anciens combattants.

Sermon sur la paix dans le monde... et dans le village !

Au monument aux morts, après une courte prière, le président des Anciens Combattants lit un discours rédigé par l'instituteur. Silence recueilli, puis on entonne *la Marseillaise* avant le vin d'honneur à la mairie où chaque enfant reçoit un sac de friandises offert par les Anciens Combattants.

L'année liturgique a pris fin. Une nouvelle commence avec les dimanches de l'Avent.

Le 2, jour peu pratique pour les Cauchois. Il semble bien qu'à leurs yeux la veille ait suffi pour penser aux défunts !

Le 11 Trois paroisses où je dis la messe à l'intention des morts de 14-18. Dans l'église sont présents des anciens de toutes les guerres : 39-45, Indochine, Algérie, les anciens prisonniers...

A Rouville-Bernières on alterne : une année sur deux je dis la « messe de la Victoire ».

A 11 h 30 je me retrouve à Vattetot où, depuis plus de quarante ans, je tente de faire passer un peu l'idée de paix et de joie. Les enfants déposeront après l'office un petit bouquet sur les tombes et chanteront *la Marseillaise.*

Décembre

HIER

Le 8 Immaculée Conception. Un unique cantique à la messe pour rappeler la fête alors qu'autrefois c'était jour solennel entre tous.

En pays cauchois, cette fête fut célébrée bien avant Lyon et bien avant que l'Église romaine y songe.

AUJOURD'HUI

Le 8 L'Immaculée Conception, sans être oubliée, a moins d'importance. Le calendrier liturgique est centré sur le Christ.

Les dimanches de l'Avent ont perdu tout caractère pénitentiel. Ce temps est celui de l'espérance.

453

Ce sont les moines de Fécamp qui introduisirent cette dévotion dans leur abbaye... Notons d'ailleurs que toutes les cathédrales normandes sont dédiées à la Vierge sous le vocable de Notre-Dame... Peu féministes de nature, les Normands ont-ils ainsi compensé leurs préjugés ?

Préparation de Noël : Les enfants du catéchisme répètent la pastorale qu'ils donneront durant l'office de nuit.

Les jeunes passent de maison en maison collecter les inscriptions au « pain bénit ».

Je monte la crèche, remplis les lampes à pétrole... une panne de lumière gâcherait la cérémonie.

Le 24 On allume le feu dès le matin pour tiédir l'église. On confesse toute la journée tandis que s'accomplit, minutieux, le repassage des nappes et des linges d'autel.

22 h : début de l'office de nuit. Procession des « civières » : Enfant Jésus, pain bénit. Chant du *Minuit, chrétiens ;* mes paroissiens tirent leur montre pour vérifier si c'est « l'heure exacte ».

Après l'office, je reste à l'église pour célébrer « la messe de l'aurore ». Il y fait froid.

Le 25 10 h : messe du jour de Noël. Chapes de drap d'or. On chante quelques vieux Noëls.

15 h : Vêpres, procession à la crèche illuminée, chant de « l'adeste ».

Le 28 Fête des Saints Innocents. A Rouen, au Moyen Age, on élisait dans la cathédrale comme « évêque d'un jour » un enfant parmi les plus pauvres.

On prépare la fête de Noël : répétitions, programme, invitations plus larges. Je trouve ce que pendant longtemps j'ai cherché, une Eglise différente, moins folklorique, plus proche de l'Évangile.

NOËL : pour comprendre ce qu'est devenue cette fête, il suffit de relire le chapitre de la page 233.

Janvier

HIER

Le 1er 10 h : grand-messe.
— Tu vas à la messe, m'expliquait ma mère, pour souhaiter la bonne année au Bon Dieu !
Après la messe on vient me présenter les vœux :
— Bonne année, bonne santé et le paradis à la fin de vos jours...
Le Cauchois, bon vivant malgré les apparences, ajoute : « Mais on n'est pas pressés », ou, encore, plus elliptique : *« pi qui fô l'di »* [puisqu'il faut le dire.]

Le 6 Épiphanie. On place les Rois Mages dans la crèche. Pour les Cauchois, c'est surtout la fête des Rois : une fête sociale car c'est alors le seul jour de vrai congé pour les ouvriers. D'ailleurs tout le cycle de Noël exalte les pauvres : Saints Innocents à Rouen, Saint-Romain et bientôt la fête de l'Ane où l'on reçoit officiellement l'humble animal à la cathédrale puisqu'il tient un rôle important à la crèche, lors de la fuite en Égypte et à l'entrée triomphale du Christ à Jérusalem.
La veille de l'Épiphanie on prépare le feu qui ressemble à celui de la Saint-Jean. Allumé à la nuit tombante il éclairera jusqu'à l'aube la ronde traditionnelle.
Dans les familles on tire les Rois : « La galette, on s'en souvient... Elle avait un goût de trop peu et d'exception, au point qu'une miette retrouvée quelques jours plus tard, par hasard, entre les verres du placard, deviendra une gourmandise, un délice inavouable. »

Mme P. (une centenaire).

AUJOURD'HUI

Le passé n'est plus ! Le 1er janvier est fête de la Vierge dans le nouveau calendrier romain.

Le 6 Épiphanie.
La fête des Rois a perdu tout caractère social. Il n'y a plus d'ouvriers agricoles. On tire les Rois certes, mais avec des galettes achetées chez le boulanger.

Février

HIER

Le 2 Purification de la Vierge ou fête de la Chandeleur, c'est-à-dire « des Lumières ». A l'église, c'est le jour du pain bénit des Dames, la bénédiction des cierges, la procession aux flambeaux.

Après la messe chacun range soigneusement son cierge dans l'armoire, on l'enveloppe dans une serviette blanche d'où il ne sortira qu'à l'occasion d'un deuil ou d'un orage. On a toujours eu peur de la foudre et depuis l'Antiquité on s'en protégeait en ramassant des « pierres à feu » : tout simplement des haches datant du néolithique. On croyait même que ces pierres étaient le fruit de l'orage. On en trouve en pays de Caux dans le terril du solié et même placées sur le rebord en bois des bâtiments de la cour-masure.

Le 3 Saint-Blaise. Un saint spécialisé dans les maux de gorge.

On bénit deux cierges ce jour-là : en cas d'angine il suffit de les croiser allumés sur la gorge du patient !

Vers le Carême A la fin de février, avec le dimanche de la septuagésime (70 jours avant Pâques) la liturgie s'oriente vers la pénitence. On est en hiver.

AUJOURD'HUI

Le 2 La purification est toujours célébrée mais la Chandeleur n'est plus celle d'avant : pas de pain bénit des Dames, pas de bénédiction des cierges. Cela se fait encore dans d'autres paroisses toutefois mais dans aucune de celles dont j'ai la charge.

Vers le Carême Comme chaque année on annonce le Carême. C'est plus un temps de réflexion que de pénitence. Le jeûne est réduit à deux jours : mercredi des Cendres et vendredi saint. L'abstinence aux vendredi de Carême et mercredi des Cendres.

Les problèmes de chauffage se posent chaque dimanche, pour chaque messe. Dans la majorité des cas, les municipalités ont résolu le problème : un gros poids en moins car sans cela, il me serait bien difficile d'assurer les messes dominicales.

Mars

HIER

Le temps de Carême Il commence le mercredi des Cendres. L'idée de ce jeûne n'est pas chrétienne, elle nous vient, par les Juifs, des Égyptiens à qui l'on doit le meilleur de l'enseignement de Moïse. Toutes les religions qui pratiquent l'*in corpore sano* ont pensé à un jeûne au printemps, quand la nature entière se remet à neuf.

Le Cauchois n'était pas plus porté dans le passé qu'aujourd'hui à ce genre de privations. On n'aime pas gaspiller. D'où cette habitude de consommer toutes les réserves aux jours gras avant de faire pénitence. Il n'existe plus que le mardi gras.

A partir de 1945, la coutume commence à se perdre. Elle n'est plus qu'un souvenir.

« J'ai vu en ce temps-là mon père revenir des champs le ventre vide, les jambes flageolantes. Il n'en pouvait plus. »

Les enfants maintiendront plus longtemps le mardi gras, occasion de courtes vacances et de déguisement avec les frusques tirées des greniers. Désormais ils vont encore de maison en maison mais confondent les chants ; la tradition a perdu son sens : ce qui l'avait fait naître.

Mercredi des Cendres A la messe de 9 h on bénit et réduit en cendres les buis de l'année précédente qu'on impose sur le front des assistants. En retournant à leur place, les enfants commentent et comparent leurs marques...

Aucun mariage n'aura lieu durant le Carême. Si par hasard une dispense est obtenue il n'y aura pas

AUJOURD'HUI

Le mardi gras est mort même si l'on achète des masques au supermarché du canton.

Le Carême est devenu une démarche individuelle que chacun exprime à sa façon. La majorité demeure en marge.

Le mercredi des Cendres n'a plus ni la même affluence ni le même sens. On reporte l'imposition des cendres au dimanche suivant : le premier de Carême.

457

de bénédiction nuptiale... Et le village ensuite comptera sur ses doigts si « par bonheur » ils avaient un prématuré.

Dimanche de la Passion Les statues et les croix des églises sont voilées... sauf à la campagne où l'on ne voile que les croix.

Dimanche des Rameaux Une nouvelle fois les Cauchois vont fêter leurs morts, pour eux c'est la Toussaint de printemps et on nettoie à nouveau les tombes pour les fleurir.

Ce jour aussi, bénédiction du buis qui décore, à la procession, la croix hosannière, signal pour les assistants d'aller planter le buis sur leurs tombes. Temps de pagaille dans la procession puis les chants reprennent, et l'on se dirige vers l'église.

La deuxième messe est l'office de la Passion. Longue lecture du récit avant le sermon... une lecture en latin.

De retour à la maison, le Cauchois va ramener du buis pour chaque pièce de la maison... une branchette sera mise aussi aux étables, parfois même dans la voiture. Coutume confuse où la foi se mêle à la superstition.

Aux Vêpres, à 15 h, on aperçoit comme à la Toussaint des familles venues « par devoir envers leurs morts ».

Dimanche de la Passion La liturgie l'a supprimé, ajoutant un cinquième dimanche au Carême.

Dimanche des Rameaux Les trois paroisses où je dois célébrer m'obligent à réduire le temps consacré à chaque messe. Simple bénédiction des Rameaux, ailleurs il y aura « célébration » par les laïcs chrétiens.

La lecture de la Passion est dialoguée en français, entre l'Église et l'assistance.

Pas de procession au cimetière avant la messe.

Pas de Vêpres l'après-midi.

Mais pourtant l'assistance reste nombreuse. L'ambiance, très différente, est appréciée par la majorité comme un renouveau, un regain de vitalité, même si quelques-uns se sentent un peu perdus par les réformes imposées :

— On n'y comprend plus rien depuis qu'on parle français...

Avril

HIER

La semaine sainte Les vacances scolaires libèrent les enfants qui viennent répéter les cérémonies chaque jour. Le catéchisme est très actif en cette période.

Jeudi saint On quitte pour cette solennité le violet pour prendre le blanc. Rien de particulier sauf qu'au moment du *Gloria* le clergeot agite le carillon posé près de lui (c'est le départ des cloches vers Rome, disent les gens).

A la consécration, on prend de grandes hosties, une pour le jour, l'autre qui sera mise en réserve pour l'office des présanctifiés qui aura lieu le lendemain vendredi saint.

Dans l'église dépouillée, un autel est richement décoré : c'est la réserve où l'on déposera l'hostie pour le lendemain.

20 h 30, c'est l'heure sainte où l'on se réunit pour méditer sur la Passion du Christ. L'église est pleine à cette heure où le travail est fini.

Vendredi saint On commence par l'adoration de la Croix. Je me déchausse pour les trois génuflexions qui me rapprochent de la Croix. Autrefois, toute l'assistance devait ainsi se déchausser, occasion d'indiscipline qui troublait, on s'en doute, l'office. Seul le prêtre se déchausse.

Puis, commence la messe des présanctifiés. On va chercher l'hostie mise en réserve la veille. Pas de consécration.

La cérémonie terminée, on dépouille les autels.

15 h. Le chemin de Croix attire peu de monde.

AUJOURD'HUI

La semaine sainte Ça y est, la réforme est faite ! Les cérémonies du matin sont reportées au soir. Un bouleversement plus ou moins bien accueilli. Les rites comme les textes lus en français retrouvent leur sens.

Pendant toute la semaine : réunion des enfants quand les vacances scolaires le permettent... elles ne coïncident plus avec les fêtes religieuses.

Le soir, à partir du jeudi, la messe est célébrée dans un service qui permet à la plupart des gens de faire leurs Pâques.

Pour la fête des présanctifiés on ne consacre plus deux hosties ; plus de reposoir non plus.

Le samedi saint est une occasion pour les communautés de se retrouver dans l'église de l'une d'elle.

Là, l'esprit nouveau se manifeste, plus riche, plus actuel. On n'y vit pas le passé mais le présent et une présence... Un temps de foi.

459

Au temps de mon enfance, l'église était pleine et parfois même les sirènes des usines marquaient l'heure elles aussi.

20 h 30. Nouvelle réunion à l'église où l'on peut dire que toutes les familles sont représentées.

Samedi saint Grand office. Bénédiction du feu nouveau : on allume le grand cierge pascal marqué des cinq clous d'encens avec le trident (trois cierges tressés) qui évoque la Trinité. Longue préface pour bénir le cierge qui rappelle le Christ Lumière du monde.

Et c'est la messe de l'Alléluia qui se termine par un Magnificat. Encensement de l'autel et grand bruit au bas de l'église où l'on remplit d'eau bénite près des fonts baptismaux des bouteilles que l'on plonge dans le grand baquet amené par Georges, le sacristain.

Ce samedi, les enfants, et autrefois le bedeau, allaient quêter des œufs de ferme en ferme.

Jour de Pâques Je suis au confessional dès 7 h 30. En ce temps-là les gens communiaient une ou deux fois l'an... Un écrivain du coin affirmait que les rouges ne communiaient qu'une fois, les blancs deux fois !

On ne communiera pas à la grand-messe qui garde son caractère de spectacle. Alors, les confessions finies, je sors le ciboire du tabernacle et donne la communion. Je compte et observe pour savoir s'il y a « des retours », c'est-à-dire des gens qui ont vécu dans l'indifférence et qui reviennent à cette occasion. Les statistiques paroissiales l'exigent.

10 h. Grand-messe. Foule des grands jours. A la fin de la cérémonie, selon la tradition rouennaise,

Jour de Pâques On communie à toutes les grands-messes. Faire ses Pâques n'a plus le même sens.

Du passé demeure la bénédiction des petits enfants, toutefois, au lieu de médailles, je donne depuis quelques années des œufs en chocolat...

c'est la bénédiction des petits enfants à qui je donne une image ou
une médaille... Les gens discutent
mezzo voce :
— *Son bésot é ti seulement ba-
tisé ?* [son enfant est-il seulement
baptisé ?]
Pour moi tous les enfants sont
enfants de Dieu !
15 h. Procession aux fonts baptismaux selon la tradition rouennaise.
Il faut dire que pour Rouen,
Pâques est aussi la fête de Baptême.
Toute la semaine de Pâques, à la
cathédrale, on retourne « en pèlerinage » à la source : les fonts
baptismaux. Rite de *cheu nô* et on y
tient !

Pas de Vêpres. Le rite rouennais,
là aussi, a disparu.

Lundi de Pâques 7 h 30. Messe
des « pascalins ». Je me retrouve
d'abord au confessionnal : des gens
guère pratiquants qui se sont tenus
en dehors des fêtes et ont même
négligé le jour de Pâques et qui
veulent rester fidèles à un vœu
ancien ou à une promesse faite à
une mère au dernier moment...

Les « pascalins » n'existent plus.
Il n'y a plus de communion hors de
la messe.

Semaine de Pâques Je prends
quelques jours de vacances. La longueur du bréviaire est réduite, c'est
pour nous inciter au repos. Enfin,
on respire un peu...

Semaine de Pâques Jour de *retraite* pour les futur communiants.
Tous les enfants doivent participer
à l'une des cérémonies et se retrouvent pour vivre ensemble une journée entière. Ils viennent des cinq
paroisses.

Communion aux malades Elle
peut être portée, comme dans
l'Église primitive, par des laïcs. Il
ne s'agit pas de suppléer au manque
de prêtres mais de donner aux
baptisés l'occasion de tenir leur rôle
et leur place dans la communauté.

Mai

HIER

La dévotion mariale envahit le cycle liturgique. Le mariage, sans être interdit, paraît inconvenant et certains affirment :
— *Cha ne li portra pouin chance !* [Ça ne lui portera pas bonheur !]

Les Rogations Fête païenne christianisée où l'on prie pour les moissons et les récoltes en général.

De bonne heure, rendez-vous à l'église d'où l'on part en procession, bannières en tête, le chœur précédant le curé et l'assistance suivant derrière en chantant des litanies.

Au temps de ma mère, on allait d'une paroisse à l'autre. On se croisait en route. Les processions se guettaient, se jugeaient... Un coup d'œil aux montres pour savoir qui s'était levé le plus tôt ; on comptait les participants. Le chant s'amplifiait, histoire de prouver : *cheu nô on chant'fort*, et tout cela à coups de *te rogamus* perdus dans le vent !

A mon arrivée, la procession se faisait dans le village. L'itinéraire changeait chaque jour afin que tous reçoivent les bénédictions. En bons Cauchois, certains ne venaient que lorsque leurs terres étaient visitées.

Le rite peu à peu s'est réduit à une simple procession à l'intérieur de l'église.

Ascension Grand-messe. Le cierge pascal est allumé. L'Évangile annonce le départ du Christ vers son Père... J'éteins le cierge.

Ce jour-là, dans les maisons, on mangera du veau pour être fort pour la moisson. Un peu moins de monde à la messe à cause de la

AUJOURD'HUI

Les Rogations Elles peuvent se célébrer en un jour choisi par la communauté et non plus lié aux jours qui précèdent l'Ascension. Disons que chez nous, c'est la fête de la moisson et du travail qui en tient lieu.

Ascension Elle reste fixée au jour encore férié. Sera-t-elle reportée au dimanche suivant ? A savoir !

On mange encore ce jour-là du veau dans certaines familles. Tous ne vivent pas au même rythme. Ce qui est encore vrai pour les uns paraît désuet à d'autres.

bénédiction de la mer à Yport...
Soyons sans crainte, le Cauchois
prudent n'embarque pas !

Pentecôte Le cierge pascal est allumé à nouveau, le temps du
Saint-Esprit commence.

Trinité A Vattetot, malgré la liturgie, c'est la fête du « Pé éternel », allusion à une statue qui
trône dans la nef et qui fut victime
d'un sacrilège au siècle dernier.

Jeudi de la Fête-Dieu Elle tombe
le jour de l'Assemblée. Dehors, les
forains ont monté leurs manèges et
leurs baraques. Accord aimable
entre le curé et les forains pour
éviter trop de bruits pendant l'office.
Dans mon enfance, toutes les
chapes étaient sorties et c'était la
procession. En tête, bannières,
grandes croix, enfants de chœur,
chantres, dais porté par quatre
hommes au-dessus du prêtre tenant
l'ostensoir. Sur le sol, tapis de
fleurs. Les jeunes filles sont voilées.
A chaque reposoir (autel improvisé chargé de fleurs, de chandeliers aux bougies allumées), tout le
monde fait une station : encensement, bénédiction pendant que la
fanfare joue avec enthousiasme :
— As-tu vu la casquette du père
Bugeaud ?
Sur les murs des maisons, des
draps tendus, piqués de roses rouges ou de branches de bruyère.

Dimanche du Sacré-Cœur Huit
jours plus tard. Cette fois, le *carreau* est libre. La procession pourra
sortir. On n'ira pas trop loin.
Un reposoir est prévu dans la
cour du presbytère, sous le marronnier.

Pentecôte Le jour garde son caractère solennel. L'assitance y est celle
d'une fête ordinaire.

Trinité A Vattetot, j'y fais allusion
au Père Éternel.

Fête-Dieu Simple messe basse.

463

Des petits enfants jettent par poignées des pétales de fleurs sur le passage de l'ostensoir... souvenirs d'hier...

Juin

HIER

Les communions A Vattetot où les familles sont nombreuses, pour trois cents habitants je compte cinq à six communiants par an. Pour donner plus d'ampleur à la cérémonie, j'y fais participer les enfants du catéchisme, concevant la cérémonie comme un cheminement où chaque année trouve sa place.

Seuls les communiants et les renouvelants assistent cependant aux trois jours de retraite. C'est un temps de réflexion et de méditation.

Pour la cérémonie on choisit les chants déjà familiers à tous.

Les parents des communiants vont en effet inviter de la famille pour ce jour solennel et il faudra aménager l'église en conséquence.

La cérémonie a lieu de préférence en semaine, et un samedi pour ne pas faire perdre un jour de travail aux ouvriers.

La messe a lieu à 10 h.

On va chercher les communiants au presbytère d'où ils processionnent sur le *carreau* pour gagner l'église. Les familles sont dans les bancs. Dans le chœur, les chantres et la chorale.

15 h 30. Vêpres... que l'on retarde pour ne pas écourter le repas de midi.

AUJOURD'HUI

Les communions divisent les communautés paroissiales. Certaines souhaitent les voir supprimées, d'autres les souhaitent mieux adaptées au temps d'aujourd'hui.

Cette politique d'accueil et de progrès connaît bien des échecs.

En pratique, le mercredi qui précède la cérémonie, retraite le matin pour les enfants et aussi le samedi matin précédant la cérémonie.

15 h 30 : cérémonie où les enfants renouvellent les promesses du baptême. Il arrive qu'au cours de la cérémonie il y ait le baptême d'un enfant d'âge scolaire qui communiera pour la circonstance.

*Messe d'action de grâces le lende-
main* Tout mon petit monde est
au rendez-vous, les parents accompagnent. Les traits sont tirés. Le
repas du soir le plus souvent se
prolonge tard dans la nuit.

La messe d'action de grâces est
reportée huit jours plus tard.

Juillet

HIER

Sur mon agenda ce mois-là, plus
de catéchisme. Ce qui ne veut pas
dire que je suis en vacances. Je fais
des visites. Je lis beaucoup.

Aux offices apparaissent les
premiers vacanciers. Pourtant à
cette époque il n'y a encore que très
peu de « résidences ».
Le 14 Pour l'anniversaire de mon
baptême je dis une messe basse.
Chaque dimanche on respecte
encore et on chante Vêpres à 15 h.
Il n'y a guère de changement
dans l'assistance car les enfants
vont souvent en vacances chez une
parente qui habite le même village.
Ils changent uniquement de lit, le
dimanche, je les retrouve donc facilement.

AUJOURD'HUI

Je respire car le catéchisme est
fini. Je vais pouvoir me mettre « au
vert » et me refaire un peu. La
lecture me passionne tout autant
que par le passé.
Le temps des résidences et des
vacanciers commence. Les offices
sont marqués par leur présence.
L'assistance s'en trouve plus étof-
fée. Entre les messes, je m'attarde
sur le parvis. Mon petit monde
s'élargit.

Août

HIER

Messe et Vêpres chaque dimanche.

Le 15 Fête de l'Assomption de la
Vierge. C'est un temps de joie.
Travail dans la plaine et moisson.

AUJOURD'HUI

Le 15 Fête de l'Assomption. Plus
de Vêpres, donc plus de procession
du vœu de Louis XIII.

Fête du pain bénit des jeunes filles. Elles y assistent voilées de blanc.

A Vêpres, procession du vœu de Louis XIII qui consacra la France à Marie.

Le Cauchois a du mal à tenir en place, c'est pourquoi il préfère les processions aux offices.

Un cantique à la messe marque cette journée et en rappelle le sens.

Malgré les apparences, le renouveau n'est pas un simple feu follet. J'ai dit et je crois que le réveil approche... et certains sceptiques s'en étonneront.

7

Chronique agricole en pays cauchois

L'agenda du fermier

Septembre

HIER | AUJOURD'HUI

Ouverture de la chasse

Le droit de chasse est réservé aux propriétaires et à leurs amis. Les fermiers n'auront que la peine : les terres piétinées et la charge du dîner.

Tous les hommes sont en battues, fusil à l'épaule. Ce sont maintenant les fermiers qui invitent leurs amis.

Labours d'automne

Le premier labour se fait au *rivet*, la pointe de la charrue, la « foreuse » épargne la terre qu'elle ne pénètre que de trois à cinq centimètres.

On laboure avec les machines de 50 CV, mais on évite de défoncer pour déchausser, on agit en douceur, comme autrefois.

Ramassage des pommes
Le cidre

L'*homanai* les gaule avec un *raquet*, puis on les met en tas au pied de l'arbre où elles achèvent de mûrir.

On ramasse les pommes dont on a besoin. On laisse pourrir le reste.

Le cidre est fait au pressoir à vis.

Le cidre va à la presse, mais les vacanciers friands d'authenticité, redemandent « du cidre de pressoir ».

Octobre

HIER   AUJOURD'HUI

Le colza

On plante les pousses obtenues en pépinière.

Le blé

Il doit être semé avant le 10 du mois.

Betteraves sucrières

Arrachage à la main. Travail pénible car si la terre est mouillée on patauge dans la boue et l'humidité, et si le temps est sec, il faut tirer fort pour avoir la plante et les reins en prennent un coup.

Pesée géométrique.
Planning d'arrachage réalisé scientifiquement par la raffinerie et ses experts. Ils déterminent la valeur sucrière, le tonnage et offrent un forfait.

Livraison à la « Suque »

Les charretiers amènent leurs *bannais* débordants à la sucrerie. Une journée perdue, car on doit attendre. Pesée, palabres pour les prix, qualité, propreté, poids de la terre à déduire.

On s'en retourne avec des charrettes fumantes de pulpe qui goutte tout au long de la route.

La pulpe servira de nourriture d'appoint pour les bêtes.

Les camions viennent prendre la betterave en bordure de champ.

La raffinerie remet la pulpe en plaques à 20 % ou en bouchons que l'on conserve en silo. La pulpe sert toujours de nourriture d'appoint.

Betteraves fourragères

On les arrache après la « suque » et tout doit être terminé pour la Toussaint.

Elles seront ensilées soit dans la cour soit à la plaine.

Le maïs

Une vache en consomme 30 kg par jour. Il représente désormais les deux tiers du fourrage d'hiver.

C'est une culture récente, implantée entre les années 60 et 65.

Novembre

HIER   AUJOURD'HUI

Le cidre

On brasse les pommes le soir, après avoir monté le moyeu et les marcs sur la *faisselle*.

On fait du *gros* cidre pur et de la *besson* du second, tiré du marc mouillé.

Le bétail

On rentre les vaches à l'étable. Elles sortent dans la journée et mangent les marcs de pomme... pas trop car elles risquent d'enfler et il faut alors leur donner à boire de l'huile d'olive pour les purger.

Le marnage

Assolement traditionnel dont les conquérants romains déjà s'étaient étonnés. La marne allège les sols lourds en coagulant les argiles, elle décompose le fumier. Elle est partout dans le pays, dépôts de fonds marins surgis à l'ère secondaire, sur plus de cent mètres d'épaisseur.

Labours

C'est la fin des labours :
« A la Saint-André,
Charrue doit rentrer... »

469

Décembre

HIER	AUJOURD'HUI
Travaux à la ferme puisque ce mois la terre hiberne. On entretient les bâtiments. On fait les fagots. Préparation des *feurres* pour réparer les chaumes. Litières et traite des vaches. Le fumier n'est jamais vendu, il sert sur les terres. Dépoussiérage du blé.	L'entretien des bâtiments est coûteux, pas assez moderne. La cour-masure est vendue au fermier qui, acculé, accepte : il se sentira plus chez lui... lui-même tente de moderniser, ouvre des fenêtres, parfois même détruit le fossé... Les colombages se transforment en bois de chauffage... Le manque de trésorerie exige d'aller par étapes et l'ensemble architectural perd son unité...

Janvier

HIER	AUJOURD'HUI
Repos forcé de la terre et des hommes. C'est le mois où commence le chômage des journaliers. A la moindre éclaircie, on va « à cailloux ».	On achète au supermarché. Dans la pièce de la cour-masure réservée au bureau, on discute les cours des céréales. On suppute sur les décisions de Paris ou de Bruxelles. On ne va plus « à cailloux ».

Février

HIER	AUJOURD'HUI
Mêmes occupations qu'en janvier. — *Aveuc c'temps queu volai-vô qu'on fache ?* [Avec ce temps que voulez-vous qu'on fasse ?]	Conflit de générations autour des « vacances de neige ». Journées de formation et de recyclage. Engrais sur le sol gelé. Vaccins des bêtes contre la brucellose et la tuberculose.

Mars

HIER

« La terre est devenue amoureuse », dit-on.
On sème l'avoine.
A la première embellie les vaches sortent de l'étable, surtout si la « soudure » alimentaire est difficile.

AUJOURD'HUI

Gros semis d'engrais.
Labours.
Pour remplacer le soja d'importation, trop coûteux, on fait des pois oléagineux.

Avril

HIER

On sème les betteraves.
On fait les avoines et le trèfle.
Le lin : on n'en sème que tous les sept ou huit ans au même endroit car il use beaucoup la terre.
On herse et on roule les pousses de blé soulevées par le gel pour qu'elles s'enracinent à nouveau.

AUJOURD'HUI

Ensemencement : pois, lin, betteraves, pommes de terre.
Engrais racinaires et feuilleux.
Mise à l'herbage du bétail qui ainsi dépose de l'engrais sur la terre.

Mai

HIER

On nettoie les récoltes. Le fermier fait appel à un « maître de chantier » qui amène ses hommes et traite avec eux.
Sarclage des betteraves.
Echardonnage des blés.
Les vaches sont mises au tière dans le trèfle, on les déplace jusqu'à cinq fois par jour.

AUJOURD'HUI

Faute de main-d'œuvre suffisante, on fait appel à des artisans entrepreneurs.
Les grandes fermes s'équipent en matériel.
Coopératives et industries achètent sur pied lin et betteraves.
Les fermiers plus modestes se regroupent pour faire face aux frais.

Juin

HIER

Temps du potager. On prépare les conserves pour l'hiver. Autant dans les fermes que chez les ouvriers. Les légumes comptent beaucoup dans l'alimentation.

On fait le seigle. Sa paille donnera les *lians* et les *torquettes* pour le chaume.

Mêlés aux grains de blé, les grains de seigle donneront une farine complète, un pain nourrissant, un peu gris.

A la fin du mois, c'est la fenaison. Le foin deviendra la nourriture principale des bêtes.

AUJOURD'HUI

Le seigle.

Moins de potagers bien qu'il en reste encore.

Les foins sont moins abondants qu'autrefois parce qu'on lui préfère le maïs, le ray gras plus sûrs comme récolte.

Ou alors la pulpe comme aliment d'appoint et qui est déjà traitée.

Juillet

HIER

On ramasse le colza : le pied est scié et le grain battu et récupéré sur la toile à cossar. Vendu, on en extrait l'huile. Il sert aussi à nourrir les bêtes.

Le *rafti* (la paille) servira pour allumer les feux et lier les *feurres.*

Arrachage du lin. Peignage ensuite pour vendre le grain à l'usine qui en fera de l'huile.

AUJOURD'HUI

Avec les moissonneuses-batteuses, la récolte se fait en peu de temps.

Plus de sacs pour le grain : les chariots le mènent en vrac au silo où il est aspiré par des pompes géantes.

Août

HIER

Les *aoûteux* arrivaient pour les moissons, sur un chariot, en soufflant dans une conque marine.

AUJOURD'HUI

Plus d'*aoûteux*, plus de fêtes !

On parle maintenant de presses si puissantes qu'elles pourront faire

Les fêtes se succèdent : la *pluaisai* le premier soir, la soirée de clôture : le *kaodai*[1].

La fenaison finie, on attaque donc les céréales nobles. Le Maître écoute son blé, à l'oreille il sait s'il est prêt.

Passent les glaneuses.

des balles rectangulaires de 400 à 500 kilos.

De cette manière elles seront parfaitement adaptées au transport en camion.

---

1. Fin de moisson.

8

Réflexions sur le parler cauchois

Les patois fixent dans le temps et l'espace l'évolution de notre langue. Ils ne sont donc pas une déformation du français d'aujourd'hui mais constituent autant d'étapes : dans chaque région du pays, à partir de l'argot des troupes romaines ou du vocabulaire de nos différents envahisseurs, ils ont évolué. Désormais, ces « parlers » nous apparaissent, d'une province à l'autre, comme des langues différentes. C'est que le « parler », par définition, n'est pas écrit, rien ne le fixe, il vit. Pas d'Académie pour décider d'un terme, aucune référence officielle pour freiner une évolution permanente. Seul le marché du canton a pu dans ce domaine jouer un certain rôle de fixation : il faut bien s'entendre avec ceux que l'on fréquente, avec lesquels on commerce.

On ne saurait généraliser sans nuance, cependant on peut avancer sans se tromper que tous les mots des patois ont été utilisés en France à une époque ou à une autre. Il est d'ailleurs remarquable que la connaissance du patois aide à lire nos auteurs du XIIIe au XVIe siècle... Corneille lui-même ne gagne-t-il pas à être lu avec l'accent du pays de Caux ?

Dans le même esprit, Demonge prit un jour dans sa bibliothèque la version originale de *la Chanson de Roland* et me la lut avec l'accent cauchois : sans traduction, je m'aperçus que le texte était clair pour une oreille habituée au parler de chez nous. De la même manière, j'écoutais encore récemment ce parler canadien utilisé par les anciens de l'Isle aux Couldres, sur le Saint-Laurent. Il ressemble à

474

celui que l'on parlait au XVIe siècle dans la région de Dieppe. Le patois cauchois, qui nous intéresse, découle dans son évolution du picard, le parler de la Bresle : un temps, un lieu.

Si l'on ne parle plus les patois cauchois, nombreux sont encore ceux qui les entendent. De temps en temps, un mot échappe, au marché, dans un café, à la table familiale, à moins que ce ne soit dans le cercle plus complice des femmes, lorsqu'elles sont à la maternité. Le mot en question s'accompagne alors d'un sourire, comme s'il représentait un interdit que l'on s'autorise avec plaisir et malice, mais furtivement.

A mon arrivée, il y a quarante ans, le patois était encore le langage courant de la moitié des villageois et tous avaient conservé l'accent. Pour moi qui venait d'une ville de la Côte, ce fut une source de difficultés, car mon patois s'apparentait plus au « purin » de Rouen, mélange du patois rural et de l'argot des quais : celui des *carabots*. Nous nommions ce mélange « le Casimir » où les « â » étaient si gras que, plus tard, il arriva que l'on me prît pour un gars de la banlieue parisienne.

L'accent persiste. Il marque encore la fin des mots du vocabulaire. Avec les échanges de plus en plus nombreux au niveau du travail, des communications et des loisirs, il s'effacera lui aussi...

Pourtant, c'est au moment où l'on annonce sa disparition que le patois suscite un amour qui lui redonne vie. Depuis quelques années, les conteurs parcourent le pays, animent des veillées. Des pièces paysannes qui avaient connu un succès sous l'occupation sont reprises, c'est « le théâtre aux champs ». On réédite des lexiques, on publie de nouveaux glossaires, on se penche sur le problème de la grammaire pour fixer autant la langue que la prononciation[1]. Est-ce la « rembellie » avant la mort ? Fleurissent même des puristes pour proclamer que ce n'est pas ainsi que l'on dit ou que l'on écrit...

---

[1]. *Le patois cauchois,* par Mensire, Editions Le Courrier cauchois, Yvetôt. Nouvelle édition 1987.
Mémento du patois normand, par A.G. de Fresnay, Editions Le Courrier cauchois, Yvetôt, et Gérard Monfort, Brionne. 330 pages. Nouvelle édition 1987.

Aujourd'hui, si l'on faisait le point, il faudrait admettre qu'une langue, quelle qu'elle soit, qui ne se parle plus perd de son vocabulaire. En quarante ans de paroisse, je n'ai entendu qu'une seule fois d'une façon naturelle et spontanée le mot *doulaiser* : je me reposais sur mon lit et la femme de ménage, me voyant ainsi, remarqua :

— *M'sieur l'cuai qui s'doulaise !* [Monsieur le curé qui se repose !]

Dans ce mot, il y a plus que reposer, s'y ajoute une certaine idée de bien-être, de nirvana, de sentiment d'aise et même... de paresse.

L'ACCENT ET LE DIRE

Est-ce le climat, une méfiance ou une réserve naturelle, une forme instinctive de timidité, en tout cas le Cauchois n'aime pas dire, et quand il dit, il donne l'impression de retenir sa parole ; il faut « suer sa pièce » avant de la donner. Cela explique l'importance des silences et aussi la manière dont la fin des mots semble se perdre dans la brume au point qu'elle devienne difficile à entendre.

De plus, l'accent n'est pas le même de canton à canton, de vallée à vallée, de village à village, comme pour le vocabulaire.

Quelques règles élémentaires

— Le « Ch » se prononce « K »
   ex. : un chien se dit un *quin* ;
      un chat se dit un *ka*.
— Le « R » à l'intérieur du mot ou à la fin est presque toujours gommé
   ex. : un laboureur devient *laboueu* ;
      une charrue devient *kahue*.

Origine de cette façon de s'exprimer

Terre d'invasions, le pays de Caux a vu les Latins, les Barbares, les Normands et les Anglais. Il est malaisé, dans ces conditions historiques, de préciser l'origine étymologique des mots. Par exemple « Cat » (le chat) vient-il de *cattus* (latin) ou a-t-il été imposé ou simplement confirmé lors de l'occupation anglaise ?

Ajoutons que le latin comme l'anglais étaient parlés par des mercenaires et constituaient plutôt l'argot de troupes. Au temps de la décadence de l'Empire romain, le recrutement était assuré parmi les gens des « limes », des « horsains », des mercenaires. Impossible donc de tirer des conclusions sérieuses et étayées à ce propos.

La même difficulté se retrouve lorsque l'on veut préciser l'origine toponymique des lieux-dits ou des noms de villages. La sagesse, là encore, commande une grande réserve.

Je précise donc que le cauchois phonétique que je transcris ici est celui, en pleine évolution, que j'ai vécu et entendu moi-même.

On peut dire en tout cas que l'industrialisation, la mécanisation ont été fatales à la tradition d'un vocabulaire technique comme à celui des us et coutumes. Plus de cérémonial des moissons, plus de « Maît Alloueu » ni « pluaisai » (fête du début de la moisson) ni de « parseille » (fête de clôture nommée ailleurs le « kaodai » (caudé). Notons encore que certains disent « parsée » et non « parseille ». Tout un monde disparu.

Grammaire du dialecte cauchois

(extrait d'un travail en cours)

Singulier et pluriel

eun' pyaou	une peau	lé pyâ	les peaux
eun vyaou	un veau	lé vyâ	les veaux
eun syaou	un seau	lé syâ	les seaux

Je lis dans une remarque, p. 11 du *Précis sur le dialecte cauchois*, que le « in » se prononce beaucoup plus fermé qu'en français. Les auteurs énumèrent quatre réalisations du son « in ».

a) *in* ouvert bref :

 ex. : eun pîn un pain
   lâ fîn   la faim
   pîn   point

b) *in* fermé bref : (mâchoires très serrées) *in* devient alors « é » :

 ex. : é lapé un lapin
   é maté un matin
   dy vé   du vin

c) *in* ouvert long : légèrement diphtongué lorsqu'il est suivi d'une consonne nasale :

 ex. : la kraêm (la krîn:m) la crème
   z'aê m'   (j'in:m)   j'aime
   z' aé'mo (j'in:mon) nous aimons

d) *in* fermé long :

 ex. : la min'tyé (la mê'tj') la moitié
   la vin'tu   (la vé'ty) la voiture

Exemple de conjugaison : le verbe avoir.

	Présent	Imparfait	Futur
ou	j'é	j'avé	j'ée
	j'on	j'avyon	j'éon
	t'â	t'avé	t'ea
	il a	il avé	il éa
	al' a	al avé	al éa
	no'a	no avé	no éa
	vô é	vô avyé	vô ée
	iz'on	iz avé	iz éon
	ez'on	ez avé	ez éon

Mots d'origine normande dans le vocabulaire français

Sur un millier de mots d'origine dialectale cités, quarante-quatre seraient d'origine normande. Or sur ce total, on en trouve dix-sept concernant la navigation et la pêche : ex. : amer - bouée - dalle - étrille - falaise - godille - harpon - homard - houle - jusant - mouette - quai - quille - renflouer - salicoque - suroît - valleuse.

D'un si petit nombre de mots, on ne peut rien conclure sinon souligner l'importance des termes « de mer » ne concernant que la côte.

Les autres mots, comme acre - mare - flaque - bidon, concernent le travail aux champs. J'en ai noté une dizaine.

Je n'en trouve qu'un en revanche qui exprime un sentiment : câlin.

On le sait, les mots qui restent sont toujours ceux dont on use le plus. Le Cauchois se manifeste là aussi dans ses choix : homme du plateau, s'il accepte d'aller à la *rocaille*, il aspire rarement à s'embarquer. Quant aux sentiments, il évite de les révéler.

9

L'habitat cauchois

LES MATÉRIAUX

Le sol cauchois détermine l'habitat. Le matériau qu'offre en quantité ce plateau du secondaire est la marne. Friable, elle n'est que rarement utilisée pour des bâtiments à étages. Quant à la pierre, elle est exceptionnelle (une petite carrière, près de Vattetot, Petroval, est aujourd'hui épuisée). Alors que reste-t-il ?

L'argile : Indispensable pour confectionner le torchis, elle donne aussi, une fois cuite au bois, la brique rose. A partir du XIXᵉ siècle, cuite au charbon, elle fournira la brique industrielle.

Le silex : Noir, il affleure en couches régulières dans la marne. Une fois taillé, il sert à orner les façades des manoirs et les *sannes* des masures. Blanc ou rouge, on le trouve dans la couche argileuse au-dessous du limon de surface.

Le bois : La forêt couvrant autrefois le Plateau le fournissait. Il y avait surtout des chênes mais aussi des châtaigniers qui préservaient les charpentes et les plafonds des araignées.

Le grès : On en trouve un peu partout dans le nord du pays cauchois et en « îlots » dans le reste du pays.

MASURES ET MANOIRS

Pour construire en pierre dans le pays il faut donc importer ce matériau des carrières de Caumont (près de Rouen)

480

ou des environs de Caen. La nécessité de l'extraction et du transport rend ce choix onéreux. La pierre se trouve donc naturellement réservée aux demeures seigneuriales.

Pour réduire ces frais, l'usage est de réserver la pierre pour les encadrements de fenêtres et de portes. Sur les façades, on les place en alternance, en les « stratigraphiant » avec des rangées de briques et de silex noir que les marins de Pollet (près de Dieppe) taillent en hiver. En jouant sur les couleurs et les arrangements géométriques, on obtient des façades en damier. C'est ainsi que le style si particulier est né des contraintes économiques.

En pays de Caux, « réussir » c'est posséder une maison à étage ou comme on dit « une maison avec queu chos' dessus ». Suivant les moyens, cette ambition donne lieu à trois genres de manoirs à étage.

a) Une construction entièrement de pierre.

b) Un rez-de-chaussée en pierre surmonté d'une masure simple faite de colombages.

c) Un rez-de chaussée et un premier étage à colombages et, entre les pièces de bois, du torchis ou des briques roses.

TOITURES ET COUVERTURES

Tuiles cuites : Elles ornent les toitures des riches demeures car elles exigent une forte charpente, donc beaucoup de bois. On les trouve surtout dans les manoirs et châteaux.

Ardoise : Les toits d'ardoise deviennent nombreux avant la première guerre. Légère, l'ardoise demande moins de bois pour la charpente, de plus, grâce à elle, l'eau de pluie peut être récupérée au lieu de se perdre au larmier... Ainsi naît la citerne.

La paille (le chaume) : C'est un produit à la portée de tous. La toiture est relativement facile à entretenir si l'on dispose d'une main-d'œuvre suffisante. Les risques de propagation d'incendie obligent à disperser les bâtiments. C'est ce qui donne à la cour-masure de la ferme classique cauchoise son aspect caractéristique. Le chaume a cependant été considéré pendant des siècles comme un toit de pauvre. Les choses ont changé récemment, avec les nouvelles résidences que couronnent des roseaux importés d'abord de Tancarville (Seine-Maritime) et maintenant de Camargue.

L'HABITAT DISPERSÉ — LES COURS-MASURES

Les villages cauchois sont construits soit en étoile, soit le long d'une route. Dans le premier cas, l'agglomération possède un *carreau*, un centre. Dans le second cas, elle s'allonge de chaque côté du chemin d'essartage, à travers la forêt (comme c'est souvent le cas aujourd'hui en Amérique du Sud).

En pays de Caux, les cours-masures sont généralement situées en plaine ; elles s'entourent d'un îlot de verdure. Pourquoi ? C'est qu'elles datent pour la plupart du siècle dernier. Or, à leur retour d'émigration, les seigneurs, appauvris, se tournèrent vers l'industrie, la « finance » ou la politique, par conséquent vers les villes où leur ancien pied-à-terre devint logement principal. Du même coup la demeure des ancêtres ne fut plus pour eux qu'une résidence secondaire et l'imposante exploitation agricole flanquant le château fut confiée à la gestion du fermier.

Lorsqu'un châtelain mariait un enfant, il lui attribuait une part du domaine et des bâtiments : c'est ainsi que la « maison de chasse » devenait souvent la « maison du puîné ». Désormais, le fermier va procéder de cette manière pour ses propres enfants, distribuant, avec l'accord du propriétaire, les terrains à exploiter... à moins que ne se présente une autre éventualité : le mariage doté. Ainsi s'annonçait pour le fermier une promotion fondamentale, ce paysan discret, patient, finaud, devint en esprit « le maître » et réalisera son rêve à la génération suivante. Ainsi ai-je retrouvé parmi mes paroissiens nombre des personnages qui peuplent l'œuvre de Flaubert et celle de Maupassant.

Placer sa maison au beau milieu des terres, c'est à l'évidence vouloir vivre en autarcie : « être maître chez soi ». C'est le tempérament même du Cauchois. Il faut ajouter que le manque d'eau oblige chacun à posséder une mare sur ses terres. Si l'on souhaite que les eaux de ruissellement la remplisse sans querelles ni litiges avec les voisins, le mieux est en effet de la placer au centre des terres. L'habitat se disposera tout naturellement autour de ce point d'eau. La cour-masure correspondait pour la surface à un dixième des terres exploitées.

LE FOSSÉ

Dans le passé lointain, les fermes étaient fortifiées. La clôture qui les protégeait était de pierre, de silex ou de brique.

Peu à peu ces murs tombèrent en ruine, faute d'entretien, dans une campagne délaissée à cause des guerres et des épidémies. Les refaire tels qu'ils étaient eût été trop coûteux. On se contenta d'élever des montées de terre, les « fossés », qui furent le plus souvent dressés sur l'emplacement même des anciens murs et sur les « chicots » de leurs fondations.

Suivant le droit coutumier normand, un fossé ne doit pas s'élever « à plus d'un jet de pelle », c'est-à-dire 1,80 m environ.

Outre le fait qu'il borne la demeure du maître, le fossé empêche les animaux de sortir de la cour et les protège des bêtes errantes. Au XIXe siècle, les loups n'étaient pas rares.

Digue de terre droite comme un sillon, le fossé enferme la cour-masure dans un carré ou un rectangle parfait.

Pour le monter, on creuse d'abord une fosse de 30 centimètres de profondeur et de 2 mètres de large. On conserve soigneusement la terre ainsi enlevée.

C'est avec des mottes de terre et d'herbe prises en plaine que l'on comble et dresse ensuite le fossé ; ce terreau est plus gras et s'agglomère plus aisément. Au-dessus du niveau du sol, on continue à l'entasser jusqu'à une hauteur de 1,70 mètre en lui donnant la forme d'un trapèze. On recouvre le tout avec la première terre conservée qui constitue une chape de 10 à 20 centimètres d'épaisseur. L'ensemble est ensuite semé soit de navets, soit de poireaux qui resserrent la terre et la maintiendront en place dans sa forme trapézoïdale. La tradition veut que ces plantations soient le bien de ceux qui ont accompli ce long travail (il dure deux ans).

Une fois passé ce délai, on plante en quinconce et sur deux rangées des arbres. Autrefois, c'était surtout des chênes mais désormais on choisit plutôt le peuplier, l'orme et le châtaignier qui poussent plus vite.

Ces rideaux d'arbres sont indispensables depuis l'essartage pour faire obstacle au vent et protéger aussi bien les toitures (surtout celles en chaume) que les pommiers.

Il arrive qu'en plus des deux rangées surmontant le haut du fossé, on plante deux autres rangées d'arbres à l'extérieur, au niveau du sol, et une à l'intérieur de la cour.

La répartition des bâtiments de la cour-masure

Il n'existe pas une disposition type des bâtiments en pays cauchois. L'autarcie, l'esprit individualiste jouent cependant toujours. La place des différents services varie selon chaque ferme.

Nous reproduisons le plan d'une ferme moyenne de 30 hectares.

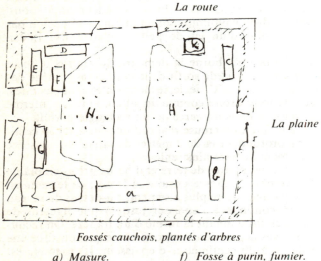

Fossés cauchois, plantés d'arbres

a) *Masure.*
b) *Cellier.*
c) *Bergerie.*
d) *Chartrie.*
e) *Étable.*
f) *Fosse à purin, fumier.*
g) *Écurie.*
h) *Pommiers.*
i) *Mare.*
k) *Four.*

484

La masure

Construite sur le même type que les autres bâtiments de la cour, la maison se distinguait par ses fenêtres et sa cheminée, par sa façade exposée de préférence au sud et son emplacement privilégié facilitant la surveillance de la ferme et l'éloignant des odeurs de la bergerie.

La construction de la masure

Témoignage de Maurice et Jean Thuillier

— Mon nom vient de nos ancêtres qui cuisaient des tuiles au XVIᵉ siècle, après la guerre de Cent Ans. Ils habitaient le village proche, à Saint-Maclou-la-Brière. Notre oncle l'abbé a réussi à établir notre arbre généalogique. Il est remonté jusqu'en 1655. Notre nom vient de là, tout simplement. Et puis, évolution, en quittant Saint-Maclou, voilà que les ancêtres sont devenus charpentiers. On a toujours été de la partie...

En 1730 nous étions déjà à Bernières, au hameau des Portes.

[...] Scieur de long, mon grand-père, en 1900, monte une scie à ruban entraînée par une locomotive à vapeur ! Plus tard, il s'équipe d'un moteur Bernard, à essence.

[...] Aujourd'hui, on ne se contente plus d'entretenir, on veut du neuf. Ils viennent me dire : « Faites-moi une masure. » Ils ne veulent que du chêne. Quand ils en parlent ils en ont plein la bouche ! De l'or, je vous dis, de l'or pour eux ! Ils n'imaginent rien d'autre !

[...] Le bois du Nord que j'achète n'est pas plus cher. J'ai des stocks dans ma cour. Du bois qui a six mois. Avec huit mois, un an, il est prêt à être travaillé.

[...] On taille les colombages dans les grandes sections. Vous faites des assemblages. Soyez sûr que ce n'est pas sec dedans, mais il n'y a plus de flotte. Les assemblages ne jouent pas.

— Au cœur du bois, intervient Maurice, ce n'est jamais sec. Tenez, pour faire le berceau de mon gars, j'ai usé d'un réemploi, des poutrelles de trois cents ans ! Eh bien ! les coupes ont travaillé ! En grande section, le bois n'est jamais sec. Les anciens travaillaient le bois vert, on l'oublie !

485

— Ce que cherchent les gens de la ville, reprend Jean Thuillier, c'est du « vieux ». J'utilise les techniques anciennes : la bisague pour les mortaises. N'empêche, le bois demeure neuf, alors la dame me dit :

« C'est bien mais c'est neuf.

« Allumez du feu je lui dis, chauffage central et cheminée, et vous verrez ! »

Quinze jours plus tard ils m'abordent, tout heureux :

« Le bois s'est fait... Il a vieilli... »

En vérité, sous l'effet du feu, le bois a éclaté, s'est fendu. Que demander de plus ? La maison pour eux avait pris de l'âge !

Leur goût, leur amour si sympathique pour l'ancien les amènent à demander des détails, des adaptations utiles, mais que nos anciens auraient condamnés... Doubler les colombages à l'intérieur, les laisser visibles, autant d'exigences qu'auraient refusées nos aînés qui, eux, faisaient tout pour *mucher* les colombages puisqu'ils étaient signes « de misère et de pauvreté ».

Plan de la masure

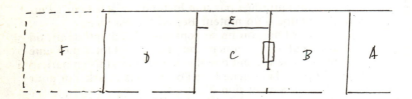

Répartition des pièces dans la masure traditionnelle.

A. Chambre supplémentaire ou cellier.
B. Chambre des « anciens », chauffée.
C. Salle de séjour : la « maison ».
D. Chambre des parents.
E. Cambrette : la laiterie où se trouvent les terrines à écrémer.
F. « Ouvreu » atelier à siamoisier, souvent devenu la chambre des enfants.

La salle de séjour se nomme en cauchois la « maison ». C'était la seule pièce chauffée dans le passé (C sur le plan).

La « chambre des anciens » (les grands-parents). Dos à l'âtre, elle était la pièce la moins froide après la « maison » (B sur le plan).

La chambre des parents (D sur le plan).

La chambre des enfants (F sur le plan).

La *cambrette* ou laiterie. Dans le passé on y écrémait le lait dans des terrines de terre. Plus tard, ce fut avec l'écrémeuse. Aujourd'hui, le lait part pour l'usine. Libérée de son rôle initial, la *cambrette* se transforme en cuisine moderne, comme la « maison » devient salle de séjour et l'âtre est remis en honneur.

Présentation de la masure.
a) Le toit : — le faîtage
— le larmier.
b) Les portes — une par pièce. Il n'existe pas de couloir pour passer de l'une à l'autre.
c) La sanne.
d) Les colombages.
e) Les poteaux s'appuient sur une pierre pour éviter l'humidité du sol et supportent les poutres sur lesquelles sont posées les solives.
f) Portes à deux battants : le bas fermé empêche la volaille d'entrer et celui du haut permet l'aération de la pièce.
g) Le nid-de-geai et l'escalier de meunier pour accéder au « solié » (le grenier).
h) Escalier de meunier.

487

La remise d'autrefois, qui abritait la carriole, souvent située à proximité de la masure, est devenue garage.

Éléments caractéristiques de la construction

La charpente : Une masure, c'est du préfabriqué. On la dessine à l'atelier. Il y a un prémontage pour ajuster toutes les pièces. Puis on décheville et on recheville.

Les têtes des grosses solives qui percent en hauteur la façade, les sommiers, sont ou sculptés, ou simplement arrondis à l'extérieur.

Des piliers et poteaux de bois partagent la façade, marquant le passage d'une pièce à l'autre. Ils reposent sur un socle de pierre ou de brique qui évite l'humidité.

Un muret de 50 à 60 centimètres posé sur des grès ou des pierres de récupération formant fondation : la *sanne*, soutient les fenêtres. La *sanne* est le plus souvent en silex noir ou blanc.

Les colombages : Considérés par certains comme un élément de décoration, ils étayent en réalité les poteaux et confortent la solidité de l'ensemble.

L'Esseintage : Les puristes le condamnent. Le Cauchois le considère comme indispensable pour protéger le mur nord de la masure des intempéries. L'esseintage peut être constitué de bois ou d'une couverture d'ardoise.

Les portes de la masure sont à deux battants superposés. De la sorte, le haut peut rester ouvert tandis qu'on laisse les fenêtres fermées. Raison : il n'est pas facile de s'asseoir autour de la longue table lorsqu'elles sont ouvertes. Pour éviter le froid et les courants d'air, les portes sont souvent pourvues d'un abat-vent.

Le cache-moineau ou « chasse-moineau » est une pièce de bois fermant la base de la toiture sous le larmier pour empêcher que les oiseaux ne détériorent la charpente.

Le nid-de-geai : C'est une avancée du toit dont le but est de couvrir l'escalier de meunier et la réserve de bois que l'on range au-dessous. Il se nomme aussi « queue-de-vaque » ou « queue-de-geai ». Pour réaliser cette pièce on pousse plus loin les sablières que l'on rejoint au faîtage pour former une avancée, sur le côté de la masure, qui sert d'abri.

Le solié, le grenier de la masure, servait, du moins autrefois, à mettre le grain ou les pommes. Son sol se nomme *terril.* Il est constitué de terre et de paille, très épais, il protège le rez-de-chaussée et empêche la propagation d'un incendie ou au moins le retarde et permet de « sauver les meubles ». De plus, il a un effet thermique contre le froid... Dans la pratique, je ne m'en suis jamais rendu compte au presbytère où cependant le grenier avait son *terril.*

L'escalier de meunier : Une masure n'a pas d'escalier intérieur. De même que, pour aller d'une pièce à l'autre l'on doit, dans la masure traditionnelle, sortir dehors. Pas de couloir. De même, pour gagner le *solié,* il est indispensable de gagner le bout de la maison par l'extérieur.

Technique du chaume

1. *Le matériau :*

La meilleure paille est celle dite « en pinceau », non battue au fléau et grugée sur un chevalet, un *bourri,* ou simplement sur une barrique. Le fléau, trop violent, risque de briser la paille... A moins qu'on ne frappe que l'épi en gardant intact le chalumeau. Il faut user d'un peigne aux pointes de bois disposées en quinconce, ne laisser nul grain qui attire la vermine et nuit à la durée du toit. Un bon « glu » fait quatre pieds trois pouces (environ 1 mètre 35). Il doit être étroit, sans poussière ni « liseret ».

La silice contenue dans la paille assure la résistance. La paille noircit, mais ne pourrit pas. L'avantage de cette toiture légère c'est qu'elle offre un grand *solié* dans les combles de la maison. La pente du toit, comme nous le savons, est d'équerre à 45 ou 60°.

Le chaumier commence par poser les gaulettes de noisetier, il clayonne la surface en liant des « torquettes ». Parfois il doit les assouplir en les piétinant. L'épaisseur de la couverture est de 40 centimètres (au-dessous de cette épaisseur, le fermier ne payerait pas le prix convenu).

Pente et épaisseur garantissent l'étanchéité. L'eau coule sans pénétrer.

2. La pose du chaume :

Le chaumier travaille par « court ». Une bande partant du larmier de la base du toit et allant jusqu'au faîtage. Chaque « court » est large de 50 centimètres. Arrivé au sommet, la paille s'oppose, se croise, avec celle montant de l'autre versant.

On pose en épi vers le haut. La poignée à cet endroit, on le comprend, est moins épaisse. A la seconde rangée dans le court, à mi-pente, les javelles se superposent sur un tiers environ. En jouant de l'épaisseur côté épi, on parvient à égaliser l'ensemble en maintenant partout la même épaisseur. Avec une « batte »[1] on tasse et on égalise après avoir maintenu le tout très serré tout au long du travail. Ensuite, muni de cisailles, il reste à couper les brins qui dépassent et à donner à l'ensemble sa forme.

3. Le faîtage :

Les épis croisés rabattus forment le « coupet » de la toiture, un « paillasson de faîtage ».

Actuellement on propose pour maintenir le faîtage des tuiles rondes dites hollandaises. La tradition est autre : on prépare de l'argile très épaisse en grande quantité. Répandue sur le haut, tout du long, elle maintient la paille, la lie, réalise une sorte de torchis. Le but est de maintenir le tout contre le vent. L'argile garde une certaine humidité qui évite que l'ensemble ne se craquèle. Une plantation d'iris surmonte le tout selon la technique utilisée pour la construction des fossés. Ce n'est donc pas dans un but décoratif mais parce que ces fleurs augmentent l'humidité et « serrent » l'argile.

Toutefois, le faîtage devra être refait avant que la toiture entière n'ait souffert. Autrefois, un impôt de faîtage était perçu, ce qui explique qu'on ne le refasse qu'en dernière nécessité ou qu'on « le prolonge »...

Une fois le chaume entièrement posé et le faîtage terminé, on arrache la mousse qui risquerait d'attaquer la toiture, on peigne l'ensemble pour le présenter. C'est l'occasion d'une petite fête. On accroche un bouquet à la cheminée... aujourd'hui on y met un drapeau... et le tout s'arrose.

Même cérémonie joyeuse pour la fin de la charpente.

---

1. Sorte de planche longue de 40 cm, large de 10.

Jean Thuillier me rappelle qu'il y avait « la cheville d'honneur ». Sur un plat décoré de copeaux, le charpentier apportait la dernière cheville à poser. L'honneur en revenait à la maîtresse. Tout était prêt et sans imprévu, d'un coup de marteau elle plaçait la cheville généralement sculptée au couteau. Un verre saluait cette opération... « Longue vie à cette toiture » qui tiendra plus de vingt ans si elle est en paille... et trente si elle est faite de roseaux...

10

Sacristie d'hier

La réforme liturgique vécue depuis quarante ans a relégué à la sacristie des ornements, des objets du culte qui ne servent plus. Or, l'inventaire s'impose si l'on veut comprendre les allusions du *Horsain*.

La contre-réforme a réduit la messe à un spectacle auquel on assiste, où l'officiant tourne le dos aux fidèles : le célébrant, en tête de son peuple, est face à face avec le Seigneur. Personne n'était jugé digne à part lui de s'approcher de l'autel. Les barrières étaient là pour le rappeler. A chacun son parvis, comme au temple de Jérusalem, face à un Dieu « en vitrine ».

L'AUTEL

Sur l'autel préparé pour la messe :

Les Canons : Trois cadres enluminés, calligraphiés, où le prêtre retrouve les prières principales, communes à chaque messe, et qui sont tirées du Canon de Pie V. Ce sont en quelque sorte les aide-mémoire. Le Canon de gauche, côté Évangile, contient le texte du Prologue de saint Jean : « *In principio erat verbum...* » Ce texte, dans l'esprit populaire, garde un effet magique, devient « pentacle ». Au temps où les manuscrits étaient onéreux, il n'était guère possible aux petites gens de posséder une bible ; aussi se contentait-on alors d'une page et, de préférence, on choisissait ce texte de saint Jean.

A propos de ce texte, une autre remarque : lorsqu'on

492

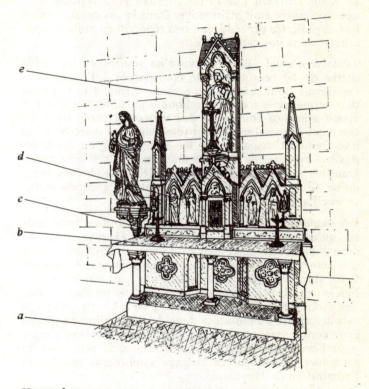

Un autel
a) Les marches.
b) La table d'autel.
c) Le gradin qui supporte les chandeliers (ou torchères) qui encadrent le tabernacle où l'on garde les hosties consacrées.
d) Le retable, peint ou sculpté : fond de l'autel.
e) La statue du saint auquel est dédié cet autel.

voulait connaître l'avenir, le *berquier* ou « sage » introduisait une clé dans le missel à la page de cet Évangile. La tête de la clé devait rester à l'extérieur du livre. Pour maintenir le tout fermé, on serrait avec un ruban, une ficelle ou n'importe quel autre lien puis on récitait le texte par cœur et lorsqu'on arrivait à la phrase : « *et verbum caro factum est* », on affirmait que la clé tournait si la réponse à la question posée était affirmative. Dans le cas contraire rien ne bougeait. Ce procédé était très répandu en milieu populaire et dans nos campagnes.

La table d'autel : Elle comporte en son milieu une dalle carrée de 60 centimètres de côté percée à l'avant dans l'épaisseur pour ménager une cache étroite : le tombeau dans lequel était scellée la relique d'un saint. On disait la messe ainsi, se souvenant des offices célébrés dans les catacombes romaines sur les tombeaux des martyrs. C'est une tradition discutée par les historiens : en effet, les Apôtres célébraient dans les maisons où ils étaient reçus. Dans les catacombes, du moins au début du christianisme, on ne disait que les messes d'inhumation... C'est du moins ce que j'ai appris à Rome.

Les chandeliers : Posés sur les gradins, ils sont au nombre de six qu'on allume tous pour la messe chantée. Pour les messes basses on se contente de deux. Si l'évêque célèbre une messe principale, on en ajoute un septième. Interprété, l'utile donne naissance au symbolisme : les offices avaient lieu le soir, ils exigeaient un luminaire, des torches (au lieu de chandelier on disait « torchère »). Or le Christ a dit : « Je suis la lumière du monde .» Ainsi le cierge allumé exprime cette vérité. Symbolisme aussi du nombre : les sept cierges pour l'évêque indiquent la perfection et la plénitude du sacerdoce. C'est tout ce langage symbolique qui faisait l'admiration de Huysmans.

Les cierges liturgiques devaient obligatoirement contenir au moins 30 % de cire d'abeille.

Le tabernacle : Au centre de l'autel, entre les chandeliers, il se dresse comme « la tente de Dieu » (latin : *tabernaculum*). La présence du Christ était signifiée par le « conopée », tissu qui habillait et couvrait le tabernacle de bois ou de

Le calice — *La messe est un « repas sacré ». Le calice est la « timbale ».*
La patène — *Assiette métallique sur laquelle on dépose l'hostie et qui couvre le calice.*

Un ciboire (de cibus : *nourriture). Vase sacré qui contient la réserve d'hosties. C'est le ciboire que l'on met et garde dans le tabernacle.*

pierre. Le « conopée » a la forme d'une tente. Plus tard, une veilleuse allumée en permanence devant le tabernacle a dispensé en pratique du conopée.

La chaire : Elle a souvent disparu et là où elle demeure, elle n'est plus utilisée. Les sonorisations permettent d'être entendu de partout, de plus, le prêtre désormais ne domine plus, il ne joue plus le « maître chez lui », comme le fermier d'autrefois ; il préfère demeurer au milieu de ses ouailles.

Les objets du culte et leurs fonctions. « A cinq ans, je suis entré au chœur de ma paroisse. Tous mes frères y étaient déjà. Bien que le *ravisé,* ma mère voulut que je rejoigne mon père qui avait sa stalle comme chantre. Le dimanche et aux fêtes, je portais la soutanelle rouge que mes sœurs avaient rafistolée (elle était si délavée qu'elle tirait sur l'orange), la cotta de dentelle un peu longue, en « mucher »... J'ai maintenant dépassé les soixante-dix ans... Comptez, ça fait plus de soixante ans que je suis au chœur, que j'y chante... Tenir, tout est là ! » Charles Doudement, cultivateur retraité.

Tabouret de chantre : Il y en a trois à la barrière du chœur, occupés chaque dimanche par des hommes en soutane, surplis portant chapes de la couleur de l'ornement du prêtre. Ces sièges inutilisés désormais, disparaissent lentement de l'église. On les retrouve chez les antiquaires.

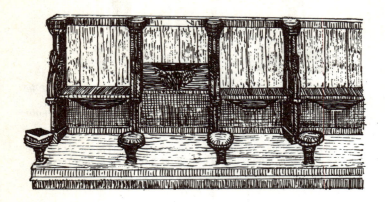

Les stalles adossées aux murs permettent aux fidèles du chœur de se tenir debout (deuxième stalle en partant de la gauche) lorsque la « miséricorde » est relevée et de s'asseoir lorsqu'elle est abaissée (stalles 1, 3 et 4).

Organiste : Ne généralisons pas ! C'était une chance pour ma paroisse car le mien était d'une famille paysanne. Malgré cela, jeune, il avait fréquenté la maîtrise Saint-Évode, une école datant du Moyen Age, créée à l'ombre de la cathédrale de Rouen. Il avait eu là-bas des maîtres compétents. Malgré la sympathie qu'il éprouvait pour son église de village, il l'appréciait davantage lorsqu'un office, par son ordonnance et sa pompe, lui rappelait le *« Christus vincit »* résonnant sous les voûtes de sa cathédrale... Il ne refusait pas de jouer des chants français, mais revenait de préférence au grégorien. Parfois même, complice des autres chantres, il reprenait les vieux thèmes de plain-chant. Ça, c'était de l'ancien ! En bon Cauchois, il aimait les fêtes et,

le jour où les cérémonies du samedi saint retrouvèrent leur lustre, il eut ce mot :
— Voyez-vous, Noël c'est beau mais trop folklore. Il me semble que ça (la liturgie du samedi saint), c'est religieux... (entendez : « sérieux »).

Les servants acolytes : Leur mission est de servir la messe, de répondre aux prières, de dialoguer avec l'officiant, de changer le missel : côté droit pour l'épître, côté gauche pour l'Évangile, verser les burettes et les présenter à l'offertoire.

Le plus souvent les burettes sont au « lavabo », un creux dans le mur, qui offre une possibilité d'évacuer l'eau.

Pour essuyer les mains du prêtre après le lavabo, on lui présente un petit linge plissé appelé « manuterge ».

Jusqu'à la fin de la dernière guerre, c'était le servant qui tenait un plateau sous le menton des gens qui se présentaient à la communion.

Thuriféraire : Sa fonction : allumer l'encensoir, le préparer à la sacristie, le présenter au prêtre durant les offices et, dans certains cas, encenser le prêtre et les assistants.

Un encensoir sert à brûler l'encens et s'ouvre au moyen de chaînes que manie le thuriféraire.

La navette : Du latin *navis* (caravelle), c'est un récipient qui contient l'encens et que présente l'enfant de chœur, souvent un très jeune, qui fait ainsi « la navette » d'un endroit à l'autre durant l'office.

Céroféraires : Au nombre de quatre ordinairement, ce sont les porte-cierge qui encadrent l'autel au moment de la consécration et parfois aux bénédictions du Saint Sacrement. C'est une fonction réservée aux jeunes.

Bénitier et goupillon : Au début de la messe, c'est l'*Asperges me...* Le bénitier est de moins en moins utilisé.

Seau pour l'eau bénite ; le goupillon.
L'eau est un rappel du baptême.

L'ostensoir : C'est une monstrance qui avait autrefois la forme d'un reliquaire dans lequel on plaçait une hostie consacrée. Puis, au siècle de Louis XIV, il prit la forme d'un soleil, confusion caractéristique en ce temps de la contre-réforme où la royauté et l'Église sont assimilées. Dieu est alors représenté à l'image du... Roi-Soleil !

Depuis que la messe se dit face au peuple et qu'elle est redevenue, suivant le désir du Christ, un repas plus qu'un spectacle, l'ostensoir n'est plus guère utilisé.

Ostensoir ou « soleil ».
Pour porter le Saint Sacrement, l'hostie consacrée, lors d'une procession. On dit aussi « monstrance », car il sert à présenter le Très Saint Sacrement, lors d'un salut par exemple.
Autrefois l'ostensoir avait la forme d'un reliquaire. Depuis la contre-réforme et surtout depuis Louis XIV, la confusion entre le roi et Dieu, la religion et l'État a certainement influencé la création de l'ostensoir rayonnant comme une « gloire ».

Le dais : Un baldaquin portable couvre l'officiant durant la procession du Très Saint Sacrement. Quatre hommes le maintiennent par des hampes de bois. Être choisi pour tenir le dais était considéré comme un honneur réservé le plus souvent aux personnalités locales : châtelain, maire, président de la fabrique ou du Conseil paroissial.

Objets du culte pour la semaine sainte :
a) La crécelle : remplace les cloches qui ne sonnent pas pendant la semaine sainte. Les clergeots parcouraient le village en actionnant cet instrument.
b) La Sainte Réserve : elle est aujourd'hui remplacée par le ciboire.
c) La fourche à trois cierges tressés ensemble, symbole de la Trinité, n'existe plus.
d) Les ampoules des saintes huiles : huile des catéchumènes, pour le baptême. Huile des infirmes utilisée pour le sacrement des malades. Saint Chrême, huile de consécration qui sert à la fois au baptême, à la confirmation, à l'ordination, aux consécrations des autels, des églises, des

Au centre : *La navette : contient la réserve d'encens. Sa forme évoque la caravelle* (navis) ; *elle explique l'origine du mot. Autre explication : on dit du clergeot qui porte l'encens « Il fait la navette » car il va de l'un à l'autre thuriféraire pour offrir l'encens.*

A gauche : *Ampoule en métal argenté qui contient les saintes huiles consacrées chaque année le jeudi saint à la messe chrismale par l'évêque. Il existe trois ampoules :*
— *O.S.* (Oleum sanctum) *Huile des catéchumènes (ceux qui se préparent au baptême).*
— *O.I.* (Oleum infirmorum) *Huile destinée aux onctions sur les malades lors de l'administration de l'extrême-onction.*
— *S.C.* (Sanctum chrisma) *Le Saint Chrême, en paroisse cette huile de consécration est utilisée spécialement lors du baptême.*

A droite : *Coquille qui est utilisée pour l'ablution dans un baptême.*

pierres d'autel et des cloches. Ces trois huiles sont bénites par l'évêque le jeudi saint et distribuées dans les paroisses. Dans ce domaine il y a peu de changement à noter.

Ornements et meubles de sacristie : Le chasublier contient dans ses tiroirs les chasubles mises à plat rangées par couleur. C'est sur le chasublier que le sacristain prépare l'ornement du jour. Il y a aussi le chapier où sont rangées les chapes, à cheval sur des barres de bois ou accrochées à de larges portemanteaux.

Croix de fête de la Moisson.
Recourant toujours à ce qui est proche, on utilise la paille pour la décoration. On la cueille encore verte pour la tresser et faire, « en blé », des ostensoirs, des bougeoirs ou des croix... La coutume revient actuellement.

11

Glossaire

A

ACRE Surface de 68 à 75 centiares. Elle correspond en gros au travail qu'un ouvrier peut accomplir en une matinée, disait-on.

AGUIGNETTES Tartelettes traditionnelles.

ALLOUEU Ouvrier saisonnier embauché par le maître de chantier, en particulier pour les moissons (cinq semaines environ).

AOÛTEUX Synonyme du précédent, mais il inclut en plus le chef de chantier et désigne surtout des ouvriers venus d'autres villages.

APPETTE « Je l'appette » : j'ai faim.

ARAQUER Tirer une carriole de la boue.

ARÊCHES Déchets de lin après teillage. Ils servaient à se chauffer aux temps des restrictions. Depuis on en fait des panneaux encollés : le panolin.

ATTELÉE Indique le temps nécessaire pour labourer une acre. L'acre varie suivant les régions.

ATTIGNOLE Pâté fait avec des restes de charcuterie. C'est un mets de pauvre.

ATTISÉE Bois prêt à être allumé dans l'âtre.

ATTLURE Attelage.

AVONCÉ Avoir trop mangé.

501

B

BABEURRE   Bas beurre. On dit aussi « lait de beurre ».

BACU   Barre de bois qui bat le cul des chevaux.

BANNAI   Charrette.

BANNETTE   Corbeille à pain.

BASTIALE   Vieille mécanique hors d'usage.

BATMA   Bergeronnette.

BATTE   Outil servant à battre le blé.

BATTEU   Ouvrier de battage.

BATTIÈRE   Lieu de la grange où l'on bat le grain au fléau entre les culas.

BATTOIR   Partie de la mécanique où le blé se trouve battu.

BAYER   « Bayer un bannai » : vider une charrette. Désigne aussi l'accident qui fait verser une carriole et son chargement.

BEAUTEMPS   « Un beautemps » : un optimiste.

BÊCHE   Désigne le louchet.

BENNE   Sillon laissé par un cultivateur pour y planter des légumes, en échange d'une corvée faite par un ouvrier ou un voisin.

BÉQUEMIETTE   Qui n'a pas d'appétit, ce qui est péjoratif puisqu'il faut avoir une bonne fourchette pour être fort et travailleur.

BÈRE   Cidre au deuxième tiré.

BERQUIER   Berger./Sorcier, guérisseur.

BÉSOT   Mot familier qui désigne en pays cauchois un jeune enfant, un peu gâté. Au féminin, on dit moins souvent la « bésotte ». On préfère dire « la p'tite gâtée ».

BICHE (la)   Surnom donné à un homme qui marche et parle très lentement.

BINGARDER   Régler la position d'une charrue et déterminer la profondeur du labour.

BISAGUE   Instrument de charpentier, très ancien mais encore utilisé dans nos villages. L'instrument est constitué d'une longue tige d'acier d'une longueur de 1,80 m (hauteur d'homme) qui se termine à un bout en forme de

502

ciseau à bois, le diamètre de la tige est de 3 cm. L'autre extrémité de l'outil, en talon d'âne, sert à débourrer la mortaise creusée avec le ciseau des copeaux et de la sciure humide...

BLÉ   Suivi d'une précision, il désigne comment ou pourquoi il est semé : blé-pati, blé-jachère, blé de trèfle, etc.

BLÉRI   Un champ de blé, la moisson coupée, avant d'être à nouveau labouré. On glane dans le bléri.

BOER   Bagarreur.

BOISSEAU   Mesure pour le lin : un carré de quarante pas.

BOISSETTE   Petit bois pour allumer le feu.

BOQUÉ   Pomme au goût acide.

BOUDI   Courbatu.

BOUILLIR   Autrefois le fermier avait le droit de faire appel au « bouilleur » pour faire son alcool de cidre (calva) sans payer de droit si la quantité était limitée. Ce privilège a été supprimé.

BOURRI   Mur porteur formant une séparation intérieure. Également synonyme d'âne.

BOUTIÈRE   Bande de terre en bout de champ ménagée pour pouvoir tourner la charrue.

BUHOT   Corne portée à la ceinture, ou posée aux « mancherons » de la charrue et dans laquelle on met les outils, mais aussi, dit-on, les collets pour braconner dans la sente.

C

CACHE-MONNAIE   Courtier envoyé par les meuniers pour aller de ferme en ferme.

CACHEU   Étymologiquement : celui qui chasse. 1) désigne le cacheu de vache : vacher. 2) le tisserand ; le siamoisier qui chasse la navette... d'un coup de sonnette. 3) chasseur.

CALBAODE   Grand feu fait de bois sec ou de fagots.

CAMBRETTE   Pièce étroite de la cour-masure servant de laiterie.

CANI   Moisi en parlant du bois. Au figuré, désigne quelqu'un qui vieillit.

CANIPETTE   Surnom donné à un homme qui se vantait de faire de bonnes affaires et qui criait sans cesse : « J'avons fé la canipette ».

CAPEU   Lien de cuir unissant les deux parties du fléau.

CAPON   Capricieux (pour un enfant).

CASSE-COU   Échelle de fer droite, appliquée contre le mur d'un bâtiment pour monter au « solié ».

CATRONETTE   Chardonneret.

CHAÎNES   Poignées de lin mises debout, tête contre tête, comme des cartes à jouer, s'appuyant l'une sur l'autre.

CHIVIÉ   Civière pour transporter les choses les plus diverses : civière à pain bénit, civière à fumier, etc.

CHOPPIÈRE   Pépinière à colza dans la technique ancienne. Maintenant on sème d'un coup, sans truellage ni repiquage.

COMPOST   Calendrier des cultures, programmation faite par le fermier. Chaque exploitation avait le sien. Un mauvais compost pouvait épuiser la terre. Aujourd'hui ces règles anciennes imposées par les baux ne sont plus respectées.

CORNARD   Se dit d'un cheval qui souffle. Il est poussif. Pour déceler ce défaut, le cheval doit tourner douze tours de longe à gauche et à droite sans corner.

CORDE   « Cheval de corde » : désigne dans l'attelage la bête de gauche qui mène les autres.

CORVÉE   Travail d'une demi-journée.

COSSAR   Nom cauchois du colza.

CATOUILLETTE   Un coureur de jupons.

COUCOULETTE   Celui qui roucoule avec les femmes.

COUPET   Du latin *caput* : la tête, le haut, le sommet. On dit en cauchois le coupet de la tête, le coupet d'un toit et même, parfois, le coupet d'une colline.

COUR   On emploie aussi fréquemment l'expression « cour-masure ». La cour est constituée par une surface ou carrée ou rectangle égale si l'on respecte la tradition au dixième de celle des terres cultivées constituant la ferme. La cour est bordée de « fossés » c'est-à-dire de talus hauts de 1,80 à 2 mètres. Le coutumier cauchois parle d'une hauteur « d'une j'tée de terre... » Sur ce fossé, des rangées d'arbres plantés en quinconce et formant rideaux de verdure. A l'intérieur de la cour, adossés aux fossés, les bâtiments agraires et naturellement la « maison » ou masure. Pour sortir de la cour on trouve la « barriai » qui donne ou mène à la route puis une ou « deux barriai » qui ouvrent sur les terres.

La cour est en pays de Caux plantée de pommiers qui sont, grâce aux « fossés », protégés du vent.

COURT TOUR Labourer en pointe sur un terrain triangulaire.

COUSU Sac de toile dans lequel les aoûteux mettaient tout ce qui leur était nécessaire pour travailler et vivre le temps de la moisson.

CRAN Mauvaise terre, faite d'argile et de silex.

CROC Fourche à crocs inversés qui sert à étaler le fumier et à le répandre.

CULAS Fond du tas de paille ou de grain.

CULIÈRE Pièce du harnachement qui suit la colonne dorsale du cheval et passe sous la queue.

D

DAMES BLANCHES Les « gobelins » des légendes qui hantaient les bois et les plaines, la nuit, entretenant un climat d'angoisse et de peur... Le terme s'emploie également pour désigner des gens qui, revêtus d'un simple drap blanc, se glissent dans la nuit sur les chemins perdus pour effrayer le passant.

DÉBANQUER Arracher les bettes restées dans le champ pour en faire des tas en bord de route afin de les porter ensuite à la sucrerie.

DÉBAT Un outil qui a du « débat » est un outil mal emmanché.

DÉBERNAQUER Se débrouiller.

DÉBILLER Se débrouiller.

505

DÉBORDÉ   Passage autour d'un champ de blé ou d'autres céréales et aménagé à la faux pour permettre aux attelages et aux mécaniques de manœuvrer.

DÉCALIPOTER   Enlever le toit de paille d'une villotte.

DÉCLAVER   Enlever la clavette qui sert à bailler le banneau c'est-à-dire à le vider.

DÉGAMBILLER   Se dégourdir les jambes.

DÉGOUGINÉ   Se dit d'un niais qui ne sort jamais.

DÉHASILLÉ   Qui ne marche pas droit (en particulier un homme ivre).

DEHORS   « Aller dehors », aller aux commodités.

DÉHOURDER   Tirer la « graignée » des dents d'une herse.

DÉMARIER   En parlant des « bettes » quand on sarcle : il s'agit d'éliminer au rabot les plants en trop.

DÉSOLLER   Premier labour après la moisson ; on déchaume.

DIGUER   Planter.

DIGUEU   Plantoir.

DISÉ DISIAS   Ensemble de dix gerbes de blé, inutile de passer par la villotte ou le tas.

DOULER   Le Cauchois préfère « se doulaiser »... Se doulaiser ou se douler évoque l'idée de repos, un peu de paresse : vivre à l'aise. On se « doulaise » en oubliant ses soucis.

E

ECAOUI   Évanoui (pour un animal).

ECHERTER   Se dit d'une poule qui cherche sa nourriture en grattant avec ses ergots.

ECLAER   Gratter la terre.

ECLANDIR   Colporter des nouvelles.

EGALIR   Niveler la terre après les labours.

EQUILLER   S'ébouler. Se dit de la terre des fossés.

ELUGER   S'ennuyer ; ennuyer les autres.

EMOUQUÉ   Épervier.

506

En quian et pissant   Travailler sans entrain.

Endos   Technique de labour qui consiste à attaquer une bande de terre par le milieu et à revenir suivant le premier sillon tracé pour verser terre contre terre. Le mot vient du fait que l'on tourne en donnant le dos.

Engrener   Engager les gerbes dans le battoir.

Enjerker   Enjamber.

Epartiller   Épandre le fumier dans la plaine.

Epiason   Formation des épis.

Epignoler   Fabriquer une perche en débarrassant une branche d'une partie de ses rameaux.

Escoffier   Éclabousser alentour en roulant dans un nid-de-poule.

Esseintage   Revêtement fait de planchettes de sapin superposées et tuilées qui, clouées sur un mur de torchis et de colombages, protègent celui-ci du vent, souvent de noroît : vent de mer humide.

Etreuler   Se dit d'une roue qui s'affaisse.

F

Faisselle   Plateau de bois sur lequel on monte les marcs au pressoir.

Fao   Faux.

Faoquer   Faucher.

Fente   Dans le cas d'un labour en endos, c'est le plat double entre deux pièces labourées.

Feuilles de choux   Grandes oreilles.

Feurre   Paille longue utilisée pour le chaume.

Fidou   1) contraction de « fille d'août » que l'on engage comme servante lors de l'arrivée des aoûteux. 2) sens péjoratif : fille facile. 3) servante de la ferme qui apporte pendant les moissons « la collation à la plaine ».

Fil   « En quatre », « en six » désigne un alcool frelaté à base de vin que consommaient les ouvriers au café, par opposition au calva bu dans les fermes.

Flabin   Flatteur.

507

FORGEUSE   La pointe du soc de la charrue. Pour labourer « au rivet » c'est la forgeuse seule que l'on utilise pour ne pas blesser la terre.

FORIÈRE   Lisière entre le champ et le bois.

FOU DES VAQUES   Expression pour désigner un homme très sale.

FOURQUE   Fourche. On dit « fourche à deux ou à huit doigts » pour désigner le nombre de pointes et l'usage.

FOURQUÉ   1) partie de l'arbre d'où partent les branches. 2) porte coupée à deux battants dans la masure ou l'étable. 3) familièrement : l'entrejambe.

FOURQUÉE   La donnée d'une fourche.

FUTIER   Braconnier.

G

GABARIT   Se dit « diai » ou « dizias », évoquant les dix gerbes de blé dressées debout. Neuf droites et la dixième posée au-dessus en couverture ouverte en parapluie.

GALO   Sobriquet donné à un homme qui courait toujours.

GAMBETTE   Pied de colza.

GARDONS   Chardons.

GARNIR   Harnacher un cheval.

GAVELIE   Monture en bois placée sur la faux qui rabat la gavelle.

GAVELLE   A ne pas confondre avec le gabarit précédent. La gavelle est la rangée de blé coupé par la faux ou la faucheusse non lieuse, la rangée du blé coupé aligné à terre... L'expression s'emploie encore pour une récolte de foin... on dit une gavelle de foin...

GLANES   Épis glanés, souvent rachetés aux glaneurs par le fermier pour assurer la semence de l'année suivante.

GLU   Paille.

GODIÈRE   Pour « Good Year », une marque de pneus.

GOUGEARD   Jeune employé mal accueilli. Il s'agissait souvent d'un enfant « du bureau », c'est-à-dire de l'Assistance Publique, et placé par l'administration dans l'exploitation.

GOULEYANT Mot qui signifie un bon cidre : du gros, pétillant qui vous rafraîchit la « goule ».

GRAIGNÉE Poignée de grain.

GRATISSE Sobriquet donné à un filou qui passait son temps à gratter sa vermine.

GROSSES PATTES Surnom d'un homme silencieux qui avait de grandes mains aux doigts épais.

GROUENNER De grouin. Il indique les grognements de l'animal, puis par extension familière, ceux de l'homme « ronchon ». Synonyme familier de grommeler.

GRUGER Peigner la paille pour assurer le chaume.

GUÉDAN Mauvais cheval.

GUERBE Gerbe.

GUIGNEU Quelqu'un qui louche.

H

HANSÉ Se dit d'un homme (ou d'une faux) bien équilibré.

HARLANDER Tourmenter quelqu'un : houspiller.

HAUCEAUX Ou bien « houziaux » : grandes bottes très hautes.

HERBAGER Fermier qui engraisse les animaux avant la vente en boucherie. Aujourd'hui, souvent un fermier retraité.

HEURRIBLE Précoce.

HOMANAI Contraction pour « homme à l'année », situation stable et considérée par opposition au journalier. « Homajournai ».

HORS MAIN La droite pour un cheval.

HOSANNIÈRE Croix de cimetière cernant une église de campagne. Le jour des Rameaux, on chante l'*hosannah* et l'on fait station lors de la procession avant la messe à la croix d'où son nom de croix hosannière.

HOUZIAUX Voir « hauceaux ».

J

JOUA (ou k'va) Cheval.

J'TEUX Jeteur de sorts.

JUQUER Se jucher. Une poule est juquée sur son « juqueu ».

K

KAHUE Charrue.

KAODAI « La queue » de la moisson : repas de clôture offert par le fermier à tous les « aoûteux » avant leur départ.

K'VA Joua : cheval.

L

LIAN Lien de paille de seigle utilisé pour assembler les « poignées » de chaume.

LISERET Mauvaise herbe.

LITER Faire une litière pour les bêtes à l'étable ou à l'écurie.

LOCHER Faire tomber les pommes à l'aide d'une gaule.

M

MAÎTRE Désigne le fermier. Ce terme est devenu la règle au XIXᵉ siècle, quand le fermier a pris en main l'exploitation.

MAÎTRESSE L'épouse du fermier. On dit aussi « la patronne », ou encore « la Dame ». L'importance de l'exploitation joue un rôle dans le choix des termes.

MALE Marne.

MALIÈRE Marnière.

MATER Mettre les « hauceaux » debout.

MAUVE Mouette.

MAUVIER Grive mauvis.

MÉCANIQUE Autrefois la machine à battre le blé.

MÉZIENNE « Faire mézienne » : faire la sieste.

MOUCHE Petit tas de cailloux ou de fumier. On dit aussi « mouchias ».

MOULINÉ Se dit d'un blé couché.

MOUQUE Mouche.

MOUQUE A MIEL Abeille.

MOTTER Mettre en motte (les pommes de terre).

MUCHER Cacher.

MÛRIR Est utilisé d'après Pascal Bouchard dans l'expression « laisser mûrir un labour » et veut dire « le laisser au repos ».

N

NELLES Mauvaises herbes qui donnent du goût au blé et qu'il faut donc arracher. On dit aussi « nielles ».

NIAN Idiot. « I é un brin nian » : il est un peu idiot.

NICHEU 1) œuf de plâtre qui incite la poule à pondre ; on dit aussi « pondeu ». 2) au figuré, le billet mis à la quête pour encourager les donateurs à en faire autant, ou mieux.

O

OUVREU Atelier où se trouvait au bout de la masure le métier à tisser du temps des siamoisiers.

P

PALEDON Un homme qui a la manie de s'excuser à tout propos (pardon).

PAILLETTE Paille de blé ou cosse de « cossar » (colza).

511

PAIN DOUX   Pain sans sel que l'on réservait pour manger la soupe au lait.

PAIN SUR   Pain légèrement salé, à pâte moins levée, à croûte brune, que l'on préférait pour « tenir » la soupe de légumes.

PAPACOLEU   Se dit d'un homme très maniaque des horaires. « C'est pas encore l'heure ».

PATI   Champ de trèfle dans le bléri après la récolte.

PETIT JOURNAL   Commère.

PINCHON   Pieu métallique pour fixer les bêtes au tière dans la prairie.

PIOT   Dindon.

PISSE BIDON   Homme avare quoique riche.

PLEU PLEU   Pic vert.

PLUAISAI   « La plus aisée, la plus facile ». Fête et repas réunissant les aoûteux à leur arrivée à la ferme pour les moissons. Ils fourbissaient et préparaient leurs outils à la veillée.

POIGNÉE   Mesure de la botte de paille qu'on liait pour faire le chaume.

POMMACHE   Un homme si paresseux qu'il consent à ne se nourrir que de pommes.

PONDEU   Voir « nicheu ».

POUCHINER   1) se dit de la poule lorsqu'elle abrite ses poussins sous ses ailes. 2) se dit de la marne lorsque sous l'effet du gel, elle se brise superficiellement et tombe en morceaux.

POUNIÉ   Poignée de lin.

POUSSIF   Pour un cheval qui est dit « cornard » et devient donc inutilisable.

POUQUE   On dit aussi « pouche ». C'est le sac de jute réglementaire pour donner la mesure du blé. *Ex. :* J'ai porté dix pouques au marché de Goderville (de l'anglais *pockett*).

Q

QUIN ou KIN   Chien.

R

RABIENNER Se réconcilier.

RAFTI Paille de colza.

RAIE Rayon d'une carriole haute sur roues.

RAILER Tracer un sillon.

RAMIER Chaîne de lin.

RAMMOUCHER Mettre, rassembler en tas.

RAQUET ou **RÉKET** Perche, grande gaule.

RATAI Râteau.

RATELIN Épis ramassé au râteau après la récolte... autant de moins pour les glaneurs !

RATELLE Grand plateau de bois.

RAVISÉ Le petit dernier d'une famille, né quelques années après les autres enfants.

REBATTEMENT Petite enclume du faucheur qui lui sert à marteler la lame de sa faux avant de l'aiguiser.

REFEND 1) rainure taillée dans le parement d'un mur. 2) bois de refend : bois scié en long.

REBIN Petit labour de février.

REMEUILLE Fonte des neiges. *Ex. :* la neige remeuille.

RIBOUDIN Roitelet.

RIVET Sorte de labour pour lequel on n'utilise que la pointe du soc de manière à ne pas ouvrir la terre trop profondément.

RIVETER Labourer « en rivet », en particulier pour déchausser le trèfle.

ROUET Roue dentée, en bois.

ROULIN Essieu avant d'une charrue.

S

SALICOQUE Crevette.

SANNE Muret de cinquante à soixante centimètres en silex blanc ou noir posé sur des grès ou des pierres de récupération formant fondation et qui reçoit les fenêtres.

513

SCIER Couper avec une faucille dont la lame est légèrement dentelée. Autrefois on ne fauchait pas le blé de peur de perdre le grain : on sciait l'épi et l'on obtenait ainsi une paille saine, plus longue pour les toitures de chaume.

SELU 1) l'homme qui sème en tenant la semence dans son tablier. 2) le geste du semeur.

SENTEU Amateur de femmes, coureur de jupons.

SIAMOISIÈRE Tisseuse.

SIMON-CAROTTE Vendeur de carottes.

SIMON-POULE Vendeur de poules.

SOIE (La) Se dit pour se moquer d'une femme dont la robe est trop fantaisiste.

SOLIÉ Grenier.

SOUTARDE « Chasser à la soutarde » : chasser à la lanterne.

SUIE (La) Se dit de quelque chose qui est propre et brillant comme un Noir.

SUQUE Sucrerie où l'on traite les betteraves : raffinerie.

STÉRILE (un) Roche inutilisable comme minerai.

T

TASSER Ranger, entasser les « guerbes » de blé dans le chariot.

TIQUER Se dit d'un cheval qui mort son râtelier, qui a « le tic », la manie d'agir ainsi.

TERRIL Ou « terri », sorte de torchis épais que l'on étend dans le « solié ».

TORQUETTE « Lian » fait de paille de seigle un peu verte.

TOUPINER Ressasser, ou tourner sur soi-même, signifie aussi perdre son temps.

TRACASTILLER Réparer approximativement, à peu de frais.

TRUELLER Planter le colza à la truelle au lieu de le piquer.

V

VALLEUSE Altération du normand « avaleuse », descente de falaise.

VALET DE COUR Homme à tout faire, chargé des petits travaux et employé comme aide, à l'année.

VENDUE Enchère : lorsqu'un « ancien » se retire, il vend souvent outils, meubles, récoltes aux enchères. C'est une distraction pour tout le village qui se retrouve là à faire des paris ou à faire monter les prix par malice vis-à-vis des acheteurs éventuels.

VERT FAUCHÉ Se dit du seigle qui n'a pas atteint la maturité.

VEULE Se dit d'une terre qui se travaille facilement.

VILLOTTE Petite meule provisoire, tas d'épis avant la constitution des gerbes.

INDEX

INDEX DES NOMS PROPRES

A

AL CAPONE : 30
ALEXANDRE (Madame) : voir INDEX
   THÈMES : MÈRE (auteur)
AMÉRICAINS : 220
ANGERVILLE (curé) : 164
ANGLAIS : 200
ARNESS (Maître) : 106
AUBOURG Mme (pâtissière) : 43
AUGUSTIN : 56, 58

B

BARDECHE Mr : 76
BATAILLE (Dr) : 335
BEAUCITRON Mr : 51
BEDFORD (duc de) : 149
BLANCHE (tante) : 55
BRASILLACH : 76
BREAUTE (curé) : 156, 158, 167, 168
BRETON Mr (instituteur) : 50, 51
BRETTEVILLE (curé) : 165

C

CALETES : 148
CANIPETTE (Pé) : 109, 110
CARON (gardien du cimetière) : 49
CELESTIN : 107
CELINE (gouvernante) : 59,61
CESAR (Jules) : 124, 149
CHARLES (chauffeur) : 307
CHARLES (Maître) : 310, 315, 316
CHARLOT : 51
CHATEAUBRIAND (François de) :
   335
CHRIST : voir INDEX THÈMES
CHRISTIAN (colocataire) : 353, 354
CORNEILLE (Pierre) : 297, 474
CORROYER Mr : 35, 37, 38, 39
CUQUENELLE (curé) : 400, 419

D

DAVID (Pé) : 400
DECULTOT (voisin) : 143, 215
DEMONGE : 474
DOMAIN Pierre : 239
DOYLE Conan : 338
DUVEAULT : 213, 214

E

ÉGYPTIENS : 77

F

FLAMMARION Camille : 338
FLAUBERT Gustave : 482
FOCH Maréchal : 34
FORD John : 309
FRANÇOIS (Maître) : 173

G

GALILÉE : 382, 383
GAULLE (général de) : 10
GEORGES (forgeron) : 16, 17, 19, 24,
   106, 107, 108, 235, 236, 261, 264, 322,
   323, 363, 400
GRECS : 97
GRENET (curé) : 354
GUSTAVE (jardinier) : 134, 135, 136,
   138

H

HELIAS Pierre-Jakez : 425
HUGO Victor 335

J

JACOB : 158
JACQUES T. (mort en Algérie) : 273,
   328, 329, 330, 331
JEAN (Maître) : 194, 332, 333, 334

519

JEAN XXIII : 332, 333
JEANNE d'ARC : 149
JESUS : 260, 390, 391, 392, voir aussi
CHRIST
JUDAS Iscariote : 274

L

LA GORCE (Pierre de) : 69
LEON (oncle) : 22, 37, 42, 44, 55, 57
LUMIERE (Frères) : 304

M

MALANDAIN : 44, 45, 46, 151, 152,
153, 154, 155
MALAURIE Jean : 425
MANNEVILLE (curé) : 164, 165, 301
MARGUERITE (gouvernante) : 239
MAUPASSANT Guy de : 482
MAURICE (prêtre) : 96, 98, 119, 121,
122, 123, 124, 125, 126, 127, 128, 161,
162, 163, 164, 165, 251, 274
MAX (boulanger) : 291, 292, 293, 294,
295, 296, 307, 343, 344, 345

N

NAPOLÉON III : 18
NONO : 15

P

PAGNOL Marcel : 218
PASCAL : 368 (note 1), 389
PASTEUR Louis : 221
PEGUY Charles : 414, 417
PETAIN (Maréchal) : 10
PHARISIENS : 283
PINEL (abbé) : 336, 337, 338, 339, 340
POISSON Mr (instituteur) : 50
PONCE-PILATE : 274
PORET (curé) : 14, 126, 239
PRIEUR (abbé) : 376
PULCHERIE Mlle : 36, 37

Q

QUESNEL (Père) : 49, 50, 59

R

REYMOND (chanoine) : 308
RIGAUD (évêque) : 161
ROMAINS : 71, 148

S

Saint ALBERT le GRAND : 342
Saint BERNARD : 315
Sainte CLAIRE : 187
Saint DAMIEN : 187
Saint FRANÇOIS de SALES : 78, 87
Saint JACQUES : 19, 392
Saint JEAN : 87
Saint JEAN-BAPTISTE : 393
Saint JOSEPH : 230, 235
Saint LAURENT d'EU : 161
Saint LOUIS : 78
Saint LUBIN : 161
Saint LUC : 392
Sainte MARIE : 230, 235, 390, 391, 392,
393
Saint MARCOUF : 187
Saint MATTHIEU : 265
Saint MELON : 160
Saint PAUL : 72, 157, 392, 408, 416
Saint PIERRE : 19, 87, 274
Saint ROMAIN : 160
Sainte THERESE : 192
Saint VINCENT de PAUL : 33
SIMEON : 416
SOCRATE : 98

T

TEILHARD de CHARDIN : 7, 389, 390
THOREL (Berquier) : 339, 340
THUILLIER (Maurice et Jean) : 485,
486
TIMOTHEE : 416
TONQUEDEC (exorciste) : 335

V

VERCINGETORIX : 124, 149
VIANNEY Jean-Marie : 335
VIKINGS : 149
VIRIDORIX : 149

Y

YVONNE (épouse de Max) : 291, 292,
294, 296, 343

INDEX DES NOMS DE LIEUX

A

AFRIQUE : 336, 339
ALPES-MARITIMES : 79, 159
AMSTERDAM : 341
ANTILLES : 40
ANTIOCHE : 392
ASSY (Plateau) : 79
AZINCOURT : 33

B

BARENTIN : 335
BASSE-NORMANDIE : 285
BASSE-SEINE : 160
BEC de MORTAGNE : 156, 158, 163
BELGIQUE : 34, 190
BERNIÈRES : 11, 34, 35, 96, 135, 188, 320, 493 photo n° 3
BEUZEVILLE : 109, 376
BOLBEC : 11, 43, 55, 57, 188, 208, 214, 402
BRAY (Pays de) : 241
BRÉAUTÉ : 9, 109, 161, 220, 419

C

CALAIS (Pas de) : 32
CALVADOS : 197
CAPHARNAÜM : 391
CAUX (Pays de) : 9, 25, 34, 186, 335, 336
CAYENNE : 221
CHINE : 171
CIDEVILLE : 335, 336, 338, 340, 377
CORMEILLE : 192

D

DEAUVILLE : 196
DIEPPE : 475

E

EURE : 374, 376

F

FECAMP : 208, 287, 288, 289
FRANCE : 190, 342

G

GODERVILLE : 11, 206, 252, 402, 419
GOMMERVILLE : 44
GRAINVILLE : 9
GRASSE : 71
GUYANNE : 40

H

HAUTE-SAVOIE : 79
HERICOURT-en-CAUX : 160
HONFLEUR : 198
HONG KONG : 40
HOUQUETOT : 301, 302, 407

I

ISRAEL : 168

J

JERSEY : 335
JORDANIE : 168
JERUSALEM : 260, 263

L

LANQUETOT : 349
LASCAUX (grottes) : 77
LE HAVRE : 30, 33, 34, 37, 38, 50, 55, 59, 82, 90, 183, 206, 208, 214, 240, 402
LILLEBONNE : 188
LISIEUX : 187, 189, 191
LOIRE : 79
LONDRES : 150
LYON : 82

521

M

MACHERONTE : 393
MANCHE : 169, 342
MANNEVILLE-LE-GOUPIL : 250
MARIGNAN : 33
MARSEILLE : 190
MARTIVILLIERS : 341
MIRVILLE : 414, 416
MONTVILLIERS : 49

N

NAZARETH : 180, 391
NEUFCHÂTEL : 252
NEW YORK : 40
NORMANDIE : 149, 277, 341

P

PALESTINE : 168
PARIS : 55, 82, 277, 303, 306
PEKIN : 40
PICARDIE : 163

Q

QUILLEBOEUF : 189

R

RHIN : 10
ROUEN : 68, 70, 79, 90, 149, 150, 159,
160, 161, 162, 166, 211, 220, 251, 309,
315, 341, 475

S

SAINTE-ADRESSE : 34
SAINTE-AUSTREBERTHE : 337
SAINT-DENIS-CHEF-DE-CAUX : 33
SAINT-LO-DE-ROUEN : 161, 315
SAINT-MACLOU-LA-BRIÈRE : 493
SAINT-PIERRE et MIQUELON : 30
SAINT-PIERRE-en-PORT : 34
SAN FRANCISCO : 40
SEINE : 169, 186, 188, 189, 190, 220
SIBÉRIE : 241
SINAÏ : 142
SUISSE : 336 (note 1)

T

TAHITI : 40
TERRE-NEUVE : 40
THORENCE (Vallée) : 73, 159, 251

V

VATTETOT-sous-BEAUMONT : 11, 12,
22, 99, 121, 172, 186, 206, 214, 249,
250, 277, 302, 306, 331, 393, 400, 402,
407, 420
VERGETOT : 421

Y

YERVILLE : 340
YMAUVILLE : 9
YVETOT : 65

INDEX DES THÈMES

A

ABBAYE : 25

ADMINISTRATION :
chef-lieu : 93
Conseil municipal : 26, 195, 315, 400
Église : 306, voir aussi CLERGÉ,
ÉGLISE UNIVERSELLE
maire : 398
préfecture : 220
Rome : 149

AGRICULTURE :
chronique agricole : 467, 468, 469,
470, 471, 472, 473
cultures :
champs de blé : 97
lin : 149
moissons : 102, 245, 399
élevage : 148, voir aussi BÉTAIL
cheval :
amour : 324, 325
soins : 326, voir aussi ARTI-
SANS (charretier)
développement : 323
manque d'eau : 170, 321
production du lait : 323
matériel agricole :
charrue : 101, 102
tracteur : 320, 321, 322, 323, 324,
325, 329, 374, 375
techniques agricoles :
amendement : 148
« endos » : 97
engrais : 253, 312
labour : 97, 99, 101, 102, 105, 261,
467, 469
sarclage : 353
travail de la terre : 10, 97, 101, 114,
voir aussi : « chronique agricole »
p. 467 à 473
abandon : 113
asservissant : 128
connaissances : 136, 193, voir aussi
PAYSAN (savoir)
recherche de terres : 148
travail saisonnier : 353, voir aussi :
BÉTAIL, FERME, PAYSAN

ALCOOLISME : 130
ivrogne : 133

ALIMENTATION :
auto-suffisance : 171
boisson :
alcool : voir aussi ALCOOLISME
anis : 44, 260, 261
contrebande : 30, 31
« goutte » (calva) : 104, 135, 145,
154, 155, 191, 239, 246, 247, 248,
249, 311, 339
poiré : 122, 123, 125
vin : 11
rhum : 46, 47
café : 47, 85, 95, 103, 127, 135, 145,
224, 225, 239, 242, 246, 248, 310,
311, 339, 385
au lait : 284
préparation : 311
cidre : 55, 69, 123, 136, 137, 189,
193, 197, 364, 385
« besson » : 56, 171, 187
brassage : 56, 136, 137, 138, 193,
194, 475
« gros » : 44, 171, 189
mise en bouteille : 193
lait : 103, 165, 185, 199, 253
orge grillé : 103
cuisine cauchoise : 146
blanquette de veau : 385
bouillon : 365
beurre : 66
casse-croûte : 284, 285
conserves : 291
fruits rares : 43
légumes : 134, 195, 291, 348, 355,
356, 401
omelette paysanne : 59, 60
œufs : 172, 188, 291
poisson : 365
pot-au-feu : 43
« rocaille » : 198
rôti de lard : 187
soupe : 42, 66, 113, 126, 163, 295
au lait : 259
manières de table : 135, 143, 189
place à table : 135, 163, 239, 269
du « Maît' » : 181

523

au Séminaire : 224, 239
pain : 113, 187, 312, 344, 345, 346
   béni : 228, 236
   brioche de Noël : 229, 233
   de relevailles : 201
   fabrication : 293, 294, voir aussi
   COMMERCE (boulangerie)
repas :
   auberge : 195, 196
   collation soupante : 246
   curé : 162, 163, 164, 167
      invitation du curé : 292, 293, 296
      au presbytère : 59, 126, 151, 184,
      194, 289, 290
   communion solennelle : 312, 344,
   345, 346
   dix heures : 134
   invité : 55
   ouvrier : 113
   panier-repas : 189, 192, 195
   quotidien : 59, 60
   ravitaillement (guerre) : 187
   sauter un repas : 181
   soir : 113, 151, 291, 293, 339
sucreries : 204
   glace : 46
   pâtisserie : 43, 44, 46, 63
viande : 37, 289
   volaille : 187

AMI, AMITIÉ : 152, 221, 291
   auteur :
      boulanger : voir COMMERCE
      (boulangerie) INDEX NOMS
      (Max)
      chauffeur : 307
      chanoine : 367, 368
   entre curés : 230
      instituteur : 165, 296, 297
      perte des amis : 369
   Cauchois :
      « amitieux » : 267, 293
      joueurs de dominos : 209, 210
      sympathie : 96, 242, voir aussi
      SENTIMENTS

AMOUR : voir SENTIMENTS

ANGE : voir SURNATUREL

ANIMAUX :
   cheval : 185, 324, 325, 326, 378
      attelé : 48, 50, 54, 93, 206, 207, 215
      labour : 97, 99, 101, 102, 105
      dressage : 108
   chien (de garde) : 100, 109
   lapin de garenne : 123
   oiseaux : 312

renard : 123

APÔTRE : 158, 168, 177, 180, 268, 392,
voir aussi CHRIST, ÉVANGILE

ARBRE : 64, 84, 207 photo n° 6
   chêne : 140
   forêt : 68, 158, 228
   fruitiers :
      noyer : 139
      pommier : 13, 100, 125, 171, 193,
      227, 467
      poirier : 122
   laurier : 13, 400
   marronnier (presbytère) : 146, 168,
   182, 400, 431, photo n° 14
   peuplier « inutile » : 97
   rideaux d'arbres : voir PAYSAGE

ARGENT : 38, 46, 63
   Cauchois :
      banque (crédit) : 322
      dépenses : 183, 230, 322, 323
         de la municipalité : 413, 418, 419,
         420
      économies : 31, 70, 74, 174, 269
      endettement : 403
      hypothèque : 246
      liquide : 213, 214
      pourboire : 215, 251, 277
      prix :
         concession : 419
         inflation : 74
         terrain : 403
      répugnance à le sortir : 172
      ruine : 245
      spéculation sur le blé : 213, 214
   paroisse :
      denier du culte : 244, 245, 246, 249,
      250, 250
      dépenses : 186, 230
      dîme : 162
      offrande : 104
      prix des bancs (église) : voir
      ÉGLISE (places)
      prix des sacrements : 295
      quête : 249, 254, 274, 295, 296, 334,
      voir aussi CURÉ (revenus), SA-
      LAIRE, TRAVAIL

ART :
   cinéma : voir CINÉMA
   musique : voir MUSIQUE
   théâtre : voir THÉÂTRE

ARTISANS, OUVRIERS :
   Havre :
      docker : 30, 40

monteur de sable : 75
navigateur : 30, 33
ouvrier (usine) : 112, 131, 190, 203,
204, 207, 215, 317, 318
   en grève : 352, 353
   pêcheur : 197
raccommodeur de faïences : 29
Village :
   « aoûteux » : 102, 194, 285, 442
   bâtisseur : 485, 486
   berquier : voir BERGER
   cantonnier : 261, 400
   charpentier : 180, voir aussi
CHRIST (enfance)
   charretier : 105, 106, 108, 109, 184,
207, 324, 325, 326
   charron : 140
   chaumier : 171
   forgeron : 105, 106, 107, 109, 322,
323, 401
      fermeture de la forge : 400, 401
   garde champêtre : 258
   jardinier : 134, 138
   maquignon : 109
   marnier : 172, 440, 441
   mécanicien : 249, 250
   menuisier : 66
   meunier : 66, 213, 214
   ouvrier : 112, 131, 190, 203, 204,
215, 317, 318, 438, 443, 444
   pêcheur : 197

ASSISTANCE :
   Croix Rouge : 81
   médicale : 179

AUMONERIE, AUMONIER : 241

AUTEUR : photos n°s 1, 5, 8, 9, 16, 17,
18, 19, 20, 21, 22, 30, 35, 37, 38, 400,
401, 402
   biographie : 427, 428
      enfance : voir INSTRUCTION
(école) MÈRE (auteur), SÉMI-
NAIRE (Petit Séminaire)
   initiation à la prêtrise : voir sacerdoce
   naissance du livre : 425, 426
      rencontre avec Jean Malaurie :
425
   résidence : voir HABITAT, PRES-
BYTÈRE
relations avec ses ouailles : 96, 99, 107,
108, 109, 306
   boulanger provisoire : 343, 344, 345
   converti par ses ouailles : 249
   dépendance matérielle : 179, 249

désir d'unité : 186, 187
difficultés : 123, 173
froideur : 100, 101, 102
incommunicabilité : 230
inexpérience : 96, 116, 142, 153
mépris : 245
renvoi à la sacristie : 114, 180
répugnance à demander : 146
trop jeune : 153, 182, 214
visites : 185, voir aussi VISITES
sacerdoce : voir aussi CURÉ, INS-
TRUCTION (école libre), PRÊTRE,
SÉMINAIRE
   catéchisme : 142, voir aussi CATÉ-
CHISME
   Dieu : 142, voir aussi CHRIST,
DIEU, ÉGLISE
   Évangile (conception) : 143, voir
aussi ÉVANGILE
   extrême-onction (première) : 154,
voir aussi MORT
   ordination : 287, voir aussi PRÊ-
TRE
   recherches bibliques : 286, 430, 431,
433, voir aussi ÉVANGILE
santé précaire : 27, 79, 90, 91, 95, 126,
129, 240, 257, 418
   voir aussi CORPS, MALADIE
   maigreur : 95, 118, 189, 214
sentiments :
   admiration pour sainte Thérèse :
192
   amour des enfants : 182, 401
   amour de la liberté : 121, 277
   angoisse : 393, 406, 412, voir aussi
SENTIMENTS (angoisse)
   anticipation de sa mort : 418, 419,
420
   crainte de l'avenir : 91
   doute : 185, 306
   heureux : 303
   humiliation : 179, 249
   joie : 24, 188
   nostalgie : 320
   révolte : 232
   solitude : 277, 289, 291, 293, 295,
309, 401
sujets d'intérêt :
   cinéma : voir CINÉMA
   enquêtes ethnographiques : 108,
109, 311, 324, 325, 336, 451 à 473,
voir aussi SORCELLERIE
   lecture : voir LIVRE
   recherches : voir INSTRUCTION,
ÉVANGILE

AVENIR : voir JEUNES, PROGRÈS,
VILLAGE

B

BASILIQUE : voir PRATIQUES RELIGIEUSES (pèlerinage)

BERGER : 12, 13, 246, 336, 378, 500
collège de « berquiers » : 336
jeteur de sort : 337, 338, 339, 340, 342, 378
pouvoirs : 378, 379, 380, 381, 492
voir aussi SORCELLERIE

BERQUIER : voir BERGER

BÉTAIL :
cheval : voir ANIMAUX (cheval)
manque d'eau : 169
mort (envoûtement) : 372
troupeau : 378
vache : 13, 100, 128
  malade : 199
  traite : 204
volaille : 100, 102

BIBLE : 72, 225, 414
Ancien Testament : 22
exégèse : 20
Évangile : voir ÉVANGILE
Livre des Proverbes : 230

C

CALENDRIER RELIGIEUX :
date des ordinations : 87, 90
fêtes religieuses : voir FÊTES (fêtes religieuses)

CAMPAGNE : voir PAYSAGE (Pays de Caux)
silence : 403

CATÉCHISME : 36, 60, 68, 113, 139, 165, 168, 238, 291, 314, 315, 317, 318, 319, 406, photos nᵒˢ 25, 28, 32
acte religieux : 140
diocésain : 141
filles : 268, 289, 290
jour : 289
méthode de l'auteur : 142
salle (au presbytère) : 183

CATHÉDRALE : 149, 160, 195
Lisieux : 191, 192, 193
Rouen : 211
voir aussi PRATIQUES RELIGIEUSES (pèlerinage)

CAUCHOIS : 11, 21, 24, 36, 58, 102, 123, 125, 130
caractères physiques : 18, 135, 149
« air finaud » : 135, 244, 372
corpulent : 118, 189
visage rond : 196
comportement :
atavisme : 20
« chacun pour soi » : 170, 172, 189, 292, 295
couché et levé tôt : 151
distant à l'égard des notables : 135
farceur : 244, 333
haine : 24, voir aussi SENTIMENTS
humour : 135, 249, voir aussi SENTIMENTS
lié à la terre : 205, 259, 313, photo nᵒ 26
marginal : 276, 277
opportuniste : 355
ordre : 352
patient : 125
peur de se dévoiler : 100
plaisir à être ensemble : 196, 197, 198, 203, 252, 292
refus du contact : 96
refus de douter : 97
repli sur soi : 126, 185, 244
réservé : 12, 96, 123
rythme lent : 125, 137, 138
sens du devoir : 127
sens de la propriété : 173
silencieux : 99, 101, 348, 349, voir aussi LANGAGE (silence)
solitaire : 21, 97, 99, 170, 247
suicidaire : 254
taciturne : 97, 98, 123, 141
histoire : voir HISTOIRE (Pays de Caux)
jeunes : voir JEUNES
pratiques religieuses : 24, 127, 248, 273, voir aussi PRATIQUES RELIGIEUSES
à l'église : 231, 234
prière : 140
sagesse : 135, 311, voir aussi PAYSAN (savoir)
vieux : 96, 107, 135, 182, 184, 196, 244, 256, 257, 258, 259, 271, 299, 322, 323, 324, 325
retraite : 72
village de vieux : 127, 403

CHANGEMENTS CULTURELS : voir JEUNES, PROGRÈS, VILLAGE

CHARITÉ :
générosité : 350

526

chrétienne : 382, 383
bonté : 87, 96, 164, 168, 377

CHAUFFAGE :
chaufferette : 229
déficient : 122, 140, 216, voir aussi :
ÉGLISE, PRESBYTÈRE
feu de bois : 122, 131, 133, 265
poêle : 140
  arêches : 207, 215
  charbon : 27, 66, 94
  mazout : 293
  sciures : 207

CHRIST : 22, 26, 28, 73, 76, 98, 157, 158,
164, 168, 180, 200, 212, 213, 225, 239,
262, 263, 266, 270, 368, 382, 413
voir aussi INDEX NOMS (Jésus)
enfance et jeunesse : 390, 391, 416
évolution : 393
généalogie : 164, 238
message : 383, 384
miracle : 239
mystère : 281
opposition à sa famille : 391, 392

CIMETIÈRE : 14, 36, 49, 90, 105, 119,
130, 157, 199, 268, 271, 272, 287, 298,
418, 419, 420
concession : 265
crucifix : 262, 263
enterrement : 258
fossoyeur : 258
tombe : 15, 89, 119, 258, 263, 264, 418,
419
  crypte : 149, 196
  nettoyage : 260, 262
  visite : 264, 266
voir aussi MORT

CINÉMA : 50, 74, 75, 76, 167, 183, 184,
202, 211, 277, 308
Centrale catholique : 217, 218
ciné-club : 285
civilisation de l'image : 304, 305
congrès catholique du cinéma : 304,
305
cote morale : 167, 183, 184, 202, 212,
305
désapprobation du Clergé : 304, 305
documentaire : 203
film burlesque : 184, muet : 51
interdit aux prêtres : 75
intérêt des villageois : 212
plaisir de la ville : 204
populaire : 202
public enfantin : 218
au presbytère : 182, 183

salle : 202, 203

CIVILISATION : 386, 387
de l'image : 304, 305
voir aussi ART, CROYANCES, LI-
VRE, RELIGION

CLERGÉ :
hiérarchie :
  ordres majeurs :
    archevêque : 11, archevêché : 211
    autorités : 93
    chanoine : 23, 53, 62, 93, 161,
    287, 308, 367, 368
    conseil épiscopal : 11
    curé : voir CURÉ
    diacre : 59
    diocèse : 79, 161, 179, 225, 308
      patron : 160
      règlement : 75
      rite : voir RITE
      Rouen : 159, 281
    doyen : voir DOYEN
    évêque : 87, 121, 122, 160, 161,
    162, 202, 206, 245, 287, 295, 307,
    308, 309, 315, 334, 420
      évêché : 163, 240
      prieuré : 315
    « Rome », Saint-Siège : 19, 94, 157,
    178
    vicaire : 34, 57, 59, 60, 61, 62, 70,
    122, 182, 307, 308, 309
      de l'Ancien Régime : 354, 355
  ordres mineurs :
    acolyte : 175, 236
    exorciste : 335, 338, 339
    sacristain : voir ÉGLISE (offi-
    ciants)
règle : 157, 159, 162, 177
  censure : 86
  consignes officielles : 304
  droit canon : 85, 239
  encyclique : 85, voir aussi PAPE
  « imprimatur » : 69
  « technocrates » : 304

CLIMAT, SAISONS :
automne : 64
brouillard : 121, 122, 169, 188, 207
brume : 220
ensoleillement : 186
été :
  chaleur : 320, 321, 395, 396, à la
  ville : 30, 69
froid : 93, 115, 121, 131, 229, 298
hiver : 66, 74, 140, 296, 297
  froid : 297, 298
  neige : 239, 297, 298, 302

527

pluie : 122
tempête : 413
vent : 302
humidité : 27, 106, 115
« mauvais temps » : 172
pluie : 38, 40, 105, 113, 115, 121, 146, 169, 207, 216, 277, 295
vent : 170, 227, 238, 259
cyclone : 169
noroît : 203

COMMERCE, COMMERÇANT :
au marché : voir MARCHÉ
village cauchois :
  boucher : 171, 214
  boulanger : 306, voir aussi INDEX NOMS (Max)
    auteur : 343, 344, 345
    discrétion : 292
    fabrication du pain : 293, 295, voir aussi ALIMENTATION (pain)
    tournées : 344, 345, 346
  boulangerie-épicerie : 15, 96, 175, 201, 229, 257, 262, 291, 296, 343
    annonces : 202
  bourrelier : 208
  épicerie-café : 202, 401, 402
  marchand d'engrais : 208
  quincaillier : 208
  supermarché : 402

COMMUNICATIONS :
chemin :
  cailloux : 112
  cavée : 9, 13
  terre : 99
fleuve (Seine) : 187, 189, 190
route :
  caillouteuse : 250, en cavée : 99, inondée : 121
  Rouen-Le Havre : 335

CORPS :
embonpoint : 97
faiblesse : 81
fatigue : 114, 199
force : 290
  liée au poids : 118, 189
mutilé : 156, 248
santé : 237, 240, 272, voir aussi MALADIE
souffrance : 70, 248, voir aussi MALADIE

COUTUMES : 387
voir aussi CAUCHOIS, CROYAN-

CES, HISTOIRE, PRATIQUES RELIGIEUSES

COURTOISIE :
Accueil :
  d'un Cauchois : 101, 112, 244, 257, 297
  curé : 297, 298
  au presbytère : 276
  salutation au curé : 95

CROYANCES :
culte des saints : 384
à propos de la mort : 336
voir aussi HISTOIRE, SORCELLERIE

CURÉ : 9, 11, 12, 13, 19, 23, 35, 36, 37, 38, 53, 58, 59, 61, 62, 67, 78, 90, 91, 93, 96, 98, 102, 108, 110, 111, 123, 127, 128, 138, 144, 145, 151, 152, 154, 186, 214, 250, 252, 272, 293, 295, 298
« apprenti-curé » : 60, 67, 122, 337
d'Ars : 335
autrefois : 127, 136, 141, 146, 161, 162, 245, 252, 253
  sévère : 141, 156, 165
désaffection : 333, 408, 409
non remplacé : 411
curé de campagne : 91, 95, 217, 225, 304, 390
  Ancien Régime : 354, 355
  âgé : 156, 159
  autorité : 35
  de Cideville : 336
  converti par ses ouailles : 123
  démission : 242
  discrétion : 244, 292
  doutes : 167, 168, 226, voir aussi AUTEUR (sentiments)
  enseignant : 182
  exorciste : 115, 347, 348, 385
  fainéant : 221
  journal quotidien : 451 à 464
  gouvernante : 36, 59, 121, 178, 210, 211, 239
  jeunesse excessive : 153, 225
  « Maître chez lui » : 229
  mission : 123
  moderniste : 226, 245
  modeste : 232
  « qui se montre » : 146
  mort : voir MORT
  niveau intellectuel : 158
  nomination : 241, 249, 297
  nourriture défectueuse : 290
  ordination : 11, 90, 262
  plaisirs : 157

prêche : 35, 87, 97, 98, 127, 157, 176, 178, 262
recherche : 390, 394, 430, 431
relégué à la sacristie : 157, 277
réunion : 165
solitude : 122, 218, 290, 296, 431, voir aussi SENTIMENTS (solitude)
revenus : 245, 289, 446, 447, 448
supérieurs : 244, voir aussi CLERGÉ, DOYEN
visites aux paroissiens : 182, 185, 244, 293, voir aussi PAROISSE

D

DÉMOGRAPHIE : 148
dépopulation : 402
retour à la campagne : 402, 403
voir aussi PROGRÈS, VILLAGE

DIABLE : 54, 111, 335, 374, 375, 382
diabolisme : 338
maléfice : 374, 375
surnom :
Grappin : 335
Malfait : 374, 375, 376
voir aussi SORCELLERIE

DIEU : 11, 18, 22, 23, 37, 38, 39, 58, 72, 78, 79, 82, 94, 96, 116, 125, 144, 164, 166, 180, 185, 187, 199, 200, 216, 232, 233, 234, 238, 245, 246, 250, 272, 273, 383, 384
amour : 87
bonté : 144, 239, 246, 368
éternité : 416
exigences du chrétien : 389
justice : 295
présence : 413
proximité : 393
vengeur : 62, 68, 95
voir aussi CHRIST, RELIGION

DOYEN : 15, 17, 18, 19, 20, 21, 23, 24, 26, 126, 158, 159, 160, 162, 163, 164, 166, 167, 210, 211, 212, 215, 419, voir aussi CURÉ

E

EAU :
bénite : voir ÉGLISE
citerne : 145, 246
du presbytère : 277
manque : 169, 170, 184, 320, 321, voir aussi BÉTAIL

mare : 146, 147, 170, 492, photo n° 39
« passer l'eau » : 187
puits : 170, 172
de Jacob : 158

ÉCLAIRAGE :
acétylène : 112
allumeur : 31
église (fête) : 229, 231, 234, 235
électrique : 29, 205
lanterne : 229
luminaires : 174, 175

ÉCONOMIE :
autarcie : 169, 170
avarice : 418, 419, 420
dépenses réduites : 171, 172, 249, voir aussi ARGENT
sources d'énergie :
charbon, bois : voir CHAUFFAGE
chevaux : 323, voir aussi ANIMAUX (cheval)
gas-oil : 323

ÉCRITURE :
écrit : 98
écriture phonétique : 77
Écriture Sainte : 85, voir aussi BIBLE, ÉVANGILE
idéogramme : 77
imagerie : 77, 78
peur de l'écrit : 216

ÉDUCATION : voir CATÉCHISME, INSTRUCTION

ÉGLISE PAROISSIALE : 13, 25, 34, 48, 62, 65, 67, 75, 127, 128, 153, 166, 167, 185, 200, 210, 211, 273, 293, 295, photo n° 11
Havre : 33, 368
Ingouville : 50
Saint-Sulpice : 303
chauffage : 178, 302, 415
croix : 37, 50, 262, 288
décoration : 301, 359, 410
deuil : 49
fêtes : 228, 230, voir aussi CALENDRIER (fêtes religieuses)
désertée : 241, 312, 412
disposition des lieux :
autel : 13, 17, 20, 54, 94, 119, 174, 179, 192, 200, 271, 298, 303, dessin n° 6
corporal : 342 (note 2)
maître-autel : 227, 230, 234, 256, 260

ornements : voir OBJETS LI-TURGIQUES
préparation : 177
tabernacle : 161, 502
table d'autel : 502
bénitier : 177
eau bénite : 153, 288
chapelle : 11, 46, de la Vierge : 200
chœur : 48, 49, 53, 178, 234, 235, 246, 261, 268, 298, 302
clocher : 11, 13, 33, 38, 50, 88, 177, 186, 271, 278
confessionnal : 360, voir aussi PRA-TIQUES RELIGIEUSES (confession)
coq : 105, 186, 263, 271, 361
fonts baptismaux : 235, 261, 273
nef : 13, 18, 20, 235, 266, 268
sacristie : 17, 25, 37, 53, 57, 94, 102, 115, 157, 177, 199, 211, 227, 492
instruments de musique et percussion :
cloche : 16, 19, 235, 361, 363, voir aussi SONNEUR
harmonium : 17, 18
orgue : 177, 496
mobilier :
bancs réservés : 13, 14, 16, 21, 52, 54, 185, 190, 201, 262, 263, 361
chaire : 21, 35, 98, 157, 166, 167, 494, 495, photo n° 29
chasublier : 17, 174, 175
miséricorde : 20, 233, 274
Prie-Dieu : 46, 94
objets liturgiques :
burette : 93
buis béni : 153, 261, 262, 288
calice : 53, dessin n° 7
canons : 500
chapelet : 87, 288
ciboire : dessin n° 8
cierge : 93, 94, 174, 175, 182, 228, 277, 278, 353, 358, 494
encensoir : dessin n° 10
goupillon : 50, 497, dessin n° 11
image sainte : 79
missel : 53, 93, 161, 176, 223
grégorien : 178
de Noël : 234, voir aussi BIBLE, ÉVANGILE, PRATIQUES RE-LIGIEUSES (prière)
nappes : 93, 94, 293
navette : 26, 505
ornements (autels) : 175, 199, 269, 297, 494
nettoyage : 260, 261
officiants :
acolyte : 176, 236

chantre : 17, 22, 48, 49, 175, 176, 232, 234, 237, 266, 268, 297
clergeot : 26, 48, 49, 52, 54, 70, 94, 174, 175, 177, 276, 336
sacristain : 34, 48, 49, 53, 195, 228
sonneur de cloches : 227, 256, 363
thuriféraire : 175, 236, 497
office : voir CALENDRIER, MESSE (fêtes), MORT
quête : voir ARGENT (paroisse)
réfection du toit : 315
remplie par les fidèles : 415, 416, 417
ruine probable : 413
voir aussi CALENDRIER RELI-GIEUX (fêtes), CURÉ

ÉGLISE UNIVERSELLE : 158, 159, 161, 162, 167, 200, 305, 308
administration : voir CLERGÉ
attitude devant cinéma et théâtre : 304, 305
Contre-Réforme : 164
crise moderniste : 86
encyclique : voir PAPE
évolution : 305
non dirigiste : 353
primitive : 408
séparation Église-État : 85, 157, 410
traditionnaliste : 305
vision enfantine : 182
voir aussi CLERGÉ, CURÉ, ÉVAN-GILE, PRÊTRE, RELIGION

ENFANT : 175, 183, 185, 188, 196, 212, 216, 222, 227, 270, 293
aîné : 262
« apprenti curé » : voir CURÉ, SÉ-MINAIRE
catéchisme : 141, 142, 143, 228, voir aussi CATÉCHISME
de chœur: voir ÉGLISE PAROIS-SIALE (clergeot)
crédule : 278
discipliné : 139
écolier : 50, 51, 139, 165, 296, 297, 319, voir aussi INSTRUCTION (école)
éducation : voir CATÉCHISME, INSTRUCTION
ensorcelé : 120, 255, voir aussi SOR-CELLERIE
« esclaves » de leurs parents : 313, 443, 444
loisirs : 50, 51, 74, 75, 183, 184, 218, 307, télé-club : 307, voir aussi CI-NÉMA
mort : voir MORT
pauvre : 132

petit : 203
présenté à la communauté : 272, voir aussi SACREMENT (baptême)
« ravisé » : 34, 100, 262, 278, 280
responsable : 141

ENFER : 75, 164, voir aussi DIABLE

ETHNOLOGIE : voir AUTEUR (recherches ethnographiques), CAUCHOIS, COUTUMES, PAYSAN, SORCELLERIE

ÉVANGILE : 24, 26, 68, 85, 143, 168, 173, 176, 224, 246, 265, 268, 270, 274, 306, 333, 349, 350, 358, 382, 412
défense d'évangéliser : 243
délaissé : 123, 126
enseignement du Christ : 213
évangélisation : 160
évangéliste : 78
façon de vivre : 305
message de paix : 315
Saint Jean : 382, 390
Saint Luc : 390
Saint Matthieu : 350
voir aussi CHRIST, DIEU, ÉGLISE, RELIGION

F

FAIM : 131, 148

FAMILLE : 58, 211, 217, 442, 443, 444
autorité de l'aîné : 46, 56, 57
du chef de famille : 269, voir aussi FERME (Maît')
liens resserrés : 262, 265
loisirs : 209, 253
mari abandonné : 80
oncle : 45, 46, 55, 56, 57, 58
parenté élargie : 215
respect des défunts : 262
séparation : 80, 133, 185
sorties : 203
tante : 55

FEMME :
activités : 31, 277, 441, 442, 443, 444
« à commissions » : 181
couture : 311
cuisine : 55, 57, 94, 113, 163, 181, 312
servir à table : 45, 46, 47, 163, 246, 269
tricot : 328
voir aussi : AGRICULTURE

coiffure : 311, 348
envoûtée : 347, 348, 349
mariée :
âgée : 199
« la mé » : 311, 312, 313, 328
jeune : 199, 200
« Maîtresse » : 258, voir aussi MÈRE (cauchoise)

FERME : 10, 38, 44, 96, 128, 217, 256, 277
autarcie : 99, 105, 169, 171, voir aussi CAUCHOIS
fin : 23
fermage : 214
« Maît' » : 10, 20, 44, 45, 134, 171, 181, 240, 264
autorité : 96, 98, 152, 153, 245, 269, 365, 366, 443, 444
table familiale : 328, voir aussi ALIMENTATION (place à table)
servante : 194, 264, 396, 397

FÊTES : 21
laïques :
carnaval : 279
goût : 291
de la jeunesse : 320, 321, 395
« vendue » : 337
religieuses :
liturgie :
Noël : 227, 228, 229, 230, 232, 234, 235, 414, 415, 416, 417
Pâques : 260, 267, 268, 269, 270, 271, 272, 273, 274
Rameaux : 261, 262, 263, 264, 265, 266, 268
Saint Michel : 337
jours fériés :
dimanche : 52, 55, 62, 69, 114, 128, 174, 176, 179, 185, 193, 234, 249, 251, 253, 273, 277
de l'auteur : 407, 408
Pâques : voir Pâques
au presbytère : 181
sortie de messe : 352, voir aussi MESSE
jour de purification : 201
Rois : 163

G

GÉNÉALOGIE (cauchoise) : 23, voir aussi CAUCHOIS

GRÂCE : 201, voir aussi RELIGION, SAINT

531

GUÉRISSEUR :
« Celle qui sait » : 187-385, voir aussi
SORCELLERIE

GUERRE : 10, 33, 59, 88, 89, 95, 127,
185, 193, 208
Algérie : 327, 328, 329, 330, 331
Cent Ans : 149, 485
Croisades : 315
Gaules : 149
« Grande Guerre » (14-18) : 10, 157,
223, 230
anciens combattants : 209
front de 1914 : 156
Guerre de 1939-1945 : 186, 188, 206,
222, 249, 288
ausweiss : 81
Avant-guerre : 112, 187
bombardements : 10, 82, 84, 187
Le Havre : 83, 89
déportation : 33
Exode : 95
interdictions : 259
Libération : 24, 104, 128, 130, 133
ligue de démarcation : 81, 82
Occupation : 113, 228
offensive Mai 1940 : 79
officier de réserve : 59
résistance : 81, 113
sabotage : 113
Service Travail Obligatoire : 85, 90
Siège Septembre 1944 : 89
tickets : 187
zone libre : 79

H

HABITAT :
architecte : 152
auberge : 189, 215
bourg : 347
« charreterie » : 203
« château » (manoir) : 13, 15, 36, 64,
152, 170, 207, 231, voir aussi infra :
construction (manoir)
église (architecture) : 158, 197, voir
aussi ÉGLISE PAROISSIALE
grotte (saint) : 160
lotissement : 402, 403
palais (évêque) : 160
presbytère : 15, 122, 353, photos nᵒˢ 13,
14, voir aussi infra : construction
(manoir), PRESBYTÈRE
séminaire : 69, voir aussi SÉMI-
NAIRE
tour du XVIᵉ s. : 158
construction cauchoise : 99, 310

manoir : 480, 481, photo nᵒ 14
masure : 13, 172, 310, 480, 481,
485, 486
colombages : 103, 172, 192,
310, 481, 485, 488
sol : 103
technique du torchis : 172
toiture : 13, 132, 257, 481, 482,
488, 489, 490, 491
taudis : 130
disposition des bâtiments et pièces :
manoir : photo nᵒ 14
couloir : 152, 153
étage : 152, 206, 481
perron : 152
salon : 153
habitat dispersé : 99, 186, 170
cour-masure : 13, 103, 115, 116,
132, 171, 187, 265, 389, 482, 483,
485, photo nᵒ 24
barrière : 99, 100, 121, 149,
265, photo nᵒ 16
écurie : 109, 271, 492
fossé : 170, 184, 203, 335, 483,
484
fumier : 100
mare : 170, 484, photo nᵒ 39
muret : 103

HORSAIN : 10, 13, 99, 169, 229, 240,
296, 399, 403, voir aussi SORCEL-
LERIE

HYGIÈNE : 204
corporelle : 61, 146
au séminaire : voir SÉMINAIRE
(hygiène)
masure : 484, 485, 486, 487
âtre : 101, 115, 130
grange : 254, 284
salle de séjour : 134, 486
mobilier cauchois :
armoire : 310
berceau : 115
buffet : 55
cheminée : 311
horloge : 310
presbytère : 211
séminaire : 65
vaisselle : 55, 310
presbytère : 15, voir aussi PRESBY-
TÈRE
« commodités » : 299, 401
ménage : 291
salle d'eau : 165, 166, 177, voir aussi
EAU, PUITS
voir aussi CHAUFFAGE, FERME,
PRESBYTÈRE

HISTOIRE : 223, voir aussi GUERRE
Ancien Régime :
gabelle : 354
Révolution de 1789 : 355
Christianisme : 416
Sainte Thérèse : 193, voir aussi
Saint... (index noms de personnes)
Clergé : 167
fondation des séminaires : 162
Croisades : 315
Front Populaire : 313
Moyen Age : 335
Paléolithique : 239
Pays de Caux :
ancêtres des Cauchois : 22, 23, 273,
313
calètes : 148, 149, 160
Vikings : 160, 204, 315
anciennes paroisses : 161
archives : 336 (note 1)
documents : 172
ère glaciaire : 148
marchés : 213-214

I

IMAGINAIRE : 335

INFORMATION : 406
bulletins paroissiaux : 311
bulletins religieux : 159
censure catholique : 212
facteur : 292
guerre : 84
journal : 237
articles sur sorcellerie : 338-380
du canton : 213, 401
« Le Fascinateur » (cinéma) : 304
Le Pèlerin : 332
lettres : 121
curé : 161, 162, 216
paroissiens : 216
médias :
radio : 126, 151, 291
télévision : 286
nouvelles transmises oralement :
boulangerie : 265
marché : 209
message enregistré : 420
téléphone : 218
télégramme : 230, 327
témoignages : 485, 486

INJURE : 61, 192
« mauvais œil » : 102, voir aussi
SORCELLERIE

INSTRUCTION :
activités culturelles : 73
collège : 402, 404, 405
école laïque : 50, 52, 56, 60, 139, 165,
211, 291
certificat d'études : 143, 398
choix d'une école : 58
cinéma scolaire : 50, 51, voir aussi
CINÉMA
classe : 51, classe unique : 399,
nouvelle classe : 400, 401
dictée : 48, 50
discipline : 139
punition : 54
distribution des prix : 395, 396, 397,
398, 399
salle des prix :
cinéma : 51
lieu de vote : 41, 42
initiation à la musique : 50
instituteur : 50, 54, 102, 132, 165,
296, 297
jeudi : 182, 183, 291
lecture : 44, 57, voir aussi LEC-
TURE, LIVRE
liberté : 57
quittée précocement : 136
école libre : voir aussi SÉMINAIRE
(petit séminaire)
« congréganiste » : 51
discipline : 51, 259
liberté de l'enseignement : 51
prière : 51
professeur : 73
enseignement de l'histoire : 314, 315
de la médecine : 117
de la philosophie : 222, 237
études : 76, 77, 221
étudiants déconsidérés : 352
homme cultivé : 206
nouvelles méthodes : 405
prêtrise : 97, 117, voir aussi SÉMI-
NAIRE
prêtre-professeur : 122, 123

J

JARDIN : 183, 259
haie : 95, 96
jardinage : 96, 134
potager : 58, 134, 138, 348, 355
interdit : 403
presbytère : 158, 237, 277

JEUNES : 184, 196
comité des Jeunes : 229, 236, 298
déçus : 406

évolution : 322, 323
fête des Jeunes : 228, 320, 321
inquiets : 406
jeunesse : 156, 157
  défaut : 96
jeune femme, jeune fille : 200, 269, 276
mutisme : 404
refus de l'effort : 405
tristesse : 314

JEUX : voir LOISIRS

JUSTICE :
  condamnation : 149, pour sorcellerie : 340, voir aussi SORCELLERIE
  gendarmerie : 336, 340
  prison : 133, 336
  procès : 241
  voleur : 212

L

LANGAGE :
  adapté aux ouailles : 385
  « beau langage » : 126
  châtié : 130
  commenter (film) : 183, 184
  conférence : 156, 158, 159, 160, 161, 162, 163
    auteur : 376
  confession : 231, voir aussi PRATIQUES RELIGIEUSES (confession)
    dialogue : 231
  confidences au prêtre : 220
  conteur : 106
  conversations :
    au café : 193, voir CAFÉ
    auteur avec médecin : 117, avec son père : 83, avec ouailles : 101, 393, voir aussi OUAILLES, PRESBYTÈRE
    entre curés et prêtres : 96, 97, 123, 124, 125, 126, 127, 157, 158, 165, 168, 237, 238, 239, 240, 241, 242, 243
    à un enterrement : 49
    entre femmes : 31
    entre hommes : 45, 46, 47, 56, 58, 151, 208
    sur la mer : 30
    utiles : 141, 292, 364, 365
  diction : 156
  difficulté d'expression : 141
  discours : 398
    chrétien : 87, 253, voir aussi CURÉ (sermon)

discussion philosophique : 207
écoute : 385
discrétion : 244, 292
gestuel : 77, 78, 123, 209
incompréhension : 141
interdiction de parler : 50
intonation cléricale : 54
« parler » : 58
  cauchois et picard : 106, 291, 297, 374, 476, 477, 478, 479, voir aussi LANGUE (patois)
« parole du Maît' » : 96, paroles de prêtre : 152
paroles sacrées : 54
plaisanterie : 197
plaisir de parler : 97
silence : 58, 60, 73, 110, 113, 116, 127, 140, 141, 167, 188, 194, 199, 203, 205, 210, 223, 240, 261, 291, 358, 413
vouvoiement et tutoiement : 238, 240, 293

LANGUE :
  allemand : 133
  anglais : 133, interprète : 133
  latin : 53, 72, 95, 200, 201, 234, 246, 273, 274, 281
    apprentissage : 61, 62, 122
  patois cauchois : 106, 474, 475, 476, 477, 478, 479
    français du XIIIᵉ au XVIᵉ s. : 474
    maudit par les Rois de France : 397
    mots d'origine normande : 478
    parler canadien : 474
    ridicule : 397
  « purin » de Rouen : 475

LECTURE : 57, 58, 69, 77, 78, 123, voir aussi LIVRE
  dans le « baquet » : 68
  esclavage de l'illettré : 57
  perte de temps : 74, 398
  prédilection (auteur) : voir AUTEUR (amour de la lecture)
  prêtres : 123, 126
  « recto tono » : 224
  synonyme de vie : 222

LIBERTÉ : 41, 42, 71, 73, 74, 128, 158, 249, 250, 251, 277
  des chrétiens : 406
  don de Dieu : 73, 157
  d'esprit : 69
  évasion : 192, 250
  du prêtre : 162
  liée à l'instruction : 57

LIEU SAINT : voir PRATIQUES RE-
LIGIEUSES (pèlerinage)

LITURGIE : voir FÊTES (fêtes religieuses), MESSE

LIVRE : 55, 58, 74, 76, 123, voir aussi
BIBLE, ÉVANGILE
Almanach : 310
bague : 222
bréviaire : 49, 87, 95, photo n° 9
bibliothèque : 76, 78, 158, 225
d'école : 222
ésotérique : 377, 378, 379
« Les clavicules de Salomon » : 338
« L'Évangile selon le spiritisme » :
338
lien avec son possesseur : 377
le Petit et le Grand Albert : 341,
342, 379
« Le Petit Plat Corse » : 380
textes malins : 342
« imprimatur » : 69, 86
librairie : 222, 223
méfiance : 136
des prix : 74, 397, 398, 399

LOISIRS :
café : 43, 80, 110, 112, 181, 191, 193,
209, 252, 253, 262, 363
cinéma : voir CINÉMA
cirque : 305
danse : 61
dominos : 110, 151, 157, 181, 193, 209,
210
avec l'auteur : 260, 261, 263, 270,
photo n° 19
fin de semaine : 114
football : 157
jeux du stade (Rome) : 157
mots croisés : 237, 239
promenade (Paris) : 303
ski : 20
sports : 157, 240
télé-club : 307
veillée : 204

M

MAGIE : voir SORCELLERIE

MAGNÉTISME : voir SOURCIER

MAL : 382
absence de Dieu : 383
voir aussi DIABLE, SORCELLERIE

MALADIE : 73, 133, 265
affections :
amputation : 156, 248, 249
asthme : 164
blessure de guerre : 88
brucellose : 199
cécité : 130
congestion capillaire : 115, 119
contagion : 71
grippe : 151
hémophilie : 74
hémoptysie : 82, 221
honteuse : 192
langueur : 192
lèpre : 315
misère physiologique : 132
poliomyélite : 348
psychique : 371, 375
sort : 371, voir aussi SORCELLE-
RIE
tuberculose : 70, 159, 220, 221, 295,
voir aussi AUTEUR (santé précaire), SANATORIUM
hôpital : 84, 132, 133, 221, 241, 277,
278
chapelle : 84, 287
dispensaire : 70, 220
« mouroir » : 278
psychiatrique : 371
sanatorium : voir SANATORIUM
malades :
auteur : voir AUTEUR, SANATO-
RIUM
boulanger : 343, 344, 345
enfant : 115, 116, 119, 120
mère de l'auteur : voir MÈRE (auteur)
prêtre : 177, 179
« tubard » : 80
vieux : 152
médecin : 70, 71, 81, 115, 116, 117,
119, 132, 221, 245, 247, 248, 257, 277,
299, 300, 375, 376
impuissant devant envoûtement :
347, 348, 372
soins :
médicaments : 292
neuroleptiques : 375
pénicilline : 299
traitement :
aspiration continue : 80
friction : 70
insufflations : 222
pneumothorax : 74
ponctions : 222
prières aux saints : 187
rire du médecin : 300
thoracoplastie : 159

MALHEUR : 34, 153, 253, 271

MARCHE A PIED :
Cauchois : 112
pèlerins : 188
prêtre : 66, 69, 95, 99, 121, 128, 250

MARCHÉ : 93, 110, 130, 132, 206, 207, 209, 245, photo n° 12
affaire des femmes : 208
autrefois : 213, 215
banc : 208
étals : 207, 214
« se faire voir » : 207
halle à blé : 208, 209, 213
laitages : 206, 207
marchands de bestiaux : 207
marchand en gros : 208
volaille : 206, 207

MARIAGE : 46, 179, 200, 214, 256, 296
divorce : 371
endogamie : 240
épouser sa servante : 256
publication des bans : 178, 179
tardif : 256, 265
vivre maritalement : 212

MER : 30, 31, 33, 55, 287
« haut risque » : 124
« La côte » : 33
marée : 40, 124
ramasseur de galets : 445
recherche de la rocaille : 149

MÈRE :
de l'auteur : 10, 11, 20, 27, 40, 46, 52, 54, 55, 56, 60, 61, 62, 74, 75, 83, 89, 90, 93, 94, 112, 130, 131, 134, 135, 138, 139, 145, 146, 147, 151, 164, 168, 172, 181, 185, 194, 196, 206, 211, 217, 222, 228, 276, 277, 396, photos n°ˢ 3, 4, 8
discrète : 122
économe : 216, 289
lettres : 74
malade : 277, 278
mort : 286, 287, 296
« placée » en ville : 37, 55, 135
pratiques religieuses : 33
préparation de l'autel : 178
respect du curé : 39
sacrifices : 52
sollicitude : 230, 278, 290
cauchoise :
autorité : 371, 372, 373
du Christ : voir Index Noms (Sainte Marie)

MESSE : 25, 52, 60, 62, 72, 87, 178, 179, 185, 201, 244, 246, 262, 299, 302
basse : 93, 276
célébration : 94, 104, 191, 192, 287, 303, 408, 409, 410, 411, 412
interdite aux femmes : 94
interdite aux laïcs : 409
fréquentation : 127, 273, 274, 302, 312, 350
liturgie :
communion : 11, 52, 154, 168, 180, 272, 274, 342 (note 2), 362, 363, exceptionnelle : 181
Première Communion : 358, voir aussi SACREMENTS (Première Communion)
dialogue tuilé : 53
hostie : 25, 26
oraisons : 93-94
préparation de l'autel : 93
messe de minuit : 229, 230, 235, voir aussi FÊTE (religieuse : Noël)

MESSIE : voir CHRIST

MIRACLE : 242, 247, 390

MISÈRE : 113, 119, 130, 221, 278, 299, 347
curé : 161, 179, 180, 446, 447, 448
hospice : 254, 276
mendicité : 277
morale : 347
vagabond : 276

MISSIONNAIRE : 160

MONASTÈRE, MOINE : 160, 162, 223

MORT : 151, 152, 155, 240, 260
angoisse : 368
annonce : 327, 328
anticipation (auteur) : 418, 419, 420
arrêt de l'horloge : 310
bétail (sort) : 372, voir aussi SOR-CELLERIE
catafalque : 48
cauchoise : 267
cercueil : 330, 331
corbillard : 48
croyances : 337
curé : 290, 301
deuil : 330, 331
enfant : 115, 117
mort-né : 199, 200
femme indigente : 133
guerre (Algérie) : 327

homme indigent : 132
inhumation : 48, 149, 287, 296
levée du corps : 48
d'un « Maît' » : 151
mère de l'auteur : voir MÈRE (auteur)
« mort pour rien » : 330
mourant : 153, 154, 241, 336, 367
ornements : 48
père de l'auteur : voir PÈRE (auteur)
procession : 48
suicide : 254
testament : 155
veillée : 153
« vendue » : 337 (note 2)
voir aussi CIMETIÈRE

MUSIQUE :
danse : 212, 218
initiation : 50
instruments :
  accordéon : 130
  clairon : 67
  cloche : 235, 236
  harmonium : 289
  piano : 61
  violon : 5
profane :
  chant :
    jeunes : 313
    laboureur : 312
  comptines : 279
  fanfare : 67
sacrée :
  angélus : 50
  chantre : voir ÉGLISE PAROISSIALE (officiants)
  chorale : 17, 18, 52, 180, 234, 240, 298, 299, 302
    répétitions : 268
  grégorien : 178, 298, 301
  organiste : voir ÉGLISE PAROISSIALE (officiants)
  plain-chant : 178, 298, 301
  psaumes : 18, 25, 37, 53, 178, 195, 224, 234, 235, 238, 263, 264, 265, 266, 270, 357, 415
    actions de grâce : 392
    hymne de vengeance : 95

N

NAISSANCE : 200
annonce : 292
enfant mort-né : 200
pendant la guerre : 239
relevailles : voir RITE

NOM :
anonymat : 276, 288
belge : 133
célèbre : 149
des paroissiens : 215
Saint Nom : 392
surnom :
  « Canipette » : 109
  Cendrillon : 132
  d'un curé :
    « Monsieur Prêtre » : 134
    nom de sa paroisse : 156, 158, 159, 160, 164, 165, 167
  du diable : voir DIABLE
  horsain : voir HORSAIN
  du jeteur de sort : 379
  « Marocain » : 59
  « petite » : 151
  « soleil » : 130

NORMAND : voir PAYS DE CAUX

O

OUAILLES : 21, 23, 24, 35, 66, 95, 96, 99, 102, 111, 123, 126, 127, 128, 157, 158, 165, 167, 177, 181, 182, 191, 192, 195, 198, 211, 216, 217, 225, 228, 230, 231, 252, 273, 278, 289, 297, 301, 407, 435, 436, 437, 438, 439, 440, 441, 442, 443, 451 à 466
chicanes : 240
dévot : 225, 302
exigeants envers leur curé : 230
interrogations : 409
visités par le curé : 185, 238, 310, 311, 312
visite à paroissiens éloignés : 262
visite au presbytère : voir PRESBYTÈRE
voir aussi ARTISANS, CAUCHOIS, CURÉ, ÉGLISE, FÊTES, PRATIQUES RELIGIEUSES, PAYSAN, VILLAGE

OUTIL : voir AGRICULTURE (matériel agricole), ARTISANS

P

PAPE :
concile : 332, 333 342
encyclique : 85, 217
Jean XXIII : 332, 333
« Rome » : 273

537

Sede vacante : 238
Vatican : 157

PARADIS : 62, 369

PAROISSE : 11, 16, 21, 66, 70, 74, 90, 161, 182, 185, 193, 249, 253, 298, 301, 407
  accroissement du nombre : 307, 407
  accueil du curé : 301
  paroisse d'accueil : 414, 415, 416
  « clocher » : 300
  « difficile » : 240
  fichier : 216, 217, 237
  naissance : 159
  ouaille : voir OUAILLE
  registre : 239
  regroupement : 414
  réparations : 161
  rurale : 159, 161
  salle paroissiale : 395, 396
  voir aussi : OUAILLES

PAROISSIEN : voir OUAILLES

PRATIQUES RELIGIEUSES : 68, 87, 127, 451 à 466
  s'agenouiller : 67, 200, 211, 231
  confession : 70, 98, 153, 154, 211, 231, 232, 238, 274, 295
    absolution : 232
    communion solennelle : 359
  cure de silence : 73
  influencées par les rites païens : 162
  pèlerinage, pèlerin : 185, 186, 187, 188, 189, 191, 192, 193, 197, 198, 273, 384
    à Jérusalem : 390
  pénitence : 261, 265
  prière : 13, 68, 95, 116, 117, 140, 154, 159, 187, 192, 198
    actions de grâce : 187, 195, 199, 200, 201
    communion solennelle : 359
    Dominus Vobiscum : 185
    « formule magique » : 140
    latin : 200, 224
    mea culpa : 232, miserere : 224
    pluie : 321
    procession : 273
    retraite : 238
    signe de croix : 264

PAUVRETÉ : 348, voir aussi MISÈRE

PAYS DE CAUX : 10, 57, 64, 68, 91, 101, 108, 112, 114, 122, 134, 160, 169, 170, 184, 186, 187, 225, 252   •

histoire : voir HISTOIRE (Pays de Caux)
paysage : 335, 336
  barrières d'herbage : 99
  boue : 118, 121
  fossés : 9, 10, 13, 97, 99, 100, voir aussi HABITAT
  climat : voir CLIMAT
  formation du sol : 170
    tremblement de terre : 171
  manque d'eau : 170, voir aussi EAU
  mer : 170, 196, 206, 277
    côte : 160
    marée basse : 197
  mine : 109, 440, 441
  plaine : 10, 17, 24, 97, 99
  vallée : 71, 79, 156, 157
  terre lourde : 108, 170, 264
  voir aussi AGRICULTURE, CAUCHOIS, FERME, HABITAT, PAYSAN

PAYSAGE : voir PAYS DE CAUX (paysage)

PAYSAN : 206, 213, 244, 437, 443, 444
  « besoin de liquide » : 213
  évolution : 322, 323
  goût pour le cinéma : 203
    pour les documentaires : 206
  instinct : 254
  joie de vivre : 312
  savoir : 136, 141
    prévision du temps : 141
  soin aux bêtes : 204
  voir aussi CAUCHOIS, FERME

PÈRE :
  de l'auteur : 34, 40, 43, 50, 51, 55, 58, 60
    épris de liberté : 41, 42
    facteur : 40, 42, 58, voir aussi POSTE
    mort : 84
    paralysé : 83
  d'un enfant malade : 116, 117

POLICE :
  gendarmerie : 327, voir aussi JUSTICE

POSTE :
  boîte aux lettres : 56
  courrier sacré : 56, 82
  facteur-chef : 138, voir aussi PÈRE (auteur)
  notoriété : 292

vêtements : 291
lettres : 45, 56, 74, voir aussi IN-
FORMATIONS (lettres)

POUVOIR :
autorité du « Maît' » : voir FERME
(Maît')
autorité romaine : 149
Gouvernement : 313
Maire : 327, 328, voir aussi ADMI-
NISTRATION (Conseil municipal)
Rois de France : 162
voir aussi CLERGÉ

PRESBYTÈRE : 23, 26, 27, 59, 61, 93,
95, 102, 109, 119, 128, 130, 132, 135,
139, 145, 163, 183, 215, 290, 292, 337,
450 à 466
architecture : 158, voir aussi HABI-
TAT (manoir)
austère : 182
chauffage : 146, 216, 287, 297, 298,
307, 308, 309
    âtre : 146
    poêle : 140, 216, 298
cinéma : 183, 184, voir aussi CI-
NÉMA
disposition des lieux : 140
    autel : 94
    bibliothèque : 237
    bureau : 217, 289
    cellier : 134
    « commodités » : voir HYGIÈNE
    cour : 182, 183
    ensorcelé : 337, 338, 339, 401
    gouvernante : voire MÈRE (auteur)
    jardin : voir JARDIN (potager)
    salle d'attente : 370
    salle de catéchisme : 182, 183
    salle d'eau : 165
    salle unique : 61, 121, 289, 290
isolement du curé : 216, 251, 252, 287,
288, 289, 291, 387
lieu sacré : 157
mobilier : 291
    buffet : 151
    conobois : 146
    meubles en chêne : 140, 237
occupations :
    lecture : 216
    recherches : voir PAROISSE (fi-
    chier, registre)
provisoire : 246
repas : voir ALIMENTATION (repas,
presbytère)
télé-club : 307
toit percé : 296

visites des enfants : 289, 290
visites des paroissiens : 216, 250, 250,
370 à 376
voir aussi AUTEUR, CATÉCHISME,
OUAILLES, PAROISSE

PRÊTRE : 20, 34, 58, 59, 60, 69, 79, 85,
94, 127, 185, 224, 225, 240, 241
abandon de la soutane : 305
apostolat : 162
avant-guerre : 183
choix du sacerdoce : 76, 158
contraintes : 158
dépendance : 121
enseignant : 237
études : 97, voir aussi SÉMINAIRE
expérience : 152
« fonctionnaire de Dieu » : 85, 241
formation : 162, voir aussi ÉTUDES,
SÉMINAIRE
insoumission : 243
intérêt pour le cinéma : 305
intermédiaire entre Dieu et hommes :
166, 232
jeunesse : 156, 237
liberté : 162
mariage : 333
mise en garde (clergé) : 87
« Monsieur Prêtre » : 134
notable : 86, 135
ordination : 86, 156, 163, 166, 241, 289
ouvrier : 90, 181, 306
pénurie : 242
pièce d'identité : 303 (note 1)
refus d'innover : 124
respect des convenances : 240
responsabilité morale : 212
savant : 212
« soutane » : 80, 220
spiritualité : 166
travail : 180
vieux : 152
voir aussi AUTEUR, CURÉ, SÉMI-
NAIRE

PRIÈRE : voir PRATIQUES RELI-
GIEUSES (prière)

PRIEURÉ : 160

PROGRÈS : 312, 313, 320, 322, 323, 403
voir aussi HABITAT (lotissement),
JEUNE, VILLAGE (nouveau village)

Q

QUERELLE :
rixe entre marins : 33
différend entre curé et Doyen : 215,
218
conflits entre familles : 398

R

RELIGION : 23, 34, 116, 127, 179, 188,
198, 246
catéchisme : voir CATÉCHISME
Cauchois : 143
charité : 164, 237, 294, 296, 382, 383
« charités » (communautés) : 408, 409
christianisation : 162
christianisation des rites païens : 342,
385
christianisme libérateur : 382
commerce : 363
culte des reliques : 384
damnation : 143
dévot : 377
diabolisme : voir DIABLE
Druides : 335
dieu Cerumnos : 335
éducation : voir CATÉCHISME,
INSTRUCTION (école libre), SÉ-
MINAIRE, SÉMINARISTE
élite : 384
espérance : 415, 416, 417
esprit de soumission : 212
foi : 39, 94, 116, 224, 242, 270, 350, 389
peur de la perdre : 97
sans effort : 406
hérétique : 390
homélie : 192, 407
homme de foi : 377
idéal : 162
indulgences : 36
interdits : 36, 142, voir aussi SÉMI-
NAIRE
libertin : 38
marginalité : 273, 274
ordres :
Dominicains : 278
religieuses : 277, 287
pari de Pascal : 368, 389
peccamineux : 200
péché mortel : 305
péché véniel : 274, 359, 360
piété : 94
prosélytisme : 241
recueillement : 188, 197
refus du changement : 333, 389
résurrection : 368

« rieniste » (incroyant) : 36, 416, 419
rituel : voir RITE
Rome : voir PAPE
sacerdoce des laïcs : 408
Saint-Esprit : 383
Saints guérisseurs : 188
Salut de l'âme : 127
voir aussi CATÉCHISME, CLERGÉ,
CHRIST, CURÉ, DIEU, ÉGLISE,
FÊTES (religieuses) RITE, SÉMI-
NAIRE

RITE, RITUEL : 201
désenvoûtement : 380, 381
diocèse : 281
païen : 162, 342, 385
relevailles : 199, 200, 201
romain : 385
voir aussi FÊTES (religieuses),
MESSE

S

SACREMENT : 252
baptême : 160, 281
auteur : 33, 34, 35
ondoiement : 239
sel : 116
bénédiction : 67, 117, 201
bénédicité : 68, 224
de Pâques : voir FÊTES (religieuses)
du buis : 270
nuptiale : voir MARIAGE
communion solennelle : 60, 143, 238
communiants : 357, 358, 359
confession : 359, 360
examen : 62, 142
fête : 358, 361, 362, 363, 364
prière : 359
profession de foi : 357
repas : 364, 365, 366
retraite : 358, 360
rite de passage : 143
« Ex opere operato » : 238
Extrême-Onction : 154, 253, 336
Saint Sacrement : 67, 241, 273

SACRISTIE : voir ÉGLISE PAROIS-
SIALE (sacristie)

SAISON : voir CLIMAT

SAINT, SAINTETÉ : 87, 161, 273
culte : 384
force physique : 192
Saints guérisseurs : 188
voir aussi INDEX NOMS (Saint...)

SALAIRE : 318, 319
instituteur : 50
ménagère : 318, 319
ouvrier : 318, 319
revenus d'un curé : voir CURÉ
voir aussi ARGENT, ARTISANS ET
OUVRIERS, TRAVAIL

SANATORIUM : 71, 72, 79, 159, 177,
220, 239, 277, 308, photo n° 8
activités culturelles : 73
bibliothèque : 76
culte de la vie : 71

SANCTUAIRE : voir PRATIQUES
RELIGIEUSES (pèlerinage)

SANTÉ : 34, 129
fragile : 79, voir aussi AUTEUR
(santé précaire)
liée au poids : 18

SCANDALE : 157, 158, 232

SÉMINAIRE : 11, 58, 60, 62, 70, 71, 79,
84, 159, 182, 261
autorité : 74
fondation : 162
en marge du monde : 123
professeur : 59, 69, 164
Grand Séminaire : 69, 84, 90, 226
chapelle : 84, 90, 224
cloître : 225
conseil des directeurs : 86
cours en français : 85
hospitalité : 223
ouvert au monde : 90
professeurs : 84, 224
réfectoire : 223
séparé du monde : 251
Supérieur : 84, 86, 223
Petit Séminaire : 59, 64, 67
activités ménagères : 66
cour : 68
décorum : 68
dortoir : 65
emploi du temps : 66, 67
enseignement : 65, 69
hygiène : 65
mobilier : 65, 66, 68
nourriture : 66, 70
prières : 68
promenades du mercredi : 68
réfectoire : 66, 68
règlement : 65, 66, 68, 69, 74, 79,
259
uniforme : 64, 67, 68

SÉMINARISTE : 52, 68, 90, 159, 224,
225, 226, 228
« apprenti curé » : 67, 71, 337, 339,
378
directeur spirituel : 71, 72, 73, 76
maquisard : 90
ouvert sur le monde : 85
vocation tardive : 67

**SENTIMENTS, CARACTÈRES et RE-
LATIONS** :
amitié : voir AMITIÉ, AUTEUR
(amis)
amour : 73, 365, 366
Dieu : 87, 393
filial : 119
de son prochain : 87
angoisse : 80, 116, 128, 142, 145, 154,
188, 221, 252, 253, 255, 285, 349, 353,
368, 382, 385, 406
autorité : 66, voir aussi FERME
(Maît' : autorité)
bonté : voir CHARITÉ, RELIGION
calme : 154
charité : voir CHARITÉ, RELIGION
colère : 351, 391
confiance : 256
déception : 406
discrétion : 121, 122, 206, 259
égoïsme : 90
espérance : 84, 127, 414, 416, 417
fierté : 60, 101, 121
finesse : 96, 199, 135, 206
foi : voir RELIGION (foi)
force : 118, 120, 255
frayeur : voir angoisse
gaieté : voir joie
haine : 253, 379
honte : 142, 190, 199
humour : 87, 106, 135, 230, 308
hypocrisie : 73
impatience : 240
insatisfaction : 186, 406
joie : 60, 70, 72, 109, 111, 127, 172,
189, 190, 193, 196, 198, 200, 204, 259,
265, 287, 298, 300, 303, 401
de vivre : 71, 72, 164, 239, 312
liberté : voir LIBERTÉ
malice : 96, 154
malheur : voir MALHEUR
médiocrité : 87
modestie : 232
nostalgie : 313, 320
obéissance : 65, 66, 69, voir aussi
CLERGÉ, SÉMINAIRE
optimisme : 72, 73, 121, 184, 239,
240

541

patience : 73, 214
piété : voir RELIGION
réserve : 96
révolte : 128, 296, 406
silence : voir LANGAGE (silence)
simplicité : 62
solidarité : 80, voir aussi CATÉ-
CHISME
solitude : 87, 99, 105, 128, 129, 170,
190, 216, 218, 247, 287, 289, 296,
voir aussi AUTEUR (la solitude),
CAUCHOIS
spiritualité : 187, 190
sympathie : voir AMITIÉ
vantardise : 109

SOCIÉTE :
Bourgeoisie :
« ceux du château » : 206, 230, 240,
277, 296
« gens de la côte » : 52, 61, 75
haute société : 133
Cauchois : voir aussi CAUCHOIS
autorité du « Maît' » : voir FERME
(Maît')
ordre hiérarchique : 134, 200
suprématie masculine : 134
Mai 68 : 352

SOCIOLOGIE : voir AUTEUR (recherches), CAUCHOIS, VILLAGE,
SORCELLERIE, SORCIER
affaire de Cideville : 377, voir aussi
INDEX LIEUX (Cideville)
amulette : 338
conférence : 376
désenvoûtement : 379
diabolisme : voir DIABLE
enfant « pris » : 371
envoûtement : 347, 371, 372, 373
exorcisme : voir CURÉ (exorciste)
force : 341
formules secrètes : 376, 385
institution : 337
jeteur de sorts : 337, 371, 379
mauvais sort, « Malfait » : 253
pouvoir : 342
progrès : 380
« travail » : 337, 349, 371, 379

SOURCIER : 377, 385
pendule : 386

SPIRITISME : 335, 338
médium : 378

SURNATUREL :
anges et démons : 382, 383

SYNODE :
statuts : 75

T

TABAC :
chique : 107
interdit de fumer : 103
rouler une cigarette : 107, 190, 191

TERRE HUMAINE : rencontre avec
Jean Malaurie : 425

THÉÂTRE : 396
Mystères : 304

THÉOLOGIE :
Contre-Réforme : 127, 167, 180, 181
exégèse : voir BIBLE
jansénisme : 199, 218
Réforme : 224
séparation de l'Église et de l'État : voir
ÉGLISE UNIVERSELLE
traités : 85
voir aussi CHRIST, CLERGÉ,
CURÉ, DIEU, ÉGLISE, PAPE, SÉ-
MINAIRE

TRADITIONS :
attachement : 389
cauchoises : 123, 135, 209, 255, 269
Église : 162, 234, 235, 238, 273, 278,
274
repas : 181, 223
voir aussi CAUCHOIS, COUTUMES

TRANSPORTS :
bac : 188, 189
« bannet » : 190
bicyclette : 112, 128, 238, 249, 250,
251, 276, 277
car : 114, 186, 188, 189, 190, 191, 196,
197, scolaire : 402
chauffeur : 186, 189, 191, 196, 197
carriole : 50, 93, 131, 206, 207, 238,
disparition : 401
charroi : 54, 109, 213, voir aussi :
ARTISANS, OUVRIERS (charretier)
chemins de fer : 113, 114
gare : 47, 54, 109, 112, 113, 114, 217,
218
train : 55, 70, 79, 82, 83, 112, 113,
204, 217, 218, 220
wagons délabrés : 114
corbillard : 48, 287
du curé et du prêtre : 128, 206, 238,
285, 298, 299

automobile : 156, 158, 167, 302, 407
bicyclette : voir ce mot
de l'évêque : 307
métro : 82, 305, 306
omnibus : 44, 55
tramway : 48, 63, 70
voiture : 97, 116, 118, 119, 128, 249, 277, 298, 299

TRAVAIL :
artisan : voir ARTISANS, OU-VRIERS
chômage : 318, 404
commerce : voir COMMERCE, COMMERÇANTS
employé de bureau : 30, 97
fonctionnaire : 75, 138
interprète : 133
salaire :
de la ménagère et de l'ouvrier : 318, 319

TUBERCULOSE : voir MALADIE

V

VATICAN : voir PAPE

VÉRITÉ : 384, 387, 389
divine : 384
interrogations : 408, 409
recherche : 390, 393, 394
scandaleuse : 384
scientifique : 384
« vérité du curé » : 408

VENTE (aux enchères) : 337

VÊPRES : 15, 24, 34, 46

VÊTEMENT :
casquette : 252, 282
communiant : 357, 358
deuil : 48
dimanche : 177, 257, 274
enfant : 34
dimanche : 236, 395
écolier : 54, 139, 298, fête : 272
facteur : 56, 63, 292
fait à la maison : 171
femme : 55, 93, 103, 130, 196
autrefois : 229
dimanche : 61, 207
forgeron : 106
hiver : 279
instituteur : 50
jardinier : 134, 135

« Maît' » : 93
marchand de bestiaux : 207
nuit : 153
plage : 212
printemps : 279
sacerdotal : 52, 54, 205
aube : 67, 166
barrette : 53, 166
béret : 156
chape : 18, 25, 49, 273, drap d'or : 235, 237
chasuble : 53, 54, 237
dessins : 432
disparition : 412
du clergeot : 17, 52, 236, 262, 336
curé de campagne : 94, 95, 407
douillette : 121
étole et surplis : 36, 49, 52, 140, 152, 166, 175, 200, 272, 339
fête : 273
ornements : 230, 232, 299
pèlerine : 152
soutane : 9, 49, 52, 90, 96, 101, 102, 140, 152, 157, 163, 166, 175, 221, 222, 227, 231, 240, 257, 266
boutons : 176
entretien : 249, 262
unifiante : 81

VIE QUOTIDIENNE : voir CAU-CHOIS, MARCHÉ, VILLAGE
usés : 81
vagabond : 276, 277

VIERGE : 200, 201, 236, voir aussi IN-DEX NOMS (Sainte Marie)

VIEUX : voir CAUCHOIS (vieux)

VILLAGE (cauchois) : 11, 80, 122, 151, 158, 183, 191, 199, 202, 211, 225, 229, 298
ancien : 183
clivage ancien-nouveau : 403, 404
boulangerie : voir COMMERCE (boulangerie)
café : voir LOISIRS (café), épicerie-café
« carreau » : 13, 93, 95, 172, 182, 186, 189, 191, 193, 274, 352, 395
déserté : 401
disposition : 90
épicerie-café : 438
exode rural : 127, 128, 403
hameau : 16
loisirs : voir LOISIRS
mentalité : voir CAUCHOIS
querelles : 11

543

de vieux : 127, 403
voir aussi : CAUCHOIS, PAYS DE
CAUX, VOISINS

VILLE : 40, 57, 79, 112, 204
Le Havre : voir aussi INDEX LIEUX
fierté des habitants : 40
histoire : 32, 33
loisirs : voir LOISIRS
quartier de La Rampe : 29, 30, 31,
32, 33, 75, 137, 183, 202, photo n° 1
quartier d'usines : 55
Rouen : 220

VIOLENCE :
entre époux : 130, 131
gifle : 58
voir aussi GUERRE

VISITES :
presbytère : 122

prêtre à ses ouailles : 98, 99, 100, 101,
102, 103

VOIRIE :
décharge publique : 146

VOISIN :
opinion publique : 101
promiscuité : 403
réputation, rumeur : 102, 110, 130,
133, 157, 199, 200, 212, 231, 262
voir aussi VILLAGE, VILLE

VOYAGE :
artistes : 305
France : 74, 79
maritime : 206
Paris : 216
pèlerinage : voir PRATIQUES RE-
LIGIEUSES (pèlerinage)

Table des illustrations in texte

— Carte de la région de Vattetot-sous-Beaumont (Pays de Caux). Dessin : Patrick Mérienne 6-7

— Ornements sacerdotaux : la chasuble est l'ornement que le prêtre portait à la messe (N° 1 : chasuble traditionnelle, dite familièrement à cause de sa coupe sur le devant « boîte à violon »).
Les chapes (N°s 2, 3, 4) : la couleur varie suivant la liturgie et la fête du jour (blanc, vert, rouge, violet, noir). Le drap d'or peut, dans les solennités, remplacer toutes les couleurs, sauf le violet et le noir. A l'origine, ce vêtement fut inspiré par le vêtement de pluie. Le chaperon du haut rappelle la capuche. Dessin : Patrick Mérienne 432

— L'étole ou le manipule est un élément de l'ornement du prêtre. Le manipule est porté au bras : c'est un souvenir de la serviette que portaient les orateurs romains pour s'éponger au cours de leurs discours. L'étole est signe du pouvoir. La manière de la mettre à droite ou croisée marque la hiérarchie des officiants et leur fonction. Dessin : Patrick Mérienne 434

— Plan d'une cour-masure cauchoise 484

— Plan d'une masure cauchoise 486

— Présentation de la masure cauchoise. Dessin : Patrick Mérienne 487

545

— L'autel : les marches, la table d'autel, le gradin qui supporte les chandeliers (ou torchères) qui encadrent le tabernacle où l'on garde les hosties consacrées, le retable peint ou sculpté — fond de l'autel — la statue du saint auquel est dédié cet autel. Dessin : Patrick Mérienne 493

— Calice et ciboire : la messe est un « repas consacré », le calice est la « timbale ». La patène est l'assiette métallique qui couvre le calice et sur laquelle on dépose l'hostie consacrée. Le ciboire — de *cibus* : nourriture — est le vase sacré qui contient la réserve d'hosties. C'est le ciboire que l'on met et garde dans le tabernacle. Dessin : Patrick Mérienne 495

— Les stalles du chœur : les stalles, adossées au mur, permettent aux fidèles du chœur de se tenir debout, lorsque la « miséricorde » est relevée, et de s'asseoir lorsqu'elle est abaissée. Dessin : Patrick Mérienne 496

— Un encensoir sert à brûler l'encens et s'ouvre au moyen de chaînes que manie le thuriféraire. Dessin : Patrick Mérienne 497

— Le bénitier — seau pour l'eau bénite — et le goupillon. L'eau est un rappel du baptême. Dessin : Patrick Mérienne 498

— Ostensoir ou « soleil » : pour porter le Saint Sacrement, l'hostie consacrée, lors d'une procession. On dit aussi « monstrance », car il sert à présenter le Très Saint Sacrement, lors d'un salut par exemple. Autrefois, l'ostensoir avait la forme d'un reliquaire. Depuis la contre-réforme et surtout depuis Louis XIV, la confusion entre le roi et Dieu, la religion et l'Etat, a certainement influencé la création de l'ostensoir rayonnant comme une « gloire ». Dessin : Patrick Mérienne 498

— La navette contient la réserve d'encens. Sa forme évoque la caravelle (*navis*) ; elle explique l'origine du mot. Autre explication : on dit du clergeot qui porte l'encens « Il fait la navette », car il va de l'un à l'autre thuriféraire pour offrir l'encens.

L'ampoule en métal argenté contient les saintes huiles, consacrées chaque année le jeudi saint, à la messe chrismale, par l'évêque. Il existe trois ampoules : O.S. (*Oleum sanctum*), huile des catéchumènes (ceux qui préparent au baptême). O.I. (*Oleum infirmorum*), huile destinée aux onctions sur les malades, lors de l'administration de l'extrême-onction. S.C. (*Sanctum chrisma*), le Saint Chrême, huile de consécration, utilisée en paroisse spécialement lors du baptême. La coquille est utilisée pour l'ablution, dans un baptême. Dessin : Patrick Mérienne 499

— Croix de fête de la Moisson. Recourant toujours à ce qui est proche, on utilise la paille pour la décoration. On la cueille encore verte pour la tresser et faire, « en blé », des ostensoirs, des bougeoirs ou des croix... La coutume revient actuellement. Dessin : Patrick Mérienne 500

Table des illustrations hors texte

1. Saint-Vincent, quartier de la Rampe, Le Havre. Bernard Alexandre, enfant de chœur. Collection auteur.
2. Augustin Alexandre, père de l'auteur, facteur-chef au Havre, photographié au retour de sa tournée (1936). Photo : D.R.
3. Hélène Leroux, mère de Bernard Alexandre, au moment de son mariage, à Bernières, en avril 1904. Collection auteur.
4. 1938 : la mère de l'auteur visitant son fils, séminariste, en cure au sanatorium du clergé, à Thorenc. Collection auteur.
5. Le grand sémimaire de Rouen qui rassemble tous les séminaristes du département : la promotion de l'année et les séminaristes prisonniers rapatriés et maquisards. Entouré d'un cercle, l'auteur âgé de 28 ans. En 1988, la promotion de deux diocèses — Rouen et Le Havre — ne rassemble qu'une dizaine de séminaristes, à Issy-les-Moulineaux ; les bâtiments du séminaire de Rouen ont été vendus, il y a environ dix ans. Collection auteur.
6. La hêtraie du château de Baclair, près de Vattetot (1988). Photo Carlos Freire.
7. Entrée du village de Vattetot-sous-Beaumont. En arrière-plan, l'église et le presbytère (1988). Photo Carlos Freire.
8. L'auteur avec sa mère, au sanatorium du clergé de Thorenc (1938). Collection auteur.

9. L'auteur lisant son bréviaire, à Vattetot-sous-Beaumont, en novembre 1945. Collection auteur.

10. Sacristie de Rouville, en bois de chêne, du début du XIXe siècle. Avant la cérémonie, l'auteur se prépare à mettre sa chasuble « drap d'or » (janvier 1988). Photo Carlos Freire.

11. Eglise de Rouville. Célébration de la Bible, en présence des enfants du catéchisme (janvier 1988). Photo Carlos Freire.

12. Marché de Gonneville-la-Malet. L'auteur est invité, selon la vieille coutume cauchoise, à goûter avant d'acheter (1988). Photo Carlos Freire.

13. Presbytère de Vattetot. Le vin d'honneur offert aux hommes par le curé, après la messe (août 1946). Collection auteur.

14. Manoir de Sainte-Marie : le presbytère de Vattetot. C'est à l'ombre de ce marronnier (auquel l'auteur a été très lié) que les années ont passé. C'est en 1848 que le curé de la paroisse a planté ce marronnier comme arbre de la liberté (1988). Photo Carlos Freire.

15. Château de Bernières où les grands parents maternels de l'auteur furent employés de la maison. Le père de l'auteur et Bernard Alexandre sont particulièrement attachés à cette paroisse. Bernard Alexandre se sent, à Bernières, comme si chaque habitant était menbre de sa famille (1988). Photo Carlos Freire.

16. La barrière cauchoise. Le curé en visite auprès d'un de ses paroissiens (Rouville, 1988). Photo Carlos Freire.

17. L'auteur fait sa visite pastorale annuelle (1988). Photo Carlos Freire.

18. A la boulangerie de Vattetot : l'auteur rencontre le nouveau boulanger qui a succédé à Max, son ami des mauvaises heures (1988). Photo Carlos Freire.

19. On touille les dominos. L'auteur au centre, avec deux paroissiens. « A la sortie de la messe, je suis demandé pour faire le quatrième aux dominos. Le partenaire habituel a dû s'absenter. » Photo Ouest-France.

20. La paix scolaire. L'auteur en conversation avec son ami l'instituteur, directeur de l'école de Vattetot (1988). Photo Carlos Freire.

21. Le curé Alexandre chez Rémi Guérin. Il discute avec Mauricette Guérin qui assure le catéchisme de la paroisse (1988). Photo Carlos Freire.

22. Le curé Alexandre et Rémi Guérin. Détail de la photo précédente.

23. Messe de la moisson où se retrouvent les cinq paroisses. Folklore ou foi ? Folklore et foi ? Ou peut-être les deux ? Vattetot-sous-Beaumont (septembre 1986). Chaque ville avait, jadis, sa « couffé ». Collection de l'auteur.

24. La cour-masure cauchoise. Les pommiers, les rideaux d'arbres, le « fossé », la maison dans ses transformations successives : soubassement en silex noir, colombages, briques (industrielles), toit ardoisé (1988). Photo Carlos Freire.

25. Le catéchisme à Bernières. « Où se trouve ce pays qu'on appelait la Palestine et où vivait le Christ ? » (1988). Photo Carlos Freire.

26. Le lieu. Force d'enracinement du Cauchois, droit comme un hêtre, lié au sol et à son histoire (1988). Photo Carlos Freire.

27. Rouville. La confession, hier. Le sacrement de la pénitence est en rapide évolution dans l'Eglise, depuis la dernière guerre (1988). Photo Carlos Freire.

28. Sortie du catéchisme, à Rouville (1988). Photo Carlos Freire.

29. Prône du dimanche du haut de la chaire : c'était hier. Depuis que l'autel est dressé face aux fidèles — 1960 — la chaire est délaissée. Photo Carlos Freire.

30. La communion solennelle à Houquetot. L'auteur est en haut, au centre. De nos jours, dans un souci d'égalité, les communiants sont en aube. Collection de l'auteur.

31. Le mariage : après la cérémonie, signature à l'église, sur la table de l'autel, du registre paroissial (1975). Collection de l'auteur.

32. Le catéchisme : méditation au cimetière où reposent les grands-parents. Et après ? C'est le plus grand des mystères qui hantent l'homme (1988). Photo Carlos Freire.

33. Mairie de Vattetot. Réunion du conseil municipal, sous la présidence du maire André Audouard (1970). Collection auteur.

34. Bernières : le « boujou » cauchois (1988). Photo Carlos Freire.

35. Bernières. Le curé Alexandre demande une précision qui lui est nécessaire au cours de la rédaction de son livre (1988). Photo Carlos Freire.

36. Vattetot-sous-Beaumont. La visite aux paroissiens de l'archevêque de Rouen, le cardinal Martin (1970). Collection de l'auteur.

37. Bourvil, Cauchois (de Bourvil, près de Fontaine le Dun), rencontre l'auteur (1956). Photo D.R.

38. Bernard Alexandre enregistre ses dernières volontés qui seront — peut-être, qui sait ? — écoutées lors de son enterrement, par toute la paroisse (1988). Photo Carlos Freire.

39. La mare cauchoise est au cœur de la vie de chaque jour (1988). Photo Carlos Freire.

Table des matières

LIVRE PREMIER

Curé-nommé 9
L'examen 17

LIVRE DEUX

Un gamin de la Rampe 29
Tu seras prêtre 59
Le petit séminaire 64
Renaissance au sanatorium 71
Dies irae 83

LIVRE TROIS

Une vie de curé 93
A la découverte de mes ouailles 99
A la forge 105
Travailler à la ville 112
La mort d'un enfant 115
Maurice 121
Les « soleils » 130
Gustave, le jardinier 134
Le « catesem » 139
La citerne se lézarde 145
Un peu d'histoire cauchoise 148
Mon « premier » 151
Une réunion de curés 156
L'autarcie 169
Un dimanche comme les autres 174

Pathé Baby au presbytère	182
Un pèlerinage : Dieu reconnaîtra les siens	185
Relevailles	199
Cinéma au village	202
Jour de marché	206
Un peu d'air	216
Rendez-vous à Rouen	220
Préparatifs de Noël	227
Minuit, Chrétiens	233
Un confrère	237
Désespéré	244
Les chemins de la liberté	249
A dominos	252
Pour le meilleur et pour le pire	256
Pâques fleuries	260
La grande semaine	268
Un vagabond	276
Le denier du culte	279
Le froid tombe sur le presbytère	285

LIVRE QUATRE

Seul	289
L'amitié	291
Le poumon	297
Une nouvelle paroisse	301
Le rideau rouge	303
Visite de Monseigneur	307
Maître Charles	310
Catéchisme très spécial	317
Le crapaud géant	320
Le vieux charretier	324
Un mort pour rien	327
Le Concile	332
Le siècle du Diable	335
La main à la pâte	343
L'échec	347
Mai 68 aux champs	352
Vigile	357
Une belle communion	361
Dernière visite au chanoine	367
Portes ouvertes	370

Le Malfait	374
L'homme qui sait	377

LIVRE CINQ

Ma part de vérité	389
La distribution des Prix	395
Le temps a passé	400
De quoi demain sera-t-il fait ?	407
La tête la première	412
L'espérance	414
De profundis	418

ANNEXES ... 423

1. Comment ce livre est né	425
2. Biographie du curé Alexandre	427
3. Solitude : le curé dans sa paroisse	429
4. Témoignages et interviews	435
5. De quoi vivent les curés de campagne ?	446
6. Chronique religieuse en pays de Caux : l'agenda du curé	450
7. Chronique agricole en pays de Caux : l'agenda du fermier	467
8. Réflexions sur le parler cauchois	474
9. L'habitat cauchois	480
10. Sacristie d'hier	492
11. Glossaire	501

Index des noms propres	519
Index des noms de lieux	521
Index des thèmes	523
Table des illustrations in texte et carte	545
Table des illustrations hors texte	548

TERRE HUMAINE

CIVILISATIONS ET SOCIÉTÉS
COLLECTION D'ÉTUDES ET DE TÉMOIGNAGES DIRIGÉE PAR JEAN MALAURIE

La difficile exploration humaine est à jamais condamnée si elle prétend devenir une « science exacte » ou procéder par affinités électives.

C'est dans sa mouvante complexité que réside son unité. Aussi la collection TERRE HUMAINE se fonde-t-elle sur la confrontation. Confrontation d'idées avec des faits, de sociétés archaïques avec des civilisations modernes, de l'homme avec lui-même. Les itinéraires intérieurs les plus divers, voire les plus opposés, s'y rejoignent. Comme en contrepoint de la réalité, chacun de ces regards, tel le faisceau d'un prisme, tout en la déformant, la recrée : regard d'un Indien Hopi, d'un anthropologue ou d'un agronome français, d'un modeste instituteur turc, d'un capitaine de pêche ou d'un poète...

Pensées primitives, instinctives ou élaborées en interrogeant l'histoire témoignent de leurs propres mouvements. Et ces réflexions sont d'autant plus aiguës que l'auteur, soit comme acteur de l'expérience, soit au travers des méandres d'un « voyage philosophique », se situe dans un moment où la société qu'il décrit vit une brutale mutation.

Comme l'affirme James AGEE, sans doute le plus visionnaire des écrivains de cette collection :

« Toute chose est plus riche de signification à mesure qu'elle est mieux perçue de nous, à la fois dans ses propres termes de singularité et dans la famille de ramifications qui la lie à toute autre réalité, probablement par identification cachée. »

Tissée de ces « ramifications » liées selon un même principe d'intériorité à une commune perspective, TERRE HUMAINE retient toute approche qui contribue à une plus large intelligence de l'homme.

OUVRAGES PARUS DANS LA COLLECTION TERRE HUMAINE

* Ouvrages augmentés d'un dossier de *Débats et Critiques*

□ Ouvrages parus également en Terre Humaine/Poche (Presses Pocket : n° 3 000 et suivants)

Jean Malaurie. * □ — Les Derniers Rois de Thulé. *Avec les Esquimaux Polaires, face à leur destin.* 1955. Cinquième édition 1988.

Claude Lévi-Strauss. □ — Tristes tropiques. 1955.

Victor Segalen. * □ — Les Immémoriaux. 1956. Deuxième édition 1983.

Georges Balandier. □ — Afrique ambiguë. 1957. Deuxième édition 1982.

Don C. Talayesva. * □ — Soleil Hopi. *L'autobiographie d'un Indien Hopi. Préface : C. Lévi-Strauss. 1959. Deuxième édition 1983.*

Francis Huxley. □ — Aimables sauvages. *Chronique des Indiens Urubu de la forêt Amazonienne.* 1960.

René Dumont. — Terres vivantes. *Voyages d'un agronome autour du monde.* 1961. Deuxième édition 1982.

Margaret Mead. □ — Mœurs et sexualité en Océanie. I) *Trois sociétés primitives de Nouvelle-Guinée.* II) *Adolescence à Samoa.* 1963.

Mahmout Makal. * □ — Un village anatolien. *Récit d'un instituteur paysan.* 1963. Troisième édition 1985.

Georges Condominas. — L'Exotique est quotidien. *Sar Luk, Vietnam central.* 1966. Deuxième édition 1977.

Robert Jaulin. — La Mort Sara. *L'ordre de la vie ou la pensée de la mort au Tchad.* 1967. Deuxième édition 1982.

Jacques Soustelle. □ — Les Quatre Soleils. *Souvenirs et réflexions d'un ethnologue au Mexique.* 1967. Deuxième édition 1982.

Theodora Kreber. * — Ishi. *Testament du dernier Indien sauvage de l'Amérique du Nord.* 1968. Deuxième édition 1987.

Ettore Biocca. — Yanoama. *Récit d'une jeune femme brésilienne enlevée par les Indiens.* 1968.

Mary F. Smith et Baba Giwa. * — Baba de Karo. *L'autobiographie d'une musulmane haoussa du Nigeria.* 1969. Deuxième édition 1983.

Richard Lancaster. — Piegan. *Chronique de la mort lente. La réserve indienne des Pieds-Noirs.* 1970.

William H. Hinton. — Fanshen. *La révolution communiste dans un village chinois.* 1971.

Ronald Blythe. — Mémoires d'un village anglais. *Akenfield (Suffolk).* 1972. Deuxième édition 1980.

James Agee et Walker Evans. * — Louons maintenant les grands hommes. *Trois familles de métayers en 1936 en Alabama.* 1972. Deuxième édition 1983.

Pierre Clastres. * ☐ — Chronique des Indiens Guayaki. *Ce que savent les Aché, chasseurs nomades du Paraguay.* 1972. Deuxième édition 1985.

Selim Abou. * — Liban déraciné. *Autobiographies de quatre Argentins d'origine libanaise.* 1972. Troisième édition 1987.

Francis A. J. Ianni. — Des affaires de famille. La Mafia à New York. *Liens de parenté et contrôle social dans le crime organisé.* 1973.

Gaston Roupnel. ☐ — Histoire de la campagne française. Postface : G. Bachelard, E. Le Roy Ladurie, P. Chaunu, P. Adam, J. Malaurie 1974.

Tewfik El Hakim. * — Un substitut de campagne en Egypte. *Journal d'un substitut de procureur égyptien.* 1974. Troisième édition 1983.

Bruce Jackson. — Leurs prisons. *Autobiographies de prisonniers et d'ex-détenus américains.* Préface : M. Foucault, 1975.

Pierre-Jakez Hélias. * ☐ — Le Cheval d'orgueil. *Mémoires d'un Breton du pays bigouden.* 1975. Troisième édition 1985.

Jacques Lacarrière. * ☐— L'Eté grec. *Une Grèce quotidienne de quatre mille ans.* 1976. Deuxième édition 1986.

Adélaïde Blasquez. ☐ — Gaston Lucas, serrurier. *Chronique de l'anti-héros.* 1976.

Tahca Ushte et Richard Erdoes. ☐ — De mémoire indienne. *La vie d'un Sioux, voyant et guérisseur.* 1977. Deuxième édition 1985.

Luis Gonzalez. * — Les Barrières de la solitude. *Histoire universelle de San José de Gracia, village mexicain.* 1977. Deuxième édition 1983.

Jean Recher. * ☐ — Le Grand Métier. *Journal d'un capitaine de pêche de Fécamp.* 1977. Deuxième édition 1983.

Wilfred Thesiger. * — Le Désert des Déserts. *Avec les Bédouins, derniers nomades de l'Arabie du Sud.* 1978. Deuxième édition 1983.

Josef Erlich. — La Flamme du Shabbath. *Le Shabbath — moment d'éternité — dans une famille juive polonaise.* 1978.

C.F. Ramuz. ☐ — La Pensée remonte les fleuves. *Essais et réflexions.* Préface : Jean Malaurie. 1979.

Antoine Sylvère. ☐ — Toinou. *Le cri d'un enfant auvergnat.* Pays d'Ambert. Préface : P.J. Hélias. 1980.

Eduardo Galeano. — Les Veines ouvertes de l'Amérique latine. *Une contre-histoire.* 1981.

Eric de Rosny. * ☐ — Les Yeux de ma chèvre. *Sur les pas des maîtres de la nuit en pays Douala (Cameroun).* 1981. Deuxième édition 1984.

Amicale d'Oranienburg-Sachsenhausen. — Sachso. *Au cœur du Système concentrationnaire nazi.* 1982.

Pierre Gourou. — Terres de bonne espérance. *Le monde tropical.* 1982.

Wilfred Thesiger. ☐ — Les Arabes des marais. *Tigre et Euphrate.* 1983

Margit Gari. — Le Vinaigre et le Fiel. *La vie d'une paysanne hongroise.* 1983.

Alexander Alland Jr. — La Danse de l'araignée. *Un ethnologue américain chez les Abron (Côte d'Ivoire).* 1984.

Bruce Jackson et Diane Christian. — Le Quartier de la Mort. *Expier au Texas.* 1985.

René Dumont. — Pour l'Afrique, j'accuse. *Le Journal d'un agronome au Sahel en voie de destruction.* Postfaces : M. Rocard, J. Malaurie. 1986.

Emile Zola. — Carnets d'enquêtes. *Une ethnographie inédite de la France.* Introduction : J. Malaurie. Avant-propos : H. Mitterand. 1987.

Colin Turnbull. — Les Iks. *Survivre par la cruauté. Nord Ouganda.* Postfaces : J. Towles, C. Turnbull, J. Malaurie. 1987.

Bernard Alexandre. — Le Horsain. *Vivre et survivre en pays de Caux.* 1988.

TERRE HUMAINE — *COURANTS DE PENSÉE*

N° 1 : **Henri Mitterand.** — Images d'Enquêtes d'Émile Zola. *De la Goutte-d'Or à l'Affaire Dreyfus.* Préface de Jean Malaurie. 1987.

N° 2 : **Jacques Lacarrière.** — *Chemins d'écriture.* Postface de Jean Malaurie. 1988.

ALBUMS TERRE HUMAINE

N° 1 : **Wilfred Thesiger.** — *Visions d'un nomade,* Plon, 1987.

N° 2 : **Jean Malaurie.** — *Ultima Thulé.* Bordas, 1989 (A paraître).

ACHEVÉ D'IMPRIMER
LE 27 JUILLET 1988
DANS LES ATELIERS DE
NORMANDIE IMPRESSION S.A.
61000 FRANCE
DÉPÔT LÉGAL : JUILLET 1988

PHOTOCOMPOSITION : P.F.C. A DOLE

N° imprimeur : 881279

N° d'éditeur : 11851